馬莎莎

魅丽文化　花火工作室

倾世

桃花印

马莎莎 著

1

广东旅游出版社
GUANGDONG TRAVEL & TOURISM PRESS
悦读多·悦世行·悦享人生

中国·广州

图书在版编目（CIP）数据

倾世：桃花印：全2册 / 马莎莎著. — 广州：广
东旅游出版社，2018.10

ISBN 978-7-5570-1511-4

Ⅰ. ①倾… Ⅱ. ①马… Ⅲ. ①长篇小说－中国－当代
Ⅳ. ① I247.5

中国版本图书馆 CIP 数据核字（2018）第 216844 号

出　版　人：刘志松
总　策　划：邹立勋
责　任　编　辑：梅哲坤

广东旅游出版社出版发行
（广东省广州市环市东路 338 号银政大厦西楼 12 楼）
邮编：510060
邮购电话：020-87348243
广东旅游出版社图书网
www.tourpress.cn
湖南凌宇纸品有限公司印刷
（湖南省长沙县黄花镇黄垅新村二业园财富大道 16 号）
880 毫米 ×1230 毫米　32 开
19.5 印张　523 千字
2018 年 10 月第 1 版第 1 次印刷
定价（全2册）：65.00 元

目录
CONTENTS

1

一

鸢凤之女

苍穹之下，辽阔的土地以燕之山、悠然河二分，有疏、荆南、御风、陆廉、扶泽等家族各领封地，分庭抗礼，皆唯燕之山、悠然河之北的皇甫世家马首是瞻。多年之前，一只羽翼华美、通体金色的鸢凤鸟昂首高鸣，在空中盘旋了数圈之后，落在荆南世家的鸢倾城的殿宇之上。鸢凤鸟叫了几声，忽地跃起，身上的羽毛飘落下一根来，粘在鸢倾城的石柱上。石柱上霎时现出一副金字对联，其上写着：鸢凤鸣山，凤凰舞穴。自此之后，凤凰栖于鸢倾城的消息传遍悠然河南北，而"鸢倾城出鸢凤女，鸢凤出，霸业成"的说法也传遍悠然河南北，引得各方英雄好汉争相竞逐。

沉沉夜色里，荆南信使携带着刻着"鸢倾城"字样的锦盒，策马疾驰在崎岖的山路之上，翻山越岭直入陆廉世家。信使在门房的引领下快步穿过厅堂，直奔内屋。

陆廉世家家主年过四十，留着八字胡须，正背着手焦灼地在屋中来回踱步，见了信使，大喜过望，亲自将他迎进屋内。信使含笑奉上锦盒，顺势道："恭喜陆廉尊主。"

陆廉大笑，赶忙打开锦盒，小心翼翼地从盒中取出荆南梦的玉钗，念出其上所写的两行字："窈窕淑女，君子好逑。"

信使欠身，适时地恭维道："荆南世家终于应了这门婚事。"

陆廉仰天大笑，声若洪钟："'鸢凤出，霸业成'，能够娶得鸢凤女的人，当然就是真龙天子。荆南梦这个鸢凤女子必能助我陆廉世家兴祖业，旺门楣。哈哈哈！"

"来人，"他朝外喝道，"集结陆廉世家的一众将士，为未来的夫人送上一份见面礼。"

信使辞别陆廉，翻身上马，但他没有立刻回城，而是前往下一座池城——扶泽世家。信使赶到时，扶泽掌权人正大碗喝酒，大口吃肉。听得信使来访，他粗鲁地将手上的油渍往自己衣服上一抹，一把夺过锦盒，打开一看，只见里面放着一件荆南梦的红兜肚。

扶泽见状大喜，抓起红兜肚捂在脸上，贪婪地猛嗅了一下，放声大笑道："哈哈哈，老子要的女人，哈哈哈……成了……老子也要尝尝这天下第一美人的味道了……"他一边嗅着，一边抖开锦囊内的纸条，迅速扫过。

"原来我的小心肝想要如此啊，这有何难？哈哈……来人！"他站起身，一脚踹开房门，大吼着消失在门外，"扶泽世家的武士们……"

信使送信毕，回来向荆南梦复命，她嫣然一笑。她原就倾国倾城，这一笑更是艳色逼人，令人目眩神迷。此时天色未明，她远眺着天际，喃喃低语道："就等着他们为我们荆南世家献上这份大礼……"

"姑姑、姑姑，我要见梦姑姑……"

苏穆如同一只小兽，在轻纱遮蔽的回廊里横冲直撞地跑了好一会儿，才入了阁内，不料，却被几个侍女一拥而上抱住了。

"苏穆小君，梦郡主正在沐浴，你别处玩去。"

苏穆怒目而视，两只小脚悬空乱蹬。

一池的繁花荡在水中，那池水便如一袭用红丝绿线绣花的大氅，披在荆南梦的身上，只露出两条若雪的胳膊，伏在台阶上，白花花的，直晃眼。荆南梦从水中起身，将一袭素色的长袍罩在身上："他才多大，哪里顾忌那些恼人的礼数？不妨事，进来吧。"声音婉转，却透出几分疏离的寒意。

苏穆拔腿跑向荆南梦，一把抱住她的腰肢。他抬头看她，轻轻薄薄的面纱，顷刻遮挡住了他的目光。他看不清她的脸，如同他看不清自己的命运。

荆南梦搂住苏穆，将他牵到软榻上，一同坐下："怎么了，我的苏穆？"

"梦姑姑,她们说,你要嫁到其他世家,去给他们当凤凰鸟。像是供给我的雀儿一般任由人把玩,不得自在!这些混账话,可是真的?"苏穆愤然不平。

荆南梦欠身,望着苏穆一双清澈的眼睛,浅浅一笑。

他还是个孩子,眼睛里还没有男人惯有的野蛮与贪婪。

她熟悉那些男子的眼神,痒痒的,黏在自己的肌肤上,永远有目的,永远有所求。

她还是个小姑娘的时候,就听长辈们反反复复讲着古老的故事,鸾倾城栖息过凤凰,盛产美人。悠然河南北的各大世家,都翘首等待迎娶这里的女子。特别是百年一遇的鸾凤之女,更是能兴邦旺族,成帝王之势。

谁不想迎娶一只"凤凰"?男人的野心,却要女子来成全。

美貌,是她的宿命,也是她的诅咒。她坦然接受。

"我们荆南世家坐拥鸾倾城,贵藏珍宝,无所不有。姑姑一生在此衣食无忧,根本不必去那些世家的荒蛮之地,当什么夫人妻子的。"苏穆走到案几前,将摆满其上的聘书礼单一脚踹翻在地。

"那些坏蛋,休想用此等破烂骗走我梦姑姑。我不要姑姑被那些男人带走,我要姑姑一辈子留在鸾倾城。"

只有这个孩子真的心疼她。

荆南梦招手,示意苏穆靠近:"过来,到姑姑这儿来。苏穆以后是我们荆南世家的掌权人,怎能如此易怒?记住姑姑的话,大男人应当静水深流,即使胸中有万马奔腾,示人也应平气豁达。若想得到自己想要的,绝不可靠愤怒。"

"那要靠什么?我愿意为姑姑一试。"苏穆看着荆南梦道。

荆南梦起身,拿起身后剑架上的一把剑。

刃出剑鞘,一道寒光映照在她的眼中。

"苏穆是男儿身,便有责任手握利器,护卫你已拥有的,夺得你想要拥有的。如果那是一片疆土,就披荆斩棘,栽满荆南世家的凤凰树;如果那是一个女子,便横刀立马,护她左右。"

苏穆听得出了神。他接过荆南梦手中的长剑,如同宝物一般,端举着那长剑。

荆南梦被苏穆认真的模样逗笑，摸了摸他的小脑袋。

"姑姑的利器也是一把长剑吗？"

她的利器不是长剑，却如同小虫一般，能够钻入人的心里，往那最深、最暗的地方慢慢爬行，钻心噬骨，让人露出狰狞的本性。

荆南梦抚摸着苏穆的脸庞，暗立宏愿：她要用这利器，为荆南世家，为眼前的孩子，博得另一番光景。

"梦姑姑，给苏穆看看你威风的利器吧。"

荆南梦扭过头，长发垂在一侧，露出脖颈。

"嗯……就是这个？"

小巧玲珑的肩头上，一朵小小的桃花，像是离人血色的眼泪，能让男人如坠仙境，也能让男人死在绕指柔中。

"你可别小瞧了女儿家，姑姑倒是害怕以后我们的苏穆遇到了倾城容颜的女子，要当个情种，舍了男儿志向。"

"倾城容颜？像姑姑这样吗？"苏穆伸手想要摘掉荆南梦的面纱，却被荆南梦擒住了小手。

"再见姑姑容颜的那一日，姑姑要你坐在最高、最威武的宝座之上。"

面纱后，贝齿暗咬，半遮半掩的美人面上，一双眼睛透出狠意。

苏穆有点害怕，他懵懂地感受到了姑姑荆南梦话里的决绝，直觉寒凉彻骨。

两个侍女端着扶泽、陆廉世家提亲书进来，请荆南梦示下。加上上个月林源和壶央几个家族的，这已经是第六门婚事了。旁人听过很多关于她的故事，道是美艳不可方物，却似男儿般刚毅。纵不是贤妻良妇的好声名，却挡不住男子风流想象。肩头那代表着"鸾凤之女"的桃花印，更是惹得各大世家纷至沓来。

"全部应下来。记得在回礼中放入我的锦囊。待他们办好了吩咐的事，下个月，月圆之夜，悠然河畔，我自会给他们一个交代。"

荆南梦望向她经常与苏穆对弈的棋盘。她想教给他的，不过是攻城略地、改朝换代的一个杀机。棋局未半，她却等不及了。容颜易逝，再不动手，她的杀机便要断了，利器便要钝了。

棋盘上清晰地描摹着悠然河南北的地形，将悠然河的沧桑历史圈在咫尺之间。方寸中，往事历历在目。

那一年，异族来犯，人高马大，披发文身，如一只一只兽，翻越燕之山而来。各大世家精巧的城池，一瞬间就变成了纸房子，轰然坍塌，赤裸裸地暴露出里头的女人和金银，任由异族男人们扛在肩上。这是暴虐的胜利。世家们这才知道，礼乐之邦并非固若金汤。

男人们放下诗书折扇，各世家同仇敌忾，红着眼杀了回去。

沙场前阵，死得最惨烈的是银甲白缨的皇甫世家。素素鸿毛，被飞溅起的鲜血染成赤红色，便索性皆用了红缨。其他世家的武士也跟着在发盔上绑上一束红缨。苍茫大地，簇簇红缨迎风舞动，血肉之躯不知疼痛地跳跃着，行走着。风中飘着一股奇异的味道——新鲜的，像是养伤的动物的气息，如迷药一般，鼓舞着还未死去的人。

战争胜利了，却是尸横遍野，分不清谁是谁，孤魂野鬼结伴同行。活着的人成了生死之交。众世家从此奉皇甫世家为首领，唯其马首是瞻。

浩浩荡荡的银甲红缨入驻了悠然河北的逍遥堂，说那里是风水宝地，有帝王之势。

皇甫世家效仿秦始皇，将弑过血的刀枪剑戟铸造成万刃宝座，立于逍遥堂大殿，意在警钟长鸣。

此后便是期许良久的静好岁月，悠然河的苦难"打着盹"。平静的日子就像是身上一处抓不到的疼痒，不伤性命，却伤精气。各大世家寻着自己的乐子，或醉心歌舞，或狩猎骑射，将军长出了将军肚，军师谢掉了乌发顶。

他们胸中的那点意气憋久了，便化成一双双眼睛，直勾勾地望向远方，望向逍遥堂上那尊宝座。号令天下、君临八方的，不过是一处迷乱人心的方寸之地。

二

逍遥幼时

　　逍遥堂后花园里，三个小孩头挨着头围在一个陶瓷盆边上。盆里养着的几尾金鱼，在小孩的嬉笑声中游来窜去。水面平静后，映出三个满头戴花的小孩模样。三人均衣饰华贵，气度不俗。芳娉和离樱是女孩，插花很是可爱，巍鸣是男孩，满头戴花就显得有些怪模怪样。他眼睛转了一转，站起身来，一把解开裤带，就要往盆中撒尿："看我的！"其中芳娉略长，见状便摆出了长姐的姿态，牵着小妹离樱退开了些许，厌恶道："鸣儿真讨厌。"

　　离樱咯咯地笑着，用手捂住了脸。他才将尿撒到了鱼盆中，就听芳娉抬手指着刚刚爬过宫墙的一只大黑猫叫道："猫！猫！鸣儿，有只大猫！"

　　巍鸣草草提起裤子，拔腿就追了上去："可算找到它了！上次就是它偷吃了我的栗子酥！坏家伙，别跑！"

　　巍鸣一路追着黑猫穿过花园，芳娉牵起离樱的手紧随其后。离樱天真地问："哥哥要去哪儿？"

　　芳娉道："走，我们跟着去看看。"

　　大黑猫步履轻盈，踏着屋檐经过几处庭院，一下子窜进了逍遥堂的祠堂。

　　祠堂外，懿沧群燕颔虎须，豹头环眼，一身武将打扮。他身披金甲，佩着弯刀，快步穿过回廊，气焰异常嚣张。他身后跟着两名打扮古怪的异士，两人抬着一个箱子。他们所过之处，鲜血透迤了一路。懿沧群阔步走在前面，粗声交代身后的人："一会儿伺候老堂主服下，保我老堂主益寿延年才好。"

两名异士齐声应道："是，涧主。"

巍鸣见猫咪窜进祠堂，也顾不上规矩，猫腰溜了进去。芳娉牵着离樱的手，见状大惊，低声呼道："鸣儿，那是祖父念经的祠堂，你不能进去！"

巍鸣并未听到姐姐的忠告，一个闪身就进了祠堂，徒留姐妹二人战战兢兢地站在门口。她们正转身要走，不料懿沧群带着两名异士逼近了祠堂。见到芳娉和离樱，懿沧群随意地行了一礼，状甚敷衍："拜见两位郡主。"

芳娉吓得动也不敢动，拘谨地回他一礼，结结巴巴道："芳娉……芳娉……见过舅父。"

"老臣先走一步了。"懿沧群看也不看她们，径自推开了祠堂的门，阔步走了进去。

此时虽是白昼，屋内光线却昏暗异常，香炉中浓烟滚滚，熏得祠堂之内异香扑鼻。巍鸣循着猫咪的踪迹蹑手蹑脚地步入其中，抬头就见整面墙壁上摆满了皇甫各大祖宗的灵位。烟雾缭绕处，老人低沉的诵经声回荡其间，给人一种毛骨悚然的感觉。循着诵经声望去，巍鸣看见了祖父。年逾古稀的老人盘坐在一个蒲团上，仍是他记忆中健硕的模样，只是眉眼间多了些岁月的痕迹。皇甫规周围摆满了各色炼丹器具，他闭着眼睛坐在当中，口中念念有词。

那景象似乎把猫咪吓住了，它悄然止步，接着，便在皇甫规周围逡巡，宛如审视一般。

巍鸣弯腰招手，小声叫它："坏家伙，快过来，过来呀……别惊到祖父……"猫咪置若罔闻，将头一扭，嗖的一声蹿到了帷幕后面。巍鸣拔腿正要追去，抬头就撞见盘腿而坐的祖父微微动了一下。他被吓得僵在原地，轻声叫了一声："祖父！"

皇甫规仿若未闻，俯身从一侧桌上拿过一个白瓷罐，从中取出一个大若鸡蛋的药丸。那药丸通体莹白，一到皇甫规的手里却忽然放肆地蠕动起来，舒展开去，变成了一条五彩斑斓的虫子。巍鸣吓得后退了好几步，皇甫规却大喜过望，急忙将虫子放入口中大嚼特嚼起来。他吃得匆忙，虫子的尾巴还在他唇边蠕动，鲜血沾上他的白胡须，显得十分触目惊心。

巍鸣被这一幕吓住，本能地瑟缩了一下，后退数步，想要逃出祠堂。只是没想到刚一转身，他就听见了门外的动静。他急得满头冷汗，东张西望，最后撩起桌布，嗖的一下钻到了桌子下。

那虫子药效迅猛，皇甫规有点昏昏欲睡了。他老了，与异族浴血奋战之时，是他状态最好的时候，能以一敌百，可谓虎狼首将。然而，一切都随时间溜走了，剩下的，只有屁股底下这尊生冷的宝座，这是他戎马一生唯一的纪念。他舍不得，像是舍不得自己的英雄壮年。

过去的年岁中，皇甫规感到了不断逼近的威胁，如同头上的白发，由不得他。起初是誓死追随自己的世家老人们跟商量好了似的，纷纷死了；曾经坐在他们膝头的黄口小儿们，世袭了世家爵位，领了世家封地，心安理得地享受着他们打下的江山。后来，雷打不动的朝拜供奉也渐渐免去，那些新的掌权人见了他，连四拜之礼都省了。再后来，他从他们的眉宇间，仿佛看到了年少时的自己，眼睛里仿佛伸出了钩子，嚣张地望向他身下的宝座，望向他脚下的疆土，蠢蠢欲动。

英雄一世，他怎么吞得下这口气？

幸好还有个懿沧世家，骁勇善战，为逍遥堂铸成人肉城池。当年自己的独子迎娶了懿花涧的女子，没想到儿媳倒成了他们的靠山。不耻又如何？向来是坏了芯子，也不能败了声名。

懿花涧千里冰封，族人们养狼猎熊，性情直爽。当年异族之战，是懿花涧的懿沧群从尸山血海中将皇甫规背了出来，皇甫规这才有了后来的辉煌。因而他当时就许下婚事，让儿子迎娶了懿沧群的妹妹，忠仆加亲，也算是一个像样的借口。皇甫规高枕而眠，只当懿沧群是一条忠心不二的犬，昏昏聩聩过了很多年，大小政事也交予懿沧群处理，一心只想长命百岁，在这权力的高峰能多待一时，算一时。

此时，懿沧群已推门闯入了祠堂，径直走向皇甫规，拱手行了一礼，大大咧咧道："堂主，老夫又给您带来了妙药。"在他的指挥下，两名异士放下箱子，从中拿出一个个装着药丸的白瓷罐子，放在皇甫规面前的桌案上。见皇甫规要起身，懿沧群赶紧上前几步，亲自扶着皇甫规从蒲团上站起，恭敬道："您过目……"

皇甫规推开他的手，欣喜若狂地靠向桌案，用枯槁的手小心翼翼地捧起一个白瓷罐，宛如捧着珍宝一般。因为路途颠簸，白瓷罐口淌了些鲜血出来，皇甫规感慨道："好，好呀！想我皇甫规征战一生，砍了多少武士的头，手上沾了多少鲜血，从未有过忌惮。倒是现在，住在这逍遥堂内，午夜梦回的时候呀，总是觉得有个什么东西在我背后盯着我的脊梁骨，寒森森的，想要了本堂主的命……"

懿沧群听得脸色微变，高声道："有老夫在，谁敢对堂主不利？老夫必让其生不如死……"

皇甫规安抚般轻轻拍了拍懿沧群的手臂，长叹了一声："你是我最信任的人。想当年，与异族大战，皇甫的武士们几乎全军覆没，要不是你从死人堆里把我背回来，我这条老命早就断送了。"

懿沧群作势欠身，十分恭谨："我懿沧世家，世代效忠皇甫老堂主。"

皇甫规垂眸叹息，像是想起了什么，神色忽然变得凌厉，拍案而起，怒指窗外："倒是外头那些家伙，都觊觎我们皇甫世家的万刃宝座，想要住进我这逍遥堂里！狼子野心！狼子野心！没有一个好东西，都该杀，杀……"他忽然两眼发直，双手抱头，痛吟出声。懿沧群赶忙上前，双手虚扶他，问道："堂主，您的恶疾又犯了？"

皇甫规脸色惨白，仿佛在那一瞬间迅速老去。懿沧群见他头疼难忍，清楚他心底的痛处，故意装模作样地叹息："倘若我妹夫和妹妹还在……"

皇甫规闻言果然暴怒，他喘着粗气打断他的话："不要在我面前提那对不孝儿孙，让我这个白发人送黑发人……"

桌案底下，忽地飞扑出一个毛茸茸的东西。

手起刀落，懿花涧的弯刀终于露了脸。

"哇——"一声尖叫传来。

皇甫规和懿沧群皆是一惊。

血泊中，那毛物仍旧抽搐着，龇牙咧嘴——是一只肥硕的大猫。

桌案底下的帷幔轻轻晃动，一双小手颤颤巍巍地探出来，像是一对惊恐的触角。

懿沧群掀开帷幔，将孩子捉了出来，揪着脖颈子提到空中。面团似的小脸上，一对黑眼珠子吓得都不敢动了。巍鸣连声求饶："舅父、舅父，是我，是鸣儿、是鸣儿……"

懿沧群认出了巍鸣，阴阳怪气地干笑了两声："巍鸣小君，擅闯宗室祠堂，可是有失体统。"

巍鸣被他拎在空中，动弹不得，便转头向皇甫规求助："祖父，我不是故意的……"

皇甫规抚着头，满脸都是厌恶之色，挥了挥手，冷声道："小儿吵死了！"

懿沧群遂将巍鸣丢在地上，语重心长地教育起了他。他的话虽是对着巍鸣说的，目光却若有似无地飘向皇甫规："巍鸣小君，您是皇甫世家的嫡子嫡孙，是我逍遥堂未来的堂主，身系家族命运与悠然河南北的太平，须严以修身，俭以养性，方能成大器……"

果不其然，皇甫规被他这一席话戳中痛处，转头望向瘫坐在地的巍鸣，恨铁不成钢道："不争气的东西！"

这些年祖父总在祠堂闭门修养，巍鸣鲜少有见到他的机会，被他当面呵斥，顿时吓得不知所措，只知道含泪看着祖父。皇甫规被他这样一看，更是心浮气躁。懿沧群见状，上前一步，主动请缨："堂主，老夫是鸣儿的舅父，就让我来替妹夫妹妹管教他吧。"

皇甫规像是对这唯一的嫡孙早已心灰意冷，挥了挥手："罢了、罢了。"

懿沧群看了看巍鸣，又回头看了看异士抬进来的箱子，眼珠一转，心生一计，命令手下："私闯祠堂，按照皇甫世家的规矩，要禁闭三日思过。你们俩，把他关进这箱子，不到三日，谁也不许放他出来。"

两名异士异口同声道："是。"巍鸣闻言，惊恐不已。两名异士抓起他的两条胳膊，二话不说，硬将他塞进箱里。巍鸣吓坏了，一边挣扎，一边歇斯底里地号哭起来："不要，鸣儿害怕！舅父、舅父，求求您了！祖父、祖父，鸣儿再也不敢了！"

祖父的大手在巍鸣眼前一挥，他眼前顿时黑了一片。

小男孩心里大抵也知晓自己孤立无援。自从父母死后，祖父不过是个称呼，就如同祠堂中挂着的祖先像一般，是轻薄的、没有温度的鬼。

懿沧群站在一侧，假意用衣袖擦了擦眼角并不存在的泪，叹道："不要怪舅父狠心，舅父也是为了鸣儿能成材，不得不为啊……"

巍鸣不再挣扎，他望向血泊中的猫，像是看到了自己的患难之交。

巍鸣的哭号声一直传到祠堂外，闻者恻然。此时，芳娉牵着离樱的手还未走远，听见哭声，吓得脸色惨白。离樱年岁尚小，并不能理解周围发生的事，不解地抬头望向胞姐："是哥哥？哥哥哭什么啊？"

芳娉已通人事，望了一眼离樱，便抱起妹妹，一溜烟跑远。直跑到看不到舅父懿沧群的人时，她才放下离樱，千叮咛万嘱咐，让她千万不要将今日之事说出去。

离樱懵懵懂懂地点了点头。

三

巍鸣受罚

被异士们硬塞进木箱后，巍鸣的手无意中碰到箱壁，沾到一些冰冰凉凉的液体。他将手举到面前借着一点光亮看去，发现满手鲜血，吓得当即大哭起来："求求你们了，求求你们了，别把我关在这……"异士不为所动，毅然决然地盖上箱盖，上了锁。

箱子的盖子如同崩塌的天，砸下来，巍鸣的世界彻底暗了下来。

借着透过缝隙的微光，巍鸣看到自己坐在箱底的黑血之上。

他一贯惧怕舅父，印象中，舅父总是一身战袍，看上去很凶，口里的大道理也像刀刃一样，毫不留情，长姐和小妹都怕他。三个孤儿在逍遥堂中，一辈子都在捉迷藏，却并不像个游戏。巍鸣的世界只有一口箱子大，万事都是禁忌。

耳边响起懿沧群冷酷异常的声音："望小君思过知改，严于律己……"

巍鸣抬起手无力地拍打着木箱，做着最后的挣扎："母亲，救救我，母亲，救救我……"

懿沧群仿若未闻，命令手下将箱子抬出祠堂，以免打扰到皇甫规清修。等人走后，懿沧群转身，压低声音附向皇甫规的耳边报信："堂主，最近几日，各大世家皆有异动，好像在密谋着些什么，据说皆跟鸢倾城的荆南世家有关。"

他看着皇甫规，此时的皇甫规虽已至暮年，还有点怯怯的，但毕竟他曾是悠然河南北各大世家尊奉的首领。

皇甫规闭眼打坐，闻言摇了摇头："这些家族历来对皇甫忠心耿耿，不可能同时起了异心。"

懿沧群急了: "堂主,以防万一……您又患了恶疾,为保逍遥堂平安,让万刃宝座永姓皇甫,不如将'逍遥流云'传给我,让懿沧群为您分忧……"

"逍遥流云"是逍遥堂的至尊之宝,皇甫规面上虽不露声色,心中却很是明白,干脆地打断了懿沧群的话: "鸾倾城不过是胭脂水粉之地,荆南世家几个妇人也没有兴风作浪的本事,不必在意。"

"堂主……"

皇甫规手一抬,止住了懿沧群的话: "你下去吧。本堂主头疼得厉害,要焚香打坐一刻。"

懿沧群望向皇甫规胡须上的残血,收了声。他要等下去。对皇甫规的忠诚,早已所剩无几,偶尔冒出一点头,转瞬就被他压下去了。

在岁月的侵蚀下,眼前的这个老人是熬不过逍遥堂外身强力壮的野心家的。近水楼台先得月。他想自己是必胜的。

再等等。

懿沧群向皇甫规作了一揖,退了出去。

月圆之夜,如约而至。

悠然河北岸,数丈之外即是皇甫世家的地盘。浅滩之上水草丛生,随风倒伏,掩映着其下一块巨石,上书: "皇甫境地,逾者杀无赦。"

皇甫世家的银甲武士们整齐划一地站在他们的领土上,定定地望向悠然河,这条永远不可逾越的界限。

他们怎知,大难临头,只在瞬息。

悠然河对岸,一人多高的杂草遮掩住各色的铠甲,各家族的武士凑在一起,四处影影绰绰,窸窸窣窣。

青山微雨,薄雾锁江。几盏莲花灯顺着悠然河缓缓而下,雾气深处传来悠扬的筝声。恭候已久的扶泽、陆廉、林源、壶央等各大世家首领均作新郎打扮,望着彼此,一脸疑惑。扶泽世家的掌权人啐掉嘴里叼着的草根,往地上吐了口浓痰,恶狠狠道: "这帮癞蛤蟆也想跟老子抢天鹅肉吃,老子两板斧劈了他们。"

陆廉世家的掌权人也早望见了各大世家的人,面上稍有愠色,回首问站在他身后的幕僚："荆南梦何意？一女配多夫？置我陆廉世家的颜面于何处？"

站在他们附近的壶央世家掌权人耳尖，听见二人这番对话，懒洋洋地笑道："陆廉尊主此话差矣。自古蛟龙配鸾凤，美人配英雄。荆南梦既是绝世的美人，当然要从我等人中挑选一个盖世英雄般的夫婿。况且，早有传闻，荆南梦出生时，鸾倾城有神鸟栖息，她就是鸾凤之相的女子，谁若是迎娶了她，必定君临天下。"

君临天下本是为人臣子的大忌，却正中各大世家不可见人的野心。陆廉世家的掌权人闻言心头微动，只是忌惮着人多口杂，不得不装出忠臣的模样来："对岸就是皇甫世家的领地，多年来，我们这些散落在悠然河南边的世家，都是以皇甫世家的臣子身份尊奉他家的。君临天下这种话，怎么能随便说？您有反叛的野心，不要连累了我等。"

扶泽世家的掌权人心直口快，最恨的就是两面三刀之人，当着陆廉世家的掌权人的面更是毫不留情地将他戳穿："胡说八道！老子最恨你这种道貌岸然的家伙！如果不是动了歪心，你怎么会违背皇甫世家的禁令，拥兵来到此处？明明心里也起了妄念，就别在这儿装仁义君子了！"

每个人脸上原本都暴露出了野心，此时受窘一般，立即变回了道貌岸然的"忠臣君子"，不言语了。

陆廉世家的掌权人只在心里冷笑了一声，面上仍旧不动声色，也不再与他多废话。众人翘首望向河对岸，脸上野心的阴影一点点拉长："怎么还不来？"

透过远处的水雾，可见逍遥堂镶嵌在山顶。虽只是小小的一方，却令人觉得如同天宫一般，威严庄重。世家首领们各自拿出了荆南梦的回礼——鸳鸯红锦兜肚，月白云纹方帕，石榴包金丝珠钗……只放在手上摩挲一番，便觉得头昏腿软。虽未见其人，这些物件却给了他们胆大妄为的底气。未睹芳华，自然舍不得离开。

此时，水中央像是浮起了水妖的眼，一盏一盏的河灯忽明忽暗。

似有还无的古曲随风拂面，如女人柔弱无骨的小手抚在脸上。

远处，一叶被帷幔轻纱笼罩的竹筏缓缓漂来。荆南梦一身华服，在轻纱之中轻歌曼舞，从香炉飘出的香气有生命似的，弥漫在武士们四周。

轻纱之内传来她缥缈悠扬的歌声。

"燕鸿过后莺归去，细算浮生千万绪。长于春梦几多时，散似秋云无觅处。闻琴解佩神仙侣，挽断罗衣留不住。劝君莫做独醒人，烂醉花间应有时。"

她的歌声像一只无形的手拂过每一个武士的心底。男人的眼睛找到了方向，面露痴笑，魂魄俱失。

竹筏停在水中央。

她从攒金的凤冠中截了一缕青丝点燃了，丢进香炉中。缭绕的气味是她的体香，如同鬼魅一路荡开，钻入武士们的鼻息中。

武士们如痴似狂地吸着香气，如同着了魔一般。

"想见到轻纱后的小女子吗？"荆南梦的声音穿过水雾，其独特的魅力是拥有女人少有的霸气，她如同独裁者一般命令道，"那就拿起你们手中的利器。"

刀枪剑戟齐刷刷地从杂草中冒出来，雄赳赳地晃成一片。

罩在竹筏上的轻纱落入水中，现出荆南梦婀娜的身影。隔着水，隔着雾，隔着面纱，武士们似乎也能看到荆南梦的笑靥，直觉得骨头都要酥了，捏紧武器的手心早已是一片细汗。

悠然河畔，天光微亮，皇甫武士们日夜不息地守在河畔。河的北岸是一片一人多高的杂草滩，本是无风的天气，杂草却在剧烈摆动，似有什么巨物正在往这边靠近。一侍卫定睛看去，面露狐疑，捅了捅身边另一名侍卫："喂，你看，河对岸！"

那侍卫睡眼惺忪，揉着眼睛望向对岸："皇甫世家的地盘，哪个胆肥的敢来啊？"

杂草突然倒伏，向两边分开，各世家武士浩浩荡荡地走出北岸，由各家掌权人分别领队。皇甫侍卫们神色戒备，威胁的声音从对岸传来："你们想干吗？你们……你们不要过来……这是皇甫世家的地盘，擅闯者，杀无赦。"

荆南梦翩然起舞，抛出的长袖如一只招魂的手，撩拨着众人的心神。齐聚南岸的各大世家武士眼神痴迷，仿佛入了魔。不知从何处而来的清风吹拂起她的裙摆，现出一只仅用白绫裹着的妙足。

荆南梦转向南岸的武士，衔着魅惑的笑问道："想看小女子白袜下的脚丫吗？"

玉指撩裙，露出一只小脚。

女人的天性使然，她甚会撒娇，声音里全是娇嗔。

众武士已被蛊惑，神志不清，听见荆南梦如此说，个个蠢蠢欲动，手中武器齐齐高举，表情却十分呆滞："梦……梦……"呼声震天，地动山摇。天塌地陷为红颜。

"好孩子，"荆南梦嘉许地微笑，纤手指向北岸皇甫世家的护卫们，"射死他们。"

齐发的箭矢射穿一名护卫的心脏，四溅的鲜血染红了一人高的芦苇，倒地之前他拼着最后一口气，向后方目瞪口呆的同伴道："快……去逍遥……堂，找老……堂主……"

荆南梦扯下白袜，薄如蚕丝的白袜因风而动，飘过悠然河边众人的头顶，武士们争先恐后地踮脚去抢，早将各大世家的威严形象抛于脑后。荆南梦笑不可抑："还有谁，想看我肩上的桃花印？"

武士们翘首以待，肃然听命于荆南梦。

荆南梦抬头看了看月亮，那月亮大得有点吓人，像是跌向末日的太阳。为什么此时会在意这些呢？她不懂，这像是个提醒。她的一生影响着荆南世家的命运，就要从今夜改变了。世界上原本没有她，但她生在了鸾倾城，肩头顶着桃花印，这是宿命的召唤。若早些时候出生，她也要金戈铁马，叱咤风云，在异族大战中，为母家博得荣光。不甘，只做个待字闺中的女子。不甘，荆南世家偏隅一方。

逍遥堂近在咫尺，她却有点怅然若失。

史书上会怎么写乱世魔女，倾世妖颜，蛊惑人心？

她不过是看穿了人心。人心若不动，他人任是掏心挖肺，也不会有丝毫摇摆，岂是她一个小女子能撼动的？人的心若已经起了妄念，就算未见她半寸肌肤，他们也会踏平皇甫世家的逍遥堂。

她的眼前浮现出苏穆那双清澈的眼睛。

她要给他的，是一个天下，是古籍上所写的朗朗乾坤，礼乐国邦，不是这个分崩离析的疆域。那尊宝座上，也不该坐着个昏聩求仙的老儿。

她一字一句教给苏穆这个盛世大志，怎可食言？

荆南梦发了发狠，扯下自己的衣衫，肩头的桃花印暴露在月光中，如一团明亮的伤痕："我勇猛的武士们，想要看到这轻纱下我的容颜，就为我渡过悠然河去，杀光皇甫世家的走狗们，我荆南梦将是你们的——夺得道遥堂万刃宝座无上权力的人，也将拥有我荆南梦的倾世容颜！"

大厦将倾，势如破竹。

鸢倾城，夜半，荆南苏穆被窗外嘈杂的脚步声惊醒。他一跃而起，推门出去，却发现沿途人很少，连他的姑姑荆南梦也不见踪影。他一路跑一路找，转至马厩，望见有马童一人，他跨步上前，一把揪住那人的衣襟，冷声问道："我姑姑呢？"

马童抖若筛糠，瑟瑟道："回小君，梦郡主带着咱们荆南武士，连夜赶去悠然河了……"

苏穆心中一惊，劈手夺过马童手上的缰绳，策马出城。热汗从额上滚下，渗入眼睑，带来刺痛的感觉，耳边依稀传来昨夜荆南梦的叮嘱："再见姑姑容颜的那一日，姑姑要你坐在最高、最威武的宝座之上。"

幽暗的大殿之内，万刃宝座威严地矗立着，仿佛有一种莫名的吸引力，诱人靠近。懿沧群背着手，独自徘徊在宝座周围，眼中满是呼之欲出的野心，脸上也因这权力的引诱而蒙上了一层痴迷的笑。他试探地摸着宝座周围，像守财奴摸着自己不可示人的宝藏那样。就在这时，他的心腹带着侍卫急急地冲入殿内。懿沧副将连声高呼："涧主、涧主，大事不妙！"

懿沧群神色一凛，看向侍卫："什么事？"

侍卫结结巴巴地开口："报……报……"

懿沧群面露怒色，转身斥责那名侍卫："慌什么神！"

侍卫缓过气来，咽了口口水，继续说道："禀告懿沧涧主，各大世家在荆南梦的蛊惑下，已经逼到悠然河北岸了！请涧主问命老堂主，我等该如何应战！"

懿沧群闻言大怒："什么？这帮乌合之众，竟跑到这里来撒野！他们就不怕冒犯天威，就不忌惮逍遥流云吗？"

侍卫不住点头，显然也是吓得够呛："那边武士黑压压一片，如同着了魔一般，正要蹚过河呢！"

懿沧群一脚踹开了他，恼羞成怒道："荆南梦，妖颜小蹄子，还想兴风作浪？集结逍遥堂中所有的人，跟我走！"

副将领命而去。

懿沧群离开之前看了那万刃宝座最后一眼，幽幽一笑，冷声道："近水楼台还未得月，你们倒是按捺不住了。"

一群人来得快，去得也快，很快逍遥城内便人去楼空。幽暗的房间内，一个侍从也没有，唯有一口上了锁的木箱孤零零地摆在地上，锁头在月光下发出瘆人的寒光。

芳娉提着裙摆，蹑手蹑脚地推门进来，拿过桌上一把银壶，猛地用力砸开了锁头，又赶忙打开箱盖。只见巍鸣满脸泪花，抱膝呆呆地坐在里面，像是被吓坏了，连哭也不知道怎么哭了。见他如此，芳娉心都揪成一团了，伸出手去把他拉出箱子。巍鸣身上满是污渍，衣摆上甚至还沾着血迹，芳娉赶忙蹲下身来替他掸去灰尘，安慰他道："鸣儿莫怕，长姐帮你洗干净。"

芳娉领着巍鸣蹑手蹑脚地走出庭院，此时的逍遥堂内人声嘈杂，乱成一片。懿沧群带着一群武士气势汹汹地穿过庭院，自然无暇搭理一旁的芳娉姐弟俩。芳娉一个闪身将弟弟藏在身后，小心翼翼地目送他们离去，再领着巍鸣来到堂内沐浴处。她环视四周，却不见一个上来服侍的人，顿时疑惑道："奇怪了，今天的宫人都怎么了？鸣儿，你在这里等我，我去叫个人过来。"

巍鸣仿若未闻，只是愣愣地站在原地，一见长姐准备离开，顿时号啕大哭，揪住芳娉的衣袖不肯松手。芳娉含泪转身抱住弟弟，柔声安慰他道："鸣儿莫怕，姐姐会保护你的，等着我。"说罢抬袖擦干他脸上的泪，转身离去。

众世家武士在荆南梦的鼓舞下，策马蹚过悠然河，喊杀着冲向南岸。皇甫武士难敌众人，渐露颓势。侥幸逃生的懿沧武士满脸是血地扑到在懿沧群的脚边，哀恸哭叫："涧主，我们……我们抵不住了！要败了！"

懿沧群大怒，一脚将报信的武士踹翻在地："败？没有到刀起头点地的时候，谁敢言败！你再惑乱军心，我砍了你！"说罢他拔出大刀，指着前方怒道，"听我号令，竭力保卫逍遥堂，与那些黄毛小儿决一死战！"

懿沧副将眼珠一转，上前拜倒在他跟前，恳切道："涧主，容属下说句大逆不道的话。现在皇甫世家败局已定，您也难以力挽狂澜。虽说您立志效忠皇甫，可是……咱们毕竟是懿花涧的人，不如回去。何必为了旁的人，断送了懿沧世家的基业？"

懿沧群冷哼了一声，不屑道："你以为荆南梦占了这逍遥堂，还能放过我们懿花涧吗？此时此刻，皇甫亡，则懿沧亡；皇甫若能苟活下去，懿沧才能东山再起。我懿沧世家没有永远效忠的主人，只会永远追逐活下去的机会！"

懿沧副将忙道："属下明白，愿追随涧主，保卫逍遥堂。"

就在懿沧群等人仓皇应敌之际，逍遥堂庭院内一片萧条冷清的景象。巍鸣独自一人待汤浴房内，见姐姐迟迟不来，遂转身向内走去。他走到汤浴池边，俯身清洗自己的双手。忽然，波光粼粼的水面上倒映出一个黑色身影，吓得巍鸣一屁股坐在地上。他仰头看去，然而天花板上根本没有人影。

他低下头，又被吓了一跳。适才他看见的那个黑色人影正站在他面前，如鬼魅般定定地望着他。巍鸣这才看清那人的模样，只见那人披着黑色羽毛长袍，胸前却穿着银白色的铠甲，面上一半黑一半白，画满了图腾。见巍鸣一副惊慌失措的样子，那人连忙道："别怕，我不会伤害你。"说着，他抖动衣衫，从袖中变出一只小鸟，送到巍鸣跟前，"给你。"

巍鸣接过小鸟，这才不觉得害怕了。他试探着摸他衣服，大着胆子问他："你的衣服真古怪，你看起来像一只黑色的大鸟。你是谁啊？"

黑衣人淡淡地说道："我是来替你祖父消灾的。"

巍鸣正要追问是何灾时，就听见门外传来芳娉的声音："鸣儿，宫人们都散去了，我们快躲躲吧。"

巍鸣再次转头，已不见了那黑衣人的身影，唯有一片从空中落下的黑色羽毛，悠悠地落入浴池。

芳娉见巍鸣魂不守舍地四下张望，便慌慌张张地过来牵他的手，着急道："快走！"

"怎么了，长姐？"巍鸣一脸茫然，还未回过神来。

悠然河的北岸第一次迎来了附属世家的铁蹄。

树倒猢狲散。顷刻间，逍遥堂的宫人们便腾挪各种家当匆忙逃离，门外早已乱成一团。逍遥堂大殿之内也是一片狼藉，冷风穿过中庭，吹动梁上的风铃，响起萧索凄切的声音。对城内发生的一切后知后觉的皇甫规抱着被他视为生命的白瓷罐，独自一人离开祠堂，摇摇晃晃地走进大殿。他所有荣誉的见证，他野心启程的地方，如今却一派破败的景象。

他环视着大殿，苦笑道："人呢，人都到哪儿去了？"

无人应他。

皇甫规趔趄着登上万刃宝座，坐定之后才长舒了一口气。他轻抚着宝座。许久没有坐在这里了。别人都以为坐于其上，是人生最惬意之事，只有坐过的人才知道，此处，如坐针毡，如临深渊。虽如此，可就是让人舍不下，离不开它……

倚着宝座，他疲惫地闭上了眼睛，喃喃道："权力……这凌驾于万众之上的迷人感觉，本堂主是守不住了。"似是忆起了什么，他猛然睁眼狂笑了起来，这一声声狂笑，最后变成了苦笑和哀号，"没想到我皇甫世家竟然在一夜之间倾塌，大树倾，猢狲散。我皇甫规也要困死在铸铁的冷物之上。"他悲痛交加，不住用手捶打着宝座，哀号声一声高过一声，"悲哉啊！悲哉！"

常人都言，高处不胜寒。皇甫规早已习惯了这寒森森的宝座，在他与芸芸众生之间，划开了一道界线，回头无岸，死路一条。

突然，他感觉一道黑影从他面前掠过，只见大殿门口出现了一个状如大鸟的黑色影子。稀薄的光线从殿外射进来，将那移动的黑影固定在皇甫规面前，他混沌的双目仔细地辨认着来人："你是谁？"

那黑影缓缓走近，黑色风帽随之落下，容貌逐渐变得清晰。面对皇甫规的提问，他只一笑，道："别怕，堂主，我是来帮您的。"

皇甫规眯着眼睛，仿佛见到了死神的模样。

懿沧群带着懿沧武士来到城下，但见城门之外烟尘滚滚，大军压境。世家武士气势汹汹地排兵布阵，荆南梦怀抱古筝，从两列武士之间信步走出，裙摆无风自拂。懿沧群一见她便怒不可遏，叱道："荆南梦，你这个蛇蝎妖孽，胆敢蛊惑人心，祸乱天下！"

荆南梦挑眉看去，嗤笑了一声："蛊惑人心？哈哈，你当真不了解人心？人心若不动，他人任是掏心挖肺，也不会有丝毫摇摆，岂是我一个小女子能撼动的？人的心若已经起了妄念，我不蛊惑，他们也会踏平皇甫世家的逍遥堂。况且，"她的神色忽然一变，目光如刃，"谁说这天下一定是他皇甫规的？"

她话音一落，群情激昂，武士纷纷挥动手中的武器，高呼荆南梦的名字。

懿沧武士惶惶相顾，懿沧群见无法问责荆南梦，反被她将了一军，转而看向各大世家，逼视众人："你们这些小儿竖子，哪一个没受过皇甫世家的恩泽？如今，你们却忘恩负义，为了一个小娘们，造反叛主！世家颜面何在，忠君之义何存？尔等作为，对得起头顶神明吗？"

荆南梦一针见血地戳穿他的可鄙居心："我们受的恩惠，是皇甫世家历代明主给的。现在坐在逍遥堂里的，不过是他们的败家儿孙！那皇甫规一心求道成仙，性格暴虐，鱼肉百姓。试问，我们为何要拿世家的前程来供奉于他？"

武士们齐齐附和荆南梦。

懿沧群虎目怒睁，气得浑身发抖，喝道："巧舌如簧的悍妇，看老夫如何剥下你的皮，抽了你的筋，让众人看看你的黑心肠肚！"说罢，他一把夺过侍卫手中的长矛，向荆南梦掷去。

那长矛还未碰到荆南梦的衣角，就被陆廉世家的掌权人用流星锤打了下来。荆南梦依旧气定神闲，她挥了挥长袖，含笑道："那就让懿沧世家的武士，也沉醉在我的温柔乡吧。"

语罢，她托起手中的香炉，用剪子剪下一截自己的头发，放了进去。香气袅袅四溢，如有生命般在武士之间缭绕开去。悠然河畔，苏穆匆忙赶到，他望见众人之中的姑姑，勒马扬声道："梦姑姑，苏穆也来为姑姑征战沙场！"

荆南梦轻轻一笑，手抚琴弦："姑姑许你的江山，顷刻便送到你的手中。"香炉中再次腾起迷香，如梦似幻的烟雾钻入每一个男人的鼻息，"我的武士，夺得逍遥堂万刃宝座无上权力的人，也将拥有我荆南梦的倾世容颜！"

武士一边齐声叫着荆南梦的名字，一边逼近懿沧群。荆南梦立在万人之中，抚琴唱曲，小调轻吟。

懿沧武士惶然道："怎么办？涧主……这可如何是好？"

懿沧群脸上也露出了罕见的惊慌之色，他提着大刀连连后退。皇甫亡，懿沧亦亡。让他不甘的是，他筹谋已久却功亏一篑，还是败给一个女人。

荆南梦手指轻抚，琴声悠悠，是脂粉气的胜利号角。一根黑羽毛落在了琴弦之上，倏地一下，又飞远了。

天空中，不知从何处飞来了成群的乌鸦，如黑云一般，遮天蔽日。乌鸦沙哑的叫声沉沉盖下来，像是一床破棉被，遮住了人的口鼻，让人难以呼吸。

众人错愕，齐齐仰望天空。

乌鸦连成一片，成了个巨大的怪物，天上竟落下黑色的雪。一瞬间，由乌鸦组成的黑云从当中撕开了一个口子，露出天光，可见几对巨大的翅膀扇动着。人人都以为自己在噩梦中，或者进入了洪荒时代，见到了已灭绝的兽类。等那长翅的东西飞低了，众人定睛望去，才发现是几个怪异的人。他们身披墨色的斗篷，不知为何，竟如同大鸟一般，能在空中盘旋。其中一人着黑色羽衣，脸上罩着黑白相间的面具，像是在发号施令一样，发出的也是鸟语。

乌鸦纷纷扬扬，两翼生风，香炉中缭绕的香气随风散去。

自荆南梦手下飘出的琴声也被聒噪的鸦鸣盖住了，一声声，像是催她了结……荆南梦蹙了蹙眉，望向乌鸦化成的一只黑色大手。她被擒住了，像是被无情地戏弄，她又变回了当年的那个小女孩，手足无措。在命运面前，人终究还是弱小的……

天空中的怪人抖动羽袍，黑色羽箭齐发，射向护卫她的荆南武士。

荆南武士一个一个倒下了，方才还血气方刚，现在却成了一具具死尸。

其他世家的武士猛地惊醒，顿时四散开去，瞪着眼睛，成了看热闹的局外人。迎娶荆南梦的宏愿顷刻消散——不过是被妖女的容颜迷惑，卸了甲，缴了刃，跪地四拜，还是忠臣孝子，还是男儿大丈夫。

似有人指使，乌鸦纷纷飞向荆南梦，荆南武士们挺身护卫。却见群鸦背后三四个黑袍人从天而降，身着护体银甲，只露出双眼，以袍上黑羽为箭，向荆南武士们射去。荆南梦周围的武士们应声而倒。其他武士见状，怯懦地纷纷后退。荆南侍女怒其不争，转头喝道："你们都视而不见吗？想迎娶我们郡主的宏愿呢？还不快射杀这些怪物！"

荆南梦妙目一扫，轻蔑一笑："世间最不能信的就是情郎的承诺。"

此时，远处的苏穆大叫起来，几只乌鸦在他四周盘旋。

荆南梦见状大惊，大声命令手下："护住苏穆！"

荆南武士听到命令，迅疾奔向苏穆，侍女一马当先，将苏穆一把抱住。苏穆在侍女怀中不断挣扎，声嘶力竭地高呼："梦姑姑！梦姑姑！……"

这一声声呼唤惊动了天空中的那些怪人，他们从黑袍上抽出黑色的长羽，瞄准荆南武士，护在荆南梦周围的武士应声倒地。没有武士保护的荆南梦被逼得步步后退，最终数支黑羽从后背射入了荆南梦的心脏。

箭入后心，她只吃惊，却不觉得疼。衣衫领子敞开着，血与肩头的桃花印融为一体，蔓延在她如雪的肌肤上。她玲珑的身子虽然纤瘦，却蕴藏着巨大的愤恨。

她听得到苏穆声嘶力竭的呼喊，笑了笑，一口血染红了面纱："可惜了，我这如花似玉的容貌，竟只能顾影自怜了。"

荆南梦温情地望了望苏穆，似带着无限遗憾，喃喃道："苏穆……就算为了我，为了荆南，也要……活下去……哪怕痛苦……也要活着……"

接着，她又转头望向四周的武士："你们这些废物，永远不配目睹我们荆南世家桃花印女子的倾世……容颜……"

她趔趄地走了几步，纵身一跃，沉入悠然河中。

悠然河水，荡起清冷的水光。

乌鸦那令人毛骨悚然的叫声，是对她唯一的悼念。

苏穆抢步上前，却被身后的侍女拦腰抱住。苏穆悲恸欲绝，跪在河岸边，仰头长啸。

那时候，九岁的苏穆便知晓，这世间又少了一人对他的牵挂。

十六年过去了，他甚至已记不起姑姑的模样。那一年之前，他是日日见得的，如今却如水中月，镜中花，模糊了……她为他死了，他却连她的容颜都忘却了。他郁郁悲怆，觉得自己如同那负心汉一般。

梦中，他常常回去，努力追忆着。

只有漫天的羽箭和乌鸦，荆南武士们的后脊梁对着他，梦姑姑的贴身侍女抱着他，将他与姑姑隔开了。后来，男人们倒下了。就在他的面前，一支黑羽从侍女的后脑射入，穿口而出，她温热的身体扑向他，推着他仰面倒下去，惊得他忘了哭泣。直到被皇甫的武士押上马车，他悄悄掀起车帷，看到漫山遍野的荆南武士尸首，这才号啕大哭起来。从此，男儿无泪。

逍遥堂恢复了往日的金碧辉煌，他的家族却成了罪魁祸首。都说荆南世家上违天理，下逆人伦，无视法度，殃及其他世家，血流成河，横尸遍野……

惩处也随之而来。荆南武士们被断了发，用长长的绳索束成一排，浩浩荡荡地发配到悠然河尽头去。实行禁武令，鸾倾城内不得豢养武士兵卒。销毁所有兵器，镌着凤凰鸟的荆南长矛被丢入熔炉，铸造成菩萨。

　　推行奴选令，手无寸铁的荆南女子也跟着遭了殃。人杰地灵，盛产美人——当年的美誉转瞬变成了毒药。荆南女子任由各大世家纳娶，不得收取任何聘礼，为奴为妾，以抵罪过。她们屈膝跪成一排，任由男人挑选，容貌如何，身段几分，挑肥拣瘦，斤斤计较。

五

采花大盗

十六年后，荆南苏穆站在世家白墙青瓦的城池之中，却感到金风凄紧，备显悲怆。

眼前古老的亭台楼阁，红木金漆犹在，残留鸾倾城——这传说中凤凰栖息之地，最繁盛的地方的辉煌。繁梦阁，朱红底子上鎏金的大字，如同它的名字一般繁华若梦，陷在黑夜中，却恍如隔世。

一切都在等着他，等着他替他们复仇，出了这口吞不下的怨气。他腔子里的气息，再也不属于他荆南苏穆，是梦姑姑的，是那死去的侍女的，是千千万万荆南亡灵的，他们的三魂七魄护佑着他，等待着荆南的复兴，一切都在等着他，等着他……

时间之于苏穆，只有那日和无数重复的光影。十六年来，每日天光未亮，苏穆便晨起读书，至月明星稀尚在偷偷习武。十六年来，风雨无阻，从未懈怠。这世间只有荆南世家，而无荆南苏穆。

天光微亮，他就喝醉了。

时机未到……姑姑曾说，男儿当静水深流。他眼中的光焰沉痛而灼热。他跌跌撞撞地出了鸾倾殿。

他刚出门，两个逍遥堂密探便远远地跟着他，他们的眉眼容貌，以及手臂上的懿花涧的图腾，他都熟稔于心，那是皇甫世家伸长的枷锁。苏穆不屑一顾，引着他们进了烟花之地——逸花楼。猜也猜得到，绑在逍遥堂信鸽脚上的密报上书：荆南掌权人，放浪形骸，声色犬马，难成大器……

青楼之中，歌舞升平。

荆南苏穆浑身酒气，向内堂走去，余光扫过门口，那两名懿沧密探扮成酒客悄然潜入，拣了一张桌子坐下，继续暗中盯梢。苏穆冷哼一声，穿过后院天井，直奔含露娘子的酒窖。

他用余光望向门外鬼魅般的两个密探，眼中醉意全无，而是狩猎野兽的神色。这几年逍遥堂密探遍布城中，搜集着荆南世家意欲谋反的证据。

苏穆握紧拳头，隐忍地闭上眼，再度睁眼时，怒火消弭于无形，眸中只剩一痕冷光。

姑姑的死和荆南世家的衰败教会他一件事：在敌人面前必须小心掩藏的除了野心，还有怒火。现在的苏穆必须忍气吞声，对懿沧群来说，一个懦弱的世家比一个愤怒的对手更容易让他放松警惕，也更加安全。

推开酒窖的门，只见轻纱飘扬，中间一汪酒水，底部筑灶，其下木柴正熊熊燃烧。一女子着青衣，手持琉璃壶站在酒池边，身形窈窕曼妙。

苏穆深吸一口气，闻着满屋的酒香，慢声道："古人道，满座芝兰媚，杯酒随风醉，原来说的便是娘子这里。俯仰之间，花香、酒香，都能醉人啊。娘子可还收徒？我愿意留在这神仙居中，闻酒香，赏美人。"

含露回身向着苏穆盈盈下拜，抬起头时，露出了如同清水芙蓉一般的脸庞："您说笑了。这尺牍方寸之地，怎容得下荆南世家的掌权人？"

苏穆脸色黯淡，颓然地坐在榻上，抚着膝苦笑道："掌权人？不过是个被架空了的木偶罢了，日日还要被走狗犬牙咬着不放。"

"苏穆君小心隔墙有耳……"

"惧他何甚？！惹恼了本君，掰了他的獠牙，打断他的狗腿！"苏穆起身，夺过含露手中的酒壶，将酒灌入口中。

"哎，这是酒曲，怎么能这样喝呀，会醉死的……"

苏穆畅快一笑："何以解忧，唯有杜康。"

她知他，壮志未酬，难免愁苦，却也知，烹酿小酒也如治国理政，要深谋远虑，未雨绸缪。很多变化，都是在平静的外表下暗地而生的。待到天时地利之时，小小的一个推波助澜，就会引得翻云覆雨……这鸾倾城的一池死水，也就化成苏穆君想要的醉人杜康。

她是苏穆隐秘的门客，见不得光也无妨，闺阁之中，也能晓知天下大道，也能替他运筹帷幄。

酒池微震，地缝里传出阵阵厮杀之声。

苏穆和含露皆不言语，只静静地感受那微弱的力量在空气中震动。

酒池之下，掘地三尺，是他秘密的筹谋，是他翻云覆雨的筹码。

苏穆摘下墙上的古琴，横架在面前的几案上，信手一拨，琴声如万里奔流倾泻而出。含露随音起舞，拖曳水袖将不同瓶中的酒曲倒入大缸之中，身形翩跹若蝶。二人兴致正浓之际，一名侍女走入，向含露禀道：“娘子，一个老翁赖在咱们逸花楼不走，看着是要卖女儿。”

“人在何处？”含露问。

侍女答：“已带他们到娘子的含露小憩候着呢。”

“我这就过去。”

苏穆闻言愤愤不已，跟着一道甩袖而出：“什么混账爹娘，竟要将自己的亲生骨肉舍在此处？”

去了只见一老翁牵着一少女立在堂下。那女孩十三四岁，身量未足，却姿容秀丽，正偎在老翁身旁嘤嘤哭泣。含露上前问道：“老翁，是你要卖女儿？”老翁原本紧紧攥着女儿的手，听闻这话，如同下了狠心一般，一抹眼泪，硬将自己的女儿推到含露面前，泣声道：“请娘子收了我女儿，留她在逸花楼。快，跪下。”

少女泣不成声，拽着父亲的袖子只是喊爹，这一声声听得苏穆又惊又怒：“你这为人父母的，怎可如此狠心！”边说边从怀中掏出荷包抛给老翁，“拿去，带着你女儿回家去吧。别留她在此当男人们的玩物，糟蹋了。”

老翁慌忙摆手，拽着女儿跪在地上，连声道：“多谢这位爷，老汉我真的不要钱。只求娘子保她性命。”

苏穆、含露两人对视了一眼，觉得此事有些蹊跷。含露问：“老翁，你是有什么难处吗？”

老翁哽咽道：“都是因那‘奴选令’，要我们鸾倾城的女子给其他世家做奴做妾。那些混蛋根本不把咱们鸾倾城的女子当人，老翁那些女儿……一个个被生生折磨死了……”说到这里，他几乎泣不成声，哭倒在地，“这是最小的，眼看十六了，若是……再让那些畜生糟蹋了，叫老汉我怎么活啊！"

　　苏穆脸色顿时变了，一掌拍在桌上："当年之事，我们荆南世家已付出沉重的代价，可这些女子有什么过错？！'奴选令'使我鸾倾城女子终日惶惶，宁为歌女也不愿远嫁；'禁武令'令男儿孱弱，手无还击之力！如此嚣张跋扈的逍遥堂，哪有仁君的作为？当年姑姑无非也是为推翻这暴虐之政，何罪之有？只恨我那时候还是个稚气孩童，否则……"

　　含露见苏穆神情激动，唯恐他口不择言，急忙打断他："苏穆君，小心隔墙有耳……"

　　荒唐的世界，清白女儿身，却投奔青楼，争着抢着当个男人的玩物？

　　女孩哭着道出原委，按"奴选令"的规矩，眼下又到了选妾时节，如今她年满二八，必须远嫁他乡，那决定她一生的男人，不过是个他姓的武夫猎户、士卒兵役……那些男人当她们是奴是妾是温暖被褥的牲畜，只因她们是荆南女子。她们的一生就这样草草结束了……

　　与其终日惶惶，客死他乡，不如做个故土上的歌女，那尚未发育完全的身体不如毁在嫖客手中，再不济也是同饮荆南水、同食荆南米的人。

　　苏穆愤然，恨自己无能。

　　"收了她吧。"说完，苏穆便离开了。

　　含露颔首称是，老翁连声道谢，拜过不提。

　　出了小憩，苏穆回首，见那两名密探仍未离去，而是坐在不远处的桌边，探头探脑地张望着。他恨从心起，快步上前，捡起筷子，狠狠插向密探放在桌上的手，痛得密探惨声大叫。苏穆冷冷地威胁他："不许你们的脏手碰我鸾倾城的女子。"

　　处理完一个密探，苏穆怒目转向另一名密探，抽掉桌上的绸布，将那名密探团团困住，他冷笑道："懿花涧的密探竟如此不堪，既然你如此喜欢随行本君，那就跟我走吧！"

　　苏穆拽着绸布一头，推着密探往前走，密探失去控制，脚步凌乱，一头撞到桌椅之上，疼得嗷嗷直叫。苏穆一甩手，将其抛向一根石柱，密探顿时被撞得晕了过去。

　　一辆马车从鸾倾城内驶出，车里坐的就是这次"奴选令"中被其他世家看中的弯倾城的女子。她们正以袖掩面，小声啜泣，哭声伴随着辘辘的车痕逶迤了一路。她们的声音飘出来，有喊冤枉的，有不甘的，因是女人的声音，武士们听着不觉得烦躁，仿佛成了享受。

马车行到郊外，忽然，前面闪过一抹颜色，白花花的一张脸上没有人的表情，悠然一转，不见了。

驾车的武士惊疑不定，揉了揉自己的眼睛，扬声喝道："谁？胆敢阻拦扶泽世家的车队？快出来！"

忽然，一条绳索横贯空中，一个穿戏服的旦角如风一般飘摇而过。

"什么东西？"侍卫们相顾惶然，惊疑不定。

马车里女子的哭泣声一声高过一声，在这罕有人烟的山间更显阴森恐怖，侍卫回头大力拍打马车，呵斥道："闭嘴！哭哭啼啼的，搞不好会招来不干净的东西！"

有武士感到害怕，小声催促道："快点走吧。"

说话间，一条黑色绳索横贯空中，裹住车后一个武士，将他倒拽入乱草当中。车夫大声怒叱是谁在那里装神弄鬼，刚才出现过的旦角忽又从他身侧飘过，赏了他一记清脆的耳光。

一群诡异的影子从四面八方荡了出来，一条长绸白森森的，将武士们围住，男人的脸、女人的脸从白绸中拥挤而出，似没有尸身的头颅来索命……武士们乱了阵脚，慌乱中抽出大刀将白绸划破了，露出一群古怪的家伙，脸上戴着戏台上的面具。

最前面的一个娇娇小小，却挥舞着一对板斧，是俏青衣舍了女儿身，要当那刀马旦？她在刀光中穿行，像是刀刃上反射的一抹月色，太快了，面目都模糊了，唯有一双眼睛，透过面具，在黑夜中流光溢彩，亮得令人惊心。

"你们到底是人是鬼？"

"人如何？鬼怎样？都是送你去黄泉路的！小的们，给我上！"身后的一群人像是兽，欢呼着奔向武士，怪招乱出，使出没开化的荒蛮力量。武士们不敌，死的死，逃的逃，作鸟兽散。

叶阑一脚踹开马车门，对着车内的女子们道："美人们，叶子爷是来救你们的。"面具垂下，一张俏脸笑得盈满，"给我乖乖莫动，否则，叶子爷收了你们。"

叶阑转头问身后跟着她的那些人："都问出来了？"

瘦猴嬉皮笑脸地递给她一张纸，笑嘻嘻地说："门清了，叶子爷。"

叶阑爽快道："行，全部装到咱们的马车上去。你们先回去，趁着夜色，我跑一趟，人多容易引起怀疑。"

瘦猴挠了挠头："好咧，那我们先回老巢了。"

等手下走后，叶阑拉来干草盖在麻袋之上，驾车离开了。

这是刚出狼窝，又入虎穴？车内的少女们哭得更厉害了。也只有"哭"了，一个个被问了姓名族谱，然后被塞进麻袋中，腾挪到叶阑的马车上。叶阑号令手下们先回老巢，自己独驾马车，奔向鸾倾城。

她能感到马车的分量，老马跑得很吃力。她虽与她们同乘一车，却不甘成为她们中的一员。还没有活过，就被圈在女儿身的宿命里，全不由自己。纵使没有了这"奴选令"，躲在小小的闺阁之中，日日夜夜等待一个男人迎娶，嫁了，日日夜夜迎合一个男人的喜怒，这样的归宿，她不要，她宁愿做自己的归宿。叶阑自小饱尝人间疾苦，跟着母亲华奴颠沛流离，孤女寡妇，活得艰辛，因而这口气，这条命，才显得弥足珍贵，不舍得糟蹋。

听到酒馆里的戏文"我本是男儿郎，又不是女娇娥"，叶阑顿悟，摇身一变，藏在男子的装扮里，当家做主。跟人打架讨生活，拳头似乎都硬了许多。辗转鸾倾城，又赶上了"奴选令"，母亲也怕女儿被选了去，远嫁他方，便不再催促她恢复身份，叶阑便在这粗衣麻布中，如同轮回投胎一般，变不回来了，索性当个英武神勇的大丈夫，顶天立地，仗剑天涯。她带着一群伙计，杂耍卖艺，保护穷苦邻里，收养跟自己一样的孤儿……日子过得快乐惬意。

这一车的女子，不是她，却也是她。她同她们一样，体会过无所依傍的切肤之痛。七岁那年，母亲大病，她一个单薄的小女孩，如何过活？她赤着小脚，走在积雪的大街上，想为母亲讨一口活计，天寒地冻，凉不过人心冷漠，偌大的人世间，容不下一对母女。

直到遇到了师父。她给了她一块炊饼，干涩地躺在手心里，却如烈火点燃了她枯萎的、小小的心。师父是个英气女子，从未露笑。她教授她武功，一招一式，一式一招，如一股勇猛的力量注入她生命里。

想到师父，叶阑顽皮一笑。行侠仗义的时候，她又会变回那个稚嫩的女孩，内心酸楚地同情着身后落泪的姑娘们。她要一个清朗的世界，她有自己的力量，她要用这力量解救她们。这一刻，那个在雪天里被解救的自己，也有了重生的意义。

叶阑驾着马车驰入了鸢倾城的街道。她戴着面具，悄然而行，小小的肩膀上扛着一个个麻袋，物归原主。归家的少女欢呼雀跃，回过头来望向解救她们的英雄，却已经没了影。

叶阑扛着最后一个麻袋，在小巷子里穿行，转身一跃，便过了矮墙。忽地，屋檐上的瓦片微颤，一个黑影从她身后袭来，沾着上好的酒香。

"狂徒，竟然夜闯民宅。"

"哼，你还不是逾矩入院，五十步笑百步，好不到哪里去。"

她并不把身后的男人放在眼里，径直往里走。

男人只使出几招，便擒住了叶阑的肩，迫她转身。

她望向他，只见一张令人难忘的面容，潇洒肃穆，似有君子之风。

没来由地，她心里一惊。

她愣了愣，被迫松了手，麻袋落在地上滚了几下，竟从里面掉出一个活生生的大姑娘。

苏穆定睛一看，不由得怒火中烧："好一个厚颜无耻的采花贼！"

叶阑慌了神，想要逃，逃出有他的地界。

苏穆怎肯罢休，一追一逃，一番搏斗，她见招拆招，他步步紧逼。

离得太近了，他清朗的面容近在咫尺。他擒住她的手腕，她挣脱了，他又握住了她的脚踝。她的招式全在他的预料之中，她成了他手心里一只受惊的雀儿，飞不远，逃不脱……

"卑鄙！"叶阑怒道。

又是没来由的愤怒，含着一点点娇羞。

"卑鄙？本君还未用剑呢。"

他提醒了她。叶阑转身想要抽出苏穆的长剑，却被他看穿了，一把从身后抱住她，捉住她的手。她无力挣脱，长剑抵在她的胸口，她抵在苏穆的胸口，动不了。

她心乱如麻，又有点委屈。她虽是个行走江湖的游侠，在大杂院也跟着瘟猴、瘦猴他们摸爬滚打，但从未遇到过这样的男人。

叶阑狠了狠心，殊死一搏似的，想从他的手中拔出长剑。

苏穆一愣，长剑在胸，如此，怀里的人倒像是要寻死，他将长剑往外推了推。

剑刃出鞘，将她胸口的衣衫划出一道口子。

凉风入怀，她连呼吸都觉得困难了，窘迫不已。

他却不动声色，只是盯着她。

叶阑从袖中胡乱一掏，回身撒向苏穆："接暗器……"

一把白色的粉末飘散在空中。

苏穆以袖遮面，仍旧不肯示弱，一只手前伸扣住叶阑的肩头。她奋力一挣，从他的手里挣脱，闪身不见了。

苏穆只觉拽住了她温热的衣衫，定睛看去，竟是一件女子的兜肚小衣。红绸上绣着一朵清雅的兰花。

苏穆愣住了，女儿家贴身的玩意在手中，一时间他有点不知所措。

果然……是个登徒子……

方才的"暗器"飘洒在地，散发出一股淡淡的清香。一切都显得不太真实，有一种迷蒙的诱惑。

"不是毒粉？"苏穆疑惑地扶起了少女，"姑娘，你没事吧，可曾见了那采花贼的面目？"

少女起身，望向四周，欣喜若狂："回家了？爹，娘——"

苏穆见麻袋上拴着个锦囊，便拆开来，里面是封书信。

苏穆展开，只见信上写道：

"想保汝女，就将其藏于家中，若有旁人问起，只说女儿在送往其他世家时遭强盗掠夺，已不知所终。"

苏穆更觉得蹊跷了，难道他错怪了他，他竟是个行侠仗义的汉子？

月色如水，长街上空无一人，叶阑一边走一边低头整理胸前被剑划破的衣襟。叶阑自小混迹江湖，虽说并不在乎男女大防之事，只是好心被人当成驴肝肺，难免有些愤懑不平。丢了小衣，胸口空落落的，人也怅然若失。那件兜肚是母亲华奴亲手做的。行走江湖，不能露了马脚，因而她向来都是用白布裹胸。别家的女儿穿红戴绿，自己的闺女却粗布罩身，打打杀杀养活拖累似的老太婆，母亲心疼她。石榴裙、绢罗锦袍穿不得，一件贴身的小衣还是要穿的，这是做母亲的补偿，也是叶阑女儿身的唯一守护。

她与他第一次交手，这守护就被攻破，小衣也遗失了……

"王八小子，不教训你一番，你就不知天高地厚！要不是与师父有约，我……"叶阑尴尬地停住了，她知道她斗不过他，方才的几招，她便探出了他的深浅。他把自己当成个贼，路见不平，却处处留了情分，未使出杀招。

她还是恼他，不是出于情理，而是因为她到底是个女人，只觉让人白占了便宜。命运往往做出如此怪异的安排，自己成了一个被调戏的女人，他倒像是个采花贼，不过，是个威严肃穆的采花贼，眼睛中偶然会有灼人的光。

叶阑红着脸，走进了大杂院。她从大杂院的栅栏上拽了一件瘪猴的衣衫罩在身上。院子里，伙计们横七竖八地睡在地上，鼾声四起。母亲的草屋里，孤零零地点着一盏灯，她知道，是华奴在等她。叶阑没有进屋，她转身奔向林间，赴约去了。

抬头望月，以北斗七星所在位置辨出此刻时间，叶阑加快脚步，往郊外赶去，一进密林就看见了等候已久的师父。师父虽盛年，但脸上郁郁的，没有贫苦女人操劳的皱纹和苦态，却像被什么重创过，令她看上去老成决绝。叶阑七岁跟随师父习武，不知师出何门，宗归何派，连师父的姓名都不知晓。师父不言说，她也乖巧地不问，只是感到师父望向自己的眼神有千斤之重。

叶阑收起在外嬉笑怒骂的性子，恭恭敬敬地唤她："师父。"

她转过身望向叶阑，浅浅一笑："教你的功夫，可有练习？"

叶阑抱拳，颔首。

"追我的落花试试。"

师父摘了一朵野花，拂袖，手腕轻转，顷刻，那柔弱的残花便化成有生命的生灵，簌簌地飞了出去。

叶阑眼神凛然，狡黠地从身后摸出一把精巧的小刀，向花瓣抛掷而去。飞刀在林间穿行，直逼花瓣，击中了，花瓣破碎，飞刀射在竹子上，发出一声筌篪般的响声。

师父再次出手，五片花瓣从指尖射出，向不同方向飞去。

叶阑矫捷地翻身一跃。一时之间，飞刀齐发，在林间穿梭，砰砰砰，精准地扎在远处的竹子上，刀尖挑着殷红的花瓣，如同割伤了翠竹，冒出个血点子。

师父笑了，这是难得的肯定。

"倘若用它呢？"几片竹叶飘落在师父的掌心。

"师父，这竹叶怎能当兵器？"

"你可知我教你的是何武功？"

"阑儿那年偶遇师父，幸得师父将武功倾囊相授，也遵守师徒之约，不问师父门归何处……"叶阑本以为自己笨拙，师父嫌她辱没了师门，但她话还未说完，就被打断了。

"灵羽。"

倒是个有诗意的名字。

"灵羽？"叶阑抬头，欣喜地望向师父。

"你见过鸟儿身上的羽毛，轻盈如雪，可御风而行，却能承载鸟儿重于羽毛数十倍的重量，灵羽即由此得名。练就灵羽，最高的境界就是无兵无刃，无拘无束，化最轻巧的物件为嗜血的利刃。"

师父望向远处，眉心一紧，手中竹叶骤然而出。

竹叶如有神力，猛然惊醒一般，化成了尖利无比的利刃，穿过几根竹子，顷刻，根根竹子断裂，纷纷倒下，而那片竹叶又柔媚地回归了本性，轻轻盈盈地落在地上。

叶阑惊讶不已："好功夫。"

"再过些时日，师父便将灵羽的秘诀传授于你。"

叶阑看着师父温柔的目光，觉得似曾相识，像是母亲华奴的注视。她在那注视中渐行渐远，每一次，都是师父这样看着她离开。

还是个孩子。她望着叶阑成了个跳跃的小点。

"希望她以后不要怪我。"她的脸色暗淡下去，一闪身，隐秘在竹林轻风之中，不见了。

叶阑回到大杂院的草屋里，见母亲伏在桌上睡着了，手上还捏着未缝补完的破旧衣衫。她从华奴手中卸下针线包，静静地望着母亲那张饱经风霜的脸。叶阑心中恻然，这些年每一个等待女儿平安归来的夜晚，母亲必然都不会好过。

这样的日子究竟到何时才能够结束？鸾倾城要到什么时候才可以结束那可恨的"奴选令"？什么时候那些无辜的女子才能免于那颠沛流离的命运？而她叶阑要到什么时候才可以给母亲，给睡在外面的那些兄弟安稳的日子？

前途不明的人生，苦闷至极。

只是她自小懂得作为弱者与苦难周旋的道理，打不过了，就跑，跑不动了，就躲。见了太多饿死的、冻死的、被折磨死的，她知道自己不过是命运大手下的一只蝼蚁，生死不由己。可那又如何？做蝼蚁也要铁骨铮铮，嬉笑怒骂。人生够苦了，她偏偏要在其中苦中作乐，与要杀死她的人斗智斗勇。在日日的刀光剑影中，她竟从最悲的命运角落里生发出一股乐观的生命力，每一天都被窘迫和死亡逼迫着，每一天又报复似的杀回来，命运残忍地戏弄着她，她也要戏弄回去，带着狡黠的微笑。

叶阑望向窗外快要浑圆的明月，又做回了坚定的叶子爷，将愁苦抛诸脑后。

六

荆南郡主

趁着月色，苏穆回到了鸾倾殿。此时，偌大的府邸显得很冷清，他仍想着跟自己交手的叶阑。自小经历家破亲亡的变故，苏穆在不自知中养成了深思的习惯。为何人生至此，为何命运多舛，洪荒宇宙，朗朗乾坤，总该有一个缘由。旁人知他心思缜密，做事滴水不漏，只是，想得多了，那愁苦也会不经意地爬上眉宇，化成令人难以察觉的忧伤，笼罩着他，伤害着他。

苏穆穿过曲折的回廊，如同叶阑留给他峰回路转的线索，他还想见到她，万事都该给他一个交代。

苏穆抬头，见自己的副将辰星站在回廊的尽头，手握宽刀，面色沉稳，如一座忠心的石像。

辰星跟着他已经多年，像是自己的左膀右臂，太亲近了，用起来自在得不知有它的存在。

辰星见到自家的君上，抱拳行礼，声音低沉，掩盖着言说的秘密。

"今日属下又寻得两块'盾牌'，送到含露娘子的含露小憩去了。"

苏穆用余光扫过左右，四下无人。

"功夫如何？"

"身体强壮，是习武的料。"

苏穆点了点头："此事关乎鸾倾城的安危，务必要做到滴水不漏，那些'盾牌'以后将是荆南世家的希望。"

含露酒窖下阵阵男儿的呼喊声又回荡在他的耳边。

"况且，依依马上就十六岁了，我绝对不允许她也被羞辱远嫁，毁了她的一生。"

荆南依是他唯一的妹妹，也是苏穆在世间仅存的亲人了。妹妹也是孤苦，出生之时，便带着与母亲分别的征兆。

往事历历在目，苏穆记得自己站在大堂外的屏风后，稳婆端着铜盆惊呼而出，热腾腾的水盆中升起红色的烟雾，是他母亲的鲜血！屏风上的凤凰都被染成了火鸟。

没熬过三日，母亲就去了。父亲伤心至极，却如同不能原谅母亲一般，不顾丧期礼数，大操大办地给妹妹过百日。依依周岁的诞辰也极尽奢华，仿佛那热热闹闹的喜色能够冲淡母亲离开的悲伤，哪怕一日也好，一时三刻也好。

全是徒劳，没多久，父亲郁郁而终。

鸾倾城大丧，孤儿孤女，披麻戴孝。寥寥几个人，像是荆南世家也绝了，哭丧都没有什么动静。

苏穆望着摇篮里那个粉嫩浑圆的女婴，知晓在这世间，天大地大，漆黑冷寂，唯有这咿咿呀呀的一个小人儿是他的，是家族留给他最后的暖意。他笨拙地向妹妹伸出手去。依依的小手抓住了他的手指，热烘烘，黏糊糊，却有股子力量，温暖了苏穆千疮百孔的心。他没有那么孤单了。

苏穆有时惶恐，荆南血脉多劫难，能够保全的，唯有妹妹了。

鸾倾城漆黑的偏殿里气氛森冷。荆南依的房间里漆黑一片，小侍女掌着一盏孤灯步入其中。

两只女人白皙的小脚凌空垂着，脚腕上有一颗粉红色的小痣，微微凸起，像是蚊虫的叮咬，叮在她的肌肤上，让旁人心痒难耐。

顺着轻漾白衣，是女子未梳的长发，脖颈上一条白绫，在月色的寒光中亮闪闪的，有点惊心，悬在横梁上。

侍女肝胆俱裂，跌坐在地。

"依郡主，您……您别吓我……"

闻声而来的侍女呼啦啦挤了一屋子，失魂落魄地抬头望向悬在空中的"尸身"。

慢慢地，一步一步，靠近了，再近一点。

忽地，那死沉沉的尸体猛地一抖，从黑发中探出一张雪白娇俏的小脸。微闭的双眼似笑非笑，睁开了，眼里灵光乍现，闪着俏皮的光芒。

侍女们被吓得惊呼一片，纷纷抱住她的双腿，颤声道："郡主，您别吓我……"

荆南依一双凤眼似笑非笑，肌肤莹润，娇俏妩媚，虽然年龄尚小，但是容色艳丽，可以预见长成之后的倾城之姿。

见侍女两股战战，荆南依得意扬扬道："能把你们吓成这样，说明我演得还不赖，骗骗苏穆哥哥一定没有问题。"

跪在屋内角落的几名侍女这才站起来，满脸忧容，点燃四壁剩下的几支长烛，苦苦劝她下来："小郡主，您可饶了奴婢们吧，别闹了。"

"怕什么！"荆南依一牵裙子，掀开小衣，赫然见一根麻绳系在她的腰上，她得意道，"我又不傻，还能真的寻死不成？"

她学着草莽英雄，胸有成竹地拍了拍自己，却在半空中兜转了一圈，把自己都逗笑了。

"还不是因为穆哥哥，再过几日就是我的诞辰了，他却不管不顾，也不来看我！我定要做足了戏，吓他一吓，看他以后还敢不理依依。"

荆南依嘟了嘟嘴，眉头紧蹙。

她拥有天真烂漫的孩童般的灵魂和女子完美的身体，最令世间女子嫉妒、怨恨、诅咒，荆南依却浑然不知。在她近十六年的芳华中，唯有鸾倾殿头顶的半片天和一个穆哥哥。日出日落，天下更替，与她何干？

清晨懒起，有穆哥哥差人送来的白雪茯苓霜，装在碧玉小碗中，千年松柏上的茯苓和着牛乳，上面铺着一层白蒙蒙的霜糖，入了口，松香、药香、奶香、浑然一体，是穆哥哥的宠溺。衣衫首饰也是样样出众，荆南依的百宝箱中，全是穆哥哥送的礼物，翡翠、珍珠、玛瑙、金银……璀璨夺目，价值连城。苏穆还命人按照荆南世家的凤凰鸟图样打造金饰，那年生日送了她，簪在发上，她真成了一只骄傲的小凤凰，光艳四座。

无聊了，穆哥哥替她架秋千；生病了，穆哥哥喂她喝汤药……在这冷冷清清的鸾倾殿中，有了她的穆哥哥，她也不觉得那么寂寞了。苏穆忙的时候，她便要娇嗔地使出百般花样，哭着，恼着，打着，闹着，只要穆哥哥到了，她就安静下来，小猫似的依偎在哥哥身边，玩倦了，便安稳睡去。她还要什么？要这样的日子没有个尽头。

侍女们前拥后堵，合力想将主子从白绫上抬下来。

荆南依胳膊一抢，染着豆蔻的手指尖尖一点，侍女们便立刻吓得跪了一地。

"别动我，都跪好了。往日里不是每每表忠心，说愿意为本郡主赴汤蹈火吗？现在是要造反，不听本郡主的了？"

荆南依挑了个侍女，吩咐道："你，去，把我穆哥找来，就说啊，依依要惨死了，让他赶快过来，见她最后一面。"

侍女战战兢兢地出门去了。

"你们几个都乖乖的，别露了馅。本郡主我啊，要开始死了，闭眼了。"

她娇憨地哼了一声，瞬间跟泄了气似的，四肢僵直，脑袋也耷拉下来。

一入正殿就看见荆南依一身白衣，眼角淌血，悬空吊在房梁上，苏穆抽出长剑，腾空跃起斩断白绫，飞身上前接住了快要落地的荆南依，一碰到她手腕，苏穆就已明白——跟从前千百次一样，又是一场因她的无聊催发的恶作剧。

而他故作不知，双手一松，"不小心"把她丢在地上，荆南依跌落在地，眉头微微一皱，这细小的变化也没逃过苏穆的眼。压下嘴角即将浮起的笑，他转身吩咐一脸错愕的辰星："既然郡主已去，那就好好安葬了她。按照丧葬礼仪，依依未到成年，不能入祖墓，那么就找个乱葬岗埋了吧。"

辰星心领神会，假意踌躇："君上，那乱葬岗每逢夜深人静之时，总会有孤魂野鬼四下游荡，此时又值夜半……"

苏穆叹了一口气："依依都已经死了，怎么还会怕鬼？快，去找一张破席来。"

辰星含笑吩咐左右尚且还在迟疑的武士："愣着做什么，君上的话都听见了吗？"

听见脚步声整齐响起，似乎真的有人过来要拖她的"尸体"，荆南依大惊失色，大叫："穆哥哥，依依没有死，依依在骗你！"

说着翻身坐起，正望见这对主仆忍俊不禁的脸，明白对方早已看破了自己的恶作剧，故意设局戏弄自己，她又气又恼，转身背对着苏穆，以袖遮脸愤愤道："好你个堂堂荆南君上，竟然联合手下骗亲妹妹，不理你们了。"

作为同谋之一的辰星低头忍笑，苏穆反问她："明明是妹妹骗哥哥在先，哥哥是被逼无奈，才出此下策。"

荆南依认真道："那能一样吗？你是君子，我是女子，连古人都说过，唯小人和我难养也。"

苏穆拊掌大笑："好，竟是哥哥错了。"

荆南依乘胜追击，继续道："还不是因为依依想念穆哥哥，终日将我一人留在这宫殿里，百无聊赖……"

她一贯知道哥哥的软肋，舍不得她孤苦。

苏穆走近荆南依，毕恭毕敬地向着她作揖行礼。

"好好好，是荆南苏穆的错，给小郡主赔礼。"

荆南依笑了，鸾倾城威严的掌权人，只为她一人折腰。她小鹿似的跳起来，跃到兄长的身边，牢牢拽住他一只胳膊。

苏穆的手指在她的鼻尖上轻轻刮了刮，冷着脸对侍女们吩咐："都下去吧，再纵着郡主胡闹，若真伤了她毫发半分，看我如何处置你们。"

侍女们娇怯称是，随着辰星退下。

荆南依就喜欢苏穆如此护着她，兄长如山，即使风雨飘摇，也伤不到他怀里的自己。荆南依破涕为笑，转头望向苏穆，傲娇的小模样可爱至极，扬眉问道："那穆哥哥如何补偿我？"

苏穆瞥了一眼荆南依，早已看出她的"诡计"，将她抱起，放到桌边的椅子上坐下，了然道："还用本君思量？你如此费神劳力，想必一定想好了，别兜圈子了，说吧！连同你的诞辰礼，一并送你。"

荆南依眼睛一亮，跃跃欲试地看着他道："当真？那我要出城去，四处游览一番。"

苏穆脸色一沉，蹙眉断然回绝她："不可。"

他一向言出必果，她知道没了希望，便要撒娇耍赖，挽回一点面子才好。

荆南依作势要哭："方才还说补偿我，为何转眼就反悔了？从不让我出门，日日在这鸾倾殿的高墙深院内，有什么趣？我又不是个物件，为何不能出去？"

苏穆颓然叹息，紧蹙的双眉染上化不开的忧愁："依依，你不是不知，鸾倾城受制令所限，处处掣肘，懿沧的密探又如影随行，一个不小心，就会无端招来是非。你就老实在家待着，免得惹来麻烦。"

她气不过，他是她的山，也挡住了外面的花花世界。

小时候，苏穆晨起读书，她便跟在他身后，学着他的样子，照猫画虎，摇头晃脑地跟着背诵些古训良言，她的世界就是穆哥哥的方寸书房，堆积成小山的书简泛着一股腐败的气味，哥哥喜欢，她却嫌臭地直捏鼻子。黄昏来临，苏穆偷偷习武，她又跟着兄长，在鸾倾殿的空地上瞎转悠，歪歪斜斜地来两招，自己的小影子落在地上，也是她的世界。后来，穆哥哥常常外出，鸾倾城的一宫一殿、一砖一瓦，她都寻着走了千百遍。她长大了，她的世界却变小了，小得容不下她一颗寂寞的女儿心。

荆南依不依，嘟嘴愤愤道："为什么穆哥哥能在外头花天酒地，我就要受姑姑的牵连，终日待在这宫殿里？"

"花天酒地？！"他很少向妹妹发火。

忍辱负重，心含烈火，也不过是为了她，为了荆南复兴。多少个煎熬的日夜，他都如一头被自己毒哑的兽，从不发声，含露酒窖下的秘密，是悬在脖颈上的刀……一切，他一人承担便好，他一人痛苦便好……

望着他隐忍的脸，她有点不知所措。兄长眼睛里含着的委屈与怒火，她始终看不懂。她只知道兄长爱她，纵她，连她自己都跟着骄横起来。

苏穆不欲就此多谈，转头避开："何故说起这些？"

荆南依不知兄长的苦心和无奈，埋怨道："要不是姑姑当年鬼迷心窍，偏要夺什么逍遥堂，我们至于如此吗？她可倒好，一死百了，害得我们痛苦。"

苏穆伸手过来，抢到半空，止住了。

她从未挨过打，特别是没有挨过穆哥哥的打，她开始害怕了，赶忙撒娇哭泣，像个受惊的小动物："穆哥哥，你居然要打我。爹爹，娘亲，你们地下有知，穆哥哥都不疼惜依依了……"

他听见依依口中的爹娘，神色黯然，停在半空的手垂下来，攥成拳头，藏在了身后。

荆南依仿佛知道什么刺痛了他，却又不知道具体是什么，只是乖巧地、试探地揪住苏穆的袖子，轻轻将头埋入他怀中："穆哥哥莫生气，是依依错了，我不出去便是。"

她怕极了，怕失去苏穆对她的宠爱。

苏穆叹了口气，疼惜地摸了摸荆南依的头，主动帮她擦去眼泪："还想要什么礼物？除了此事，长兄都依你。"

荆南依掩在长睫毛下的黑眼珠滴溜溜一转，仰头牵着苏穆的衣袖央求道："我听侍女说，城西天桥下有很多卖艺的人，耍的杂要甚是好玩，依依要看。"

苏穆摸了摸她头，柔声道："好，为兄答应你。"

"谢谢穆哥哥。"

"早点歇息吧。"

荆南依立马欢天喜地地送他出去，方才的种种已被她抛到九霄云外。孩子似的，记吃不记打。

她站在窗前，兄长不许她出门，可脚长在自己的身上呀，她暗下决心，娇俏一笑。

月亮东升，月光透过窗棂洒在她的身上，她忽觉异样。

像是有一根冰凉的手指，青白的指甲在她肌肤上刮了道痕。

她猛地一惊，伸手抚摸自己的肩背。

什么东西？她瘆得慌，心也跟着如坠深渊，凉了半截，冥冥之中，竟有点悲伤。

天上悬着一轮即将圆满的月亮，如她即将圆满的人生。

她整个人浸在凉凉的月光中，猛然间，肩头隐隐约约现出一朵桃花，如同当年荆南梦的胎记，是家族血脉，是死而复生的线索。

下一刻，月入乌云，肩头的桃花印也悄然消失了。

七

街头表演

为履行对荆南依的承诺，次日苏穆就带着辰星来到城西集市，各类货物摆满了道路两旁，贩夫走卒川流不息，叫卖声此起彼伏，热闹非凡。主仆二人边走边逛，入目都是鸾倾城欣欣向荣的景象。

人群之中，忽然传来了阵阵欢呼声，辰星奇道："都说城西是鸾倾城最贫穷的地方，没想到竟如此热闹。"

苏穆边走边看，这些年他在民间行走，最是了解百姓疾苦，遂解释道："住在这儿的，大多是鸾倾城中的杂务车夫、厨娘伙计，皆是些卖苦力的百姓，平日里辛勤出卖劳力，到了赶集的日子，才能够欢愉一番。走，我们去看看。"

是这儿了，异人异士怪模怪样地腾挪辗转，说书人口中诡异的世界，瞬间成了真。

二人挤入围观的百姓中间，但见正中间是一个正在表演的杂耍班子，正在表演各自的拿手绝活。其中有一名膀大腰圆的大力士，轻松举起一个石鼎抛向空中，而后又接住，如此几次，吓得观众连连惊呼。另有一对长相和穿着均一模一样的双胞胎，两人同手同足，正在表演"照镜子"这一幕，引来百姓发出阵阵笑声。一女子头顶上方架着一根长绳，用头发缠住绳索，如飞人般在空中打转。

围观的老百姓发出阵阵欢呼，往日里凝滞在胸口的委屈与苦楚喷薄而出，如报了仇一般畅快。用苦力换来的几个铜板也慷慨地撒在地上，被打赏的，也有打赏的权利。

渐渐地，围观的群众叫嚷起来，给了钱，便讨要更好的东西，天经地义。

叶子爷，叫了爷……

人群之外，一面绣着"叶"字的大旗翻转入人群。

旗面旋转，飒飒如风。一个俊朗少年穿梭其中。一反一转，露出叶阑的脸，英武，又有种形容不出来的东西，像是隐藏不住的女儿媚态。

她英姿飒爽地舞动着那面大旗，绸布如火焰般在她周身转动而不坠，克制如苏穆也不禁拍掌，跟着观众叫了一声好。辰星在苏穆耳边低声道："君上，看这小子的架势，是有功夫的。他胆子挺大啊，打着杂耍的幌子，难道不怕'禁武令'？"

"莫急，搞不好是三脚猫的虚晃功夫。"

在这世间，谁知道谁的底细呢？

苏穆观察叶阑身手许久，又说："给我几个铜板。"

辰星递给苏穆，他一边仔细看叶阑的动作一边拈了枚铜板在指尖，看准时机，以铜板为暗器朝叶阑射去。

叶阑觉察到风速的改变，猛然转身，避开了他第一次偷袭。苏穆暗暗赞了一声好，手腕一转，迅速发出剩下几枚铜板，均被叶阑巧妙避开。

有点意思。还未摸透，已入了他的眼。

又是几枚铜板，簌簌飞向她。

叶阑纷纷接在手中，顺势寻到了苏穆。

电光石火，眼神相撞，她手里捏着的铜板，有他的温度。

他和她，未曾近身，已然交锋良久。

功夫不错，是块当"盾牌"的料。苏穆暗道。

他为她定了前程，却不知嘈杂混乱中毫无道理的一刻间，他未来的路已与这"前程"交织、纠缠在一起了。许多年后，苏穆回望过去，是否还记得这一日的天光，在这里，他和她，命运交会。

她心知不妙，腾空跃起，踩着大旗柔软的布料飞身而上，身姿轻盈若燕，最终将大旗插上了高台。围观的百姓都没有察觉那短短一瞬暗涌的锋芒。

叶阑以足尖点地，立在旗杆之上，目光扫视全场，最终落在苏穆身上。

四目相接的一刹那，他微微欠身，对她露出赞赏的笑容。

她冷冷地避开，轻巧地跃下高台，翻转手上那面铜锣，走向围观的百姓收取打赏铜板："多谢父老乡亲捧场，多谢！"

有一双眼睛，一直带着逼问窥视着她。

她并不畏惧，大胆地望回去。

苏穆挑唇笑了笑，端详了她一下，不怒自威。

不知怎的，她有点恼，像是要被他看穿了，受了侵犯。

经过苏穆身边时，她停下脚步，凛冽的目光直刺向他，他不躲不闪任她观看，仿佛浑然不知她目光中的警告。

对视须臾，叶阑摊开手，手心静静躺着刚才舞旗之时他射出的铜板："这位爷，打赏的规矩都不懂，没诚意的赞赏，不要也罢。这个钱，我叶子爷不稀罕。"

她将铜板掷出，想要给他教训。

他轻巧反手，铜板乖乖地排在手中，仍望着她。

她恼了，喃喃自语："臭小子，竟然能接住。"然后才明目张胆地望向他。剑眉星目，温润如玉，她却觉得他是一个桀骜的人，一个孤独的人……她觉得似曾相识，恍如隔世……

她心惊。

胸前一紧，呛水似的哽住了，小衣被抽走的耻辱又袭过来，就是眼前人。

是他！冤家路窄！

叶阑红了脸，心里的大刀砍向他。

苏穆不明所以，向辰星示意，从容地、静静地站在她面前，岿然不动。

辰星从怀中掏出一包银两："这是定金，圆月之夜，是我家小主人的生辰，请你们前去府上祝寿。事成之后，另有补赏。"

"我管你谁过生日，叶子爷不伺候。"叶阑挥了挥手，脑子里嗡嗡作响。

辰星见不得主子受半点怠慢，呵斥道："好大的胆子，知道我们是谁吗？"

此刻正在表演照镜子的双胞胎中的瘦猴闻声跑过来，戒备地看着苏穆等人，问叶阑："怎么了，老大，哪个胆大包天的敢来砸场子？"

"不晓得你们这对白白嫩嫩的小子是从哪里蹦出来的，也不打听打听，这片都是叶子爷的地界，谁敢在此造次，先得问过我们叶子爷！"

辰星拔高音量："大胆，这鸾倾城每一寸土地都是荆南世家的，你们怎能在此称王称霸？"

叶阑冷哂了一声："既然鸾倾城的每一寸土地都是荆南世家的，那荆南世家的家主是否清楚这片土地上的百姓过的是什么样的日子？是否知道他们不愿生女，唯恐远嫁为妾，不愿生男，唯恐卑贱为奴？敢问荆南世家的家主在享乐之时，是否有一瞬间想过为他的子民鸣冤屈，为他的子民抱不平？敢问荆南世家的家主在为荆南郡主操办寿辰的时候，是否知道还有许许多多鸾倾城的女子被迫远嫁其他世家？"

辰星望向苏穆，正要发飙，却被苏穆阻止了。

他望着叶阑："让他说。"

眼前的草莽少年的话，如当头棒喝。那些疼彻肺腑的言辞，他从未说过，也从未听人说过。鸾倾城中，所有人都小心翼翼的。此刻，叶阑竟替他说了，虽然字字句句带着刺，他却觉得淋漓痛快。他以为自己是独醒之人，太清冷了，如今有个背道而驰的过客，也算半路的知己。

叶阑索性痛快道："不管你是谁，别装什么权贵的爪牙，在我的地界狗仗人势！"

叶阑转身要走，苏穆制止想要上前理论的辰星，轻描淡写地说了一句："这种技艺不精的表演，也可以在这里耀武扬威吗？"

激将法率先激怒了双胞胎二人，瘦猴、瘪猴怒视着他，走上前来要跟他理论。苏穆并不理睬，目光始终落在叶阑身上。她身形一滞，果然回头，抓住他话中的四个字，反问他："技艺不精？"

郊外小树林里，桌上放着数枚铜板、两把弓箭和几壶酒，苏穆和叶阑面对而立，辰星和瘦猴等人嘴里咬着一枚铜板，均站在十米开外的地方。规则很简单，将铜板抛向空中，只要谁手上的箭能射中铜板中心就算谁赢。

苏穆扫了她一眼，悠悠道："你若输了……"

叶阑干脆地打断他："便去府上表演。如果你输了呢？"

苏穆摇头，很笃定地开口："我不会输。"

叶阑冷笑："话不要说得这么早，你若是输了，我不要你任何东西，只要你作揖跟我道歉就行，还要尊称我一声'叶子爷'。"

苏穆还未开口，就听辰星大喝一声："你好大的胆子！"

叶阑不理他，只看着苏穆。

"好，我答应你。"他点头。

叶阑微微一笑："我信你。"

四目相撞的一瞬间，又同时从对方脸上移开，异样掠过两人心底，为此间无声交付的誓约和默契。

叶阑不由分说地举起酒壶，潇洒地灌了一壶酒，率先举弓，辰星朝空中抛出一枚硬币，她拉弓瞄准，箭矢如长虹贯穿铜板中心，狠狠扎进树干，只剩箭羽还在空中微微晃动。瘦猴拍手叫好，连辰星亦暗暗惊叹。她放下弓箭，不无得意地瞥了苏穆一眼。

他只一笑，脸上并无怯意，举目望向空中，清风吹拂着他的广袖和鬓发，斑驳光影下，他有俊美无俦的容颜。他眯眼望向烈日，笑意渐深。

瘦猴催他："我们老大射中了，现在该你了！"

他缓缓引弓，拉箭，那笑也从嘴角漾入他的眸心，五指一松，长箭发出一声尖锐的长啸，从他指尖旋出，不费吹灰之力就射中了瘦猴抛出的铜板正中心。

一样是射中中心，叶阑的脸色却微微一变。她不是没见过世面，勇猛的、狠辣的、不惜命的对手，皆不是他这样的，他始终稳如泰山，一副置身事外的样子。她心中竟有点钦佩他。

感觉到叶阑正用冷淡的目光打量着她，苏穆欠身微笑："承让。"

她漠然不语，端起桌上的酒一饮而尽，而后摔杯在地，挽弓射箭，箭无虚发。苏穆效仿她，箭箭中靶。一时间难分高下。

渐渐地，桌上的空酒坛越来越多，两人的动作也越来越慢。叶阑勉力射出最后一箭，就觉天旋地转，险些栽倒在苏穆身上。瘦猴等人急得不行，想要过来扶她，却硬被她推开，她含含糊糊道："我没醉，我……我好得很，咱们再比……"

苏穆仿佛比她更不胜酒力，脸颊绯红，连耳垂都成了粉色，弓箭就放在手边不远处，他似乎连拿起握住的力气都没有，整个人靠在桌边，如玉山将倾，摇摇欲坠。他抬头看向对面连站都站不稳的叶阑，但见他双颊艳若丹霞，目中水波横流，竟比一个姑娘还要俊俏。喝了这么多酒，他眼中依旧熊熊燃烧着求胜的光。

这是一个不会认输的人，苏穆心想，让他死或许都比让他服输来得容易。

"小子，该……你了……"苏穆将手臂搭在叶阑的肩头，沉甸甸的。

她抬手，甩开他的手臂："你别妨碍叶子爷……"

忽然，她感到一阵眩晕，连忙撑住苏穆的胸口，四目相对。

在过去的日子里，她是孑然一身的男儿，周围的人也只把她当成男儿，连她自己都忘了自己是女儿身。少有这样的时候，如同旋涡一般的牵引力，裹挟着她，如坠入云端……她毕竟是个女子，本就该被这迷蒙的情愫萦绕着，只是从未与一个男子离得这样近，她有点猝不及防。

苏穆压下心底的悸动，保持着醉酒的姿态，似乎不耐烦酒后的混乱，低声道："我认输。"

对他如此轻而易举地认输，最难以置信的是辰星，他脱口而出："主子，您……"

瘦猴等人先是一愣，继而大喜，而最该为他的服输感到高兴的叶阑脸上却不见任何喜色，在强烈的酒意下她艰难思索，心底忽而闪过的一道光暗示她错过了什么。她抬起头，看向对面的苏穆，他双目微阖，站立不稳，像普天之下所有的醉鬼，无力举弓，遑论射箭。

而此刻，叶阑的目光落在他左手上，双眼微微一眯。

虎口有茧，是常年骑射所致，她想起适才场中他也是用左手向自己发射铜板。可跟她的每一场比试，他用的都是右手。

她的目光回到他的脸上，并不意外地看到他掩在眼睑之下的打量，彼此心知肚明，带着一丝如故交知己的了然。

那一眼，竟都觉得对方已经把自己看穿。

两名密探从路边草丛中探出头来，望着主仆二人渐行渐远的背影暗暗点头。

　　"光天化日之下，公然张弓习武。"

　　"上次窝囊事也没完。明知我们兄弟是懿花涧的人，吃了熊心豹子胆，竟对哥几个下狠手。"

　　"对，咱报告给涧主，让他们吃不了兜着走。"

八
无心木偶

趁着苏穆外出，荆南依穿着侍女的衣衫，跟着几个侍女一同出了府邸。一双小脚踏出宫门的瞬间，她雀跃如孩童。外面的世界，她终于偷偷挤了进去。她一直是个待在盒子里的小人儿，抬起头来，弯倾殿高墙裁出的天光，四四方方，连外面的鸟儿也不愿逗留，忽地一下，振翅掠过了。脚底下，宫路的地砖也是规规矩矩，一朵野花也留它不得。最难熬的是将睡之时，穆哥哥也不在身旁，天昏地暗，日月无光，清冷折磨着她，恋恋不肯离去……有时候太寂寞了，卯时她就从帷幔里逃出来，光着脚，绕过宫女，悄然无声地溜到宫墙脚，听墙外的炊烟人家——

小贩的车轮骨碌碌地压在石板上；晨起的小哥滑了一跤，骂骂咧咧地走远了；卖早点的大娘底气十足地吆喝着，笼屉里的香气都掺在声音里；张家的孩子哭了，李家的老狗吠了……满满当当，填满了荆南依的心。

那些年灌在耳朵里撩人的人间烟火，此时全部呈现在她眼前了，像是美梦成真。荆南依看了又看，连大街上混杂的空气都令她迷醉，吮吸不够。她大摇大摆地走在大街上——踏实的人间。

她察觉到双双对对的眼神向她投射过来，全部落在自己身上。

"长得真俊啊。"

"谁家的女儿如此貌美？"

"说书先生咋说的？花容月貌啊……"

卖货的小哥遥遥巴望，铜板撒了一地；挑货的大郎扭着脖子瞥过来，绊倒在街角；小夫妻挽手而行，方才的恩爱抛之脑后，男人的魂魄早已出窍了……

荆南依被这一幕幕"好戏"逗笑了，人间的滋味她才浅尝，便觉得乐趣百般，人是有意思的动物，特别是男人。

她扬扬得意地背手前行，望向一家排场十足的馆子，阔步走进去。

她说话的神情单纯，话的内容全然由心，不谙世事，竟如化外之民一般，让人又爱又怜。有些登徒子误以为有便宜可以占，殷勤地邀她去酒楼坐一坐，她不疑有他，转身上楼，几名男子殷勤服侍，一个男子拉出了凳子，一个书生拽着袖子擦桌子，一个富家子弟打开扇子为荆南依扇风。

"小姐请坐。"

"别脏了小姐的衣衫啊。"

"小姐可凉快了些？"

荆南依好笑道："你们这些人，怎么跟我的小葵这么像？"

一男子谄媚地问："敢问小葵是小姐何人？"

荆南依眨了眨眼："我养的狗。"

众男子丝毫不觉她话中的侮辱意味，只觉这绝世女子说的任何话都悦耳无比，甚至争相学起了狗叫，一时之间各色狗叫声此起彼伏，荆南依笑得伏在桌上直喊哎哟。

男子们争先恐后道："只要能在小姐身边相伴，就是做狗，也不枉此生啊！"

荆南依顿时笑成一团，双手拍着桌子，小脚上下摆动，甚是娇俏，引得男子们痴迷疯狂，她连声道："甚是有意思！再学一个，再学一个……"

笑声，狗吠声，男人们的假笑声，混杂成一片，难寻的人间好戏。她是舞台上绚丽的大花旦，众星捧月，仿佛这世上只有她，让人错以为花红千日，意满百年。

酒楼外的街上，一把凤穿牡丹的工笔花伞，大红大紫，招摇而过。行人都往伞下探去，锦罗绸缎花团锦簇，扮着个油光粉面的胖男人，发上簪着朵红花与唇上的一点红，遥相呼应。

飞尘想到逃离了无常坞的种种，心生委屈。他本就是个落魄的游魂，幸得在无常坞避世，过了几年安生日子，却又犯了老毛病，被个娇艳的小寡妇勾走了魂……

"苦海这个老东西，拿个小娘们诱我来此处，不知何意。偷了主人的羽霓裳，无常坞是回不去了，唉，真是可怜。"

他扭扭捏捏地摘下手帕，轻轻擦拭自怜的眼泪，一抬头，瞥见被众男子围绕的荆南依——阳光下，粉面含春。飞尘两眼冒光，一时间看呆了。

他回过神来，急急地从怀中掏出个云文缎袋，草草打开了，红绸白缎子地包裹了好几层，宝贝似的将一打草纸状的物件攥在手里，翻书样地查看，定睛望去，竟是一张张女人的脸皮！

没了血色，黄的黄，白的白，如冷掉的油汤上起腻的薄薄一层，细细地皱住了。眼睛还是眼睛，嘴巴还是嘴巴，只是黑洞洞的没了身后物，透着股诡异妖艳。

飞尘翻阅着多年来收集的女儿面，这是他毕生的珍藏。他爱美，最爱女儿之美，花红柳绿，莺歌燕舞，都熬不过时光，令人惋惜。他见不得美人迟暮，青丝变华发，索性将她们最芳华的一刻攥在手里。每一次他剥下女子的脸皮时都哭哭啼啼地，像是比她们还要苦，惋惜光阴遗失……

飞尘手中拿着死去的美人脸，对比着远处的荆南依。

丑、丑、还是丑！

一张张美人脸被丢入沟渠中。

"此种绝色女子，唯有天上有。想我飞尘一生，自以为阅女无数，今日方知白白糟蹋了'登徒子'的恶名……"

飞尘急急地往酒楼处去了。

一只流浪狗吸着鼻子，叼走了水中的几张美人面。

飞尘目不斜视地穿过人群，并不理会荆南依，多年的经验，他深谙欲擒故纵的道理。只是摆动袖口，将一个小小的布偶抖落，掉在了地上。

荆南依望见地上的布偶，刚要言语，布偶竟一跃，如同有生命一般钻到飞尘的袖子里。

荆南依指着飞尘，惊呼："啊啊啊——叫你呢！"她跳下桌子，饶有兴趣地拽住了飞尘，"喂，丑八怪，你袖子里面藏着什么古怪之物？"

好奇的猎物坠入罗网!

飞尘抖了抖袖子:"小姐姐,我可是两袖清风,空无一物啊。"

荆南依不依不饶:"我明明看见了,有个小东西钻进你袖筒里了,莫要唬我,快快拿出来。"她孩子气地把小手摊在飞尘的面前。

飞尘故作神秘地四下观望,翘起兰花指,点了点二楼的雅间。

荆南依俏皮地点点头,一回头,方才的一群男子也跟了来,翘首以待。

"你们跟着我干吗?走开、走开。"她连下命令都成了娇嗔,男人们心满意足,站定了。

荆南依跟着飞尘上了二层雅间,关了门,伏在桌子上,等待着神魔一般的表演。

"你看着我干吗?快拿出来。"

飞尘望向荆南依,神色狂喜,害羞地用手绢捂住嘴,从袖子里掏出方才的布偶。

荆南依一把抢过去,捏了捏,那布偶一动不动,如同死在了手心里。

"怎么回事?方才还活灵活现的,像是个活物。"她摆弄着小玩物,却不知自己也是旁人手中的玩物。

飞尘缓缓靠近荆南依,将鼻子伸长似的探出去,深深吸气,吸取荆南依身上的气味。

她对这个世界一无所知,连危险也当成了新鲜,毫无察觉:"喂,不管你是妖怪还是神仙,快点使个法,让我观览一番。"

"小姐姐稍等。"飞尘牢牢盯着她,将手指伸进嘴里,咬破了。

一滴饱胀的血涌出来,落在布偶的胸口,画了个咒。

布偶猛然跃起,在桌子上蹦蹦跳跳,跳到她的手心里。

荆南依欢呼:"动了、动了,真好玩!"

那布偶如飞尘的眼,跳到她的肩头,顺着衣襟划过胸口,落在大腿上,感受她美妙的身体。

"我长这么大,稀奇古怪的玩意见了许多,都没有此物新奇!教教我,怎么控制它?"她虔诚地望向眼前的怪人,在弯倾殿外,第一个令她快乐的人。

飞尘望着她,这一刻还舍不得生吞活剥了她,还要把玩一阵,看着猎物垂死挣扎，命悬一线，是猎物给猎手带来的莫大乐趣。

飞尘笑得谄媚："小姐姐，你能控制比这更大的玩偶呀，还稀罕这种小把戏？"

荆南依一听就嘟起嘴，一脸不高兴："我哪有那般本事？你个丑八怪，莫要诳我！"

"飞尘怎忍心欺骗小姐姐，你不妨一试。"

他招招手，荆南依靠近他，一脸困惑地看着他。

飞尘靠近她，在她耳边低语，带着魅惑："你的美貌就是天底下最蛊惑人心的符咒，你可以控制世上一切东西，包括所有男子的心。"

所有男子的心？

她并未见过多少男子，父亲早亡，她年幼，连他的样子都记不得了，只有祠堂中一张薄薄的画像，高高挂起。每年祭祀，穆哥哥带着她，跪在蒲团上，敛声屏气地磕头，翻着眼皮用力望上去，只觉父亲一派王者风范，双目深邃，面色阴郁到有点模糊，风吹进祠堂里，画像晃了晃，还是轻飘飘的一个鬼。苏穆是她的兄长，长兄如父，他的心里念着她，怜着她，可穆哥哥的心是座迷城，她只住在属于她的院落里，其他的地方她进不去，穆哥哥也不许她进去。还有个辰星，石像似的，不苟言笑，他的心应该都在穆哥哥身上吧？他倒也听她的话，低眉顺眼，但从不望向她，像是怕她。其他的侍从小厮是没有性别的，瘪着嗓子点头哈腰，长得仿佛一模一样。

她细数着鸾倾殿中的男子，一派枯败。

荆南依一步一回头地来到窗边，发现楼下成群的男子都在仰头看她。她踌躇着回头望了一眼飞尘，他向她鼓励地微笑，她鼓足勇气大声道："你们……你们都给我站好了。"

荆南依转头，飞尘坐在里间，冲着她点了点头，这一刻，他是她的启蒙之师。

荆南依指了指楼下的男子们，淡淡一笑："把你们的常服都褪了。"

众男子大惊，眼睛直勾勾地盯着她，手在衣服上盲目摸索，纷纷脱下自己的衣衫。

她往前走了一步："彼此捆掌给我看。"

啪啪，一巴掌接着一巴掌，扇在彼此的面皮上。

荆南依心里一惊，她瞥见了美貌的力量，他们是她的裙下之臣，跟鸾倾殿内没有性别的小厮一个样，全听她使唤。

荆南依拍手叫好，为他们，更为自己。

她是男儿疆土上的王。

"真好玩，打呀、打呀，使点劲，哈哈，真好玩……"荆南依蹦跳着回到飞尘的身边，"真的可以控制那些笨蛋啊。"

她还是个懵懂的孩子，权当这是个游戏。

飞尘有点心疼她，如此这般的容貌，本可驾驭无数的男子，世界是男人的，世界便是她的，她竟忽视自己的美貌，浪费了。但他也知道，习得了一项本领，没有人舍得放着不用。

飞尘语重心长道："我的小乖乖，记住，没有男子不会拜倒在你的石榴裙下，因为你是这世间一顾倾城、再顾倾国的美人。"这是属于她的真理。

荆南依若有所思地问："你到底是谁?"

"无常坞的无常五子之一，飞尘，有机会的话我们还会再见面。"他掏出那个布偶递给荆南依，"这个送给你。"

荆南依带着那个布偶，偷偷回到了鸾倾殿。据说，穆哥哥今日大醉，竟耽误了读书的时辰，在房间内昏睡。她轻巧地绕过了苏穆的房间，回了闺房。

一屋子的侍女焦心等待，却被她统统轰了出去，马上便是自己十六岁的诞辰了，她走到铜镜前，坐定了，第一次细细地打量镜中人。

烛火荧荧，反射在铜镜中，有种妖异的光芒。她扮鬼脸一般，轻挑眉眼，低头浅笑，是个美人吧？她憨傻地笑了。

窗外，一轮圆月高挂，月光漫进来，凉凉地爬上她的肌肤，她有点冷，再看向镜中，惊鸿一瞥，不可方物。她第一次重新认识了自己，有点惊心。

月光照耀着她，薄衫轻挂在身上，没来由地掉了，她懒得去捡拾，赤裸的后背上，忽地有暗红色的小虫般的活物，在她吹弹可破的肌肤下缓缓蠕动，点墨似的聚成了一团——一束桃花缓缓成了形，盛开在肩头。

别了荆南依后，飞尘回到自己所居的棺材铺，从棺中取出一面镜子，打开之后用袖子仔细擦拭，口中念念有词，那蒙尘灰暗的镜面随着咒语一点点变得清晰，映出了睡梦中的荆南依的影子。

夜半时分，布偶从她手中挣出，爬上她肩膀，撩开她身上的羽毛被。一缕月光正好洒在她肩上，一束桃花从她的肌肤缓缓淡入，盛开在肩头，宛如胎记一般。

惊得他险些失手摔碎了镜子。

桃花印！

鸾凤之相……这么多年过去了，鸾倾城又出了桃花印女子……

百年来，悠然河南北的苍茫大地上，各大家族口耳相传："桃之夭夭，宜室宜家，灼灼其华，霍乱天下！"

有桃花印的女人便是鸾凤，得鸾凤之女者，可成帝王之势。这预言笼罩着荆南世家的子孙，镂刻在他们的骨血里，是福祉，又像是个逃不脱的诅咒。

当年的故事重演了。她定是一个喊冤成怨的孤魂，死在那样月明的夜里，兜兜转转，不肯罢休，又在这样的月色下，寻了自己的血脉，借尸还魂，活过来，活过来……

飞尘呆然而笑，老天开眼，让他这个登徒子先睹为快，看到这世人皆期待的、梦寐的、记恨的，却可逆转乾坤的女子，养眼沁心。

他忽而想起自己棺材铺中，封在箱里的主人的宝贝——羽毛静白雪，美人落凤舞。

飞尘改变了主意，他要一个活物，玩弄于掌心，伴他一生，因为她是天下第一美人，独一份，再多的女儿面皮也比不上。

"我的小美人，我要让你穿上这件羽霓裳，做我飞尘一人的小凤凰。"

飞尘闪身，隐匿在夜色中。

趁着酒意，荆南苏穆沉沉而睡，昏天黑地暗无天日，又梦见了姑姑。这一次倒古怪，没有漫天乌鸦，也没有家国、私恨、复兴……繁梦阁鸟语花香，姑姑还在那里，更衣沐浴，香气撩人地陪他下棋，仿佛回到了童真的年月里。

次日清晨醒来的他，头痛欲裂。

辰星站在一侧，等待少有失态的主子，除了这一次。

"您醉得不省人事呢。"

"有失风仪。"苏穆叹了一声，想起了祸首叶阑。

瘦瘦小小的一个人，酒量倒是惊人，功夫也算上乘。

辰星不平："属下认为，那家伙当不了'盾牌'。他的那一番忤逆言辞，实为大不敬，要不是您拦着，我真想教训教训他，怎能那般讽刺君上。"

苏穆回想起叶阑痛斥自己的模样，眼神清朗，傲立不惧，如刚出巢振翅而飞的小鹰。

他微微一笑："我反而觉得，他直言不讳，率真可爱，颇有魏晋风骨。依依寿诞之日，你去迎迎他们吧。"

一大早，叶阑便开始收拾表演的家伙，乐器、把式、道具、戏服……统统装进大箱子中，命手下人抬着。一行人跟着辰星浩浩荡荡地从城西的大杂院出来，奔向鸾倾殿。

一抬头，蓝墙素瓦，高屋深院，门庭照壁上描着一只凌空的凤凰鸟，那是荆南世家的标志。

众人慌了神。

瘦猴、瘟猴二人面面相觑，瘟猴结结巴巴地问："老……老大，不对劲啊，这不是荆南世家的官邸吗？难道……难道砸场子的那小子是荆南世家的人？"

瘦猴顿时怕了，忧心忡忡道："那天，叶子爷好生把他训斥了一番，万一他在掌权人耳边吹吹风，咱们的小命不保啊！"

叶阑有点失望。那天，酒意微醺，他像个梦中人，气定神闲的眉宇，桀骜轻挑的嘴角，都在那日的醉香中柔和起来，她竟依依不舍……酒醒了，他不过是个权贵的爪牙……

她本想逃开，却避不过。

"管不了这么多了，无论那家伙是谁，一人做事一人当，倘若真有什么触犯，我担着，你们不许给我添乱。"叶阑镇定地道。

随后一行人在辰星的引领下大步走入殿内。

大殿之内，张灯结彩，花团锦簇，连青蓝的帷幔轻纱都换作了红红粉粉，一改鸾倾殿素雅的风格。苏穆知晓荆南依的性情，她爱这一点喜气盈盈的热闹。

苏穆陪着荆南依坐在席间，频频饮酒。

殿内舞姬一曲方罢，含露举着一方锦盒走上前来，向着苏穆、荆南依盈盈一拜，含笑道："恭贺小郡主二八诞辰，愿小郡主芳华永驻。含露不才，为小郡主寻求寿诞贺礼，说来机巧，前几日在一家店铺见到此物，含露见识浅薄，却知晓这衣衫是以天鹅鸿鹄羽制成的羽霓裳，相传世间共有两件。含露以重金买下，送予小郡主。"

荆南依兴致勃勃地探身过来，连声催她："打开看看。"含露亲自取出，雪白羽翼静静地蜷在锦盒中，一如盒中潜睡着一窝白鹭鸟。含露抖开羽霓裳披在荆南依身上。一席白羽，轻盈若雪，从她的周身漫出来，她转了一圈，四周的帷幔、殿宇都如同失去了重量，悬浮在空中，随着她飘荡起来……

灿如春华，皎若秋月。

荆南依欢喜不已，跑到苏穆面前让他看："穆哥哥，美吗？"

苏穆脸上的笑在看清那件纯白霓裳时有一瞬的凝固，含露敏锐地察觉到他的异样，小心翼翼地问："苏穆君，怎么了？"

苏穆笑了笑："国色天香，倾国倾城。"

他望着出落成美人的小妹，有点恍惚，只觉光阴似箭。

荆南依得意，又转了几圈，疏疏落落的羽毛旋成一片。

苏穆脸上的笑一点点淡去，状似随意地开口："娘子说，此物共有两件，可知另一件是何颜色，谁人拥有？"

含露摇头："含露也只是听闻而已，并不知晓。苏穆君查问，有何不妥？"

恍惚间，他又看见漫天飞舞着的乌鸦，黑压压的群鸟中，有只古怪的大鸟，黑羽环身，杀气腾腾。十六载事，惊如梦！他感到一股肃杀之气从自己的心底冒出来，他的旧伤，连片刻的欢愉、连依依的寿诞也抵挡不住。他压下自己的心事。

"没什么，随便一问。"苏穆笑道，随后抬首坐正，望向殿外人来的方向。

叶阑等人随辰星步入大殿，殿内光线并不逊于室外，因四壁日夜不熄地燃着长明灯，香气旖旎，经久不散。苏穆着玄裳，佩白玉，端坐堂上，与进来的叶阑四目相触，她蹙眉一愣，他浅浅一笑。

"还不拜见鸢倾城的城主、荆南世家的掌权人——苏穆君。"辰星喝令。

瘦猴指了指苏穆："你看，是那个坏家伙啊。"

瘪猴吓得哆哆嗦嗦："坏……家……伙……"

"大胆，竟对苏穆君出言不敬。"

扑通，几人全跪在地上，连连磕头。

她像是认识他许久，却第一次听到他的名字。

叶阑仍站在堂中，定定地望向他，她不要显得卑躬屈膝，她一无所有，唯有这点骨气。置鸢倾城百姓于不顾的暴虐之君，令乡亲父老苦于禁令的昏庸主子，她一直痛恨他。此刻他就在她的面前，却跟她从前想象中的不太一样，不是纸醉金迷的昏聩老儿，也不是奢侈糜烂的富贵公子。他素净的衣衫和肃穆的气度，令她迷惑。

这样一个人怎么会……她不愿意相信眼前的人是掌权人，情愿是另外一个，她感到不快，甚至没来由地愤怒了。

她咬了咬牙，说服自己，知人知面不知心。她的心凉了一截。

瘪猴和瘦猴伸手拽叶阑，低声劝慰她低头服软，保命要紧。

她抱拳，只行简单的见面礼："叶阑拜见苏穆君。"毫无感情，看似是顺从，其实是一种抵抗。

苏穆温柔地接上她的话，他看穿了她。为了表示退让，他如约地称她一声"叶子爷"。

没承想，她并不领情，还奋勇地反驳道："名号不过是个称呼，与人的风骨气度无关。"

苏穆不愠不怒地点了点头。

她的出招落了空，反而显得她没风度。

辰星引她觐见荆南依郡主，荆南依侧首打量叶阑，见是个容貌俊秀的少年郎，神色坦然自若，态度落落大方，便问："这么瘦弱，你会表演什么？"

叶阑环视殿内，目光落在苏穆悬在壁上的宝剑，上前道："君上的剑可否借小民一用？"

众人面面相觑。荆南依"哎呀"了一声，替哥哥苏穆回绝了叶阑："那你可算找错人了，我穆哥哥的那把宝剑，谁都碰不得。"

苏穆抬头望向叶阑，起身，将剑取下递给她。长剑横空而出，她轻巧转身，顺势接住了。

"拿去用吧。"

荆南依不由得一惊。

习武之人向来视剑如生命，哥哥这把剑别说是辰星，连她都摸不得，今天竟被他这样爽快地借出。荆南依心下暗暗纳罕："真是稀奇得很！穆哥哥也有破例的时候？看来啊，这世间的事都是说变就变呢！"转眼间瞥见侍立在苏穆背后的含露娘子，表情一样惊讶。

叶阑抽出宝剑，如行云流水，伴着丝竹乐音飞跃而起，挑起灯烛星火，剑光与火光一起流转，翩若惊鸿，且她刺、挑、转、旋，舞剑的每一步都紧扣乐音，激烈时昂扬，凄楚时低回，动作飒爽有力，绝非街头杂耍式的表演。

苏穆目不转睛地看着，连酒杯何时已空都不知道。那剑好似有了灵气，与叶阑人剑合一，剑因人而锋利，人因剑而华美。

有一瞬，他竟觉得自己在嫉妒那把无生命的剑能与叶阑亲密无间地合作这一场剑舞，这个莫名而起的念头让他感到烦躁，这是他过去二十多年从未有过的感受。

含露娘子何等冰雪聪明，只一眼就看出了这向来不动声色的君主的反常，他追逐舞剑少年的目光含着连他自己都未察觉的迷茫。她从未见他用这种目光看过任何女人，包括红颜知己的自己。

思及此，含露微微叹了口气，说不出是可怜还是同情。荆南梦的暴毙、荆南世家的衰落、鸾倾城的苟且偷生，让曾还是少年的荆南苏穆从未真正拥有过一天快乐的日子，没有人教过他何谓爱，他的爱被仇恨囚禁在不见天日的深渊。

长大了，他会对人笑，却并非发自内心。他会喝酒，却从来不允许自己喝醉。喜怒哀乐，怒和哀都被他锁于心底，血海深仇不允许他有多余的情绪。

而他看向那舞剑的少年时，像是从灵魂深处透出了光，连带着他的眼都熠熠发光。

她终于明白，他的一切细微的改变并非因为这场剑舞，而是舞剑的那个人。

那一刻，通达明慧如含露也不由得庆幸那舞剑之人是个男人，男人与男人之间惺惺相惜不足为惧，哪怕成为传奇，一切也只能到此为止。

丝竹声中，叶阑抽出宝剑，行云而武，流水而行。她起身一跃，烛火都挑到剑刃上来，剑光之上，流火飞转，星星点点。光影之中，是她静谧的脸庞，与平日里的游侠气概截然不同，英气，又有点哀婉。

他望着她，心里猛然一动。

剑舞正至精彩处，忽然听见殿门外传来一阵骚动，懿沧密探领着一队人马闯进了大殿，银甲红缨，将大殿围住，带头的两个是懿花涧的密探。

叶阑被捉

丝竹之音戛然而止，殿内奴仆均惶惶相顾，辰星挺身而出，大喝一声："什么人，胆敢擅闯鸾倾殿！"

来人傲慢一笑，无礼道："闯的就是鸾倾殿！"狗仗人势，脸上有种幸不辱命的神色。

苏穆一眼认出来人就是那日在逸花楼鬼鬼祟祟跟着他的那两个人，他不慌不忙道："是你们这两个狗奴才。"

领头的密探敷衍地朝苏穆行了一礼："我们奉逍遥堂之命，在你鸾倾城境内奉监管督促之责。"

苏穆冷笑："不知懿沧武士们有何贵干？竟兴师动众地闯到我鸾倾殿来了？"

一卷禁令铺展在苏穆面前。

字字句句都是他的耻辱。

懿沧密探慢慢环视殿中，用剑鞘指了指叶阑一行人："根据'禁武令'，鸾倾城内不得豢养武士兵卒，百姓不得使用一兵一刃。"

"那又如何？"

"不顾'禁武令'，私造兵刃，我们此次前来就是为了捉拿他们的。快，给我抓起来。"

懿沧武士的利刃齐齐对着叶阑，以迅雷不及掩耳之势四散开来，将"目标"团团围堵。

当着他的面，捉他的人，连小小的悍吏都把荆南世家踩在脚下。

苏穆起身，气定神闲地信步走入人群，他尚未动手，懿沧武士就似中邪一般，乖乖让出一条道路。

他挡在她面前。

"苏穆君，你是何意？"

"睁开你的狗眼看仔细了，他手中握的，是我荆南苏穆的剑。谁敢碰他？"

他的瞳孔骤然一缩，顺势握住叶阑的手，提起她手中之剑，将其架在说话那人的脖子上。他掌心灼热的温度令叶阑微微一震，她抬起头，见他下颌紧绷，鼻尖霎时一酸，难以形容那一瞬间自己的感受，孤立无援之际有人及时向她伸出手，在过去的十数载，他是第一个。

密探阴鸷的目光扫过他的脸，皮笑肉不笑道："就算此刻有苏穆君袒护，那日晌午，在小树林中，这小子也是张弓射箭了，触犯'禁武令'者，按令当拿，荆南苏穆，你却刻意偏袒包庇重犯。如果我们将此事禀报逍遥堂，悠然河南北的世家武士定会踏平你鸾倾城。"

"是啊，苏穆君，如果我们将此事禀告逍遥堂，悠然河南北的世家们不费吹灰之力，就能踏平鸾倾城。"

他们怕他，只好拿鸾倾城来威胁他。

苏穆稍一用力，懿沧武士的脖子上顿时出现一道血痕。

"你当我荆南世家怕他们的铁骑不成？辱国羞民，犯我疆土者，荆南百姓皆为死士，必定杀之，诛之。"

他说得轻描淡写，却是坠地千斤的誓言。

叶阑望向他，只见他目光如炬，一脸杀气。

是她错怪了他。这一刻，他们是同袍而战的死士。

他睥睨着眼前的走狗，语调冰冷，一字一句道："你真的以为我不会在这里杀了你？"

眼见事态一触即发，两厢僵持不下，含露赶忙上前解围，低声劝道："苏穆君，切不可逞一时之气，落了他们的口实。逍遥堂就等着逮个罪状，荼毒我鸾倾城，苏穆君可要为全城百姓着想……"苏穆蹙眉望向含露，含露朝他摇头，示意他忍忍，"我们筹谋之事尚未齐备，不可功亏一篑。且先放他们去，再从长计议。"

他一忍再忍，忍到眼下已经觉得不能再忍了。

他忘不了姑姑荆南梦惨死的那一幕，那一幕不断在他梦魇中上演。他清楚地记得姑姑绝美容颜是如何一瞬枯萎，他忘不了侍女临死前那含恨的眼。多少次他曾设想，如果当初他跟姑姑她们一起葬身悠然河，或许这些年他就不必再忍受仇恨的折磨。

可活下来的偏偏是他。

他知晓含露言之有理。

无辜百姓，手无寸铁，要他忍辱护佑；筹谋之事，尚未齐备，不可功亏一篑。家国重任如大山般压下来，重重地落到他的肩头。

一切，全要他忍……

苏穆恨意勃发，手中的剑迟迟没有放下。

含露求助般看向叶阑，眼下能救苏穆的只有她了。二人的对话，清晰入耳。三言两语，关系利害，叶阑早已知晓了大半。他有他的担当与难处，不是为了他一人，而是为了跟叶阑一般误解他、诋毁他、辱骂他的人，许许多多的人。她替他感到委屈。原来英雄也是苦不堪言的。

叶阑心领神会，略一用力，从他掌中抽回了自己的手，撤下架在密探肩上的长剑，双手将剑送还苏穆："谢君借剑。"

"你！"苏穆声音转厉，痛心疾首地质问，"你不要命了吗？"

"那苏穆君呢？"她笑笑，依旧平静，"是否也顾及了自己的性命和弯倾城百姓的安危？如若因我等牵连弯倾城的无辜百姓，叶阑必定惶恐不可终日。"

叶阑愤然转身，替他做了决定，果决得，像是再也不回来。

一众懿沧武士拉扯着叶阑的几个手下，拖拖拽拽地跟着拥了出去。瘿猴和瘦猴的咒骂声，淹没在黑夜中。

这一幕与记忆中的那个场景何其相似，远去的姑姑成为他心底永远的痛，那么这一次呢，这一次他又会失去什么？

含露低声道："君上莫急，咱们从长计议。"

苏穆愤然望向他们。长剑在手，他却救不了一个意气用事的好小子。

过了一阵，几个不知状况的侍从端举着为寿诞备好的菜肴鱼贯而入，几案摆得满满当当，主子却冷脸相对。

辰星和含露面露难色。他们都知道懿沧武士的手段，懿花涧的酷刑是凶徒对付野兽的招数，削肉的弯刀片肉剔骨，醮盐的马鞭狂抽滥笞，折磨够了，趁着还有一口气，将头颅砍下来，悬在"禁武令"的大旗顶尖上，未瞑目的眼暴出来，最后望一眼乡土风尘。那汩汩的血顺着旗杆淌下来，流在故土上，又仿佛觉得不是故土，做鬼也无家可归……

　　苏穆缓缓走到几案前，端起酒杯，饮下了冷酒。冷酒凛冽如匕首，似要将他的胸膛破开。

　　在这大殿之上，他是荆南世家的掌权人，枷锁在身，不得而动。在黑夜之中，他便可成为流寇匪类，救人如救火，管不了那么多了。苏穆命含露回小憩去，自己则带着辰星出去了。

十一

——————— 叶阑被救 ———————

日头落下，走在狭窄的巷子里，没有光，目之所及，处处都像是死路。叶阑被绑了双手，懿沧武士推搡着她向前走。她只管静静地走。经历过那么多危难，没承想竟然会在今夜将自己的命豁出去，还是为了个男人，和她一个萍水相逢的男人。她出奇地平静，只觉得命运无常。

一股莫名的情绪在她胸中涌起——即便刚刚才得知了他的姓名，勉强算相识，她竟不后悔。一定是因为游侠意气，一人做事一人当是她一贯坚持的原则；也是因为鸾倾城百姓，这样的一个掌权者，也许还有些希望……也许还有别的什么，模糊不清的，搅动着她的心。

转过下一个巷口，就是张贴着"禁武令"的高台了，那些高悬的大旗挑着人头，远远望去，像是一群长脖子的怪物，在黑夜里眺望远方。

她的头颅要挂在哪一根旗杆之上？

忽地，两个黑影闪过，刀光随行，走在前面的懿沧武士僵直倒地。

密探抽出刀，质问的话还未出口，就被领头的那名黑衣男子一个旋踢，踢飞了手中的刀。懿沧武士们眼见形势不对，蜂拥而上，混战当中，懿沧武士死的死，伤的伤。

一道急飞的剑光，划过叶阑的手臂。绳索断裂，被绑着的双手松开了。

在这个连月光都被乌云遮蔽的夜晚，她还是认出了他手上的那把剑，心头一震，话未出口就觉鼻子泛酸。

他蒙着面，只露出一双坚定的眼睛，含笑看着她。

他没有失言，他要救她，用的是这种置之死地而后生的方式。

苏穆扶她起来，低声说了一句抱歉。

她的脸就贴在他胸口的位置，能清楚地听见他的心跳，又快又急。

丝丝缕缕的幽香钻入他鼻尖，令他觉得似曾相识。苏穆低头看她，黑暗中他的眼格外明亮，月影移转间，映出他秀逸的侧脸和嘴角那不合时宜的微笑："是你。"

是惊喜的语气。

叶阑不自觉地仰起头，没有料到他正好俯身附到她的耳畔说话，他的唇阴差阳错地拂过她的额头，温柔的一触，如火苗迅速点燃她的两颊，她下意识地深呼吸，没想到铺天盖地都是他的气息。

他在她耳边低语，气息轻轻地撩拨她的心："我知道，那个人是你。我记得你身上的香气。那晚，戴面具送远嫁女回鸾倾城的人……"

苏穆再次靠近叶阑，嗅她身上的香气，鼻子险些撞在叶阑的鼻子上。苏穆扬眉一笑，说不出的清俊英朗、意气风发："是这味道，当时那人施了暗器，我误以为是毒粉，最后察觉竟是女儿家用的香粉。"想到这儿，他又细细打量起了叶阑，"你当真神秘，一会儿是蒙面侠士，转眼又变成了市井英雄。你到底是何人？"

叶阑尴尬地低头，喃喃辩解："我……英雄不问出处。"

苏穆笑道："无论你是谁，本君都以赤诚之心恭迎。如今情况凶险，我们先找个安全之地。"

叶阑脸上轰然一炸，苏穆疑惑："你脸红什么？"

叶阑移开目光，装成若无其事的模样："没什么。"

苏穆牵起她的手腕，说："跟我走。"

这时候忽然听见辰星急促的一声"小心"，但箭已迫近，要躲已经来不及，叶阑猛然将他推开。她趔趄了一下，只觉后背一凉。血从她的后肩涌出来，一圈一圈地晕开……苏穆急忙搂住她，紧紧地拥着她，不让她倒下。

反扑的懿沧武士，凶狠地杀过来。

她强忍着钻心的疼痛，咬紧牙关，呻吟声也被她咽了回去，身体瑟瑟发抖，此时她心中只有一个念头：不要再拖累旁人，不要再拖累他！

苏穆察觉到了她的虚弱，松开了手，没有了他的支撑，她不争气地瘫软下来，倒在了苏穆怀中。

懿沧武士穷追不舍，一直追到密林腹地。苏穆奔到开阔处，望了望四周，触目所及都是参天巨木，并无可以藏身的地方。身后的脚步声越来越近，越来越密集，苏穆被逼无奈，双足轻点树干，飞身斜掠而上，抱着叶阑飞入茂密枝叶当中。懿沧武士循着血迹追到此地，见四下无人，便兵分两路继续追击。

苏穆从容如常。置之死地而后生？苏穆一向待在"死地"，他早已习惯了死亡的逼迫，他只当它是周遭凛冽的空气，微微一动，千刀万剐，不如一静，吸入肺腑，和着血喝进肚子里去。他抱着叶阑，肃静而立，等待死亡转身离去。

两人潜藏在繁盛的枝叶之中，身体紧贴着对方，静默地等待了片刻。四野寂静，偶尔能听见归林的倦鸟掠过某处枝丫，几声蝉鸣若断若续，越发衬得此刻两人的呼吸声交织纠缠，清晰可辨。

苏穆一把将她的头埋在自己怀里，嘴唇靠近她的耳朵。

"乖乖地，别动！"一如命令。

她不是他的兵，并不受命，她抬起一只手，无力地抵住他，把自己往外推。

他有点恼了："都是男儿身，你害什么羞？"

"放我下来！"

他手上沾着她的血，不忍让她折腾，只好轻轻放下。

叶阑脚触地的一瞬间，所有的痛苦向她袭来，全身像是灌了铅，她好似变成了软体动物，周围的一切都变得坚硬起来，令她疼痛不已。

她忍不住呻吟出声。

苏穆一把将叶阑揽入怀中，趁其不备，将插在她后肩上的箭羽拔了出来。

叶阑微微抽搐了一下。

她又回到了他的怀里，温暖的、宽阔的、安全的……她放弃了，任由自己跌进去，不想出来。

她意识模糊，忘却了顾虑、误解、敌对、悬殊地位，只知道眼前的男人是可依靠的。在这昏暗苦难的世界里，此刻，他是她唯一的依靠。

外面的生杀，她都顾不得了，她只沉浸在这依靠里，如梦似幻。

苏穆只觉得好笑，方才还是一只蛮荒小兽，此刻却化成一只孱弱的小猫，蜷缩在他的怀里。

他解开她被划破的衣衫，查看叶阑的伤情。在月光的照耀下，她的肌肤白得亮眼，从箭孔中涌出的血，蜿蜒在她的肌肤上，一如白瓷描金的纹理，让人心醉神迷。

他觉得古怪，自己竟有点怜惜"他"。

再近一些的话，他是可以亲到这个人的，一念刚起，身体便不由自主地靠近，不料她正仰头看着自己，一清如水的目光困惑地扫过他的脸颊，令他当场汗颜。

这显然违背了他二十多年来恪守的君子之礼，苏穆坐正身体，掩饰性地轻咳一声。叶阑并不知道他想的是这些东西，以为他是担心眼下处境，便满怀歉意道："苏穆君，今日之事是我连累你了。"

他张了张嘴，发现自己竟无言以对，唯有清苦一笑。

正在苏穆浮想联翩心神不定之际，叶阑先行开口，打破了沉默："为了救我们，你杀了懿沧武士，他们不会对荆南世家出手吗？"

苏穆摇了摇头，并不以为意，大概是想到了什么，揶揄她说："这些事，你不必担心，我自会处理。林间那日，某人不是还质问我何时为子民鸣不平吗？那就从今日开始，从遇到你的这一刻开始。"

叶阑闻言更是羞愧不已："是我出言不逊，不懂忍辱负重的大义。"

苏穆看了她一眼，又尴尬地移开与她对视的目光："无碍，等你好了，我们再好好畅饮一番，不醉不归。"

苏穆的手一直放在叶阑腰后，一来是防止她因体力不支失足跌落，二来他认为彼此都是男子，不必计较这些俗世虚礼。只是幽香屡屡不绝，那属于女子的天然体香，越发让他觉得手下的腰肢细软非常，柔若无骨，不由得想起杂耍那一天、舞剑那一刻，叶阑身姿优美如莲，翩然降落在他眼前，成为他视线的唯一焦点。她的一双妙目自他身上冷淡旋过的瞬间竟让他产生了一种冲动：他要摘下这朵白莲，哪怕深陷泥泞也在所不惜，他要这清净之莲陪他度过接下来的暗无天日的岁月。

只可惜他是个男子，当时苏穆黯然地想。

这念头只在他脑中一闪而过，却让苏穆出了一身冷汗。

叶阑咬紧下唇，低着头，护着衣襟，不再说话。叶阑虽说从小在江湖上混，可是再爽快到底也是个女儿家。苏穆见她如此，也没有将手拿开。没一会儿，她就在他怀里沉沉睡去了。

他温柔地对着怀中的"婴儿"言语，像是哄骗一样："如此待着也不妥，得找个安全的地方躲一下。"

丝竹声，歌舞声，断断续续萦绕在她的耳边。恍惚间，叶阑艰难地睁开眼睛，周围的黑暗渐渐散去。

她不知他要去什么地方。

她费力地定睛看过去，只见黑夜中，一座二层小楼灯火通明，轻纱漫舞，显得不太真实。露台上，几个妖娆的妓女探出身来，浓妆艳抹，白花花的胸部，如同堆着两捧雪。

风月之地。

"逸花楼，来这里做什么？"声音虚弱，却含着质问的意思。

"难道叶子爷从未踏足过烟花之地？"他低头逼视着她，轻笑，"那今日，苏穆便陪你享尽风流吧。"

她被安置在含露的闺房之中。精致华丽的睡房，一片艳美，雕花大床上，重重叠叠的纱幔垂下来，空气中有浓烈的香气，壁上挂着四方美人图，顾盼生姿。含露如画中走出来的人儿，桃红柳绿地站在床前，伺候左右。

传言荆南的少主是个风流种，日日沉浸在花魁的温柔乡中，醉生梦死。这就是他的地盘？这就是他的女人？

她觉得自己是个闯入者，心中羞愧，她的血渍弄脏了他们的鸳鸯戏水红缎被？一瞬间，她有点气恼。

苏穆将她扶坐在榻上，含露的人进进出出，热水、剪刀、药箱……统统备下了。

"他受伤了，娘子快些帮忙。"是熟稔的口吻。在这个房间里，她是个外人。

叶阑望了一眼苏穆，使出浑身力气，将未受伤的那侧肩膀抵在大床的围栏上。

苏穆打趣她："快让含露为你疗伤，她精通医术。忸怩什么？见了美人，你小子就慌了阵脚，刚才挡箭的勇猛哪里去了？"

含露在热水盆中洗净了双手，从药箱里挑出一柄小巧的弯刀，走到叶阑身后。苏穆坐在她面前，擒住她的双臂，定定地望着她："有本君在此，保你无事。"

铁器刺入，钻心疼，她咬紧了嘴唇，呻吟更剧。她急促地喘着粗气，倒在他怀里。含露为她进行了简单的包扎，白纱快绕到前肩时，她伸手接过来，自己包扎。

苏穆只当"他"男儿气概，不愿让个妓女触碰。

含露起身，瞥了一眼叶阑，望向她极力护着的前胸，脑子里灵光一闪。含露笑了笑，识趣地低垂着眉目出去了。

苏穆往前一探，接过叶阑手中的白纱，独裁者一般，替"他"包扎。

她没力气反抗，恨恨地就范。苏穆手法娴熟，像是常常受伤的主儿。

"她与旁人不同。"他调侃道，"堂堂的叶子爷，竟会害怕一个美娇娥？"

叶阑往后欠了欠身子。

苏穆不放弃，倾身向前："我过往习武，见不得光，总是在弯倾外摸黑练习，所以常常弄伤自己。你若容不下含露，本君……"

话没有说完，他抬头望向她。

叶阑心里一惊。眼前的男人是比武的对手，是同抗强权的同胞，也是午夜的冤家……也许什么都不算。她对他虽有朦胧的钦佩，但他处处赢过她，她骄傲的自尊心作祟，不能输得这样惨，不能把所有的底牌摊给他看。

苏穆扶着叶阑躺下，为她盖上被子，轻柔而周到。

"等你伤好了，我们再好好畅饮一番。我要回去一趟，估摸着懿花涧的人正急着搜集我的罪证呢。你好好养伤，我明日再来探望你。"

叶阑沉默以对，算是答应了。叶阑望着他走出去，他一只手背在身后，手腕上沾着自己的血。

十二

桃花女子

　　荆南依坐在冷清的大殿里，几案上是各式各样的吃食，糕点做成飞鸟的模样，茄子用花刀雕刻，白豆腐切得细如发丝，精巧得让人不忍下筷……吃食渐渐冷了，热气一股烟似的消失了，如魂魄出离，一如她花团锦簇庆祝诞辰的时刻，也被莫名的力量拐走了。荆南依觉得无趣，她怪罪这群坏家伙，乱糟糟地来，乱糟糟地走，毁了她的寿诞，堂上除了几个侍女，没有其他可发泄的对象。

　　她还穿着羽霓裳，匆匆起身，打翻了案上的一杯酒，红色如血的液体沾在她的"白羽毛"上。生命中到处是恼人的污点。

　　"本郡主要沐浴！"她任着性子，孩子气道。

　　"这个时辰？"

　　一众侍女小心翼翼地伺候着，玫瑰两篮，芍药两篮，桂兰两篮……白天刚从花枝上摘下来，还残留着香气，统统倒入水中——一池死去的落花。

　　荆南依褪去衣衫，步入水中。她沉下去，任由花瓣遮住汤浴四周的烛光，腾腾热气暖着她，她从水中探出一张小脸，花瓣粘在她的肌肤上，粉色的贴在额间，是桃花妆，红色的刚巧黏在眉心，是"一点红"……她自顾自地玩着，打发自己旺盛多余的青春。

　　一个侍女将一壶羊奶倒入水中，白色的乳汁如同一条小蛇，在水中散开了，缠住荆南依的身子。

　　"小郡主背后怎么生出了个图样？"

　　荆南依直起身子，露出半个裸背："胡言乱语什么？拿面镜子来。"

铜镜伸到荆南依身后，她侧过脑袋，向那浑圆的铜镜望去。

靠近肩头的地方，沿着她凸起的肩胛骨，一朵粉艳艳的桃花绽放着，清晰可见。

什么时候长出来的？她竟一点没察觉。

她伸长了手，用指尖轻抚着那朵桃花，一股奇异的凉意涌上心头。

"小郡主，这难道是荆南世家的桃花印？"失神的小侍女惊呼。

桃花印？

鸾倾城里流传的故事扑腾着活过来——

鸾倾城是凤凰栖息的灵妙之地……

生得桃花印的荆南女子，拥有鸾凤之相，是天下第一美人……

悠然河南北的世家，得鸾凤女子，可成帝王之势……

她未曾见面的梦姑姑呼风唤雨，婚配六大家族，将悠然河南北折腾了个天翻地覆，那些男人爱慕她、惧怕她、诋毁她，那些女人嫉妒她、羡慕她、诅咒她，就算连累了鸾倾城的百姓，害得自己十六年来没有出过门，但那种巨大的、邪祟的力量吸引着荆南依，她竟想要成为她，不，她会比姑姑更好，她不要那些男人爱的玩意儿，她要她所想，美艳的衣衫，可爱的玩具，或者是飞尘嘴中男儿的心……

她冲着铜镜中的自己笑了笑，最大的诞辰礼物，是她送给自己的。

"鸾凤之相，也就是说，必定能龙凤呈祥，嫁个蛟龙了。快，给我更衣，我要告诉穆哥哥去。"

苏穆赶回府里，正遇见上门索人的懿沧密探。他冷冷一笑，阔步走到正厅，拦住准备关门谢客的辰星："让他们进来。"

一队人马手持兵器闯进荆南府邸，领头的仍旧是那个捉拿叶阑的懿沧武士，他粗声喝道："犯人被劫，武士遭诛。我等想来求教苏穆君，可知道劫犯的下落？"

苏穆并不理会他，侧首看了辰星一眼，辰星会意，道："禀君上，懿沧武士押解我们鸾倾城的人回道遥堂的路上遭流寇堵截，犯人不知所终，生死未卜。"

苏穆冷冷道："生死未卜？还未查明真相，我们鸾倾城的人就生死未卜？逍遥堂的人就是这样办事的？犯人死了，却问我们要人，我倒要问问懿沧涧主，当本君的鸢倾殿是何许地方？人人皆可想来就来，想走就走吗？是不是他的手下为泄私愤，暗中杀了我鸢倾城的百姓？"

懿沧武士暗知理亏，又听他提起懿沧群，心知懿沧群并不会因为这种小事而对鸢倾城如何，反而会觉得他们办事不力，只得恨恨道："荆南苏穆，咱们走着瞧！"

一群人刚离开，荆南依就欢快地奔进大殿，连声叫着穆哥哥。苏穆勉强挤出笑容，问她："怎么了，依依，何事让你如此欢愉？"

荆南依喜笑颜开："穆哥哥，今日依依要送你一份大礼。"

苏穆本以为方才的事扰了荆南依的兴致，定惹得她生气，没想她竟春风满面，便问道："哦？今日太阳没有从西边冒出来啊？"

她神神秘秘地凑到苏穆面前，骄傲如孔雀："我没跟穆哥哥开玩笑。"荆南依牵着苏穆的衣袖，浑然不觉他语调中的异样，又往前凑了凑，踮着小脚，要苏穆弯下腰来，才将脸凑到苏穆的耳边，轻言细语，"刚刚沐浴时，我发现自己肩上新长了个东西，侍女们告诉我，那是桃花印，梦姑姑身上也有。听说生有桃花印的荆南女子，拥有鸢凤之相。"

轰然，苏穆听见自己心中坍塌一片。

苏穆脸色大变，瞬间笑容全无，厉声道："你说什么？！"

荆南依指了指自己的肩膀，并未发现兄长的情绪变化，兴奋地自说自话："他们说，有桃花印的女子是天下第一美人，可以嫁给悠然河南北最伟大的世家……"

一阵蚀骨的疼痛袭向他，像是跌入了他常年做的噩梦：杂草丛生，窄窄的一条路，只有他一人，天沉沉地黑下来，漫天的乌鸦压下来，姑姑站在那里，看不清面目，单薄如枯叶，唯有肩头一朵艳丽的桃花不断变大，像一张血红的大嘴，将她生吞活剥……

苏穆高声喝道："够了！"

荆南依没想到苏穆的反应会这样大，她吓得后退了几步，委屈道："我以为穆哥哥会高兴……我可以嫁给悠然河南北最伟大的世家，梦姑姑没有完成的事，我可以帮穆哥哥做到。"

苏穆高声道："够了！你不是什么鸢凤相女子，你身上也没有什么桃花印！"

"可是，我明明……"

"你给我闭嘴！"

荆南依第一次被兄长厉喝，吓得哇的一声哭了，嘴里仍旧说着满心的委屈，越说越伤心，最后整个身体都随着抽泣颤抖着："穆哥哥为何要如此待我？我就是桃花印女子，我要用我的鸾凤之相，嫁个乘龙快婿，重振我们荆南世家，光宗耀祖……我又不是梦姑姑污了心性，用桃花印祸乱天下……"

话未说完，脸上就挨了荆南苏穆一巴掌，荆南依下意识捂住被打的侧脸，难以置信地抬头看她的兄长，双睫一颤，有泪滑下："你打我？你竟然打我！"

苏穆心疼地望着妹妹，这个他愿掏心挖肺、拿命守护的人。

她还是个孩子，苏穆心里重逾千斤的负担如何说与她听？那诅咒一般缠绕着荆南世家的命运，她如何抵挡得了？连他睿智坚强的姑姑都被牵连丧了命，何况是依依，这个痴痴笨笨的孩子……

在权力的世界里，鸾凤之女只是男人们的招牌，攻城略地，成帝王之势，要一个女人挡在阵前？不过是为自己的野心披上秀美的外衣。他舍不得依依，他要她平安喜乐。旁人生女愿貌美，荆南的骨血却被美貌所累。他看着当年那团粉红的婴孩出落成美人，顾盼生姿婀娜可人，喜忧参半，怅然若失……

苏穆狠下心来不去看她，指着门外隐忍道："回去，回你自己房里，想想自己错在哪里，没有我的命令不准出来。"

"穆哥哥，我讨厌你！"荆南依丢下这一句，便哭着跑开了，任由苏穆在身后呼喊。

他的声音掠过鸾倾殿的回廊、台阶、楼阁……然而，没有回应。

许久以后，苏穆仍记得这一夜，依依的诞辰又是个鬼魅的月圆之时，他站在自己的领地上，空旷的殿宇清冷如常。命运是从哪一刻开始改变的？他攥着拳头，后悔自己动手打了她。如果不是如此，也许后来的许多事便峰回路转，柳暗花明了。他像是依依宿命里的帮凶，推波助澜，为虎作伥，让妹妹走上了一条不归途。

苏穆愤懑地转向大堂内的侍从侍女："今日之事,若泄露半分,杀无赦!"

他有种不祥的预感,姑姑临行的那个午夜,这种阴冷的、令人毛骨悚然的寒意也曾笼罩着他。

苏穆转头吩咐一侧的辰星:"绝不可让依依重蹈梦姑姑的覆辙,加紧'盾牌'的训练吧。你去看看她,以防她想不开。"

辰星找到荆南依的时候,她正独自一人伏在桌上,脸埋在双臂之中,嘤嘤地啜泣着。辰星唤了声"郡主",她抬起头,双目雾气朦胧,湿漉漉的睫毛上萦着细小水珠,越发显得那张脸娇艳如新荷,似有朝露滚过。

她引袖拭泪,赌气地不去看他:"是穆哥哥让你来找我的吗?"

辰星仔细看她的侧脸,指印早已褪去,只是略微发红。他喉间一涩,低声道:"是……郡主,君上背负了很多,心里很苦,您要体谅他。"

荆南依哭得十分伤心:"我怎么不体谅穆哥哥了?你们总以为我什么都不懂,什么都不肯告诉我,我做这些只是想帮他重振我们荆南世家。"

"我知道。"辰星语气温和。

"你知道又有什么用?"她黯然神伤,"你又不是穆哥哥。"

而他也永远成为不了她心中最重要的那个人。

辰星双眸一黯,想起了什么,劝她说:"梦郡主做的一切都是为了我们鸾倾城,郡主不应该这样说她。"

荆南依听了仍旧难过:"梦姑姑想做却做不到的事,我能替她完成,别人都信我,为什么偏偏穆哥哥不肯相信?"

辰星抓住了她话中的重点,盯住她问:"别人?郡主还见过其他人?"

荆南依躲着他的目光,含混道:"没有,我没见过外人,是侍女们告诉我的,他……她们说我有倾城容貌,足以令天下所有男子俯首称臣。"

辰星松了口气,摇头道:"她们的话并不都对,女子的美有些赏心悦目足以入画,有些则能幻化成伤人伤己的利刃,君上不想您成为别有居心的人手上的武器。"

她不忿:"女子的美又如何能害人?"

辰星知她心思单纯,只是那桃花印的暗示让她有了这非分之想,眼下也只能像苏穆君吩咐的那样看紧她,别让她离开鸾倾城一步,永远地锁住这个秘密,以免荆南依沦为权力的祭品。

十三

―――――― 风哨约定 ――――――

　　自从叶阑住在含露小憩，便日日与女儿家一处了，仿佛掉进了女儿国，胭脂水粉，香帕轻纱，像是将这些年自己缺失的，一股脑地补回来。

　　叶阑的伤渐渐痊愈，含露每日以礼相待，一日三请安，把她当成含露小憩中的贵客。这风月之地与叶阑想象中的大不相同，烟花女子卖笑卖身，却个个有情有义，互相怜爱，如同叶阑大杂院里的那些兄弟，只是女子孱弱，不比他们，能够利用的，只有一副好皮囊。

　　姑娘们皆在逸花楼的大堂雅间接客，每每直到太阳西落才懒懒起床，描眉画眼地扮上了，迎接新的一天。

　　含露小憩虽在逸花楼内，却要穿过正堂，过了天井，与姑娘们的雅间闺阁离得很远。午夜里，男人们纷至沓来，歌舞升平，那轻佻的丝竹声和男欢女爱的笑声飘过来，变淡了，有点恍惚。叶阑觉得这里是一座孤岛，悬浮在繁华浮世中。

　　伤口不疼的时候，她便欠起身子，细细打量着这间小屋，眼神是她伸长的手指，缓缓地轻抚着陈设摆件，兰花盈室，书卷满柜，一派清新素雅，与含露妖娆美艳的外表大相径庭。常言道，相由心生，起居摆设也是主人心性所现，叶阑对含露更好奇了。

　　含露每日也会带着楼内的姑娘与鸾倾城的、其他世家的甚至是逍遥堂的男人们厮混在一处，虚情假意，虚与委蛇。据说，来逸花楼的都是些当权派。在那虚情假意的奉承里，含露总是独醒的人，与他们周旋，与他们进行着见不得光的交易。她若当真醉了，便酣畅淋漓地来一曲，勾魂的眼睛里会闪过一丝睿智，清澈澄净。

叶阑莫名觉得，这红尘女子精巧计算的、周密筹谋的，皆与荆南苏穆有关。叶阑心里微微一怵，千回百转的思量，又绕到他身上。

过了晌午，含露小憩一片寂静。含露昨日收了某世家权贵的金叶子，想必大醉一场，还在某个雅间内昏睡。

叶阑独自倚在床边，伤口又丝丝作痛，有点落寞。

房门被轻轻推开了，外面的日光霸道地闯进来，刺入她的眼，一片昏黄，过了一阵，她才在白亮之中看到一个人影。

是苏穆，手里端着一碗粥。

叶阑有点局促，往后靠了靠。

"你好些了吗？"

"没事了。"

苏穆将手中的粥碗放在床边的小案上。

他立在一旁，有点无措："有样东西要物归原主。"

"物归原主？"

他伸手入怀，掏出了一件兜肚。

一朵兰花绣在中央。是她的小衣！

"当日鲁莽，拿了叶子爷的……"他僵着手脚，满面尴尬。

叶阑大惊，心里一阵发虚，觉得自己赤裸裸地暴露在烈日之下。

她一把拽住了小衣，紧紧攥在手里。

这是她的贴身之物，如今却从他怀里掏出来，这算什么？肌肤之亲？

他仍站在那里，见叶阑紧攥着兜肚，以为她睹物思人，微微一笑："想必是你心仪姑娘之物，好生收着吧。"

"你别瞎想，我可不是什么登徒子！"

叶阑又气又恼，手里的小衣丢也不是，不丢也不是。一团莫名的火从心里一路烧上来，烧红了她的脖颈，也烧热了她的脸。

"我要回去了。"她急着从雕花大床上下来，鞋子也顾不得穿，谁知动作太急了，牵动了伤口，下意识地哼了一声，身体不争气地软下来。

苏穆一把拽住叶阑："别乱动，本君都说了，当日我错把你当成了采花贼，误会你了……"

一城之主，世家掌权人，桀骜不驯的男人，为了她，此时急得像个犯了错的孩子。

叶阑进退两难。

苏穆习惯性地蹙了蹙眉，命令她："别乱动，给本君在床上好好歇着，外面风声甚紧，你哪儿都去不了。我知道你担忧那帮小兄弟，我已经派辰星去查看了，无人涉险。"

她知道自己这通脾气发得没有道理，便任由苏穆搀扶着靠在床上。

他见叶阑满脸不悦，以为是自己的强迫冒犯了她，便软了语气："吃东西吧，逸花楼的招牌木槿燕窝羹。"

白白的羹粥，上面点缀着几颗殷红的枸杞，如同白雪上的红梅落英，意境清雅。

叶阑决然地要拒绝，一抬手，牵动了伤口，她忍着没将呻吟吐出来。她不要在他面前示弱。

"我不饿。"眼神瞥到别处，太刻意了，刻意不去看他。

她不想见他？没什么好生气地连连推开他，他的好意，他的道歉，总是让她气恼。自己惯不是个小肚鸡肠的人，游侠之身，多少江湖好友，都是一杯酒、一招拳，便成了生死之交，喝酒畅游，席地而睡，她的那些兄弟皆是如此结交的。到了苏穆这里，她却变得没了道理。

然而，她藏在这烟花之地不肯离去，难道不是在等他？谜一样的愁绪扰乱了她的心，曲曲折折，迷迷蒙蒙，让她看不清。一定是在女儿堆里待久了，沾染了她们古怪的习性，或者是一种病，软弱地，甜蜜地，沉溺下去，沉溺下去……

苏穆端起粥碗，缓缓地搅动小勺子，舀了一勺，递到叶阑的嘴边。

她抬头望去，见他定定地盯着自己。他身上有股难掩的气势，让人难以拒绝。

"叶子爷的挡箭之恩，苏穆奉粥报答吧。"

"不用。苏穆君乃荆南掌权人，叶阑不敢劳烦。"

"你既明白我是谁，本君之令，胆敢违抗？"他高高在上的权力，"滥用"在催她吃一碗羹粥，看来，他是看重她的。

小勺往前递了递，送到她唇边，燕窝羹温热的暖意像个吻，要碰到了。

一口一口，她没来由地投降受俘，顺从地任由他摆布。还有点倔强，眼睛瞥向别处，只是那黏糯的食物缓缓进入她的身体，一股暖意升起，小火似的煨着她的心。

他心满意足地笑了，目光很柔和，近乎静谧。眼前的"小子"是块硬骨头，英武少年，恣意勇为，包裹在"他"瘦小身体里的生命力如同疾草一般疯长，摧枯拉朽地燃烧着。苏穆手下的小子们也个个精进勇猛，一腔热血，将自己的生命交到苏穆的手中，誓死追随，不同于女儿家的缠绵悱恻，男人间的感情是连成一片的血肉之躯，粗犷而迟钝。

"他"略有不同，苏穆有点看不清。

几日后，叶阑伤愈，整个人也精神焕发，过往的那些古怪心思，她权当是随病痛而来的症状，病好了，一切也该烟消云散了。她并未打算与苏穆再见，只是礼节性地告知了含露。临走那日，出了房门，就见苏穆带着辰星与含露站在逸花楼的天井里，庭院中凤凰树的影子斑驳地落在他的身上，俊朗的脸上一派淡然，无喜也无忧。

他背手肃立，一眼寻到了叶阑，定是在等她。

叶阑心神一慌，他当真是来送别的，送过了，也就真的分别了。

他慢慢地走过来。

"随我来。"

也好，楚河汉界，划分清楚，一别两宽。

她爽快地跟在他的身后。

苏穆闲庭信步地走在前面，青白兰莲锦袍箭袖，石青云纹丝绦大带束在腰间，只坠一块白玉，蓝璎珞垂下，并无过多繁饰，清朗如山间明月。他一转身，天光昏黄，一片飘逸的月光洒下来，整个世界都沐浴在他的君子之风中。

一只手轻握成拳背于身后，另一只手紧握长剑。

叶阑知晓那把宝剑的分量，也觉察出宝剑在他心中的分量。国之利器不可示人，更何况在这岌岌可危的弯倾城，在"禁武令"的淫威之下。露出獠牙，是危险的；将獠牙借予旁人，更是危险的。她想起那一日，苏穆借长剑给自己，她的脸蓦地红了，什么思量都不必了，脸红出卖了她。

绕过含露小憩，苏穆领着她步入了逸花楼的酒窖。

空气中有浓烈的酒香。

酒窖中央有一座四方的酒池，下陷于地，像是个美人沐浴的浴场。一汪酒水，腾起薄雾般的香气，如丝如缕，迷了人的眼。

灯火昏暗，绣着鸾倾城凤凰的蓝绸青纱从当空垂下来，酒香扑鼻，叶阑快要醉了，像是跟着他躲在一艘棚船中，漂浮于大海上，脚下发软，心里有点急，不知道要漂到哪儿去，前路茫茫。

"君上。"辰星犹豫地提醒苏穆，他对眼前的家伙不甚放心。

出于忠仆的直觉，叶阑感到了辰星的防备。辰星的忠诚是踏实的、坚硬的，他希望为主子效忠的人，皆是石头一样的性情，纵使海枯了，他们也如磐石，不可转也。

叶阑是个另类。

苏穆并不介怀，他喜欢叶阑这个变数。

苏穆示意含露："打开吧。"

含露摇曳着腰肢，绕过酒池，步近博物柜。一格一格的柜子上，七七八八摆放着各样玲珑的小瓶子，香兰杂物，中药蜜果……都是调酒的配料。含露挑选了一个白玉瓶子，握住了，手腕利落地一转。

忽地，平静的酒池中荡出一个旋涡，轰轰咆哮，如同一头巨兽的嘴，贪婪地吞咽一池的酒水，瞬间，干涸了。一道暗门从酒池底部缓缓打开。

是条密道！

叶阑大惊。

"随我来。"毫无防备地，苏穆擒住叶阑的手臂，将其带入密道之中——鸾倾城里别样的乾坤。

密道内别有洞天，狭窄的甬道中，男儿的厮杀声小拳头似的打过来，一拳一拳，令人振奋。过了一道闸门，眼前豁然开朗，四处火盆临立，灯火通明，如同白昼一般。

中央的练武场地上，一群健硕的汉子翻转操练，他们身上那旺盛的肌肉都要破衣而出了，裸露在外的肌肤被汗水打湿，如同抹了一层油，泛出金铜色的光泽，即使没有阳光，在火光的照耀下，也跟铜人似的，有种诱人的色调。空气中弥漫着混杂的气味，是男人的味道，咸的，流血的兽的喘息。

苏穆站在高台之上，望向翻打的小儿们。

"他们是我从四处选拔训练的死士，唤作'盾牌'。有朝一日，他们将成为保护鸾倾城子民的铜墙铁壁。荆南复兴，指日可待。"

他就在她身边，近在咫尺，却又远得望尘莫及。他说得气定神闲，没有一丝桀骜，不是信誓旦旦的宣言，而是他必会达成的目标，他坚信他自己能实现，这信念是从血肉中长出来的，分不清彼此。

他那波澜壮阔的世界里，金戈铁马，家国天下，全是男儿志向、王者情怀……他是那片必胜之地上的王，容得下十六年的忍辱负重，容得下子民的误解谩骂，容得下折磨痛苦欺凌着他自己，此刻，也容得下她。

一个小小的、任性的女子。

阵阵厮杀声，撼动着叶阑的心弦，因为他，她的心饱满而幸福。

她似有了尘埃落地的安稳。她曾是空气中的一粒浮尘，带着一帮兄弟，自由自在地活着，是快乐的吧？后来，她懵懵懂懂地寻了旁的意义，那些同自己一般苦命的人一生贫贱，她也替他们寻得一点快乐。仅此而已，仅能到此而已。

此刻，她将落在苏穆这块苍茫大地之上了，他是她小小心愿的汇集。她愿意当他宏图志向上的一颗石子。虽然他的那个大世界一望无际，他口中的康庄大道她不甚了解，但总归她信他的远大前程，光明澄亮。

她是否爱上他了？是在那一刻发生的吗？

"你可愿跟着本君一雪前耻，做治世之能臣，给鸾倾城的百姓谋一点希望？"苏穆转头问她。

叶阑抱拳还礼，目光炯炯："叶阑愿追随苏穆君，涉难犯险，在所不辞。"

苏穆拍了拍她的肩膀，这是男人之间无言的赞赏。她感到他手指的一点颤动。

他没有错看她。

自此，叶阑成了"盾牌营"的一员，吃住都在酒窖之下的地宫中。世事变迁，日夜更迭，她如同转世投胎了一般，忘了前尘往事，干干净净地重新活了一遭。训练，训练，再训练。"盾牌营"自有一套特别的功夫，彼此配合着，一个个生龙活虎的男儿连成一片，成了无数的拳头，无尽的力量。叶阑淹没在人群之中，不遗余力地训练着。

苏穆是这地下世界唯一的秩序。卯时研习兵法，"盾牌"们围坐在沙盘四周，黑白的棋子在他的手中显得小巧可爱，三言两语就化作了千军万马，攻守对峙，翻云覆雨。

他会将棋子递过来，凉凉的一小枚，却很考验个人的本事。她只觉吃力，过去用在大杂院抢地盘的本事太小家子气，他教她兵法史书里的智慧，一字一句，拗口的古语旧文，从他的口中念出来，有种惊心动魄的力量。

兵书曰：欲擒故纵，反客为主……像是他与她？

巳时刚过，操习射术。人一排，箭靶一排，轮换着速速射出去。苏穆站在"盾牌"的身后，手里一支去了箭头的箭羽，在射箭人的关节处轻敲慢打，几下子调整，箭飞出，全中靶心。他又站在她身后了，和那日林间醉酒的一回相比，她总觉得有所不同。

"盾牌"服宽大，她瘦小的身体在其中晃荡。他手中的小木棍戳在衣衫上，远远地，慢下来，好一阵才感觉得到。她心里紧张，自眼角瞥到他走近，反而特别用力起来。

一支箭飞射出去，落在箭靶的边缘。是因为他，她才这般失常。

还没等他亲手"教导"，她受辱似的，又是一箭射出，正中靶心了，他抬举到她身前的手放下来，她有点骄傲，但也有一闪而过的淡淡失望。

叶阑仓皇离去，不知是因与师父之约，还是为了逃开苏穆。她回房匆忙换过衣服，便急忙赶去竹林见她的师父烟芜，等到时却还是迟了，忙不迭向师父抱拳致歉："师父，阑儿来迟了。"

"今日，就将灵羽的心法传给你。"

师父俯身摘下一朵娇艳的花，将花瓣揉在手心中。

那方才丧命于师父之手的花儿，瞬间活过来，一片一片，如它破碎的灵魂，飞舞，四散。

叶阑抬头望了一眼师父。平日里英武十足的眉眼，一瞬间变得千娇百媚，犀利一转，又化成了腾腾的杀气，在眉心若隐若现，似乎显出了一朵水仙……

那飞舞的花瓣也急急如令，成了怪物身上脱落下来的坚硬的鳞，穿过竹林，划破，割伤，竹子根根拦腰折断。

原来，世间最厉害的武器，不是刀枪剑戟斧钺叉，而是轻柔的、妩媚的……

师父重重迷雾般的人生，也揭开了一条缝，露出些细碎的线索。她黯然的、近乎禁欲的生命中，定有一段情谊，是爱情、亲情，抑或是家仇国恨？这段情谊逼迫着她，伤害着她，连一往情深都榨干了，渐渐地，眼泪都流不出来了。

绕指柔化成了金刚钻。这样的武功将会落在叶阑身上，冥冥之中，像是召唤？

竹子倒下，落叶纷飞。

师父摘取了几片竹叶递给叶阑，轻声地将武功心法说给她听。叶阑受命，按照师父的指点，勤力操习。

竹林之间，月明星稀。

师父站在叶阑身后，静静地望着她，那些未曾相告的真相，仿佛就站在她们二人的身后，推搡着她。

师父从怀中掏出个小盒子，盒子上篆刻着秋水仙，雌雄同蕊，是有疏世家的图腾。

一根金色的羽毛躺在盒中。

是该物归原主了。

这灵羽是她有疏烟芜的，也是叶阑的。烟芜轻抚着祖祖辈辈留下的秘密，像是找到了回家的路……巾帼不让须眉，沙场之上，一水的女将，英姿飒爽，战功赫赫，都是她的族人。女子又如何？奈何偏偏锁在闺阁之中绣着花，刺着绣。骑马涉猎，与男儿们并肩作战，是她们的殊荣。她们也曾站在那高台之上，数个世家列队的武士特别是男人，仰头望向她们，欢呼，致敬，终成英雄。

恨只恨，解了甲衣，挂了帅印，穿回了女儿家衣衫，男人们陡然板起脸来，三从四德，女训女德，统统搬了出来，要将她们再锁回去，锁在幽静的庭院之中。

史官的毛笔醮着浓墨——荡平天下，击退异族，如此头等的功勋，只能是男人的，只能是雄性的。

领地也封在偏安一隅的不毛之地。是因为学不会那些女子的狐媚功夫吧？太平盛世，谁要看女人满是刀伤箭痕的身体，做女人也像是残缺的。

烟芜恨，冷清的恨，不是恨男人，是恨世间的公正，只是这恨要从那些男人那里讨回来。

烟芜掏出火折子，将灵羽点燃了，将前尘往事烧成灰。

她挡在故国旧事和叶阑之间，再等一等，等一切尘埃落定，大计将成，再带她回家。

灵羽在空中熊熊燃烧，青蓝的火苗像是祖先们幽怨般的眼神，忽地红了眼，四散开来，金色的星星点点飞旋着，寻着叶阑而去。

山林间，传出叶阑的一声惊叫。

那金羽毛的灰烬如芒如刺，钻入叶阑的骨血之中，化成了一股强大的力量，似要将她小小的身子撑破，最终钻心一痛，聚集在后心，肩头上也如烟芜一般，现出了一朵秋水仙，瞬间又不见了。

叶阑转头寻找烟芜。

竹林中轻风徐徐，早已没了师父的踪影。

更衣之后的苏穆来寻叶阑，正巧见叶阑与几个"盾牌"围坐在一处畅饮，"盾牌"们见了苏穆，一时慌乱不已，连忙将手中的酒壶背在了身后。叶阑抬头见他，当即大大咧咧地说："来来来，喝酒。"

"盾牌"们却不敢造次，慌忙起身道："苏穆君。"

他一摆手，仍旧威严庄重，是众人心目中那个说一不二的君主："大家喝。"得他指示，"盾牌"们纷纷坐下。苏穆立于一侧，目光若有似无地扫过叶阑，跟随的辰星察觉到主人的异样，若有所思地低下头去。苏穆侧首问："怎么了？"

辰星眉眼低垂，不敢言语。

苏穆负手看向叶阑，看她在众人之间痛快饮酒，谈笑风生，连余光都不曾扫过自己一眼，心中又是气又是恼，百味杂陈，暗暗想：看都不看我一眼，我竟还不如这些陌生人重要吗？

想到这里，他不觉暗自赌气，转身便走了出去，辰星慌忙跟上，苏穆不禁迁怒于他："到底什么事？"

辰星不得不实话实说："君上近日有点古怪，总是盯着那叶子爷出神。"

苏穆十分尴尬，却故意反问："本君有吗？"

辰星竟真的点了点头。

苏穆慌得拔腿就走，就剩身后辰星一人犯愁：君上是不是该早日婚配才好，怎么总是盯着个……男子出神……

十四

———— 无心男子 ————

又是日暮时分，残余的天光懒懒斜斜地洒入荆南依的闺房里，青白的地板也被晒旧了。荆南依没什么精神地揭开帷幔，欠身懒起。自上次与苏穆起了争执，苏穆来了数次，都被她拦在门外，不肯相见。

她不肯原谅她的穆哥哥，至少现在不肯，她要给穆哥哥一点"教训"。

荆南依倚在窗前，望向最后的日头，夕阳如一块扁圆的红柿饼，一点一点，落下去。

她哭了。

为这恼人的寂寞。

她转头望向床铺上飞尘送给她的布偶，那是她与繁华世界的唯一联系。现在，那布偶与她自己一般，被囚禁在这偌大的宫殿之中。它像是她的患难之交。

她想起在酒楼的那日，自己傲慢地横行着，周围都是窥望她的人，陌生而讨好，全是询问——

她是谁？

她是谁？

她是谁？

哎呀，忘了留下只言片语，他们转眼就会把她忘了吧？荆南依有点难过，她与繁华世界的联系又断了。

她负着气，突见一点荧光，她从镜中望见自己肩上的那朵桃花，红艳艳地燃烧起来，映红了她千娇百媚的脸。她本就该是万众瞩目的人儿，天下男儿的心，天下男儿的眼，不都该在她身上吗？

她倔强地噘起小嘴，哼了一声，小孩子发宏愿一般自言自语："穆哥哥不许，我偏要天下知晓，我就是拥有桃花印的鸾凤之女。"

荆南依披上羽霓裳，抓起布偶出了门。

那个黄昏甚是诡异，苏穆不在府中，几个送马人将烈马牵到了鸾倾殿。侍卫侍女们乱成一团，生怕牲口弄脏了鸾倾殿，将角门大开。

一匹跑丢的黑马站在荆南依的面前。它打着响鼻，毛茸茸的眼睑，爆出一对巨大的眼睛，似是望向荆南依，又不像。荆南依有点怕，靠近了，触碰到黑马油亮的皮毛，心中一愣。

荆南依骑上黑马，从角门疾驰而出。

黛墨高马，羽衣霓裳，拥着个如花似玉的女子。荆南依骑马走在街道之上，路人俱惊为天人。那些或妒恨或谄媚的男人女人的目光落在她的身上，炙热地拥着她，让她如在云端。

荆南依得意扬扬："你们听好了，鸾倾城中再出鸾凤之女，我就是有桃花印女子，荆南郡主。"

众人哗然，纷纷跪地行礼。

"拜见荆南郡主。"

远远地，一个青衣少年迎着满地的跪拜之人，反向而行。那么多低垂的头颅，那么多弯曲的脊梁，只有他肃然独行。

荆南依赶了下马儿，一马鞭抽向少年："喂，你是不是瞎了？没看到本郡主吗？"

少年抬头，一张俊俏白净的脸，无喜无忧，苍苍静静。马鞭扫过脸庞，在他的侧脸上印下个痕迹，胭脂色，透出股妖异。

荆南依从未见过如此俊俏的少年郎，星目剑眉，妙有容姿，比穆哥哥还多几分魅气。

她竟看呆了，一张小脸红扑扑的，娇羞地笑了。

"倒是跟本郡主的容颜甚是登对。"她心中闪过这样的念头。

登对？她眼前闪过鸾倾殿的陈设，几案上的攒金银筷子，绣被上的鸳鸯，一对一双，一双一对，全是齐齐全全的。她也要这样的齐全。

再抬头，发现少年郎已不见了踪影。

荆南依举目寻找，遥远的街角，少年成了一个青色的点，模糊了。

怎么连看都不看她一眼？一地的男人低着头，弓着腰，恨不得将胸腔豁出个口子，将一颗颗心捧出来给她。只有他，对她熟视无睹。

飞尘的话又在她耳边响起："你的盛世容颜，可以控制这世上一切男子的眼眸，可以获得这红尘中一切男儿的心。"

荆南依不甘，她也要他的一颗心，血淋淋、热乎乎的心。

荆南依猛地抽打马儿，黑马受惊，马头高高昂起，前蹄凌空蹬了几下，随后疾驰在惊惶的让道的人群中。

寻着少年的影子，荆南依一路追逐。马儿跑得太快了，风扑在她的脸上，连眼睛都睁不开了，她依旧狠狠地抽打着黑马。马背起起伏伏，亦如她的心。

她骑马追了很久，直到黑下来，月上树梢。

荒林之中，少年站住了，转过脸定定地望过来。月色下，少年的脸白得刺眼，方才俊俏的面目也模糊了，却更是让人心痒难耐，害怕就此错过。

荆南依冲着少年呼喊："喂，等等我！喂！"

少年并不理会她，径直往荒林深处走去。

似是出于动物的本能，那黑马不肯前行，方才顺滑的马鬃也竖立着。她从马背上跳下来，再望向马儿巨大的眼睛，像个怪物，她有点怕。

"这是哪儿？你在哪儿啊？快带我出去。"她寻着少年离开的方向，想抓住另一根救命稻草。

夜色之中，一切都变得古怪了，树影嶙峋，乱草丛生，在那漆黑之中，仿若有一只匍匐的兽，血盆大口已然徐徐张开。

鞋子掉了。

手臂上也被树枝划出了道道血痕。

她嘤嘤地抽泣起来。

她的世界被重重高墙包围着，精巧而美好，一切黑暗恐惧统统被穆哥哥抵挡在外，此刻的她害怕极了。

"我要回家！"她哑着嗓子哭喊着，像个迷路的傻孩子。

草丛中有异动，少年忽地出现在荆南依的身边。

"吓死本郡主了。"荆南依破涕为笑，"原来你在这里。"

荆南依望向少年。皎洁如月的面色现在一片青白，更衬得少年五官精巧，如玉石打磨的璧人，剔透而冰冷。

"你长得真好看。"

久久的沉默。

她往少年身边靠了靠，娇嗔着质问："你为何不说话，不喜欢我吗？他们说，天底下的男子没有不拜倒在我的石榴裙下的，你怎么不看我？"她命令着他，"你的心，本郡主也要得到！"

她伸手到少年的胸口，探过去。

空空荡荡的一个深洞。

她惊异地将小手抽回来，黏稠的、如同蜂蜜状的血污，染在她的指尖上，像是艳美的蔻丹。

一个没有心的人！

腐肉的味道直冲上来，荆南依忍住恶心道："你……你……没有心？"

少年一动不动，仿若一具没有灵魂的尸体。

轰的一声，荆南依的天猛地砸下来。

她眼前一黑，身体颤抖着。再睁开眼睛时，只见一个巨大的金丝鸟笼罩下来，将她笼在其中了。

"救命！放我出去！放我出去……"她惶惶不知所措，小手抓住鸟笼拼命摇晃。

胸口有什么东西在扭动，那只布偶忽然蹦了出来，连跃带跳地钻出了鸟笼，径直奔着个方向去了。

荆南依的眼神追着它，奔逃，一如她的希望……

那布偶窜行在杂草中，猛然爬上一堵明艳艳的墙，定睛一看，竟是一个硕大的身体。那人穿着花花绿绿的衣裳，脚踩一双花青帛花靴，是戏台上浮夸的装扮。

"丑八怪，是你！要做什么？放我出去。"荆南依认出来人，愤愤地说道。

飞尘扭腰撒胯地晃过来。

他一只手捏着胸前一条编成小辫子的发丝，满面春风地淫笑起来：

"我漂亮的小凤凰，终于抓到你了，怎么舍得放你出去？这一身的羽毛，这个金丝鸟笼，都是为你量身打造的。你我就天长地久，好好厮守吧。"

飞尘的另一只手掐着个青白的玩偶，在掌间把玩。

俊俏少年郎如被操纵般，趔趄了几步，乖乖走到一座孤坟边，僵直地迎面倒入坟墓中——他的来处。

荆南侬受惊过度，一下跌坐在金丝笼子里。四周竖起的金色笼骨莽莽丛丛，将她和大千世界隔开了，她从一个牢笼，跌入更小的牢笼。

荆南侬"哇"的一声大哭起来，头埋下去，蓬乱的头发愁苦地抖动着。

"穆哥哥……"她泣道。

十五
风哨情深

　　翠竹林间，一只飞刀穿过，尾巴上坠着风哨，发出如歌如诉的篦篌声音。两匹快马飞驰而过，叶阑和苏穆二人如同竞技，一前一后，向竹林中的目标"攻击"而去。

　　摔跤叶阑不及他，骑射未必输于苏穆。

　　"张弓。"她用命令的语气，挑衅他。

　　苏穆微笑，脸色一转，从身后抽出弓箭，侧身向林间射去。

　　箭矢如同追踪着叶阑飞刀的轨迹，同时射在空竹上，将坠在飞刀上的风哨定住了。

　　苏穆快马加鞭，追上叶阑："此番如何？"

　　"不分伯仲。"她不服输。

　　两匹马拴在了一处。

　　叶阑和苏穆漫步林间，说是来习"六艺"之"射"，倒像是偷跑出来幽会的。

　　苏穆掏出一只翠玉的风哨，握在手中，如同一只碧色的蝉。

　　"我见你飞刀上有风哨，便命人用荆南古玉打造了此物，送你把玩。"

　　他将风哨放在自己的嘴边，婉转之声，悠悠然地漫出来，也不知是不是因为他，那音色有些哀婉，听得人快要落泪了。

　　一曲毕，他将风哨递到叶阑唇边，叶阑看看风哨，又看看苏穆，只见他嘴唇紧闭，威严的嘴角微微上挑着。

　　叶阑垂目不接。

苏穆迟疑了片刻，不明所以地问："你嫌弃本君所赠？"

叶阑抬头望向苏穆，着急解释："叶阑没有……"

手中的风哨又往前递了递。

叶阑的嘴唇碰到了风哨，轻轻一下，清凉的感觉，如一滴晨露滴在了心头。她也曾与一帮兄弟同吃同饮，不分彼此，一个陶碗你传过来我递过去地大口喝酒，并没有忌讳，唯遇到他，竟英雄气短起来。

叶阑将风哨从嘴边挪开了，羞涩地握在手中。

苏穆笑她："日后你随我驰骋沙场，一同吃住，也要如此忸怩？"

"驰骋沙场？"

苏穆极目远望。时光飞逝，日月如梭，十六年了，他一直等待着那一日的到来。

"推翻'禁武令''奴选令'，保全我鸾倾城子民，必经生死一战。"他看着手中长剑，"姑姑曾教导我，能扭转乾坤、赢得尊严，只有手中的利刃。"

他将宏图大志剥开了给她看，当她是个知己同盟。杀场之上，有一个人相伴而行，就算死了，血肉模糊地连在一处，长歌当哭地一同走在黄泉路上。谁说英雄男儿不寂寞？最是寂寞的。

"王于兴师，修我戈矛。"

叶阑抬头望向苏穆，他睥睨天下的眼中，有一个小小的自己，她竟觉得自己多了几分分量。

"岂曰无衣？与子同袍。"

她知他！

苏穆心中一动。

英雄相惜。两个铁骨铮铮的男儿郎，触到了彼此的真心。

苏穆笑望叶阑，打趣道："叶子爷果然桀骜好斗，看来本君要将一众'盾牌'，交给叶子爷统率了。"

叶阑不甘示弱："当仁不让。"

苏穆搛住叶阑的肩，男人一般。

她感到他健硕的臂膀，与那些摸爬滚打的小子不同，他仍旧知礼地用力得当，生怕弄疼了她。

在苏穆心中，自己就是男儿身。兄弟手足情深，她一贯不拘泥这些，遇到了他，埋在身体中的那个小女子像苏醒了，羞涩难耐。

苏穆揽着叶阑的肩膀："又往哪儿跑？方才不是说要当本君的阵前武士吗？"

苏穆低头望向叶阑，她眉尾上的那颗小痣，乖巧地浮在他的面前，仿佛吻上去，她也不会反抗："每次与叶子爷相处，本君都……"

"如何？"

"心神焦灼，六神无主……真是好生古怪！"

苏穆在她面前失态了……叶阑没来由地有点欣喜。

此时，一匹疾马由远及近，几马鞭，便到了二人面前，是辰星。

辰星面露愧色："君上……"

"何事？"苏穆察觉到辰星脸色不对。

"这几日您在含露小憩训练，属下未曾禀告……依郡主失踪了。"

苏穆大惊。

他立即回鸾倾城召集人手，四处搜寻荆南依。日暮西山的时辰了，苏穆仍不肯离去。一众手下点起了火把，分散在山林之中。依依总是这样，玩耍着跟他躲来躲去地捉迷藏，妹妹拙劣的、小小的"手段"，他每次都认真地配合着，博得她一笑也好，作为长兄，他能给她的，他必竭尽所能。

他执意骗着自己——这一次，也不过是依依任性置气，只是一个没有伤害的恶作剧。

"荆南依——再不出来，长兄……"

他哽在那儿，忍受着痛苦的煎熬。

山林中，远远近近，响起众人的呼喊声，一拨接着一拨。

苏穆神情狂乱地在林中奔走，衣袍多处被路边的荆棘野草划破，他全然不顾，一直哑着嗓子喊着荆南依的名字，声音如石子投入深渊，除了偶然惊动树上的雀鸟外，一丝回应也无。叶阑寸步不离地守在他身旁，见他如此，心有不忍，劝他说："郡主吉人自有天相，定会化险为夷，平安无事的。"

苏穆心痛自责："都是我的错，如果当时我不那么对她，依依就不会出事。依依若是有个三长两短……"

叶阑知他兄妹二人自幼丧父丧母，相依为命地长大，感情自然不比寻常。叶阑不由得联想到自身，自己虽然孤苦，却还有母亲在旁陪伴照顾，这样一想，她心里便生出一股怜悯之情。她心疼他，心疼这男子二十多年来的孤独和困苦。

纵然习文识武，即便饱读诗书，可是四书五经中圣人从来没有教过他的众徒，如何驱走那与生俱来的孤独。

苏穆不经意地转头，瞥见她的眼神，里面有掩饰不住的心疼。这些年，恨他的人不计其数，爱他的人也不计其数，惧怕他的人更是不计其数，可从来没有一个人用这样的目光看过他。在她面前，苏穆可以不必撑起强悍者的躯壳，他可以六神无主，他可以不知所措，他也可以脆弱，因为她是他的伙伴、知己，她能够填补他心中的缝隙。

几条如蟒的粗藤条缠绕在金丝笼笼钩上，高高地悬在树梢。荆南依伏在笼子中，双手拽住笼骨，拼了小命似的来回摇动。

"放我出去，混账东西，快放本郡主出去！等我穆哥哥抓住你，我要让他砍断你的手脚，割了你的舌头，剜了你的双目，丢进猪笼里喂猪！"

手中的笼骨冰冷，一直寒到心里去。

"有没有人，放我出去——"

金丝笼子下，一个矮矮的人影闪过。他仰头望向荆南依，一张胖胖圆圆的孩儿面，是个七八岁的胖男孩。

荆南依惊喜不已，轻声细语地哄骗胖男孩："喂、喂，小胖墩，你快去叫人来救我，我是鸢倾城的郡主，救了我，长兄会给你好多好玩的，还有数不清、用不尽的金银珠宝……"

"郡主，你在哪儿——"远处，寻找荆南依的呼喊，断断续续地传过来。

荆南依一愣，眼泪瞬间涌了出来。穆哥哥的脸，从她眼前闪过去。

"穆哥哥，我在这儿——我在这儿——"

荆南依急急地将胳膊上、脖子上的珠宝首饰摘下来，一股脑地抛向胖男孩："拿去、拿去，全部给你，快去叫人！"

胖男孩笑盈盈地捡起了地上的首饰，在身上擦了擦。

荆南依盯着胖男孩，莫名地觉得他有点古怪："快去啊！"

胖男孩背着手，缓缓抬头，稚嫩的小圆脸上生生鼓出一对老成的眼，突兀得像是一只动物。

胖男孩一摆手，将首饰丢到了草丛中飞尘的手里。

"看好你的小娘子，别污了我老头子的地界，她再嚷嚷，我就把她炖了，正好我的食补汤药里缺一味人的心肝。"

那是一个老人的声音，苍白沙哑，透着沧桑。

飞尘摇曳生姿地赔着笑："是小弟错了，扰了松语老爷子清净。"

荆南依惊恐地瘫软坐在笼子里，远处，断断续续的呼喊声又飘了过来，她唯一的希望，只有自己孱弱的呼喊。

"我……我在这儿……"

半句话仍含在嘴里，松语扬袖一挥，白色的粉末喷到她的面前。

她哑了。

松语拍了拍手，瞥了一眼飞尘："不管怎样，你我同为无常五子之一，我不能见死不救。你的命是我们坞主的，该杀该剐都容不得旁人动手。我替你引开他们。"

松语哼了一声，小小的身子猛然原地跃起，再落下的时候，遁入地下不见了。

叶阑举着火把在林间穿行，火光只能照亮周身的一圈，他借着光亮在黑暗中艰难地寻找着。她习惯了黑夜，连嗅觉都变得灵敏了，仿若一只小兽。突然，她似乎听到了荆南依的呼喊。

一转身，见苏穆警觉地站在她的身后。

两个人默契地对视了一眼，叶阑指了指某个方向，苏穆跟着她往林间深处走去。

重重树影，落在了二人身上，四方静谧，唯有猫头鹰凄厉的叫声。循着声音望过去，只见枝丫上一对绿幽幽的眼睛，像是落入了另一个世界。

忽地，脚下的土块松动，坚硬的一条路波浪状地鼓动起来，让人误以为在大海之上。

"遁地术！"叶阑寻着那波浪的源头穷追不舍。

猛然间，从石缝里蹦出个人头，诡异地扭动着，没有脊梁骨一般，随意摇摆，人头望向他们，好像还在笑，等着与他们游戏一般。

这生生惹恼了叶阑，她纵身跃起，追到了人头蹦出之地，可那人头早没了踪迹，又从更远处冒出来。

叶阑随即跟过去，枝枝蔓蔓，繁花盛草，遮住了前路，再往前奔去，竟是一处断壁悬崖，但已来不及了，再轻巧的功夫也回不了头。

叶阑心下一沉，知道自己中了奸计，要赔上性命了，索性闭了双眼，愿赌服输。

突然，她感到被什么挂住了，再睁眼，见苏穆随着她跳了下来，一只手挽住了她的腰肢，另一只手奋力去攀断壁上的藤蔓。两个人太沉重了，他的手臂瞬间被藤蔓划出血痕，身子磕磕绊绊地往下坠。

与其说她紧贴在苏穆的身上，不如说是苏穆用身子围住了她。危险之中，他将"心爱之物"护在安全的地方。

耳边风声凌厉，一颗心因为失重钝钝地疼着，只觉生命无依无傍，令人悲戚而绝望。这未卜的余生虽只剩下了一瞬，却有个人相伴，她知足了。

两人重重地跌在了地上，纵使叶阑伏在他的身上，也觉震荡入骨，痛得昏天黑地。

叶阑醒过来的时候，已是午夜，月明星稀，寒气逼人。

低头望向身下的苏穆，只见他双目紧闭，满脸血污，唯一条臂膀，紧紧地将叶阑揽在怀中，没了意识也不肯松手。

他宁死也不肯她受伤分毫。

叶阑胸口一阵绞痛，仿佛伤重是她自己。

一个想法向她袭来——苏穆死了！荆南之君，鸢倾城城主，为了她，死在了荒山野岭，他的宏图壮志——鸢倾城的复兴盛世，瞬间湮灭，叶阑满心期待的那个归宿，也烟消云散……没有了苏穆，她又要做回叶子爷了，仍是个无家可归的孤儿。

叶阑喘不过气来，听见自己哭着唤他的名字。

苏穆呻吟了一声，痛苦地蹙眉，吃力地睁开眼睛，认出了叶阑。

他还活着！

她一颗心又落回了肚子里。

叶阑扶着苏穆靠在山石之上。

"苏穆君，可还好？"

"没事。"苏穆强撑着。

她知他痛，因他脸色惨白，虚汗淋漓，却仍绷着一张无风无雨的面容，安慰自己。

她气恼他不知惜命，恼得没有道理，仿佛要他向她交代一般，仿佛他们息息相关。

她急急地责备起他："方才……方才苏穆君为何要同叶阑一起跳下来，又用自己的身子护着我？苏穆君不知自己身份尊贵，是荆南之主，不可有一丝闪失吗？"

苏穆并未察觉叶阑没来的怒气，只当手足关怀："既视我为君上，我怎么能置你于险境？就算拼了性命，我也要护你周全。可有受伤？"

苏穆望向叶阑，抬手去抚叶阑脸上的擦伤。

一条手臂鲜血淋淋。

叶阑心疼地握住了他的手，还在流血，温热而虚弱。刚才的怒气顿时消了，她心如刀绞。

苏穆一惊，见眼前的"小子"低垂眉眼，一颗颗滚圆的泪珠淌出来，落在自己受伤的手臂上。他有些摸不着头脑："喂，都说男儿有泪不轻弹，你叶子爷怎么……"

叶阑抬头，一双梨花带雨的眼睛，怯怯地望向他。惊鸿一瞥，像是在哪里见过，抑或是一直等待着、期许着这样的对视——似曾相识，又恍如隔世。他一向不问儿女情长，此时却被眼前的一双美目牵绊，茫然无措。

苏穆愣住了，忘了言辞。

"疼吗？"

他下意识地摇了摇头。叶阑的手指轻抚着他的肌肤，他能觉察出她的小心翼翼。

叶阑羞涩地松开了，又被他反手握回去。

"嗯，好像有点疼，握着好受些……"他佯装疼痛，讨要她的怜惜，连自己都觉得荒诞可笑。

二人相视而望，也是正面交锋，灼灼的眼神缠绕在一起，电光石火之间，漆黑的夜，寒凉的荒林，坎坷的人生，通通落了幕，天旋地转的戏台上空空如也，只有她和他，上演着一场英雄美人的团圆戏。

叶阑吓了一跳，她爱他，怎么发生的？在他为了自己舍生的那一刻？

想起来，她当真也算死了一遭，前半生自由妄为的生命结束了，从此，她的心中住了一人，牵肠挂肚，相思成疾，飒爽的侠女终成缠绵的思妇，亦悲亦喜，人生难断。

悬崖下无路可寻，苏穆动弹不得，只能静待支援。

二人坐在一处，特别安静。

叶阑打了个喷嚏。

苏穆抬手，用胳膊将叶阑挽住。

叶阑想要挣脱。

"你别乱动，碰到了伤口，我会疼的。"他拿自己当个人质，挟持着她。

叶阑望向苏穆受伤的手臂，不忍躲避，便任由苏穆抱着自己，在他怀中缩成一团一动不动。

"暖和些了吗？"他轻声地问。

叶阑点头。

"本君有很多属下，不知为何，唯有你，我总想要护卫。"他以为自己失血过多，头脑昏沉，讲些有的没的，自己都深感疑惑。

"叶阑也愿为苏穆君做……"

叶阑抬头，见苏穆痴痴地盯着自己。

"为本君做什么？"他很认真，像个孩子。

"任何事情……"

"本君只要你在我身边，寸步不离。"他费力地将叶阑往自己的怀中揽了揽，手臂上的伤口撕扯着，疼得值当。

他一贯深知天下无不散的筵席，亲故旧知，相亲挚爱，皆是人世间奢侈的陪伴，聚散无常，当年的梦姑姑是如此，今日，冥冥之中，被自己用重重深院困住的依依也是如此……他却执着地想和一个"盾牌"长相厮守，简直不讲道理。

世事不容他任性。

漫天星辰下，二人和衣而眠。

苏穆沉沉睡去，双眉微皱着。

叶阑偷偷望向他，露寒霜重，她怕他冷，往他身边蹭了蹭。她又望向天空，月光透过枝叶的间隙洒下来——美妙而苍凉的时刻，夜色深沉，大地未醒，她爱上他的时刻。

清晨，山崖上传来辰星的呼喊，一条绳索当空抛下来，二人获救。

十六

顽童堂主

　　乌云盖月，几只乌鸦掠过逍遥堂金碧辉煌的屋檐。懿沧武士肃立的黑影落在侍从们擦得光亮的地上，隐隐约约，如同灵魂落地，是另一个世界的相望。武士们全部寒着脸，眼神坚定。

　　祭祀殿内，大祭司披着懿花涧的熊皮大氅，黑硬的熊皮中，露出一张白粉敷面的雪脸，枯槁的老手端举着枯槁的龟壳，时不时抬头望向祭祀台的天花板，口中轻念，呢呢喃喃。

　　懿沧群坐在一侧，静观其变。近日他噩梦不断，梦中，青天白日的午后，一只巨大的怪鸟振翅飞旋，两翼长翅，遮天蔽日地盖下来。细长的鸟喙如一把锋利的刃，电闪雷鸣，鸟喙刺入懿沧群的铠甲，剜入心窝，瞬间成了个血窟窿，热血汩汩往外冒。那鸟儿仍不甘心，灵巧的舌头将他的五脏六腑生扯出来，吞入腹中，飞走了。

　　懿沧群生疼，眼睁睁地望向自己的尸身，惊醒过来。

　　一串铜钱撒在龟壳之上，大祭司俯身拨开钱币，又抬头望了望此刻的天色，掐指算了几算，脸色忽地大变。

　　一旁的懿沧群见此，长叹出声："吉凶如何？"

　　"月相异常莹亮，日主阳，月主阴，龙蛟乃雄，鸾凤乃阴。"

　　懿沧群听得不耐烦，断然打断了他，粗声喝道："别说那些废话，到底什么事？"

　　"怪鸟入梦，月相妖异，恐有女子相害。"

　　懿沧群大惊，手抚额头，冷汗涔涔而下。

女子？妻子早逝，家妹已故，四十几年来，出现在他生命中的女子屈指可数。在他眼中，女子是祸水，是一时兴起的把玩之物，那些模糊的女人印象，也都留在了年轻气盛的时光里。

他搜索着记忆，寻找着凶徒的蛛丝马迹。猛地想起乌鸦漫天的那一日，鸾凤之女荆南梦，怎么可能？她早被乱箭射死了。

荆南梦披着嫁衣，金冠束发，隔着十几年的光阴，竟又出现在懿沧群的眼前，而且愈加清晰了。

懿沧群失态地瘫软坐在椅子上。

不知从哪里飘来的一声钟鸣，嗡的一声，颤微微地击中了他早已失守的心。

丧钟，为谁敲响？

懿沧群暴怒，这钟鸣在他听来更觉刺耳非常，他心头火起，拍膝怒道："何人在吹吹打打？"

侧立一边的副将军赶忙回禀："涧主，是巍鸣君。"

逍遥堂金柱白墙，朱红色斗拱，青瓦，绿琉璃屋脊，厚重威严。唯有后庭水塘，请了善布精巧小景的工匠打造，别有洞天。

荷叶田田，荷风暗送，空气中飘着莲花香，盈盈荡荡。丝竹班子围站着，穿着艳丽的服饰，红红绿绿，吹拉弹唱，像是一套彩釉陶俑摆件。

湖中央的荷叶中，有一叶独木小舟。

一只紫金厚底靴从碧叶中伸将出来，随着丝竹的节拍，上下晃荡。

一个清朗的声音飘来："密叶罗青烟，秀色粉绝世。荷风送香气，竹露滴清响。"

独木舟中，躺着一个俊俏的少年郎，面如中秋之月色，颜如春晓之芳花，鬓若刀削，眉似墨画，穿一件二金龙骧虎步大红常服，束着七彩丝攒金宫绦，外罩石青幽兰缎褂，满身的衣衫便已热闹非凡。他手枕胳膊，跷着腿，闭目而栖。

巍鸣懒洋洋地伸了伸腰身，嘴角挑笑，睁开眼。一双眼流光溢彩，只是水汪汪的，不悲却似有哭态，倒像是女儿家的一对妙眼美目。

"如此良辰美景，就差一壶美酒了。"

巍鸣对着岸边的侍女吩咐："喂，给小君呈上杯玉阑珊。"

池塘边摆放着各色酒坛，侍女闻言，用长颈木勺从酒坛中舀出酒水，倒入一只白玉杯中，酒水殷红如血，在杯中微荡。白玉杯在侍女的手中一传一递，最终落入荷叶状红漆木盘中，下了水。几个侍女用孔雀毛质地的小桨滑水，木盘轻漾，漂向湖中央。

巍鸣轻跃起身，挽起袖子，从水中捞起木盘，端起酒杯，一饮而尽。

美酒佳肴，丝竹盈耳，当真未负好韶光。

他抬头望向被荷叶遮住的那轮诡异的月亮，翻了个身，躲开了，如同躲避他高高在上的身份——逍遥堂少堂主，金光闪闪，万众瞩目，于他，不过是锦衣玉食铸成的不合身的铠甲，封死了，起锈了，锁住了他的心肝脾肺。有一年，舅父懿沧群处置老臣，在逍遥堂庭院里公然行刑，霍霍的大刀砍下去，断手断脚，散了一地，配不成对。老臣一个个矮了半截，装进水缸中，做成人彘。他被舅父架在水缸之间，让那些不成人形的忠臣看着他，堂堂皇甫嗣，他们誓死护卫的未来君上，两股之间淌出尿液。

他也是个人彘吧，不过浸泡着他的是琼浆美酒，锦罗绸缎。挣脱不开了，不如痛快地相守，沉醉在这纸醉金迷之中，永不醒来。

远处，满脸怒色的懿沧群带着一群懿沧武士匆匆走来。那些武士均着懿沧世家的银色铠甲，面具遮眼，头盔上的红色长缨在空气中无风自动，带着一股肃杀之气。懿沧群率众走近莲池，众侍女见到他均惊慌行礼，连丝竹都没了声音，荷花池畔霎时陷入了死一般的沉寂。

懿沧群冷着脸环视池塘。丝竹班子及侍女们如惊弓之鸟。

懿沧群怒扫众人一眼，喝道："半夜三更，你们在这里鬼哭狼嚎，脑袋不想要了？"

丝竹班子的班主吓得一个哆嗦，跪下求饶，哆哆嗦嗦地指着湖中的独木舟，战战兢兢道："涧主饶命、涧主饶命，是……是小君……"

懿沧群望向湖中央，一池寂然。

懿沧群拿出朝堂上的做派，拱手上谏："小君怎可如此玩物丧志，成何体统？快快出来！"

小舟之中，巍鸣闻声，惊惶无措，一俯身趴在小船内，一只手捂住自己的嘴，敛声屏气。枝枝蔓蔓的荷叶，是他唯一的庇护。

懿沧群在池塘边来回踱步，腰杆笔直，道貌岸然，书卷上的金玉良言脱口而出，劝谏这个扶不上墙的未来君王："君子慎独，当居安思危，古语言，生于忧患，死于安乐，这般不知克己，怎对得起您那些殚精竭虑的祖先，怎么面对那些附属世家……"他佝偻着身子，频频行礼，"小君之行，先不说老堂主知晓后会痛心疾首，就是老臣我也会因未严格要求小君而羞愧难当。还请小君现身。"

湖中平静依旧。

懿沧群停顿了片刻，一挥手，吩咐懿沧武士："你们去看看小君在何处，小心点，莫要伤了他！"

说完，他眼神陡转凌厉，仿佛一双老鹰的眼，手下的人顿时会意。

砰砰砰——酒坛被武士的长矛刺破了，酒水四溅在荷叶上，散开了，又如露珠一般聚集起来，晶莹透亮。

懿沧群缓步踱到一盏宫灯旁，烛火透过红艳艳的绸布，四散开来。灯罩上是一条蛟龙。龙？他心里轻笑，小小一条，倒像条虫。

他轻轻一拨，灯托翻转，转了几圈，如豆的火落在荷叶之上，方才摇晃的烈酒猛然燃烧，一时间，水塘上升起熊熊的花火。

火势速速蔓延，半个池塘的荷叶摧枯拉朽般燃起来。一半火星、一半灰烬的残叶纷纷随风飘散，在半空中翻滚，蜷缩，燃尽，然后落进小舟之中，正巧扑在巍鸣的怀里，像是一只火鸟在他胸前扑腾。衣角的香囊流苏也跟着烧起来，火苗上窜，他急忙拽下香囊，撒手一丢。谁知，身体失衡，翻身落入水中。

远处，两个妙龄女子疾步而行，是皇甫世家的一对郡主，芳娉和离樱。虽为同胞姐妹，容姿和气质却各有不同。皇甫芳娉肌肤微丰，鹅蛋脸，腮凝新荔，一双眼睛顾盼神飞，身上披着一袭凤穿牡丹锦罗长袍，自有一派端庄富贵相。离樱削肩细腰，俊眼修眉，装扮素雅，清清冷冷的面无表情。

芳娉一眼认出了水火之中的胞弟，心疼地唤了一声："鸣儿——"然后转过身来，怒目望向一众的武士，"你们，快下去救起巍鸣小君！"

银甲岿然不动，一双双眼睛全在懿沧群处。

懿沧群快步走近两位郡主，向其作了个长揖，语气听似焦灼，神情却似乎并不以为意："老臣拜见二位郡主。"他缓缓起身，"郡主也知，我懿花涧的武士皆生长在高山上，不习水性。"

他又转向懿沧武士，大声喝令："还不快去找人，救小君！"

一个武士受命，没方向地跑远了，心照不宣，他定是寻不到人的。

芳娉顿感耻辱。堂堂长郡主，竟驱使不了几个武士。她身体里流淌的是皇甫之血，高贵而不容侵犯。姐弟三人之中，她最年长，还赶上过好时候，荣光之时，小小的她便陪着祖父和父亲宴请八方。她坐在高高的云台之上，台下黑压压的附属世家跪拜行礼，小小的，矮矮的，脸朝地，背向天，一如没有脊梁骨的小面人。父亲命她犒赏三军。她将金银撒向高大的男人们，翠玉、珍珠、金叶子……噼噼啪啪地砸在男人的铠甲上，清脆悦耳。男人们用砂锅大的拳头敲打胸口，像猛兽一般呼喊着她的名字，她是他们的神，他们愿意为她赴汤蹈火、肝脑涂地。

巍鸣的呼救声，声声入耳。

长姐如母，芳娉焦心不已。

顾不得了，人在屋檐下，再高贵的头颅也要低下。芳娉心里明白，若是懿沧群不下令，自己根本无从驱使那些武士，除了天人，根本不可能有人救得了巍鸣。芳娉缓缓向着懿沧群跪下，膝行到他身边，拉着他的衣袍下摆哀求："舅父，芳娉求求您了。"

懿沧群置若罔闻，无动于衷，任她跪着，漠然地别开了头，将她最后的尊严碾碎。

离樱看着这一幕，暗中捏紧了拳头，扭头疾行数步，作势就要跳下去救巍鸣，幸得懿沧武士眼疾手快，在她入水前一刻拦住了她。她也不挣扎，只是冷淡地转身望向芳娉，神态从容，仿佛已看淡生死，那种淡然反看得懿沧群愣住了。

懿沧群缓缓道："护着小郡主。"

武士们铜墙铁壁般挡在离樱面前。

"小郡主少安毋躁，不可冒险。倘若小郡主再有个闪失，让老夫如何承受？"

她轻声道："看来，舅父是想在今夜让皇甫世家的嫡子长孙丧命于此，不知事后如何向归属皇甫的各大家族交代？"

懿沧群一惊，脸上霎时褪去了血色。

离樱冷淡地转身，直视着阻碍自己行动的武士，只以两个字命令他："走开！"

武士被她身上散发的戾气所慑，下意识地后退了两步，离樱干脆地一跃而下，跳入水中，水花过后，水面彻底陷入了平静。

懿沧群来回踱步，芳娉起身奔向池塘边的栏杆，焦急地望向湖心，眉眼间掩不住的凄惶之色。一炷香过去了，就在众人以为希望渺茫，连芳娉都失魂落魄地跌坐在地上之际，水面某处泛起一连串水泡，离樱破水而出，拖拽着巍鸣上岸。巍鸣已经木然了，浑身瑟瑟地发着抖，狼狈不堪。她手一松，巍鸣便如个物件一般瘫倒在地。一身白衣沾了水，贴在她身上，更显得单薄了，像是一幅落水的美人古画，薄薄的一片。

芳娉跌跌撞撞地奔到巍鸣身边，一把将弟弟抱在怀中，焦急地问他可有受伤。

巍鸣神情恍惚，明艳的火，冰冷的水，那些燃烧的荷花，一株株栽入水中。过了一阵，耳边才隐约响起长姐的声音，他又回来了，回到这不堪的人生。

巍鸣的眼神移动着，惶恐茫然。他孱弱的性命从来都不在自己的手中，所以他不争不抢，一心做那玩物丧志的废物，即使这样，懿沧群也不容他。黑暗中，他是恶猫掌下的玩物，他越躲，越是被不怀好意地揪出来玩弄。

"猫"过来了！

懿沧群将自己的披风脱下，披在巍鸣身上。那带着懿沧群体温的大氅似烫伤了巍鸣，令他惊恐地缩成一团。

"小君无事便好，无事便好，吓煞老夫了。舅父愿以阳寿换小君的安康啊！"

懿沧群跪在巍鸣面前，哭着道："老臣救助不利，请小君治罪。"

"猫"哭耗子？

那老泪在懿沧群纵横的皱纹中流淌，却仿佛含着阴郁的笑。

离樱嘴角衔着一抹冷笑，垂头冷眼看着懿沧群。

三姐弟当中，唯有芳娉最擅察言观色，见状轻轻拉了拉巍鸣的衣袖，小声提点他："还不快扶起舅父。"

巍鸣颤颤巍巍地起身，伸出一双手，缓缓扶起懿沧群："是鸣儿顽劣，让舅父担忧了。"

"小君无恙便好。"懿沧群一甩，将两条胳膊背在身后。

一众人尾随着他，声势浩大地离开了。

风残卷着荷叶的灰烬，吹到姐弟三人的身上，脸上蒙了一层灰，心也蒙着羞。

离樱转身欲走，被巍鸣叫住，他将身上的披风脱下，体恤地递给离樱："小妹也湿了衣衫，女儿家身子骨弱，快快披上。"

披风被离樱一推，落在了地上。

离樱冷眼望向巍鸣："请你以后安分些，免得害死我和长姐。"

巍鸣心头一凉，再抬头，离樱已经走远了，一身寒凉的白衣，像是一个不肯归家的鬼。同胞血脉，芳娉自知其中个味，她望了一眼巍鸣，追着离樱去了。

走到花园里，这才追上了离樱，大家闺秀，不高声语，芳娉温温吞吞地唤了一声小妹。

离樱站定了，转过头望向姐姐："姐姐何必……更深露重，跑来替旁人当和事佬。"

"离樱又说胡话，鸣儿怎么是旁人？那是你的兄长，我的胞弟。"

离樱仍冷着脸，前尘往事，繁华浮生，都与她无关。唯有一丁点，令她眉头紧缩，不肯原谅。

芳娉有点泄气，叹道："我们皇甫世家不知道是不是得罪了神明，到了我辈，儿孙们之中，一个是痴痴傻傻的小酒客，一个是冷冷清清的冰美人，我这个当姐姐的，真是好生辛苦啊。"

离樱轻握住芳娉的手："我即使对全天下冷淡，也是和大姐亲近的呀。父亲母亲离世后，都是长姐护我、疼我，这点血浓情深，离樱还是知晓的。"

芳娉顺势擒住离樱的胳膊，挽住："长姐为你和鸣儿操心，自然是出于骨肉血亲之情，长姐无怨无悔，也不求回报，只是盼你我姐弟三人平安喜乐。"

芳娉目光灼灼地望向妹妹。

离樱恼了，连怒火都是疏冷的："长姐担心二哥便是，不必管我，倘若真有个好歹，也是因他引的祸端。"

"你还在怨恨鸣儿？"

离樱和芳娉脸色皆变，面对面站着，都被愁怨笼罩着，有点认不清对方的面目。

望着离樱恨恨的模样，芳娉也强忍不住："爹娘的死，不是你二哥的错。"

一条巨大的血口子撕开了，疼得两个人动弹不得。

"是与否，长姐与我心中最是清楚，何苦为他辩驳？"离樱终究怒色盈面。

昏黑的夜色中，一瞬死寂的静默。

那年，进进出出吊唁的人们披麻戴孝，都是蜡黄蜡黄的脸。高高的楠木棺材上用金箔贴上了日月星辰，亮闪闪的，犹如一只只妖异的眼。她们却望不到父母的脸，棺椁之中，用红绸巾兜住了，鼓鼓囊囊，头大得惊心。盖棺"躲钉"了，孝子贤孙的头发丝绕在钉子上，要长子下钉。众人惶惶地站着。

庭院中，传来巍鸣疯癫的哭喊声，他高烧不退，头脑昏聩，赶不上送父母一程了。

离樱的眼睛里也盈盈如有泪。

芳娉叹了一口气，劝慰离樱，也安慰自己："那事之后，鸣儿险些丢了性命，烧退下来后，一直痴痴傻傻，记忆模糊。若揪住往事不放，岂不是要了你二哥的性命？有些不能改变的事，忘却了才能解脱。"

离樱冷冷地瞥了一眼姐姐，骨肉至亲也是人心隔肚皮的。

"长姐不过忌惮他是男儿身，是皇甫世家的继承人，能够保全我们的血脉和荣华，才要我们忘记吧。但离樱做不到。"

芳娉一惊："那时候你还小，不知事情原委……"

"离樱累了，不送长姐了。"离樱打断芳娉，快步而行，刚转身，一行清泪打湿了小脸。

芳娉站在沉沉的夜色中，愁容难展。

十七

巍鸣娶亲

懿沧副将军手里握着只信鸽，匆匆将鸾倾城的密信交予懿沧群。鸽子鼓着眼睛，细腿上绑着个小玩意。

小小一张皮革，用魏体小字写满了，密密麻麻，全是机要。

一个懿沧武士被诛杀，窃以为乃荆南苏穆所为。

懿沧群不屑一顾，荆南苏穆？不过是自以为翅膀长硬了的小雀。

他一扫而过：坊间传闻，荆南世家的郡主十六岁生日后，惊现桃花印，是新的鸾凤之女。

懿沧群脸色大变。

噩梦中掏他心挖他肺的大鸟一并压过来。大祭司口中的祸害女子，在千里之外留了口信给他，犹如挑衅。

懿沧群一生尚武，杀的人太多了，反倒不畏鬼神，睡去了，也将大刀放在榻上。冤冤相报，恩仇轮回，在他这儿，都不作数，他依靠的是枕边的血刃，武士的弯刀，见佛杀佛，遇祖杀祖，杀杀杀——

不料，那女子竟是杀不尽的……十六年了，他老了，她却又来索命。当年荆南梦凭借美貌蛊惑人心，险些夺了逍遥堂。那年，他意气风发，懿花涧的功夫样样精通，却还是溃不成军，发须都被点燃了，断发如断命啊。如今，那荆南的女子又卷土重来，他却老了。老百姓愚昧的传言，在他耳边回响："桃之夭夭，宜室宜家，灼灼其华，祸乱天下。"

他的天下，还未到手的天下。

沙场征战多年，他已习惯于安抚恐怖，他压下了心中的少有的惶恐，盘算起来。老辣的诡笑从他眼里缓缓流出来。

懿沧群一边吩咐副将，一边捋顺思路："世人皆言娶得鸾凤之女就能平息八方，坐镇悠然河南北。既然如此，就让我们逍遥堂的未来掌权人迎娶那女子吧。"

"巍鸣君？"手下惊道。

"如若鸾倾城不交出鸾凤之女，正好治他个罪，灭了荆南世家。"

鸾凤之女再现，不外乎血肉所造吧，灭了她的种，屠了她的族，再过十六年，他仍是逍遥堂的掌权人，却没了荆南，没了纠缠不休的鬼魅女子……

"可荆南世家多年受我逍遥堂的禁令限制，早已有了反心。若此时巍鸣君前往迎娶鸾凤之女，涧主不怕他们对小君不利？"

"巍鸣小君是天之骄子，怎可轻易困于此等附属世家？"懿沧群意味深长地笑了。

一箭双雕。

晓色苍苍，逍遥堂大殿百官常朝。

大殿之上，万刃宝座空置，一侧的辅座上坐着皇甫巍鸣，面前几案上摆着各类果脯点心。两侧服侍的宫女为巍鸣轻摇蒲扇。

巍鸣坐在生冷的梨木大椅中，百无聊赖。堂下老臣黑着脸，滔滔不绝，声音如嗡鸣的小虫，回响在耳边。

"今年各大世家的供奉，已悉数存入千斯仓中。各世家感念我皇甫恩泽，皆上书表忠心……"

近在咫尺的朝堂，幅员辽阔的天下，都化为石头房子里的无聊之事，日复一日，折磨着他。巍鸣八岁开始坐在这张大椅之上。五更天，月尚高悬，舅父的武士们便列队进入寝殿，他们身上的银甲生出森森的寒气，空气瞬间冷若寒铁。男人的大手掀开花八团缎被，将半梦半醒的他揪出被窝，朝服加身，塞进辇中，穿过没有尽头的宫路。黑夜中，只能听见武士们重重的脚步声，一声又一声，踏在布满细痕的石板上。他们的脸与他们的银甲融为一体，仿若冰冷的死物。巍鸣瑟瑟发抖，觉得有点恍惚，仿佛那方盒子般的步辇是他丧命的棺椁，脚下则是漫漫黄泉路……

步入大殿了，一众臣子叩拜行礼，然后跪在大殿两侧，矮一截，让出一片天光，他才觉新日将临。舅父站在万刃宝座一侧，佝偻着身子，像是悬在枝丫上的老鸟，眼睛一转，又成了凌厉骇人的动物。他被舅父牵引着，推进大椅中，从此，他成了不言不行的玩偶，一坐，便是十四年……

如今，众臣子立西向东，不再朝向他了。自古以东位为尊，懿沧群乃肱股之臣，不用侧立堂前，而是坐在东位的一把太师椅上，容光焕发。

巍鸣已习以为常了，没有了众人逼视揣度的眼光，在这大椅上，他竟觉得安心。他如同大殿之上的一样摆件，与逍遥堂的黑金色融为一体，仿佛隐形了。

巍鸣如往常般自顾自地玩耍着，他将手指扎在果盘之中，用果子摆了一张怪脸。

阶下，老臣滔滔不绝，论述着政绩。

懿沧群微闭的眼睛睁开，轻瞥了一眼堂下等待良久的大臣。

大臣惶惶上前，开口请奏。

"臣有奏。我皇甫世家坐拥逍遥堂，武功赫赫，福泽四方，巍鸣君乃皇甫世家的继承者，上秉列祖宏愿，下承开来之责，任重而道远。"

巍鸣不耐烦地将干果抛向空中，扭着脖子，用嘴巴接住。

"巍鸣君已过冠礼之年，臣等议，应择一世家女子与巍鸣君婚配，齐家在先，而后继承老堂主权柄，继承大位。一则完成人伦孝道，继承香火；二则联姻世家，也将为我皇甫所用。"

巍鸣一惊，攥在手中的杏仁掉了，如同一颗颗白色的小牙齿落了地。

成婚？！

经年往昔，唯一一件与他相关的奏表。

"鸾倾城的荆南世家又出桃花印女子，大祭司曾结合星象预言，桃花印女子必有鸾凤之相，鸾凤与真龙相配，我皇甫世家的子嗣本就贵为真龙，理应顺应天意，龙凤呈祥，兴邦旺族。"

巍鸣听在耳中，还未咽下的吃食瞬间如鲠在喉，呛得他咳嗽起来。身边的侍女赶忙轻拍他的后背，此时女子的小手却似重拳，招招致命。

"什么桃花印女子，小君我见都未见过，万一是个头大如斗、丑陋无比的女子，怎能成婚？本君迎娶的是妻室，又不是买蝈蝈，怎可随意决断？"

他的声音，第一次在大殿中响起。

众臣哗然，齐齐转身，惊讶地望向日日跪拜的"摆件"。

他复活了？皇甫血脉，逍遥堂的真正主人，仍旧是皇甫先贤的铮铮铁骨？群魔乱舞、妖孽横行的乱世中，他像是一点点希望，从昏暗中闪出一点光。

懿沧群的声音响起："老夫觉得可行。"

众臣又齐齐转身，面向懿沧群，一张张脸冲地，敛声屏气。

巍鸣忌惮地望了一眼懿沧群，悄声辩驳："书上有言，夫妇之道，须选情深者。小君也想择一心爱的女子为妻，白首偕老……"

懿沧群从太师椅上缓缓起身："小君怎可说出此等淫词秽语？未来堂主的婚配事关世家兴衰，怎可只顾儿女私情，而置大局于不顾？"说完，他猛地一转身，大声厉喝向堂下臣子，"巍鸣君的侍读官何在？"

大殿远处，小小的侍读官摸爬着，跌出众臣之列。读了一辈子的书，到头来，杀鸡儆猴的典故落在自己身上。

"涧主，臣在。"

"纵容小君览阅无稽书籍，杖毙。"

懿沧武士上前，手中的黑杖插向侍读官身下，高高架起，一声喝，侍读官腾空而起，像是个纸片人，又落下，扑在地上，杖子才砰砰地打下来。

木头与肉的碰撞，发出沉闷的声响。没两下，柔弱的读书人就丧了志气，疼得号叫起来："涧主饶命啊，臣都是按照涧主的吩咐，只给小君看些诗词歌赋，从未教授经史子集、治国博学啊！涧主，臣冤枉、臣冤枉……"

祸从口出，揭了要他命人的短处。

懿沧武士打得更狠了。

两条细腿断了，向着不可思议的方向撇去，身体扭曲着，脖子勾起，口中吐出黑红的血沫，呛住了，嘴里没有了声音。黑杖仍旧机械地敲打着，永无止境一般。

巍鸣惊恐，一股巨大的愤怒笼罩着他，他猛然起身，桌上的杯子跌落在地，"啪"的一声，像是一种反抗。

众人惊讶地望向碎了一地的"反抗"。

懿沧群看向巍鸣，手掌狠狠握住佩刀，刀柄上是一只凶兽麒麟，瞪着眼，张着口，口中吐出刀刃来。

一步一步，懿沧群慢慢逼近巍鸣。

"老夫都是为了小君，有些东西……"懿沧群低头望着脚下的杯子碎片，"就如同这杯子，须安分守己，方可安稳苟活！"

懿沧群走上台阶，靠近了。

巍鸣感到腾腾的杀气正将自己包围，他要逃开，逃到安全的地方去，他向后缩了缩，跌坐在座位上。

巍鸣出行

"老堂主到——"

两个术士一左一右，搀扶着皇甫规，慢慢前行。

众臣子跪地叩拜："皇甫逍遥，千秋无期……"苍老的呼声穿过光阴，仿佛回到了当年皇甫规叱咤风云的鼎盛之时，跪在地上的老骨头咯咯地响着。

懿沧群手中的刀柄一斜，横在身后。

"祖父……"惊恐的巍鸣轻唤，眼泪都要淌下来了，犹如在茫茫大海之上，面临灭顶之灾时，终于抓住了一根救命稻草。

懿沧群匆匆忙忙地大步迎了过去，搀扶着皇甫规到万刃宝座旁，又快步行至堂下，作揖行礼，毕恭毕敬。

皇甫规神志有点恍惚，嘴里哼了两声。

所有人的身子都往前倾了倾，耳朵立了起来——听不清。是整肃朝堂的"君言"？是铲除佞臣的王令？含在皇甫规牙齿疏落的口中，太久了，吐也吐不出。

臣子们期待着。

懿沧群见状，大声表奏："禀报老堂主，老臣懿沧群为了皇甫世家的百年基业，奏请巍鸣君前往鸯倾城，迎娶荆南世家郡主！"

巍鸣望向祖父，委屈地道："祖父，鸣儿我……"

一声铜铃响。

大殿黑暗的角落里，异士手中握着个铜铃铛。

懿沧群缓缓抬头望向皇甫规，眼神诡谲。多少年来，他千方百计寻到的那些白瓷罐子中的灵丹，终于要派上用场了。

听到铜铃声，皇甫规猛地抱住了脑袋，疼痛欲裂。当年杀人如麻，战无不胜，老了，总想要长生不老，永世芳华，所以他打坐，炼丹，进补……他是常胜的将军，在岁月面前不服输。

那些仙丹灵药，化成脑壳里巨大的声响，教唆着他，命令着他……

"准。"

众人惊了。

"将拟好的诏书呈上。"

一切有备而来，步步为营，招招致命。

懿沧副将军把诏书递到懿沧群面前。

"老堂主，落玺吧。"懿沧群大步跨到宝座前，手肘一旋，将诏书摊在皇甫规面前。

皇甫规顿了一下，在几案上胡乱翻找着。

懿沧群正了正衣冠，当着文武百官的面，当着皇甫规的面，从袖中掏出了玉玺，四方碧玉之上，雕着一只凶狠的灵兽，脖颈上拴着一条金丝带。

礼崩乐坏，江山易主。

哀莫大于心死。几个老臣没有忍住，站在堂下呜呜哭泣。

懿沧群将玉玺放在案上，抓住皇甫规的手，将玉玺盖在诏书上。

尘埃落定，无处翻案。

巍鸣太熟悉这种被控制的感觉了，本以为自己已习惯了，心里却还是生疼。自己是条孱弱的小虫，暴露在烈日下，生死不由他。

懿沧群一抬头，喝令道："昭告天下，巍鸣君将亲赴鸢倾城迎娶荆南郡主，三日后启程。"

身不由己地走上一条不归路，也只能走下去。

三日时间转瞬即逝，很快就到了巍鸣出发前去迎亲的前一夜，芳婼带着一众侍女为巍鸣打点行囊。山高路远，能准备的，不过是吃喝住行所用之物，抵不过前路漫漫的惶恐。

姐弟二人静默地相对坐着，一屋子的侍女手忙脚乱。

芳婼将自己珍藏的一袭白狐裘皮大氅递给侍女："山高路远，将这个铺在车马里，也能舒服些。"芳婼转向巍鸣，用手抚摸弟弟的头。长姐如母，这些年，巍鸣从未离开过芳婼半步。巍鸣一双清朗的眼睛里，含着畏惧。她心疼不已，小小的一个人，从六岁父母离世的那一年起，刀光剑影，剑拔弩张，这世间的残酷，他看得太早了，太多了，生生被吓坏了。

芳婼轻声嘱咐："这次去迎亲，长姐不在身边，鸣儿要好好照顾自己。"

巍鸣惨淡地一笑："长姐，此番去迎亲，皆是舅父的人相随，鸣儿有些……害怕……姐，你还记得吗？我小时候因为调皮，躲在祖父的祠堂里，被舅舅发现……他很生气，命人把我关在箱子里三天三夜……无论我怎么哭怎么哀求，他都不肯让人放我出来……"

"姐姐知道，姐姐都知道。"芳婼心疼地将这个唯一的弟弟揽入怀里，巍鸣在她怀中瑟瑟发抖，似还能感受到当日的惊惧。

绝境之中，手无寸铁的女人最是无用，更何况，她的性情向来温和。

"只可惜长姐是女儿身，不能有何作为，我们皇甫世家所有的希望都在你的身上。长姐就盼着你长大成人，继承万刃宝座，也不必像如今这样……"

——寄人篱下，苟延残喘。

巍鸣低下头，知晓长姐未说出口的话。

"都是鸣儿不争气。"

两个人沉默着，都知晓彼此的无能为力。

芳婼不忍他自责，提了提嗓子："只要娶回了荆南郡主，鸣儿就能名正言顺地继位了，到那时候，咱们的处境就能好些了，鸣儿一定要忍耐啊。"

巍鸣相信长姐，他唯一的温情的依靠，于是孩子气地点了点头："为了长姐和离樱，鸣儿……鸣儿会尽力的。"

恰好此时，离樱推门而入。

"小妹来了。"巍鸣略有喜色。从小到大，小妹都不与他亲近，他只当小妹性子冷。

离樱面色寡淡，伸手将一块信符递到巍鸣面前。

四四方方的一块乌木上，刻着两个攒金小字——皇甫，醒目如新。

他们的姓氏。摆在眼前了，才觉得庄严得有点好看。

芳娉一惊："皇甫信符？"她谨慎地屏退了左右的侍女，关上门，这才细细询问，"小妹，你怎么得来的此物？"

巍鸣把玩着那信符，不明所以。

离樱淡然如常："我从祖父的祠堂里偷来的。"

"什么？！"芳娉惊恐。

离樱转头望向巍鸣："舅父狼子野心，不知道会闹出何事来。此去路途遥远，你将这信符带在身上，也许有用。"

巍鸣感动不已："谢谢小妹。"

人情凉薄，他得到的太少了，像个乞丐。前路漫漫，还有姐姐妹妹爱着自己，这残酷世界给他的唯一的爱，他竟有点庆幸，觉得自己坎坷的生命里多了一点重量，也有了活下去的理由。

离樱转身准备离去，却被芳娉叫住了："小妹，听长姐一句，行事一定要谨慎，怎能去偷拿信符？如果被舅父捉住，可如何是好？"

"一人做事一人当，若真被捉住，离樱担下一切便是。长姐莫怕。"

芳娉觉得冤枉："长姐不是怕被你连累，是忧心于你！还有，明日鸣儿就要出城，你和长姐一同前去送行吧，也让鸣儿宽宽心。"

"不必了。天下无不散的筵席。"

姐弟三人都愣住了。

生离死别，原来就在短短的一瞬。

冥冥中，三个飘零的灵魂撞在一起，同胞同源，成了骨肉至亲，又如此轻易地被分开了——他们永远做不了自己的主人，一场场人世间的变故，欲避无从。

三个人相望无言，苦苦思索。

冷风吹过回廊，撞开了一扇未插严的窗，窗扉嘎吱嘎吱地摇摆着。

宫人瘪着嗓子的呼喊传来，远远地，听不分明。

三个人只觉得被命运愚弄，如同一只无形的大手擒住了他们。

总该有人要离开。

钟鼓齐鸣，朝霞盈天。

巍鸣的车队在懿沧武士的护送下，缓缓步出逍遥城。

送行者寡。

芳娉一人站在晨光里，依依不舍。

远处，巍鸣的马车帷幔揭开了，却看不见巍鸣的面目。

"皇甫逍遥，千秋无期……"

武士们的呐喊声声入耳，眼前却空无一物，连寻常人家的姐弟情缘也像是要斩断了。一种难言的情绪笼罩着芳娉的心，她的心绞痛着。

懿沧群策马立于城门外，浩浩荡荡的银甲红缨是他绵长的爪牙，伸向辽阔无边的大地。他抬头望了望高悬于城墙之上的匾额——逍遥城。马车里的男孩子从未走出过逍遥堂，更莫说这四方的城池。这是巍鸣父亲的城池、祖父的城池，固若金汤，保护着他。懿沧群自己也仿佛成了这城池的一部分，忠君为国，辅佐幼主——那虚伪的、幽灵般的盟誓牵绊着他，束手束脚。

懿沧副将奔行到他身边。

"该怎么做不用我吩咐了吧？你要好生护送巍鸣君前去迎亲。在逍遥堂内，他是我们的小君，出了这逍遥城……"懿沧群阴险地笑了。

"属下明白。"

"记住，一定要到了荆南的领地再动手。荆南苏穆、皇甫巍鸣，这些黄口小儿，老夫我一并收拾干净。"

方才的一轮朝阳化成一个炙热的火球，悬在当空。

十九

求娶郡主

自那日悬崖脱险，苏穆受伤未愈，不肯休息，仍旧外出寻找荆南依。今日他身上又发热，含露百般劝阻，他才留在了鸾倾殿内。

叶阑日日相随，替他忧心。

辰星派出去的人陆陆续续回府，都摇头说没有寻到郡主。眼见希望一点点破灭，苏穆颓然地坐在大殿之中，辰星更是心急如焚："君上别担心，就算把鸾倾城翻过来，属下也要把依郡主给您找回来。"

苏穆无力地摆手："算了，你也找了一天一夜，看来此番依依必定是出了什么事，既不想让我们找着，定会有人上门来找我们，若是为钱，那就好办，若是为了其他东西，我们也只能静观其变。"

辰星心中一凉，知苏穆所言不差，暗中捏紧了拳头。

就在这时，有侍卫进殿回禀，说逍遥堂信使已到门口。

苏穆、叶阑对视一眼。

叶阑压低声音道："怕是来者不善。"

苏穆冷淡一笑："善者又岂会不请自来？"

不等通传，懿沧信使趾高气扬地闯入殿中，抖开手中诏书，倨傲地对着殿上念道："这是逍遥堂堂主的迎亲令，皇甫世家的巍鸣君不日将迎娶荆南世家的桃花印郡主，永结连理，琴瑟和鸣。接旨吧苏穆君，咱们的巍鸣君很快就要亲自前来鸾倾城迎娶新娘。"

轰的一声，天塌下来似的。

含露掩嘴，及时地掩住了快出口的惊呼。

121

桃花印！

苏穆脸色大变，心中亦骇浪滔天，他的错愕愤怒不亚于殿中任何一个人。但他很快镇定下来，依旧维持着他身为一家之主的冷静。他垂目看着堂下，眼中的冷淡幽光射在那人脸上，一时没有说话。

懿沧信使压根没将这小小的鸾倾城放在眼中，不耐烦地催他："还不快来接旨？"

辰星一按手中的剑，愤愤正欲上前，一旁的含露拉住了他。

苏穆终于开口，却不是对那堂下的人讲。他侧脸看着辰星，眼中无波无澜，淡淡道："拿过来。"

辰星失声叫道："君上！"

"去。"冷静干脆的重复，不带温度。

辰星不得已走上前去，低头接过，双手捧着，如捧着炭火，整个人僵硬无比。

懿沧信使敷衍地行了一礼，便得意扬扬地离去。

上等的兽皮卷轴缓缓摊开，逍遥堂的赤红大印拓在当中，如同鲜血，扒皮抽筋，烫伤了手中的兽。苏穆木然，一笔一画的文字，如同不认识一般，在他眼前一片模糊。

倾世容颜，是纠缠荆南世家的夺命鬼魅，夺了他梦姑姑一命，如今，又杀回来要毁了依依！

他的手狠狠地攥紧卷轴，心中恨意滔天。

含露忧心忡忡地问："巍鸣？就是皇甫规的孙子，皇甫世家未来唯一的继承人？"

苏穆嘴角勾起讥诮的笑："继承人？傀儡罢了。眼下逍遥堂的实权尽数握在懿沧群手中，等皇甫规百年之后，他岂会心甘情愿辅佐幼主，只怕已有二心，在这种时候要皇甫巍鸣迎娶依依，不过是以退为进，借桃花印的幌子堵住悠悠众口。届时不管我们愿还是不愿，都只能任他们拿捏。"

含露困惑："只是依郡主身有桃花印这件事，懿沧世家的人又是从何得知的？"

辰星肃容道："属下会彻查郡主身边的所有侍女。只是依如今之势，郡主万万嫁不得。"

苏穆沉吟片刻，命令道："传我的令下去，荆南武士随时待命，准备应战。"

"是！"辰星领命而去，还未跨出大殿，又被苏穆叫住："且慢。"

含露急忙上前，从旁劝道："君上，您的武士不过百余人，岂能和皇甫世家的铁骑相抗衡？如今我寡敌众，准备尚不足，还是以缓兵之计为上策。"

背水一战，大开杀戒？不过是以卵击石。苏穆心中了然，微微蹙着眉，沉默而沉痛。

叶阑上前一步道："我等必定誓死应战，以一敌百。"

心甘情愿地走上一条绝路，追随着她倾慕的男人，唯有杀将出一条血路，救他，也救自己。

"含露并不怀疑'盾牌营'的忠心，只是依如今形势，敌众我寡，准备又不足，还是以缓兵之计，先找到依郡主为上策。"

"娘子不必多言，即便依依此刻在鸾倾殿内，我也不允她嫁那虎狼之徒，结果又有何差别？"苏穆回道。

"苏穆君糊涂，如此抗婚，您会令荆南世家陷入绝境。"

他何尝不明白？他孑然一身，做着困兽之斗。

"荆南世家，宁为玉碎，不为瓦全。如果他们一定要拿走我荆南苏穆的项上人头才肯罢休，那以我一己之躯，换得鸾倾城百姓的平安，又有何不可？"

苏穆轻蔑一笑。苦熬了十六年，以为自己早已准备好，私仇家恨，一并得报，谁知，世间的事哪容他准备？丢了妹妹不说，整个家族也岌岌可危了。在他最慌乱的时刻，逍遥堂杀他个措手不及。

他的命本就不属于他，便任由命运的大刀砍下来，浑然不觉得疼。

含露还要再谏，一张粉面都急红了。

苏穆摆了摆手，起身离去。

叶阑望着他有点孤冷的身影，不由自主地追了上去。

叶阑追着苏穆，一直追到他的"孤鸿穆轩"去。肃静清雅的二层小阁楼，一阶一阶地踱上去，一步一步地走近他。

苏穆斜倚在一张榻上，正对着敞开窗帷的楼台，眼神空洞地望向远方。他手中托着一壶酒，畅快独饮。

无路可退，反而更洒脱了。

苏穆忽然开口："从前依依吵着要来，我一直说忙，现在想来，曾经答应过她的事，竟一件也没有做成。"

他的神情看得叶阑恻然，她轻声道："我相信，在郡主的心目中，你一定是这个世界上最好的兄长。"

他凄然一笑："是吗？"闭上眼，眼前浮现的都是依依幼时的形容，她说话很晚，走路却早，极小的时候他抱着她，她挣扎着非要下地走，跌了跤也不哭，只会睁着一双圆溜溜的大眼睛看着他，让苏穆心疼到没办法；大了些，她终于会说话了，却不像其他孩子先叫爹和娘，依依第一声喊的是哥哥，写的第一个字也是他的名字，不管他去哪儿，她都是他的小尾巴……明明是很多年前的事情，可是苏穆一想起，却觉得桩桩件件宛如发生在昨日。在他的记忆里，妹妹分明还是个孩子，却不知何时，已悄无声息地离开了他的羽翼。他曾参与了荆南依生命的全部，他也一直以为会陪着她走下去，可是现在，连她身在何处都不知道……

"将来哪日我若是死了，不必葬入祖墓，就地埋了吧。"苏穆轻描淡写地说，"我对不起依依，也对不起爹娘。"

谈及生死，他或许也并非他想象中的那样看得开。

叶阑望着他，眼波明灭："那好，等那一日，我会找到你。你若不愿埋入祖墓，那就跟我葬在一起。"

他愕然，继而一笑。

"来，看一看本君的城池！"苏穆伸手指向阁楼窗外的鸾倾城风景。

黄昏时分，暮色沉沉。远处，百姓的小房子中一盏盏灯火亮起，荧荧邈邈。炊烟升起，在天空中织成一张白网。

叶阑挨着苏穆坐下："好一片炊烟人家。"

苏穆笑了笑，为叶阑斟酒。殷红的酒，琥珀的杯。

苏穆真心实意地收下她这句夸奖："这几年，鸾倾城虽受禁令限制，却渐显政通人和、百废俱兴之势，老百姓即将熬出了头，没料到又要陷入危难之中……"

苏穆自饮一杯，略显颓态。

"是苏穆愧对家乡父老。"酒意阑珊，令他感伤而脆弱。

叶阑不肯他受委屈，急切地为他辩驳："不，苏穆君为民之心昭然若明月，弯倾城的百姓以你为荣，阑儿为此心敬你。"

叶阑举杯示意苏穆，自己先一饮而尽，苏穆见状也随之饮尽。叶阑看他许久，感慨至极："世间之事，天不遂人愿者十有八九，大多是尽人事，知天命罢了。苏穆君只须无畏前行，到了舍生取义之时，公道自在人心。百姓定会感念，幸得明主，威武不屈，富贵不淫。"

她竟是他的知己。

苏穆望向她，终于面露微笑，畅快道："叶子爷之言，如快刀斩荆棘，大快人心。倘若本君能渡此劫难，必定与你结为八拜之交，成就高山流水之情。"

二人对饮，静静的两个人，心神难定，目光相接，心乱如麻。

叶阑的目光缠绕在他的脸上，清减的五官有了更加清晰的轮廓，语气中少了些装欢满志，多了些许萧素："你瘦了。"

苏穆伸手摸了摸自己的脸："有吗？"

她点点头："还在为郡主的事担心吗？"

"现在想想，依依走了也好，接下来的这一仗一定是避免不了了。她若是活着，就可以平平安安地躲过这一劫；她若是……"话到这里顿住了，他强笑道，"很快，我们又会见面的。"

叶阑心弦一颤，觉出了其中的悲苦，忽然难过了起来："苏穆……"

"清瘦肃朗更好，"为了缓解此间气氛，他故意岔开话题，"更显本君俊朗风仪。"

叶阑忍不住弯了弯眼睛："若说帅，我倒觉得我比苏穆君略胜一筹。"

"你这张嘴啊。"他失笑，转过脸来看她，若有所指道，"若是女儿家，伶牙俐齿也就罢了，再不济还有本君我喜欢，偏偏是个儿郎，将来怕是没有姑娘敢嫁咯。"

叶阑听出了他话中的揶揄之意，哼了一声。

"叶子爷不服？"

"我若是女儿家，我也不嫁你！"叶阑回过神来，又羞又愤。

这话本来是随口一说，苏穆却听到了心里，他手肘撑地，翻身坐起，凑到叶阑面前，指着自己的脸问她："此乃为何？本君英明神武，容貌还算出众，你为何不肯嫁我？"

他靠得如此之近，仿若无心拉近了彼此的距离。她甚至能从他眼中看见清晰倒映着的自己。

他在她面前，而她却在他眼里。

叶阑有片刻的慌乱，为他似真似假的话。

他发现了吗？

若是他已发现，为何不戳穿自己？

她的双颊在他注视下变红，宛如莲池当中的绯色莲花，红色褪至花叶的边缘，更显魅惑。有淡淡欣喜在苏穆心底升起。

叶阑躲闪着他的目光，手心的汗都要出来了，含糊地一句揭过："我们同为男子……怎么可以？"

"哦，这样啊。"苏穆并不打算在这个问题上放过她，执着地要一个回答，"叶阑，你有没有跟你长得很像的姐姐或者妹妹？"

"你想做什么？"

"娶她呀！"他放声大笑，爽快道，"叶阑，我就喜欢你这个样子的，可惜你是个男儿，那么本君就找个跟你一模一样的女儿家，这总应该没有问题吧？"

叶阑生性豁达、爽朗大方，可是议及婚嫁，哪有姑娘家不会害羞的？叶阑恨不得找个地洞钻进去，扭开脸不去看他："身为君上，怎可胡言？"

话虽这样说，可一颗心最诚实，怦怦直跳，若两人靠得再近一些，只怕他都可以听到她的心跳声。

"苏穆君别取笑我了。"

苏穆转了颜色，满面苍凉："明日，你便找辰星领了俸，离开鸾倾城吧。"

叶阑气恼："苏穆君这是何意？"

"你本就不是这鸾倾城出生的，算起来，也不是荆南世家之人，大战在即，你且带着一帮小兄弟离开吧。"

他要她走，他要她活。

叶阑情急之下一把捉住苏穆的衣袖，发誓般道："阑儿绝不离开你。"

苏穆惊讶地望向叶阑，心里怦然一动："此次联姻之事，已成定局，你不必为我断送了性命。你我之交，丈夫四海志，万里若比邻。离开吧。"

她更恼了："方才苏穆君还要与我结为八拜之交，既已出口，叶阑便当真了，不求同生，但求共死。"

他喝令了一声，当她是自己的兵卒："叶阑！"

叶阑不肯受命，小女子的执拗，岂是千军万马可抵挡的？

"苏穆君也不必恼，叶阑也是个硬骨头，我的去留，谁也决定不了。"

她从榻上起身，愤然离去。

苏穆一把拽住她的胳膊："听本君的话！"

她一个踉跄，倒在他怀里，身子软下去。

转瞬，轻似一朵云。

苏穆抱住叶阑，她低垂眉目，睫毛落下的阴影，像是工笔画在眼下。

他有点失措，分了神，飘飘然不知身在何处。眼前的人是谁？为何自己内心燥热？

"本君说过了，听我的话。"

她瞒不过，也逃不过，含情脉脉地望向苏穆，任自己沉醉下去。

"叶阑……不从……"情话一般，绕着女儿香，倾吐在他的怀里。

苏穆难以拒绝，眼中火光一闪，有种奇怪的欲望纠缠着他。

叶阑挪开眼神，从苏穆的怀中挣脱出来，一转身，出门去了。

偷梁换柱

叶阑彻夜难眠，三更天了，窗外圆月当空，银辉之下，满腹心事。

砰砰砰，有人敲门。

叶阑心里一惊，以为是苏穆，又是害羞又是为难，也不知道希望是他还是希望不是他。正当她犹豫着开还是不开的时候，门外那人开口了："是我，含露。"

叶阑松了口气，低头检视了一下身上衣物，见并无不妥，便走上前替含露开门。含露手中捧着一只锦盒，站在门外。叶阑引着含露进了屋，含露身上特有的酒香盈室，轻飘飘的。

一双凤目在窥伺，叶阑觉察到了——凭着女人的直觉。

含露向叶阑行了女儿礼，媚眼一挑："叶子爷，含露有事相求。"

叶阑连忙欠身道："娘子有事尽管开口。"

"含露有一计，可解苏穆君及鸾倾城的困局。"

叶阑面露喜色，连声道："太好了、太好了。我们快去禀告苏穆君。"

"不过，"含露脸上似有犹豫之色，"此计需要叶子爷鼎力相助。"

"娘子但说无妨，为了苏穆君，我必当竭诚效力，赴汤蹈火在所不辞。"

含露舒展了眉头："并不需要叶子爷赴汤蹈火，只需要您穿上这件'战袍'。"

"战袍？"

含露沉默地将手中的锦盒呈到她面前，示意她打开看一看。

叶阑顺势揭开锦盒。轻纱彩带，金丝银线绣着彩蝶穿花图样，一件女子的衣裳，崭新的、诱人的，在锦盒中静默等待。

女人的秘密，也许只消女人揭穿。

"我是不是女儿身，与今日的困局有何关系？"

含露行四拜之礼："含露恳求叶阑姑娘舍生取义，代替依郡主完婚，救苏穆君与荆南城池。"

舍生取义？嫁到虎狼之地，没有苏穆的地方？

叶阑心中一痛，面露哀婉之色："我不懂，娘子为何认为只有我能代替荆南依，冒充桃花印女子？"

"能够顶替依郡主的唯有叶阑姑娘一人。其一，如果不是含露眼拙，那日，含露不经意望见阑姑娘的肩头也有一块印记，刚好能和桃花印之说吻合。"

那是她深藏的功夫"灵羽"，不违师命，每每练习，肩头总会有灼热之感，她也曾对镜相望，运功之时，肩头会隐约现出一朵金色的秋水仙。那花儿端庄，低垂，似怕生，也似桃花？救人的功夫，兜兜转转，成了她新生的催命符。

叶阑捂住自己的肩头，像是疼得慌，眼泪含在眼中。

"其二，必须找一个对苏穆君忠心不二的人，含露知道阑姑娘对苏穆君心怀爱意，绝对不会背叛他。"

女人的心思，男人的智慧，女诸葛的言辞，字字句句都在理，只是，道理全不容情。

"求阑姑娘救苏穆君。如今我荆南的势力根本无法与逍遥堂抗衡，我们要护住君上，不容他有半点差池，如此才能期盼有朝一日，荆南世家东山再起。阑姑娘深明大义，恳望相助。"

叶阑闭上双目，一滴滴眼泪落在了锦盒里的衣衫上，晕成一个清冷的点。

她宁愿与他并肩作战，在沙场上，流了血，丧了命，也不违背他们最初的约定——岂曰无衣？与子同袍。于她，是山盟，是海誓。痛痛快快地杀红了眼，一同去赴死，血肉连成一片，黄泉路上结伴而行……

然而造化弄人，要她与他生离，痛过死别。往后的日子里，穿着旁人的衣，唤着旁人的名，再不见叶子爷，再也没有了他。

折腾了半晚，月亮也疲乏地升不动了。

苏穆亦未眠，应了含露的邀约，前往酒窖。

轻纱拂动，几盏孤灯零星摇闪，像是生在海上，缓缓地，从水雾中升起个女人的影子，迷迷蒙蒙，梦里不知身是客。

他以为是含露，坐在古琴旁，手指随意地拨弄琴弦，三两声，如冰泉溅上溪石，水声淙淙。

"娘子相邀，如果是为联姻之事，那便不必再费口舌，你我都知晓，我已无退路，只能殊死一搏。"苏穆叹了一口气，"这样好的夜色，请娘子再为本君舞一曲吧。"

琴声幽怨，伴着青白的月光，像是玉屑儿似的雪，飘飘扬扬，在空中飞舞着，落在女子的肩头、裙摆、水袖上。她也轻盈若雪，似要被吹散了。

外面苍茫的世界，将他们二人逼入这窄小的斗室。丝丝的音符，在昏暗中微颤，安慰着他们的心。

她站在屏风后，素色绢布上印着一抹纤细的身影，随着他的注目从模糊变得清晰。

那是一名女子的轮廓，秀发如云，鼻梁精致，下颌优美。她侧身对着他，能看得出她正在做着理妆的动作。

他没来由地屏住呼吸，低头，意外看见杯中酒水上倒映着的自己晦暗不明的双眸。

她款款走出，月光抚面，白艳艳的一张小脸，第一次施了胭脂，贴了花钿，瘦小的身子藏在罗裙之下。

琴音慌乱地断在他的手下，一声绝响。

他呆呆地望着她。

玲珑剔透的人儿。

她抬着小手到腰肢，轻轻一侧，行女儿礼节："叶阑本是女儿身，欺瞒了苏穆君，是叶阑之罪。"

原本她的嗓音就清脆，配合着如今一身的女装，更是悦耳如金石。

他上前一步，将她扶起，木然地将她的手攥在自己的手心里。她温润如一只小雀，脆弱得不敢紧握。

"阑儿俊俏，骗得本君好苦！"

她本欲抽出手，却被苏穆牵住不放。

自己不用抬头看他，也知他的目光灼灼地锁住了她。

他背负了太多东西，从来都是坚定如铁，毅然如磐石，但现在他的意志受到了一点摧残，在她的面前，喷薄欲出。

她感到了他胸中的一股力量，男女两情相悦是涌起的诡谲的欲望。

苏穆深情地望向叶阑，将她往自己的怀里牵了牵。

她顺从地靠近他。她像是重生了，笨拙而害羞，以女子的身份爱慕他。

此时，一道光屏四散开来，掌灯的含露娘子撩开轻纱，走到二人身边。

现实世界杀将回来。

叶阑将手从苏穆手中抽出来。

含露作揖，行君臣之礼："禀苏穆君，即日起，您眼前的这个女子，就是您的妹妹——荆南郡主。"

苏穆脸色凛然，蹙眉望向叶阑，逼视着她。

叶阑心一疼，脸上表情未变："叶阑愿替代依郡主远嫁逍遥堂，化解鸾倾城的危难。"

她不过是忠君义士，为国为民，牺牲了，并不单单为了他荆南苏穆。

他没来由地恼怒而失望。

如若要血债血偿，他宁愿孤军奋战。末了，让她在自己的坟前哭一哭，只为他。

叶阑双手互相掐捏着，冷冷地扬着脸，只怕自己会舍不得，回了头，前功尽弃，让苏穆枉死一场。

两个人默默地站着。

他勉强压住心潮涌动，漠然道："我的妹妹不是她。"

叶阑落在他身上的目光清凉如水，略显哀伤。他冷漠地避开了她。

"君上……"

"含露，我念你是初犯，这次就不追究了，但是你要记住，她不是我的妹妹。"

叶阑低头盈盈一拜："叶阑方才说了，愿意代替依郡主，化解鸾倾城的危难。"

苏穆冷冷地扫了她一眼:"我说的话,也向来不喜欢重复第二遍。"

"苏穆!"

他冷笑:"怎么不喊我君上了?若还记得我是你的君上,那就做好你自己的事情,其他的事不需要你操心。"

含露上前劝他:"君上……"

他面无表情道:"你出去。"

含露担忧地看了看叶阑,终是退了出去。

房门自他身后徐徐关闭,收回一天的凄艳霞光,他立在昏黄之下,俊美如东君,冷酷如阎罗。此刻,在他这张对她从来笑吟吟的脸上寻不到一丝笑意,他注视着叶阑的目光让她甚至怀疑他恨她。

在叶阑的不安升级为恐惧之前,她首先想到的是逃出这里。左脚仅向前迈了一步,她的右手就被他从身后一把握住,稍一用力,她便踉跄着后退,肩膀撞上他的胸膛,不知是不是因为愤怒,他的胸口剧烈起伏着,灼热的气息就喷在她额头的位置。

苏穆痛心地望向叶阑,沉默地转身离去。

竹林定情

晨光暧昧，在黑白间晕出一个小小的太阳。

苏穆听闻荆南依房间里有动静，便赶了过去。

铜镜妆台前，叶阑微欠着身子跪坐着，含露正在为其梳妆。连自恃美色的含露也不禁暗叹，叶阑当真是淡眉如秋水，玉肌伴清风，漆黑的发披散下来，发梢及腰，赤裸的修长的脖颈露出来，白净若雪。梳妆一番，当真是个绝色佳人。

苏穆负手跨入门庭，脸色阴晴不定，目光若有温度，只怕能融毁他视线所及的一切事物。

含露在心底暗暗叹了口气，停下手上正在做的事，朝他所在的方向行了个礼："苏穆君。"临走前，在叶阑的肩头轻轻一捏，是个提醒。

莹亮的金色镜面中，垂目蹙蛾眉，不知心恨谁。一抬头，眼中灼灼一闪，她见他也自镜中盯着自己。铆足了劲儿，怯怯躲避的眼神，在镜中相遇了。

叶阑缓缓地起身，定定地站在苏穆的面前，银齿暗咬，生怕一个不小心前功尽弃，又爱回他去。嗓子里喷着火，腔子里含着火，全部要浇灭。

"看着我。"他沉声道，不容拒绝的语气。

叶阑一寸一寸抬高目光，从他的肩、脖子、下颌，一直到他脸上，意外发觉苏穆憔悴了许多，也消瘦了许多，一向丰润的嘴角有了崎岖的纹路，也让他的五官更加分明立体，宛如刀削。

而她正是那把刀，削铁如泥，杀人诛心。

他逼视着她："这当真是你心中所愿吗？"

她狠狠地点了点头："是阑儿所愿。"

他血淋淋地痛着，但仍旧不甘心，又逼近了："且放下鸾倾城的窘境，也莫理会我荆南苏穆的命令，你叶阑，真的愿意吗？"

她知他百折不挠，定要伤他彻骨，他方能死心。

叶阑猛然抬头，变了脸，杀气腾腾："嫁予位高权重、万世富贵的逍遥堂少堂主，试问，天底下的女子哪个不愿意？"

苏穆一惊，一把擒住叶阑的手腕——

爱煞这个女子！

恨煞这个女子！

他痴痴地望着她，期待叶阑说出自己的名字。

"位高权重？万世富贵？！这些俗物，便能收买了叶阑的真心吗？"

她浑身的骨头都要被他的手腕捏碎了。

她情愿在他手上，惊天动地地死去。

她撑不住了，眼里溢出爱意，含情望向爱人，全靠最后的一点毅力，口是心非道："叶阑本就是穷苦家的女子，一生求的，不过是有食果腹，有屋庇体，如今撞上了大运，要飞上枝头变凤凰了……请苏穆君……不要破坏了叶阑的美事。"

她怕他看穿她，拼着最后一点气力从他手中挣脱出来，脚底下轻飘飘地，恍然若失，枯萎下去。三魂幽幽，七魄邈邈，她如一个女鬼，失了生命般失去了他，回不得头。

苏穆仍不甘心，再次拽住叶阑，赴死一般，跌跌撞撞、踉踉跄跄地冲出房间。

两个人纠缠着，一进一避、一退一进地冲到鸾倾殿门口。他将她拉出凉亭，直奔马厩，挑了一匹马促她骑上去。叶阑犹豫了片刻，苏穆才发现她今日的装扮根本不便疾行，广袖云鬓，下摆格外长。本该是美人如玉，衣香鬓影。

当意识到她所做的一切都只是为见另外一个男人时，苏穆觉得异常刺眼。

女为悦己者容，那么，她想要取悦的又是哪位？

苏穆沉着脸，低头干脆地将叶阑的裙子撕开一个口子。

叶阑气结："你！"

苏穆心头妒恨交加，很不好受，也不解释，负气地用鞭子狠抽一记马臀。他将叶阑推上马背，自己也跟着跃上马，将叶阑环抱在胸口，驾的一声，疾驰而去。

马蹄阵阵，风尘仆仆，不一会儿就到了苏穆和叶阑曾经射箭比武的竹林中。

他仍不肯停下来，狠心抽打着胯下的爱骑。

翠竹向他们身后飞奔而去，他如同要挣脱一般，奋不顾身地往前飞驰，压在他身上的家仇国恨，如嗜血的兽，被他狠狠地甩开了。唯有怀里的一个小女子，暖的，是他想拥有的。

到尽头了，眼前豁然开朗，一大片天光照亮了他和她，竟是悬崖的边缘。

叶阑大惊，一把拽住了缰绳。

他竟这样恨她，恨不得玉石俱焚，万丈深渊，跳下去了，风情月意，是殉情！

她从马上跳下来，斥责道："你做什么！"

苏穆跟着跃下马，不由分说地抽出腰间还未出鞘的佩剑，攻向她。

八宝攒珠髻，朝阳鸾凤挂珠钗，赤金璎珞圈，双鱼比目玫瑰佩……挂在叶阑身上的饰物统统被剑鞘挑落在地。

他不要她珠光宝气的装饰，他爱她原本的模样。富贵加身，重责在肩，全是负累。他受够了，不想心爱的女人也吃这样的苦。

叶阑被激怒了，顺势抽出了苏穆的长剑，与其缠斗。

二人的身手不相上下，如同回到了当初比武的时候，刀光剑影，四目相对。

他反手一转，将长剑收入剑鞘，从叶阑手中夺去，丢在一旁。叶阑俯身去抢，衣襟里一个翠灵灵的小物件荡漾出来。

是他送她的风哨。

"既想嫁予他人，何故戴着本君的东西！"苏穆上前一把拽下来。

"还我！"她含着眼泪，人留不住，唯一的念想，她也快藏不住了。

眼泪终是淌下来，千难万险，刀山火海，抵不过他温柔的一瞥，她投降。

震怒、嫉妒、愤恨如烟雾渐渐淡去，他抬起头，并不意外在她的眼中看到了哀伤。

那一刻他才发现他们竟是如此相似，他们这一生所做的所有决定，都并非为他们自己所做；他们这一生选择要走的路，注定跟人生初衷背道而驰。他们都是老天的弃子，不配得到眷顾。

如果注定要有一个人永生永世活在黑暗里，他宁愿是自己。

苏穆擒住叶阑，将其揽入怀中。

再无挣脱之心。

他盯着她，眼中爱意翻涌，她逃不出去。

"你是本君的人，心中只能念着本君一人。"

四周如此安静，不会有人前来打扰，他们终于有时间可以静下心来好好清数，他们欠彼此的，究竟有多少？

这口是心非的小女子，她的心意总会跟她的决定截然相反。预见到她或许又要逃走，苏穆揽着她的手又紧了紧。叶阑脸色微微一变，双颊艳得惊人。而他适时地奉上他的唇，先是浅酌似的试探，诱她开口与他共享他的生命。

她被动地承受，手无力地搭上他的肩，似拒绝又似不知所措，而他绝不容许她躲避，定要她看见。他永远有办法打破她看似铜墙铁壁的防守，像一把尖锐而神伤的宝剑，戳中她柔软的心脏。

叶阑渐渐放弃了反抗，安静下来，闭眼，悲哀地回吻。没有什么羞于承认，也没有什么必须否认，所有都水到渠成，他们几乎同时窥破了对方隐藏最深的秘密，这秘密没有阴谋的气息，没有政客的野心，只带着这两个年轻人最为单纯的心愿。

吻越来越密集，也越来越悲伤，带着难以承受的家国之痛。苏穆在黑暗中沉沦太久，一度希望有人能跟自己一起忍受，但现在他后悔了。

她是如此美好，她的生命里不应该有任何沉痛的时刻，她该快乐，该有宁静平安的一生，他不值得她这么做，他的生命早已千疮百孔，不惧世间任何疼痛。

可是仍旧那样痛，当她那样坚定地否认，当她说她要嫁给另外一个男人。

爱一个人原来是这么痛，连他的命都被她握在手中。

竹林间，几只小鸟扑棱棱地飞起，一瞬，便消失了。

叶阑和苏穆骑在一匹马上，漫步在竹林中。

两个人都有点惶惶，像是等待了很久。一脚踏入相爱的险境，整个人很紧张。最迷茫之际，一切都惊心动魄。

原来，相爱是件恼人的事，细细碎碎，折磨着，爱抚着。

马儿走到竹林的尽头，停下了。

"看来，是我鸾倾城的疆土太小了，不能陪着你一直走下去。"

欢愉转瞬即逝。

"阑儿只要像这样曾同苏穆君共骑一骑，便知足了。"

她又哭了，一种茫然的失去。

此情可待成追忆，只是当时已惘然。

"我是个不愿许诺的人。"苏穆轻声道。

她不要承诺，他便是承诺。

"阑儿明白。"

"你不明白。小时候，我与梦姑姑甚为亲近。那时，姑姑曾许诺，要亲自送我坐上万刃宝座。可是，她没有遵守诺言，被乱箭生生射死了。"

叶阑侧头看向他，他幽幽地望着前方，脸上是被遗弃的伤痛。

"自那一刻起，我便知晓，是姑姑错了，她最不该做的，并非她夺权篡位，而是她失信于这个世界上最信她、敬她的人。那个曾经英气满怀的孩童，也在那一瞬间与她一同沉入悠然河，留在世上的，仅是一副被仇恨和执念填满的无奈之躯。"

她还懵懂着，不知他已然将她看成与荆南梦一样重要的女人。爱之深，责之切，他不许她有任何闪失。

"今日，我要你许诺于我，自此别离，绝不归来，过属于叶阑无忧无碍的人生。"

他枷锁在身，逃不脱了，唯一能为她做的，不过是放了她。

自由自在的人生，他向往着，但他一生难求，唯愿她不负来世间走一遭。

"我不会离开的，我要与你并肩作战。"

"这鸾倾城的重担断送了姑姑的性命，我不允许本君珍惜的另一个女子因此再有闪失。"

苏穆从马上跃下。

"从此刻起，你我一别两宽，各生欢喜。"他决绝道。

"阑儿离开了苏穆君，还有何欢喜？"她心急如焚，泪珠一颗颗滚下来。

"阑儿若在身边，苏穆定不可安心背水一战，若愧对荆南祖先与鸾倾城百姓，是为不忠不孝。危难之时，苏穆无暇顾及阑儿安危，是为无情无义。你我相知一场，阑儿忍心陷本君于不忠不孝、无情无义吗？"

他狠狠地诅咒自己，只为她能离开。

"苏穆君……"

"你要本君立毒誓才肯走吗？"苏穆伸手指天，立下毒誓，"我荆南苏穆立誓，荆南祖业，倾慕良人，不得周全，则天打雷劈……"

她愣住了。

长剑在手，在他肩头戳出一个血窟窿，鲜血汩汩地冒出来。

他定定地望着她，手中的剑再往自己的骨肉里刺了刺，逼迫她离开。

最终，相爱的两个人，落了个两败俱伤。

"阑儿走便是，求求你……别再伤自己……"

叶阑策马离去。

疾风、翠竹、心爱的男人，都被抛下了……

她不敢回头，她知他坚定的一颗心，跑远了，才觉肝肠寸断，号啕大哭起来。

偌大的世界，她与他失散了，再难相见。

见她远去了，苏穆瞬间虚弱地靠在竹上，斑斑血渍染红了他的衣襟。

思君不见君，此恨无绝期。

二十二

小君假死

懿沧的马匹脚程颇快，不过两三日光景，便已跨过悠然河。这一路翻山越河，沿途颠簸，让马车内的巍鸣吃够了苦头。侍从掀开车窗帷幔，指着窗外的景色安慰他说："巍鸣君您看，已经到了鸢倾城的境内，马上就能安营扎寨了。"

巍鸣一只脚架在车窗上，躺得四仰八叉，懒洋洋地望了一眼窗外，从鼻子里哼了一声："穷山恶水的地界，能生出什么漂亮姑娘？看来本君只能跟个无盐丑女过一辈子了。"

侍从劝他说："巍鸣君，据说这鸢倾城的郡主可是天下第一美人。"

"天下？"巍鸣不悦道，"在那些人眼中，天下想必就一个鸢倾城那么大，那什么郡主见都没见过，长的是圆的扁的都不知道就要我娶，这不是害本君吗？"

侍从挠头讪笑。

马车行到一片密林处停下，外面的懿沧武士大声地说："天色已晚，今天就在此安营过夜吧。"

侍从赶忙屈身过来，小心扶巍鸣下马车。

武士们手脚利索，很快就搭好了供巍鸣晚间休憩的帐篷。巍鸣下车一看，几个武士围着篝火坐着，吃着炊饼，默然不语，虽为下属，对逍遥堂的储君却不怎么殷勤。

巍鸣从小生在富贵乡，接触的都是些温柔可爱的姐姐妹妹，哪见过这么多五大三粗的武士？因而对他们又畏又惧又厌，恨不得躲得远远的，一下车立刻就钻进了帐篷。

他四下看看，不免失望，这跟自己在逍遥堂的居处相差岂止是十万八千里啊。

他唉声叹气，找了一处看起来还算干净的地方，垂头坐下。

不一会儿便有懿沧副将捧着饭进来，放在他面前。他一见有吃的，兴致勃勃地翻身坐起，只是刚掀开盖子，便没了兴致。

"就吃这个？"他用筷子拨弄着碗中的食物，兴味索然地问。

"是，出门在外，条件艰苦，这里不比逍遥堂，请小君暂且忍忍吧。"

巍鸣嫌他啰唆，不耐烦道："好了好了，我知道了，你出去吧。"

懿沧副将欲言又止，看了看案上的食物一眼，目中似有深意，终于还是低头告退。

等他一走，巍鸣便从一堆行李中翻出一个漆盒，打开，里面都是些精美点心。他狠狠亲了它一口："小君我可是贵胄之躯，逍遥堂未来的主人，尊贵无比，怎可吃那些粗鄙不堪的东西？还是长姐知我，为本君备下了点心。"

侍从望着案上的食物道："那这些该怎么办啊？"

巍鸣手一挥："赏你了。"

侍从正好腹饿，向着巍鸣千恩万谢，狼吞虎咽地吞入腹中。

夜半，巍鸣口渴，正欲唤侍从倒水奉茶。正在这时，昏黑的帐篷内响起低低的呻吟声。巍鸣有点害怕，蹑手蹑脚地循着声音四下寻找。月色下，角落里窝着个布口袋，蜷缩成团，瑟瑟发抖，是他的侍从。

"你怎么了？"

侍从呻吟道："疼、疼……"

翻过侍从的身子，只见他的小脸乌青一团，两只眼珠子从眼睑中暴出，转瞬，暗黑的脓血从七窍流出，气绝了。

巍鸣大惊，一屁股坐在地上，他刚要呼喊，猛然被一个恐怖的念头擒住了。他转头望向桌上还未撤去的饭菜，懿沧副将的那双狂目犹在眼前。

处心积虑，要的是他的命！

脚下的一具死尸，不过是无辜的替罪羔羊！

巍鸣吓得两腿发软，紧紧捂着自己的嘴，生怕发出声响，自己会丧了命。

荒山野岭，孤身一人，长姐小妹都不在身边，他脆弱如萤草。残破落寞的生命，在危难的一刻，也珍贵至极。逃出去，他要逃出去……

想至此，巍鸣六神无主地站起身，往门口奔去，不小心被脚下侍从的尸体绊了一跤，他的目光落在枉死的侍从身上，忽然就有了主意。

一盏茶过后，一人穿着侍从的衣服慌慌张张地从帐篷里出来，用余光扫过四周，见无人注意自己，正要埋头溜走，又想到了什么，回身取了一把火把点燃了自己的帐篷。

暴虐的烈火，熊熊燃烧。

"巍鸣小君的帐篷起火了！"

大梦初醒，一众懿沧武士惊声尖叫，粗壮的嗓音，远远听起来，是惊惶，抑或是惊喜？庆贺他的死亡？

巍鸣背对烈焰，狼狈逃窜。老天给他尊贵的血脉，却让他命如草芥，碧玉落污渠，生命是个谜，他太怕了，顾不得揭开谜底，只忙着活下去。

一众懿沧武士站在烈火前，眼睁睁地看着烧将下去，冷着眼，并没有灭火的意思。火熄灭了，有股浓重的肉香味，同类的肉，新鲜的肉，勾引着心底的兽性，口水压在牙根下。一具焦黑的尸体从废墟中被抬出来，面目全非，冒着浓烟，有些地方发出吱吱的爆浆声响。他们誓死守卫的储君，成了一块黑肉。

王侯将相，宁有种乎？

还未动用懿花涧的弯刀，便轻而易举地"弑"了君。这面目全非的黑肉将换来金银、女人、华服……

懿沧副将军志得意满。

一个眼尖的侍从发觉了异样："禀大人，这……这并非巍鸣君本人。"

懿沧副将军寒着脸，逼视着侍从。

侍从指了指烧焦的尸体，一只黑脚上生着六趾："是服侍巍鸣君的小六子，脚上有六趾。"

懿沧副将军顿时慌了，荣华富贵通通成了泡影，脖颈上一凉，懿沧群的大刀闪过眼前。

锋寒的剑身当胸穿过身体，迸溅的鲜血染红了一痕青色草地，侍从难以置信地低头，看着露在胸口外的半截剑身，像是不明白为什么会发生这种事，他双眼大睁，死不瞑目。

懿沧副将军将剑抽回，几粒血珠顺着剑身急速滚落，像是无声的警告。他冷冷地环视众人，问道："谁能告诉我，死的究竟是不是巍鸣君？"

一武士立即乖觉地答道："启禀大人，死的正是巍鸣君本人。"

他再问："哦？他是怎么死的？"

"在鸾倾城境内，被埋伏在路上的荆南武士们偷袭而死。"

他大笑："好！现在就去通知涧主，就说小鬼已经送走了，我们正带着巍鸣君的尸体，向荆南世家问罪，要他们还我小君性命！"

众人振臂齐呼："还我小君性命！"

懿沧副将军转头望向茫茫的夜，束手无策的小君便藏匿其中。他唤了两个心腹到身边，悄然而语，只一个字：杀！

更深露重，巍鸣在山路上奔行，跌了几个跟头，衣衫划破了，满脸泥污，狼狈不堪。

走到一个岔路口，兜兜转转，他又绕回来了。

"惨了惨了，这个地方好像来过？"巍鸣抓挠自己的头发，始终寻不出个逃脱之法。

突然，他灵机一动。

"不如，让先贤给鸣儿指条路吧。"

他摇头晃脑，像个小和尚，咿咿呀呀地背起了《道德经》，两根手指一字一转地指着分叉的两个路口。

他嘴里念道："道可道，非常道，名可名，非常名……"

背完了，巍鸣慢慢睁开眼，望向手指乱摇出的方向："就选此路了。"他畅快地将自己交给了命运。

巍鸣趔趔趄趄地步入林间。自小到大，他都是金屋子银屋子里的金贵小主，下地有软靴护足，出殿有步辇代行，哪里走过这样的山路，只觉得天地昏黄，头晕眼花。没走一会儿，脚下一个跌绊，摔倒了，裤子上划出好大一个口子。

巍鸣愤然不平："当真是虎落平阳，龙困浅滩。"他霍然起身，恼怒地拨开绊倒自己的藤条枝叶。

枝枝蔓蔓，都与他过不去。

突然，一道天光从枝蔓后透过来。

他竟看呆了。

高悬的金丝笼中，白羽披身，一个美人闭目而眠。

仿如志怪古书中的故事！

巍鸣痴痴地望着，嘴里吟起诗来："绝代有佳人，幽居在空谷……"

精怪般的眼睛猛然睁开，张着"翅膀"猛扑过来，幸好有笼骨相隔。

巍鸣惊心，吓得直往后退，摔得个四仰八叉，疼得哎哟直叫："哎呀，吓煞我也……"他拍着屁股起身，"美人应绰约自持，你这女子怎如此凶悍，白白糟蹋了好意境！"

荆南依又惊又喜，伏在栏杆上，无法说话，只是四处张望，怕惊动了飞尘，她竖了一根手指在唇边，"嘘"了一声，示意他小声，又指了指笼子外面的锁，目中聚起一团雾气，可怜兮兮地看着他，绝美的脸上如此无辜的表情，让人觉得拒绝她都是一种酷刑。

他呆呆地看了一阵，见荆南依手舞足蹈，发不出声，便喃喃自语："是哑巴啊？怪可怜的。"

巍鸣拙笨地爬到笼子下，拿出揣在怀里的大石头，砸向金丝笼子上的古锁，嘴里也不闲着："哪个不知怜香惜玉的家伙，把你锁在此处……"

荆南依急切难耐，一双眼睛直直盯着巍鸣手中的大石头。

"咣当"一声，锁被砸开了。

但由于用力过猛，巍鸣摔倒在地，那笼子和地面的距离过高，荆南依惧高，一时不敢往下跳。巍鸣起身，还不忘君子之风，傻傻地伸出一双脏手："姑娘莫怕，你跳下来，我接着你。"

荆南依低头望着他，生死关头，只有个憨傻的小乞丐，她豁出去了，闭着眼跳下去，落在巍鸣怀里。

一仰头，见巍鸣痴痴傻傻地死盯着自己。

她心中咒骂："无礼的呆子，看什么看，小心把你的眼珠挖出来。"

转念一想，先哄骗这笨蛋护自己归家，再算账也不迟。

这样想着，她的泪便争先恐后地落了下来，她滑坐在地，双臂伏在膝上，哭得伤心又委屈。巍鸣家中就有姊妹，最见不得姑娘流泪，她一哭，他就慌了神，连声道："不要哭不要哭，你家在何处，本……我送你回去。"

她的脸埋在膝间，听见这话，嘴角得意地向上勾起，暗想：真是个好骗的蠢货。她抬起头，装出一副怯生生的模样，看向巍鸣，见他也在看自己，故意对着巍鸣粲然一笑。笑生双颊，异常美丽。

巍鸣赶忙起身扶住荆南依，频频作揖："姑娘可还好？"

荆南依娇俏地点了点头。

巍鸣拉起荆南依，撒腿就跑，边跑边道："我们速速离去，若抓你的坏人归来，你我全无招架之力啊。"

牵着的人儿却站在原地不动弹。

巍鸣疑惑，转头望向她："姑娘怎么还不走？"

荆南依羞红了脸，抬起一只赤裸的白嫩小脚，可怜巴巴地望着巍鸣。

巍鸣顿时明白了，将自己的鞋子脱下来，放在荆南依面前。

上当的笨蛋，似乎是个可爱的笨蛋。

荆南依穿着巍鸣的鞋子大摇大摆地走在前面，巍鸣赤着脚，一瘸一拐地跟在后边，两只脚被石子硌得生疼。

"姑娘，你等等我呀。"

走了一阵，他便累得走不动了。

"走不动了，我走不动了。姑娘……"

荆南依蹙眉，心生厌恶。一转头，却是笑盈盈的脸。她跑向巍鸣，将自己身上的一根绸缎解下来，一端系在巍鸣的腰间。

巍鸣不明其意，好奇地望着她："你在做什么啊？"

荆南依娇俏地牵住绸缎的另一端，装模作样地拖着巍鸣走。

巍鸣被荆南依逗笑，得意扬扬又略显羞涩地跟随其后，碎碎念起来："诗词中言，郎骑竹马来，绕床弄青梅，今日是佳人牵绸来，颇有异曲同工之妙。"

巍鸣快走了几步，偏头俏皮地望向荆南依的脸庞："姑娘倾国倾城，俏丽若三春之桃，清雅似九秋之菊。"

荆南依嘴角一挑，望向满脸污渍、打扮落魄的巍鸣，心中默念："还用你个小叫花多言，本郡主是桃花印女子，天底下最美的女人。便宜了这笨蛋，容你一睹芳华，有得看，就好好看吧。"

他见她孤身一人，像是看见了自己。坎坷的生命里，他们是两个不知事的孩子，只自顾自地玩耍着。

巍鸣心生怜悯，有板有眼道："姑娘你若无处栖身，可随鸣儿归家。鸣儿所有，皆可倾囊相赠。"

荆南依瞥了巍鸣一眼，捧腹大笑。

不假时日，她便要嫁给权倾天下的世家子弟，拥有无比尊贵的鸾凤之名位，谁稀罕眼前这个小乞丐的贼窝。

她不知，一错，错终生。

荆南依假意作揖，谢谢巍鸣。

巍鸣背着手，暗自欣喜："姑娘不必客气。佳人有难，鸣儿义不容辞。"

两人刚离开，飞尘便打着牡丹红伞，嘴里哼着小曲，一张香帕在指尖飞转，前来看自己的"金丝雀"，走近一看才发现被巍鸣砸坏的锁头。

凤凰出笼，飞尘大惊失色："天杀的，我的美人，我心尖上的肉，你怎么舍得离开我……"飞尘愤怒不已，手里的香帕都被扯破了，硕大的身体颤抖着，嘤嘤地哭起来，"你快回来，我的心肝！"

他捧起荆南依留下的衣衫，将自己一张胖大的脸埋了进去，吮吸她的气息，填补失去的伤痛，猛然仰头，眼睛里冒出尖刀，千山万水，定要寻她回来。

终于熬到了午夜，飞尘点着一盏孤灯步入棺材铺。烛火摇闪，似一只独眼。一具具沉沉的棺木，一条条黄色的符纸、经幡自屋檐垂下，殷红的古怪图案在其上摇摇欲坠。

飞尘走到棺材围堵的中央，狠狠拽动一条经幡，顿时一个黑色的大瓮从天而降。飞尘接住，置地，开盖，小刀爽利地划破自己的手腕，一股鲜血溅入瓮中。

转瞬，大瓮中腾起诡异的烟雾，幽灵一般，飘飘绕绕，怨气盈室，笼罩在整个棺材铺内。烟雾如有生命，分叉，交织，成了一条条飞扬盘桓的小蛇，钻入棺材中的尸体鼻中。

飞尘嘴里念念有词，如有鬼神附身，浑身抽搐，猛然仰头，面目狰狞。

棺材们猛然震动，一双双枯槁的手抓住棺材边缘，尸体起身，凌空的白布飘落，罩在坐起的尸体之上。

白布之下，可以看到尸的身形，每个胸口似乎都被划开了，空洞洞的。

是空心人偶。

飞尘用香帕拭面，诡异一笑。

他将荆南依的衣衫抛向空中，向无情的怪物们发号施令："找到我的小心肝，谁敢阻挡，便杀谁！"

二十三

无心杀机

大难当头的两个人，悠闲地走在山间小路上，一山一水，一沙一石，都让他们觉得新奇。两人走走停停，早已忘记了危险。

巍鸣东看看，西瞅瞅，诗词歌赋里的鲜活世界，就在他眼前——青山绿水兮，幽谷佳人兮……他有点迷醉了，觉得自己是那画中人，遇到个不可方物的仙子，仿佛是传奇里的主人公。

光影是美的，肉身却吃不消。

脚下淌血，两股战战，饥肠辘辘，口干舌燥。

他第一次品尝到"人间"的滋味，真实而苦涩。

远处，有水流声。

巍鸣竖起耳朵，揪住荆南依的小袖："你听，水声潺潺。"

荆南依侧耳倾听，狡黠一笑。

两个顽童，眼睛都是亮亮的。

巍鸣伸出手："我们过去。"

"男女授受不亲"在她与他这儿全不作数，荆南依并不避讳，一只小手塞进巍鸣的掌中，二人飞奔向河边。

河水清亮，洪波淼淼。

两个人不管不顾地喝起水来。荆南依撸起袖子，小手窝成小碗状，一"勺"一"勺"舀到嘴边，咕噜噜咽下。巍鸣索性整个人扑进水里，一颗脑袋沉入水底，大口吞咽……

荆南郡主，皇甫小君，金童玉女的两个人回到最原始的状态，他和她不过是饥渴的小兽，欢愉而贪婪地活着。

"过去在家中，饮尽琼浆玉液、美酒杜康，今日看来，都比不过这个。"巍鸣畅快地将水扑在脸上，闭着眼，阳光洒下来，像是被温暖的大手抚摸着。他长舒一口气，"沁人心脾，好生舒畅……"

他既而转头，偷偷向自己的玩伴瞧去。

她双手捧着一汪水，新奇地望进去，像是凝思着，眼神飘远，又似好近，总归凝望的不是水吧，大概是个生命的谜团——神秘而蛊惑的时间里，她痴痴地寻着自己。

风情万种。

阳光落进水里，光斑点点，也映照在她的小脸上，像贴花的金钿粉饰着她的容颜。

巍鸣掬起一捧水，往她扬过去。呼啦啦落雨了，洒了她一身。

她娇嗔一怒，恨恨地将水泼向巍鸣。一时间，两人打起了水战。

两个人闹作一团，笑作一团，灿烂得喧嚣。

一声动物的嘶吼打断了二人，荆南依瞪着圆眼睛四下寻找。

一匹黑马！

荆南依赶忙摇摇巍鸣，指向河对岸。

"这下我们有救了，再也不必行路了。小君我已然两股战战，双眼昏暗了。"巍鸣低头对着自己脚丫道，然后拉起荆南依，"我们蹚水而行吧。"

他牵着她，踩着凸出水面的大石，她有点害怕，晃荡几下，不稳当，险些要跌倒，巍鸣急忙扶住了她。

他弓下腰，笨拙地将荆南依背在背上："这样姑娘的衣衫就不会浸湿了。"

她伏在他的肩头，看他毛茸茸的一颗脑袋，倒也憨傻可爱。她戏弄过很多人，侍从侍卫，宫女宫人，他们毕恭毕敬，任她"宰割"，只是赔着一张张紧绷的笑脸，身子却是避她不及的，眼睛里有微微的厌恶，谁看不出？不如他，赤诚得近乎一个傻瓜，连捉弄都欢喜地沉迷进去，陪着她，不懂得揭穿她稚嫩的诡计。

他还没有长大，小孩子是不记仇的。

巍鸣左摇右晃，终于蹚过河去。

他瘫软倒在河滩上，摊开手脚，喘着粗气："百无一用，是本君啊……"他迟钝地感到疼痛，翻起脚底板查看一双被划破刮伤的赤足。

荆南依一步一步走向拴在大树上的黑骏马，余光一扫，一张熟悉的面孔从杂草中露出来，是那俊俏的无心少年！

荆南依一阵眩晕恶心，当日伸手入胸沾染的黑血，湿淋淋的，仿佛仍在指尖。

阳光下，少年的脸一片惨白，他僵直地扬起胳膊，手里拽着荆南依的半片衣衫。霎时，一个个白晃晃的怪人拔地而起，一茬一茬地从地底下钻出来，呼啸着逼近。怪人们的眼神空洞，只伸长了脖子，鼻子里窸窸窣窣的，野狗般奔向荆南依。

她心下一慌，往黑马飞奔而去。然而，她很快就被无心人抓住了。

巍鸣腰上的绸带一紧，转过头来见她被人抓住，一声厉喝："放开那姑娘！"说着，他便冲进无心人的包围之中。兵荒马乱中，他定睛一看，只见敌手个个面色乌青，眼珠鼓鼓的。

他也受了惊，呀地叫了一声，狠狠地咽了咽口水。

他先想到智取："知道本君是何人吗？只要我一声令下，尔等就要被株连九族，怕了吧？还不快快退下……"

装腔作势地说完了，自己都觉得心虚，满头冷汗。

无心人闻言齐齐转头望向巍鸣，个个面色乌青，眼神诡异，吓得巍鸣一连后退了好几步。

荆南依被无心少年扛在肩上，头朝下，说不出话，呜呜呀呀地哭了，不甘心，伸长脖子，抬头望向巍鸣，泪珠还在脸上，没方向地流淌，花了一张小脸。

巍鸣被激怒了，翻腾惊坐起，可惜看了看左右，并无能依傍的武器，他只得矮身捡起河中一块石头，呼啸着跑向无心少年。

"顾不得君子斯文了……"

石头砸在无心少年的头颅上，一声闷响，震得巍鸣手臂生疼，无心少年却不声不响，仍是俊俊俏俏地端着一张脸，应声倒地，却很快又爬了起来，如同浑然不知疼痛一般。其他无心人见状，齐齐冲向巍鸣。

巍鸣这才看清这群人的正脸，两眼暴出，肤色青紫，双唇毫无血色——

这群怪物根本就不是人。他心中惊骇，呆若木鸡，慌忙丢下了石头。

周围的无心人齐齐围住他。

"阿弥陀佛，呃，是本君失手，失手……都别过来……"

一群无心人扯住他的衣衫、头发、四肢。五马分尸，不过如此。

荆南依随着那无心少年一并摔在地上，转头瞥了一眼被无心人拉扯着的巍鸣，吓得小脸煞白，趁机飞跑到黑马边，抛下他，独自逃了。

黑马被狠狠鞭打，前蹄腾起，飞奔起来。

她只觉腰间一紧，勒得五内绞痛，低头才发现，与巍鸣相连的那根绸带，还在自己腰肢上。

危难之际，她摸出一把小匕首，将绸缎割断了。方才紧绷的缎带瞬间泄了气，旋转着飞舞，不依不饶地又缠在了马镫之上。

巍鸣腾空而起，被绸缎拖拽出重围，草包似的，落在地上，被拖拉着前行。

满眼的飞沙走石，肚皮蹭在土路上，开膛破肚般生疼。额头擦出血痕，无心人闻到血腥味后越发狰狞，蜂拥着向他扑来。

他艰难地抬起头，向她求救："快点拉我上马，快……"

只觉得腿下一震，一个无心人扑倒在他身下，其他的也疯疯癫癫地追着狂奔。

巍鸣腾出一只手，拽住自己的裤子，哭着哀求起来："裤子、裤子，我的裤子，这位大哥，有事好商量，你快松开……"

他只觉眼前一闪，一把银色的匕首正在切割绸缎——他救命的稻草。

"你做什么？别把我丢给这群怪物，喂、喂——"巍鸣惊惶地哭号。

他故事里的仙子转瞬变了性，娇艳的画皮被撕扯下来，原来是个坚定冷漠的妖怪。

她最后望了他一眼，命如草芥的小叫花，替她挡了劫难，也算死得其所。她爱这花花世界，但更爱她自己。他是她惊心动魄的传奇中的一点装饰，说拿开，便抹掉了，无伤大雅。

软绸终究敌不过钢铁，被割断了。

巍鸣翻滚着，摔得眼前昏黑，脑袋撞在了石头上。

叶阑在林间捡拾柴火，青翠的细草在指尖划出一道口子，她呆呆地望着，一滴鲜血缓缓涌出来，迟钝地疼了一下，却仿佛是为了别的。

苏穆的影子又在她眼前闪过，他的长剑入身，定比手指上的一点钻心痛百倍，为她，都是为了她，忽地，泪眼模糊起来。

远处，有人呼救，惊醒了她——冷寒的世界，处处潜伏着危机。叶阑警觉地起身，飞奔而去，只见一个女孩骑着苏穆留下的马儿跑远了。

一群古怪的家伙围着个衣衫褴褛的少年，以多欺少，招招要他的命。

巍鸣从眩晕中回过神来，伸手去摸额头，湿漉漉的殷红一片，是他的血。

他抬头，只见无心人张着鼻孔，闻到血腥味，更疯狂地张牙舞爪着。

耳边簌簌有风，两个无心人僵直地倒地。

巍鸣只道今日要命绝于此，索性紧闭着双眼，听天由命。却迟迟不见死亡来临，他小心翼翼地睁开一只眼，却见那些怪物直挺挺地站在原地，不语不笑不动，然后慢慢地向后倒去，现出了他身后一个少年的身影。

生死一线，天降奇兵。

那少年飞身加入混战，以飞刀为武器，向那群怪物飞射去，刀不虚发，眨眼间便击倒了四五个无心人。巍鸣大喜，连滚带爬地躲到了那名少年身后。

巍鸣一个前扑，一把抱住叶阑的大腿："好汉，救命！小君我会报答你的，要什么都行……"

叶阑蹙眉，路见不平，救起这么个软骨头，一个兜心脚，将巍鸣蹬开："别碍事！"又是几枚飞刀，射中无心人，他们却似感觉不到疼痛，又摇摇晃晃地站了起来。

白日昭昭，群魔乱舞。

二人大惊，误以为被梦魇住了。

巍鸣顿时丧了气："这些家伙怎么会有不死之躯？这下我们要命丧于此了。"

叶阑望向无心人的前胸，一条条蜈蚣爪样的疤痕伏在肌肤上，缝补住空荡荡的胸口。是奇门之术！

飞刀入胸，穿膛而过。

无心人应声倒地，无痛无痒的尸身再死一次，痉挛着，抽搐了两下，不动了。叶阑依法炮制，击毙剩下几名无心人。

杀出一条生路后，叶阑拽起巍鸣，飞身跑远了。不知奔逃了多久，直到身后终于没了可怖的踪影。

陡然停下来，巍鸣顿觉天旋地转，索性横躺在地上，大口喘气。

"他们没追来了。"叶阑望向身后，说道。

"跑不动了，便是让那群怪物生吞活剥了，小君也不跑了……"他信手一抡，躺成个"大"字。

叶阑说："那些不是怪物，是死人。"

巍鸣没好气道："废话，他们当然已经死了，要不然你我还能好好地站在这儿？"

叶阑语气冰冷："我是说，在被我杀死之前，他们已经是死人。现在没事了。"她不客气地用脚碰了碰巍鸣，"喂，让你同伴速速把我的马归还于我，我便不与你计较了。"

巍鸣气恼，从地上坐起来："不提也罢，那个小丫头竟在生死关头撇下我跑了，想来就气恼，若不是小君我搭救，她何以苟活！忘恩负义，空有一副好容颜。"

巍鸣喋喋不休，吵得叶阑脑壳嗡嗡作响，她一摆手："算了。"转身就要离开。

巍鸣赶忙起身，跟在叶阑身后，拽住她的袖子："哎，你去哪儿？我可以陪你前往。"话一出口，他觉得没了面子，赶忙摆出一副骄横的模样，装成个大男人。

叶阑不屑地瞥了他一眼，抱拳告辞："不必了，你我萍水相逢，就此拜别。"说完转身离去。

他回头望向来时路，黄昏将至，光影斑驳，幽幽的，不知来处，不知归途。

他怕了，茫然道："哎哎，万一那些怪物又追了来……"

什么都没有，什么都不会，他赤裸裸地暴露在危险中。

最终，他骄纵地嚷道："小君命令你保护我！"尾音凄婉，也像是哀求。

"命令我？"叶阑愣怔，再次甩开他的手，"你我既非故友至亲，又未一见如故，我救你一次，已经是仁至义尽了，没有闲工夫与你纠缠。"

她指了指前方的路："大路朝天，各走一边。"

说罢，她继续往前走，并不理他。他亦步亦趋地跟在她身后，怕她生气，不敢离她太近，也不敢和她相距太远，时不时还要回头看看身后，一边走一边小心翼翼地同她打着商量："你如何才愿相助？要什么打赏，直说便是，小君我是君子，言出必果。说吧、说吧！要何物？良田？封地？还是金银珠宝？"

他不耐烦地细数他曾拥有的，逍遥殿里跪拜的乌压压的众生，向他们皇甫世家讨要的，也不过是这些令他自傲，又令他忧伤，冰冷的身外物。

"良田？封地？"她笑了。

叶阑上下打量着他。

落魄的小子，穿着破烂的衣衫，连鞋子都没有，赤着脚不知走了多少路，头发也被撞散了，额头上有个血口子，也是个可怜的人，幻想自己是个富贵公子吧，恐怕是饿糊涂了，一定是饿糊涂了。

"你这是什么神色，不信我啊？有眼无珠，不识时务！知晓站在你面前的是何人吗？"巍鸣骄傲地昂首。

叶阑无奈，从袖子里掏出些碎银子塞进巍鸣手里："罢了、罢了。算你积德成福，你运气好，遇上了菩萨心肠的我，拿去买点吃的吧。"

巍鸣惊讶地望着手中的碎银子，顿时有些哭笑不得："你此举何意啊？你当我……当我是乞丐啊！"他气呼呼双手叉腰，一转头，却不见了叶阑踪影。

"喂——臭小子——"他边追边喊，脚下生疼，"哎哟"一声跌坐在地上。

叶阑顿了一下，回头望向他。

巍鸣见状，一把抱住叶阑的大腿，碎碎念起来："素闻游侠路见不平，仗义相助，如今亲眼所见，却知野史讹人，世态炎凉，人心叵测。"

"你放开。"

巍鸣死活不肯，嘴里仍旧念念有词。

叶阑便拖着巍鸣前行。

"道家云，天地不仁，以万物为刍狗。小君我伤痛缠身，就要成冻死狗了，悲哉，悲哉。佛云，救人一命，胜造七级浮屠！……"

巍鸣耍无赖，闭上眼睛，摇头晃脑，将一肚子大道理统统吐出来，猛然感到怀中的腿不挪动了，他张开眼，见叶阑正恶狠狠地盯着自己。

一只攥紧的小拳头，抵在眼前。

"吵死了，如再叫嚷，我送你见佛祖去。"

巍鸣赶忙收了声，一双无邪的大眼睛眼巴巴地望着她。

叶阑甩开巍鸣，急急而行。

"你！"巍鸣气结，脚下一崴，哎哟一声摔倒在地，抱着小腿连声呼疼，"脚、脚扭到了，快来扶我！"

叶阑只当他故意摔倒以博自己同情，并不理会，自顾自朝前走了几步，却发现一直咋咋呼呼的巍鸣没了动静。她终究有些不放心，停住脚步一回头，却发现那人垂头坐在阴影中，看不清他脸上的表情。

一双靴子出现在巍鸣的视线里，叶阑的声音从高处飘下，带着些惊奇和难以置信："你哭了？"

巍鸣又羞又恼，反手一把抹掉眼泪，嘴硬道："谁哭了？眼里进沙子了不行啊？！"

叶阑恍然道："原来是进沙子了，那我还是走吧。"才一转身，发现衣袍的下摆被扯住，她望向手的主人，撞见巍鸣一双如小鹿般惶恐的眼。这是个跟苏穆全然不同的男人，她想，他的眼泪从来不会这样轻易落下，哪怕刀就架在脖子上。

想到他，叶阑的心忽然抽痛了一下。

巍鸣不肯松手，却也觉得难为情，放低声音哀求："别……你别走，别把我一个人丢在这儿。"

叶阑问他："那你家在哪儿？我送你回去吧……"

"我……我……"巍鸣含糊地一语带过，"我家在悠然河的北面……"

叶阑指了指前面，道："那里有间小茅屋，是我目前暂住的地方，你若是信得过我，不如跟我回去。"

他低头不语。

叶阑又问他："怎么了？"

他难为情地开口，脸上竟升起两团可疑的红晕："脚好像扭了……"

叶阑认命地伸出一只手。

"你……"巍鸣瞪大眼睛，看着面前这明显还比自己矮一个头的瘦弱少年，心头涌过一阵暖流，颠沛流离至今，先是被人欺骗，后又被人追杀，经历了这么多变故，这还是第一次有人这样真诚地对他。

巍鸣问："你就不怕我是坏人？"

叶阑答得爽朗："若坏人都像你这么惨，世上的好人怕是做梦都要笑醒了。"

巍鸣扑哧笑出声，又觉此刻笑有些不妥，正了正脸色，郑重向她承诺："你的恩情我会铭记在心，日后若是有什么需要帮忙的地方，只管来寻我就行。对了，我还没跟你说过我的名字吧，我叫巍鸣，姐姐叫我鸣儿，你叫我巍鸣或者鸣儿都可以……"

叶阑应他："说到帮忙倒是有一件，你绝对可以帮得上。"

"什么？"巍鸣眼睛一亮。

"闭嘴好吗？"叶阑一字一句道，"快被你吵死了。"

巍鸣欢喜不已，拉住叶阑的手站起来，又将自己的胳膊搭在叶阑的肩膀上。

叶阑气恼，反手将巍鸣压制住。

他被制服了，嗷嗷直叫："疼，疼……"

"毛手毛脚地，叶子爷的肩膀也是你能搭的？小叫花做春秋大梦痴傻了吧，以小君自称？我看，还是你拜会叶子爷我吧。"

"我本来就是啊……"话到一半，叶阑加重了力道，巍鸣立马哀求道，"好……好，叶子爷。我谢罪，我请罚，我任由你处置。快……快松开，胳膊要断了……"

她松开了他，将他手臂再次架起，扶住他。

巍鸣自语道："真是鲁莽无礼，算了，本君宽宏大量，不跟你这个乡野村夫一般见识。"

胯下马儿飞奔，也像是归家似的，明了荆南依的一颗心。

快到弯倾城城门了，远处，一片红缨摇曳。

她牵了马缰，窥伺似的望过去，从没见过如此银亮的甲衣，像是天上的镜子跌落下来，碎了一地，化成了这群寒气森森的武士。他们头顶上的红缨是沾在碎镜子上的鲜血吧。月牙状的弯刀悬在每个人的腰间，一晃一晃，整齐得令人眩晕。

她有点怕，惊弓之鸟似的。一贯在弯倾殿乐逍遥，也还是听穆哥哥提及"禁武令"实行了多年。如此这般，银甲在身，利刃在手，定不是善类。她第一次真切地感受到了家族的危难，像是置身于寒冬里，看不见的危险如冷冽的空气，无形地逼近……

荆南依惶惶地从马上跳下来，躲在小山坡下。

男人粗犷的声音响起："休息一刻。就地整装。"

两个抬着尸体的小侍卫哆哆嗦嗦地跑过来，站在小山坡上风处，草草解开裤带子，掏出自己的家伙来，呼啦啦地尿了。

"巍鸣君的尸体都臭了，还抬着干吗？想要累死老子啊。"

"鬼才知道。不过，巍鸣君是咱皇甫世家来迎亲的，就是做了鬼，那位联姻娇妻也还是要娶回逍遥堂的。"

"那倒是。据说得到弯凤之女的世家能坐拥天下，逍遥堂绝对不会让这个女子嫁到其他世家去的。"

"也够可怜的，还未成婚呢，就成了寡妇。"

"是啊。搞不好回到逍遥堂，她会跟着小君一同下葬呢。"

两个少年呆呆地望向远方，方才清空的身子一下子充满了欲望，那个谜一样的女人，令他们神往。枝头上的凤凰还没有展翅，就要陪着焦黑的尸体一同埋葬，白白糟蹋了好东西。

他们愣怔了一会儿才回过神来，转身跑回队伍中去了。

荆南依立在坡下，将那席话听得一清二楚，才知这群人自逍遥堂而来，要替小君皇甫巍鸣迎娶荆南世家的郡主。令荆南依震惊的是，那皇甫巍鸣竟在不久前暴毙，现今他们抬运的竟是一具尸体。

此时，荆南依心中只有一个念头：不要嫁给一个死人！不能嫁给一个死人！

那些诗词歌赋中恼人的爱她还从未经历过，就要她做地底下的皇后，陪着森森白骨，睡在冰冷的石头棺材里！

她跌跌撞撞地走了几步，瘫软坐在湖边，心绪烦乱，死死咬住唇，泪水顺着面颊滑下。

世界都随着她死寂了。

水中倒映出她娇俏的身影，连她自己都认不出了，人比黄花瘦，却更惹人怜爱了。

一只小手抚在脸上，她忽然眼睛一亮，对着水中的人儿轻笑了两声。

茫茫人海，她可以不是荆南依。轻飘飘的一个名字，束不住她热乎乎的生命。失了姓氏，她仍旧是天下第一美人。太美了，连她自己都怜爱起来。天下是男人的，她凭借倾世的容颜可以得到天下任何一个男人的心，天下也就是她的了，又何必倚仗区区一个荆南世家？有男儿心的地方，都是她辽阔的疆土。

她想通了，似重生了一般，喜上眉梢。光艳艳的，还是那个急着冲出牢笼的小姑娘。只是这一次，她从荆南世家的血脉之网中"越狱"了。她抬着头，眼里含着无穷无尽的期盼。

水边，一丛山茶花开得正盛，她选了一朵殷红如血的，对着水中的倒影，轻轻别在了发梢上。

粲然一笑，百媚生。

荆南依起身，牵起马儿，转了向，冲着远离鸾倾城的地方去了，充满魅力的远方，正召唤着她。

马儿不合时宜地打了个响鼻，她心怎么微微疼了一下？

穆哥哥！

他的依依不再回去了，她要拥有更漂亮的发饰、衣衫和城池，一切好玩好看的东西都是她的，都在等着她呢。

她狠心地在马屁股上抽了一鞭子，渐渐地，黑马跑远了，头上的那一点红淡了。

苏穆并不知晓命运正摆布着他最爱的人,她们正在远离他。香消玉殒,客死他乡……他的梦姑姑、他的依依,都逃不脱美艳的魔咒。

他肃立在庭院,望向当空那轮残破的月亮,一股莫名的焦躁缠住了他。

含露和辰星匆匆而来,锁着眉,愁容满面。

"禀君上,'盾牌'来报,逍遥堂的迎亲队伍抬着一具烧黑的尸体,正向我鸾倾城而来。"

"尸体?何人的尸体?"

"据说,是皇甫巍鸣的。"辰星轻声答道。

苏穆大惊。

一波未平一波又起!

他觉察到了危险:"大事不妙!"

逍遥堂要荆南世家背下弑君的罪名。

漫漫历史,狼子野心的故事血淋淋地封死在史书中,今日,翻转着落到荆南世家的面前。

传言逍遥堂皇甫世家的大权已被懿花涧的人掌控,如今他们杀了少堂主,再与皇甫郡主联姻,就可以名正言顺地以外戚的身份掌权。

弑君叛主,改朝换代!太阳底下无新事!

那一夜,悠然河畔,血腥味又从他的记忆里缓缓升起,微甜而温热的鲜血,蔓延在水雾之上,空中都是淡淡的玫瑰色,像是梦姑姑妆台上的胭脂。他一直不懂,死亡怎么会是女儿家的颜色,绮丽得令他毛骨悚然。

苏穆胸中,翻江倒海。

救不了姑姑,救不了武士,连她留下的鸾倾城也要成为替罪的羔羊。

累累史册,罪迹斑斑……

他恨极!

辰星忍不住了,轻声问:"君上……我们该怎么办?"

大势将去,大局已定。

他有点悲伤,觉得自己无能为力。人生苦,女人孩子可以哭哭啼啼,男人从来无处可逃。苏穆定了定:"唇亡齿寒,巢倾卵破,荆南亡,其他世家也未必能逃过去。"他对辰星道，"替我送几封陈情信函给各世家，不能任由逍遥堂一家专断，将巍鸣君之死的罪名栽在我荆南世家的身上。"

辰星狠狠抱拳："辰星领命。"

苏穆又转向含露娘子："在鸢倾城散布消息，就说郡主正在城中筹备嫁妆，把那些耗时的繁文缛节都找出来，铺陈而行。如果他们想把弑君之名坐实，必定要在众目睽睽之下栽赃嫁祸在我等身上，所以尽量拖延时间，不要让他们进城。"

含露作揖："含露这就去办。"

苏穆叹了口气，夜空中的月亮又悄悄地爬高了一点，对天底下的生死漠不关心。

大劫难逃，只能逆天而为了。

他转身步入书房，独坐在孤灯之前。

研墨提笔，奋笔疾书。

悠然河燕之山南北，人杰地灵，世家林立，皇甫先贤，胸有天下，殊途同归，是为大同。今懿沧群心怀叵测，行挟天子以令诸侯之为，将我等效忠之主皇甫，推于虚设，害为傀儡。此番又置我荆南世家于弑君之境地，坠忠臣于囹圄，陷黎民于水火。唇亡齿寒，兔走狗烹，荆南蒙冤而亡，兄弟世家亦难逃此果。长此以往，世家分崩离析，战火连绵，百姓何辜？遥想当年与异族厮杀，白骨横野，饿殍盈道，君子疾首，匹夫痛心。临此大难将行，荆南苏穆恳求援手，止暴行，扶明君，荡平天下，恩福百姓，还一片清明于黎民百姓，遗盛世太平于芸芸众生。

书写完毕，他将信函装进锦囊之中。

这是他无望的抵抗。

二十五

情窦初开

一团小小的火，煨着破瓦罐。

茅草屋里，巍鸣呆呆地望向瓦罐中的食物。他的眼睛随着叶阑手里的木勺子兜兜转转，转转兜兜，痴痴地看着。

白粥里撒入各种杂食，冒着小泡，咕嘟咕嘟地也像是在咽口水。叶阑将一包食材丢入其中，顿时香气扑鼻。

巍鸣使劲吸了吸鼻子，舍不得粥香四散，觉得浪费了。

"好了吗? 好了吗? 我已然饿瘪了。"

叶阑瞥了巍鸣一眼，没有好气地将一大片树叶折叠成个小碗，一勺一勺将稀粥盛进去，过家家似的，全像是女孩子家小巧的玩具。

巍鸣惊喜地接过去，急急地送入嘴中，不出意外被烫了一下，大喊："烫、烫、烫……"粥再滚烫，他也不肯吐出来。

叶阑摇头："你慢点，饿死鬼投胎啊? "

巍鸣仍旧呼噜噜地喝着稀粥，温热的触感一路从他的腔子蹚下去，仿佛沉在逍遥堂的温泉之中，困乏得要睡过去了。曾经的金屋银殿、万事功勋，到头来，抵不上一碗捧在手里的吃食来得安稳。他禁不住夸起来："从未……从未吃过如此美味。"

巍鸣抬起头，亮着一双眼睛，一脸认真。

叶阑被他逗笑了："连这个都没吃过，没出息。"

巍鸣觉察到了她的鄙夷，回嘴道："说得你好像是乞丐中的翘楚一般。"但转瞬他就忘了这茬，低头呆呆地望着食物。

"三餐以此果腹，也是人生快事啊！"

终究是个饿着肚子的孩子。冷冷戚戚，肚子里仿佛藏着一只不恳驯服的猫，抓心挠肺般难受，让人连身子都直不起，那感觉渐渐蔓延到全身，连空气都想咀嚼一番，下咽充饥。

叶阑是知道饥肠辘辘的感觉的，她道："儿时家贫，只和娘亲相依为命，遇上了灾荒，没吃的，我娘便给我做这个。"

他顿时停下来，眼睛里泪汪汪的。

"娘亲烹煮的？……山珍美味也比不得。我娘很早就过世了，我根本不记得她煮出来的东西是什么味道。"

他低着头，狠狠地吃下去，像是要从旁人那儿抢过来什么一样——是没有归属感的凄惶。

叶阑有点感伤，都是想娘的人，自己比他幸运。

他默默地吃着碗里的东西，悲伤、孤独、恐惧，和着活下去这个小小的愿望，咽进了肠肚之中。自小他便学会了蜷缩在方寸的盒子中，含着一口气，不悲不恼，接受属于他的苦难。痛得太久了，那苦难像是他的玩伴，他也并不把它放在心上。

"话说，此乃何物，软糯黏滑，甚是爽口？"他咬着半截子青绿的玩意，两只黑漆漆的眼珠子凑向鼻尖。

叶阑打开荷包，把里面的东西亮给他看。巍鸣定睛一看，见都是些虫子蚂蚁之类的东西，联想到那滑腻软糯的口感，顿时觉得一阵恶心，他没忍住，刚喝下的粥全吐了出来。

叶阑嫌弃道："你要吐就去远点吐。"

巍鸣用手指着她，有气无力地问："你……你竟让我吃这个……"

叶阑一边搅着粥，一边一本正经地说："你脚不是扭了吗？我特意按照配方给你寻的虫子，好给你补补。"

巍鸣气得只得拿眼睛瞪她。

她故意当着巍鸣的面尝了一口，模仿他的语气感叹道："人间美味啊……"

"你……"巍鸣羞愤难当，"你真是岂有此理！"

"不吃了？"叶阑装出吃得津津有味的模样，故意逗他。

"饿死也不吃。"巍鸣转开头，看也不看她，气鼓鼓地说。

叶阑主动给他盛了一碗，呈给他，淡笑道："喝吧，我是骗你的。"

巍鸣将信将疑，转头看她，仍旧有些不敢接她递来的东西。

"这粥的做法是我母亲教我的，里面放了些薄荷叶和百合枝，能清热解毒，又能果腹。"

一席话听得巍鸣静默，他默默接过，小声说："我不是故意吐的……我……我真的以为……"

叶阑呵呵一笑："以为是虫子？灾荒之年能有这些虫子吃也算是不错的，若是遇到逃荒，易子而食、析骸炊之都是常事。"

"易子而食"四个字听得巍鸣恻然，手上的清粥仿佛有千斤重，他愣怔地看着她问："真有这种事？我一直以为现如今风调雨顺，国泰民安……"

她冷笑着道："风调雨顺，国泰民安，那都是违心的祝福罢了，永远不会存在和平的政权，当权者永远不会看到百姓所受的苦难，并非他们不能，而是他们不想。现如今皇甫世家掌权，自然以逍遥堂为尊，而其他世家却生活在水深火热之中，他们看见了吗？就以鸢倾城为例，数年来城内实行'奴选令''禁武令'，折磨得城中百姓怨声载道，难道这些人就不是皇甫世家的臣子了吗？一朝君主，竟连这点容人的气度都没有了吗？"

巍鸣听得哑口无言，只是呆呆地看着她："你说的这些……我连想都没想过……"

叶阑低头拨弄着柴火，温暖的火光映在她毫无温度的眼中无声舞动："我何曾愿意去想？想一次便痛苦一回，浑浑噩噩地过一辈子也好过时时活在痛苦里……如果真能忘记仇恨，苏穆君也不会……"说到这里，她的声音渐渐低了下去，而后自嘲似的一笑，"我真是何苦，跟一个什么都不知道的人说这些……"

巍鸣心中千头万绪，既有茫然又有沉重，只觉她说的都是家国大事，而自己身为逍遥堂储君对此却一无所知，想要了解的欲望从未这样迫切，他连送到嘴边的白粥都顾不得喝，看着叶阑郑重其事道："这些话我都爱听，你可以多和我说说吗？"

叶阑却懒得多说，一语带过："睡吧，不早了，明天一早还要赶路。"说罢便找了一处空地随意躺下，展开外衣披在身上，背对着他闭上了眼睛。

安静的茅草屋内只有柴火燃烧时发出的毕剥声，月光从窗外照进来，洒下一地清冷的光辉。

叶阑在这静谧的月夜中察觉到一些不同寻常的声音，她睁开眼，翻身坐起，只见巍鸣仍坐在原地，保持着低头的姿势，仿佛犯了错正在面壁思过的孩子。

叶阑有片刻的无语，过了好一会儿才寻回自己的理智，可语气还是无奈到了极点："不要告诉我你又哭了……"

这一次他却没有为自己的眼泪寻找借口，只是低声道："我知道我什么都不懂，只知吃喝玩乐，是个十足的傻瓜，就算别人不说，我也知道他们一定这样想……"

叶阑目瞪口呆。她这一生只认识一个宁可流血也不愿流泪的苏穆，从未接触过如巍鸣这样爱哭的男子，更加缺乏应对此类情形的经验，顿觉一个头两个大，收留了他还不够，连他的眼泪都得一并包容。母亲是怎么哄爱哭的孩子的？叶阑认真地回忆了一刻钟，联想到那画面，开口道："好……好了……别哭了……我错了还不行吗？"

他用袖子擦了擦眼泪，断断续续道："难怪长姐对我这么不放心，怪不得小妹对我这样失望，我……我根本就是个废物，什么都不懂，什么都不会，还差点蠢得被人杀了，都是罪有应得，活该被人骗……你说，我活在这世上还有什么意义？"

叶阑耐心道："别这么说，每个人都有他自己的优点，比如你……"

她随口安慰的话竟被他当了真，他抽噎着扭头看她，眼睛哭得红红的。他皮肤白皙，五官精致，一张脸竟比一个姑娘家还要秀气，配合着此刻湿红的瞳仁，俨然一副人畜无害的小白兔模样，任谁见了都想狠狠欺负一下。

"我有什么优点？"

也不知道怎么回事，一见他这副样子，就很难从母亲这个角色抽身出去，叶阑当时满脑子都在想，这要是我儿子的话……

她估计就自我了结了吧，这样的子嗣，实在对不起列祖列宗。

"你的优点就是……"叶阑绞尽脑汁，试图找出一个相对宽容的词语来评价一下面前这个爱哭的男子，忽然她眼睛一亮，炯炯地看着他道，"你的优点就是，脸皮厚。"

这回轮到巍鸣目瞪口呆了，他愣了片刻才反应过来，只觉得悲从心起，恨不得一头撞死在她面前："这算什么优点啊！而且，我的脸皮不厚，一点都不厚。"

"脸皮厚有什么不好的？脸皮厚才能干大事，你知道尧舜为什么能统一中原吗？"

巍鸣傻乎乎地接过她的话："因为脸皮厚？"

她摇头，悠悠道："因为仁德。"

巍鸣想了想，确定她还是在耍他后，猛地从地上翻身起来，红着脸，憋出几个字："大胆……你这家伙。"

叶阑的手臂在空中划了一道线，示意巍鸣躺下睡觉："楚河汉界，不得逾矩。"

巍鸣气不过，一双眼睛红红的，望着叶阑的模样又可怜又霸道："你知道小君是什么人吗？竟敢如此失礼待我？"他一字一句道，"我……我是逍遥堂未来的堂主。"

叶阑听到巍鸣的话，笑盈盈地坐起身，故作震惊地望着他。

他得意极了，缓缓地盘坐在地上，双手抱在胸前。

行走江湖，逢场作戏，她见怪不怪了，眼前的小子竟在她面前班门弄斧。她也有板有眼地配合他将这出戏演下去。

"你是逍遥堂堂主？是前来迎娶郡主的皇甫世家继承人？"

巍鸣傲娇地仰起头。

叶阑正色地望向他，用手指了指自己："知道我是谁吗？"

巍鸣不明其意，摇摇头，蹙眉打量她，想不出这落魄的少年究竟是何方神圣。

叶阑手指轻扬，信手一指窗外月光，巍鸣跟着她所指望向草棚外的一轮圆月。

"我是从月亮上下凡的嫦娥仙子。"

巍鸣睁大眼睛，但很快就反应过来叶阑是在骗他，他纵身一吼："你骗鬼啊！"

叶阑脸色顿时变了，满脸嫌弃："你再鬼扯，小心叶子爷打得你满地找牙。"她竖起拳头，瞪着眼睛威胁他。

"你……"他敢怒不敢言，只好在叶阑身后指指点点，小儿意气般嘴里嘀咕着"君子动口不动手"，没一会儿，便躺在地上睡着了。

梦中，他又回到了那个熟悉的地方。

静幽幽的水面上，除了水波拍打之声，没有半点生命的迹象。他在水中随波逐流，浑身失了气力，一点点沉下去，如同婴孩回到了母亲腹中，悬浮在生命的起点。

他猛然睁开眼，便见到一张圆肥的脸，两只眼睛鼓鼓地冒出来，不像个人，再定睛看，原来是个五六岁的小男孩，在污水中泡得浮肿起来，白花花的，脑袋大得不合常理。原来是一个淹死的孩子。

巍鸣胃里翻江倒海，恶心得要吐了。

巍鸣也跟着变成孩童，小小的一个，站在水边的泥污之中，手中拖着一把长剑，剑柄上是个狰狞的兽，獠牙青面，从嘴里吐出利刃。

父亲不知什么时候走过来，看了他一眼。

"小儿之错，由为父承担。"父亲跪下去。

他手中的长剑一震，再抬头，父亲的胸口生生豁出个血窟窿，热血汩汩地涌出来，衣襟上绣着的鸟兽图瞬间被淹没在血海之中。

血流得太快了，父亲健壮的身体瞬间颓萎下去。苍白的一张脸，垂垂老去，老得认不出是父亲。

他怕极了，四下是个滚烫的火炉，走投无路。

忽地，昏天黑地中露出了点天光，母亲从远处走来。他还没来得及呼救，母亲就如一片鸿毛一般，伏在了父亲的背后。

剑穿前胸，她的眼还定定地望着她的儿，连眼泪都没来得及落下。

幻世成空，孑然一身。

世界只剩下他孤身一人了。

睡在地上的巍鸣满头大汗，在噩梦中痛苦挣扎，泪流满面，却始终无法从那个梦魇中醒来。

叶阑被巍鸣的动静惊醒，便见他蜷缩成一团，在地上翻滚着。一张小脸上满是泪水，水亮亮的一片。

她从地上坐起，抓住他轻轻摇晃："你怎么了？"

巍鸣艰难地睁开眼睛，一把抱住了叶阑，将脸埋在她的胸口，嘴中仍旧喃喃碎语。

他看向她，惶惶的眼神终于在她的脸庞上落定了。

"没事了，是噩梦。"她起了恻隐之心，轻轻地在他后背拍了拍。

巍鸣一点点从梦境中抽离，好一会儿才回过神来，他放开叶阑，抱膝而坐。在这漆黑的世界里，危机四伏，刀光剑影，唯有这半间破草房和一个偶遇的人，让他感到安心。

她是他生命中的一个变数。

二十六

白龙鱼服

黑黢黢的树林如落下的帷幕，遮住了眼睛所能看到的地方。后半夜，月亮方从密云中挪出来，林子里也零星地闪起亮光。

银色的脸，银色的刀，从寒月中走出来的玻璃小人，一个一个寻着猎物而去。

"大人吩咐了，只要两样东西：他的命，他的尸首。"

银面人齐齐从身后掏出箭弩，小巧的一支，玩具似的，却是个要人性命的玩意。

箭弩齐发，穿过黑夜，射向茅草屋。

树动，风动，叶阑警觉的心跟着一颤，一把将巍鸣拉到身边，低低俯身，躲避箭羽。

一支支短箭砰砰地扎在草垛上、小桌上、横梁上……入骨三分，是来索命的。

叶阑飞身向前，将巍鸣扑倒在地，巍鸣努力想抬起头，却看见头顶上方乱飞的流箭，脸色大变，惊叫："怎么回事？"

叶阑以风声辨别长箭射入的方向，推断出敌人所在方位。她拉着巍鸣往外逃："随我出去！"

巍鸣惊惶，挣脱了叶阑，哀号道："出去？本君不要出去，外头乱矢横飞，会被射成窟窿的，躲在此处甚好。我不要出去……"他喃喃自语，"避其锋芒、避其锋芒……"

叶阑百忙之中瞥他一眼，只见他抱着头，往角落里蜷缩着，一张脸苍白至极，真是枉为七尺男儿！她身边的兄弟，她深爱的男人，都是流血不流泪的，不像眼前这一个，怯懦如一个孩童。

生死攸关，她还要来哄个窝囊的家伙。

叶阑怒目而视，有些恨铁不成钢道："你我被围攻，躲在这儿无异于坐以待毙，只有死路一条，必须孤注一掷，强冲出去。"

巍鸣茫然地望着她，他的前半生从未逞过强，用过力，因为从未有过胜利的妄想。

他狠狠地摇了摇头。

几支流矢擦身而过，危险步步逼近。

叶阑看着此刻巍鸣惊魂不定的模样，长叹了口气，也不知是恨还是悔："你可真是个灾星转世，如此麻烦！到底什么来头？"

巍鸣嘴一噘，一副欲哭的模样："我说了啊……你又不信……"

叶阑一把拽住巍鸣的胳膊，恨声道："管你是谁，想活命，就得听我的！"

"啊，我不要出去！"

巍鸣浑身颤抖，拼了命地想往角落里躲，叶阑没奈何，低头摸出几枚飞刀，默默细数。

巍鸣瞥到了，顿时慌乱不已，四下望了望，草草地将煮粥的木勺子抓起来当成自己的武器。

他将木勺子拿在手上颠了颠，当作攻击的武器，鼓足了勇气道："好……今天……今天，就跟他们斗个你死我活。"

叶阑脚下一个趔趄，她混迹江湖这些年，从来没有一刻像今天这样无奈过。她率先冲出茅草屋，巍鸣紧跟在她身后。银面人从四面逼来，一圈一圈，缩小着范围，将他们的猎物围堵在可控的圈套中。

叶阑一凛，望向银面人手中的武器——一条条蛇形的银色利刃，便知来者不善。

江湖规矩，冤家宜解不宜结。

她扯着嗓子喊话："看来各位并非此地之人。这是鸾倾城地界，不得使用兵刃，还请各位放我们一马。"

银面人置若罔闻，窸窸窣窣地往前挪动，眼神却一致看向巍鸣。

叶阑用余光望向巍鸣。

他手持木勺子并将粗糙的勺底罩在脸上，密不透风，口中念道："鬼神莫近，百无禁忌，阿弥陀佛……"

叶阑哭笑不得，恨得牙痒痒，面向杀手们："你们到底何意？"

巍鸣悄悄地挪开了木勺，从叶阑身后探出头来，望向银面人。

一露脸，杀机已定。

银面人交换眼神，一个领头模样的人恭敬地问道："巍鸣小君？"

巍鸣闻声，小心翼翼道："你们认得本君？"

众人抱拳垂头，恭恭敬敬道："我等是您的御林侍卫，特地前来解救小君。"

巍鸣长叹一口气，舒缓下来，拿出少堂主的做派，大摇大摆地从叶阑身后踱出："他不是害我的贼人，倒是懿沧副将军企图毒害本君，你们可是长姐派来的？"

银面人缓缓向前，靠近巍鸣时，刀刃一抖，如同小蛇惊起，露出毒牙。

短刀相接，不过相遇在半空中，叶阑的飞刀抵在蛇形剑上，利刃猛然转了方向，从巍鸣的脖颈边划过。偏差一毫，非死即伤。

她见不得以多欺少，特别是对付一个手无缚鸡之力的傻小子。她一把将巍鸣拉到自己身后，不改游侠做派。

忽然，叶阑色变，拽了巍鸣往后一躲，避开了一柄飞向他心口的利刃。巍鸣又惊又怒，这才反应过来，高声呵斥他们："你们反了不成？本君乃是逍遥堂未来的掌权人皇甫巍鸣，是谁借给你们的熊心豹子胆，连我都敢杀？"

银面人道："杀的就是你！"说罢，便挺剑向他刺去。

巍鸣大概也没料到对方真的存了杀他的心，笨拙地躲过他第一剑，姿态狼狈地腾挪躲避，险些送命。

叶阑心惊，转头望向巍鸣，呆然而立。

逍遥堂堂主，那个君临天下的昏君子嗣，那个令鸢倾城百姓处于水深火热之中的家族后裔，近在咫尺，躲在她的身后，瑟瑟发抖？

冤冤相报，天道轮回。

手中飞刀提起，又放下。

鸾倾城"禁武令"的高杆上，一颗颗挑起的人头望向叶阑，血泪横流，冤仇未报。那些午夜的马车中，远嫁少女的哭啼声，声声萦耳，如诉如泣。

苏穆肃然的脸上，也留下了愁苦的痕迹，是漫漫的折磨。

冤仇如层峦叠嶂，重重地挡在叶阑的面前，唯有一双清澈惶恐的眼睛，穿云绕雾，幽幽地望向她。

"叶子爷，救我！"他对着她大叫。

杀，或者不杀，不过在转念之间，可浮现在脑中的，是巍鸣被她捉弄时傻乎乎的模样。

这年轻人跟她设想中那荒淫无道、残酷无情的君王形象全然不符，他胆小爱哭、赤诚单纯，这样的人，会是让鸾倾城民不聊生的罪魁祸首吗？

这一瞬，她心生怜悯。这是一个命如草芥的世界，想到她能守护的，她不能守护的……

一支长箭向着他疾旋而来，巍鸣躲闪不及，只觉自己该命绝于此，便绝望地闭上眼，忽听见"当"的一声，是利器斩断箭尾发出的声音，异常清脆冷冽。

他睁眼，发现叶阑挡在他面前，侧身对他，一脸坚毅。

原本快要熄灭的光又缓缓在巍鸣眼中燃起，他满怀信任地望向叶阑。只那一招，杀手们便断定她是个狠角色，身形微动，开始布阵，手中所持的蛇形利刃连成一片，飞旋着变成一只巨大的怪物，时而如扇，时而如球，默契地向被包围在中间的叶阑发起进攻。

叶阑拉着巍鸣左右躲闪，巍鸣被拽着在半空中飞腾，眩晕不已。

"小心本君的性命啊——"

他瞥向她，只见她眉目之间英气凛然，吸引着他。他见过很多张脸，暮色沉沉的老大臣，卑躬屈膝的宫人们，还有道貌岸然的舅父，低眉顺眼间，是猜忌，是惶恐，是记恨，是虚假难辨……全部令他心寒，唯有眼前的这张面孔，肆意桀骜，真实可信。

飞刀齐发，叶阑暂时占了上风。

领头的杀手被惹恼了，转身将一棵小树打断，推向尚未察觉的叶阑，同时冷箭暗放。

巍鸣见状，飞身上前，用自己的身体挡在叶阑背后，小树重重地撞向他，他顿觉五脏俱裂。

　　"小心！"他哼了一声，浑身瘫软下去。

　　叶阑转头，心惊了惊。刀刃上，临危时，舍身相救，是个有义气的。

　　他微微抬头，天旋地转间还坚持慷慨激昂地留下话："你我英雄相惜，小君为你舍命而去了……"

　　叶阑匆匆地在他背后抚了一把，查看他的伤势："放心吧，我保你性命无忧。"

　　他被自己感动了似的，晕了过去，嘴角缓缓淌下一缕血迹。叶阑连叫他数声，他都没有反应。她的心渐渐沉下去，胸肺之间有怒意腾起。她冷冷回头，望向那群银面人。敌众我寡，如何抵抗？

　　杀手们也觉察了她的心思，顿觉胜券在握。自古都是弱肉强食，胜之不武之类的话，只是留给君子的，他们不是君子，他们是嗜血的杀手。

　　飞刀转了向，砰的一声，射穿树干。瞬间，落叶纷纷。

　　衣衫飞扬，长发披肩，脖颈下的秋水仙火辣辣地灼伤着她。

　　柔情似水，绕指柔终化成百炼刚。

　　飞扬的树叶陡然变了身，刺入杀手的眉心。银色的面具裂开，银面人额角上弯弯曲曲，是个墨迹的图样。

　　昏迷的巍鸣微微睁眼，觉得自己大概已经死了，身子是轻的，眼睛也花了，叶子爷变成了女娇娥。他泄了气，又昏死过去。

　　叶阑抓起巍鸣，逃向林间。

　　其他懿沧的杀手见头领已死，几人合力逼近，欲将叶阑绞杀在此地，再夺走巍鸣的尸体。叶阑摸遍身上，再找不出一片叶子，手却触到悬于腰间的风哨。

　　她心念微动，想到苏穆，想到今生是否还有再见他一面的可能，心中顿时无限怆然。眼见那些人逼近，叶阑迫不得已取下风哨，以此为暗器，朝对方射去。

　　风哨穿叶而过，飒然作响，也不知冥冥之中苏穆是否一直保护着她，风哨竟一连击毙两个人，挡住了一枚朝她袭来的匕首。众人皆惊，一时之间面面相觑，不敢靠近。

就在此时，忽闻马蹄声响，远处一人御马而来，叶阑还未看清，那人已从马上翩然跃下，挡在她面前。

叶阑凝神看去，见来人是苏穆，澎湃的思绪终于平息，记忆中俊朗无匹的侧脸，以及他带有温度的视线，时隔数日之后又出现在她面前。她鼻子一酸，强忍着才没让泪落在他们久别重逢的一刹那。

"你怎么……"苏穆的脸上难掩疲色，想也知道他如何日夜操劳，为鸾倾城的将来争取一线之机。他却依然对她微笑，熟悉的神情，一样的语气，"刚刚就在附近，听见了你的风哨声。"

正在这时，银面人杀将过来，苏穆抽出佩剑，震开了对方连成一片的蛇形剑，他道："上马。"

叶阑摇头，坚定道："我要跟你在一起。"

再寻常不过的一句话，听在苏穆耳中却不亚于催人断肠的毒药，有一刹那他真的在想，就这样走吧，抛下一切羁绊，和她一起浪迹天涯，就为了她这一句话，就为了这一句，让他死也足矣。可是他的身份不允许他放弃，姑姑的死也决不允许他无视血海深仇，它们就像枷锁，铐住他，让他寸步难行。

"你答应了我离开，为何又回来？"苏穆喝令她。

叶阑一把挣开苏穆的手，扶起巍鸣，苏穆这才注意到叶阑舍生救下的巍鸣，脸色一变，挡在了叶阑和那些杀手之间："你我君子之诺，莫要反悔。带着你的人，走……"

叶阑仰头看他，眼神无助："苏穆君……"

苏穆望向那群杀手，神色冷峻："区区几个狂徒，困不住本君。犯我净土，屠我百姓，苏穆手中的利刃，不允。快走！"

推她上马的手在不住地发抖，而他却不准自己回头。叶阑被逼含泪上马，苏穆提起巍鸣，将其丢上马。

想来下次相见必定无期，苏穆努力向她展露出最温柔的笑意："你答应过我的，要保护好自己。"

被震退的杀手们再度逼近，苏穆一边挥剑应敌，一边长吹口哨，马儿载着叶阑和巍鸣奔驰而去，渐行渐远。

"苏穆……"

叶阑不住回首，可是敌不过马匹每次跃起拉开的距离，终于他在她的视线中渐渐模糊，只剩兵刃相接的声音，那些即将冲出眼眶的泪终于还是倒流回心间，正如他们每一次的诀别，无泪无言，只带着对彼此最简单的祝愿，好好地活下去。

二十七

杀意毕现

　　山洞之中，无昼无夜，不知是天光还是月色，一壁从崖缝中映照下来，半明半暗。

　　巍鸣躺在杂草上睡着了，安静如婴孩。

　　她守着他，竟无端地觉得有几分安稳。他不是他，也惶惶地感到，悬在半空的一颗心终于找到了一点着落，借着一个男人的安危，她为另一个男人担忧。

　　他醒过来，发现自己手腕上缠绕着藤蔓，动弹不得。他瞥向四周，见叶阑抱膝蜷坐在角落里，凝神望着，也不知望向哪里，这令她的眉眼更加楚楚动人……

　　他想起方才的一幕，像是一场重温的旧梦。

　　嗜血的杀手，银蛇利刃，鬼魅般化成武器的落叶，一切都诡谲古怪，理智被吞噬了，尽是没想到会发生的事，还有个她——发生了，一瞬之间，他遇到了种种。萍水相逢，舍命相救，已是难得，知道她是一个女子，更是欢喜。

　　巍鸣看向叶阑的眉眼、脖子，不知是不是知晓了她的性别，才觉察那微微隆起的胸。

　　原来男儿郎本是女娇娥……

　　巍鸣起身，将被捆绑的双手举到半空："你干吗绑着我？不记得小君我舍命救你吗？这是忘恩负义，恩将仇报……"他兴致盎然地望向她。

　　叶阑不习惯被他用这种目光打量，兼为苏穆的事担心，不悦地瞪了他一眼，冷冷道："看什么看？"

巍鸣嘴一噘，叶阑见状，顿时头大如斗，又是一声大吼："你要再敢哭，我就弄死你！"

巍鸣忙忍住，却又偷偷瞥了她一眼，想到彼时她飒爽英姿，双颊不禁红了。

叶阑无奈，半晌才道："你脸红什么？"

巍鸣支支吾吾："我……我……"

叶阑也没等他说下去，在他对面坐下，看着他正色道："你小子诡计多端，麻烦不断，绑着你，才好审你。你……真的是……皇甫世家的人？"

巍鸣一听她提起自己姓氏，心底略微有了些底气，坐正了身体，严肃道："正是，我就是悠然河南北权倾天下、英俊潇洒的逍遥堂……"

叶阑蹙眉打断他："好好说话。"

巍鸣的声音弱了下来："……的少堂主，皇甫巍鸣……"

"你是鸢倾城的人，按尊卑论，荆南世家也算我的附属家族，你也是我的子民，还不快给我松绑？"

他惯会装腔作势，却是里子面子两层皮，哪里是见尽世情的叶阑的敌手。

识破了，不过是个单纯的人。

叶阑仍满腹狐疑，听惯了逍遥堂暴虐无度、鱼肉百姓的言辞，觉得眼前人和传言中相去甚远。是三人成虎，错信了流言，还是人心隔肚皮，未见他真面目？

"你还是不信本君？好好好，你伸手进我怀中。"

"你说什么？"

"我有信符为证。"

叶阑起身走近，伸出手在他怀内摸索。巍鸣也不知道是不是因为怕痒，一张脸又红又热，躲着她的脸，却又对上了她的眼。她专心致志地找着信符，并没有注意到他在看她还看得两眼发直。

她嘟囔道："在哪儿啊？找不到……咦，这是什么……"

"你……你别乱摸……"巍鸣结结巴巴地说，"那是我的肋骨。"

"哦。"叶阑淡定道，"抱歉。"

她的小手如一只寻路的小动物，怯懦地四下摸索。

他饶有兴致地望向她，扭动身子，配合着她，脸都快蹭到她面前了。人与人，也不知怎的，莽莽撞撞地凑到一处，让人措手不及。

叶阑侧过脸，从他怀里掏出信符，一字一句地细细看了，竟真的是皇甫世家的信符，印着皇甫特有的族徽。铁证如山，错不了了，她方勉强作揖行礼。

他得意地笑着，清了清嗓子，煞有介事道："还不快给我松绑！"

藤蔓被叶阑解开，勒红的手腕也不知痛楚了，好歹讨回了点颜面。

他忽然想起另一个问题来："对了，你叫什么？"

"草民叶阑。"

叶阑，他在心底默念这两个字，感觉到齿颊间溢出的淡淡喜悦，果然是个姑娘家的名字。

叶阑并未觉察到巍鸣此刻心潮澎湃，直接问道："那些人为何要追杀你？"

巍鸣瞬时怯懦起来。

他对自己的命运一无所知，犹豫了片刻，他终于说："我……我不知道，说不定，是你们鸾倾城的人不愿我迎娶你们的什么郡主，所以要杀了我。"

叶阑断然否认，干脆地摇头："不可能。荆南世家的人根本就不认识你。那些杀手明明是见了你的面目后才下的手，应该是你身边的人。"

巍鸣搜刮肚肠，细数着他四伏的危机。

"对了，他们这里……"叶阑指向自己的眉宇，又拾起根小树枝，在地上勾勾画画，"描着个图腾样的东西，像……"

尘土之中，一个扭曲的器官显现出来，是懿沧世家的图腾，雪狼之眼。

她眼睛突然一亮，炯炯地看着巍鸣，道："像狼！"

他跌坐下去，身体瘫软，一坠就坠入万丈深渊。密闭的箱子中，他耳边响起舅父的孜孜教诲："生于忧患，死于安乐……"他时时在忧患中，还是死路一条。

"果真是舅父想要我的命。他要杀了我……"巍鸣脸色煞白。

贵胄王族，何来亲缘？

两人面面相觑，叶阑也察觉到危险的触角，蓄谋着，萦绕而来。两个人都被困在各自的执念之中，寻找着出路。

巍鸣心中一痛，从前隐约的怀疑，此刻终于有了确凿的证据，他至亲的舅舅想要他死，已是板上钉钉的事。

他苦笑："我的舅舅要杀我，也不光是他，从我父母双双亡故之后，要我死的人就不在少数……我活着，就像是这世上最大的错误……"

"为什么不在你们逍遥堂动手？"她问他，倒像是问自己。

"糟了、糟了，到处都是舅父的武士，我该怎么办？"他被恐惧围困，只觉四下的草垛都在向自己逼近，一股股热血往头上涌。

"一定要到鸾倾城才……"她思索道。

"小君我要逃到哪里去？逍遥堂是回不去了，鸾倾城也全是他的人……"巍鸣喃喃道，突闻拍打翅膀的声音，他抬头，见树枝上站着只猫头鹰，孩儿面一般的圆脸上，两只眼睛绿幽幽的，闪了又闪，他汗毛倒立，终于恍然大悟，"是……要嫁祸给荆南世家。"

"苏穆君……"她不自主地唤出了他的名字。封堵在腔子里的，不知哪里来的力量，被她惊扰了，横冲直撞地要将她撕开了。一颗心，一个人，失而复得。

两行眼泪缓缓落下。

巍鸣并未察觉到叶阑脸上的泪痕，他被突如其来的怪鸟，或是他的困局吓慌了，一时间愣在原地。

叶阑一把揪住巍鸣的衣衫："你哪儿都去不得，你要活着回到鸾倾城去，否则荆南世家就有灭顶之灾了。"

巍鸣怕极了，一边摇头一边喃喃道："不……我哪儿都不去……舅舅会杀了我的……"

叶阑又气又恼："你忘了我说的话了吗？你是逍遥堂的主人，悠然河南北皆是你的臣民，你若是不负责任地逃了，你的臣民将要遭受怎样的灾难，你想过吗？"

巍鸣凄苦一笑："逍遥堂主人？此刻我自身都难保，哪还有余力保全我的子民？不如趁此机会逃了去，复得返自然……"

横竖都是一死，他反倒豁出去了。人生中从未如此做过主，他嘴唇发干，胸中却像是有大风刮过去，有点痛快地意气用事。他从未自己做过决定，这一次，像是个开始……

叶阑霍地站起身逼近他，揪着他的衣襟迫他抬头看着自己，她一字一句地质问他："你可以不顾及你的臣民，那你的亲人呢？你总有亲人吧，你大可以逃走，你可想过等待他们的会是什么？你的仇敌会轻易放过他们吗？"

他被问住了，想到长姐和小妹……

此刻，他才恍然懂得，人活一世，都是有牵绊的，他也不例外。

眼泪在他眼睛里打着转。

巍鸣浑浑噩噩地跟她对视，姐妹的模样分外清晰地浮现在他的眼前。姐姐芳娉，妹妹离樱，她们还好吗？一想起她们，他的泪便簌簌落下，他抬起手背胡乱抹去眼泪，知晓自己已无路可逃。

二十八

噩耗传音

　　懿沧副将军谋害巍鸣后放出的信鸽，半个月后才落入逍遥堂的信亭子里，它鼓着眼睛，脚底下绑着能翻云覆雨的秘密。小纸条被取下来，一传一递地到了懿沧群手中。

　　天下兴亡，风起云涌，天大的事全部化成手心里小小的一团纸，玩弄于股掌，他痴迷着，睥睨天下，只差一步，只差一步了。

　　小鬼死，大事成。

　　他迷茫跌坐。多少个日夜，青丝变华发，身子都佝偻下去，那短短的一小步，却变成万丈深渊，煎熬着他，嘲笑着他，他求之不得，梦寐不得……一根心弦都快要绷断了。

　　老之将至，苍天没有亏待他，还是让他等到了。他竟然老泪纵横起来，不知为何而哭。

　　遥想当年，皇甫英雄们挥斥方遒，叱咤风云，好一派风流人物，如今世事沧桑，却落得人丁稀少、血脉全无的下场，悲哉！

　　那命运的转折，是自己。

　　千载历史，你方唱罢我登台，兴一场，亡一场。惨绝人寰，大厦将倾，也是出好戏。只是，在这出戏中，他总归是个奸邪的模样，铆足了力气，也是个受人诟病的角儿，悲哉！

　　懿沧群神色黯然，转瞬便又振奋而起，生怕伺候他的侍从奴婢看出了破绽。

　　"家不可一日无主，逍遥堂不可一日无君……"

他喃喃道，声音微弱得几乎听不见。这出好戏，这段唱白，他练习了无数遭，如今说出来，瞬间淹没在这空荡荡、黑黝黝的大殿内。

一个时辰后，懿沧武士们匆匆把守住各处宫门，杀气腾腾地将两位郡主的寝宫也围住了。他们的脸上没有表情，主子要换，年号要换，唯一不换的是手中的弯刀。

几个懿沧武士大大咧咧地蹚入芳娉的寝宫。

内间里，芳娉被七八个侍女服侍着盥洗，五个铜盆中，盛着清泉水、松针、寒梅、金桂、芍药、紫菊纷纷浸过去，一双玉手如白璧凝脂。

听见外间动静，她垂着眉目，懒懒地步出。

只见外间一片狼藉。

"你们干什么？"她未抬头，喝道。

男人粗粗的声音回荡在她的闺阁中："回长郡主，巍鸣小君在迎亲途中被荆南狂徒所害，已经暴毙。"

芳娉面色大变，骨酥肌软地瘫软下去，层层的衣衫裙摆铺排开来，如一朵坠地的花，好不容易才被身边的侍女搀扶起。

她愣了愣，猛地哭号起来。

父亲死了，母亲死了，巍鸣也死了……又剩下她，收拾残局。

伴着她的哭声，武士们匆匆忙忙地搬着物件。

她还活着，站在他们的眼前，就要兔死狗烹，连一点余地都不留。

也许，也不算活着……

她一惊，头皮紧麻，重重叠叠的金发饰猛然间沉似生铁，坠着她的发，似要她的性命。

第二日，关于皇甫巍鸣已死的消息便传遍了逍遥堂上下。然而十数日过去，却迟迟不见他的尸首被运回城中，芳娉终于按捺不住，在懿沧晟睿将要迎娶两位郡主之一的消息传出后，携了妹妹离樱来大殿向懿沧群要说法。

大殿内正在为懿沧、皇甫联姻而重新布置。侍从们鱼贯而入，张灯的，结彩的，戴孝的只有她们。

人情淡薄，亡的亡，该欢喜的，还是太阳照常升起一般地欢喜着。姐妹俩不免心寒，彼此相看着，落下眼泪。

懿沧群兴致盎然地步入大殿，在这堂前，他倒是第一次挺直了腰板，如戏台上的霸王，踱着步子，摆着架子，杀上前来，否则对不住这些年吃的苦。

他正在兴头上，撞见了丧女落泪，觉得晦气得紧。他甩袖怒吼一声，声如洪钟："大殿之上，哭啼垂泪，成何体统！"

芳娉生生将眼泪忍了回去，还未开口，离樱就抢先道："离樱斗胆，想要向舅父讨个说法，二哥好端端的怎么就暴毙了？"

懿沧群瞥了一眼离樱，满堂的小厮侍从都静静地期盼着什么。他最是懂得功亏一篑的道理，再贫贱的观众，也能成为洪水猛兽。

演了一辈子的戏，他还是要坚定地演下去。

懿沧群立马假意号哭，面上却不带分毫悲戚之色："天妒英才，小君之死实乃逍遥堂之大不幸。老夫已下令彻查此事，小君是在鸾倾城境内没的，老夫定要荆南世家血债血偿。"

离樱不肯善罢甘休，又往前一步："懿沧武士一向骁勇善战，如何让一个实行了'禁武令'的世家得手，轻易断送了我二哥的性命？"

懿沧群冷笑："便是好马也有失蹄的时候，更何况是在他人境内？我已命人将护送那些人严惩法办。汝等久居深闺，不知人心险恶。此事不必再议……"

"事关二哥生死，怎可草草了事！"

懿沧群沉默不语。

"我看是你弑君叛主，大逆不道。"

他的身后名，被她言中了。

史官的笔下了狠手，他的这一生被描黑了。杀尽天下书生，也堵不住悠悠之口，他不过是个弑君叛主的枭雄，堵不住一个小孩子的辱骂。

懿沧群大怒，手中的茶杯丢向离樱，茶水泼在离樱的衣衫上。

"你竟敢污蔑老夫！"

芳娉吓得面色惨白，急急上前劝道："舅父，小妹只是情急则切，请舅父……恕小妹失言之过！"

懿沧群斜眼看着离樱，阴阳怪气道："小郡主意欲何为？"

离樱针锋相对地看着他，目光中的利刃如冰雪所化，出口的话近似于威胁："我要舅舅的手拿着舅舅的剑，将杀害我二哥的人，一刀一刀活剐。"

这诅咒恶毒且诛心，懿沧群被她戳中不可告人的心事，顿时勃然大怒，拍案而起，指着她，右手直颤动，却发现自己竟然一句话都说不出来，作为罪魁祸首的他根本没有立场来呵斥离樱。

离樱知他心虚，心内恨极，不由得冷笑出声："怎么？舅父是上了年纪，拿不动您的剑了吗？"

芳娉听闻离樱这一番胆大妄为的话，大惊失色，见懿沧群脸色阴晴不定，胸口剧烈起伏，显然已被离樱气得出离愤怒，赶忙上前解释："舅父，您别生气，离樱说的不过是些孩子气的话，您千万不要放在心上。"

芳娉压低了声音在离樱耳畔道："没了鸣儿，你我如今都算是寄人篱下，千万要忍。"

她给她使着眼色。寄人篱下烙在姐妹身上的默契，离樱为了长姐，垂下眉眼。

"老臣今日请二位郡主过来，是商议与我懿花涧联姻之事。"

前程尸骨未寒，后世喜结良缘。你悲你的，我欢喜我的，人类的感情来得快，去得也快。

皇甫世家掌管悠然河南北的大事，怎可一日无男子坐镇？自然由他懿沧世家执掌大权。

他站在堂前，来来去去，言说着大道理。那些圣人言辞，化成他的伪装，替他谋权篡位，让他大展宏图。

懿沧群广袖一挥："我那侄儿是懿沧涧第一勇士，自小习武，饮狼血，食熊肉，你们当中若有一人能嫁给他，那真是三生修来的福气。"说到这里，他阴恻恻地笑了一下，似叹似惜地望着芳娉、离樱二人，"只可惜，中原的礼数就是麻烦，你二人若是能效仿娥皇女英共侍一夫，也免了老夫为二位日夜担忧操劳。"

姐妹俩受着辱。礼乐诗书，大家闺秀，她们骄傲的东西，在粗鲁残暴面前统统不值得一提。她们未来的夫君，是个野蛮人。

懿沧群看穿了她们，更要她们再落得低些，容他踩在脚下。

懿沧群不无快意道："只可惜只能选一个，今日怕是有人要忍痛割爱了。"

简直荒唐!

他得意地大笑,嚣张地望向二人。

宁为玉碎,不为瓦全。离樱的一颗心膨胀着,泪水都冻在眼睛里,化成冰刃,仿佛要刺死眼前的人。头上仅有的一支钗,也能要人命吧。

她的手缓缓挪到头上,到半空时,芳娉扯住了她的衣衫。

长姐看出了她的想法。

芳娉长长地叹气,绝望地闭上了眼睛,再睁开的时候,身子跪下去,向懿沧群行了四拜的大礼:"芳娉愿与晟睿君结为秦晋之好,望舅父成全。"

离樱失神地望向长姐,何故嫁给那粗鄙蛮人?

芳娉淡淡地看了她一眼。

为了她!

爱她的人屈指可数,最勇猛的要数长姐!疼她宠她护她卫她,都怕是错爱!太多了,太重了,盛情最是难却。如今,长姐的后半生也舍给了她,要她如何承担?

芳娉一步步走进舅父设计好的圈套,受死都冠冕堂皇,不容她挣扎喊冤枉。

"我皇甫三兄妹,二弟遭厄运夭折,如今,芳娉又要嫁为人妇,不能为亡故父母尽孝。恳请舅父应允,让小妹离樱前往祖坟,守灵祈福以替我与鸣儿尽孝道。"

离樱站在一侧,望着长姐哭,也只有哭,孱弱无力的她无力反抗。

懿沧群欢喜,拊掌大笑:"好、好好,果然还是长郡主识情知趣,按照我们懿花涧的规矩,二位郡主到底谁能拔得这头筹,还是由我晟睿侄儿决定吧。"

随即,懿沧群命画师前来,吩咐他将离樱和芳娉的画像送到懿花涧去,任由未来的驸马挑选。

姐妹俩从大殿走出来,两个人都恍恍惚惚的,知道大难难逃了,伸长了脖颈,候着大刀落下来,那等待的时光,最是熬人熬心。

离樱擦干眼泪,赌气似的,愤愤前行。

芳婼叫住她，一声小妹，唤得离樱肝肠寸断。

离樱站定了，转过头望向长姐，一股难掩的愤恨冉冉升起来。

芳婼察觉了，满眼疑惑，怯生生地询问："小妹怎么了？"

"长姐为了保我周全，使自己陷入苦海，你觉得离樱就能够在世上逍遥自在地独活了吗？"

芳婼抬手拭泪："如今，鸣儿已经不在……我不能让小妹你再有闪失。纵使身陷泥淖，万劫不复，长姐也在所不辞，大不了一死了之……"

离樱摇头，神情坚毅："没错，长姐可以自绝，而小妹却要负担着长姐的期待孤苦伶仃地活着。生苦，还是死更苦，离樱不敢断言，也不是长姐能够为离樱决断的。"

"小妹，你这是在怨姐姐吗？"

芳婼舍身为她，她又岂会怨她。离樱拉起姐姐的手合在自己掌心，看着她的眼眶切道："姐，我们谁都不嫁那懿沧晟睿好吗？若是我们宁死不屈，我们就能守住皇甫世家，舅舅也不能把我们怎么样。"

芳婼拿了绢子擦去妹妹脸上的泪痕，柔声道："我们身为女子，又该怎么守？妹妹可曾想过，宁为玉碎、不为瓦全固然可贵，但若是连命都没了，便什么都做不了了。屈服，有时候才能更快地达到目的。"

离樱的双目异常明亮，坚定地看着芳婼："那不过是姐姐为自己找的借口罢了，屈服，只是向敌人献上我们的自尊，根本于事无补。况且如今二哥已死，我们不过一介女流，他纵然杀了我们，又有什么好处？"

"他若是真把我们杀了呢？"芳婼苦笑，"人为刀俎，如今我们连案上的鱼肉都算不上，所以我更不能让你有一点闪失。妹妹不必担心，纵然我嫁了他，也未必就是最坏的结局，最起码，这逍遥堂仍姓皇甫。"她眼睛幽凉，闪烁着一道奇异的光，"我们的身份、姓氏、地位，是舅父不得不面对，也永远不能抹杀的。"

离樱没有答话，转身离去了。

芳婼站在堂前，愣住了，她的戏落幕了，台下的戏迷却痴迷着她，为了戏词里骗人的把戏，痴迷情伤，乱做盟誓，毁了一生。

她恨自己，险些要反悔了，一双手紧紧握着，生生掐出了血痕。她想要告诉离樱，堂前的一幕不过是骗世人、骗她的把戏……

戏台上的恩怨情仇怎么能信？戏散了，才是血肉模糊的人生。

她要活下去，她要这荣华，这桩婚事她志在必得，谁也抢不走，离樱也不行。

芳娉独自回了房，却见侍卫进进出出，或捧或抱，拿的俱是殿中的物什。侍女们见她回来，焦急地迎上去禀告："长郡主，涧主的人将咱们殿里品相好的物件都搬走了，都快要搬空了。"

侍女还未明其中的玄机，呵斥着武士们："你们这是做什么？怎敢搬长郡主的东西？"

"涧主有令，不日懿花涧的第一勇士懿沧晟睿，就要迎娶二位郡主中的一位，入主逍遥堂了。这些东西是要搬去新的驸马寝宫的。"

又一计重击，芳娉眼神迷离，不知疼痛。

芳娉失态地跟跄几步，一把拽住懿沧武士，从未正眼看过的家伙，竟然高大得惊人，粗糙的粗布衣衫在她的指尖摩挲，像个粗鄙的大动物，跑来抢夺她的世界。

她夺过一个花瓶，歇斯底里地吼道："这是我的东西，谁都不能夺去……"

手上一滑，花瓶摔落在地上，粉身碎骨。

她整个人瘫软下来，跌坐在一旁。

她该怎么办？

她就这样一直坐到三更天。

人去楼空，只一盏孤灯，幽幽地燃着。

芳娉想起爹娘在世的时候，悠然河燕之山的多少奇珍异宝、和璧隋珠都送到皇甫世家的逍遥堂中。那盛况，珍珠如土金如铁，白玉为堂翡翠做马。

她爱的过往，金灿灿地迷住她的眼……逍遥堂的繁华之中，那年的小姑娘是万众瞩目的掌上明珠，尊贵至极。八岁的小人儿，过寿诞了，父亲送了一对夜明珠，命宫人镶嵌在鞋子上。夜里，她在悠长的回廊上行走，也如嫦娥一般脚踩明月，足踏星汉。不，她就是嫦娥呀。

这天下的父母，哪个不是将儿女视若珍宝，但并非谁都能将夜明珠镶在儿女的鞋子上。权力和金钱最能表达爱吧，至少，是她要的"爱"。

一张笑脸上，苦楚静静地流淌着。

曾几何时，她以为爹爹去了，至少还有巍鸣，终有一日，他会荣登大位，也会是庇护她的一片天，保她荣华尊宠，可是，连他也……

恨只恨自己是个女儿身，虽生在高山之巅大树之下，却仍旧是那枝蔓下的蒲草，可怜兮兮地恳求着大树的庇护，他们却负她而去……

区区妇孺，如案上鱼肉，何以自保？

芳娉抬头望向侍女，泪水涟涟。

大难临头，忽然坚定。她狠狠地将头上的一支金步摇扯下来，带着她的发丝，头皮一紧，魂都要从发顶拽出来了，她要脱胎换骨，重新来过。

芳娉把东西递给侍女："塞给门外的看守，让他告诉舅父，芳娉有一事相求。"

从懿沧群处出来已经是清晨，一颗小小的太阳贴在远处的天边，没有热度，简直不像太阳。芳娉随着个懿花涧的信使惶惶穿过逍遥堂。

画室之内，有股淡淡的墨香，令她恍然。

芳娉一抬头，见到一个与自己神似的女人，心里很奇异地疼了一下。

墙上挂着两幅美人图，一幅是她自己，穿着她最爱的百鸟朝凤大氅，人面桃花，满目春风。她简直认不出了。她嫉妒的人，不过是她自己，确切地说，是活在过去的自己，因为她的幸福永远在消减着，一日不比一日。她并不觉得自己贪得无厌，那些荣光，那些宠爱，本就属于她呀，是命运残忍，从她手中夺了去。她不甘。

另一幅是离樱的画像，清清冷冷，疏疏淡淡，一副与世无争的模样。

生而为人，怎能不争？

信使指了指画像："长郡主，这就是要送到懿沧涧去的画像。您过目。"

芳娉走到画像前，恨恨地将离樱的画像扯下来，似乎晚一步就要反悔了。她泪汪汪，拿出了另一幅。

画轴滚动，徐徐地露出美人背影，站在轻风之中，不见容颜，是一幅没有正脸的画。

长姐如母，含辛茹苦地将她护着长大了，这一劫，算是她对自己的偿还吧……

芳娉决然，再次昂起了长郡主的头，喝令信使将两幅画像送往懿花

187

涧的未来驸马处。

天亮之后，便有信使前来取画，她目送着两幅画像被装入盒中，嘴角笑意浅现。

第二日，她又做回那个温良淑德的长姐了。她牵着离樱，穿着素服孝衣，唯唯诺诺地进入逍遥堂大殿，忍辱偷生。

二十九

血海深仇

逍遥堂瞬息万变，唯有一处如人间天上，亘古不变似的，时间凝固成石头。

自别了芳娉之后，离樱也一夜未眠，次日天才薄亮，便起身来寻姐姐，却在芳娉殿外被告知，她已经出去了。离樱一边思索一边信步慢走，不知不觉间竟走到了祠堂门口，见有人过来，离樱一个闪身躲在了廊柱之后。一个异士端举着丹药瓷瓶，煞有介事地走向皇甫祠堂，从怀中掏出块通行的令牌，给把守的武士看过了，便哼着小曲，摇头晃脑地进去了。

这祠堂离樱幼时常随父母一道来，知入口并非这一处，她避开守卫绕到后堂，顺着开启的小窗翻越而入。

屋内帷幔低垂，经久不散的烟雾盘踞在上空，阻挡了稀薄日光的进入，而案上整齐摆放的灵位让这个常年缺乏光照的房间更显鬼魅，缺乏人气。离樱不由得屏住呼吸，不自觉地放轻了脚步。

祠堂内盘香缭绕，在幽暗的光线中，千丝万缕。

异士伸长了脖子，将手中的瓷瓶如诱饵一般，在眼前招摇着，一如逗弄馋嘴的小猫："老堂主，涧主让我给您送药喽！"

悄然无声。

他不耐烦了，从怀中翻找出那个能控制皇甫规的铜铃，手上一抖，叮当当地落在地上，翻滚到帷幔后边。

他跟过去，一拉开，却见一袭白衣。

离樱站在帷幔后，定定地望向他，手中金光一闪，是那支钗。

也不知哪里来的力气，离樱猛然刺过去，"噗"的一声，刺入肉身里，只入了半寸，软绵绵的一片空虚。她杀人了！她也跟着瘫软了，手上失了力气，松开了攥紧的金钗。

　　然而，他却还没有死。他瞪了离樱一眼，将手遮盖在金钗上，利落地转了头，匆匆地往外走，像是个忽然有事归家的人。

　　离樱一惊。怎么能放他走？她不知所措，心里只一个念头：跟着他走。

　　一个黑影挡住了二人的去路，皇甫规疯疯傻傻地冒出来："我的药、我的药……"眼睛锁住了异士手中仍旧握住的瓷瓶，拦腰将异士抱住了。

　　"给我，给我呀……"

　　异士挣扎着，被皇甫规推搡开，身体后仰，后退两步，还是摔倒了，刚巧被金钗入肉的那一侧着了地，推着金钗贯穿了脖颈。

　　鲜血从两端的血洞流出来，充满了力量，射得很远。倒地的人斜着眼睛，见自己的血大片大片地漫出来，终于也气馁了，知晓自己死期将至，在地上抽动了两下，便不动弹了。

　　离樱站着，一低头，发现自己的一双鞋被血渍漫染，但并不污秽，相反，殷红的血在白鞋面上缓缓地散开了，如两朵清雅的寒梅。

　　她抬头望向祖父。

　　皇甫规站在昏暗之中，眼神异常莹亮，却在下一瞬又变混浊了。

　　她心惊，也许祖父并未昏聩？喜悦淹没了她，终于找到了属于她的救命的稻草？

　　皇甫规痴笑起来，蹲下身子从死尸的手心里抠出瓷瓶子，紧紧抱在怀里，欢愉地哼着："我的药、我的药，服灵丹，做神仙……"

　　重回他的神仙梦中。

　　离樱回过神来，手伸进尸体的怀中，还是温热的，寻寻觅觅，掏出了那块通行的令牌。她紧紧攥着那块小木牌，仿佛找到了一条出路，血淋淋的不归路，回不了头。

　　不日，信使便快马加鞭地奔赴懿花涧。

　　懿花涧是千里冰封、万里飘雪之处。小信使毕恭毕敬地捧着两位郡主的画像，来寻懿沧晟睿。他将是郡主的主子，也将是天下人的主子，当奴才的，就这点本事，卑躬屈膝地跪下去，也要先寻对了主子的方向。

小信使被指引着上了雪山。半山腰上，见几个懿沧武士，人高马大，披散着头发，兽皮做成的衣衫护甲膨胀着，兽的灵魂没有离去，全部附在他们的身上，彪悍而野蛮。

小信使唯唯诺诺道："逍遥堂信使，求见晟睿君。"

侍卫才不吃他这一套，狂妄地一把将其揪下马来，懒洋洋地提到跟前，傲慢道："找我们老大有何贵干？"

信使神色惊慌："联姻……联姻的事，是懿沧涧主派我来的。"

男人们大笑起来："给老大送婆娘来了。正好，跟咱们一同追老大去。"信使被抓着往深山里去了，在一处雪坡上，被丢了下来。

小信使敛声屏气，不敢吭声，端端正正地跪在雪地里。男人们也一改方才肆意妄为的做派，庄严肃穆，他们袒露一臂，坚实的胸大肌暴露在风雪之中，一如磐石。每个人都微微侧着头，一脸虔诚地等待着……

忽然，远处的林间发出一声野兽的吼叫，凄厉而残暴。

寒松顶晃动着，盖在树顶的积雪纷纷坠落。

小信使微微抬起头，耳边寒风呼啸而过，山林间的血腥味扑鼻而来，令天上落下的雪更密更紧了。

雪花撞在小信使的脸上，冻僵了，过了一阵才融化，化成了一滴血色的泪。他还没察觉。

天寒地冻，他的感官都麻木了，一瞬间猛然觉醒，汗毛都跟着竖立起来。他摊开手掌，接住鬼魅的红色雪花，雪花在他的掌心停了停，化成了一摊血水。

他吓得目瞪口呆："血，是血……"

再抬头，远远地，几头灰白相间的猛兽，围着个彪悍的男人，从林间阔步而出。男人一手提刀，一手拽着一个被砍下的熊头，他满身是血，脸上却露出了狂妄的笑。

等待的武士们欢呼起来："晟睿、晟睿……"

狰狞的熊头被他高高举起。

晟睿走近，将熊头抛给了他的武士们。

"哪里来的鸟人？"

小信使吓得险些昏厥。

"是给老大送小娘们的。"

"涧主命我带来两位郡主的画像，要您选一位联姻。"

男人们纷纷起哄。

"才两个，是瞧不起我们老大的能力啊？"

"老大，来一对，收一双。有多的，就转给我们。"

晟睿用刀挑开了信使手中的锦盒，里面放着两卷画。画展开了，芳娉的容姿暴露在风中，懿花涧的雪花不知礼，扑打着砸在她的脸上身上。水彩被晕染开来，污了一张美人脸。

他胡乱地一丢，画卷便到了男人们的手中，他们野蛮地争抢着，用男人的眼光审视着——脸盘子脖颈子，腰肢胸脯，手臂小脚……在他们眼中，她不过是一团暖被窝的肉。

晟睿又望向另一幅，顿时神色大变："我要她做我的女人。"

小信使蒙了，画作中连眉目都不见的女人，挑来做媳妇？

"这位是逍遥堂的小郡主，按照礼数，长幼有序，您应迎娶长郡主……"

晟睿一个兜心脚，将小信使踹翻在地，小信使咳嗽着喘不过气来。

"我要的是女人，不是礼数。"

他伸手抚向画中女子腰间的一样挂件，他认得她。

上天终是不负痴情的人，他终于又寻到了她，还是大张旗鼓地送到他面前来，这定是天意。

相识的那一年，他还是个少年郎，终日里带着冰原狼在懿花涧的山间游荡。那时她还是一个单薄的小女孩，她杀了他的狼崽子，倔强地不肯说出自己的名字。他将冰原狼最尊贵的一缕毛斩了送她。

没想到，如今还能再续前缘。

离樱穿着那双沾着人血的白鞋子，悄无声息地步入了长姐的寝宫。

芳娉在梳妆台前，有板有眼地摘下珠花，一样一样地规规整整地放回妆台前的小盒子里。镜子中的自己褪去了浮华，她只觉得累。

镜子中一闪，她看见了小妹的脸。

芳娉起身望向她，只觉得她失魂落魄，与往日不同。

离樱将手里的令牌拿给她看。

"通行令牌？小妹你是从何处得来的？"

离樱指尖上似乎还有尸体的温度，她胃里翻江倒海，一阵眩晕："长姐不要问了。"

忧心忡忡，二人相望着。

"有了这个，离樱和长姐就能够离开逍遥堂了。"

离开？芳娉大惊。她一生都是树梢上的金凤凰，从未想过离开。凡世庸俗，哪里还能栖息金凤凰，只会脏了她的金身银脚。

"长姐不知……我们是否能逃出去……就算逃出了逍遥堂，舅父也不会放过我们……况且，你我乃孱弱女子，逍遥堂外的穷苦生计，我们真的能过活吗？"

离樱怒目而视："当断不断，必受其乱。"

芳娉也听进去了，当断不断，必受其乱……不能离开，绝不离开……

"相信我，我一定会护着长姐离开这个肮脏的地狱。明日子时，我在院墙下等长姐。你我一同离开。"

芳娉机械地点了点头，争取一点时间，她好从长计议。

芳娉忽然有点欣喜，仿佛不是自己千方百计要夺这个驸马，是离樱要走的呀，遂了离樱的意，成全了离樱，自己还是离樱心中千好万好的长姐。

她不禁笑了。艰难险阻，险象环生，她还是守到了最后。

这时，她的心腹侍女急急地走进来，面露难色。

"什么事？"

"长郡主，我听说……"

无端被下人破坏了方才的好情致，她有点恼："到底何事？"

"去懿花涧送和亲函的信使回来了，他说，懿花涧的懿沧晟睿选了小郡主。"

芳娉颓然坐下，喃喃道："怎么可能，怎么会变成这样？"

她的贴身侍女上前一步，在她耳畔低声道："郡主，若您不能顺利嫁给懿沧晟睿，不光眼下的荣华富贵难保，只怕您在小郡主面前演的那些戏，都要白费了……"

芳娉神色恍惚，只觉心间百味杂陈，已分不清是怕还是妒，她低声道："她不会嫁的，她也不可以嫁。"

"可是郡主，小郡主是懿沧晟睿指名要的人，我们又能怎么办？"

芳娉抬头，望向虚空中一点，眼中迷茫的雾气渐渐消退，恢复了从前的清明冷静："有些路，走出了第一步，就回不了头了。"

"郡主……"

离开的那一夜电闪雷鸣，没多久，便落下雨来。离樱打着伞，悄悄离开了寝宫。这样熟悉的路她走了千百遍，唯有这一日，才发觉异常别样，多少含着不舍，就连那绵延不断的伤痛，都仿佛在分别的一刻令人怀念。

她穿过回廊，避开几个巡逻的皇甫侍卫，好不容易才走到了角门下。

那雨，也倾盆了。

大雨中，一个穿着蓑衣的人徐徐走来。

是长姐！

离樱面露喜色。与亲人同行，便没有那么落魄孤单了。

那人转过身来，风帽徐徐滑下，露出一张芳娉贴身侍女的脸，她向离樱施了一礼："小郡主。"

离樱脸上顿时露出失望的神色："是你啊……"

离樱心一沉，明白过来："看来，长姐还是愿意留在这里。"

"人各有志。"侍女将一包金银细软递给离樱，和颜悦色道，"长郡主还托奴婢转告您，她生是逍遥堂的女子，她的血脉不容许她做出背离逍遥堂的事，此生就算枉死宫中，她也甘愿，请小郡主珍重。"

离樱心疼着芳娉。她竟甘愿困在这金墙银壁之中，没有她，也没有了巍鸣。

侍女将手中的包裹打开，锦罗中裹着亮闪闪的物件，全是金银珠玉。

她望着那些珠宝，失望至极。

最后的一点不舍，从她心里漫出来，她从包裹中挑了一只手镯套在自己的手腕上。

"不过是身外之物，我拿它做个念想罢了。余下的人生，便是前路无知己，相对不识君了。"

侍女略显局促："还有……长郡主花重金买通了城外的侍卫，你出了宫门往北走，在一棵古槐树下等着，有人会前来接应您。"

离樱并未留心侍女异样的神色。她一颗心里，全是孤寂。

离樱看遍周身，发现自己身无长物，只有手中这一把伞，便递了给她，说："请将这把伞转交给姐姐，告诉她，无论未来如何，离樱只认她一个姐姐。"

侍女神色颇动容，望着她，嘴唇微动，似要说些什么，到最后却只剩沉默。

"没想到，我能留给长姐的竟然只有一把伞。"她浅浅一笑，很久未笑过了，在这样一个分离的时刻，不知怎么，从脸上映照出来，更显得凄惶。

她转身离去，消失在滂沱大雨中。走至宫门处，果然有侍卫将她拦下，她从容地自怀中取出通行令牌亮给对方，侍卫狐疑地看看她，比对着她手上的令牌，离樱并不慌张，任他打量，只在侍卫的手即将伸向她风帽时才厌恶地侧了侧头，冷淡道："我奉了长郡主的命出去采办婚礼所用物品，若是耽搁了，你可担得起？"

侍卫一听跟皇甫与懿沧的婚事有关，便不再细问，连忙放行。

悠长的红墙夹道之上，离樱拉紧披风，快步走着。大雨倾盆，闪电划过长空，映亮她如菊清淡的脸。

她没有回过一次头。

侍女回到芳娣寝宫，见漆黑的房内，主子一个人独立窗前，眼神清冷地望着窗外。

离樱的伞被侍女随手放在地上，转了几圈。

芳娣任由衣衫被雨水溅了个半湿也不避，脸色阴晴不定，侍女走到她身后，恭敬道："奴婢已经按照您的吩咐，送走了小郡主。"

一道闪电当空撕过，跃动的烛光拉长了铜镜之内芳娣的倒影，让她看起来比平时更加陌生冷酷。

"走之前，她可曾说过些什么？"她这样问道。

"小郡主命我将这把伞带给您。"

她转头望向离樱的伞，微微晃动着，噤若寒蝉。

落子无悔，有些棋局，走出了第一步，便回不去了。她暗暗地劝慰着自己，伸手往脸上一摸，不知道何时，泪水洒了一脸，都成了冷泪。

芳娉怔忡地望着那把伞，似乎想起了从前的美好时光，心中感慨万千，低声道："姐妹亦为同巢雀，大难临头各自飞。离樱，别怪我，若是有下辈子，不要再认我这个姐姐。"再度抬起头时，她的脸上已无哀戚之色，只剩笃定和隐约的残忍，凝神看着晦暗夜雨，她命令那侍女，"你去涧主那儿，告诉他，杀他异士的人，就在城北的老槐树下。"侍女有点犹豫，芳娉回头冷冷地说道，"还要我再说一遍吗？"

侍女惧她，碎步跑了出去。待她走后，芳娉弯腰拾起那把伞，展开细看，那伞面素净，一丝花纹也无。芳娉徐徐转动伞柄，无声地看了许久，最后隐忍地闭上眼，随手将它抛向窗外。在那骤雨和狂风的夹击之下，伞骨很快被打断，伞面也顷刻破裂。

芳娉此刻的心就像这阴云笼罩的天地，看不清前路，辨不明方位，感觉自己亦如暴雨之中的蒲草，柔韧的茎干负荷不了重击，随时都有萎败的可能。

有泪落下，却并不是沿着面颊，现在终于没有了旁人，芳娉知道自己再也不用压抑心中的悲鸣："山雨欲来，只剩我一人独面风雨，区区一把女儿伞，又怎能抵挡？"

一队懿沧武士整装而发，银面银甲，头盔上的红缨在雨中仍旧威风凛凛。武士们穿过角门，快速奔跑在宫墙夹道中，寒光森森的铠甲在雨中有种鬼魅感。

懿沧武士一路追到城北的老槐树下。

离樱仍在等待前来接应的人，一转头，却见远处懿沧武士杀气腾腾地来了。

她呆立在原地，天上的落雨都化成千刀，坠下来，刀刀刮着她的血肉。

没料到，长姐是要送她去阎罗殿。

这一夜，不是生离，是死别。这是一个筹谋已久的局。

天下无不散之筵席，离樱自小见惯了，众人熙熙皆为利往，离樱从不放在心上，唯有长姐，是这人世间离樱最后的挂念，然而，她竟也为着争名逐利要杀离樱，杀一个爱她的人！

离樱恨！嘴唇被咬出血来，她含在嘴里，尝到一股腥甜的味道。

她绕着盘山的路奔逃着，泪水冷冷地扑在脸上，与她的眼泪混成一片。她在山路上跌跌撞撞地跑着，浑身是伤，她分不清哪里不疼哪里疼，血肉筋骨都已不属于她。她已不再为人，而是被亲人背弃的鬼……

懿沧武士穷追不舍。

前路已尽，眼前是一处壁立千仞的悬崖。

她仍不肯向命运低头。

踩着碎石，攀着藤蔓，她要逃出生天，再回来报仇。

弯刀起落，藤蔓被斩断了，她的血脉亲缘也跟着一刀两断。她坠下去，但仍屏着一口嗔怒的气息，不肯善罢甘休。

死也不甘。

三十
倾慕良人

雷电划过暗色的夜空，大雨旋即倾盆而下，雨柱悬在洞口，从山洞之内望出去，被雨水浇灌的山林隐隐颤动着，发出如山洪般的轰鸣，天地灰蒙蒙一片，分不清边界。

山洞狭小，当夜两人就挨着篝火睡下。叶阑素来浅眠，巍鸣心中亦藏了事，二人相对无言静躺了许久才睡去。

巍鸣睡得并不安稳，一晚上翻来覆去，乱梦不断侵袭。先是梦见长姐芳娉对着他落泪，巍鸣连声问她怎么了，她却如何都不肯说，只是痛苦无助地看着他，巍鸣着急起来，伸手欲抓她，却发现自己的手穿透她的身体，急得他满头大汗。而后便是多日不见的小妹离樱，他梦见她狂奔在山崖绝路之上，被一群人追杀，天上就下着跟现在一样的瓢泼大雨。雨水模糊了他的视线，他什么都看不清，却能清楚地感受到小妹心底的绝望。她逃向悬崖，后背紧贴在峭壁之上，纤手抓住藤蔓，可是那群人根本没有打算放过她，一路紧逼。巍鸣看得肝胆俱裂，声嘶力竭地叫她"小妹"，却只能眼睁睁看着她脚底一滑，坠入万丈悬崖。

巍鸣一声狂叫，大汗淋漓地从梦中惊醒，睁眼看见的第一个人是叶阑，她正披衣坐在他身旁。

"怎么了？"她忧心忡忡地问，"我听见你在梦里大喊大叫。"

那梦实在过于真实，他愣怔地看着她，半晌反应不过来，抬手擦了把脸，却发现满脸都是水，也不知是汗还是泪。

叶阑主动替他擦，他茫然地伸手，一把握住了她的手腕。她作势要挣开，却发现他在受到惊吓后的力气特别大，也就随了他。

"做噩梦了吗？"

心头的狂跳渐渐止息，是她给他的安定。这一次巍鸣终于知道，噩梦醒来并非另外一个噩梦，因为有她陪着自己。

巍鸣点头，嗓子有些痒："嗯。"

"很可怕？"叶阑因感同身受，便也没有立刻走开，而是选择在他身边坐下，"梦里发生的都是假的，醒来就好了。你梦见什么了，把你吓成这样？"

"梦见……"他说，"梦见我的姐姐妹妹出事了……还有我爹我娘……"

"你爹你娘他们……"

他声音变低，语调凄凉："死了，在我很小的时候，在我小妹还不会说话的时候……"

叶阑心下恻然，想不到看似养尊处优的皇甫小君，竟也会有如此不为人知的伤心过去，想到自己虽孤苦伶仃，但好歹还有母亲一直陪伴着自己，比起他来，自己已经算是足够幸运了。

她忍不住为他叹息，却寻不到合适的安慰他的话，只好伸手握了握他的手，意欲给他些勇气和安慰。

像是有人在他心头轻轻哈了口气，巍鸣猛地颤了一下。

他仰头看着她，她身后的天色已经薄亮，一线不属于黑暗的光悄然射入洞中，原来已是雨过天晴。她逆光坐着，曦光柔和了她的五官和轮廓，却也映亮了她眉间新添的淡淡哀愁。巍鸣忽然就懂了，这愁绪并非因为这场噩梦，而是为她担心的那个人。

这一刻，他是有些嫉妒的。

"怎么了？"见巍鸣愣怔地看着自己，叶阑单手抚脸，以为自己脸上沾了什么脏东西。

巍鸣踌躇了很久，才开口："你在担心他吗？"

"谁？"叶阑下意识地反问。

巍鸣静静地注视着她，清楚地说："现在你心里想的那个人。"

叶阑猛然抬头，举目看他，巍鸣也不躲闪，平静地迎接着她戒备提防的打量，强压下心底反常的酸涩，同时告诉自己，那不是嫉妒。他怎么可能嫉妒一个萍水相逢，连脸都没看清的陌生男子？仅仅因为他的出现搅乱了面前这名女子的心事，她的心里因那人荡起了细小却又不容错辨的涟漪。

他笑了笑，无论如何泯不去其中的酸苦，许久才又开口："是他救了我们，对吗？"

一阵风吹来洞外的雨丝，落在他面颊上，巍鸣猝然遇冷，再加上身上带伤，忍不住大声呛咳，这一咳起来就一发不可收拾，竟像是要把自己的肝肺都咳出来才作罢。

叶阑见他如此，也有些不忍，端过旁边的一碗汤药递到他面前："快些喝吧，凉了就苦了。"

他本能地一躲，蹙眉道："烫。"

"你吹吹就凉了。"

他没来由地怄着气，在山洞里养伤数日，她嘴里心里都只有那个鸾倾城，对他的死活不管不顾。

"早死晚死都是死，在世间也少受些罪。"他孩子气地哼了一声，"正好遂了舅父的意，坐实你们荆南弑君叛主的罪名。"

巍鸣悄悄瞥向叶阑，倒在地上，故意气她。

先礼后兵，叶子爷本就不是个好脾气的，又事关苏穆君，她更是心焦。他落难了，千难万阻，她也心甘助他脱离苦海。这突如其来的劫难，竟然成全了他们似的，又将他们牵扯在一起了。

一席话听得叶阑愤怒不已，一把揪住巍鸣的衣襟将他提到自己跟前，喝道："你再敢诬陷荆南，管你是谁，我也会将你抽筋剥皮，挫骨扬灰！"

巍鸣吓得连声求饶："不敢了、不敢了……"待她收手之后，他又小声地补充，"凶神恶煞，悍妇也。有失女子风仪，以后谁敢娶你……"

叶阑高声催他："快给我吃药。吃完了，就跟我回鸾倾城去，为荆南世家澄清弑君之罪，向悠然河南北证明，你还活着。"

巍鸣瞥了一眼叶阑，眼珠子一转，开始喊病装疼。叶阑没好气地问："你又怎么了？"

巍鸣干脆仰躺在地，大大咧咧道："小君五脏俱焚，肯定是为了救你，受了内伤。我浑身酸痛，你得服侍小君用膳。"

叶阑一口恶气哽在喉中，只觉得真刀真枪好应对，眼前的这一个哭着闹着纠缠，令人无比烦躁，她安慰自己为了大局着想，只隐忍不发，强压怒火，敷衍地吹药。

叶阑银牙暗咬，一遍又一遍地催眠自己：他是皇甫小君、他是皇甫小君，杀了他是要偿命的、杀了他是要偿命的……

巍鸣哪知她内心的挣扎，不过是凭借着天生男孩子气的冲动，遇见了令他怦然心动的女孩，起了逗逗她一番的心思。可在叶阑眼中却成了故意捉弄，心里恨到不行，端药的手故意一抖，大半碗药溅在他裤裆上，烫得他大叫一声，顿时眼泪汪汪地看着她，没有她料想中的雷霆大怒，他又从那个任性不肯吃药的小孩子秒变泪眼婆娑的小狼狗。

叶阑真是败给他了，从来没见过这样一个人，说他性格随和吧，随时随地都会逼得她抓狂，说他不好伺候吧，一遇到些破事就含着眼泪看她。

叶阑捏紧拳头又松开，闭上眼睛又睁开，一遍遍地告诉自己，这祸害是自己招来的、这祸害是自己招来的，无论如何都要忍，忍无可忍就从头再忍。

他装作若无其事，轻描淡写地问了她一句："你这么希望我回鸾倾城，是为了那个人吧？"

叶阑愣怔，没想到他会这么问，更不料自己的心思会被他轻易看穿，她有些不自然地扭开头，踌躇道："我的母亲和兄弟们……他们都在鸾倾城，只有证明你活着，才会让懿沧群的阴谋落空……只有你跟我回去……"

她当然知道此行凶险，她当然也知道这个决定对他其实不公平，因此她的话停在这里，说不下去。

巍鸣笑了笑，道："我真好奇鸾倾城的主人究竟是何方神圣，让你愿意死心塌地地为他效命……"

提到苏穆，她的心忽地软了下去，嘴角微微上扬，眼中跃动着自豪骄傲的光芒："他是个君子，抱负远大，爱护他的臣民和手足……他，是个完美的人……"

巍鸣冷不丁地嘀咕了一句。

叶阑没听清楚，皱眉问道："你说什么？"

巍鸣有些嫉妒，跟她唱反调："我不信他真有你说的这么好，值得你这样替他说话。"

叶阑无法忍受别人对苏穆有一丁点的质疑，大为不悦，瞪他一眼："反正比你好，长得也比你好看。"说罢起身走到了山洞的另一边，背对着他抱膝坐下。

巍鸣心头又酸又涩，又不能明说，故意大声嚷嚷起来："我饿了，本君快要饿死了！"

叶阑知道他是故意的，却也不敢担着一丝半点将他"饿死"的风险，万般不情愿地盛了些粥放在树叶制成的碗里，不耐烦地将碗推到他面前，连声催他："快给我吃饭，吃完了，就跟我回鸾倾城去。"

巍鸣慌忙捂住自己的肚子，继续似真似假地哭叫："我哪儿都疼，肚子疼，脑袋也疼，浑身上下一点力气都没有，勺子也拿不动。"

叶阑气恼归气恼，但不敢慢待了他，只好拿起勺子喂他吃饭。巍鸣摇头晃脑，一脸得意，慢条斯理地喝了一口，立马嫌弃地将头移开："烫，给小君我吹吹！"

叶阑强压下怒火，敷衍地吹了吹粥，猛地推向巍鸣，巍鸣躲闪不及，一碗粥尽数洒在了巍鸣的裤子上，烫得他一跃而起，连声抱怨："你想烫死我啊，小君我还未婚配……还不快给小君我擦拭……"

一说完便觉不对，她是个女子，他是个男子，男女授受不亲……

一时间，两个人都窘迫不已。

叶阑不能输阵，红着脸怒目看他。

巍鸣呆呆地望向她，猛然灵光一闪，闭了眼，摇头晃脑地碎碎念着："《孟子》云，富贵不能淫，贫贱不能移，威武不能屈，此之谓大丈夫……"

叶阑怒吼道："给我闭嘴！"

"我……我要沐浴更衣！"

叶阑没好气地瞪了他一眼："给我闭嘴，山洞旁边就有个湖，你眼瞎没看到啊？"

那个湖傍山而立，正好在山洞之前。一夜雨过，竟然是个难得的晴天，空气清新，林中处处可闻清脆的鸟鸣声。

巍鸣站在湖边，脏衣服堆在地上，光着上身，双臂抱在胸前。他欠着身子，试探着眺望过去。山野之中，一汪深潭水，巍鸣结结巴巴道："在……在这儿沐浴吗？"

叶阑暗笑，打趣他："这里当然赶不上小君的逍遥堂，不过，天为盖，地为席，以湖为汤浴，返璞归真，岂不是别有一番滋味？"

巍鸣咽了咽口水，抬头望去，清澈的湖水之下甚至还能清楚看见游动的小鱼跟青蛙，巍鸣很踌躇，因此显得有些可怜："我看还是罢了。君子风度，在腹有诗书，在胸有浩然正气，不在冠冕堂皇，华服霓裳。我就忍着点吧，大丈夫不拘小节。"

叶阑一眼看穿他心中所想，得意地窃笑，摇摇头，拉长了声音道："那怎么行？您可是要将天下玩弄于股掌，权倾南北之人，怎能衣衫不整、蓬头污面呢？"

巍鸣只觉背后受了她一掌，整个身子坠入水中。

他转头望向她，见她双手背在身后，在波光粼粼中走远了。

他话还没有说出口，就猛灌了几口冷水。一颗脑袋冒了冒，又沉下去。

"我……不习水性……"

他落到水底了，脚踝被水草勾着、绊着，是水鬼的发丝吧。他反倒清醒了，那张男孩的脸又浮在眼前，父亲的血，母亲的血，迷住了他的眼。

叶阑在林中绕了半晌，一直没听见山洞那边传来动静，毕竟不放心，想了想便又走了回去。姑娘家脸皮薄，她不敢走得太近，隔了老远就问："洗完了吗？"

无人应答。难道他又在搞什么花样？

叶阑微微侧身，用余光瞥向巍鸣沐浴的方向，发现没有人影。

逃了？

她闭着眼转过身，略微睁了一条缝，用余光扫过湖面，发现湖面平静，渺无人影。她骇然一惊，冲到湖边，望见湖心一处冒出一排气泡，她无暇多想，纵身跳入湖中，潜入水中，单凭一人之力将昏迷中的巍鸣拖拽到岸边，拍着他的脸颊急切地叫他。

救上来的时候，巍鸣已然没了动静，方才那个胡闹的猴崽子静静地躺在她的面前。她心疼了一下，摇晃着他，但他仍旧无知无觉。

她伸手，轻轻探在他的鼻息前，被烫了一下似的，急急地收了回来。

不管他是谁，到底是条鲜活的生命，还舍身相救过她。她是个游侠，她本该救人，却杀了人。

叶阑浑身失了气力。

他若枉死，苏穆君该如何自处？

自己成了帮凶，置她爱的人于万劫不复。急火攻了心，两行热泪流出来，她一时恼怒不已。

慌乱之中，她将耳朵贴在他胸口，只听见咚咚咚的声音，不知是自己的心跳声还是他的心跳声。

叶阑使劲按压着他的胸口，不一会儿，巍鸣嘴里便吐出一股股湖水。

她哭得更伤心了："不许你死，你绝对不能死！你会害死苏穆的，他不能有事，绝对不行，我不允许他有事……"

她手足无措，只能死马当活马医。

她欠下身子，嘴唇贴过去，深深地度一口气。

巍鸣咳嗽了一声，吐出了一大口水，也许活过来了，她的苏穆也就有了生机。

此情此景，苏穆也曾如此待她，是她不忠，将自己的唇给了他人。可她哪顾得这些，为他，赴汤蹈火，在所不辞。

她又度了一口气，只觉嘴唇上微微抖动了一下，泪盈于睫，模糊的视线里，巍鸣呆若木鸡，定定地回望着她。

"你活着，你还活着。"叶阑喜极而泣，一把拥住了巍鸣。

他瞪圆了双眼，茫然不知所措。她暖暖的身子在他四周燃烧，令他心似火燎。

"没事吗？没事吧？"

他看着眼前的泪人儿，不由自主地伸手去帮叶阑擦拭泪珠子。

"你是为了我而落泪吗？"

周遭之人，都盼着他客死他乡，不承想，在此境地，竟有一女子为他垂泪。世人多会锦上添花，却难得雪中送炭。为他送炭的女子情急心切，伤心落泪……

他感动不已，天大的幸福追赶着他，笼罩着他。

巍鸣将她揽入怀中："我定不负佳人……"

她惊讶而失措，呆望着他。

他知道她是女儿身！四周窸窸窣窣的虫叫鸟鸣，水下时来时往的小鱼小虾，也都像是看穿了她。

本当他是个孩子，处处霸道逞强，不承想，他先看穿了她。

巍鸣如盟誓般，决绝道："我视你为患难之交、心腹挚友，等我回到逍遥堂，要你一辈子跟着我，共享荣华。"

似乎被他的赤子之心打动了，叶阑有点脸红。

"我不要那些，只求小君随我回鸢倾城，救我君上，免我荆南百姓受责罚之苦。"

"本君诺你便是。"

懿沧副将带着迎亲的队伍日夜兼程地赶路，次日中午就赶到了鸢倾城城外，青天白日，城门却紧闭着，一行人面面相觑，暗中嘀咕：难道他们察觉了巍鸣君已死之事？为防有诈，领头的叫武士们先把尸体藏起来。

武士领命，当中一人先策马行至城门之下，向内大声喊话："我们是皇甫世家前来迎娶荆南郡主的，速速开门。"

城墙上有人俯身望下来，回他："请出示通关函件。"说着那人还丢了一只风筝骨架下来，大声道，"把函件绑在上面飞来给我，本将好禀报我们君上。"

懿沧武士无奈，只得照做，风筝飞起至城墙之上被侍卫截下，侍卫匆忙取下呈给辰星，待辰星阅毕之后，他才问："将军，开还是不开？"

辰星将函书弃在一旁，只答他两个字："不开。"

懿沧武士等在原地，举头望向城墙，但觉烈日刺目无比，却迟迟未见他们前来开门，迫不得已回去禀明："将军，现在的状况不是你我能控制的了，先不说巍鸣君下落不明，单是荆南世家搞出的乱子都难以应付。属下认为，还是早些通报涧主，万一有什么差池，激怒了涧主，你我性命都将不保。"

懿沧副将冷笑道："如今之境地，我的人头早已悬在涧主的刀刃上了，只求能办好接下来的差事，涧主念在我是懿花涧的老人的分上，给我留条活路。你派人通知涧主吧。"

侍卫领命退下，众人便在此歇下。

城内辰星策马回府，将信函交给苏穆过目。苏穆并不看，只问他："各大世家的人都通知了吗？"

"交好的几个世家，辰星已将信函亲手送到。"

"至于鸾倾殿……"他侧头看了看一边的含露。

含露躬身道："按您的吩咐，一切都已准备妥当。"

"一切准备就绪，能拖一日是一日。"

是夜苏穆、辰星二人着便衣出城，蒙面伏在草丛中，待子时一过，懿沧武士交接班之际，他们悄然潜入营帐，将看守的两名懿沧侍卫打晕在地，换上他们身上的衣物，假借巡逻更值之名，在营中四处游走。忽见重兵把守的一顶帐篷，苏穆向辰星使了个眼色，辰星断后，二人走近帐篷，苏穆运功挥袖，以掌风推动帷幕，扬起的布料之下隐约可见一具尸体躺在堂中，面部焦黑，模糊不可辨认。

辰星暗暗心惊，苏穆若有所思，二人交换了一个眼神，沿来时的方向悄然退去。回到鸾倾城下，早有接应的人放下绳索助他们回城。等候已久的含露神情焦虑地迎上来："君上，此次探查情况如何？"

辰星代为回答："逍遥堂是打定主意要将那已殁的小君带往鸾倾城，好坐实我们荆南谋反的罪名。"

含露踌躇道："若是我们誓死不开城门……"

苏穆摇头："只怕会让那些人更快地想起当年梦姑姑之事，借此大做文章。"

辰星愁容满面，忧心忡忡道："开也不行，不开也不行，届时兵临城下该如何是好？"

苏穆眉头深锁，良久未语。含露担忧地侧首看他，发现他近日来消瘦了很多，嘴角眉梢新添了两三痕清浅的皱纹。含露恻然想起他的年纪，才二十多岁而已，而他一力要担起的家国仇恨，将他摧折成如今这副疲倦的模样。

他望着夜色出神，遥远的天空中一颗流星转瞬即逝，去往他遥不可及的地方。苏穆轻叹了一口气，道："生死有命，我荆南苏穆的命，就交给天来定，你若是要亡我鸾倾城，就先从我荆南苏穆这一条命开始，要杀要剐，悉听尊便。"

危险步步逼近，苏穆困在鸾倾殿内，彻夜难眠，孤灯下，他翻阅着懿花涧的地理志。

懿花涧在悠然河北，终年飘雪冰封。其民彪悍，养狼猎熊，性情豪迈。经百年成懿沧世家，以雪狼为神，以勇猛为信，不习文德，精进尚武。冰原千里，其下有洞，入其中，如坠万刃之巅，别有风貌。懿沧子弟成年之时，于冰洞之中与饿狼赤膊而斗，存活者奉为勇士。

懿沧勇士骁勇，一生效忠一主，少年时缔结盟约，终生不悔。临死之时，不可归家，向懿沧冰原长歌当哭，豪迈而走。

棋逢对手，本是幸事，却被这苦难的世道利用了，你生我死，争名逐利，做不了惺惺相惜的英雄。

苏穆突觉荒唐，鸾倾城的故事也撰写在敌人的书简之上，也该有人研读着攻破之法。冤冤相报，世世为仇，人类狭隘的欲望与私情毁掉了自己，却浑浑噩噩不自知。

他所向往的清平盛世，似又远去了。

一夜未眠。

清晨时分，他唤含露娘子到堂前。

含露见他满面倦色，书案前的烛火燃尽，便知他彻夜未眠："看来，苏穆君是在思考攻破懿沧的对策。"

谈何对策，上兵伐谋，其次伐交，再次伐兵。如今，谋略与外交都成了空谈，唯有刀兵相见，下下策，苏穆不齿。

含露看出了端倪，知晓自己说错了话："据说，懿沧武士练的都是些硬派功夫，力道狠，少有虚招。"

"过刚易折，不如，来一招以柔克刚。"

"苏穆君的意思是……"含露揣度着苏穆的意思。

"本君要借娘子那些带功夫的绣娘一用。"

含露了然。

射人先射马，擒贼先擒王。

接连几日，苏穆与含露在殿内训练着最后一块王牌。几名绣娘正在水台之上练舞，各色水袖纵横抛出，前端挂着的铃铛叮当作响。美人乐舞陌柳花影，该是旖旎温柔的一幕，作为看客的苏穆脸上却挂着冷峻的表情，锐利地审视着绣娘起舞时的阵形，一侧的含露娘子奉上手中的古琴。

苏穆抱琴坐下，抚琴的同时向着一众绣娘道："你们听好了，布阵须环环相扣，时刻谨记在心里，躬亲而行，方可破敌。"

十指一旋，一串乐音自他指尖流泻而出，和着琴声，他慢念布阵口诀："飘然旋转回雪轻……"

绣娘们旋转起舞，裙摆如巨大的花叶铺陈开来，绣娘们折腰向外，状如花瓣。

"嫣然纵送游龙惊……"

绣娘们猛然转身，将水袖抛出，各色布料横过殿中，如一面面布制的墙，隔绝了彼此的视线。

苏穆的脸上露出一点笑意，再道："小垂手后柳无力……"

绣娘们双手相牵，一交一提地攻向围成的圆圈内。

苏穆念出最后一句诗："斜曳裙时云欲生……"

绣娘们的裙摆无风自动，裙摆下端缀着的铃铛叮当作响，一簇簇丝线自裙下飞出，在她们围成的正中位置缠绕成一片。

三十一

懿沧强娶

　　叶阑带着巍鸣日夜兼程，中间只小憩片刻，从日出直走到日暮时分，才近了鸾倾城。这一路巍鸣虽没抱怨过苦，却时不时长吁短叹，起初叶阑忍了，走出密林后叶阑终于忍不了了，霍然转身，指着他怒道："你要是再哼一声，我就揍你！"说完，还作势朝他扬了扬拳头。

　　巍鸣跟在她身后，本能地缩了缩头，胡乱伸手一指，说："看，大鸟。"

　　叶阑不信，而巍鸣坚持要她看，叶阑随意地回头瞟了一眼，却发现并没有大鸟，而是一只飞在空中的巨型风筝，而风筝所处的方向，赫然正是鸾倾城的所在。

　　她心头一紧，拉了巍鸣的手加快脚步："快！"

　　巍鸣扬扬得意，一路明目张胆地赏佳人。他边看边走，险些跌倒。古诗词里描写的美人思妇，缥缥缈缈，在水一方。脉脉眼中波,盈盈花盛处。顾盼遗光彩，长啸气若兰……那些撩人心弦的文字，都在他胸中盘桓着，字字句句都是在写她呀。

　　最终，巍鸣的眼神停在叶阑的朱唇之上。

　　他故意凑近叶阑，因逆着光，叶阑嘴唇上金色的汗毛都清晰可见。巍鸣喉咙发紧，觉得自己的唇齿上似乎停了一只采蜜的蝶儿，痒痒甜甜的，他不敢动，生怕蝶儿飞走了——她误打误撞的吻。

　　"你为何不恢复女儿身？那样就可如其他女子一样，理云鬓，贴花黄了。"

　　叶阑寒着脸："这里是鸾倾城。"

巍鸣不解："那又如何？哪有女儿家不爱美的？"

叶阑浅笑，眼中却无笑意，而是藏着点点锋芒："都是拜你们逍遥堂所赐，弯倾城中有点姿色的女子，皆要远嫁他乡，为奴为婢。哪家的女儿还愿貌美？都盼着貌若钟无艳，只有丑陋无比才可保平安。我若不是做男子打扮，说不定也已被捉了去。"

巍鸣闻言一惊，怫然道："等我掌权后，定会废除此令。"

叶阑闻言，若有所思地望向巍鸣。巍鸣忽地笑了笑，不好意思地避开了她的打量，低下头小声补充："话说回来，幸好阑儿女扮男装，才保全了自己，也才会遇到小君，与我肌肤相亲。"

叶阑又惊又恼，拔高音量道："你胡说什么！"

巍鸣指了指自己的嘴，又点了点叶阑的唇，理直气壮地问："那日你度气给我，难道不算肌肤相亲？"说到这里，他牵住了叶阑的手，深情款款道，"我定不会负了你……"

叶阑气极，一拳打在他眼睛上。

"再敢胡言，不管你是谁，都打到残废为止！"

"哦……"他讪讪地松开手，眼圈一团乌青，垂头快步跟上叶阑，再不敢吱声。

依稀能看见弯倾殿的屋檐了，高高飞起的尖角，绣着凤凰的青蓝色旌旗在空中飘扬。旌旗下，浮出一片红澄澄的浮光，是逍遥堂的银甲红缨。

晚了一步！

只见城门大开，懿沧武士们率领着皇甫世家的侍卫浩浩荡荡地进入城内，叶阑与巍鸣遮遮掩掩地跟在后面。沿路百姓各操其业，商贩热情地招揽着往来行人，浑然不知危险已逼近。叶阑眼见懿沧队伍进入荆南府邸，急忙拉着巍鸣躲在墙角，若有所思地望着那群人。

"是舅父的人，他们认得我。"巍鸣惊惶地从临街的小摊上拿起一个面具遮住脸。

叶阑心急如焚，弯倾殿近在咫尺，他们却进不去。一根心弦终于绷断了，她要铤而走险。她死拽住巍鸣，继续前行，不容他临阵脱逃。

巍鸣敢怒不敢言，怕惊扰了仇敌，一路拿着面具遮遮挡挡。

叶阑冷不丁一回头，被他的举动吓了一跳，压低声音问道："你干什么？"

巍鸣道："这样他们就认不出我了。"

叶阑哭笑不得："满人大街就你一个戴面具的，还嫌不够醒目？"

"对哦……"巍鸣恍然大悟，干脆又拿起一张面具递给叶阑，"要不你也戴上？"

叶阑嘘了一声："别说话，他们看过来了。"

不等通传，懿沧的武士横冲直撞地闯进鸾倾殿，却发现府中上下正大兴土木，院中到处散落着工具、木材和漆桶，挨挨挤挤，一片混乱。武士们左避右闪地走进来，却连个落脚的地方都没有。懿沧副将不耐烦地冲着那些干活的工匠喊道："喂，我们是逍遥堂派来迎娶郡主的，快请你们君上把郡主送出来。"

工匠们一声不吭，搬运着木材和家具进进出出，硬将那群懿沧武士挤到一边，个个都被弄得灰头土脸。懿沧副将正要发怒，便见含露从内庭出来，又是作揖又是赔礼："各位来得真是不巧，为了迎接少堂主，我们荆南世家正按照鸾倾城的规矩翻修府邸呢……这狼藉一片的，可如何让贵客入住啊？"

懿沧副将掸了掸衣袍上沾染的灰，倨傲道："苏穆君人呢？"

含露笑盈盈地叹道："要说不巧呢，苏穆君按照祖宗礼法，带着即将出嫁的郡主前往南陵祈福祭祖去了。"

懿沧副将虎目一瞪，大声喝道："我看你们是有意阻拦！耽误了婚期，你们谁也担当不起！"说罢抽出腰间佩剑，直指大殿，欲要硬闯。

此刻苏穆作粗衣打扮，混在那群工匠中，见对方如此嚣张，他暗恨不已，抬腿踢起脚边一条木材，朝懿沧等人飞去。懿沧副将眼疾手快，以掌接木，却被来势震得倒退数步，只觉掌心发麻，双臂好似脱力，知是遇到了高手，目光狠辣地扫向那群工匠："谁？"

含露仍旧是笑容可掬的样子："是下人们不小心，差点误伤了大人。大人何必急于这一时？不如先去驿站休息，等三日后苏穆君回来了，自会亲迎巍鸣君迎娶荆南郡主。"

懿沧副将冷眼看他，皮笑肉不笑道："好，给你们三日，若三日后不见荆南郡主，就别怪我们逍遥堂的刀剑不长眼了。我们走。"

苏穆望着懿沧等人离去的背影，眼中有掩不住的彻骨恨意。这时辰星走上前来，禀道："君上，有疏世家的尊主到了。"

苏穆点点头，心底暗暗松了口气。在这场苦战中，他们并非孤身奋战，至少有一位同盟，愿意来助他一臂之力。

"好好招待有疏尊主，切不可怠慢。"

苏穆望向街角，一个熟悉的身影一闪而过。苏穆心里一惊，想看仔细时，视线已然被懿沧世家浩浩荡荡的队伍遮住了。

懿沧武士气势汹汹地从鸢倾殿出来，与叶阑二人擦肩而过，叶阑忙将巍鸣拽到一旁。习武的人都很警觉，见惯了四面楚歌、八面埋伏，长出了一双无形的眼，能察觉出杀气与异动。懿沧副将一转头，便锁定了巍鸣。

巍鸣因为戴着面具，看不清脚底的路，不小心被台阶绊了一跤，"哎哟"一声，面具不慎滑落在地。

懿沧副将耳尖，闻声望去，正好看见巍鸣正脸，脸色顿时大变："皇甫巍鸣！"

众武士皆惊。

"竟然没有死，那群废物，连区区一个小儿都杀不死。"他咬牙切齿道，"你们跟我来。"

"杀了他！"

众武士纷纷朝巍鸣飞奔而去。

叶阑拉起巍鸣就往一条岔路狂奔，巍鸣还来不及问怎么回事，便跟着她跑了起来。

叶阑带着巍鸣冲进一条小巷，懿沧武士穷追不舍。叶阑边逃边抽空向后发射飞刀，击毙了数名懿沧武士。

其他的武士发了狠，一壁的圆刀亮成银光，在小巷子内飞、转、还、旋……刀刀冲着巍鸣的后心狂砍。

巍鸣吓得呆愣在墙角。

懿沧武士来势甚猛，直逼巍鸣，欲要索他性命。巍鸣躲闪不及，眼睁睁地看着弯刀飞近，只能坐以待毙。

叶阑推了他一把，弯刀转向，向叶阑飞来，在她腿上划出条深深的口子，鲜血流了一地。

她膝盖一软，忍不住跪倒在地。更糟糕的是，她发现飞刀已经没了。她抬头四顾，意外发现高墙之上红杏正开得如火如荼，她大喜，对巍鸣道："摘些花给我！"

巍鸣见她小腿血流如注，一张小脸惨白如纸，急得满头大汗："现在都什么时候了，还要那些花花草草！"

叶阑忍痛抬腿，一脚将巍鸣踹到花树上。

巍鸣撞在树干上，一时间花瓣飞扬，飘飘洒洒，如大雪。

叶阑运功将落下的花朵化入手心，一瞬间，花起，花飞，浮在半空中的花朵如红色缎带环绕着她，艳色的花映着她素色的容颜，竟衬得她比花还要娇艳，看得巍鸣愣住了。花雨之中，叶阑长发盈肩，明媚鲜妍，眼角暗飞，当真美得可以杀人！

花阵于一瞬定格，叶阑猛然发力，一片片花瓣化为利器，向懿沧武士袭去。懿沧武士仓皇躲避，纷纷跌进旁边的酒肆，等他们好不容易爬起来时，巍鸣和叶阑已经没了踪影。

他们在雨水浸泡过的小路上奔逃，叶阑的血流下来，淌落在地，汇成小红河，像是血泪交织。她满头大汗，跌跌撞撞，一动，血流得更凶。

伤不在自己身上，却心疼如刀割。她因他受了伤，女儿家的身子，生生淌出这么多血，他心痛难忍。

叶阑见巍鸣浑身颤抖，双目含泪，反倒安慰他："我死不了的，男子汉大丈夫，怎么学那小娘子，哭哭啼啼的？"

巍鸣不言语。

叶阑咬唇，勉力摇了摇头："我们先回大杂院，避一避风头。"

"来，我背你。"巍鸣在她面前蹲下。叶阑有点踌躇，一来顾及他的身份，二来想到男女有别。

巍鸣可没想那么多，"啧"了一声，转过头去看她："怕什么？你才多重，我还能摔了你不成？"说着硬背起她，小跑了起来。

叶阑伏在他肩上，看着他颈上滴落的汗珠，有点感动："你……"

巍鸣微微气喘，说出的话却依然是玩笑的口吻："你别说，小君我长这么大，还是第一次给人当牛做马。"

叶阑勉强一笑，这种时候他还有心情说这种话。

巍鸣一边跑一边说："你回去好好想想怎么报答小君我吧。"

叶阑想了想，只好满怀歉意道："叶阑怕是无以为报了……"

巍鸣扑哧一声，乐了，抬头看着路前方，温柔地说道："说你是个呆子你还真是个呆子，这一路明明都是你在救我，保护我，照顾我，要说报答，也该是我报答你，哪里谈得上你报答我？"

叶阑笑了笑："小君言重了，帮助小君，是我的分内之事。"

"分内之事……"他伤感地说道，"大部分人的分内之事，大概是想要我死吧。"

他小心翼翼地一步一步往前小跑着，生怕弄疼了她似的。

"都是我……无能，手无缚鸡之力，也没有一兵一卒，人微言轻，连累了你。"

他还是哭了。

世人嫉妒的痛恨的艳羡的追杀的逍遥堂未来的堂主，是她身下这个不谙世事的小子，替恶人背下黑锅，吞下苦果。

叶阑愣怔："小君……"

天底下的人都以为他拥有至高无上的权力，呼风唤雨，其实，他也不过是被人当兵刃使。如今，这刀刃钝了，便要被弃之、杀之……他终归也是个无辜的可怜人。

他满头大汗，她动了恻隐之心。

巍鸣自嘲道："我知道，我只是那些人手上的一枚棋子，进由他们，退由他们，连娶荆南郡主为妻，也是他们的主意。我活到现在，才遇到一个你，可是就连你，我都保护不了……"他的声音渐趋低微，"从小我的周围就有许多人，臣子、侍卫、侍女……每个人都卑微而顺从，他们怕我，听命于我。可是有一天，舅父把我关在一个木箱中以示惩罚，那箱子又黑又小，我如同被抛弃的物件一般，被狠狠地塞进去。知道当时的我有多恐惧吗？我一边哭号，一边捶打着箱子，向外面的人呼救……可那些人，那些曾向我作揖磕头，对我谄媚奉承，对我毕恭毕敬的大臣、将军、侍卫、奴才，在那一刻，他们都像聋了一样，对我不闻不问。"

他将悲哀当个笑话讲，"后来，我从箱子里出来了，又站在逍遥堂上，那些人竟然如同什么都没有发生过一般，仍旧对我笑脸相迎。"

他停下脚步，痴痴地苦笑。

"原来，他们顺从、惧怕的，不是我皇甫巍鸣，而是我身后那个皇甫世家通过杀伐征战换来的宝座。自那天起，我便不知道自己是何人了。是否真的还有谁出于真心，或者把我当作一个人，一个有血有肉的人。"

他似乎被全世界遗弃了，谁爱护过他？谁在乎过他？谁疼惜过他？到最后，都是在利用他。

她想起曾经的自己，良久轻声开口："你要等。"

巍鸣愣了愣："什么？"

她轻声道："知己难求，良人鲜遇，但是你迟早会遇到那么一个人，会真诚地待你，爱你，敬你。当你遇到那人时，你会发现，与他给你的爱相比，那些曾经遭受的冷遇和白眼都微不足道。所以，你要等，等到那个人出现为止。"

幸好还有苏穆，上天待叶阑不薄。一种踏实的心安将她的思绪定住了，纵使相隔千里，他和她的心已在一处。

"欲与君相知，长命无绝衰。"

言不对口，口不对心。她的一颗心，许给了那个叫苏穆的男人。爱情，本就是一个人的事呀。她更是坚定，要回去，回到他的世界里去，哪怕天崩地裂，也要与他无绝衰……

说者无意，听者有心。

"要是，她永远不出现呢？或者，她已经出现，却全然不知我的心意呢？"巍鸣顿了一下，意有所指道。

"不会的。"叶阑摇头，语气温柔，"你若用真心待她，她自然会体会到你的真心。感情，是这世上最公平的事。"

巍鸣侧头看她，而她注视着前方，大概想起了什么，微微笑了起来，嘴角轻抿，眼中带光，令巍鸣怦然心动。

巍鸣只当背上人儿的告白，跑得更轻快了。

三十二
郡主下嫁

后半夜，巍鸣背着叶阑终于回到了大杂院。瘪猴和瘦猴见了叶阑，立马拥了上来，孩子似的往叶阑身上蹭，哭哭啼啼地。

以前世道再乱，甚至天塌下来，也有老大顶着。如今，老大没了，半边天塌下来，前路漫漫，大家没了主意，都萎靡下来。

瘪猴和瘦猴七嘴八舌地问她发生了什么事，巍鸣烦他们聒噪，打断二人："吵什么吵，还不快点扶她进去！"

瘪猴这才反应过来："我去叫大娘。"

叶阑连忙出声阻止："别去！别让她老人家担惊受怕，有什么话进去说。"

她知前途凶险，自己又带伤回来，定会让娘忧心。

几人先后进屋，瘦猴确定无人跟踪之后便掩了房门。巍鸣扶她坐下，自然地为她倒水，小心翼翼地吹凉，亲自喂她喝下，此等亲密举动看得瘦猴等人眼都直了。

瘦猴心直口快，冲着巍鸣道："你是谁啊？"

叶阑一语概之："说来话长，亦敌亦友。"

瘪猴听得一头雾水，不解道："老大，我怎么听不明白？又是敌人又是朋友？那这小子到底是干啥吃的？"

叶阑摇头："你们别管，听我吩咐就好。"

巍鸣听见二人对话，不悦地扫了一眼傻站着的那两个人："愣着干吗？没见她受伤了啊？赶快去拿点药来啊。"

两个猴崽子连连点头，正要离开，猛然觉得不对。瘦猴道："你是谁啊？干吗听你的？"

瘪猴拉了拉他的袖子："可是我怎么觉得他说得对啊……"

二人拉拉扯扯着嘀嘀咕咕地出门拿药去了。

巍鸣着急地坐在她面前，上下打量，恨不得将她的每一寸肌肤都反反复复查看一番。这眼神似曾相识，和苏穆凝视自己的眼神一样。被巍鸣这样看着，她有些不适，不过转念一想，他们几经生死，他对她有所依赖也是难免的吧，便释怀了。

巍鸣小心翼翼地伸出手，为叶阑擦去额头上的汗珠。

叶阑一惊，要躲，但未躲开。

他的手是暖的，像孩子的手。

按压在伤口上的白帕子晕染着鲜血，缓缓漫开，如渐渐盛开的桃花。

他又觉得心疼了，柔声道："若能替你受此伤痛，鸣儿心甘情愿。"

她竟被他打动了，他那双哭了又哭的眼睛里满是诚意，她是信他的。这样一个率真的灵魂，不容她怀疑。

叶阑道："叶阑效忠荆南，为我君上澄清污蔑，是我职责所在，小君不必放在心上。"

"瞎说！"巍鸣温柔地打断她的话，"哪有为了旁的人，流血枉死的道理。"

他替叶阑愤愤不平，他听惯了报国忠君的言辞，到头来，那些忠他保他的人都想杀了他。而他却因祸得福，有了一个她。

她摇了摇头，只当巍鸣不懂得家国大义。

两个人面对面坐着，那么近，却全是错会。

末了，他又轻声补了一句："你的心意，小君我明白。"

叶阑皱眉："胡言乱语什么？是不是今日混战之中，伤了脑袋？"

他望向叶阑被划伤的腿，她衣服破了，露出方寸肌肤。

"我们得想些智取的办法。"叶阑不顾伤痛，想着对策。

他充耳不闻，只顾看她。叶阑忧心忡忡地继续分析："你的行踪已经暴露，追杀你的人定会有所防范，所以我们再想进入鸾倾殿就难了。

"不如我们先躲躲，避其锋芒，况且，你还伤着……

"按如今情形，苏穆君必定不会让你们皇甫世家的人踏入鸢倾城半步，可是避得了一时，避不了一世，得想个法子，把你送回去。"

　　巍鸣闻言，神情一黯，知道送他回去即代表着与她分别，就算深知这是他的责任所在，却也止不住心底的怅然。

　　巍鸣迟迟不肯离去，吵嚷着要守在叶阑的床边，说是照看，没多久他就沉沉睡去。粗陋的麻布披在他的身上，落魄难堪。他脸上表情决绝，一副不悔的模样。在梦中，他一定是个守护神，只可惜他守护着的人，心里念的不是他。

　　逍遥堂许久未迎来喜事了，百年老建筑终成了妖，如今一改风貌，要"返老还童"——都是为了新主人。懿花涧的人马早已经入驻逍遥堂，他们习惯了不拘小节，由着性子在逍遥堂挑拣住处。就像是游牧，看中的地界，便据为己有。昔日里的老规矩统统失了效，过去女眷的闺阁也被霸占了，武士们仍旧穿着厚重的皮毛，进进出出，伴着宫女们的惊呼，令人迷茫。

　　懿沧群命礼官草草择了举办结婚大典的时日。此刻，逍遥堂内歌舞升平——因是郡主的大喜之日，广邀了群臣来殿中宴饮。懿沧的武士大口吃肉，大碗喝酒，还不忘虎视眈眈对面。另一侧，一水的皇甫大臣正襟危坐，守着逍遥堂最后的一点规矩。他们脸上蒙着深深的羞耻。

　　楚河汉界，清晰分明，能调和二者的，唯有懿沧群，太师椅不偏不倚地摆在懿沧和皇甫之间。

　　威严的朝堂在他手底下第一次成了歌舞场，美酒佳肴盈桌满案，他如龙蛇一般蜕了皮，露出荒蛮的本性。

　　良辰吉时早已过去，礼官忧心忡忡地侧立一旁，百年的规矩祖制从这一日起即将改名更姓了。

　　懿沧群望着不日即将成为他囊中之物的逍遥堂，满脸喜色早已掩不住，他举杯向着左右道："好久没有和我懿花涧的勇士们畅怀痛饮了，今天大家敞开了喝。有你们在，老夫仿佛回到了在懿花涧狩猎、养狼的日子，畅快，哈哈哈，畅快！"

　　司仪出声提醒懿沧群："涧主，已经过了吉时，长郡主还等着呢，晟睿君何时能来啊？"

懿沧群大袖一挥："你懂什么？晟睿是血性男儿，不拘小节，让她等着！"

这时，逍遥堂的大门从外被轰然撞开，这突兀的响声惊动了皇甫臣子，他们惶惶不安地望向门口，只见晟睿阔步走了进来，他未穿吉服，而是一身在懿花涧时的打扮，随意披着的长发为他平添了几分男子气概。

驸马婚服被他赏了小童当戏服，命他穿上，在大殿外的空地上演一场世事更迭。

半醉的武士们见了晟睿，一如往昔般吼着他的名字。他们的声音快把对面坐着的老臣子振聋了，声声都是在耀武扬威。

皇甫臣子面面相觑，不知该以何礼节来对待这未来的驸马爷——也注定是逍遥堂主人，一时都有些沉默，望向他的眼中有愤怒，亦有不甘。

晟睿阔步走上大堂，来到懿沧群身边，随手拿起桌上一杯酒便大大咧咧地灌下去。

皇甫大臣们震惊于他的不敬，屏气凝神地望向懿沧群，等待着他的反应。

懿沧群愣了愣。他藏在皇甫的朝服里太久了，繁文缛节也跟着上了身，长成了枷锁，拴住了他。

如今，他随着晟睿重新活过来。年轻的时候，他也曾是豪情男儿。

他哈哈大笑，望向晟睿的目光饱含爱意，如看亲子，拊掌赞道："好好好，果然是我懿沧涧的好儿郎。天下人都道我懿花涧人不知礼数，那是因为我们懿沧的男儿都是虎狼之士，可以一敌百，当百万骑，比那养在深宅里的唯唯诺诺的小儿强了百倍有多。"

晟睿胡乱擦了把嘴，粗声道："叔父，我女人呢？"

懿沧群又是大笑，侧身对侍从道："有请长郡主，别让我的侄儿久等了。"

鼓乐齐鸣，帘幕之后稍歇的丝竹再度奏响，司官朗声诵道："懿沧、皇甫大婚，请长郡主——"

侍女扶着皇甫芳娉缓缓步入大殿，盛装之下的她步态轻盈，有步步生莲之姿。

红妆在身，凤冠前有百珠串连盖面，其上再附红纱。头面上是产自东海的上好的珠子，一颗颗在她眼前轻轻摇晃，银白一片，收了烛火之光，令她有点眩晕，抑或，她也有半分女子的良婿期盼？

她在心里暗暗营造的幻世立马被哄笑声打破了，每走一步，便响起男人们野蛮的哄笑，淫词荡调也飘入耳中。

"丰乳肥臀，子孙满堂……"

一壁的朝臣，唯有身边的侍女看不下去，站出来维护她："大婚良辰，怎可如此失礼？也不顾及长郡主的颜面。"

垂下的盖头遮住她大部分视线，只有眼角余光能窥见懿沧武士脸上的笑，那笑令她羞耻。女儿家的大婚之日，却成了自辱？本该是一辈子铭记于心的日子，却以奇怪的方式为她烙下了印记。

礼官也拔高了嗓子，努力证明这是一场婚礼："鸾啾龙舞，琴瑟齐鸣，敬天地——"

她是鸾凤，谁是蛟龙？高枝上的凤凰落了地，连野鸡也不如。机关算尽赢来的，竟是一场闹剧。

她强忍着，不肯落泪。她将所有的注意集中在眼前一水名贵的珠子，渡过这一劫，她还是天底下最金贵的女子。日子还长……

地上投下一个重重的黑影子，那影子靠近她，一双大脚上套着兽皮靴，站成外八字，并未对着正堂，而是向着她。

礼官又吟了一遍："敬天地——"

那影子站在原地，一动不动，没有拜礼的意思。

礼官轻声提醒："晟睿君？"

"我要按照懿花涧的方式带走自己的女人。"

她听见他这样道。

话音未落，晟睿就一把将她扛上肩头，她顿时觉得天旋地转。

侍女们慌了神，惊恐地替她扶着盖头——她唯一的遮羞布。

"驸马爷，不能如此，新娘不能露了相……"

懿沧武士哈哈大笑，纷纷起哄鼓掌。

皇甫老臣悲怆而泣，痛心遮面。

眼前的珍珠都是她的眼泪，坠落在地，被男人的靴子碾碎。

受辱的一刻，只觉得时间都被拉长了，她觉得过了许久，才进了婚房。

晟睿扛着芳娉穿过回廊，走进洞房。婚房之内红绸挽梁，红烛莹莹。

芳娉被抛到婚床上，雕花梨木，珠帘垂垂。一张如海的床，是她逃不出的苦海。

大家闺秀，不失风范，她收拾了心情，端端正正地坐在床边。人毕竟要活下去，这是逍遥堂，是皇甫世家的基业，她仍旧是这里的主人。

桌子上的东西全是成双成对的，龙凤红烛，龙凤对筷，盛放合卺酒的葫芦也是一劈成双的。晟睿在屋子里转悠了一圈，繁复的玩意，他不喜欢，从大天地里出来的，钻进这精巧的小屋子里，所有的物件都要低下头细细打量。

他挥退了侍奉的下人和喜娘，信步走至桌前，桌上有空杯两个，在中原，新婚之夜素有新郎新娘喝交杯酒的习俗，晟睿提壶斟酒，一饮而尽。酒轻，不畅快。

她还是那杀狼的少女吗？还是她早已转了心性，喜欢上了这些消遣的玩意？

他依稀记得她白衣上沾着狼血，定定地逼视着他。

空杯摔在地上，他又拿起杆秤，把玩似的掂了掂，然后随手丢在一边，拔出腰间的圆月弯刀，走到芳娉面前，走近他少年的回忆里。

刀锋的寒光忽然闪过她的眼，她的脸色微微一变。

她忍不住低低声道：“你想干什么？”

弯刀的用途却并非她所想的那样，晟睿只是用它代替杆秤，挑起了她的盖头。随着盖头一寸寸上移，新郎的模样第一次清晰地呈现在芳娉面前。

挺拔高大，出乎她意料的俊朗，或许是因为常年风吹日晒的关系，他身上无一丝半点文弱书生的气质，而是强悍坚硬。这个男人有别于芳娉见过的任何一个男人，他是一个真正意义上的男子汉。

她浅浅地含着笑，低垂眉目。

新婚之夜，娇娘在前，他的第一个问题却与这银烛高烧的氛围截然不符：“你是谁？”

芳娉含笑低头，只一眼，她便看清了她将要托付终生的良人，心头忽然升起一层薄薄的喜悦，嫁给这样的男人也许并非一个坏的选择，也许……

她回道："我是夫君您的妻子，是您未来的正宫，逍遥堂的女主人。"

她又抬头看他，横眉阔目，一张令人难忘的脸。

他用刀柄抬起她的下颌，迫着她看向自己，冷淡地问："我向来不喜欢说第二遍，只可惜遇到一个喜欢装傻的骗子，那我再问你一次，她呢？"

芳娉眼中的茫然不似作伪，她呆呆地看着他："谁？"

"我选中的那个女人。"他眼中有残忍一闪而过，想到某种可怕的可能，他的声音都变了，"你把她怎么了？"

芳娉骇然色变："你……你胡说些什么？我……我就是你选中的妻子……"

晟睿一把揪住她，死死地锁在臂膀里："她在哪儿？"

芳娉恐惧，无法作答，只从他的眼睛里看到自己落泪了。

"好、好、好！"晟睿强压下怒火，连声说了三个好，"你不肯说，自然有人会告诉我，我倒要看看，这是谁的把戏，敢拿一个赝品来搪塞我。"

晟睿怒气冲冲地踹开房门走了，徒留芳娉一人在惊愕中默默流了一夜的泪。

三十三

假死还魂

晟睿返回逍遥堂大殿，想找懿沧群讨个说法。一入大殿，他便见叔父手里拿着信使的密报，伏在几案上，头深深埋下去，两肩微微颤抖，像在哭。

"叔父，那女人……"

懿沧群缓缓地抬起头，又长回那双鹰鸷般的眼睛，睥睨众生。

皇甫巍鸣没有死！他的眼中钉，肉中刺，又从孤魂野鬼中还了阳！

眼前的琼楼玉宇，歌舞升平，还是那黄头小儿的。他没有夺走，似乎永远也夺不走……

挟天子以令诸侯，弑君叛主，谋逆篡权……多少王朝的前车之鉴，一个不小心，便会被群起而攻之，没有好下场！皇甫巍鸣成了他的不小心，后患无穷……

"那些都不重要。"

晟睿熟悉他这神色，是野兽在战栗，懿沧群在害怕。怕什么？

"女人？还要什么女人，你看看这个！"

他将信函丢在桌上，晟睿拾起一看，才知是懿沧武士从鸢倾城飞鸽传来的。他一目十行地扫过，才知本该死在鸢倾城的皇甫巍鸣竟然还活着，有人在鸢倾城内看见了他。

晟睿一惊："那具尸体不是皇甫巍鸣吗？"

"他们倒是乖觉，知道移花接木糊弄老夫，现在兜不住了，才来向老夫请罪。"懿沧群一想到自己被手下摆了一道，就恨意勃发，抬脚踹翻面前的书案，怒声道，"废物，一群废物，连个人都杀不死！"

如若巍鸣不死，那么他们眼下所拥有的一切就宛如镜花水月，转瞬成空。更糟的是，若是让荆南苏穆先一步找到了皇甫巍鸣，对他们来说，就不是野心落空这么简单了。

"叔父，现在该怎么办？"

"带上你的人，跟我去一趟鸢倾城，无论皇甫巍鸣是死是活，都不能落入荆南苏穆手中。"

如今的形势，再无他法，也只有自己去一趟才能放心。晟睿只得强压下心头的怒火，领命随他出了逍遥堂。

晟睿一挥手，醉态的武士们纷纷起身，酒意正浓，一腔子的热血恰好化成杀人的力量。

他们冲出大殿，空地上穿着新郎服的小侍卫还踩着梨园步子，锵锵锵地疯跑着。晟睿望向本属于自己的行头，咒骂了一声，上了马。

他想要的新娘躺在逍遥山的崖底，奄奄一息。

离樱重伤昏迷，躺在水潭边，一张血脸甚是吓人。她不甘心死去，千仇万恨还横亘在胸，对害她的至亲至信的人，她要以牙还牙。

山林之间，一个披蓑衣、戴斗笠的老人在小路上蜿蜒而行。

老人徐徐摘下斗笠，一张面孔上满是苦难。他看着离樱，深如死水的眼睛里闪过一丝微光。

他将带她寻一个新的奔头，生而为人，苦不堪言，不如做他的一枚棋子，天下大局，必有她一招定乾坤之时，也不枉救她一遭。

"苦命的人，没了这张脸，就如同改名更姓，重新来过吧。"他喃喃道。

老人背起离樱，消失在林间。

叶阑伤势渐愈，刚能下地，便急着寻找通往鸢倾殿的路。

如何送巍鸣回鸢倾城，成了眼下困扰叶阑的最大难题。据外出打探消息的瘦猴回禀，鸢倾殿门口有懿沧武士日夜把守，别说送一个人进去，就连一只蚊子都飞不进去。叶阑无计可施之下，枯坐了半天。从窗户望出去，瘦猴、瘪猴二人正在表演戏法，演的是如何将鸡蛋藏在篮子中骗过观众的眼。

她眼睛忽然一亮，看向巍鸣："有了。"

他一愣，脱口道："我的？"

叶阑站起来，一巴掌扣上他的脸："知道什么时候该说什么话吗？跟我来。"

他一面揉着脸一面嘟囔道："要是知道就不会说了！"见她走远，巍鸣才慌慌张张地起身追上她，"咱们要去哪儿？"

二人出了大杂院，往城里去，最后停在棺材铺前。门前横七竖八地立着棺材盖板，柏木、桐木、柳木……明码标价。人连死了，都要拿金钱划出个三六九等。

巍鸣甚是嫌弃："君子远离庖厨，不侍鬼怪，敬鬼神而远之。来这种地方，好不吉利。"

叶阑简单道："这是进入鸾倾殿唯一的办法了。"

这是回到鸾倾殿的唯一办法。她目光笃定，下了决心。

巍鸣无奈，只得随叶阑走进棺材铺，才一进门，便有几只鸟迎面飞来，险些撞到巍鸣的脸。

巍鸣吓了一大跳："什么东西，这鸟成精了吗？"

棺材铺中满是棺椁，开着口，头宽足窄，像摇篮，静静等待着即将躺进里面的人。

叶阑见铺内阴森，虽是白日，却不见多少光亮，不由得留了几分心，神色警惕，将飞刀捏在手里。

巍鸣从没来过这种地方，好奇地东张西望，向里喊道："老板，来一口棺材！"

飞尘正捧着荆南依留下的衣物在脸上不住摩挲。自荆南依走后，他整日里魂不守舍，茶不思饭不想，动用种种旁门左道去寻她，上回巍鸣碰见的无心人便是他的杰作。此时，他伏在一张棺材板上思美人，给了她一身好羽毛，她便振翅高飞了。飞尘起身，转头望向地上的一堆死物，从中揪起一只死雀儿，那雀儿的小脑袋耷拉下来，脖子已经断了。他浅笑，将手指放在唇边，狠狠咬破，然后将血染在死雀的额头上，闭目，念咒。

那死雀的翅膀忽然一振，在他手里活了过来，扑腾着飞出窗外。飞尘看着它越飞越远，喃喃道："飞吧，飞到我的小宝贝身边，陪着她，别留她一人孤苦伶仃。"

听见外面有人进来，飞尘放下衣物走出去，一挑帘子先望见了叶阑。只一眼，他便看出叶阑是女扮男装。他阅女无数，女扮男装的伎俩，逃不过他的一双慧眼。女儿家，自有女儿家的娇俏妩媚，这是来自骨子里的，想靠些衣装打扮掩人耳目，真是天真得可爱。

真是个漂亮的人。

他挤眉弄眼，不肯放过任何一个佳人。

叶阑见卖棺材的人浓妆艳抹，一时间有点蒙。

飞尘含笑欠身道："小娘子，要什么材质的？"

叶阑心虚极了，瞪他一眼："谁是小娘子？"

飞刀待发，目光如炬。

飞尘但笑不语，巍鸣急忙冲到二人中间道："棺材，我们要棺材。"

飞尘笑得花枝乱颤，他最爱看美人娇嗔。他知叶阑手握利刃，便道："好的，小公子。"

巍鸣不无得意地转头看向叶阑，冲她眨了眨眼。

叶阑好不恼火，转开头去不看他。

巍鸣忍笑，捅了捅她的胳膊："怎么了，这就生气了？人家说你是个姑娘，就不高兴啦？"

叶阑不理他，看见棺材盖上散落的几只死鸟，蹙眉道："那是什么？"

巍鸣也好奇，转头问飞尘。飞尘掠了一眼，闲闲道："误飞进来的鸟儿，没找到出去的路，撞死在这里了。"

叶阑、巍鸣看了彼此一眼，目中都有惊疑。

从棺材铺出来，见一家布店正在揽客，店里挂满了新衫。叶阑想到什么，回头看了看巍鸣，巍鸣觉出她的打量，不解地问："怎么了？"

她微抬下颌，指指店内，淡淡道："走吧。"

巍鸣面上一喜，快步走至她身边，喜滋滋道："你要给我挑衣服吗？"

叶阑道："就要去鸾倾殿了，你换件衣服吧，别穿得破破烂烂的，哪有个少堂主的样子，倒像是沿街乞讨的乞丐。"

巍鸣笑道："都听你的。"

二人阔步入店，叶阑逛了一圈，挑挑拣拣，选中一件，在他身上比了比。他伸展双臂端然站着，原本便是清俊的少年，此刻以闲散的态度任她装扮，嘴角带笑，容貌俊美，翩翩风度好不引人注目，而叶阑好似浑然不觉他出众的外表，这令巍鸣有些失落。

最后叶阑拿了一件，塞给他，说："给你，换上试试。"

巍鸣瞥了一眼她手里的衣衫，举起两臂，不动。

叶阑皱眉："你干吗？"

"让你替我更衣啊。"

"你以为你是谁啊？"叶阑怒了，"太上皇啊？！"

"你怎可如此粗鲁！"巍鸣摇头。

几个来买新衫的姑娘听见二人的对话，不时偷看他们，捂嘴窃笑。

叶阑沉下脸，将衣衫摔在他身上，冷冷道："你爱穿不穿。"

巍鸣一把接住，委屈道："谁说不穿了？只是你们鸾倾城的服饰跟我们的大为不同，左襟还是右襟，哪个搭哪个，我弄不清楚啊。"

他说得诚恳，偷偷用余光瞥向叶阑，叶阑似有所动，接过衣服，叹道："富贵公子，五谷不分，四体不勤，我还真是请了尊大佛啊。"

他偷偷笑了。

铜镜前，她为他穿衣打扮，像极了一对普通的夫妻，替君理云鬓，为妻贴花黄。巍鸣记忆中的父亲母亲也是这般恩爱。

暖暖的爱意在他心头涌起，他凄苦人生中唯一的一点快乐，因为父母双亡而断送了，如今，冥冥之中，又寻了回来，换作他与她，朝朝暮暮，恩恩爱爱。

深情望佳人。

她不经意间抬头，撞上他灼热的眼神，她不知所措，赶忙挪开了眼神。

叶阑接过他的腰带，走到他面前正准备帮他系上，巍鸣低头深情地望向叶阑，故意逗她："见了本君这爽朗清举的仪态，可有神魂颠倒，向往之啊？"

叶阑冷哧了一声："君子之风，朗朗如明月入怀，不是你这样，徒有个俊俏的皮囊！"

叶阑猛地拉紧腰带，故意折磨他。

巍鸣被她这样呵斥，非但一点不恼，还开玩笑道："你倒是如明月入怀，令君子神往。"

她要走开，却被巍鸣从身后揽住了，挣脱不掉。

叶阑一惊之下本能地斥道："你小子是疯了吧？放开！"

巍鸣胸前挨了一计，被叶阑狠狠推开："你……"

他勇猛地上前半步，又被推搡着跌坐在镜前。

叶阑上下打量巍鸣："满口胡言乱语，哪里有一点君王的风度。"

巍鸣被戳中痛处，低头苦笑："你说得没错，我就是难登大雅之堂的废物。"

他自己都厌弃着自己，又何苦责备叶阑。

"自小舅父就不许我读经天纬地之作，仅允许我看些诗词聊以自慰，我便长成这百无一用的笨样子，才落到如此地步。"

叶阑愣怔，心生愧疚："我不是这个意思……"

巍鸣看向镜中的她，神情略显伤感："但我也知，凡事要思退路……此番我还能活着回去吗？"

叶阑一惊，他并不痴傻，知道她推着他走上了绝路。

她点头，笃定地开口："救人水火乃正义之举，老天定会护佑你。"

这是在安慰他？也许，就是欺骗。

他倒是不在意，方才一刻的羞辱也忘却了。

巍鸣勉力一笑："那便好，我信阑儿。事成再见，你我也算生死之交了。"

他定定地望向她，望向他们二人的锦绣前程——但愿他们能一起活下去，哪怕苟且偷生也是好的。

叶阑看到他眼含期许，带着点歉意，转到他身后，为他整理腰带，推心置腹道："你放心，我会陪着你，背水一战，共渡此难关。就算真有个差池，黄泉路上，我替荆南世家还你这个人情。"

他慌了，猛然转过来，用手臂将她钳住了，急急道："我不要你死！我要你陪着我，一直陪着我！"

叶阑冲着巍鸣笑了笑，是答应，也是拒绝。

铜镜中映出相对而立的两人，巍鸣面带微笑，注视着叶阑，叶阑正在为他整理衣襟，因身高有差距，她微微踮起脚，为配合她，巍鸣便主动俯身靠近，嗅到她颈间发梢的幽幽香气，如缕不绝，心神为之一震，正巧她抬起头，双眸亮如点漆，笑得轻巧："好了。"

四目相触，她脸上的笑尚未隐去，嘴角梨涡浅显，眼睫翩翩如扇羽，现出了她这个年纪该有的活泼可爱，看得巍鸣愣在那里。他不由自主地伸出手去，扶住她的手臂，继而揽住了她不盈一握的腰，神色却是茫然的。

她亦是一愣，咬唇抬头，两颊浮起一层窘迫的红色，顾及四周都有人，她低声喝他："干什么？松开！"

巍鸣回过神来，慌忙松开手，一时之间只觉得手足无措，讷讷道："太紧了……腰带。"

叶阑走到巍鸣身后，替他调整腰带的长度。巍鸣目不转睛地自镜中看着她的动作，竟有些鄙夷适才自己的慌乱。

"这样可好？"她在背后问。

他仓促地应了一声。

"那就这件吧。"叶阑满意地拍了拍手，与他一起看向镜中，镜中二人站得颇近，女子清秀婉约，男儿俊朗挺拔，站在一处竟有说不出的赏心悦目。

这样想着，巍鸣不自觉地笑了起来，叶阑嫌弃地瞥了镜中的他一眼："你笑什么笑？"

他低头，脸上的笑意却止不住："我们……看起来真像一对小夫妻……"

叶阑当下就不高兴了："谁跟你是夫妻？"

他看着她的眼，忽然问："我若死了，你会为我哭吗？"

"一定会的。"他想了想，自顾自地回答，"你会流泪，替我伤心，可是过不了多久，你就会把我忘了，因为我是这样无能，身为幼主，手无实权，又无经世治国的才能，跟……他相比，简直不值得一提吧，更不会在你心里留下任何痕迹吧。"

叶阑的心猛然一痛，看着他坚定地说道："巍鸣君有巍鸣君的优点，这些优点是别人所没有的。"

巍鸣一笑，语气轻松了一些："脸皮厚吗？"

她摇头，神情是前所未有的严肃，说："不是，你的优点是善良，你真诚地善待所有人，可不是仅有善良就够了。"说这些话的时候，她的眼神异常坚定，"在这乱世里，只有坚强勇敢才能换来盛世永治。"

他低头看她。

她目中有光斑点点，治世的大志是苏穆给她的，如今，她送予了另一个男人。

他忽然就笑了，注视着她的眼睛问："那么，我还能活着回去吗？"

叶阑眼中暖意融融："嗯，我们都不会死。"

巍鸣似喟似叹，颇为动容，展开双臂拥住了叶阑，这次叶阑没有躲开，而是伸手轻拍了拍他的小臂，仿佛鼓励。

"在你的心里，或多或少也是有我的，对吗？"他忍不住问她。

曾经，也有人这样问过她，相似的句子，不同的语气，却带着三分同样的欣喜。她不禁愣在那里，心头随之翻涌而起的，却是怆然酸楚。

"嗯，我们都不会死的。"他低声道，"我要你幸福一辈子，这一辈子，都陪着我。"

暗谋生机

　　二人回到大杂院时，正巧遇上了从外边回来的瘦猴、瘟猴。他们手上都提着一个篮子，还未靠近便闻见篮子里散发出来的一股腥臭之气，两人望着彼此手里的篮子，心生好奇。

　　"真够臭的，你的是啥？"

　　瘦猴笑得神神秘秘，掀开了篮子一角，露出下面的臭鱼烂虾，问他："你的呢？"

　　瘟猴一阵坏笑，撩开自己的篮子，里面赫然是几坨牛粪："老大不是要咱们找些臭东西吗？问世间何物最臭？唯有粑粑也……"

　　二人笑作一团，互称对方恶心，正好叶阑走上前来，见状问道："你们笑什么呢？"

　　瘟猴、瘦猴一见叶阑，便争先恐后地向她邀功："老大老大，你要我们办的事，我们都办妥啦！"

　　叶阑喜笑颜开，赞赏道："干得好。"兄弟二人喜不自禁，二人七嘴八舌地说起收集这些脏物的艰难厉害之处，叽叽喳喳，活像两只麻雀。

　　这时候，华奴听到声音走出房间，站在檐下挥手叫她，叶阑应声上前，跟着母亲一道进屋。

　　华奴掩上房门，取出缝制了数日的衣裙递给她，笑道："这是娘亲手做的，我的阑儿穿上以后必定娇艳动人。"

　　叶阑笑着按住母亲的手："娘给女儿做了，女儿也没有机会穿啊。"

　　华奴摇头，不认同道："怎么会没有？等你日后做回女儿家，就有时间打扮自己，到时候娘再替你寻一门合心合意的亲事……"

叶阑犯难："阑儿尚有未完之事，即日就要动身……"

华奴心底一颤，举目看她，眼中有来不及掩去的忧伤。让母亲为自己担惊受怕是叶阑最不愿见到的，也是她最无法承受的。叶阑心头一痛，掀了衣摆，在她面前跪下，仰头看她，殷殷道："女儿不孝……"

华奴伸手抚摸她的秀发，一点点往下，及至她的脸颊，温和地问："非走不可吗？"

叶阑眼中含泪，点头："非走不可。"

"事情已经到了这种地步了吗？"她问，忧心忡忡。

叶阑略吃惊，对于她在外面做的那些事情，母亲并非她想象中的那样一无所知。只是为了让女儿安心，她一直保持着沉默。

叶阑低声道："娘，对不起，女儿不能陪在您身边。国将不为国，我不能眼睁睁地看着这一切糟下去。女儿走了以后，请娘亲务必保重身体。"

华奴笑着，两鬓在流转的岁月间已悄然转白，而她望向叶阑的目光仍旧那样温暖。她用手抚平叶阑额际的乱发，干燥的掌心有着镇定人心的作用。

"安心去吧，孩子，娘会好好的，等着阑儿回来。"

叶阑不敢在母亲面前落泪，她忍着眼泪急急起身，推开房门后跟站在门外的巍鸣撞了个满怀，她还未抬头，他却先伸手，放在她脑后，将她的脸按压在自己胸口，揽她入怀中。

巍鸣抚着她的长发，他想，没有人会比他更了解她的不舍和绝望。家与国，母亲与君上，都在她的天秤之上，决定着她感情的去向，所以她不能不挣扎。

他侧首低头，在她的如云秀发之上落下一吻，轻声安慰她："阑儿，这是你第一次当着我的面哭，我……真的很高兴……啊！"

而那一声不合时宜的"啊"，是叶阑一时怒起，狠狠咬了他胳膊一口所致。

巍鸣哀号，眼泪狂飙："这都要咬，你属狗的啊！"

叶阑怒视巍鸣。

次日，飞尘便遣了人送来棺材，那棺材由柏木所制，上绘仙鹤腾云，绚丽有序。瘦猴、瘰猴忍着臭气，将早已备好的烂虫虾米倒入其中。叶阑领着巍鸣走近，瘦猴连忙邀功："老大，你让我们调制的死人味道已经制成了。"

兄弟二人将昨日寻来的恶臭之物一层一层地铺在棺材里，最上面盖着薄薄的麻布。

叶阑转头看着巍鸣，问他："你信我吗？"

他点了点头。

她指着那口棺材道："待会儿我会封住你的气息，到时候你就跟睡着了一样，四五个时辰之后才能醒过来。"

巍鸣还未靠近那棺材，已然恶气迎面。

他猜中了叶阑的用意："不是要让我躺在这恶臭无比的棺材里吧？君子以香兰相伴，怎可睡在粪坑之上？"

他还未反应过来，就被叶阑推入了棺材里。整个人沉在臭气之中，他如溺水一般，双手扑腾着抓住棺材的边缘，垂死挣扎着。

"喂喂，小君我没被刀剑诛杀，却要被恶臭熏死，如若选择，我……我宁愿被刀剑砍死……放我出去……"

叶阑伸手在他身上轻点一二，封了气息。

随即，巍鸣沉沉睡去。

"委屈小君了，忍忍吧。"

叶阑转头交代瘦猴、瘰猴两兄弟："若是三天之后我没有回来，你们就带着我娘速速离开此地，记住了吗？"

二人脸色一变，齐声叫道："老大！"

叶阑毅然打断了他俩："既然叫我一声老大，就要听我的话。"

懿沧群策马走在崎岖的山路上，每一次马蹄扬起都带起尘土。身后紧随的懿沧武士日夜兼程，不曾歇息片刻。整齐的马蹄声震得地面微微颤动，转瞬便消失在山路口。懿沧武士跨过悠然河，直奔鸢倾城的驿馆。

同是懿沧的人，他也绝不容情，还是丛林法则——大鱼吃小鱼，小鱼吃虾米。在这血海中，懿沧群是那条最凶的大鱼。

驿馆中，懿沧副将带着人战战兢兢地跪了一院子。

懿沧群没有下马，仿佛天上恶毒的神，一马鞭抽下来，在副将脸上留下条血痕。这是他失宠失利的标记。

懿沧群豹眼怒睁，大喝一声："废物！"

只短短的一句，副将已然如坠深渊。他跪在地上，连连磕头，恳求饶命。

"这点小事都要我亲自出马，早该将你剁成肉泥喂狗！"

语罢，又是一鞭。

懿沧副将不敢动亦不敢躲，连声道："是属下办事不力，望涧主息怒。"

晟睿勒马上前，看着跪在地上的人，冷淡道："那具尸体呢？抬上来看看。"

很快便有武士抬了那具焦尸上来，懿沧群暂时收了怒火，翻身下马，走上前去与晟睿一起察看。武士掀开覆尸的白布，赫然见那尸体焦黑模糊，已经开始腐烂。

懿沧群连声咒骂。

晟睿若有所思，而后转头问身边的人："他身上穿的，可是皇甫巍鸣的衣服？"

懿沧副将连忙点头，面上血珠簌簌滚下，他连擦也不敢擦。

晟睿上前撕下死尸身上的一截袖子，递给跟在自己身后的冰原狼："阿布，闻闻。"

冰原狼嗅了嗅，随即仰天长啸。晟睿微微一笑，转向懿沧群，道："叔父不必着急，很快就能寻到皇甫巍鸣的踪迹。"

懿沧群得他如此保证，才稍稍展颜，点头道："一个黄口小儿，我不信他还能有通天的本事，必定是有高人相助。晟睿，记住，除了他，其他窝藏包庇他的人，全给我捉回来。"

"侄儿明白。"

懿沧群转头望向鸢倾殿所在的方向，混浊的双目微微眯了眯，冷笑道："本来还想用些斯文的法子，如今看来，倒是不必了。你们给我记得，接到荆南郡主之后，其他人都给我宰了，再在鸢倾殿放一把火，省得老夫再寻些乱七八糟的借口动手。"

"至于你，"他回头，扫了一眼跪在地上、浑身冒冷汗的懿沧副将，冷笑道，"老夫闲下来再处置你。"

懿沧副将连连叩头，嘴上不住道："谢涧主不杀之恩，谢涧主不杀之恩。"

"滚吧。"

"涧主，没找到小君，属下也不敢去责问荆南苏穆。"

"怕他作甚！叔父，让晟睿替你将那小儿两刀剐了！"

晟睿如刚出山的凶兽，嗜血如命。

懿沧群瞥了晟睿一眼，知晓自己手上又多了把利刃，便决定去会一会那荆南苏穆。

消息很快就传到苏穆那儿。

辰星匆匆步入："'盾牌'来报，懿沧群带着大队人马，已经进城了。"

懿沧群？熟悉的名字飘浮在空中，如细细的蛇，钻入他的耳中，盘在脑袋里，旋着飞着。

他的思绪飘远了，一下子收不回来。

漫天的乌鸦，满地的血和死尸。

时光已去，冤仇犹浓。

梦姑姑……

红妆配金饰，如花美眷，在最好的时候，却白白死了。寒彻的悠然河水中，她冷不冷？

苏穆抓起剑架上的长剑，长剑似灌注恨意，重得拿不起来。

无论谁是主谋，当年效忠逍遥堂的人，他们手上都沾着梦姑姑的鲜血，血海深仇不报，誓不为人！

含露看出他心中所想，忙道："苏穆君决不可以死相拼。"

他侧头看向她："娘子觉得，就如今的境况，还有容我委曲求全、还转回旋的余地？"

韬光养晦，卧薪尝胆，十六年的时间还不够，时机未到，人纵有天大的本事，也抵不过天命。

含露被他问住，沉默了片刻，方才寻了个安慰似的理由："至少，我们还有其他世家的支持。"

"他们？"苏穆轻叹，"不必抱太大的希望，见懿沧世家如此大动干戈，想置我们于死地，你觉得他们还能坚定地站在我们这一边吗？为了自保，他们不倒戈绞杀我们已是万幸，哪能奢望他们支持？"

含露仔细回味他的话，反应过来后便慌了手脚，喃喃道："一定会有办法的，一定会有的，容含露再想想……"

这是苏穆第一次见到含露如此慌乱，想到这一路走来含露为他所做的一切，心中恻然。他是被逼无奈选择了复仇这一条路，而她和辰星，却全是心甘情愿地追随着他，此战一败，若能再见，只怕就是在黄泉路上了。

苏穆放缓了语气，安慰含露："虽是以卵击石，却也须殊死一搏，倘若上天不眷顾，要我荆南苏穆的命，也是天命不可违，拿去便是。叹只叹，命运不公，让我荆南世家难逃厄运，对不起列祖列宗。"

含露听闻此语，双睫一颤，泪珠沿着面颊成串滚落："苏穆君……"

苏穆努力挤出微笑，道："娘子虽为女子，却有诸葛之智，这些年为我图谋大业，苏穆无以为报，只有一句谢谢。只恨功亏一篑，毁在这未到的时机之上……娘子放心，他们想要的是荆南世家的血，如若合了他们的心意，必不会危及鸾倾城的百姓。"

他竟有点轻松，国仇家恨，浸在他的身上，一如抽筋断骨，腐肠噬心。活着太苦，终于可以赴死了。

他瞥向荆南依留在桌上的小玩意，也是庆幸，妹妹逃出去了，虽飘零，却不必受辱。只他一个人，一个人生，一个人死。

他的目光始终停留在生日宴那天荆南依所坐的位置上。想起昔日妹妹的一颦一笑，他禁不住一声长叹，又想起流落在外的依依可能会遭受到的命运，她绝美的容颜将要为她招致怎样的祸事，他的心便痛不可遏。

"苏穆有一事相托。"

含露拭干眼角的泪，哽咽道："苏穆君请吩咐。"

苏穆转身面向含露，朝她作长揖，诚恳地开口："请娘子务必帮我找到依依，保她平安无事。"

含露连忙用两手相扶，郑重应下了他的请求："含露发誓，即便踏遍天涯海角，也会寻到依郡主，决不食言！"

苏穆笑了笑："多谢。"

懿沧武士浩浩荡荡地挺进鸾倾殿。

三十五
久别重逢

区区一扇木门，怎能封堵住懿沧世家？

晟睿勇猛转身，一跃而起，一掌推起门前的石麒麟。

两只死物瞬间腾空而起，径直撞向鸢倾城的大门。

破门而入。

刚下过雨，天还未放晴，鸢倾殿青蓝的帷幔在清风中孤寂地轻摇，也被突如其来的震荡惊扰了，躲闪向一处。石麒麟飞入大门，仍旧在迷蒙的空气中乱撞。

苏穆抽剑飞跃而起，使剑滑过堂前水面，水如扇面腾起，柔和地将石麒麟顺势接到两边的空地上，驯化成乖巧的宠物，安静蹲在凤凰树下。借着兴起的水波，苏穆轻点水面，跃到大门之前。

懿沧武士鱼贯而入，个个杀气腾腾，列队虎视。

苏穆肃立在堂前，一手持剑，一手谦和地背在身后。

只一眼，他便认出了懿沧群。还是嚣张跋扈，手持大刀，还是目中无人，睥睨天下……苏穆冷眼看他，他的形象与他记忆中的懿沧群渐渐重合，唯一不符的，是岁月流转间，他两鬓新添的白发。

他也会老吗？苏穆握紧了手中的剑，冷笑着想。他也会恐惧哪一天被死亡夺走性命吗？他也尝过因恐惧而夜不能寐的滋味吗？

环顾殿内山水亭榭，懿沧群大笑而入，轻敌如斯："鸢倾城果然是豢养凤凰的风水宝地，进个门都要如此大费周章，看来，我们逍遥堂是讨对了媳妇娶对了妻。"

苏穆暗中握拳，用仅剩的理智克制了自己拔剑的欲望，拱手行了一礼，冷淡道："荆南苏穆拜见懿沧涧主。"

他装成目盲的老朽，向四周望去，良久，方才看到苏穆似的。

"你认得老夫？"

明知故问，尽情展示他的威望。

苏穆缓缓抬头，如幻往事，翻江倒海。

荆南武士如飞灰重聚，被大刀砍着劈着，被飞羽刺着射着……银甲红缨呼啸着，面目重合。

"懿花涧嚣张霸道的银甲红缨，天下谁人不知，谁人不识？"他冷脸相待，自有霸道威风。

懿沧群愣怔，没料到苏穆竟公然顶撞自己。

"荆南梦造反被诛杀的时候，鸾倾城的少主人还是个只会啼哭的小儿，想必就是你了。没料到，你与那荆南梦一样，都是不知天高地厚，一心求死的性情。"懿沧群傲慢地望向苏穆，眼中满是轻蔑和不屑。

旧事重提，是个警钟。

"死又何妨，苏穆无所畏惧。"他微微一笑，回击他的威胁。

不识好歹！

"当年我叔父大恩才饶了你们，别失了身份，学你家那个不成体统的老女人。"

"女子又如何？还不是逼近悠然河北，逼退皇甫武士？"

他维护着，不容任何人侮辱他的梦姑姑。那时候，他还是个稚童，什么都做不了，只能眼睁睁地看着她死；如今，命运的大手仍在玩弄，他还是无力，却有一剑在手，一身铁骨。

懿沧群狂笑起来："成王败寇，别忘了，现在的悠然河南北谁才是王者！至于那妖女，应该早已被鱼虾吃光，连骨头渣都没了。"

她枉死了，也不得安宁，永生永世被封在悠然河底，遭人唾弃，如抓在他们手里的人质，翻不了身。

苏穆不寒而栗，最毒辣的，不是刀枪、恶毒的传言，而是史官的笔。

苏穆忍着怒气，避开了懿沧群的眼睛。

"恨我吗？"懿沧群说，仿佛挑衅，试图激怒他，"这些年，想过杀了我吗？"

苏穆低头："说不恨，涧主信吗？"

懿沧群愣怔，忽地放声大笑，这一笑极是畅快淋漓，众人只觉耳膜都快被震破了。笑了半晌才收声，他深深看了苏穆一眼："十六年前，荆南梦用美色蛊惑人心，祸乱天下，她没能杀了我；如今，你依然杀不了我。小子，记住，是我逍遥堂大恩饶了你一条命，别不识好歹。"他边说边走到苏穆面前，用手轻拍了拍他衣襟上并不存在的灰尘，一字一句地挑衅道，"你可以恨我，但是你不能不感激我。"

苏穆猛然抬头，眼中跃动着两簇冰冷的火焰，胸口因压抑的怒意起伏不歇："感激什么？感激你杀了我姑姑吗？"

懿沧群轻笑，并不以为意："杀了她又如何？别忘了，谁才能号令天下，将鸾倾城的生死玩开于股掌之中？"

苏穆大怒，正欲拔剑，懿沧群看他举动，笑得更快意了："想杀我？"

苏穆锋利的目光如两柄淬炼过的宝剑，只见他沉声道："鸾倾城的百姓何辜？"

懿沧群笑得轻蔑："我们懿花涧有个规矩，但凡主子犯了错，他的侍从、婢女、封地的百姓都要跟着遭殃，不知苏穆君以为如何？想要在鸾倾城内也推行这个规矩吗？"

面对赤裸的威胁，苏穆怒不可遏。含露急忙上前，在旁轻轻拉了拉他的衣袖，示意他时机未到，还须忍气吞声。

苏穆隐忍地侧过头，懿沧群见他如此，料定他不过是个不成气候的毛头小子，不由得张狂大笑，向着身后挥挥手。

懿沧武士们纷纷严阵以待。

懿沧群扫了一眼脸色铁青的苏穆，用倨傲的语气命令左右："我与苏穆君有要事相商，闲杂人等一律不得进入，如若遇到可疑者，格杀勿论。"

回声如响雷："是！"

鸾倾殿的大门关上了，是要瓮中捉鳖。见不得人的事，都要捂着遮着，在无光的地方，作恶都好像容易一点。

懿沧武士们散开站立，背身向内，持剑对外，将苏穆含露等人圈在其中。

苏穆冷眼看他，不紧不慢地开口："既是来和亲，便是喜庆之事，涧主如此剑拔弩张，是否有碍联姻呢？"

懿沧群一摆手，粗鲁地打断了他的话："我等皆是马背上得天下，与你等小儿不同，这些迷信，老夫素来是不信的。"

苏穆捏紧了拳头，生生压下心头生起的怒火，淡淡道："这事先不提，苏穆命人备下薄酒，与涧主一起庆贺我荆南世家与皇甫世家喜结秦晋之好。请。"

苏穆手无寸铁，麾下无卒。懿沧群暗中思量，双目里闪着盘算的精光，暗道：料这小儿也要不出什么花样。

侍女鱼贯入庭布筵，苏穆引着懿沧群坐入席间，中间隔着一脉池水，水中有金鱼几尾，悠然地曳过中庭。

苏穆向着对面举杯："请。"

懿沧群懒得理那些虚礼，径直端起酒杯，干脆地一饮而尽。

觥筹交错，只是举杯的一瞬间，眼神交错，刀光剑影。

苏穆不着痕迹地看了含露一眼，堂下的含露向他微微点了点头。苏穆心下一宽，向着懿沧群道："美酒相伴，怎可无丝竹舞姬助兴？来人。"他双手一拍，含露便领着数名绣娘分花拂柳而来，走至懿沧群面前，对着他盈盈一拜，他的眼波便随那脂香软粉、衣香鬓影晃了晃。

苏穆满意地一笑，击掌道："开始吧。"

看着一水的荆南美人，武士们的眼中荡起涟漪，手里的利刃握得更紧了，一场恶战，被眼前的美人扛了回去。

辰星将古琴摆在苏穆面前。

项庄舞剑，意在沛公。

掩在帷幕之后的丝竹随之响起，含露率众位绣娘起舞，翩飞的衣袂如一只只蝶，在这融融的春洲歌舞不歇。苏穆以杯抵唇，忽地扬目，犀利的目光正对上含露的眼。

含露心领神会，长袖一抛，如暗示般，丝竹声忽然加紧，似山间溪水遇到飞檐峭壁，迸溅出激烈的水花，平添了几分金戈之音。

绣娘抖动水袖，其上缀着的铃铛不住地响，和着那紧迫的丝竹之音，让人无端心头一紧。

241

"飘然转旋回雪轻……"

四面八方，水袖轻扬。绣娘们浸在乐音之中，身子骨也轻柔若雪，飘飘荡荡。

"嫣然纵送游龙惊……"

水袖上的小铃铛猛然震动，在水袖中躲闪穿行，不经意地，如女儿回眸，寻找着懿沧群的破绽。

含露起舞，水袖长了又长，如藤蔓般，遮住了男人的目光。

琴弦忽如骤雨，密，紧，急。

"双心一影誓不移，长袖拂面为君施。"

一簇簇丝线自裙中飞出，五彩缤纷，如万丈光丝，在懿沧群周身缠绕。瞬间，化成了老茧，作茧为缚他。丝线缠堵在懿沧群的口鼻上、眉眼上……要将他困在女儿的温柔乡里。

一招以柔克刚，眼看就要得胜。

乐声越来越快，绣娘越旋越急，水袖从四面八方挥出，将懿沧群的四肢缠住，两名绣娘牵起彼此的长袖绕着懿沧旋转。

绣娘们身姿一旋，折腰向内抛出长袖，末端系着的铃铛打在懿沧群各个穴位上，他猛然大惊，起身挣扎，脚底却忽然一软，又跌坐了回去。

此时的懿沧群又惊又怒，抬头正欲质问，却发现喉舌之间肿胀非常，竟是一句话也说不出。

位于阵列中心的含露探手入袖中，广袖掩映着的一抹寒光若影若现，她神色凌厉，眉宇间聚集着一股杀戮之气，向着懿沧群步步逼近。

懿沧群混沌的双目惊恐地盯着她的一举一动，只剩眼珠还能微微转动，冷汗如泉涌。

含露冷冷一笑，抽刀准备制敌。

危急关头，晟睿腾空而起，弯刀频闪，水袖瞬间化成碎片，纷纷扬扬，刀刃无眼，报复似的胡乱砍杀，鲜血四溅，与碎布一同洒向空中。裙角的铃铛还在轻响，穿裙子的人懵懂不知地死去了，血肉模糊。间或，有女子的纤纤玉指落地。

救出了懿沧群，还不肯罢休，咄咄逼人地直冲着含露杀来。

琴声熄灭，一声混响，弯刀刺进了古琴的"胸腔"。百年古物，瞬间成了碎木。苏穆起势，救含露避过杀身之祸。

"女儿家的雕虫小技，只为博君一笑，何故下如此毒手？"

"下去吧。"苏穆挥了挥手，示意她退下。

含露施了一礼，垂目扫了枉死的绣娘，敛下了眼中仇恨的光。

"站住。"晟睿冷眼看着含露，看着她不屈却不得不屈的眼神，料想她绝非她表现出来那样柔弱，手中的刀便向前送了几寸，冰冷的刀刃上还残留着鲜血的温热。

苏穆微微色变。

含露抬头直视晟睿，平静地问："晟睿君还有何吩咐？"

晟睿虽对着含露说话，眼睛却看向一旁的苏穆，冷笑道："老子平生最恨这些小伎俩，不如痛快一些，是死是活，问我眼前的弯刀！"

咄咄相逼，皆是杀招。

苏穆眼见他挥刀劈下，眸色一沉，抽出佩剑飞身向前，挡在他和含露之间，以剑身挑他手上弯刀，剑气如虹，弯刀脱手飞出，去势甚大，击得晟睿一连退数步，退到了懿沧群的身边。他狼狈地站定，引袖抬手，摸了摸被苏穆剑气所伤的右脸，摸到了流淌的血，反倒来了兴致。

晟睿忽地阴恻恻一笑，正欲上前，却被懿沧群反手拉住。

晟睿回头，虽在笑，眼中却无笑意，他说："叔父，我要亲手宰了他。"

懿沧群从不适中缓过一口气来，明白刚才是着了苏穆的道，心下暗恼，冷冷道："杀鸡焉用牛刀？我们要的是一个结果，不用跟他逞强斗狠！懿沧武士听令。"转身对懿沧武士发号施令。

侍立的武士们齐声道："在。"纷纷拿出长矛，对着苏穆等人。

懿沧群抬手一指，正对苏穆眉心的位置，二人四目交接，一从容，一阴鸷，两股无形的力量在空中交织，欲置对方于死地。

这天下，从来没有英雄，只有成王败寇。

懿沧群阴恻恻一笑，道："先结果了他们，等老夫稳操胜券，再给他个天下大不违的罪名。这一次，只看成败，不择手段。"

兵刃齐鸣，懿沧武士们举起手中兵器，一致对准苏穆。

"辰星！"

苏穆一声令下，"盾牌营"汹涌而来，一个个"盾牌"固若金汤。

刀兵相见，懿沧武士与"盾牌营"两相对峙。

矛与盾，生与死，命悬一线。

鸢倾城外，炎阳炽烈，整个大地像是一个火炉，要将世人蒸熟。

驿馆之中，被遗弃的懿沧副将苦闷饮酒。得罪了懿沧群，回到逍遥堂，自己定然没有好下场。

一个懿沧武士兴冲冲地跑进来，神神秘秘地凑过来："将军，有人说要见您一面。"

懿沧副将一肚子火正没处发，手一挥，不耐烦道："不见不见，没见老子正心烦吗？"说着一脚将其踹翻在地，胸中畅快一点了，才抬头看，却见叶阑站在他面前。

真是踏破铁鞋无觅处，自己送上门来了。懿沧副将抽刀起身，仿佛似锦前程又有了盼头。

叶阑背手而立，并不躲避。

刀到脖颈了，却被一声喝止住了。

"您要的死人，我带来了。"

她撇了撇嘴，抬起胳膊指向门外。

懿沧武士们七手八脚地将棺材撬开了，急急凑过去。也许他们看的并不是尸体，他们成了吃腐肉的鹫，兴致盎然地朝看着自己的"食物"。

然而，迎面扑来的恶臭将他们逼退，纷纷捂住口鼻："将军，尸体都臭了。"

叶阑打趣道："这种天气，您死了，也会臭。"

副将探头望向棺内，认出了巍鸣——他苦苦寻觅的猎物，但他还是不放心，勒令手下再查看。

叶阑警觉地盯着他的一举一动，唯恐他发现其中端倪对巍鸣不利。懿沧副将命手下上前检查，武士不情愿地捏着鼻子，伸手到巍鸣鼻端探了探鼻息，便迅速收回了手，嫌弃似的在衣上猛擦，而后向着懿沧副将点了点头，示意他巍鸣已死透。

副将大喜："盖上、盖上。"

盖棺定论。她的一颗心也放下来，她曾暗暗做了最坏的打算，倘若有个差池，怎么带着巍鸣离开。他与她是一道的，如今，过了命。

等棺木盖妥，懿沧副将猛然转身，将手上的弯刀架在叶阑的脖子上，眼中精光四射，冷笑道："你小子打的什么鬼主意？前几日还拼死保护他，今日怎么改变主意，把他杀了？"

"人为财死，鸟为食亡。"

扮成贪生怕死、谋财害命之辈，仿佛不仁不义，才更让人相信。

她拍了拍棺材，敲敲打打，作揖谄媚道："大人有所不知，我本是为利所驱，这人开始说自己是什么堂主，还许诺我，只要我能护他平安无事，他就能给我万金。可是，这小子根本就是在骗我，小的也不能平白让人欺负，干脆一不做二不休，先下手为强，把他做了。"

她说得眉飞色舞。一出戏，事关生死。

懿沧副将冷冷地打量着她，似在判断她话的真实性。

叶阑语气一转，向着那名副将讨好似的一笑："小的心想，您如此想要这小子的性命，若是小的把他给您带来，想必您一定会给小的一点好处吧？"

懿沧副将放声大笑，眼中的猜忌这才淡去，手一挥，让手下拿了一包钱给她。

叶阑接过那包钱，喜笑颜开地连声道谢，一边掂量着一边朝外走去。懿沧副将志得意满，这尸身是他东山再起的筹码，失而复得，更显得珍贵异常。

叶阑心急如焚，若有一点差池，棺材中信她的人，城池内守她的人，两个男人都会陷入险境。一瞬，她如遭痛击，愣住了。若计策未遂，便是她害死了他们。

幸好，听见身后响起喝令："喂！"

堵在心头的一口气终于吐出来。那人上了当。

叶阑停下脚步，嘴角一勾，深吸了一口气，转身面向懿沧将军："敢问大人有何吩咐？"

他阴恻恻地问："你说，是你杀了那个小子？"

叶阑点头。

懿沧副将加重语气，看着她的眼睛，一字一句道："我再问你一遍，究竟是谁杀了他？"

叶阑会意，用手拍着脑袋，巴结道："大人认为……该是谁杀了他？"

副将赞许地看她一眼："果然识趣。"

叶阑察言观色，接过他的话："小的明白，杀他的人，可以是玉皇大帝，也可以是泰山东君，无论是谁，都是小的亲眼所见。"

副将大笑，又将一包银子丢给叶阑，仿佛丢给恶狗的骨头，要它咬谁，便咬谁。

"记住，杀他的人不是别人，正是荆南苏穆。"

叶阑眼中有冷光闪过，生生忍下了愤怒，点头哈腰道："没错，看小的这记性，就是他杀的。"

懿沧副将满意地点了点头，命令左右："去，带这小子去写一份供词，让他画押。"叶阑正要走，又被副将叫住，他看着叶阑许久，才意味深长地开口，"知道该怎么做吧，小子？"

叶阑赔笑点头："小的明白，您放心，我定会死死咬住苏穆君的，您的钱不会白花。"

"那就好。"他松了口气，"我们走，把棺材抬上。"

叶阑抬头望了一眼棺材，心中百味杂陈，一面为巍鸣的安危担忧，一面又忧心苏穆的处境，千头万绪涌上她心头，她抬头看向天空，却被此时正烈的太阳刺痛了眼睛。

叶阑被捆了双手，跟在装着巍鸣的棺材后，被推搡着往鸾倾殿去。他们不像是抬着棺材的人，欣喜得近乎癫狂，用别人的性命去换一把刀、一副铠甲，或者别的什么。无用的死物，让他们变成无情的兽。

越靠近鸾倾殿，不敢追忆的往事，如洪水般往她心里涌来——离开的时候，他以命相逼，鲜血沾在他的身上，狠狠地诅咒着自己！

她心里怕了，来与不来，都像是要夺苏穆的命。

过去的自己哪里信过这些？但落在他的身上，她就认真起来。

狠下心去，他若死了，自己也不会独活。

这条回来的路，她走得决绝。

到了鸾倾殿外，懿沧的银甲红缨将殿宇围得水泄不通。她心里一惊，难道来晚了？苏穆君已身陷困局？

懿沧副将凶神恶煞地往里硬闯，却被守卫拦住："涧主有令，闲杂人等不能进入鸢倾殿。"

"我是闲杂人等吗？让开！"懿沧副将吼道。

三十六

欲加之罪

鸾倾殿内，僵持不下的刀剑悬在半空中，每个人脸上都有决绝的神色。战场之上，诗书礼仪，道德大义，全部不作数，最原始的欲望被激发，不是你死，就是我亡。

苏穆是被围在其中的困兽，困兽犹斗，他知道，自己终究抵不过不择手段的猎人。

懿沧群一方人多势众，胜券在握。

此时，突然从内堂传来笑声。

"大喜啊，怪我们来晚了。"是个女子的声音，却自带英武之气。

懿沧群和晟睿对视了一眼，眼中有相似的惊疑。只见有疏烟芜、扶泽世家等数名掌权人陆续从内堂走出，懿沧群大惊，脱口就问："你们……你们怎么会在这里？"

三人先后行礼，礼毕之后，有疏烟芜含笑答他："我等听闻逍遥堂少堂主即将迎娶荆南郡主，这等天大的喜事，我们这些追随皇甫世家多年的部下、附属，当然要赶来庆贺了。"

扶泽掌权人粗声粗气地接过话："当年，老朽也是与荆南郡主有一纸婚约的，虽然搞成了一出闹剧，但不管如何，荆南世家也算是我一朝的亲家公，当然要来恭喜一番。不过话说回来，"扶泽掌权人话锋一转，"懿花涧的勇士果然名不虚传，个个霸气彪悍，这为主上助兴的方式就十分大胆新奇。苏穆君，你看看涧主调教出来的人，可比你方才的绣娘舞姬好看多了。"

苏穆赶忙道："扶泽首领教训得是。"然后转身向着懿沧群欠了欠身，状似诚恳道，"多谢涧主，令苏穆大开眼界。"

懿沧群怒火中烧，他望向苏穆，没料到他竟知晓合纵连横。

晟睿大怒，提刀上前，却被懿沧群拦住，低声喝道："不可妄动。"

晟睿恨得牙痒痒，说："叔父，他们分明就是来搅局的，不如一起收拾了。"

懿沧群面露难色，最终还是摇了摇头："万万不可，这几位都有封地和兵卒，倘若将其一起诛杀了，其他世家必来责问，逼急了，造反谋逆也不是不可能。"

晟睿阴鸷的目光扫过众人，恨恨地问："那要如何？"

"先收了兵刃。"

晟睿虽心有不甘，却还是依叔父的话照做，无奈之下朝众武士挥了挥手，示意他们放下武器。

老狐狸换了人皮，笑盈盈地对众人道："多谢各位附属世家，我回到逍遥堂，必定向老堂主转告各位的美意。请入席。"

苏穆望向烟芜，微微颔首，向她表示感激。烟芜只一笑，端起酒杯向着懿沧群道："祝老堂主千秋万代。"

众人纷纷举起酒杯，随着烟芜祝酒。

宴席继续，丝竹班子踩着绣娘们的血与肉，吹拉弹唱，又是一场欢宴。众人端举酒杯，齐齐念着言不由衷的谎言："祝老堂主千秋万代，愿皇甫世家与荆南世家喜结良缘，永世安好！"

丑陋的真相掩盖在华美的言辞下。

苏穆与懿沧群的眼神在空中相遇了。隔着逝去的年华，懿沧群终于发现了潜伏已久的敌手，不是在这一刻，而是在久远的过去，在荆南梦死的那个夜晚，白月下一个小小的孤鬼缠住了他，慢慢修炼，脱皮去骨，化成人形，终于借尸还魂，要索他的命。

懿沧群少不得一一敬过。酒过三巡，晟睿凑到懿沧群耳畔低声道："叔父，趁着众位世家家主都在，不如就拿那个草包少堂主做文章，把那具尸体抬上来？"

懿沧群眼睛一眯，放下手中空杯，扫了殿中欢宴歌舞的一干人等，冷笑："虽是几个昏聩老朽，但也不是眼瞎目盲，莫须有的罪名是加不上了。否则，几个家族合力质疑，懿花涧当真背上了弑君叛主之名，众世家定群而攻之。到时，你我将如何应对？"

晟睿万般不甘愿："难道就这样算了？"

此时，懿沧副将鬼鬼祟祟从殿外进来，不识趣地挤到懿沧群一侧。

"涧主，大喜。"

喜从何来？他的春秋大梦里凭空多了一块绊脚石。

杀了荆南梦，又冒出个荆南苏穆，一茬一茬，杀不尽，割不完，他不惧他们，只觉光阴难追，怕自己来不及。

副将凑到懿沧群耳边一阵私语。

喜色渐渐爬上懿沧群的眉梢。

一切都被苏穆看在眼中，他感到有点不对劲。

懿沧群缓缓站起身，一刀将眼前的案几劈成了两半，大喝道："大胆荆南苏穆，竟然谋害我逍遥堂少主巍鸣小君，该当何罪？"

丝竹骤停，满殿皆惊，所有人的目光齐齐投向荆南苏穆。

原来如此，故技重施？他早料到了。

苏穆神色如常，他缓缓放下酒杯，从容起身："涧主此话怎讲？"

他们彼此心知肚明，最了解敌手的，只有敌手。

"近日来，苏穆要么闭门不出专心为家妹筹备婚礼，要么前往祠堂祖墓祭祀祈福。直至今日，才有幸与涧主及逍遥堂的各位见面，而与巍鸣小君从未谋面，何来加害之说？"苏穆不卑不亢，面对懿沧群咄咄逼人的质问，也不见丝毫胆怯，镇定自若，他望向懿沧群，不怒自威，"况且，巍鸣小君即将迎娶舍妹，是逍遥堂未来的主人，对我荆南世家而言，这是无上的荣光，我们皆可沾其恩泽，有何理由去谋害于自己有恩的贵人？"

"巧舌如簧！"懿沧群盯着苏穆的眼，步步逼近，"荆南世家谋反，如同司马昭之心，路人皆知。荆南梦以色诱人，企图弑君叛主，夺取逍遥堂，却不幸败北。这是堵在你们胸口的一口恶气，如今，有了机会，你们当然要报仇。再则，你们荆南家族早就有了谋反之心，趁着小君年幼势弱，将其谋害，以搅乱天下大局，从中获益！"

面对他的指责，以及他强加给自己的一连串罪名，苏穆只淡淡一笑，脸上并无心虚或者大怒的神色："欲加之罪，何患无辞？涧主若想本君死，大可攻进我鸢倾城来，何必强加这些莫须有的罪名？"

"莫须有？"懿沧群冷嗤了一声，扬袖一指殿中诸位世家掌权人，"既然几位家主都在，那么，也给我懿沧群做个见证，我懿沧群有凭有据，绝不会冤了荆南世家。"说罢，他转身看了眼身旁的懿沧副将，沉声道，"带上来。"

懿沧副将一击掌，几名侍从便抬着一口棺材走进大殿，叶阑双手被缚，跟在后面。

一进门，她便看到了他。君子坦荡荡，站在众人之中，他的气度难掩，不卑不亢，不悲不喜。

杀机重重的境地里，再遇令她牵肠挂肚的人！

叶阑突然感到有人注视着自己，一抬头，见师父烟芜也在人群之中，作武装打扮。

她大吃一惊。

烟芜望向叶阑，似乎并不诧异，只是以眼神示意她不要声张。

懿沧武士将棺材抬到正厅放下。

满屋子的刀枪兵戟，满屋子的武士士卒，整个大殿像个巨大的坟墓，而他们是他的陪葬品。

众人的心都绷紧了。

见了棺材，似乎死亡也有了形状，更清晰，更真实了。人没有不惜命的。

陆廉世家掌权人不过是来看戏的，如今见了棺材，又听懿沧群说皇甫巍鸣已死，暗想，实在没必要为了区区一个鸢倾城和逍遥堂闹翻，当下嚷嚷起来："涧主，这难不成真是少堂主的尸体？"

懿沧群看不起他这副德行，哼了一声，只道："开棺。"

懿沧武士上前撬开死角的铁钉，随着棺盖被掀开，一股恶臭扑面而来，熏得围观的人倒退了好几步。唯懿沧群一人好似浑然不惧，快步走上前去，盯着躺在其中的巍鸣，他的脸上偷偷绽开了一朵笑花，又迅速地隐去了。只见他假意哭号起来："没想到，跟我的鸣儿再见面，竟天人相隔，白发人送黑发人。鸣儿啊……你让舅舅怎么办？舅舅怎么向你死去的父母交代，怎么向垂垂老矣的堂主交代啊！我的鸣儿啊……"

他一哭，周围的懿沧武士也跟着呜呜地干号了两声，没有感情，不像是哭，倒像是一声声犬吠。

"小君——"陆廉掌权人大惊失色。

扶泽世家的掌权人忍着恶臭，走上前来，探头朝棺内看了看，疑道："这便是……"

懿沧群抬起头，大声宣布："他就是老堂主唯一的孙儿，逍遥堂的继承人，皇甫巍鸣。"

众人哗然。

三十七

亮明正身

扶泽、陆廉世家的掌权人大惊，有疏烟芜却似早已料到，沉吟片刻后开口："涧主，这其中是否有什么误会？"

"能有什么误会？荆南苏穆害死逍遥堂少堂主，证据确凿。"他恶狠狠地瞪了苏穆一眼，"苏穆君不想说些什么吗？"

苏穆长身玉立，宠辱不惊，浑然不理懿沧群的指控："没做过的事，无话可说。"

"好、好、好。"懿沧群咬牙切齿，连说了三个"好"字，转头吩咐懿沧副将，"他无话可说，那就由你来说。"

副将应声，将来龙去脉添油加醋地道出："半个月前，小人奉老堂主和涧主之命，保护巍鸣小君前来鸾倾城迎亲，不料，小君刚进鸾倾城地界，就被几个荆南杀手给暗杀了，幸好我们抓获了其中一个，审讯之后，他吐出了幕后指使，就是……"说到这里，他欲言又止，像是担心接下来说出的这个名字会为自己招来杀身之祸。

懿沧群大声道："大胆说出来，有我和几位世家掌权人做主呢。"

懿沧副将指向一方："荆南苏穆。"

放下的刀枪再度凌然而立，要将苏穆置于死地。连多年未动手的懿沧群，也将封存的宝刀抽出刀鞘。

宝刀未老，专斩不听话的妖魔。

懿沧群提刀逼近苏穆："来人，给我将这反贼拿下！"

"且慢。"苏穆也不躲，他环视殿内诸位世家掌权人，他们或躲开他的目光，或转头看向别处，或低声与旁人说话，苏穆心下一沉，深知在生死攸关之际，他们还是选择了自保，虽说与自己之前猜想的并无二致，到底还是觉得寒心。

树倒猢狲散，他只能孤军奋战了。

"荆南苏穆，你还有什么话好说？"懿沧晟睿咄咄逼人地问他。

"涧主声称这是巍鸣小君，先别说我荆南苏穆这二十年从未离开过弯倾城，小君长相如何，身高如何，我一概不知；再者，殿里的众位世家家主都不曾亲眼见过小君的样貌，便是见过，也是十多二十多年前的事了，人的样貌总会改变，涧主说这是巍鸣小君，他便真的就是巍鸣小君吗？"

晟睿性子直，最受不得别人说话拐弯抹角，大怒之下亮出了手上弯刀，喝道："哪个世家还没有几个密探？别说是长相，就是脚底有几颗痣都能探出来。难不成我们会找一具假尸来骗你，来骗众世家家主？"

陆廉斜眼打量着棺内的尸首，插了一句："巍鸣君年少之时，我曾见过一面，看这眉眼，确实是小君。"

扶泽心直口快，忙不迭附和他道："苏穆，枉我信了你的花言巧语，竟干出此等事来，我扶泽世家定要给皇甫少堂主讨个公道。"

众人惊惶，炸开了锅。

"苏穆，枉我信了你的花言巧语，竟干出此等事来！"

"弑君叛主，还书信与我等，拉我们下水！"

"本世家绝不罢休，定要给皇甫少堂主讨个公道。"

"心狠手辣，其心当诛！"

懿沧副将从怀中掏出叶阑的供状书："这是证人的供状书，字字句句供认荆南苏穆的谋反之心。"

苏穆转头瞥向污蔑自己的"小贼"，拔剑上前："哪里来的细作，竟敢污蔑本君？"

长剑径直刺向叶阑。

她回过头来。

这张脸，与他魂牵梦萦的人儿重合了。娇俏英气的眉目，水杏圆眼，眼尾有一颗小小的黑痣。

一时之间，他脑子里竟一片空白，只感到锥心的疼痛。

这不可能！她已经被自己狠心送走了，怎么会出现在这里？

好像隔了千万年，隔了阴曹地府，苏穆五脏俱焚，一颗心都要崩裂了。

"阑儿！"他欣喜地唤了一声。

叶阑望着他，哭了。

在场诸人齐齐色变，除了烟芜。

懿沧群哈哈大笑，指着叶阑大叫："大家刚刚看到了，这二人明明相识，果然是他所为，铁证如山，不容诡辩。"

几名世家家主纷纷倒戈，唯有疏烟芜不动声色地看了一眼苏穆，隐含担忧。

懿沧群笑得残忍："给我上，格杀勿论！此番剿灭鸢倾城，各大世家均有重赏。"

辰星带着"盾牌"们方才赶到，高喊道："保护苏穆君！"随后便率领众人蜂拥而上，挡在苏穆面前。

这番混战恰好合了晟睿的意，他以一当十，借着一身蛮力直接撞开前排的"盾牌"，攻向苏穆。

刀剑乱舞，几方人马昏天黑地地混战起来。

她与他又被乱战隔开了，刀光剑影砍断了他们的对视。

叶阑眼见苏穆受困，心里焦灼，茫然四顾，发现离她最近的一名懿沧武士正挥刀进攻，她也不知道从何而来的一股力气，一跃而起冲上前去，举起被缚的双手迎向懿沧武士的刀，借对方的刀砍断手上的绳子，然后一记飞踢，将那名武士踹倒在地。此时，苏穆正被夹在懿沧群和晟睿之间，他挥剑应敌，却渐显疲势。"盾牌"们不敌各大世家联手攻击，连连败退。辰星护主心切，闪身上前为苏穆挡下晟睿的一记砍刀。

叶阑无法，只得奔到棺材前，伏在棺上拼命叫着巍鸣："你快醒醒，没有时间了，你快给我醒过来！"

她厉喝了一声："住手！小君未亡！"

众人惊讶地愣住了。死而复生？诈尸还魂？

巍鸣苏醒过来，猛地从棺材中跳起来，茫然地望向四周的人。

众人望向皇甫巍鸣，神情如白日里见了鬼。

叶阑朗声道："皇甫少堂主在此，看谁还敢造次。"

巍鸣喃喃道："舅父……"

懿沧群奔到棺材边，怒目望向巍鸣："你竟然没死？"

副将一个哆嗦，跌坐在地："怎么可能没死……我明明着人反复验过……"

巍鸣惨淡一笑，忆及之前被追杀的事，反问道："舅父就这么盼着巍鸣死吗？"

懿沧群大惊，他在巍鸣眼中看到了怒火。

懿沧群讪讪道："怎会……鸣儿无事，舅舅高兴都来不及，舅舅只是一时情急……"

"一时情急……"虽说早已知道他的二心，如今亲眼看见仍觉心痛难耐，巍鸣重复着这四个字，觉出了唇舌间淡淡的苦楚。

苏穆快步上前，先于众人向巍鸣行礼，举止甚为恭谨："拜见巍鸣君。"这一句点醒了余下还处于震惊中的诸位世家家主，陆廉、烟芜等人纷纷行叩拜之礼。只有扶泽世家掌权人还未反应过来，仍擎着兵器傻呆呆地看着"死而复生"的巍鸣。烟芜不动声色地提点他道："扶泽首领，您这是干什么呢，少堂主面前，还不快快收了武器。"

其他世家掌权人也纷纷附和。

"扶泽拜见巍鸣君。"

"陆廉拜见巍鸣君。"

刀枪缓缓放下了，利器不可示人。

懿沧群望向众人，知大势已去。

叶阑悄无声息地退开一些。巍鸣伸手虚扶，道："都起来吧。"

头一遭，做了逍遥堂真正的主人。

烟芜看了脸色发青的懿沧群一眼，轻笑道："既然少堂主没事，那刚刚又是怎么一回事？"

懿沧群被当众扫了面子，极为不忿，被烟芜一问，正好将所有怨气都发泄在懿沧副将一人身上，抬腿踹上他的肩，生生将他踹开几丈远："你来说，这是怎么回事？"

副将慌忙起身，重新跪好，口不择言道："涧主，涧主，那小子说是他杀了小君，属下就是有天大的胆子也不敢欺骗涧主，属下以为您会高兴……"

懿沧群勃然大怒，挥刀劈下，一刀结果了那副将的命："我让你妖言惑众！"

杀鸡给猴看，巍鸣活着也无妨，他才是手握实权的人。懿沧群淡淡地笑着。

那名副将一死，殿内便只剩下叶阑知晓内情。懿沧群横刀攻向叶阑，大喝："大胆刁民，竟敢欺瞒老夫！"

两个男人的心都惊跳着，双双望向叶阑。

懿沧群来势甚猛，直取她面心，因身后即是一潭池水，她避无可避，正要闭眼生受他这一招时，只见苏穆猛地挡在她面前，被懿沧群的内力震得嘴角见血，她一把扶住苏穆，心痛不已："苏穆君……"

巍鸣急忙道："住手！"随后快步走至叶阑身旁，一把将其拉到身后，"谁也不许伤她，她是我的人。"

苏穆的目光不经意地扫过二人交握着的手，亲眼见证那无言却强烈的默契，心便沉了沉。

懿沧群逼视着巍鸣，问："你说什么？小君是在号令老夫吗？"

巍鸣有点畏惧，气势便弱了下来："她……她是保护本君的人，舅父莫伤她。"

巍鸣为主，懿沧群为仆，主被仆欺，殿中的气氛一时有些微妙。众人心照不宣地互看了一眼，暗暗点头，这些年关于逍遥堂大权旁落的传闻看来是真的。

烟芜上前解围："此番变故让少堂主受惊不小，其中必有误会，不如先请小君在鸾倾殿内休息整顿，明日再细细问来也不迟。"

懿沧群冷哼了一声，阴阳怪气道："有疏世家的尊主倒是很会为我逍遥堂盘算啊，也罢，旧账新仇，也不急在这一时三刻算清。"

烟芜无视他话中的讥讽之意，向着巍鸣笑道："我等是皇甫的附属世家，逍遥堂之事，我等定当尽心竭力，替老堂主和涧主分忧。今日，除了懿花涧的武士，我等也带了些不才的贴身武士，将誓死保小君安然无恙。"

257

懿沧群似笑非笑，向巍鸣做了一个"请"的手势："听见没有少堂主，请吧。"

巍鸣不舍地看了看叶阑，却发现她依依不舍地望着鸾倾城的主人荆南苏穆，两人眼神交织缠绕，说不出的眷恋哀伤。巍鸣心中咯噔一下，听见懿沧群连声催促，他只得收回目光，松开了握着叶阑的手，低声道："你……好好照顾自己。"

叶阑被他一语惊醒，这才注意到巍鸣就在自己身旁，听他此话，并未作答。

苏穆看着二人，心中醋意翻滚。当着巍鸣的面，他不管不顾地牵住了叶阑的手，仿佛无声地宣誓。

叶阑不以为意，自然地回头冲着苏穆浅浅一笑，丝毫不觉被冒犯，他亦回她一笑。巍鸣心下一黯，想到昔日二人同行她对自己百般嫌弃，万般抵触，如今对着苏穆却巧笑倩兮，便知了亲疏远近。

三十八

重修旧好

天色渐晚，含露安排了一干人等先在鸾倾殿内住下。为防懿沧群再生事端，她又命"盾牌"们轮番值守，日夜巡视。苏穆正在房中独自换药，忽然听见门响，走去开门，发现叶阑独自一人站在门外，正泪眼怔忡地看着他。

苏穆心一颤，忙问："怎么了？"

她含泪道："阑儿错了，我知苏穆君在生我的气……答应苏穆君的事情，阑儿没有做到。"

苏穆不语，干脆地一把将叶阑揽入怀中。

"对。"他说，"我很生气，气你为何屡屡让自己陷于困境，让我为你担惊受怕……我也气，气你不好好珍惜自己的命……我更气，气我在你被万夫所指的时候，没有能力保护你。"

叶阑双睫颤了颤，蓄在目中许久的泪珠终是簌簌滚下，悉数落在他的衣襟上。

他吻了吻她的额头，喃喃道："我最气的，是我违背真心，放你离开……你走后的这些天，我看谁都像你，可是仔细一看，那些人分明又不是你。我也不知道自己怎么了，以为让你走，我的心就能静下来。时至今日我才明白，只有你在我身边，我的心才能得到永久的安宁。"

叶阑动容，低声道："我也是……离开苏穆君的这几日，阑儿每天都盼着再相逢的时候。今日阑儿在殿外见重重把守，以为再也见不到苏穆君了……那一刻我就发誓，如果苏穆君遭遇不测，阑儿也绝不苟活。"

苏穆用指腹轻轻为她拭泪，柔声道："我以为放你离开了，真的能一别两宽。阑儿走之后，我才知道，我这一生，决不能失去阑儿。本君再也不许你离开，你是本君的。"

叶阑擒住他为她拭泪的一根手指，像小孩子一样紧紧攥着，唯恐他在自己眼前消失了一般："人都说，情深不寿，可是他们不知道，生命会在两情相悦、惺惺相惜之前变得轻如鸿毛，阑儿愿做重情重义之人，愿与苏穆君相知相守，永不分开。"

苏穆轻轻抚着她的发，摇头道："怎么又说起傻话了？咱们不会死的，谁都不会死，这辈子，我们都会长长久久地相守下去。在本君心中，阑儿就如同皓月，是我的唯一。"

叶阑得他如此保证，虽深知未来不在任何人的掌控之中，心却安定了下来，闭眼依偎在他怀中，却听见他轻轻倒吸了一口冷气。叶阑惊慌抬头，见他手抚胸口，双眉浅蹙，这才想起他身上的伤，立刻道："我去叫人来。"

"不要……"他伸手拉住她，却牵动了胸口的伤，又是一声痛呼，叶阑心疼极了："你先坐下。"

得到她的关怀照顾正是他想要的效果，苏穆抚着胸口，做出十分疼痛的样子，依言坐下，双目却是眨也不眨地紧紧盯着她："你别走。"

"疼吗？"

"疼。"

这一声"疼"让叶阑的心都揪了起来，他此番受伤倒真成了小孩子一般，寸步不离她左右，生怕她会走，叶阑既觉得好笑又觉得心酸，温言道："那由我为你换药，好吗？"

他面露微笑，这才点头，松开了手。

叶阑揭开苏穆的衣衫，绞了干净帕子来，为他清理背部的伤口，一边轻轻擦拭一边问："疼吗？"

苏穆摇头，如实道："不疼。"

叶阑忍不住笑道："一会儿说疼，一会儿又说不疼，苏穆君当真是糊涂了。"

苏穆含笑望着叶阑："只要是阑儿为我包扎，便不觉得疼了。"

叶阑小脸一红，羞涩地垂下头来。

苏穆忽然想到了什么，食指轻点着桌面，仿佛随意提了一句："对了，阑儿怎会和那个皇甫巍鸣在一起？"

她便将初遇巍鸣的来龙去脉悉数告诉了苏穆，苏穆留心观察她的表情，见她神色如常，并无一丝半点暧昧旖旎，知道不过是襄王有意神女无情，这才松了一口气。

她笑道："此行真是多亏了巍鸣小君，若不是他，阑儿也不知该如何化解此次鸾倾城之困，更不知有没有机会再见苏穆君一面。"

苏穆想的却全然不是她所提的那些事，想到刚才殿上巍鸣看着叶阑的眼神，他敏锐地捕捉到巍鸣对叶阑那不同寻常的感情。不过当着叶阑的面，他还不会蠢到拿这个问题来问叶阑。

叶阑伸开五指在他面前挥了挥，笑道："回神了，在想什么呢？"

他笑："嗯，没什么。"

正说着皇甫巍鸣，就听见门外传来巍鸣的声音，声音清越，却带着任性："荆南苏穆是否住在这里？"

辰星答："巍鸣君，夜深了，容属下先进去向君上禀报。"

叶阑、苏穆对视了一眼，面有惑色。

"不用了，小君我自己进去。"巍鸣直接打断了他，径直推开了房门。

叶阑不防他直接闯了进来，手里的药放也不是，不放也不是，臊得她一张小脸绯红，一路红到了脖子根。

相比叶阑的失措，苏穆就显得镇定了许多。他闲闲地披上外衣，转身正对不速之客巍鸣，从容道："巍鸣君深夜到访，不知有何贵干？"

巍鸣心中窝火，一指他身侧的叶阑，无礼道："我要她。"

苏穆猛然抬头，双目锋利地直刺向他。

巍鸣不管不顾地走到叶阑面前，一把牵起她的手腕，像个任性的小孩子："走，跟我走。"

叶阑哭笑不得，又因身份尊卑，不便大力挣脱，只得委婉地劝道："现在天色已经不早了，有什么话，巍鸣君就在这里说吧。"

巍鸣酸溜溜地嘀咕："都知道天色不早了，你却还在这里逗留……"

这句话说得极轻，近乎喃喃自语，却尽数落进一旁的苏穆耳中，他虽没说什么，隐于心中的千仇万恨却翻涌而起。梦姑姑之死，鸾倾城百姓之苦，都与眼前这高高在上的小儿相关……

见叶阑始终不为所动，巍鸣有些委屈，将拎着的包裹丢在桌上，打开，尽是翡翠珠宝，琳琅满目。巍鸣指着这些宝物，如邀功般得意扬扬道："这些全是给你的。等你跟我一起回到逍遥堂，金银珠宝，锦罗绸缎，你要多少就有多少。"

听到巍鸣说"回到逍遥堂"，苏穆脸色一变，快步走到叶阑跟前，将叶阑拉到自己身后，正色道："逍遥堂有的，我鸾倾城也有，这些宝物还请巍鸣小君拿回去自赏吧。"

巍鸣看向叶阑，见她低头站着，脸上神情看不清，他心中有些不快，便顺着苏穆的话点头道："苏穆君所言不差，有些好东西逍遥堂没有，而恰恰是你们鸾倾城才有的，比如……"他故意顿了一下，果然引来叶阑惊愕地抬头，他冲她眨了眨眼，俏皮道，"叶阑。"

苏穆一惊："你什么意思？"

巍鸣笑得明朗："苏穆君，我此次来就是为了向你讨要叶阑，带她回逍遥堂。你放心，本君绝不会亏待了她。届时……叶阑就可以和我终日相守了。"

叶阑错愕地睁大双眼，想从巍鸣的脸上看出一丝玩笑的痕迹，却发现他神情郑重，竟是真的有此念头。

首先震怒的是苏穆，他脱口而出："你妄想！"

巍鸣理所当然地反问他："为何不可？普天之下，莫非王土；率土之滨，莫非王臣。这悠然河南北，不都是我逍遥堂的吗？"

一席话，句句戳中苏穆的痛处。他一把抓住巍鸣的衣领，将他揪到自己眼皮底下，恨声道："正因如此，皇甫世家才视人命如草芥，任意摆布，随意诛杀，当年对梦姑姑如此，如今，对阑儿也是如此。你们，就从来不把别人放在眼里吗？"

巍鸣不会武，被他抓住，惊慌失措道："你……你，是要造反吗？快放开本君！"

"造反？"苏穆怒极反笑，"圣人言，君君臣臣，父父子子。君若贤明良德，则臣定当肝脑涂地，竭力辅佐；君若昏庸无度，则臣亦有弃愚忠，匡扶正道之责。"

巍鸣被气得怒道："你竟敢说我是昏王暴君？"

苏穆针锋相对道："有何不敢？公理自在人心，你皇甫的禁令，令我鸾倾城百姓老而失子，幼儿失怙，妙龄远嫁，壮年无妻。不是暴政是什么？若是有朝一日……"

他恨意勃发，手下用力，竟忘了手中之人丝毫不会武功，巍鸣呼吸渐促，双唇泛紫，叶阑见状，连忙扑上前去按住苏穆的手，急忙劝道："小君快喘不过气来了，请苏穆君顾全大局，放开他吧！"

苏穆回过神来，这才松开了手。巍鸣脱力地跌坐在地，大声呛咳。叶阑急忙上前扶他起来，为他顺气。

苏穆心头一痛，喃喃叫她："阑儿……"

叶阑背对着他，低声道："巍鸣小君快请回吧……"叶阑向苏穆使了个眼色。

苏穆张了张嘴，终究还是选择了沉默，眼睁睁看着叶阑送巍鸣离开。他黯然低下头，发现自己的影子竟是如此孤单无依。

叶阑亲自将巍鸣送至门口，巍鸣一路上都在抱怨荆南苏穆："真是气死我了！荆南苏穆太无礼了，竟然对我唾面责问，君臣之礼何在？按照礼法，他这是以下犯上……"

叶阑生怕巍鸣对苏穆不利，便主动替苏穆解释："苏穆君向来宅心仁厚，只是鸾倾城受禁令限制多年，苏穆君为鸾倾城百姓抱不平，一时情急才会如此。叶阑替他向小君赔罪。"

"替他？"巍鸣心里颇不是滋味，"他究竟是你什么人，值得你这样做？方才他如此无礼待我，也不见你紧张着急。"

巍鸣气恼地望向叶阑，一双眼睛满含期许。

叶阑避开了，轻声道："天色已晚，小君早点安歇吧。叶阑告退。"

巍鸣看着她，烛光静静环绕着她，曾经与她独处时的快意竟然一瞬间烟消云散。

他失措地问："所以，你也在怨我吗？跟他一样，觉得都是我的错？"

叶阑默然不语，苏穆之恨，亦是她之恨。

他黯然开口："荆南梦死的那年，我才六岁……"叶阑闻言望向巍鸣，只见他低头坐着，身影寥落，伤感地继续说，"六岁，什么都不懂，还是一个只知玩耍的幼童。等到了懂事的时候，舅舅大权在握，我连活着都要谨小慎微，哪容得我议论朝政……

"我说这番话，并不是为自己开脱，我只是想让你知道，纵然苏穆君误会我，责怪我，那也是我应当受的，我身为逍遥堂的幼主，却没有尽到一丝半毫继承人的责任……可是，我不希望你也这样看我……"

他仰头看她，眼神脆弱，像一个彷徨的孩童。叶阑的心微微一动，在他对面坐下，望着他的眼，诚恳地劝道："那么，小君更应励精图治，学着做一个明君。"

巍鸣看着她良久，才郑重承诺："我会，我一定会，可是我希望这一路都能有你陪着我，陪我走过风风雨雨，就像我们……"

叶阑愣怔，一切都是错会。

巍鸣从她的沉默中窥到了答案，苦笑一声，轻声道："你走吧，我累了，想休息一下。"

叶阑踌躇着，想说些安慰他的话，而他却先她一步站起，背过身去。叶阑叹了口气，道："那叶阑先行告退，也请小君好好休息。"

从巍鸣处出来，叶阑绕花厅穿小径，刚踏进自己暂居的别院，就见苏穆立在月下。感觉到有人走近，他徐徐转身，见是叶阑，他便从身后取出往日的弓箭，二人相视而笑，心照不宣。

"跟我走吗？"他向她伸出手。

"好。"她痛快地答，像是已经回答了无数次。

月下林间，叶阑和苏穆策马疾驰。苏穆在前，引着双眼蒙布的叶阑来到密林深处的一株花树下。那树高逾十几丈，枝干虬结，数株抱根而生，蔚为壮观，枝头缀满了白色花朵，隔着老远就能闻见那浓烈的异香。

叶阑不安道："到了吗？"

苏穆一手拿酒，一个转身将叶阑揽在怀中，侧脸相贴，微笑着俯身将蒙住叶阑眼睛的绸带拽下。

叶阑抬头望向花丛，脸上终于现出了发自内心的微笑。

苏穆张弓引箭，向那花树射去，箭羽掠过花簇，花瓣顿时如白雪纷纷扬扬地落下。叶阑仰头望去，一脸惊喜。

苏穆手中的箭仍旧不歇，一支支射向花球，含笑念着："腾空类星陨，抚树若生花，逢君拾光彩，不吝此生情。"

花雨渐盛，惊动了藏于叶下的萤火虫，但见漫天星星点点，宛若梦中。叶阑仰头望天，眼波流转，无限温情。

穿过纷飞的花瓣，苏穆的脉脉目光落在她身上，仿佛天地之间，只有她一人。

"美吗？"他笑着问。

叶阑回头望他，双眸异常明亮："很美。"

他便又是一笑，负手与她一起看这漫天花雨，道："偶有一日经过这里，见到如此美景，就想着一定要带你过来看看。当时以为这辈子都没有机会了，没承想，竟然心想事成了。阑儿喜欢吗？"

叶阑不住点头，眼梢眉角俱是醉人的笑意。

苏穆伸手牵起叶阑，纵身一跃飞入花树之间，扶着她在树干上小心坐下，看着她，眼里是藏不住的柔情蜜意："我问你。"

叶阑羞涩地笑道："你说。"

"当日你我初识，那个，可是你的？"

叶阑面露疑惑："什么东西？"

苏穆故意拉长了音调："我从你怀中，搜出之物。早知如此，我便留下，不还给阑儿了。"

叶阑又是羞又是恼："才别数日，苏穆君竟学坏了……"

"如此想来，那一夜，真正的采花贼，倒是本君了。"

叶阑双颊微红，点头赞同："没错，倒是应该把苏穆君捉了去。"

苏穆的眼神无比温柔："不过，天下百花，本君只采阑儿这一朵。"

叶阑微笑，靠在他肩上，望向天空中的萤火虫："苏穆君……"

欲言又止。她太幸福了，生怕上天拿走她短暂的幸福。

苏穆会意："阑儿曾说情深不寿，倘若能得阑儿深情，苏穆愿舍性命……"说到后来，他的声音越来越低，近乎呢喃，寂寥又失意。

叶阑的心又酸又软，像被一只大手揉搓着，快要碎掉。

这样骄傲金贵的一个人，竟然因为她，变得如此患得患失。

雪白花叶积在他肩上，衬得他仿佛白玉雕成。他执着且焦虑地望着叶阑，等她一个回复。

叶阑目光盈盈，伸手一点自己的心，开口："你在这里，一直在，从来没有离开过。"

苏穆顿了一下，想对她笑一笑，却怎么也笑出来，最后只是伸手，一把将叶阑揽入怀中，低头在她的发顶落下一吻，他哑着嗓子说："阑儿永远是本君的。"

"岂有此理！"懿沧群一掌击在桌上，震得其上茶壶杯盏跳了几跳，茶水淋漓洒了一地，他恨声道，"老夫年逾半百，竟然被这群竖子小儿算计！"

晟睿坐在一侧椅上，正悠然自得地擦拭着自己心爱的弯刀，随口劝道："叔父，不如将巍鸣那小子带回逍遥堂去，关上门，宰了便是。"

"浅薄至极！"懿沧群冷嗤了一声，"得天下，不可诛民心。其他世家已然牵涉其中，倘若我们真的背上了弑君之罪，各世家会以匡扶社稷、为君申冤之名，对我等群起而攻之。到那时，懿沧世家成了众矢之的，必会前程尽毁！"

晟睿恼了，没好气道："这也不行，那也不行，还不如回我懿花涧，落个逍遥自在。"

懿沧群闻言微恼，斥了一脸无所谓的晟睿一句："我看是放你在懿花涧撒欢久了，失了志向！"

晟睿见他如此，连忙赔笑："叔父莫生气，是晟睿说错了话。动不了他，不如先拿他的左膀右臂开刀？那个带着巍鸣回来，坏叔父大事的小子，不是他的人吗？"他眼珠一转，计上心头，"看荆南苏穆为了他拼命的样子，必是心腹，不如从他下手！"

三十九

捉拿叶阑

苏穆、叶阑只觉对彼此的感情竟比从前还浓几分，二人互诉衷肠，恨不得将这几日未尽的思念都道给对方听。不觉间，天色薄亮，皑皑远山之巅渗了几缕金色霞光，二人便启程回殿，一路也是有说有笑，分外开心。叶阑、苏穆刚走到鸾倾殿庭院前，就见晟睿带着几名懿沧武士迎面而来，抽刀相向，将他俩团团围住。

苏穆脸色一沉，将叶阑挡在身后，目光扫过一干人等，冷淡道："你们什么意思？这里到底是我荆南苏穆的领地，阁下这样舞刀弄枪的，怕是有失逍遥堂风度吧？"

晟睿笑得讥讽："风度？我正大光明来捉拿反贼，要什么风度？"

苏穆不退不避，迎着他的目光道："敢问证据在哪儿？"

"证据在老夫这儿。"

晟睿身后，有人朗声代为回答，众人随之让开一条路，懿沧群从晟睿的背后走出，手里拿着一张薄薄的供书亮给他看，冷笑道："苏穆，老夫得了这小儿的供认书，白纸黑字，句句证明苏穆你谋害巍鸣小君，企图挑起皇甫与荆南世家之间的争端，居心叵测，其心阴毒。"说罢，他侧首细细打量苏穆身后的叶阑，"再观此人，神色阴毒，眼中满是戾气，必是个心机深沉之人。正好，老夫就替苏穆清理门户。"

晟睿接过懿沧群手上的供书，命手下递给苏穆："拿给苏穆君亲眼看看。"而后下令，"拿下。"

苏穆冰冷的目光扫过不断逼近的懿沧武士，吓得对方倒退数步，不敢妄动。苏穆冷冷道:"谁敢碰她?"

晟睿似笑非笑:"为了一个小人得罪逍遥堂,苏穆君这又是何苦呢?"

苏穆的态度却不甚恭谨:"既是我鸾倾城的人,便是我的子民,她无论做了什么,也当由我处置,不劳逍遥堂费心。"

晟睿闻言大怒:"荆南苏穆,你别敬酒不吃吃罚酒!我今日就要了这小子的命,我看你能奈我何?"说罢,又厉声高喝,命令左右,"给我拿下!"

就在这时,巍鸣的声音从远处传来:"舅父不可!"众人闻声望去,就见巍鸣气喘吁吁地跑过来,跟苏穆一道站在叶阑跟前。

懿沧群摇头叹息:"鸣儿,你少不更事,不知人心险恶。来人,将小君送回寝殿。"

几名懿沧武士应声上前,作势要硬"请"巍鸣。

巍鸣跪地,叩头哀求:"舅父……求求您,我求您……她于我有恩,你们不能这么对她……"

懿沧群视而不见,命令手下:"来人,快将此挑起事端的逆贼就地正法!"

巍鸣大叫:"你们不许动她,她是我的人!"

懿沧武士一左一右将巍鸣架住,苏穆见状抽出佩剑,格下晟睿手中长刃,二人缠斗在一起。苏穆为旧伤所累,渐落下风,终被晟睿一把擒住。长刀架在苏穆的脖子上,晟睿斜眼看他,不无快意地笑道:"你也不过如此罢了。"

苏穆冷眼以对,并不回答,只望着叶阑。

懿沧群见苏穆被制,更觉再无阻碍,诡笑道:"动手。"

武士领命,提了刀缓缓走向叶阑。

巍鸣肝胆俱裂,跪到地上,向着懿沧群不住叩首哀求:"舅父,别,您别碰她……"

叶阑不忍见巍鸣如此,眼泪潸潸滚下,依依不舍地望向苏穆。

若下一刻就将赴死,那么这一眼对他们而言就是永别。

苏穆只觉心急如焚,整个人好似被投入烈火之上不断炙烤。他握紧拳头,怒气冲冲地看着晟睿,威胁道:"你若敢动她一根毫毛,本君发誓必将你千刀万剐！"

晟睿仰天大笑，像是听到了天底下最好笑的一个笑话。笑完之后，他一把抓住叶阑的头发，用蛮力迫她扬起脖子，对着苏穆阴阳怪气道："我们懿沧涧的弯刀，最擅刎颈割头，头掉下来，眼睛还能看见自己倒下去的身子，岂不快哉？"

眼看他的刀即将落下，苏穆猛然大喝："住手！"懿沧群等人纷纷看向他，他闭眼，深吸了一口气，这才开口，"你们不可杀她。她是桃花印女子，是……你们此行要迎娶的荆南郡主。"

此话一出，满堂皆惊。懿沧群目露狐疑，在他和叶阑之间望来望去，显然正在判断这话的真实性："她真是？"

"正是。"苏穆举目望向叶阑，心中悲恸欲绝，他含泪道，"妹妹，没想到你我兄妹相聚之日，竟然变成死别之时。"

叶阑心领神会，便也作伤感状，一边拭泪一边哀哀道："兄长的情深，小妹明白。"

巍鸣似惊似喜，望向叶阑，暗暗松了口气：与她相伴这一路，竟不知她就是传说中的荆南依，难怪她对荆南苏穆的感情如此之深。

一席话，说得懿沧群的面色由白转青，目光阴鸷地盯着他，似欲从中寻到一点破绽，便道："你说她是荆南郡主她就是了吗？有何证据？"

晟睿上前一步，粗暴地一把撕开叶阑颈后衣物，露出了她肩头的印迹。叶阑又惊又怒，扬手扇去，手腕却被晟睿截住。愤怒的叶阑胸口剧烈起伏，喝道："放肆！我乃荆南郡主，还不松手！"

晟睿一愣，竟不知是该松手，还是继续动手。

苏穆冷冷扫他一眼，语气仍旧波澜不惊："怎么？我连自己妹妹都认不得，还需懿沧的人来替我验明正身？"

懿沧群遂命左右："退下。"

晟睿不甘地看了一眼懿沧群，叫了一声叔父，见他不为所动，只得悻悻然地松手："算你们走运。"

最高兴的非巍鸣莫属，他一把挣开了按住他的人，喜笑颜开地跑到叶阑面前，连声道："原来你就是荆南郡主啊……"

叶阑望了一眼苏穆，勉力颔首，冲着巍鸣一笑。

巍鸣的脸微不可察地红了红。

懿沧群呵呵笑了两声："既如此，我们自然会善待荆南郡主，别忘了，她是我们逍遥堂未过门的新娘，你说是吗，苏穆君？"

既已迈出了这一步，就再无回头的可能，哪怕心如刀割，他也不能不笑着说："那是自然。"

自得知叶阑就是荆南郡主后，巍鸣喜不自禁，在房中来回踱步，一边喃喃自语，一边嘿嘿傻笑，想一会儿便笑一会儿，道："没想到，阑儿竟然就是荆南世家的郡主，实在是太好了。当初，还担心那郡主是个头大如斗、丑陋无比的女子，如今，我阑儿翩若惊鸿，婉若游龙，甚是好看。"转念又道，"她是郡主，我为小君，我们两人本就是天造地设的一对。再者，我们二人相逢未嫁时，两情相悦，真是再好不过。"

他信步走至窗边，心里愉悦非常："几日前我还在恼苏穆，这样想来原是我小肚鸡肠，误会了阑儿，做妹妹的，自然爱护兄长，我现在就去找我的阑儿，跟她道歉。"

这样想着，巍鸣立刻打算出门去寻叶阑，刚走到门口，就见含露走了过来，身后跟着的两名婢女均手捧花木瓜果，见到巍鸣纷纷向他行礼。含露见他行色匆匆，不由得奇道："巍鸣君是要去哪里？"

巍鸣笑得明朗："我要去见鸾凤之女。"

知道他说的是谁，婢女们相顾微笑，含露娘子和颜道："小君莫急，我家郡主正在整理嫁妆，与亲人言别，日后嫁入了逍遥堂，多得是跟小君朝夕相对的日子，小君就给我们郡主一些时间，也好让她能与故土告别。"说罢，又吩咐身后的婢女，"小心伺候，巍鸣君是我们鸾倾城未来的驸马，吃穿用度都不比寻常，须样样精细。"

两名婢女点头称是，待放下瓜果，便上来整理巍鸣沐浴后的衣物。刚抖开他的衣物，只听"咚"的一声，一个物事掉在地上，婢女"咦"了一声，正欲俯身去捡，含露眼尖，认出了那是皇甫的信符，顿时一惊，抢先上前将那东西拾了起来。她用余光扫过巍鸣，见他并无注意这边，便不动声色地将其藏入袖中。

待嫁红颜

　　叶阑住处，苏穆挥退了守门的侍卫，站在门口望向房内身着红妆，正对镜梳妆的叶阑，眼中满是悲伤。叶阑闻声，却并未回头，只是从镜中回望着苏穆。

　　苏穆走到叶阑身后，接过了侍女手中的梳子，道："我来。"侍女领命退下。

　　二人从镜中看着彼此，目光交织，明亮的镜隔开了一对苦命的情人。叶阑如水的黑发微凉，苏穆将其捧在手中，低声道："也不知什么时候，还能这样为你束发画眉？"

　　君问归期，未有期。二人皆知，彼此即将面对的又是无止尽的分离。

　　他的手颤了颤，她未言语，他亦不再说话，时光寂寂流转的空间里，只有梳齿滑过长发的声音。

　　"对不起。"他声音发颤，终于开口。

　　叶阑向着镜中的苏穆笑了笑道："阑儿都明白，这是唯一能保住阑儿性命的方法。"

　　苏穆愧疚无比，目中含泪："都是我的错、都是我的错，我没有能力保护你……"

　　"苏穆君总是这样，什么事都往自己身上揽，让阑儿心疼。"叶阑转身抬头，伸手轻抚上苏穆的脸，像安慰一个无措的孩子，柔声劝他，"苏穆君肩膀宽厚，能承担重压，我却知晓，你也有累的时候，阑儿不忍心，这一次，请让阑儿为苏穆君分担。"

世家恩仇，城池重担，苏穆自小承担在身，那沉沉的重量已然入了肉，嵌了骨，随他一同生长，竟都觉察不出了。唯有叶阑心疼着他，怜惜着他，愿与他一同承担。然而，眼前的她却是如此弱不禁风，为了他，使自己陷入万劫不复的境地……

男儿有泪不轻弹，只因未到伤心处。自九岁目睹姑姑死去，这是他第一次落泪，为她，也为自己。

人生哀苦，求爱难得，他与她，得到了，却又要失去了……

苏穆搁下梳子，一把将叶阑抱入怀中，郑重立誓："从此往后，我荆南苏穆的心里，只有你一人，无论你身在何地，我之心是你望归的孤鸟，虽不能日夜陪伴，却一心守护你，生死不改。"

叶阑含泪回道："我什么都不求，只求苏穆君能记得阑儿，记得我们骑射打猎、把酒言欢的日子，也请苏穆君好好珍重。从今往后，阑儿就是苏穆君的妹妹了……"说到这里，声已哽咽，叶阑抬手擦去流至腮边的眼泪，抬头望向苏穆，强笑道，"我与苏穆君虽不能永结同心，却也机缘巧合地袭了苏穆君的姓氏，阑儿已心怀感激。阑儿的身世事关荆南存亡，现在的状况也不便回大杂院探望母亲，叶阑的前半生便舍了。我想回去看看娘亲他们。"

苏穆毫不犹豫地应下她："我陪你去。"

苏穆和叶阑离开她的住处，一路避开懿沧群的耳目，绕至鸾倾殿后门。从懿沧群处出来的晟睿，望见二人鬼鬼祟祟，便一个扭身躲在树后，远眺着二人渐行渐远的背影，暗暗惊讶："半夜三更的，这是要去会哪方妖魔？"这样想着，他便召来两个手下，悄然跟上苏穆和叶阑，尾随二人来至郊外大杂院前。

夜已深，叶阑不忍与母亲生离死别，只是透过大杂院破风的窗户望去，看见母亲华奴正低头缝补衣服，佝偻的身影已有了苍老的痕迹，斑斑白发触目惊心。叶阑望向母亲，眼中有泪光闪烁："娘亲，女儿不孝，不能好好照顾娘亲。女儿要走了。"

苏穆见她哭得伤心，心中不忍，拥住她，以行动无言地抚慰她的伤痛。

叶阑抬手擦了擦眼泪，低声道："我们回去吧。"

苏穆眼中隐有泪光，开口道："阑儿放心，我必替阑儿尽孝。虽要与阑儿一道远赴逍遥堂，但定会寻可靠之人，照顾老人家的起居。"

叶阑一惊，双眉微蹙："远赴逍遥堂？苏穆君这话是何意？"

苏穆神色坚定，似已下定了决心："我会以外戚之名，陪你同赴逍遥堂。一则，皇甫世家如今主少而臣壮，经过此事，懿沧群必定不会善罢甘休，我恐他对阑儿你不利，随你同去，好保你周全；二则，梦姑姑当年之事，我必雪耻，令皇甫下诏令，撤销我鸢倾城的'禁武令'与'奴选令'，还我荆南百姓一片清明。"

叶阑断然否决："不可以。那懿沧群如此歹毒，在鸢倾城都敢如此构陷苏穆君，倘若你真的去了逍遥堂，岂不是更危险。"

苏穆目露感伤，望着她苦笑："苏穆想的，何尝不是与阑儿一样？难道阑儿觉得，我真的能任你独自涉险，自己置身事外吗？"

叶阑心弦一颤，险些落下泪来："阑儿不值得苏穆君……"

"胡言！"训斥的口吻，语气却仍旧温柔，"只要能护阑儿周全，就算让我舍了性命，我也甘愿。只是，要以兄妹之名，与阑儿远观遥望，苏穆心如刀割。"

叶阑闻言抬头，似下定决心般笃定道："倘若苏穆君心意已定，阑儿必定如在含露小憩的日子一样，替苏穆君效力，肝脑涂地，在所不辞。"

苏穆摆头，神色变得郑重："我不要什么肝脑涂地，我只要你安然无恙，好好活着……"

叶阑点头，又看了看他身后，担心在外逗留太久被人察觉，因此小声提醒他道："不说这些了，我们回去吧。"

苏穆与她携手离开。待二人走后，晟睿才领着两名懿沧武士从草丛里走出，望着他们渐行渐远的背影若有所思。懿沧武士小声道："老大，听不清他们在说什么。"

晟睿啐掉口中叼着的草根，恶狠狠道："管他的，定是与这里的人有关，走。"说罢，便率众人冲进大杂院，一脚踹开房间门，吓得房中的华奴惊慌不已，惊恐地看向他们。

癞猴、瘦猴闻声赶来，张口便问："大娘，怎么了？"

晟睿冷冷环顾四周，指着这三人下令："都给老子绑了。"

懿沧武士冲上前去就要制住瘟猴、瘦猴，二人灵活逃脱，晟睿只看了一眼便扬声道："擒住那老妇。"武士闻言，放过瘟猴、瘦猴，向华奴发起攻击，很快将她拿下。瘦猴、瘟猴见状，果然停住脚步，转而回身去解救华奴，却被懿沧武士轻松捉住，押到晟睿面前。晟睿扬手就是一鞭，抽在瘦猴、瘟猴的脸上，厉声喝道："说，你们跟荆南苏穆有啥关系？"

瘦猴、瘟猴对视了一眼，二人如同下定了决心一般，异口同声道："不认得！"

晟睿怒从心头起，恶向胆边生，抬手又是一鞭："将这三个刁民给老子装进兽笼，悄悄带回逍遥堂去，老子不信寻不出个结果来。"

叶阑和苏穆回到鸾倾殿时天已拂晓，二人边走边聊。叶阑问及苏穆将来要待如何，苏穆抬首望向日光射进来的方向，眼中闪过一道奇异的光芒："皇甫巍鸣，就是我们的筹码。"

"他？"叶阑或多或少猜出他心中所想，"当年梦郡主遇难时，巍鸣不过是个小童，并未参与。"

苏穆没料到叶阑会主动替巍鸣说话，心里颇不是滋味，恨声道："就算不是他所为，也是因为他皇甫世家昏聩。当年，梦姑姑葬身悠然河，已然受到惩罚，逍遥堂却令我荆南百姓遭受'奴选令'与'禁武令'之苦长达十六年，百姓何辜？"

叶阑摇头，并不赞同："己所不欲，勿施于人，苏穆君最该明白这个道理。况且那逍遥堂内关系盘根错节，又是各世家觊觎之地，苏穆君何苦涉险？这几日，阑儿与苏穆君如履薄冰，阑儿真的怕，怕苏穆君……"

苏穆知她是为自己担忧，神色渐缓，心头随之泛起一阵酸意："阑儿怕的，何尝不是我替阑儿担心的。"

二人相对无言。前路危险重重，他们努力确保着对方的安全，却不知对方唯一心系的，也是彼此。这时，含露从外走入，从容一拜，向着苏穆道："含露有一计，能助君上解了困境。"

苏穆和叶阑都讶然地看向她。

她微微一笑，伸出右手，手心赫然躺着一枚皇甫信符。

含露意味深长道："或许，我们可以用这枚信符，做些什么。"

是夜，巍鸣的房门被人敲响，巍鸣开了门，见门口站着苏穆和含露娘子，他有些惊讶地问道："两位深夜造访，有什么事吗？"

望着世仇之后裔，苏穆就觉怒火中烧，不想多看他一眼。苏穆强迫自己移开视线，不语，含露见状，连忙上前道："叨扰巍鸣君，不知可否一叙？"

巍鸣转念一想，若是日后娶了叶阑，他跟苏穆就是血亲之家，便露出笑脸，伸手拍了拍苏穆的肩膀，热情道："苏穆君，不，苏穆兄见外了，现在我们都是一家人了，快快请进。"说罢，主动迎他们进来，请苏穆坐下，一边为他倒茶一边笑道，"阑儿叫你穆哥哥，那我也叫你穆哥哥吧。"

苏穆淡然而视，并未应答。杀亲仇人，世家宿敌，要来认作亲故？苏穆只觉世事荒唐难料。

巍鸣心性单纯，并未察觉苏穆眉宇间的冷漠，又问道："穆哥哥找我是有什么事吗？"

含露侍奉在侧，取出信符，适时开口："含露斗胆，捡到了巍鸣君的信符。"

巍鸣一摸腰侧，恍然道："什么时候掉的啊？小君我都未曾留意。"

含露和苏穆对视了一眼，发现他似乎并不在意此物。含露试探着问："小君可知，这是何物？"

巍鸣不解道："这是我出行前小妹离樱所赠之物，说是能祈福保平安，不过是女孩家的小玩意，怎么，这东西很重要吗？"

苏穆这才开口："这是皇甫世家掌权人的信符，见信符，如亲见堂主，可号令附属世家三军士卒，如同虎符军令。"

巍鸣听得心惊肉跳，拿起桌上的信符细看。

含露补充道："几十年来，皇甫世家掌权人励精图治，兼济天下，一直被各大家族奉为逍遥堂的主人。各家族皆受皇甫世家恩惠，曾盟誓效忠百年，便共同约定，此信符可调用兵卒，为皇甫效力。"

巍鸣瞠目结舌，到最后只知呆呆地看向苏穆。

苏穆摇头，心想这样的人，如何能在权力的角斗中胜出，如何能做一代明君圣主，又如何能护得了叶阑周全。"如今，我阑……家妹就要嫁入逍遥堂，我必要保她平安。可是，以你如今的境况，这一次虽大难不死，可回到了逍遥堂，没有我等的护卫，你自身性命都堪忧，怎护得了阑儿？"

巍鸣声音微弱，小声争辩："我……我是皇甫世家的继承人，日后登上大位，难道连自己心爱之人还庇护不了吗？"

苏穆咄咄逼人："你又何必自欺欺人？皇甫已今非昔比，谁独掌朝堂，明眼人一看便知。遥想当年，你祖上驰骋沙场，一派英雄气概，如今的子孙，竟沦落为奸邪的傀儡，连自保都成难事，遑论保护他人。"

苏穆替悠然河南北不值，替鸾倾城百姓不值，也替皇甫先人不值。将千千万万人交予一个懦弱无能的小儿，天地不仁。

巍鸣面有愧色，含露向苏穆使了个眼色，生怕苏穆得罪了未来小君，示意他别再多说："苏穆君……"

巍鸣并未因他的话而着恼，相反，他竟有些心生欢喜。苏穆君子坦荡荡，一言一语，与他逍遥堂中的老臣皆不同。巍鸣恍然大悟，叶阑也如此出众特别，定是与这位兄长息息相关。

巍鸣沉吟了片刻："我知道自己势单力薄，百无一用，但是为了阑儿，为了皇甫亲故，也为了我的姐妹，我愿意一试，愿意学着做一名君主，只要给我足够多的时间……"

"时间？"苏穆一把揪住他的衣领，恨声道，"现如今我和阑儿最给不起的，就是时间。我等将身家性命都押在你身上，你却如此儿戏？"

巍鸣一惊，没料到苏穆竟然如此无礼，他颇为恼怒，针锋相对道："小君我并未说笑！"他深吸一口气，才继续说下去，"你以为我很容易吗？寄人篱下，对着窃我疆土辱我祖上之人卑躬屈膝，言听计从，你以为好受吗？我为鱼肉，他为刀俎，你以为我愿意做一个傀儡吗？可我只有忍气吞声，才能保住一条性命。若有选择，我宁愿躬耕在野，当个布衣农夫，与所爱之人相守，也不要做这个逍遥堂的堂主，血亲相残，如临深渊。"

话到此处，巍鸣双眼微红，眼中见泪，想来也是悲愤到了极点。

苏穆心里微微一颤，巍鸣之言，他感同身受，颓然松开手，低声叹道："人生何来选择的余地，你我生在这样的世家，只能尽人事，听天命，做我们该做的事。"

巍鸣一时不语。

月色冰冷地洒进来，铺陈在鸢倾殿的石板之上。苏穆心中蓦然一动。他要守护脚下这片土地，他要鸢倾城成为清朗人间。

他平静地望向巍鸣："如今，你与阑儿联姻，我们两家已然同舟共济，为了保住小妹，我愿辅佐你匡正社稷，重掌权柄。到那时，你要答应苏穆一件事。"

巍鸣闻声抬头，下意识地问："什么事？"

苏穆正色道："收回对我鸢倾城设的'禁武令'与'奴选令'，免三年赋税，令我百姓休养生息。"

关于"奴选令"和"禁武令"，巍鸣也从叶阑那里听过一些，只单纯地觉得太残忍，当下便点头道："好，我答应你。"

苏穆这才松了口气。

含露见二人达成了共识，也展了笑颜，道："那么，就烦请巍鸣君将此信符与一道您的亲笔诏书交予苏穆君。"

巍鸣知道信符的利害之处，对含露所提的要求略显犹豫。

苏穆猜到他心里所想，便道："放心，我会将这两样东西交到各大世家手中，为你筹谋招兵之事。"

"我并非不信你，只是，逍遥堂的兵权都握在我舅父手上，只怕各大世家难以号令，若是让舅父知道，只怕鸢倾城都难保。"巍鸣忧心忡忡道。

苏穆的态度异常坚定："因为一件事难，就不去做了吗？既然懿沧群敢在鸢倾城置你我于死地，你认为，我们还有退路吗？"

巍鸣愣怔地看着苏穆，只觉他目中光亮迫人，熊熊燃着一股必胜的信念。良久，他渐渐想明白，才出声唤人："拿笔墨来。"

含露欣喜而笑，取来文房四宝，亲自为他研磨，将饱蘸着墨汁的笔递到他手上。巍鸣写了几字又涂掉，如此三番，蹭得脸上手上都是墨汁。

苏穆奇道："怎么？你不会写诏令？"

巍鸣羞愧道："自父母死后，舅父就不允许我学习治国之道，只让我看些诗词，因而这诏书……"

苏穆和含露看了彼此一眼，都觉得有些难以置信。苏穆一叹，更觉前途渺茫，可事到如今，已无路可退，只得道："我念，你写。"

苏穆口念，巍鸣录毕，等墨迹干后，含露捧了巍鸣的诏书告辞离去。离开巍鸣居处，二人走至一处无人的偏僻角落，含露仍有些不解，问苏穆："君上真要随叶姑娘前往逍遥堂吗？若是懿沧群将君上扣下，那该如何是好？"

苏穆摇头："扣下我又有何用？他们如愿娶了桃花印女子，我鸾倾城便不再是他们的威胁，他们也不必日夜恐惧梦姑姑的事情重演。"

含露点头："这样看来，苏穆君忍辱负重，是想先利用皇甫巍鸣扳倒懿沧群，替梦郡主报仇，再为我荆南世家谋划，夺了那逍遥堂的权柄……"

苏穆瞥向含露，被他以这种目光看着，含露顿觉整个人被他看了个透，不禁赧然垂首，低声问："含露说错什么了吗？"

苏穆蹙眉，并未作答。

他知含露为荆南复兴尽心尽力，只觉世道艰难，令如此聪慧的含露将玲珑的一颗心放在此处，甚感可悲。他换了个话题，问她道："有依依的消息了吗？"

含露摇头："我已让人搜遍城中内外，并无郡主的踪迹……苏穆君，您放心，我会命人加紧搜寻，务必在叶姑娘出嫁前找到郡主。"

"不必了。"苏穆道，"让辰星也不必再去找了。若依依平安，或许能躲过一劫；若是她已出事……也不必我们再大费周章地找她，命该如此罢了。"

含露心一紧，不知苏穆为何突然说出此等丧气之语，下意识地看向苏穆，而他的目光越过亭台楼榭、飞檐抱柱，投向远方的层峦叠嶂，双目模糊，蕴着些许水汽，像是远山的云影倒映在他眼底。

他喃喃地说："要下雨了。"

四十一

荆南舞女

"要下雨了吗?"

庭院之内,四时花木竞相开放,香气袭人。荆南依百无聊赖地坐在院中高树的枝丫上,仰头望着天空,赤裸的双足在半空中不安分地晃动。醒来时还是个万里无云的艳阳天,不过一会儿工夫,阴云已遮蔽了半边晴空,天地之间顿时灰蒙蒙一片。

荆南依这样想着,顿觉百般无趣,这所谓的花花世界滚滚红尘,竟还不如鸾倾城有趣。

自那日从飞尘的笼中逃出,又辞别了鸾倾殿,荆南依一路颠沛流离,朝不保夕,但绝美的容貌为她招来了好运。她虽口不能言,却凭着优美的舞姿和倾城的容貌,很快便引来无数的裙下之臣,多得是达官贵族,一掷千金,只为睹她一舞。

这时,一个和尚打扮的男子走入庭院内,手中托着的钵盂里并非化缘得来的食物,竟是金子。为他领路的舞女边走边回头打量他,含笑道:"大和尚真是古怪,你们出家人不是四大皆空吗?怎么也学凡尘中人,要来观我们小姐姐跳舞?"

鸿夕双手合十,向她作揖:"阿弥陀佛,女施主,佛家云,色即是空,因而我鸿夕满眼尽是施主的容姿,也如同看佛经一般。"

舞女掩唇而笑:"依我看啊,你这出家人,就是个假和尚。我们小姐姐近日心情不佳,好久不跳舞了。今日,你能见她一面,已是万幸。"

鸿夕奇道:"歌舞相生,小姐姐只跳舞不唱曲吗?"

279

舞女连忙竖了一根手指在唇边，四下乱看，使劲嘘了一声："我们小姐姐呀，是个哑女。你若是在她面前提及这茬，她定会割了你的舌头。"

鸿夕不语。舞女引着他将金子放在大缸之内："和尚，金子放下，你可以走了。"等他走后，舞女匆匆走到一株树下，扬声唤树上的荆南依，"姐姐、姐姐，有喜事。"

荆南依懒洋洋地低下头，看向说话之人。舞女欢喜道："我听人说，无常坞有个在世华佗，能治百病，说不定能治好姐姐的喉疾。"

无常坞？她微微一愣，想起从前穆哥哥似乎跟她说起过，那无常坞是世外之地，专好收留众叛亲离的苦命人，他们蔑视权贵，不屑名利，不愿跪拜在高堂之上，只愿潇洒于江湖之远。

荆南依摸了摸嘴唇，不禁面露微笑，起身踏着缎带，翩然落到地上，跑至院中盛满金银珠宝的水缸前，心想：若是能治好我的病，无论多少钱我都愿意给。

舞女追过来，担忧地开口："只是那老头古怪非常，不肯收钱前来，说是要姐姐亲自前去。"她犹犹豫豫地看向荆南依，知晓面前这名女子虽有倾城之姿，性格却极为古怪，一时之间也不敢为她拿主意。

荆南依秋波一转，娇俏一笑。

鸿夕见过荆南依的侍女，确定荆南依必定会登门求医之后，便回无常坞向傅昊郗复命。推开文渊阁正门，只见书架林立，高至屋顶，傅昊郗独自一人立在架下，细细览阅手中一册书。一只小虫爬上书页，傅昊郗耐心地让小虫爬到自己的手上，然后轻轻一抖衣袖，让其落到窗棂之上，望着它慢慢爬走的背影，含笑道："啃书之蠹虫，也算好学了。"

鸿夕出声禀道："坞主，羽霓裳找到了。"

傅昊郗并未抬头，目光从容，仍旧看着手中的书，随口道："哪一件？"

"白色的，白鹭。"

傅昊郗轻轻抬头，像是想起了什么，有些伤感地叹了口气："这一白一黑两件羽衣，在我傅昊郗的眼中，也算不得什么稀世珍宝。当年，乌鸦将其送给了不该送之人，引得逍遥堂下血流成河……每每想起，我便觉愧疚难当。"

鸿夕不动声色地觑了他一眼，淡淡道："坞主，刀在旁人手中，见了血，杀了人，不能怪罪在锻刀人的身上。"

傅昊郗摇了摇头："话虽如此，我仍难辞其咎。因此，这白鹭被飞尘那厮偷了去，我总担心又闹出什么乱子来。"他放下手中书简，又问，"如今，在何人之手？"

"一个跳舞的哑女。"

"哑女？让苦海帮她治治。"

鸿夕欠身，微微笑道："鸿夕知道了。"

次日，荆南依依约前来，由人引着进入无常坞的庭院。一路但见楼阁精巧，曲径通幽，处处可见造物者的巧思，且三步便设有一机关，若非有人领着，只怕误闯者随意走一步就会血溅当场。荆南依见惯了弯倾殿的雅致清贵，面上虽不动声色，心里却暗暗惊讶："竹径通幽处，禅房花木深。没想到，这荒山野岭，竟然藏着个如此雅致的地方。"

殊不知她在看景，景中的人也在看她，只见她气质绝尘，容颜清丽，一路走来，花似乎都已不再成为花，她成了这满庭芳华中最娇艳不败的一株牡丹。

无常五子之一的苦海是个仙风道骨的老人，通身自有一派隐居高人的仙气。苦海正在院中搬挪药材，满地名贵的人参、鹿茸如同柴火一般随意乱放着，随行的舞女指着苦海，欢喜道："姐姐，你看，名医就是他。"

荆南依好奇地望向他，见他童颜鹤发，当真是世外高人的模样。

舞女出声唤道："老先生，麻烦您给我们姐姐看看喉疾吧。"

苦海看也不看她二人，这世间多少人趋之若鹜的美色近在眼前，他却无丝毫杂念，只是专注于手上正在做的事情，自言自语道："老头子还要给我家主人烹茶呢。"

荆南依定睛一看，见他将人参、鹿茸等一起丢入火中，上方架着的一个陶瓮正隐隐沸腾，冒出热气来。

她心里一笑："用人参当柴火烹茶，使人参的香气透过陶器清浅入水，果真奇了。真是个纵逸识趣的主子。"

苦海用扇子扇动火焰，烟雾飘到她面前，呛得荆南依直咳。舞女忙关切地询问："姐姐，你还好吧？"

荆南依摆了摆手，道："无妨。"

此话一出，舞女和她皆是一惊，舞女高兴地说："姐姐，您的喉疾好了？"

荆南依欣喜若狂道："我能说话了！"

苦海闻之一笑："恭喜姑娘了。"

这时，庭院中响起悠扬的琴声，如怨如慕，如泣如诉。荆南依凝神细听，吃了一惊，喃喃道："鸣凤古琴？"

舞女天真地问："姐姐，鸣凤古琴是什么啊？"

荆南依简单道："传说中俞伯牙、钟子期的古琴，据说，能奏出天籁之音。"

见她竟能辨出鸣凤古琴，苦海不由得正眼看向荆南依，面露钦佩之意："姑娘好耳力，我家主人虽不问世事，却喜好搜集古玩。"

荆南依听着那琴声，辨别着弹琴人此刻的心境，俏皮一笑："以人参鹿茸为柴，抚的又是伯牙子期之琴，我真好奇你们无常坞的主人究竟是何种风仪，过的又是什么日子。"

苦海欠身道："我们主人是无常坞坞主，富甲一方，逍遥自在，不以世家地位论成败，喜好结交江湖人士。老头子听闻姑娘善舞，舞姿举世罕见，如果可以，请姑娘在坞中小住几日，为我主人献舞一支，可好？"

"有何不可，你治好了我的喉疾，我还未谢过你。"荆南依转头向着身边的舞女，吩咐道，"回去把我的细软行头都搬过来，我要在此叨扰几日。"

舞女领命离去。

当夜，苦海便领着身着羽霓裳的荆南依进入无常坞中，一路却无烛火照明，只有头顶明月高悬，充当着唯一的光源。荆南依且行且笑："这黑灯瞎火的，我起舞的时候，你们主人看得见吗？"

苦海笑着解释："这您不必担心，主人的无常坞以夜明珠装点，每至夜晚，夜明珠会发出悠然微光，就如同住在月宫之中。"

"月中起舞，那我岂不成了月神嫦娥了？"荆南依粲然一笑。

苦海撩开了最后一层帷幕，做了一个"请"的手势，恭维道："姑娘的容貌，胜过月神千百倍。"

她不无得意地步入其中，待眼睛适应了黑暗之后，再凝眸看去，只见长廊尽头垂着一道轻薄的纱笼，夜明珠或悬挂在空，或镶嵌在地，其上均罩着轻纱，那轻纱被她衣裙所带起的风撩起，夜明珠一颗颗亮起。

这一幕让她觉得惊喜不已。她越走越快，到最后竟一路嬉笑着赤足小跑起来，如小兽般狡黠活泼，身前身后洒落一串冷冷的笑音，不循规矩，无关礼法，一切皆出自于心。

无常坞主人傅昊郗坐在纱帷后，眼见那女子歌舞嬉戏，宛如孩童一般无邪，若说她是孩子，她却分明有成熟女子的仪态，风华绝代；若说她是女子，可她的举止烂漫天真，超脱常理。

傅昊郗从未见过两种天性融合得如此完美的少女，不由得坐正身体，凝神注目，嘴角浮起一丝笑。

手上握着的明珠不小心滑落在地，骨碌碌滚到她脚边。循着明珠滚来的方向，她注意到了坐在纱帷后的傅昊郗，但她并不畏惧，那颗价值连城的明珠被她漫不经心地踢开，懒洋洋地问："你就是无常坞坞主吧？"

无礼的动作，不知为何由她做来却格外可爱。

他从纱帷后走出，轻袍缓带，儒雅非常，双目一瞬不瞬地望着荆南依，颔首笑道："正是小可。"

四十二

无常坞坞主

荆南依冷哧了一声："没出息，胆小鬼，躲在暗处吓唬人，枉费了我这一支好舞。"说罢，转身便走。

傅昊郗觉得她甚是可爱，一时兴起，悄悄挪足踩住了她身上所披的白色羽霓裳。荆南依愤愤回头，瞪他一眼："你干什么？"

"姑娘这件衣服，真是好看。"

"你喜欢？"荆南依反问他。

"小可原本也有件这样的羽衣，只是数日前被宵小盗走，不承想原来竟在姑娘身上。"

荆南依蹙眉："你的意思是说我偷了你的衣服？"

他当即摇头："小可并非这个意思，只是觉得，缘分使然，能与姑娘相遇，觉得高兴罢了。"

荆南依也不解释这件衣服其实是飞尘所给，当着傅昊郗的面，她竟脱下羽霓裳，丢给他："既是你的，那就物归原主吧，我本就不稀罕。不过，我的衣服给了你，外边又这样冷……不如……"荆南依眼睛一眨，心生一计，欺身上前，拽住了傅昊郗的衣带。

傅昊郗先是愣怔，继而大笑，并不阻止，任她解他的大氅，披在自己身上。见她要走，他忍不住"喂"了一声。

荆南依大为不悦，只当他舍不得那大氅，回首怒道："可惜啊可惜，原以为你是云中鹤、山中仙，现在看来，不过是附庸风雅、沽名钓誉之辈，真是浪费了这满堂的风雅。连件大氅都舍不得，真是小气鬼！"

苦海从旁替主人解释："我主人富可敌国，岂会舍不得一件衣裳。"

荆南依冷哧了一声："你主人富可敌国，我也不是没见过世面的小村妇，破衣服，不要也罢。"

傅昊郗面露微笑，觉得这女子喜怒由心，行事乖张，甚投他的脾性。傅昊郗饶有兴趣地望向荆南依，见她竟真的背对着他脱下大氅，心底笑意渐盛，目光一转，触及她肩头的桃花印，傅昊郗脸色一变，暗道："莫非她是荆南世家的人，想当年父亲赠人那件乌色羽衣，间接葬送了梦郡主的性命……没想到如今还能见到荆南世家的后人……"傅昊郗不由得感慨万千，"我不杀伯仁，伯仁却因我而死啊……"

见荆南依赤足离开，外衣也不曾披一件，傅昊郗心底涌出一股疼惜之情，唤住她，朝她作长揖："姑娘教训得是，小可就是个极其吝啬之人。姑娘既然说自己是见过世面的，那么，不如咱们交个朋友，姑娘就在我的无常坞中小住几日，替我鉴赏些我的小玩意。"

荆南依不无得意地回首："我原谅你，不过要我留下来，你还得答应我一件事。"

"什么事？"傅昊郗奇道。

荆南依眼波一转，冷冷道："我要你帮我找一个人。"

"什么人？"

"一个小人，"她双眼微眯，冷笑着说，"一个害我误我的小人。"

傅昊郗颔首，应得颇为爽快："无论什么人，只要你想见，我都能替你寻了来。"

荆南依就此住下，每天也不过是待花弄草，闲时便与傅昊郗一道品鉴那些奇珍异宝。人在富贵乡待久了，便是面对金山银山也提不起兴趣。荆南依天性爱玩，渐渐地便觉百无聊赖。傅昊郗见她无聊，便让苦海寻到飞尘的踪迹，略施小计，用烟雾迷晕了他，将他绑来无常坞。

飞尘原本就为偷了主人的羽霓裳而担心，睁眼看到荆南依时，吓得他差点昏厥过去。荆南依蹲在双手被捆的飞尘面前，见他醒了，得意地拿起一柄刀子在他面前晃来晃去，像是浑然不知这动作的危险性。飞尘咽了口口水，结结巴巴地哀求："小美人……有什么话好好说……"

荆南依扬手就甩了他一个巴掌，娇声斥道："你个登徒子，都落在我手里了，还敢嚣张！现在你主人已经把你的命送给我了……"

飞尘惊惶得不得了："坞主？我在无常坞吗？"

见他害怕，荆南依又笑嘻嘻地蹲下来，像哄小孩子一样，边摸他头顶的簪花边道："可不是。既然你这么爱花，要不然我在你脸上雕一朵吧，多好看啊。"说罢，便用刀在他脸上胡乱画了起来，见他躲闪反抗，荆南依怒叱道，"你躲什么躲，你总是躲，让姑奶奶我怎么画啊？"

飞尘疼得直吸冷气，不住求饶："饶命啊，饶命，姑奶奶饶命啊……"

完工之后，荆南依捧着他的脸左右端详，好不可惜地哎呀了一声："糟了，给你刻坏了，要不然我再给你刻一朵吧。"

庭院内，听着屋里二人说话的傅昊郗被荆南依逗笑，无奈地摇了摇头。苦海见状，走上前来，向他禀报从外得来的消息："坞主，老奴打听过了，荆南世家的郡主将如期嫁入逍遥堂，并未传言丢了哪位郡主。"

傅昊郗略微沉吟："此事十分蹊跷，看样子我们得亲自去逍遥堂走一遭，一来，如若坞中的这位真是荆南郡主，我们也好送她与亲人团聚；二来，傅某毕竟亏欠了荆南一族，若有机会，我便还了这人情。"

"那飞尘呢？"苦海问他，"毕竟飞尘偷了主人的羽霓裳在先，囚禁了荆南的郡主在后……"

傅昊郗摇了摇头："他虽行事顽劣，但罪不至死，况且荆南郡主的虚实，只有他知晓，就留他一条命吧。"

苦海点了点头："是。"

傅昊郗也觉得奇怪："那荆南苏穆丢了一个郡主，非但不见他四处寻找，反倒大张旗鼓地操办起了郡主的婚事……"

"哪位郡主的婚事？"一道声音冷冷地传来，只见荆南依不知何时走了出来，俏立于廊下，目光冷淡地看向他俩，冰冰地重复刚才那个问题，"哪位郡主的婚事？"

傅昊郗和苦海对看了一眼。

鸾倾城内，出嫁的日子一天天临近，对叶阑而言，时间因为等待而过得格外快，往往只是无所事事地坐着，一天便过去了。

叶阑不习惯旁人在侧服侍，入夜之后便屏退了侍女，一个人撑腮坐在镜子前发呆。忽见窗前有黑影一闪而过，叶阑警觉，扬手熄灭了烛火，那黑影破窗而入，叶阑探手入袖，那人先一步出声制止了她："是我。"

叶阑一惊："师父？"

烟芜摘下脸上的黑布，淡淡笑道："你该叫我一声二姐的。"

叶阑目光惊疑地看向她："二姐？"

烟芜不动声色地扫过四周，确定隔墙无耳之后才走近叶阑，目光一瞬不瞬地落在她身上，这令叶阑有些惶恐，那不该是一个师父看徒弟的眼神。

烟芜低声道："没错，我就是你的亲姐姐，你是有疏世家的小女儿。"

叶阑震惊不已，有那么一会儿，她几乎怀疑是自己听错了："怎么可能，我从小跟着娘亲……"

"她并非你的生母。"

叶阑呆呆地坐回椅子上，茫然地看着烟芜，喃喃道："怎么……怎么会这样？"

烟芜垂下头来，谈及旧事，语气中难掩怅惘和遗憾："我们有疏世家巾帼不让须眉，皆为女将浴血奋战。当年与燕之山外的异族大战得胜，皇甫世家却因为我们是女儿身，排挤我们，将偏僻的不毛之地封于我们。后来，爹娘郁郁而终。临死前，爹爹经一位玄古阁老友点拨，将你送到了鸢倾城，见华奴孤苦善良，便将还在襁褓中的你悄然放在华奴房中。父亲如此，为的是有朝一日能够偷龙转凤，让你代替荆南的鸢凤之女嫁入逍遥堂，以外戚身份辅助母家，夺回属于我们有疏的荣光。"

叶阑隐隐有所悟："所以这一切，都是你们安排的？"

烟芜颔首承认："爹爹的那位故友从未露面，却从暗中指点，二姐我受其令为之。"

"连教我习武也是你们的计划吗？"

烟芜愣怔，知道承认了，必会伤了她的心，但事到如今她不得不点头："没错，这种武功名为灵羽，是我们有疏世家的独门武功，能将最柔弱的花朵竹叶化作利刃。练成之后，女儿的肩头就会有印记，而这恰恰可以冒充桃花印。"

叶阑下意识地抚上自己的肩膀，那里恰有一块她所说的印记，不由得苦笑："那你们又怎么会料到荆南郡主会出逃？"

烟芜望着她，一双妙目里滑过一道奇异的幽光："父亲在世时曾经跟我说过，一切听从高人安排，那高人神机妙算，夜观天象，料定那荆南郡主非鸾凤，必会客死他乡，此乃天助我有疏。"

一切皆是算计。

叶阑想了想，又问："那你们怎会算准我定会情愿冒充荆南郡主？"

烟芜心中有愧，低声道："有疏女儿，向来都是至情至性之人，二姐懂你，如若小妹不从，二姐会以死相逼。"

"以死相逼？"叶阑喃喃念着这四个字，唇角扯起一丝苦笑，"您说得没有错，我敬爱师父，视师父为我生命中最重要的人之一，倘若你以命相逼，阑儿不能不从……"

她被他们当成枚棋子，步步为营，天衣无缝。叶阑心底泛起一层层寒意。

烟芜见她神情恍惚，忙以双手相扶，动容道："身为世家儿女，当以家族使命为重。姐姐知道你在外受苦多年，可是这都是你必须承担的，因为你身上流的是有疏世家的血。"

叶阑双目一颤，两行清泪缓缓落下："就为了你们所谓的世家荣辱，就让我跟爹娘分离，一生飘零无依，现如今，就连我的爱情都要为了世家的荣光而牺牲吗？"

烟芜按住她的肩，逼她看着自己的眼："叶阑，姐姐知道你苦，可是国仇家恨当前，儿女情长轻若鸿毛，姐姐，我的爱人……"似是想起了伤心往事，她双目微红，转头看向别处，努力让自己镇定下来，才继续说道，"我的爱人也为世家而死，然而这一切都不能改变我们为家族而战的命运。"

叶阑几欲崩溃，一迭声地质问："可是我又做错了什么？你们心怀天下，想要建功立业，那都是你们自己的选择，你们何尝考虑过我的感受？你们让我做过选择吗？我要的，只是爹娘疼惜，良人在侧。这些年，你们问过我真正想要的是什么吗？你们擅自安排我的命运，为我着想过吗？"

烟芜愣住："阑儿……"

"二姐。"叶阑声泪俱下，"也请二姐为我想想。"

烟芜抬起袖子，替她拭去面上的泪，柔声道："阑儿，你终于肯认我这个姐姐了。姐姐知道你心里难过，可是你我身为世家的继承人，生来便享有这姓氏带给我们的无上荣耀，可是活在这世上，哪能一味索取却不思奉献？阑儿，今日你别了爱人，可是从此以后，便有千千万万的有疏少女不必重蹈我们的覆辙，她们能与爱人长相厮守，生生世世，这不就是我们所希望的吗？"

听完烟芜的话，叶阑终于卸下所有防备，伏在烟芜怀中放声大哭。烟芜伸手一点点抚着她的鬓发，感受着胸口因她眼泪带来的潮湿，哽咽道："妹妹，是二姐对不起你，这一次，就当二姐求你了，二姐下辈子再还你……"

"二姐……"

烟芜轻轻拍着她的后背，柔声道："阑儿，哭吧，哭出来就好了。"

四十三

依依不舍

三日后，便是叶阑出嫁的日子。如祭司所预言的那样，那一日晴空万里，艳阳高照，是一连数日阴雨之后难得的一个好天气。鸾倾殿内外张灯结彩，作为新嫁娘的叶阑身着红妆，被侍女扶着，先行前往祠堂祭拜列祖列宗。

待上香完毕，便到了真正离别之际。依照习俗，含露将叶阑引至苏穆跟前，叶阑轻施一礼，双手奉上红绸，低声道："吉时已到，郡主拜别兄长。"

苏穆一时恍惚，并未伸手去接，只是凝神望着面前艳妆的少女，熟悉的容颜被精心修饰，胭脂水粉化成了铜墙铁壁，将他和她隔开了。苏穆心头一痛，想到她如此盛装，却是为了另外一个男人，他却什么都不能做，甚至还得亲手将她交到巍鸣的手中。

像是感受到他目光中超乎寻常的热度，叶阑心头颤了颤，不由自主地抬起头，双眉浅蹙，眸中凝结着欲语还休的愁苦……

再不会有这样的一瞬间，能这样看清楚彼此的挣扎、不甘、痛苦和绝望。

苏穆清楚，只要再多看一眼，他便没有勇气送她离开；只要再多看一眼，管他什么国仇家恨，管他什么血海深仇，他都可以抛诸脑后，只要能再牵住她的手……

含露见二人神情凄楚，看着对方的目光分明含着难舍之意，生怕被人瞧出端倪，紧张地上前唤了声"君上"，便将红绸塞到苏穆手中，低声催促他："君上，吉时已到，莫让巍鸣君等太久。"

他木然地握着，如傀儡般，牵起红绸领着叶阑走出正殿。懿沧群等人皆候在大殿之外，心思各异，表情不一，却都齐齐望向苏穆。

他一步向前，台阶之下的巍鸣，正以温暖的目光望向他的新娘。

身旁是他的爱人，身前是他们两人，有那么一瞬间，苏穆甚至恍惚了，这还是他吗？站在这里，即将向仇人之子献上自己深爱的女子的他，还是自己吗？

苏穆忽然站住，刹那间，几乎所有目光都落在他的身上。

叶阑心里钝痛，举目看去，融于光影中的他的侧脸憔悴无比。叶阑下意识地叫他："苏穆君……"

他整个人颤了颤，手抖得厉害，快要握不住那轻如鸿毛的红绸。巍鸣不疑有他，快活地跑上前来，干脆地叫了他一声穆哥哥。

苏穆微微一笑，那笑只在他脸上一闪而过，并未停留。

巍鸣接过红绸，偷偷看了叶阑一眼，她低垂蟒首，只有遮面的珍珠微微晃动。巍鸣心中一动，望向她的目光越发温柔。

苏穆目送着叶阑从自己身旁走过，由巍鸣牵引着，小心翼翼地登上马车。

号角齐鸣，众人跟随着这对新人走出鸾倾殿。苏穆怅然若失地看着渐行渐远的马车，含露不知何时走到他身侧，双手奉上缰绳，悄声道："恭请君上上马。"

他吃了一惊，侧首看了含露一眼，她虽仍是一副恭顺的姿态，眼中却闪烁着与她外表截然不符的野心和壮志，她用这句话提醒苏穆，情爱不过过眼云烟，他还有未竟的事业等待着他去实现。

他收敛心神，寻回了掌权人该有的清明理智，翻身上马，跟上前去。

马车驶出鸾倾城，直到日上中天仍没有停下来的意思，坐在车内的巍鸣百无聊赖。突然，他灵机一动，翻出一只锦盒捧在怀中，撩开窗帘，叫来一名小侍卫，将锦盒递给他："把这个送到荆南郡主的车上去。"侍卫领命而去。

下一刻，便有人掀开他的车帘，巍鸣以为是回来复命的侍卫，抬头看去，却见是苏穆骑马立在那里，从窗外丢进一个包裹给他。

巍鸣捡起打开，见是几册书简，好奇道："给我这个做什么？"

苏穆径直看着前方，解释道："欲成大器，必先修身，好好读书，以史为鉴，可以知兴替。好好看这几本书，晚上给我讲你的所得所感。"

巍鸣也不多说什么，打开后立刻埋首看起来，神情出奇认真。

苏穆策马离开，经过叶阑马车时，见巍鸣的小侍卫奉上锦盒，叶阑接过打开，见盒中装了各色精巧点心，她不由得摇头笑道："当真是孩子气……劳你替我谢谢巍鸣君……"说话间她一抬头，就看见不远处注视着自己的苏穆。

明明相爱的人近在咫尺，却近不得，亲不得，这对彼此来说是何等的痛楚。苏穆强迫自己收回目光，一勒缰绳，策马离开。

叶阑同样落寞地收回视线，眼睫颤了颤，一滴眼泪落在那精美点心之上。

车行到一处村落，刚停稳，几名饥民便扑上前来求粮，皇甫侍卫将他们拦下，粗声喝道："滚开，也不看看这是谁的马车！"

巍鸣听见车外响动，掀开帷幔走下车，一饥民见状扑到他脚边，搂着他的衣服哀哀哭求，不过很快就被皇甫侍卫拖开，丢在路边。

巍鸣目光惊异地望向那群饥民，正要上前询问原因，苏穆策马过来，高声勒令那名侍卫住手，巍鸣闻声回头："穆哥哥。"

苏穆下马走到巍鸣身边，看向那群饥民的目光甚为悲戚，他低声一叹，道："朱门酒肉臭，路有冻死骨。这些饥民都是被领地世家赶出来的，没有土地，便没有口粮，过不了几日，他们便会成为路边饿殍，横尸荒野。"

巍鸣震惊地看着那群饥民，老的老，小的小，个个面黄肌瘦，相扶相携。一老妇抱着孩子失声痛哭："早知要饿死在这儿，不如不生养你……"

那绝望的哭声听得巍鸣恻然，他不自觉地望向苏穆，果然见他也看着那对母子，摇头叹道："民不聊生，是朝堂之罪。怨声载道，是君王之失。他们要得不多，不过是一茅屋以蔽体，数亩良田以果腹，仅此而已，可惜身为君上的你，都满足不了。到底是谁诛杀了这些无辜饥民呢？"

他的话如利刃入心，巍鸣第一次感到，自己小小的肩头上似有千斤重担。

　　巍鸣低头沉默了很久，再抬起时，眼中分明蓄着眼泪。苏穆手握缰绳望向前方，不去看此刻巍鸣的泪眼，随口道："走吧，别让懿沧群的队伍等急了。"

　　巍鸣低头思索了片刻，然后命令身后的侍从："将我的吃食银两，全部散给这些饥民。"

　　"是。"

　　苏穆闻声望向巍鸣，若有所思。

四十四

三人饮酒

一行人就地驻扎休憩。叶阑由人指引，刚走近巍鸣的营帐，就听见里面传出诵读之声，是巍鸣的声音："王有不忍人之心，斯有不忍人之政矣。人人亲其亲，长其长，而天下平……"她略微愣怔，正打算凝神细听，一旁领路的侍从主动替她撩开帷幕，欠身道："郡主请。"

她抬头，先看见苏穆，他的盔甲已卸，一身素色衣袍，宛如寻常文士，立于书案旁，正俯身指点巍鸣。听见响动，苏穆抬首，目光在看见叶阑的那瞬亮了亮，不过转瞬之间，那团光焰便熄灭了。

见她出现，巍鸣面露喜色，快步上前，牵着她的手到一旁坐下，关切地问："行了这一天的路，可曾感到疲倦？"

叶阑不想在苏穆面前和巍鸣表现得过于亲密，她缩回被他握着的手，摇了摇头。

巍鸣见了她，心中便生出无限欢喜，她无论怎样都好，见她如此，不免逗她说："从前我们两个在深山老林里独处，也未曾见你这样扭捏。怎么，今日有你兄长在，夫君我的手竟胜过豺狼虎豹，让昔日天不怕地不怕的叶子爷面红心跳了？"

苏穆听他提起"夫君"二字，想到那是自己永远不能得到的称谓，心中便黯然一痛。叶阑抬头见他如此，心中越发难受，想说些什么，但又不知道说什么，一时间沉默不语。

三人相对，二人无言，气氛多少有些古怪。幸好这时候侍卫进来布菜，巍鸣回首向着苏穆笑道："穆哥哥，我的玉阑珊烫好了，今日我们三人

294

定要畅饮一番。"

收回落在叶阑身上的目光，苏穆勉强一笑，生硬道："好。"

巍鸣展颜，笑道："那好，今日我们不醉不归。"

巍鸣坐在首位，苏穆和叶阑分别在他左右坐下。巍鸣看了看自己右侧的叶阑，目测了二人之间的距离，失笑道："你坐这么远干什么？来，过来一些，坐我身边。"

叶阑仿若未闻，默然不语，只顾低头摆弄面前的一双碗筷。

巍鸣生性爽快，不以为意，干脆道："你若是不愿意，那我过去也行。"说罢，便挨着叶阑坐下，叶阑下意识地想躲，手却被他一把握住，话未出口，他的脸却先红了。

只听咚的一声，苏穆一把将空杯撂在桌上，怒道："还未行大婚之礼，男女授受不亲，还望巍鸣君自重。"

巍鸣自知理亏，也怨自己冲动："是鸣儿错了，自罚三杯，还望兄长和阑儿见谅。"说罢，他便痛快地斟酒三杯，一饮而尽，而后又主动为苏穆倒了一杯，"兄长请，我来祝酒。"

苏穆观他言行，知其心地善良，不是大奸大恶之人，将叶阑交给他并非不放心，只是生在逍遥堂有种种的身不由己，也不知道他是否能照顾好叶阑。想至此，苏穆怅然道："只可惜你我地位有别，否则我倒是愿意将腹中点墨全部教给你。"

巍鸣摇头，像是不认同他的话："我既叫你一声穆哥哥，何来地位之别？高山流水之交，不问出处，合奏一曲便心领神会，成了至交。鸣儿与苏穆君，也是如此。"

苏穆心念一动，端起酒杯向他示意："身在贵胄之家，却心性淳朴，倒是难得。好，今日便不醉不归。"

苏穆将心底所有苦闷和着那杯酒一饮而下。巍鸣这才转向叶阑，替她斟酒，道："阑儿，你也饮一杯。"

叶阑担忧地望了苏穆一眼，却被巍鸣发觉，他有些好笑地说："阑儿是我未过门的妻子，怎么喝杯酒还要看兄长的眼色呀？"

苏穆回看了叶阑一眼，努力压抑着心中的感情。叶阑怕被看出端倪，端起酒杯朝苏穆示意后，飞快地一饮而尽。

三人饮毕，巍鸣已微醺，笑道："倘若真的有世外桃源，鸣儿愿用一生的荣华和权柄去交换，就这样，邀好友三五，醉酒到天明。"

苏穆以筷为节，敲着碗筷，漫声念道："少年心事何人识，天荒地老终不得。"

说的是旁人的事，抑或是他自己？

巍鸣搂着苏穆的肩，醉醺醺道："穆哥哥太悲观了，人生得意须尽欢，哪管心事何人识？"

叶阑见他醉成这副样子，不便继续打扰，主动起身道："时间不早了，我先回去了。"

巍鸣、苏穆见状，异口同声地说："我送你。"话音刚落，又看了彼此一眼，巍鸣心无他想，爽快道："穆哥哥，我喝多了，正想出去走走，正好顺路送阑儿回去，你先在我这儿稍事休息吧。"

淡淡月光之下，巍鸣陪着叶阑缓步前行。清凉夜风迎面，给人冰凉舒爽的感觉，缓解了巍鸣的不适。望向头顶的明月，巍鸣怡然自得道："月色皎皎，我们又饮了玉阑珊，略有醉意，当真没有辜负了这好韶光。"

他侧头看叶阑，却发现她双眉微蹙，眼含轻愁。巍鸣不知缘由，只想抚平她眉间的褶皱："从前，鸣儿怯懦无能，以为只要退避忍让，便能躲在逍遥堂的安乐窝中度过庸碌一生。那些生杀予夺、争权逐利之事，我从未上心。可是，阑儿，直到遇到了你……"

叶阑听闻此语，心里颇为动容，抬头望向巍鸣，却发现他正微笑着凝视自己，脸上顿时一热，不知是不是因为心虚，忍不住低下了头。

巍鸣甚为感慨："直到今天我才明白，人活一世，必有心之所往，心之所念。我不比你长兄，胸中有江山社稷，鸣儿唯愿与你相守，两情相悦不相疑。阑儿，你肯答应我吗？"

叶阑愣怔，两情相悦？在她，他不过是一厢情愿。她的感情早已给了苏穆。她有点怅然，望着巍鸣，想着苏穆，只觉得他们都是苦命的人。

巍鸣痴痴傻傻地牵起她的手，握在自己掌中，凝视着她的眼深情道："为了阑儿，就算死，我也甘愿……"

叶阑心里五味杂陈，既无法做出承诺，也无法向他坦诚自己的心。

听他如此许诺，更觉愧疚深重，她摇头打断他："你是逍遥堂未来的主人，哪有那么容易死呀？"

巍鸣想起了什么，开口诵道："命如草芥，朝露而熄。"

听到此句，叶阑心下更悲："跟着兄长读了几日书，你倒开始卖弄了。"

巍鸣手抚她肩，看着她的眼郑重其事道："你我都是世家子弟，那些臣子君上口中的家族大义、国仇家恨都比你我卑微的爱恨重要千倍。可是，你我有彼此，便如同山间取暖的山兽一般，能彼此依偎，对鸣儿来说，这比天下还要重要。"

叶阑忆及自己的身世，恍然觉得自己和巍鸣也是同病相怜。他向往的生活，曾是叶阑唾手可得的。如今，那千斤重的世家之责，如枷锁，锁住了她，锁住了苏穆，也锁住了巍鸣。只是，唯有巍鸣一人，还傻傻地相信可以挣脱这枷锁。

叶阑叹了口气："多么美好的愿望，远离纷争，与青山绿水为伴，阑儿曾经拥有过那样的日子，却都失去了……"

想到她在没有遇到自己之前，过的是何等快意恩仇的生活，可是从此以后她就要嫁入逍遥堂，过起笼中之鸟的日子。这样一想，巍鸣便觉得自己愧对她，于是，他郑重承诺："阑儿，你放心，我愿做那开天辟地之人，劈一座山林，让你我微不足道的愿望有安身之处。"

与相爱之人隐居山林，这一直都是叶阑心底的愿望。听他如此勾画他和她的未来，叶阑不禁怦然心动，抬头望向巍鸣，不经意撞见他火热的视线，心跳漏了一拍，她赶紧低下头去，双颊却爬上了红晕。

她的迟疑是婉拒，却被他误以为是害羞。见她晕生双颊，巍鸣满心欢喜，扶住她的肩膀，在她额上猛地亲了一口。

叶阑被他的举动吓了一大跳，后退了好几步，用袖子一擦额头，恶狠狠地瞪了他一眼，道："干吗？皮又痒了？"

巍鸣只是笑，笑得叶阑面红耳热，含羞带恼地一把将他推开。她转身就走，没走两步，就见到立在月下的苏穆。中间隔了一段距离，她看不清他脸上的神情。

她一愣，僵立在原地。

苏穆缓步走过来，脸上挂着淡淡的笑容，他抖开手上的大氅披在叶阑身上，轻声道："天冷了，小心着凉。"

他并不怪她，信任着她与他的承诺。

叶阑有口难言，望着他，心如刀绞。

苏穆护在叶阑身前，看向巍鸣，敛去笑容，平静道："你们尚未完成大婚之礼，若是让懿沧群看见了，怕是又要生出事端。"

巍鸣本就心虚，现在被他不留情面地戳穿，更觉赧然，低头讷讷道："我……我只是情难自禁……"

苏穆轻轻叹了口气，道："回去吧。"

倾世

桃花印

马莎莎 著

2

广东旅游出版社
GUANGDONG TRAVEL & TOURISM PRESS
悦读书·悦旅行·悦享人生

中国·广州

目录
CONTENTS

1

艳阳高照，天气晴好，傅昊郗一行人等从无常坞出发，日夜兼程，几乎跟鸾倾城的人马前后脚抵达逍遥城。城邦内外人声鼎沸，热闹非凡，荆南依在马车内起身揭帘往外望，好奇道："这就是逍遥堂？看上去稀松平常，不若天上宫阙，也并非金碧辉煌，不过也是石头山上的石头城罢了。世家们真没见识，跟个宝贝似的你争我抢，我看啊，是痴傻疯癫了。"

身旁的傅昊郗摇着折扇，看她疑惑，便淡淡一笑："姑娘有所不知，住在金山金水之中，也未必有此处一览众山小的威风。逍遥堂有天险为防，要塞之处，是兵家必争之地。再加上沾金带水，物资丰饶，有帝王之相。"

荆南依觉得无趣，坐回软榻上，撇嘴道："当帝王又怎么样？其乐无穷了吗？我哥哥也管着一座城，每天东奔西跑，忙得要死，累得要死，我看当帝王也没什么好。"

傅昊郗听着这天真之语，失笑。

车外的飞尘听见荆南依这一席话，忍不住插了一句："小姐姐，此帝王非彼帝王，这其中的差别可大了，一城是池中水，此处可是宦海沉浮，辽阔无边啊。"

傅昊郗用扇柄轻叩着掌心，点头赞同道："站在这里的人，受万人敬仰，如山巅一般俯瞰众生，能掌生杀予夺之权，像鬼怪神灵一样能翻云覆雨。那是一种毒瘾，让人欲罢不能。"

荆南依听得神往不已，忽然才想起一件事："既然如此重要，那你怎么能随意出入？"

飞尘接话："有钱能使鬼推磨啊，小姐姐。"

傅昊郗收起扇子，敲打了窗外的飞尘一下，斥道："多嘴。"转头才对荆南依解释，"通往权力之巅，都是步步踩着白骨人血，黄金白银。傅某乃手无缚鸡之力的迂腐书生，只能凭几个臭钱，看看热闹罢了。"

荆南依眼睛一亮，拉着他的衣袖兴致勃勃道："我也要去见识见识，看看这幻海朝堂究竟有何种魅力。"

傅昊郗顺着自己被拽的衣袖看向她的手，一笑而过，应道："好。"

因事先打点周全，一行人顺利进了逍遥堂。荆南依饶有兴趣地四下张望，忽闻号角声响，一群皇甫侍卫匆匆跑上前来，成列排队，以金丝绳索将道路拦出。一名皇甫侍卫大声宣布："逍遥堂巍鸣君迎娶鸾凤之女——荆南郡主到。"

夹道两边的百姓纷纷跪地。荆南依先是一惊，暗想除了自己，哪来的什么荆南郡主，转念一想，顿时怒火中烧，一咬牙，恨恨道："我才是鸾凤之女，哪个枝头上的麻雀，胆敢佯装凤凰！"说罢便要穿过人群挤上前去看个究竟。

傅昊郗将她脸色一览无余，这更加证实了之前的猜测，他暗暗颔首，向着飞尘压低声音道："看来你没有骗我。"

飞尘欠身，保持着谦卑的姿势，恭谨道："飞尘不敢，小奴说过，小姐姐才是荆南正牌的郡主。"

傅昊郗提步去追荆南依，吩咐飞尘："护着她。"

"是。"

就在这时，一辆马车由远驶近，巍鸣和叶阑并肩端坐其中，但凡二人经过，随行的巍鸣的侍卫就会向道路两旁抛洒碎银，沿途的百姓一边跟随着队伍一边拾捡银子，口中大呼巍鸣君千秋无期，郡主千秋无期。

荆南依拨开人群，跌跌撞撞地追着那辆马车，被拦路的皇甫侍卫狠狠推了一把。那侍卫粗声喝道："让开，别挡了郡主的路……冒犯了郡主，剐了你也赔不起……"待抬头看清面前女子的容颜时，那侍卫便愣在原地。

闭月羞花不足以形容面前女子的美貌，唯一影响这美貌的，是她脸上无所遁形的怒气，她目光追寻着叶阑马车的去向，粉腮怒容，气愤不已。飞尘挤到她身边，一脸谄媚地低声道："小姐姐小心。真是狗眼看人低，明明我们小姐姐才是货真价实的郡主呀！"

荆南依挑眉回首，望向飞尘，飞尘伏低做小，继续讨好她道："小姐姐，主人既把我赏了你，飞尘便是小姐姐的马前卒，全听小姐姐的吩咐，小姐姐若是想要飞尘往西，飞尘绝不会往东去！"

望着那辆远去的马车，荆南依脸上仍有不忿，恨声道："你的布偶呢？找一个缠着她，我要看看这偷天换日的贼婆娘到底是何许人也。本郡主舍弃不要的东西，谁也没资格讨要！"

飞尘乖觉颔首，领命称是，从怀中掏出一只布偶，咬破手指，将鲜血点在上面。布偶如获生命，从他手中弹跳而起，"咻"的一声钻入了叶阑的马车内。荆南依恨恨地望了那马车最后一眼，在飞尘的连声催促下，这才转身离去。

巍鸣车队的最后，苏穆骑在马上，猛然发现有个熟悉的身影，定睛往人群中寻了去，只见一把飞尘的芍药花伞，招摇着走远了。

马车驶近逍遥堂，那高大巍峨的城邦也越来越清晰。那日万里无云，城门大开，早已恭候许久的众位大臣跪地相迎，山呼："恭迎巍鸣小君，恭迎荆南郡主！皇甫世家千秋无期！"

巍鸣微微笑着，坦然受着这朝臣的恭贺，亲手牵叶阑走下马车，在众人的簇拥下领着她步入寝殿。殿内早已根据他的指示装饰一新，四处摆放着郁郁葱葱的兰花，花香浮动，沁人心脾。巍鸣一一指给叶阑看："这寝宫布置得可合你心意？'兰生幽谷，袅袅独立'，我是按照阑儿的性情，特意为之。阑儿住在其中，任是无人也自香。你可喜欢？"

叶阑环顾四周，因这美景，久不见喜色的脸上也微露笑意。

苏穆跟在稍远处注视着二人的一举一动，看着他们相视而笑的刹那，心内顿时五味杂陈。

巍鸣转头又安排苏穆的去处："对了，穆哥哥，你暂住在西暖阁，便于我等三人秉烛夜游，巴山夜雨话家常……"

巍鸣见苏穆冷脸相对，赶忙收了玩笑的态度："也便于苏穆君对我耳提面命，教训学问，对吗？"

余光不经意瞥见苏穆的神情，叶阑顿时愣怔，整个人也沉默下来。

三人之间被一股异样的氛围笼罩，唯有巍鸣蒙在鼓中。

幸好这时巍鸣的侍卫进来通传，打破了尴尬："禀小君，涧主和晟睿将军来了。"

巍鸣和苏穆交换了一下眼神，心底不约而同地被阴影笼罩。不等侍卫退下，懿沧群与晟睿二人阔步入殿。懿沧群目光冷淡地一扫面前三人，冷笑了一声，抖开手上捧着的手谕，道："老夫已禀告老堂主，商议后，老堂主下了这道手谕，推迟婚期。"

巍鸣下意识地问："何故要推迟？"

懿沧群扬袖一指叶阑，皮笑肉不笑道："嫁入皇甫世家的女子必要秀毓名门，具高士之德。依我了解，荆南郡主摸爬滚打，下作伎俩十分拿手，并非什么大家闺秀。大婚前，该修的女德，该学的规矩，皆要样样精通，一切符合礼法后方可成婚，才不辱皇甫世家的颜面。"

苏穆听了不是不恼，暗中捏紧拳头，冷静反驳："家妹是名正言顺的鸾凤女子，无论举止品性如何，鸾凤之命不容任何人不敬。洞主是否故意拖延婚期？按照礼法，巍鸣君成婚后，便可登基摄政，独掌大权，洞主难道借故阻碍？"

"胡言乱语！"懿沧群虎目一瞪，喝道，"老夫是老堂主钦点辅佐巍鸣君的老臣，又是鸣儿的舅父，怎可能阻拦他掌权？巍鸣君倘若成婚，老夫欣慰不已，必定挂印归家，落个清闲自在。"说罢又转向苏穆，不怀好意地说，"倒是你，这么着急，难道是想以外戚的身份图谋我逍遥堂的权力？依老夫之见，苏穆君，还是避避嫌为好。否则，老夫只好效仿那些先王，为防联姻的母家扩张，统统削爵去官，发配边疆。"

苏穆倒也不惧，轻笑地反问："洞主真是贵人多忘事，难道数典忘祖，忘记懿沧世家也是逍遥堂的外戚吗？"

晟睿在旁冷眼看着，原本就因上次交手落败一事怀恨在心，眼下更是借题发挥："大胆，荆南苏穆，你怎可与我们懿花洞相提并论！荆南世家不配！"

"长兄不必与他们多费口舌。"叶阑冷眼看着，走上前来，自然地挽住巍鸣的手臂，昂首骄傲道，"叶阑必会尽快学得皇甫世家的规矩，让洞主安然接受鸾凤之女，旺我夫君继承大位，坐拥天下。"

巍鸣见她主动与自己表示亲密，替他说话，不禁面露喜色，目光和暖地望向她。

懿沧群被她戳中痛处，脸色激变，只是碍着众人都在，僵笑道："好，借郡主吉言，那老夫就静候佳音了，此事我已吩咐交予长郡主，我们走。"

待他们走后，苏穆不免忧心："懿沧群这样拖延婚期，是不想让巍鸣君继位，收回他的实权。"

见无人回应，苏穆转身，才发现巍鸣正一脸痴笑地望着叶阑，握住叶阑挽着自己胳膊的那只手，满脸宠溺，活像一只小犬，就差摇尾巴了。

苏穆低头握拳抵在唇边，轻轻咳嗽了一声。

叶阑惊觉，忙不迭甩开，恼怒道："你……干什么？"

巍鸣脸上带着近乎微醺的笑："阑儿方才唤我夫君，声音如此婉转，堪比林间黄鹂鸟，本君还要听，你再唤一声。"

叶阑蹙眉："放开！"

"不放，"巍鸣撒娇似的抱住叶阑的手臂，死皮赖脸道，"你唤我夫君，我就松开，否则，誓死不从。"

叶阑岂是能受人威胁的，反身一个擒拿，拿住巍鸣一条手臂，巍鸣疼得直叫唤，再不敢多言。

苏穆恐懿沧群刁难叶阑，关切道："阑儿当真要去学那些礼仪？"

"兄长勿念，阑儿想，长郡主应不会为难于我。"

四十六

黑鸦杀手

　　说到长郡主，就听外面步履纷沓，芳娉领着一干侍女快步从外走进殿内，才叫了一声鸣儿，眼泪便争相滚了下来，二话不说抢步上前抱住巍鸣。叶阑认出那是巍鸣胞姐皇甫芳娉，知他俩姐弟情深，便先行告辞，留下空间给这姐弟二人叙旧。

　　见姐姐落泪，巍鸣心中亦十分难受，牵着芳娉的手到一旁坐下，好言抚慰。芳娉抚着他的脸，仔细端详。见他身上并无受伤的地方，刚要松口气，转念想起自己这些天为他担惊受怕，夜不能寐，又想到之前种种遭遇，想到生死未卜的离樱……芳娉一时怒起，扬手给了他一个巴掌，怒声斥道："你为何现在才回来？"说罢转身抹泪。

　　巍鸣捂脸回首，本来不解，见到姐姐的泪眼，他这才恍然大悟："是鸣儿的错，让长姐受尽委屈，竟嫁了那懿沧晟睿……"

　　芳娉以绢拭泪，侧首向内，并不与他说话。

　　巍鸣小心为她擦眼泪，伏低做小，笑着劝慰她，引她往好的地方想："长姐放心，鸣儿回来了，等鸣儿掌握逍遥堂大权之后，一定会好好保护姐姐和小妹……"提到小妹，他又问芳娉，"长姐，据说小妹离奇失踪，究竟是怎么回事？小妹好端端的，怎会不见了？"

　　芳娉被戳中隐痛，不自在地推开他，擦了擦面上的泪痕，低声道："小妹并非失踪，只是在逍遥堂这样说罢了。"

　　巍鸣心头一紧，再问："那小妹怎么了？"

　　芳娉长叹一口气，用绢子点了点眼中溢出的水意，极力掩饰着自己犯下的罪行，语带哽咽："那时候传来消息，说鸣儿你暴毙，小妹便决决然要逃出逍遥堂，有侍卫说见她跌落万丈悬崖……怕是凶多吉少了。"

巍鸣难以置信地惊呼："什么？"

芳娉侧身避开巍鸣的眼，惶惑不已，离樱离去时留下的那把素伞在眼前一闪而过。

芳娉黯然道："不怪鸣儿。现在逍遥堂风起云涌，我们也未必能安身立命，鸣儿切记一切忍让。长姐那里都是懿花涧的人，我先回去了。"

巍鸣本欲追问更多关于妹妹离樱的事，又怕旧事重提戳中她心中痛处，让长姐更加难过，想了想，最后还是选择起身送芳娉离开："长姐也请保重身体，鸣儿过些日子就去看你。"巍鸣依依不舍地将芳娉送至门口，一路目送着她离开自己的视线。芳娉匆匆而行，刚入宫门，就看见晟睿。他抱臂斜倚着屏风，吊儿郎当地看着她，拍手鼓掌道："长郡主当真是当戏子的料。你这厢哭得梨花带雨，到底还是真是假，连我都搞不清。你是巍鸣的人，还是如你所言，为叔父效忠？"

芳娉冷冷地移开目光，不语，转而走到梳妆台前卸起了妆。

晟睿放松地斜倚在榻上，跷起二郎腿，双手垫在脑后，淡淡地扫了她背影一眼，道："替叔父带个话，他让我告诉你，答应他的事，别忘了。"

芳娉有些不悦，打断他："我会信守与涧主的约定。不必你在此指手画脚。"

晟睿呵呵笑了两声，语意嘲讽："怎么，你的脓包弟弟回来了，长郡主的腰杆又硬起来了？当日谁在我面前，凄凄惨惨地说是要当我的妻？"

芳娉闻言不自觉地握紧了手中的木梳，勉强定下心神，一字一句反讽他道："联姻，本就是你们懿沧世家想要混入我皇甫尊贵的血统。你这是本末倒置了吧？"

晟睿果然大怒："好，那我就成全了自己，也成全了你。"他一拍桌案，快步上前，将芳娉打横一把抱起，扛在肩头。芳娉恼羞成怒，攥紧粉拳拼命砸向他的后背，喝道："你要干什么？"

"干什么？"晟睿阴阳怪气地一笑，"有了夫妻之名，当然要来个夫妻之实，才畅快淋漓啊……"说罢他放声大笑，扛着芳娉长驱直入，直入内室，要芳娉真真正正做自己的女人。

等叶阑安置好之后，苏穆很快就来寻她。二人避开逍遥堂的耳目漫步于花园间，感受着这异国的清风明月，想说些什么，最后也只剩无言，千言万语都藏于心间，只觉得来到了逍遥堂之后，相依相伴的时光就变得如此稀罕。

还是苏穆先开口打破了沉默："阑儿在此，要万分谨慎。"

叶阑点头："阑儿明白……苏穆君不必替阑儿忧心。倒是你，在这逍遥堂中，有何打算？"

举头望着蓁蓁新叶，苏穆勉强压下心底一声叹息，苦涩道："当年梦姑姑已兵临城下，逍遥堂无人可挡，却在胜利的最后时刻，被不知名的诡异之人乱羽射死。众人皆言梦姑姑是祸乱天下的妖妇，对苏穆而言，她却是我的至亲。我定要查清当年的真相。"

见他神色郑重，眉宇之间隐隐凝结着的怨气挥之不去，叶阑不免忧心："想来苏穆君还是放不下。当年东窗事发，巍鸣不过是个孩童。"

"那会是谁？"苏穆蹙眉不解，"事发当日，我见过懿沧群，逍遥堂早已溃不成军，无力抵挡。我听闻，当时的皇甫规沉溺于炼丹长生之术，早已不管政务，到底是何人所为？阑儿，"他转向叶阑，郑重其事地恳求，"我知当年巍鸣虽是个孩子，但他身在其中，说不定有些许线索，恳请阑儿为我试探一二。"

叶阑点头应下："苏穆君也是，在逍遥堂之内，须步步小心。"

巍鸣话别芳娉之后，回了寝宫换了衣衫，匆匆屏退了随行的侍从，提着一壶酒来寻叶阑，一推她的房门，却发现房门从内被锁住，不由得高声唤道："阑儿，是我，开门呀。"

屋内的侍女代为传话："禀小君，郡主说她要沐浴休息了，请您回去吧。"

巍鸣不依，执意要在今晚见她一面，拍门大声道："阑儿，别睡了，你看我给你带什么来了？"

服侍她的侍女们捂嘴窃笑，从前可没见过巍鸣小君如此任性耍脾气的模样，多少觉得有些好笑。叶阑坐于梳妆镜前，只觉双颊异常滚烫，恼怒地答："不见不见，这么晚了，你快点回去！"

巍鸣手拍房门，久不见她回应，颓然转身，看见一名侍女提着热水桶从小院穿过，灵机一动，扬声唤住她："喂，你站住。"

侍女放下水桶，向巍鸣行礼。

巍鸣说："把你衣服脱了。"

侍女愣怔，呆呆地看着他，以为是自己听错了。

巍鸣看着她的眼，冷静并且清楚地重复了一遍："把你衣服脱了。"

叶阑听不见外面巍鸣的叫声，以为他走了，也松了口气，在侍女的服侍下脱衣沐浴。一侍女提着热水桶低头进入，正是女装打扮的巍鸣。他捏着嗓子吩咐替他开门的两名侍女："你们走吧，这里有我伺候就行。"

侍女们不疑有他，垂首退下。

巍鸣暗自庆幸，悄无声息地绕过屏风，只见叶阑拥水而坐，水面上漂浮着花瓣，背后裸露大片肌肤，如凝脂般雪白，香汤袅袅之间，一缕青丝浮于水面。巍鸣看得呆住，情不自禁地探手去摸，口内吟道："香雾云鬟湿，清辉玉臂寒。"

叶阑惊觉，侧目望向巍鸣落在肩上的手——不类侍女们的纤细，便已心生警惕，暗中握住水瓢，趁着他不备，当头给了他一下。就听"哎哟"一声，叶阑腾空而起，抽了放在屏风上的衣衫裹住自己，轻巧地一点巍鸣的肩头，将其按入木桶当中。

巍鸣在水中扑腾挣扎，呛了好几口，连声道："是我是我！"

叶阑回神，揪住巍鸣的头发，将其拉出水面，待看清他的脸，顿时有些哭笑不得："巍鸣君……"

巍鸣抬手抹了把脸，惊魂未定道："还笑……谋杀亲夫啊你！"

叶阑拿了一条浴巾，兜头抛给巍鸣。望着巍鸣狼狈之态，大男儿罗裙裹身，头发上还插着一支女儿步摇，古里古怪，叶阑忍不住嘴角上扬。

巍鸣一边擦脸一边不转睛地看着她的笑，不由自主地也跟着她笑了，喃喃道："值了……"

叶阑正了正脸色，才道："堂堂男儿，竟乔装扮成女娇娥，真是岂有此理！"

巍鸣委屈道："只是为了见阑儿一面，谁让你藏在阁中，这样难见。"

说罢又偷眼看叶阑，见她脸上并无羞恼之色，便大着胆子一把拽住她，硬是将其搂入自己怀中。叶阑一个不察，倒在巍鸣怀里，刚巧与巍鸣四目相对。他深情款款地望向叶阑，黝黑瞳仁满满当当只装着她一人的身影，叶阑心一跳，慌忙推开巍鸣站起身，背对着他平复情绪后才说："我累了，你走吧。"

明明情到浓时，巍鸣却不懂她为何情绪如此反复，心生困惑，不免有些委屈，想开口为自己解释，没想到鼻子一痒，就是个喷嚏。

叶阑转身，望向他的目光微带无奈。

巍鸣指天画地地表示，表情格外地真挚："这次真的是个意外。"

近秋了，天渐渐转凉，叶阑怕他因此着凉，命人煮了姜汤来给巍鸣喝。他裹着毯子言听计从，捧着汤碗一口一口地啜饮，异常乖巧。叶阑想起此前苏穆的叮嘱，试探着开口问巍鸣："巍鸣君，我有一事相询。"

"什么事？阑儿但说无妨。"

叶阑意似踌躇："当年，荆南梦……姑姑之事。据说那日悠然河上，漫天乌鸦，黑羽齐发，最终，姑姑被乱箭穿心而死。阑儿想问问小君，可知那黑羽的来历？"

巍鸣细想，摇头道："那时我尚且年幼，跟姐妹一道被留在逍遥堂，并未前往悠然河畔。"

从他这里似乎获取不到什么有用的信息，叶阑有些失望。

"不过……"巍鸣欲言又止。

叶阑豁然抬头，望着巍鸣问："不过什么？"

"阑儿提到那黑羽，让我想起其实我也见过，一个状如大鸟的人，身上落下了黑羽，他说……"记忆引他回到事发的当天。那时候他尚且年幼，正俯身蹲在水池边洗手，忽然看见水中倒映出一道颀长的身影，他抬头，看见头顶大殿的横梁之上，立着一只黑色的巨型大鸟。

"大鸟"在年幼的巍鸣的视线中落下，落到他面前，让他终于看清，那并非大鸟，而是一个披着黑色斗篷羽衣，身着银白色盔甲的男人，脸上的刺青分为两幅，一半为黑，一半是白，尤为诡异。

巍鸣吓得一屁股跌坐在地，那人如同鬼魅一般定定地望着他，忽然笑了一笑："别怕，我不会伤害你。"边说边抖动衣衫，从袖中变出一只小鸟，递给他。

小巍鸣接过小鸟，轻轻抚摸着它的羽毛，感觉到它在手心轻轻颤动，终于不觉得害怕，好奇道："你的衣服真古怪，像是一只黑色的大鸟，你是谁啊？"

那人道："我是来替你祖父消灾的。"

"消灾？"巍鸣歪着头，不解道，"消什么灾？"

记忆消退，将他带回现实。

"他说是给我祖父消灾，还说我祖父跟他有一个交易，可是具体是什么交易，却没有跟我说起……"巍鸣收回思绪，望着叶阑，将当日发生的一幕事无巨细地讲给她听。

叶阑面有不解："老堂主？"

"嗯。"看她愁眉不解，巍鸣安慰她道，"你放心，日后你嫁入我逍遥堂，有得是时间为你姑姑查明真相。"

这句话并不能真切地安慰叶阑，可是如今看来，也只能走一步算一步了。

四十七

夜闯逍遥堂

"气死我了！气死我了！"傅氏钱庄内，荆南依由着性子将桌上的东西统统扫到地上，大发脾气道，"鸠占鹊巢，乌鸦变凤凰，那一切本来就该是我的，是我的！要住，也是我住进逍遥堂去！"

踏过一地狼藉，荆南依愤然往门外走去，迎面撞见傅昊郗，却视而不见，经过时被他一把捏住了手臂。荆南依大怒，回首斥道："哪来的奴才，放开我……"抬眸触到傅昊郗冰冷的眸色，不禁愣怔，气势减退，有些心虚道，"你放开我……"

傅昊郗却不松手，沉声问："更深露重的，荆南郡主欲往何处？"

荆南依没想到会在这里被他点破身份，当下愣怔："你怎知道我的身份？"

"荆南郡主，美色天下第一，何人不识？"说着这些恭维的话，他的脸上却无恭维该有的笑意，阴沉的脸色掺杂着一丝或许连他自己都未察觉的不甘不舍，"若是说破了，恐怕郡主也要像现在一样，弃了傅某，头也不回地走了。"

"既然知道我是谁，那还不松手！"荆南依恨恨地仰首，盯着他一字一句道，"你留不住我！"

"我若是不放呢？"

荆南依生来便养尊处优，这一生何曾有人逆过她的意？便是身为一城之主的哥哥苏穆，也势必将她的喜乐放于首位。一贯儒雅小生做派的傅昊郗突然狠厉起来，她岂肯软了自己的性子？她张口狠狠咬住他的手臂，齿间用力，却见他面不改色，连痛呼也无。

渐渐地，荆南依也觉不安，松了口，迟疑地望向傅昊郗。见他面色铁青，荆南依的声音渐渐低了下去，眼睫一颤，几滴细碎水珠便萦在眼畔："送我去逍遥堂看看吧，起码让我知道，原本属于我的东西该是什么样儿……"

面对这泪眼涟涟又倾城的女子，傅昊都心软得一塌糊涂，牵了衣袖替她拭泪，柔声道："留在我身边，让我好好照顾你，从此逍遥自在，岂非人间乐事？"

荆南依摇头："这不是我想要的。"

"那什么是你想要的？"

荆南依看着他的眼睛，窥探到了他眼中的忐忑不安，然后她说："我想要那些我未曾料及的东西。"

傅昊都愣怔，细看她良久，神色异常复杂。他何尝不是如此，将祖上留下的金山玉海，统统当作烂泥废铁。本以为一生不为名利所累，当是个逍遥快活的隐士君子，却生生杀出个她，扰乱了他的心性。这是他未曾料及的。

这一刻，傅昊都是她的知己。他竟也允了，如同成全了自己，转身命飞尘："好，权当我还你姑姑的。飞尘，送她去逍遥堂，但是记着，务必要在天泛鱼肚白前将她给我带回来，倘若有半点闪失，我要你的命！"

换了衣衫从叶阑住处离开后，已是月上中天，巍鸣一步三回头，可是叶阑的房门在他踏出的那一刻便毫不留情地关闭了。他依依不舍地告辞，走至中庭，忽觉月色暗了，头顶像是被什么东西遮蔽。他抬头望去，赫然见一只白色的巨型大鸟飞过头顶明月，在空中舞了半圈，忽然失去控制，从高处一头扎下，冲入他怀里，嘴唇刚好堵在他的唇上。

巍鸣回过神来，连忙推开身上那人，拿了手背狠擦自己的嘴唇，狼狈地起身站直，想着若是让阑儿知道了该如何是好。荆南依翻身倒在地上，痛得连声喊着哎哟，揉着肩膀一抬头，就看见一身华服的巍鸣瞪眼瞧着自己。一张俊脸面如冠玉，竟是说不出的倜傥风流，纵是自恃美色的荆南依第一眼看见，心也如鼓擂。

巍鸣先认出了她："是你，小哑巴！"

荆南依捂唇惊叫："小叫花。"

巍鸣笑了。因荆南依与离樱年纪相仿，对着她就如对着自己那不知所踪的小妹一般，有一种天然的亲近。虽说那一日她不顾自己而去，但是在那种情形之下，这个小姑娘只是为了自保而已，他便也释怀，笑道："你能说话了？怎么每一次见你，都要扮成雀儿一样，不是在金丝笼中，就是月夜临空？"

荆南依亦惊疑不定："那你，你怎么如此打扮？为何也在逍遥堂？"

巍鸣展了双臂，让她看清自己此刻的穿着打扮，坦然道："这里是我皇甫世家的领地，当堂主的，自然在这里了。"

荆南依大惊："你就是巍鸣君？迎娶鸾凤之女的人就是你？"

巍鸣含笑点头。

荆南依一面羞一面喜，想到自己未来的夫君原来如此英俊，忍不住少女心萌动，向着他粲然一笑。

不远处有火光闪现，脚步声匆匆，巡逻的人正向这里走来，巍鸣一把拉住荆南依躲在小亭之后，回身悄悄竖了食指在唇边，朝她"嘘"了一声，压低声音道："那是我舅父的武士，你快走吧，小心让他们捉住了你，真的拿你当鸟儿，烤来吃了也不一定。"

荆南依乖巧地点头，静静地偎在他身旁，果然不吱声。

她抬头望向巍鸣，他温热的灵魂温暖着她，护卫着她，像那时初次相识。她的心怦然而动。

两人躲了不一会儿，就见火光散去，那些武士大概是去别处巡逻，巍鸣松了口气，又催她道："快走吧，小妹妹，要是让人发现了，你我可都惨了。"

这一声妹妹却将荆南依的心都叫软了，从小到大，也只有哥哥苏穆这样叫过她。离国别家的这些时日，她整天担惊受怕，想到鸾倾城的种种好处，对哥哥的思念也是与日俱增。巍鸣此时的这一声简直叫进了她心里去，在她心窝处不轻不重地捏了一把，她眼泪险些就掉了下来，硬是忍住了，牵着他的衣袖问："那我以后还可以见到你吗？"

巍鸣却皱眉："这地方不是寻常人能进的，为了你的小命着想，你还是少来为妙呀。"

荆南依依依不舍地看着他，心里却并不甚同意他的看法，暗暗道：别说是此处，就是你，原本也该是我的啊。她不服气地应道："那可不一定。"

伸手拽了拽绑在自己腰上的绳子，城外等候的飞尘闻讯，迎风飞快地跑了起来。荆南依凌空而起，真的像鸟儿一样轻巧地直入云霄，巍鸣目送着她离开，挥手再见。

荆南依回首笑得娇俏，只在心里默默道：我会回来找你的。

自巍鸣走后，叶阑左思右想不得其解，便趁着夜深无人注意来寻苏穆，不巧撞见房内含露正与苏穆密谈，她本欲走开，意外听见了逍遥堂三字，便悄然止步，隐在门下细听。含露取出一密信呈给苏穆，道："这是含露打探的名单，皆是逍遥堂有权有势之人。"

苏穆粗粗一扫视，点着上面的名字，交代她道："这些人是忠是奸，都给本君查清楚。逍遥堂也该换换血了。"

含露领首，应道："含露明白，如今我们又是未来君妻的母家，逍遥堂中想要攀龙附凤之人不在少数，正好在其中挑选几个为君上所用。"

苏穆叮嘱她："此事须暗中而行。那些挡路的，也可以非常手段处理。"

苏穆深知，倘若要替巍鸣握得权柄，必须先铲除逍遥堂中懿沧群的结党之徒，再寻些贤臣为其效力。

立在门外的叶阑暗暗心惊，想到自己曾经误以为苏穆君真的是以联姻来谋权夺位，便毅然推开房门，二人俱是一惊。苏穆闻声回头，见是她，向她一笑，神色甚为坦然："阑儿。"

叶阑不为所动，冷面走进去，盯着苏穆的眼问道："苏穆君，这是在做什么？"

苏穆若无其事地收起那份名单，放入自己的袖中，恐叶阑担忧，不让她过目，便草草应答："哦，只是些嫁妆礼单。"

叶阑变了脸色，一字一句痛声质问他："苏穆君为何骗我？"

苏穆抬头望她，双目幽深无波，静静地反问："阑儿何意？你不相信我？"

"我该信你吗？"她凄楚一笑，有些心灰意冷，抬头看向苏穆，敛去了脸上无谓的哀伤，将她目前所知的一切告之对方，"我从巍鸣处探得了消息，特来告知苏穆君。当日那射杀荆南梦的黑羽人，似乎去找过老堂主。"

苏穆略微沉吟，将信将疑道："皇甫规？难道当日是他招来了那些诡异的怪人，杀了我姑姑？"

叶阑有意劝他放下当年恩怨："就算是皇甫规所为，现如今他已经成了个年逾古稀的痴傻老人，苏穆君不如心怀慈悲，放下吧。"

苏穆冷哼了一声："放下？"

他从堂下步步走近叶阑，如同质问："当年他们射杀梦姑姑之时，可曾慈悲？他们颁布'禁武令'时，可曾慈悲？为何如今，那老儿痴了傻了，就要本君放下？杀尽他们皇甫血脉，也难解我心头之恨！"

难以控制的愤怒，将他重重围住。

她心惊如寒蝉，杀气腾腾的言辞将他们隔开了，看不见你我。

叶阑抢白："苏穆君莫忘了，当年，真正谋反之人，是荆南梦！"

苏穆豁然逼视着叶阑，厉声道："梦姑姑是为了我荆南世家，为了鸾倾城百姓，为了我荆南苏穆！"

他将一颗心交予了眼前的女子，竟是相爱不相知？

叶阑被苏穆逼得步步后退，却也不肯罢休，摇头道："那又如何？不都是为了一己私利，做了窃国者的诸侯吗？如此说来，与那懿沧群有何分别？"

苏穆一惊，胸中陡然凉下来，坠入寒潭般。

他轻笑着望向叶阑："阑儿竟如此看我？当真不知我荆南苏穆。"

她怎会不知他？当真明白复仇为他带来的苦楚，她才知冷知热，舍弃了自由身，投身这茫茫苦海，将自己困在此处，只图一样，要他平安，唯有此愿……

叶阑心生委屈，泪珠涟涟，双手牵住苏穆的双臂，哀哀怨怨地哭诉着："阑儿只求苏穆君平平安安，过那些平淡安乐的人生，有什么错……"

她简直认不出自己的声音，卑微地，近乎摇尾乞怜。为了他，她脱胎换骨，舍了游侠气概，舍了半生往事，化成一只佯装成旁人的鬼。

千般委屈，万种无奈，到头来，却成了她的错？

她的手指狠狠地掐住苏穆的胳膊，她不愿放手，不肯放手。

苏穆反手将叶阑的手握住，似要握碎了。

深情亦如利刃，重重围困，步步紧逼。

她怎会不知他？

他千疮百孔的命运折磨着他，习以为常了，却跌跌撞撞，闯进个叶阑来，驱散他深入骨髓的孤独与寒凉。奈何，她竟也不知他的痛处。

他双眉微蹙，一字一句，却如责问："认识我荆南苏穆的第一日起，阑儿就应该知道，我的命，是荆南的。本就沾着血，附着仇，变不了了。"

他们对望着，却如隔岸观火，远去了。

叶阑怀着最后一点希冀，几乎是哀求一般："为了阑儿，苏穆君也不肯吗？"

恨煞自己，恨煞她！

换不得的命，不由他。

苏穆掌中用力，牵着叶阑欲入怀中，声音也饱含着痛意："你何苦为难我？你当知，我也是身不由己……"

手下一空，心头坍塌下一片。

叶阑从他掌中挣脱了。

叶阑霎时了然，连连苦笑，那笑声令苏穆不忍卒听，再回首细看叶阑，如同不认识了她一般道："阑儿，你变了。"

"人岂会时时相同？"

叶阑只觉相知相识，却也做不到心有灵犀，顿觉无限落寞，叹道："苏穆君，阑儿难知君心，我的心太累了，容叶阑告退吧。"

苏穆心头一痛，伸手欲留，一声阑儿还未出口，她已转身离去。苏穆愣怔片刻，颓然放下手臂，看着叶阑黯然消失在门外。

侧立一处的含露悄然走近苏穆，再看他脸上悲痛的神情，不免感同身受。她亲眼见着他一步步走到如今，也一次次失去至亲至爱，时至今日，已非他来选择命运，而是命运摆布着他的决定。

含露施了一礼："是含露无能，不能替君上分忧。"

苏穆摇头："与你无关，一切皆是机缘罢了。"

他不肯相信他与她竟心生嫌隙。

"可是君上，"她抬起头看着苏穆，眼中闪过一道绮丽的光，"儿女情长，怎能困住圣君明主？"

苏穆回望含露，苦笑。

是啊，自己何尝不是笼中困兽？

叶阑漫步在月下，深呼吸，试图借这夜间凉爽的夜风缓和心底愁闷的思绪，却不得解脱。她随意地走着，一路走回了目前自己暂居的别院。推开门，侍女不见一人，叶阑只当是夜深了，正欲闭门睡下，忽然发现角落一处火光袅袅。她走近细看，竟发现巍鸣弯腰蹲在香炉前，用扇子扇那炉膛内的火，因不得章法，反将自己呛得直咳，脸上被烟熏得东一道西一道，汗水再一冲，脏得不得了。

叶阑疑惑，不由得上前细问："你在这里干什么？"

巍鸣回首，见是朝思暮想的人，顿时喜色上脸，欢欢喜喜道："你回来了呀，你看，此刻虽快入秋，但是此地近水，蚊虫较多，我正在为阑儿烧熏香，怕那些蚊虫扰了阑儿清梦。"

"这些小事，怎可劳烦小君？"

巍鸣爽朗一笑："正因为是小事，才怕那些侍女不上心，我亲自做了才放心。"想到了什么，一牵她的手引着她来到床边，"阑儿，你跟我过来。"

床铺上重新更换了华丽的被褥和床单，已非刚刚来时的朴素，周围放着几个精致的罐子。叶阑奇道："这又是何物？"

"我吩咐千斯库找来了天马绫，睡在上面，能令肌肤若雪，至于这罐子嘛，"他捧起一个打开给她过目，"这些，都是我精挑细选的吃食，放在罐子中，阑儿夜里睡不着了，就拿出几颗蜜饯来吃。"说罢又亲手拈起一个递到她嘴边，"你尝尝。"

叶阑欲避开，一颗梅子却送至唇边。她微微偏了偏脸，由巍鸣手中接过，塞进了嘴里。

巍鸣满怀期待地看着她："甜吗？"

她心情复杂，在他不依不饶的追问下只得点了点头。巍鸣高兴得跟个孩子似的，拉着她的手在床边坐下，郑重许诺道："无论这逍遥堂外是如何血雨腥风，鸣儿都希望阑儿在我的身边能平安喜乐。国仇家恨，世家恩怨，都如大江东去，终有一天会流逝，只有阑儿，永远在鸣儿心里。"

一时间，叶阑心头酸楚，巍鸣的一席话，她也想说给心爱的男人听。

世事沉浮，不容她与苏穆两情相悦，相守到老，她认命。只是不甘，舍了种种，连他一世平安都换不回。

她不知所措。

叶阑望着巍鸣良久未语，巍鸣误以为自己脸上有什么脏东西，不由得伸手摸了一摸，奇道："你在看什么，阑儿？"

叶阑离他近了一点，真诚道："谢谢你，皇甫巍鸣。"

四十八

—————— 闺中严训 ——————

"皇甫女子须虔修温清之仪，肃穆妇容，静恭女德。一动也仿佛一静。"小亭外，站在一条细窄绸缎上顶瓷碗的叶阑如是道，而芳娉则端坐于亭中。烈日炎炎之下，叶阑脸上额上满是汗水，因难以平衡，走不了几步，瓷碗就跌落摔碎在地。

芳娉这才抬头，眼风扫过一旁手持竹条的侍女，那侍女欠身领命，在叶阑的小腿上狠狠抽了一下。

叶阑吃痛，轻轻地吸了口冷气。

芳娉却目不斜视，目光只落在面前的书简上，淡淡道："再来。"

这时一名武士端着一壶酒，经过长桥来到芳娉面前，附耳说了些什么，芳娉似乎有些踌躇，蹙眉半晌，还是点了点头，道："放下吧。"再望向叶阑，扬声唤道，"好了，你也歇歇吧。这是懿花涧的名酒，过来尝一盏。"

叶阑双腿酸胀，推开侍女的搀扶忍痛走向小亭。芳娉替她斟酒一杯，推到她面前，抱歉道："郡主莫要怪我，芳娉也是身不由己。"

叶阑摇头："阑儿明白。"说罢举杯正要饮下，忽听见远远一声阑儿，一人从花园的假山处绕了过来，走近才知是巍鸣。

几名侍女依次向他行礼，只见他笑道："听说阑儿在长姐处修女德，顺道过来看看。"见满地碎片，又见侍女手中握着的竹条，脸色微不可察地变了，侧目，扫了那名侍女一眼，那侍女吓得"扑通"一声跪倒在地，深垂头，不敢出声。

"这是何故？一地的碎瓷片，不怕伤了长姐和阑儿？"

他意有所指地望向亭中端坐着的芳娉，她气韵闲适，淡定地避开了他的目光。叶阑怕他姐弟二人因此失和，忙带笑道："长郡主教我礼仪，是阑儿笨拙，总也学不会。"

巍鸣向她安抚似的一笑，接过她手中的酒杯，垂目看了看杯中漾动着的无色液体，举杯正要替她饮了，芳娉见状豁然起身，手中书简径直落地，她不顾形象地厉声道："不准喝。"感觉到巍鸣看向自己的惊讶目光，她勉强一笑，又缓缓坐下，尽力在众人面前呈出郡主该有的冷静优雅，"这酒是我敬荆南郡主的。"

巍鸣语调转冷："那这酒，更不该让阑儿来喝。虽说早知宫闱之内滥用私刑，可是鸣儿想不到一向面慈心善的长姐，竟然也是一样。"一牵叶阑的手，见她不为所动，而是略显担忧地看着芳娉，他不由得着恼，打横一把将她抱起，而后头也不回地大步走出庭院，留下失魂落魄的芳娉和一干面面相觑的侍女。

"面慈心善？"望着巍鸣年轻冲动的背影，芳娉连连苦笑，眼中覆上了一层深不见底的阴影。

侍女看着这一地碎片，踌躇着问芳娉："长郡主……这……"

她回过神来，收起眼中的悲戚，拢了拢袖子重又坐下，徐徐饮尽杯中酒。

侍女小心翼翼地问："长郡主，这该如何向懿沧涧主交代？"

芳娉侧首扫了侍女一眼，用她那冷淡的语调交代道："如何交代？照实交代，就说那酒被小君拦下了。"

而亭中这一幕，也恰好被路过此地的含露尽收眼中，她心下讶异，等芳娉等人离去之后才走到庭中，端起摆放在桌上又未撤下的酒杯，放于鼻下嗅了一嗅，而后随手将其泼洒在地。顷刻之间，地板冒出了被腐蚀的热气，含露心内一凛，顿时了然：按照逍遥堂的礼法，巍鸣成婚方可执掌权柄，如今，各世家因鸢倾城之事，皆虎视眈眈，注视懿沧世家的动向，懿沧群不敢再对巍鸣下手，只好出此下策，先除了叶阑，以推迟巍鸣大婚，仍可代掌大权。

想到此番，含露心生一计，浅笑着望向叶阑和巍鸣的去处："为了苏穆君的百年大业，含露只好为虎作伥了。"

巍鸣拉着叶阑的手出了逍遥堂，穿过重重阁楼、深深院落，一路来到悠然河畔，愤懑在心头郁积，如何都消散不去。他转身面向叶阑，差点嚷嚷起来："你是傻瓜啊？长姐打你，你不会跑来告诉我？"

叶阑见巍鸣替自己打抱不平，气得满面通红，略带暖意地望向他："长郡主她并无恶意。"

巍鸣余怒未平："鸣儿不想你受到任何伤害，毫发之伤，本君也不允。"

叶阑心下一暖，目光随意地扫去，见河滩上有几朵盛开的杜若花，欣喜上前。

巍鸣见状，伸手折了一枝，轻轻戴在了叶阑的发上，二人相视而笑。

叶阑转头一眼望尽那波涛滚滚的悠然河，感慨之际，长叹一声，道："滚滚悠然逝水，也不知当年多少世家子弟想要横渡而过。"

巍鸣会错了意，权当叶阑是荆南家的女儿，叹了口气，不无歉意地跟叶阑说："对不起，阑儿，当年令你姑姑香消玉殒。"

叶阑摇头："怎么怪得了你，那时候你才几岁啊。"

巍鸣拉起她的手，郑重许诺道："你放心，等完婚后，登上了万刃宝座，我一定会废除鸾倾城的'禁武令'和'奴选令'，给穆哥哥更大的封地。"

叶阑眼睛微微一亮，看定巍鸣，如求证般问他："当真？"

巍鸣负手，似极为自信："君王一言九鼎，怎可失信？况且是向本君最珍贵之人承诺，言出必果。我已然得到了鸾倾城中的至宝，就算让我拿这逍遥堂交换，鸣儿也在所不辞。"

赤诚如斯，真情难辜负。

"倘若兄长能像小君这样想，便不会活得如此辛苦……"叶阑心生感动。

心头莫名地掠过一丝阴云，她踌躇道："如果我不是鸾凤之女呢？巍鸣君还会如此待我吗？"

"又说傻话了，"巍鸣温柔地反驳她道，"无论阑儿是谁，鸣儿皆愿，得成比目何辞死，愿作鸳鸯不羡仙。"

叶阑一贯笑巍鸣是个书呆子，今日方知他那信誓旦旦的誓言不是讨巧，而是痴痴的真心。

"得成比目何辞死，愿作鸳鸯不羡仙？"

她小心翼翼地轻轻细咬着他的盟誓，生怕一不小心，便弄丢了。

巍鸣正要开口，面前的叶阑却脸色激变，一声小心出口，箭步上前，伸手拉开巍鸣，用袖中飞刀将身后射来的箭打掉。巍鸣悚然回首，也不知从哪里冒出来的黑衣蒙面人将巍鸣和叶阑团团围住。巍鸣本能地挺身上前，反被叶阑一把搜到了身后。叶阑正欲抽回手，巍鸣却紧紧握住她的五指，坚决不松，冷眼望着面前人，凛然高喝："知道这是哪儿吗？胆敢在逍遥堂下胡作非为！"

杀手们未发二话，纷纷向叶阑发起攻击，叶阑一把推开巍鸣，只是对方人多势众，叶阑的抵抗渐落下风。巍鸣不会武，在激战的外围急得团团转，他高声道："喂，我皇甫巍鸣在这儿啊！有能耐的冲着我来，为难一个女人算什么英雄！"

叶阑分神向着巍鸣纵声大吼："你闭嘴。"

杀手们得知巍鸣的身份，仍无动于衷，只一味向叶阑发起进攻。其中一名杀手挥出绳索缠住叶阑的右臂，叶阑只好以左手与他周旋。僵战当中，位于身后的杀手暗中偷袭，掏出黑色箭弩对准叶阑，巍鸣见状惊呼："阑儿！"叶阑反应不及，危机时分，他纵身扑上前，用身体覆住叶阑，那箭从他左胸射入，贯胸而过。大概那杀手也没想到会有这一出，一时愣在那里。叶阑回首，见巍鸣受刺，惊心不已，发出飞刀射中两名制住她的杀手，而后直奔巍鸣身旁，扶起他，慌乱道："巍鸣，你还好吗？"

他虚弱地点了点头，又伸手抚摸她的脸颊，低声道："你呢？阑儿可还好？"

叶阑急得直流泪："什么时候了，你还念着我，能走吗？"

巍鸣强笑道："走不动了，别哭，我皇甫巍鸣吉人自有天相，不会死的。就算真的要死，我也会送你回到穆哥哥身边，让他带你回家。"

叶阑伸手捂住他的嘴，让他不要再说，无计可施之下又扶着他躺下，撕开他的衣服，露出他胸前的伤口，伤口中沁出黑色血液，叶阑看得心惊肉跳："箭上有毒！"

巍鸣在疼痛和毒药的双重夹击下陷入昏迷，当务之急就是拔出那箭。叶阑握住箭柄，抬头望了一眼双颊惨白的巍鸣，低声道："你且忍一忍。"然后咬牙，一鼓作气将箭拔出。巍鸣随她动作一仰，吐出一口鲜血。叶阑屏息观察他的伤口，却见伤口附近有黑色纹路如同蜘蛛网迅速弥漫开。

　　她大惊失色，正要扶他起身，前路忽然又闪现出几名杀手拦住去路。叶阑只当是他们紧追不舍，被迫起身迎敌，却一路被这些杀手逼到了悠然河畔，身后即是凄凉幽森的悠然河水。

　　叶阑走投无路，探手入袖，发现没有飞刀，万般无奈之下，只得飞身上前与那些杀手近身搏斗。

　　过招之时她心生困惑，对方使的招数她无比熟悉，当日在含露小憩时，她曾经与苏穆的"盾牌"们训练过无数次。她心头阴云渐浓，想起苏穆那句"杀尽他们皇甫血脉，也难解我心头之恨"，心忽然一跳，她不自觉地叫出声音："你们竟然也要谋权篡位！"

　　忽闻远处马蹄声响，苏穆在叫叶阑的名字。

　　那几人对视了一眼，交换目光的那瞬间却未逃过叶阑的眼睛。隐约的疑惑被证实，心便无止境地往下沉，得知苏穆就在附近，几名杀手默契地撤离，叶阑侥幸逃生，瘫软在地。

　　苏穆快马赶到，翻身下马抢步上前扶住叶阑，一看她身上血迹斑斑，不由得颤声叫她："阑儿！"

　　借着身上最后一点力气，她一把推开苏穆，顺势抽出他腰间佩着的长剑，对准他。苏穆脸色一变，依旧镇定地看向她的眼："阑儿，你这是做什么？"

　　她摇摇欲坠，却只是固执地紧握手中长剑，目光如火焰，怒视着他，不知不觉间竟已泪流满面："家国仇恨就这么重要吗？偏要赶尽杀绝吗？"

　　苏穆并不辩解，望了一眼她身后昏昏沉沉的巍鸣，反问她："你认为这是我做的？"

　　辰星骑马才到，勒马在旁，替苏穆解释："叶姑娘，君上是来救你的！"

　　"多说无益。"苏穆双目紧紧盯着叶阑，不漏过她的一丝反应，见她始终不为所动，他心灰意冷之余箭步上前，那剑便刺入他胸口，很快，衣服上便渗出大量血液，他忍痛苦笑道，"阑儿，你既不信我，那就杀了我。"

　　剑入他身，却疼在她心。

　　她是他手里的刀，借刀杀人，到末了，连这趁手的兵器都不肯放过。

爱他，恨他……全是两难。

叶阑泪眼涟涟，急忙抽回长剑，她不忍他疼。叶阑将长剑扔在苏穆脚边，那冷物跌落在地，当啷作响，叶阑心里的那一处也跟着碎了。

往昔如一只只手掌，重重地扇在叶阑的脸上，一切皆为假象。

她不过也是他惊天密谋中的一枚棋子。

动过心吗？抑或根本没有心。

她转身走向巍鸣，扶起他："我们走。"

苏穆心痛如狂，伸手欲留，岂料却牵动了伤口，他低低一声痛呼。

而叶阑渐行渐远，没有回过一次头。

四十九

身中剧毒

逍遥堂所有的医官都对巍鸣所中箭毒束手无策，其毒名为寒蛛血，相传是极寒地区的红蜘蛛加上三十多种毒药配制而成，无药可解。懿沧群闻讯，故意调走了几名医官。

四面楚歌，危机四伏。

叶阑颓然跌坐在巍鸣身旁，含泪伸手轻抚他紧锁的双眉，眼泪扑簌而下。

是为巍鸣，也为苏穆……

感觉到叶阑在哭泣，巍鸣微微睁眼，望向床边的叶阑，忍痛向她致以一笑："阑儿，你要留在本君的身边，我怕他们又要对你不利……"

他心心念念，想的还是她。

一双手伸出来，颤悠悠地要握住她。

她第一次这样主动回应，握了回去，仿佛这双手是她救命的稻草。她如同跌入了一座坟墓，只有这样一双暖暖的手，肯救她。

叶阑紧紧抓住巍鸣的手，不住点头，应他道："阑儿哪儿都不去，就在这儿陪着小君。"

"阑儿……阑儿怎么哭了，是心疼我了吗？"他气若游丝，笑意却不减，"阑儿就是我的良方，能令我起死回生，我哪舍得死……"

巍鸣说罢，昏了过去。

叶阑早已泪流满面，连声恳求："鸣儿、鸣儿……求求你，不要死，求求你。今时今日阑儿才明白，这世上，只有你肯为阑儿生死相托，赤诚以待。就连苏穆君，也将阑儿视作他的一枚棋子。原来，在他心中，世家的荣辱仇恨，重于泰山。可以不择手段，无情无义……"她握住他放在被褥之外的手，贴在自己的脸侧，试图用她的体温为他取暖，哽咽道，"是我的错，是我害了你，倘若当初我不假扮弯凤之女到你身边，你何至如此？"

她轻言轻语，连委屈都不敢声张。

纵然是苏穆所为，她也不肯出卖他。

叶阑垂泪之际，门外人声嘈杂，晟睿领着几名武士冲了进来，大肆往巍鸣的寝宫之内撒纸钱，挂白绫。叶阑闻声而出，一见此景气得浑身发抖，怒声斥道："私闯小君寝宫，不怕治个以下犯上之罪吗？"

晟睿转身看她，脸上非但没有一丝悲戚之意，语气更是狂妄无比："听说小君将不久于人世，我等提前为小君哭一哭，啊，也算臣子尽忠了。把这给死人用的玩意，都挂起来。"

众人领命而去。祭奠的白绫从房梁上垂下来。

雪上加霜，世态凉薄。

"你们欺人太甚！"叶阑气得双颊煞白，上前阻止，几招下来，反被晟睿轻松捏住一只手腕。他往前一推，推得她踉跄数步，险些跌倒在地。晟睿依然只是冷眼看着，面无表情道："我忘了，当日小君中箭之日，唯有荆南郡主在场，不知是否与那杀手串通，谋害小君，正好捉去地牢，审讯一番，看到底是谁要杀了小君。"

侍卫们正要上前捉拿这据说有嫌疑的女子，就听一声冷静自持的喝止从房内传出："我看有谁敢动手！"

众人闻声望去，巍鸣从内间走出，虽然无比虚弱，然身上不怒自威的气势却不容人小觑。他环视殿内诸人，目光冷淡地从那些人的脸上一一扫过，清楚地说："我还活着，你们就想造反不成？"

晟睿一时沉默。事发之前，他听派出去的懿沧杀手来报，说小君为那女子挡了毒箭，命将绝，没想到大限未至。说到底，懿沧世家还是人臣之子，来之前，懿沧群便再三劝他不能妄动，懿沧世家绝不能就此背上弑君之罪。历史上多少权倾朝野的功勋之臣，都是因此而被天下人所诛杀，他们切不可重蹈覆辙。

想到叔父殷殷叮嘱的话，晟睿隐忍地看了他许久，忽然朗声大笑，笑声极是放肆："放开她，我们走，来日方长。"他又意味深长地看了一眼巍鸣，道，"就是不知道巍鸣君是否还有来日。"

叶阑气急攻心，正要上前理论，反被巍鸣死死拉住。

晟睿领着那群人刚走，巍鸣便因体力不支向后踉跄数步，叶阑立刻上前相扶，可惜力有不逮，还是与他一起跌坐在地。叶阑内心凄凉，无言而绝望地抱住他，眼泪不住地往下落。巍鸣伸手替她拭泪，强笑道："别哭别哭，我说过要阑儿寸步不离，才能护着阑儿……"

为了不让他难过，叶阑勉强忍住眼泪，努力向他笑了笑。巍鸣也笑，却因体力告罄，在她怀中晕了过去。

苏穆听说懿沧晟睿前来滋事，不顾自己外伤未愈，便赶来查看。

叶阑转头见他出现，顿时恨意勃发，冷面冷声道："苏穆君也是来看鸣儿是否咽气的吗？"

苏穆心一痛，想到有朝一日自己竟也会被如此对待，脚步微微晃了晃，低声问她："你……还好吗？"

叶阑扭头不去看他脸上的悲怆之意，声音里满满都是决绝："请回吧，阑儿在此，决不允许任何人再伤他，就算到了黄泉路上，阑儿也会相陪。"

"阑儿的心，是许给巍鸣君了吗？"苏穆身形微晃，勉强扶着桌子站住。

"我的心？"叶阑黯然低头，苦笑，切切地望过去，望着他，是诀别。

她一颗殷殷女儿心，早许给了眼前人。口不对心，心自湮灭。

"经此种种，阑儿早没有了心，只是，巍鸣以命相救，阑儿必不负他。"

下定决心似的，她将眼神从苏穆的面容上挪开，痛如剜肉。

苏穆脸色惊变："不负他，那我呢？你我的竹林之约呢？"

声音哀婉，简直是在恳求。

叶阑侧身避过他眼中的痛苦挣扎，逼着自己硬下心肠："事到如今，苏穆君说这些还有何意义？"

"对阑儿而言，没有任何意义了吗？"苏穆上前几步，不依不饶地追问。

他一向不服软，唯有她，令他欢喜和卑微。

叶阑忍痛垂首，不再多看他一眼，决绝道："是阑儿错看了苏穆，也是苏穆错认了阑儿！"

兜兜转转，爱恨情仇，只一个错字，全部了断。

苏穆不肯，定定地立在堂前。

叶阑快走两步，将门打开。

"荆南苏穆，请——"

冷漠的大潮将他推开了，他并非不知廉耻之人。他从不愿逼迫叶阑。

苏穆转身，出了门。

她毅然一把关上房门，生怕后悔了，转身背靠门缓缓坐下，强忍了许久的泪这才纷纷落下。

门外的苏穆枯立了许久，紧闭的门扉再未开启，心中的那道门也随之合上。他静静立在门外，夕阳西下，月明星稀，未见良人。

门内门外，心墙再难逾越。

过了后半夜，含露因担心苏穆此刻的伤势，一直追着他到此。见苏穆如此形容，她急忙上前双手相扶。

苏穆这才注意到她的出现，喃喃道："是你。"

含露佯装关心地问："巍鸣君如何？"

苏穆摇了摇头，脸色惨白："医官说无药可救。"

含露无动于衷，余光不动声色地扫过左右，见近处无人，便压低声音道："君上，事已至此，巍鸣君已成废棋，君上只得再谋大计。皇甫信符还在我们手中，不如借力造势，为我所用。"

苏穆看了她一眼。被他那种冷静目光扫视，含露顿时遍体生凉。

他冷淡道："我何时应允要将皇甫巍鸣视为棋子？"

从含露的眼中察觉一二，他眉头一蹙，苦笑着，方知阑儿的怪罪不算冤枉。

含露一惊，本能地仰头问："难道君上真心辅佐世仇的嫡子嫡孙，枉顾鸢倾城这些年的苦难？"

苏穆挥袖，摇头："别说了，等弄清了梦姑姑之事，本君便带你们回鸢倾城去。"

含露低声道："君上仁厚，可是哪一个当权者不是踩着白骨而行？巍鸣君一死，逍遥堂必定大乱。正是苏穆君起势之时，怎可白白断送？至于梦郡主的事，含露想，或许有人知道真相。"

苏穆顺着她的目光看去，亭台楼阁的尽头，是逍遥堂的祠堂。

"娘子何意？"他若有所思地问。

这夜，苏穆趁人不备潜入祠堂。烟气缭绕的祠堂之内，只皇甫规独自一人坐在蒲团之上，正对着眼前的棋局沉思。苏穆点步跃到他身后，抽出腰间长剑，抵在皇甫规的脖颈边，冷声道："老堂主可曾记得沉于悠然河寒水之中的荆南梦？"

皇甫规摇头晃脑，盘坐在蒲团之上，闻声扭头，一张布满皱纹的面孔，在苏穆的长剑面前，笑作一团，嘴里咿咿呀呀，含混不清。

苏穆的手在剑柄上紧了紧。

十六年的血海深仇，是妖是魔是鬼，如影随形，无处逃遁，今日，真真切切地化成个痴傻的老头，活生生地坐在他的面前。

他竟有些茫然了。

悠然河畔，月圆之夜，那些血肉横飞的武士在他身边倒下；侍女口中喷出的血黏在他的脸上，温热的，黏稠的；梦姑姑跌落水中时好似没有重量的身影……触目惊心，他疼得不敢睁眼。

血雨腥风，血肉模糊的生命，与眼前这个痴傻的老人实难联系起来。

他坐在那里，方寸之间，身上有老人特有的奇异的气味，玩弄着自己的手指，像个孩子，一个孤独的傻孩子。

苏穆顿觉万事成空……

他转身，将剑插回剑鞘之中。

一个沉沉的声音从背后响起："荆南的孩子果然宅心仁厚，肯放过我这个老头子。"

皇甫规望向苏穆，眼中不复混沌，清明无比，能将人看得通透，一点也不像已到暮年的老人。

苏穆惊觉："你没有疯癫？"苏穆但觉心口猝然一痛，前仇旧恨翻涌而来，手握着剑柄不觉逼近了几寸，咬牙切齿道，"当真是你杀了我梦姑姑！"

"荆南梦是我杀的。"皇甫规看着他，目中毫无惧色，坦然道。

"老堂主能装疯卖傻十数载，果然居心叵测，心怀城府。"

皇甫规苦笑："人心叵测，欲壑难填，这世间，不痴不傻之辈又有几人？"

"既是如此，姑姑的仇，不得不报。"苏穆掷地有声道。

苏穆再次拔剑。

"那杀了我呢？你又当如何？"皇甫规将抵在胸口的长剑用手指往外推了推，这样问苏穆。

苏穆愣怔，自然道："大仇得报，则退回鸾倾城，助我鸾倾城的百姓得以生息。"

"你世家土地上的百姓安居乐业，你是否想过，我死了，逍遥堂便会陷入动荡之中，到时候天下百姓又该如何自处？你有想过那些人吗？"

苏穆一时沉默，迟疑地看着他，暂未说话。

皇甫规款款道："何人坐拥逍遥堂，何许世家权倾天下，并不要紧，关键在于他是否能一统天下，有威震八方的声名与内圣外王的慈悲之心，均衡牵制各家的力量，让他们只图安居乐业，不谋万世霸业。只有如此，天下百姓才可得太平。至于家仇私恨，儿女情长……"皇甫规抬头看了苏穆一眼，冷静道，"在这如同滚滚大江的形势中，如尘埃，似沧海一粟，不足道也。大丈夫，为天地立心，为生民立命，为万世开太平。只可惜，老夫幽闭祠堂这些年，才悟出这些道理。"

苏穆喃喃自语："为万世开太平……"

"正是。"皇甫规点头，用手中的枣核写下两个字，赫然呈现出的两个大字是：大同。

"天下大同，方可免去世家纷争，战火荼毒百姓。请你助我救我孙巍鸣。"皇甫规整衣敛容，正色道。

苏穆的目光从"大同"二字上缓缓移到他的脸上，当年叱咤悠然河南北的枭雄老态毕露，脸上丘壑纵横，头发花白，已是耄耋之年的老人正以恳求的姿态望着他，语气中不无托付之意："请答应我这个要求，这是使黎民免于灾祸的唯一办法。"

皇甫规跪地。

苏穆漠然不语，手腕一转，那剑便横空滑过，砍向皇甫规。皇甫规闭上眼，静候着死亡来临，许久不见痛意，他睁眼，看着一缕白发从他面前飘落。苏穆收剑回鞘，冷声道："皇甫亏欠荆南的，落发为止！我换你两命！"

皇甫规眼睛顿时一亮，道："是个好男儿。"

苏穆环顾左右，取了壁上一支正在燃烧的蜡烛，投向祠堂内的书墙之上，火舌舔舐着书册，火势越来越大，通红的火焰映在苏穆眸中，无声跃动。

"还有一件事……"皇甫规看向苏穆，眼中意外多了些慈爱之意，他说，"需要你帮我……"

荆南依自那日别了巍鸣，日日相思，想起当日命飞尘放置在叶阑身边的布偶，欢欢喜喜地唤了飞尘来，命他教自己口诀。飞尘端来一盆水，将自己的血滴在水中，口中念念有词。没一会儿，那水盆中的水便如同布偶的眼神，显露出叶阑处的景致。荆南依兴奋不已，操控那布偶日日观察巍鸣，方知巍鸣中毒，为他痛哭了几场。

祖孙惜别

"起火了，起火了……"

逍遥堂半面天空都被那大火映红，宫人们奔走相告，叶阑一跃而起，跑到窗边朝外望去，但见火势漫天，烧得花木毕剥作响。此时，一枚飞镖透窗射入，叶阑侧首以二指衔住，其上有信，叶阑打开细看：欲救巍鸣，前往大殿。

叶阑一惊，即刻出去寻巍鸣。望着她出门离去的背影，远处隐于柱后的苏穆暗暗松了口气，命身后的辰星："去，让这火继续烧起来，烧得越大越好。"

因逍遥堂起火，宫内所有侍卫奔走救火，叶阑乘乱扶着巍鸣走入大殿，抬头就看见万刃宝座之上的皇甫规，他逆光坐着，随着殿门缓缓开启，他的身影在那射进来的光线中渐渐清晰。

巍鸣愣怔。皇甫规颤巍巍地向他伸手，满怀怜爱道："我的好孙儿，来，到祖父身边来。"巍鸣恍如梦中，几步上前扑到皇甫规膝下，痛哭失声。

叶阑也恻然无比，眼圈泛红。

皇甫规慈爱地抚着他的头发："祖父中了异族的蛊，失了武功，如今，这徒然的内力，终于派上了用场。"而后他握住巍鸣的手，将内力注入巍鸣体内。巍鸣只觉体内一阵阵发热，一口鲜血喷出，他睁开双眼，万钧压力好似从肩头卸去，整个人如获新生，变得松快。

皇甫规擦了擦额头的虚汗："好了。来，鸣儿，到祖父身边来。"

巍鸣顺从地坐到他身边。皇甫规轻抚那宝座，示意他看："鸣儿可知为什么这宝座之上插满了利刃吗？"

巍鸣细细思索，终究还是摇头："孙儿不知。"

"欲得之，必手握利刃，披荆斩棘；欲守之，则若头顶悬挂利剑，时刻警觉，不容怠慢。"皇甫规一边说一边转身望向低头不语的巍鸣，怜爱道，"鸣儿生性敦厚，是个爱自由的孩子，根本不想坐在这万刃宝座之上，可惜，命运难逃，人生本就只有一条无可选择的道路。"

"鸣儿愚钝，望祖父明示。"

"鸣儿，你要记住，坐在这里并不只是为了你的家族，而是那里，"皇甫规起身，指向逍遥堂外，幽蓝天幕覆盖下的辽阔疆土，是他目力所不能及的地方，"在田地里、闹市中，千千万万的草民布衣。心怀慈悲，令你的臣民有食果腹，有庐护体。"

巍鸣如有所悟："鸣儿谨记祖父的教诲。"

皇甫规欣慰一笑，又道："还有一事。皇甫世家之所以能立于不败之地，是因拥有一册独步天下的秘籍——《逍遥流云》。这也是懿沧群迟迟未诛杀你我的缘由。"

"《逍遥流云》？"

皇甫规点了点头："当年，为了保住逍遥堂，祖父拿半阕《流云》与人交易，杀了荆南梦。"

听到提及荆南梦三个字，一旁沉默的叶阑亦移目看去，神色颇为复杂。听祖父谈及，巍鸣才想起幼年时遇到的那状如大鸟的黑衣男子，这才明白其中缘由是非。皇甫规郑重道："鸣儿，你定要将其寻回。另半阕《逍遥》祖父一会儿便传给你。只是《逍遥》阳刚霸道，没有《流云》阴柔，难以抵消戾气，十分伤身，最后一式'雪霜离'，在未找到《流云》前切不可练习，否则性命堪忧。"

见他们说起事关皇甫世家的武功秘籍，叶阑起身正要回避，却被皇甫规叫住。他道："姑娘，鸣儿若要得到这秘籍，还需姑娘相助，请留步吧。"

叶阑虽不明所以，但想到此事事关巍鸣，还是选择留下。

皇甫规看了巍鸣许久，目光一派温柔慈祥，仿佛要将他的面容仔细刻入记忆当中去。然后，他抽出袖中一柄匕首递到巍鸣手中："鸣儿，有些路程由黑暗开始，是为了让你结束此等黑暗。"

巍鸣迷茫地看着皇甫规，继而大惊失色："祖父！"

"好孩子。"皇甫规闭眼一笑，握着他拿匕首的那只手，用力插进自己胸口。巍鸣难以置信，目眦欲裂，大声道："祖父！"

血液从皇甫规的胸口流出，流入了万刃宝座之中的凹槽内。

皇甫规好似脱力，慢慢瘫倒在座椅之上，双目微含，望向窗外江山，喃喃道："将军铁马汗血流，深入敌营……敌营……战未休……"

此时，在鲜血的灌溉下，万刃宝座之上生出一朵血之花。

"这就是《逍遥》的秘籍。"

远处脚步声渐促，赶来救火的武士正往此地逼近。皇甫规推开巍鸣，勉力道："快走吧,祖父不行了,你们快把《逍遥》带走……记住……《逍遥》《流云》本为一体,一个至阴,一个至阳,当年祖父将其分开,用内力将刚强的《逍遥》封在宝座中,想要拿走它,需要承载在至阴之物上……"

说罢，他将目光投向巍鸣身后的叶阑，巍鸣顺着他的视线也向她看去。皇甫规拼着最后一口气，朝她招了招手，示意她走近："姑娘,我皇甫的秘籍,就拜托给你了。"直到亲眼看见叶阑点头,他才安下心来,回头看了巍鸣最后一眼,目中满含怜爱之意,像看一件珍爱了半生的至宝,他轻声道,"好孩子,祖父不能再看着你了……"

"祖父！"

落在巍鸣肩上的手缓缓滑下，他侧首向内，两行热泪自合着的双目中流下。

巍鸣伏在皇甫规膝上失声痛哭，叶阑听得恻然，可是时间所迫，她不得不上前扶他起身："鸣儿,快走吧,那些人快要进来了,若是被他们知道,老堂主的用心将功亏一篑。"巍鸣拭干眼泪,替祖父整理完遗容,走向万刃宝座那朵血之花,伸手去碰,却被灼然一烫。

叶阑见状便道："我来试试。"

"小心。"

她伸手去碰那朵血之花，花瓣轻轻颤动，最终化为一股力量，自她指尖依附在她肩头，直到后背。

窗台上，荆南侬的布偶探头进来，方才的一幕也在荆南侬的水盆中清晰显现。

逍遥堂外，懿沧群领着一群武士气势汹汹地赶来，举目望向火光冲天的大殿，挥手命令手下："谁放的火? 进去看看。"

侍卫推开正殿大门，就见昏暗的殿中，一人端坐于万刃宝座之上，懿沧群定睛一看，失声道："老堂主！"

当年，皇甫规也是端坐在这万刃宝座之上，一瞬间，懿沧群如同穿过时光回到过去。他惶恐地跌落在地，连连磕头："老堂主，饶命，老堂主，饶命啊——"

皇甫规不语不动，眼睛忽然一睁，两行血泪自他目中缓缓流下，吓得懿沧群一个踉跄，险些摔倒在地，手脚并用地向后爬去。晟睿大着胆子上前察探皇甫规的鼻息，然后奔回懿沧群身边将他扶起，神色大喜："叔父，他死了。"

懿沧群遍体冷汗涔涔而下，仍然跪在地上，茫然地问："死了？老家伙死了？"

晟睿点头。

这与他争了大半生的老人就这样轻易地死了，从此往后天下就他一人，再无对手。想至此，懿沧群也不知道该高兴还是该失意，愣怔了片刻，一把推开晟睿，命令左右："走！"

晟睿下意识地问："去哪儿？"

懿沧群冷笑："你说这老家伙死前最可能去见的人是谁？自然是去找最有嫌疑的那个人。"

一行人风风火火地离开了大殿，直奔巍鸣居处，踹开大门拦住了欲要通报的侍从。晟睿第一个冲到巍鸣床边，一把掀开被子，就见他闭目躺着，跟传闻中一样昏迷不醒。晟睿将他提到自己眼皮底下，左右端详，见并无异样，转头望向懿沧群，冲他暗暗摇了摇头。

懿沧群恼羞成怒，挥开晟睿，上前拽起巍鸣，正欲逼问，刚好叶阑端着一碗药进来。见状，她大惊失色，连忙上前挡在巍鸣床前，恼怒道："巍鸣君命不久矣，涧主怎连将死之人都不放过？"

懿沧群恨意攻心，夺过药碗泼在巍鸣脸上，而巍鸣始终不见清醒，一旁的晟睿冷眼看着，阴阳怪气道："看来是真的昏迷不醒。"

叶阑怒极攻心，仰首斥道："你们真要造反不成？"

懿沧群并不理她，丢掉药碗转身离去，晟睿紧紧跟上他的脚步。叶阑见人离开，急忙反锁房门，奔回床边察看。他不语不动，闭目躺着，只在她的手指碰到他的手时，悄悄地将她的手反握住。

叶阑喜极而泣："鸣儿！"

他嘴唇嚅动，虚弱道："阑儿，把灯灭了。"

叶阑确定人都走了之后，这才飞快走去灭灯，顺便遣散了门外值守的宫人，回到床边，在四目相接的一瞬间多少有些尴尬。

那《逍遥》已然依附在叶阑后背的肌肤之上，因叶阑练就灵羽，《逍遥》字字句句全部印在叶阑的秋水仙花瓣之上。如若练功，须露背相看。巍鸣虚弱地坐起，轻咳了一声，避开了她的视线，轻声道："男女有别，大婚未成，鸣儿不能不顾及阑儿的清白。"

"大势所迫，不必拘泥。况且，"她脸颊微红，瞥了巍鸣一眼，悄声道，"阑儿迟早都要嫁你为妻。"

巍鸣听后，喜悦地牵住她的手："阑儿放心，我绝不负你。今生，皇甫巍鸣必定迎娶阑儿为妻。"

"只是，"叶阑忧心忡忡，"以往运用灵羽，从我体内幻化的竹叶飞刀触碰到所射之物，便会枯萎殆尽，阑儿恐将秘籍打出，便散失了，岂不铸成大错？"

叶阑迟疑片刻，准备解开衣衫："鸣儿还是相看为妙。"

巍鸣羞得脸通红，若有所思，而后双眼忽然一亮，惊喜地望向叶阑，道："有了！"说罢他从床上一跃而起，牵着她的手朝外奔去，"花枝漫漫，可做隔绝。我们去花苑！"

五十一

——— 修习《逍遥》 ———

那日花苑月色甚好，深邃夜空中悬着一轮皎洁明月，将清辉洒下人间。叶阑与巍鸣二人避开巡视的侍从来到花苑，相对坐于树下，夜风作祟，摇动着花枝，漫天花瓣翩然飘下。叶阑羞涩地背过身，解开衣带，露出背部大片雪白的肌肤。

巍鸣望向她的眼中坦然温柔，不掺杂一丝情欲和杂念。

叶阑屏息运功，施展所学武功灵羽，将烙在背上的《逍遥》从体内打出，打在周围飘落的花瓣之上。写有金字的花叶从巍鸣眼前划过，赫然正是：鹏徙南冥水三千，扶摇而上九万里。背风青天流云起，六气之辩自逍遥……

巍鸣逐字扫过，按照秘籍所书的内容，练习祖父传授的《逍遥》。二人一静一动，宛如璧人，配合得天衣无缝。

这一幕也落入了刚好从此地经过的苏穆眼中，他默然旁观须臾，便安静地隐于假山之后，沉默地充当他们的影子。整个晚上他都默默地守在那里，确保他们不被人发现，也确保懿沧群的人不会经过这里。

但是也无法否认，看着叶阑和巍鸣，看着他们默契无间的配合，他的心还是会痛——此刻巍鸣所处的位置，正是他曾经拥有的，而巍鸣倾心的女子，亦是他深爱于心的人。

现如今，他却失去了再度将她拥入怀中的机会。

天色薄亮，在别人发现他们之前，巍鸣牵着叶阑的手避开懿沧群的耳目，仍跟来时一样悄无声息地离开这里。等他们安全离开之后，苏穆这才披着一夜露水，独自一人走回所居的宫殿，没想到含露早已恭候在此。见他从外进来，她有些意外，起身向他行了一礼，细看他，才发觉他神色颇憔悴，像是一夜未眠的模样，忍不住担忧道："君上，您……"

苏穆倦怠地挥了挥手，示意她不必再问，她只好沉默。

"向各大世家传送皇甫信符之事，办得如何了？"

含露面有喜色："苏穆君终于想通了！一切进展顺利，到约定之日，兵卒任由苏穆君调配。"

苏穆闻言一笑，像是对这个消息倍感喜悦。可是含露知道，微笑并不是他表达高兴的真正方式，因此只以担忧的目光凝视着他。须臾听见他问："还有事吗？"

"懿沧群在大殿召集群臣，说是有要事宣布。"

苏穆神色一冷，颔首道："我这就前往。"

逍遥堂大殿一如寻常般巍峨庄严，分列阶下的皇甫臣子脸上有着相似的忐忑和不安。苏穆一走进殿中，就看见了端坐于正首的懿沧群，数日不见，他似乎老了一些，脸上沟壑越发深刻，配合他眼下的地位和举止，莫名给人一种坚硬肃穆的感觉。

他也看见了苏穆，而目光只是从他身上一扫而过，便不再施以关注。

待众人聚齐，懿沧群作势咳了一声，殿中霎时安静下来，满殿只闻他沙哑低沉的声音："近日，老堂主突然仙逝，巍鸣君又疾病缠身，恐时日无多。老夫痛心疾首，然，朝堂之上，不可一日无主。老夫涕零，受老堂主临终所托，懿沧晟睿迎娶了长郡主，是皇甫世家的驸马，理应替逍遥堂鞠躬尽瘁，继承大位。"

此话一出，众臣哗然。

苏穆冷淡道："封王拜相，岂为儿戏？涧主空口无凭，则颠倒乾坤，恐天下不服，万民声讨！"

懿沧群像是早已料到会有这一出，抖开手谕面向众臣，朗声宣布："老夫有老堂主的金印手谕。"侧首一顾晟睿，道，"还不上座？"

在左右侍卫夹道相迎之下，晟睿站起身，面带笑意，一步步迈向此前一直虚置的万刃宝座。

就在这时，听得一声"且慢"。众人闻声朝外望去，就见巍鸣逆光立于殿外，在众目睽睽之下阔步走入殿内。他仰首冷冷地盯着还未落座的晟睿，清楚道："我逍遥堂的万刃宝座，岂是外姓之人坐得的？"

懿沧武士抽出佩剑正要阻拦，却慑于此刻巍鸣眼中少有的狠辣威严，齐齐往后退了几步，让他顺利越过晟睿，一抖衣袍，霸气地坐上了万刃宝座。

趁着懿沧群愣神之际，苏穆率先下跪，向巍鸣行礼："拜见巍鸣君，皇甫千秋，逍遥万世。"

"拜见巍鸣君。皇甫千秋，逍遥万世。"群臣附和高呼。

懿沧群狼狈不堪，狠狠地剜了一眼苏穆，只是大势所趋，人心所向，他也无可奈何，便挥手让晟睿退下。眼见唾手可得的宝座不翼而飞，晟睿何尝甘心，怒视着坐在万刃宝座之上的那人，拳头捏得死紧，恨不得冲上去手撕了那皇甫巍鸣。

巍鸣端然坐着，目光一扫左右还握着佩剑的懿沧侍卫，冷面斥道："尔等见本君，何故剑拔弩张？还不撤下！"

众侍卫心生怯意，犹豫地放下了兵器。巍鸣笑得冷淡："此情此景，本君似曾相识。在鸢倾城之时，似有与将军同袍之人谋害本君。"

众臣哗然。懿沧群看了一眼拔剑将要出鞘的晟睿，暗暗朝他摇了摇头。晟睿隐忍收手，退到了懿沧群背后。

苏穆趁机逼问："当日，巍鸣君还未到我鸢倾城境地，便遭人追杀。当着皇甫百官，苏穆想替巍鸣君问一句，护送君上失职之事，可应追究？"

臣子们一听幼主受难，当下惊讶难当，议论纷纷，齐齐望向苏穆口中的失职之人，懿沧群和他的侄子懿沧晟睿。

懿沧群略有尴尬，晟睿却是气恼不已，咬牙心想：好你个荆南苏穆！问罪问到懿花涧头上来了！他目光阴鸷地盯了苏穆许久，转念之间计上心头，自言自语道："好，我就让你的人，为你去死。"

此念一定，晟睿阔步出列，正色道："启禀小君，此事早已结案。臣已抓到几个悍民，他们已然招供不讳，声称追杀小君以图财。"

巍鸣"哦"了一声，故意反问："区区几个小民，一向骁勇善战的懿沧武士们怎么就束手无策了？"

"巍鸣君，当信则信，我懿沧世家是清白的。"晟睿粗声粗气道，一边说一边拽着芳婷的手腕，将她拽过来，笑得有些阴阳怪气，"巍鸣君不信我，便是不信我的妻子长郡主。今日小君不如就颁布政令，杀了此等贼人，还我懿沧清白，否则，懿沧武士蒙冤，我这个驸马爷也会郁结于心，我妻长郡主也不得安心吧。"

芳婢被他拽得面色惨白，低声痛吟。

巍鸣何曾想到他会拉着芳婢出来当挡箭牌，怒火中烧之余，他不由得拍案而起："你好大的胆子！"

懿沧群品味着他脸上的愤怒，快意道："晟睿说得也有理，今日小君既已坐上了宝座，不如就颁布一道政令，杀了此等贼人，还我懿沧清白。"

巍鸣怒不可遏，搁于案上的手甚至轻微地发抖。看着面前懿沧群这信誓旦旦却假惺惺的样子，他更觉五脏六腑都被放于火上灼烧，目视懿沧群良久，清楚地说："杀！"

懿沧群俯首领命，一副恭敬的姿态，并未抬头，脸上却浮起一缕若有似无的笑意，这笑终止于巍鸣的下一句话出口之后。

巍鸣开口，清朗声音传遍大殿内外，也分外清晰地进入了此刻苏穆的心底。苏穆不安地抬头，看向宝座之上的巍鸣。

巍鸣道："本君与荆南郡主的大婚已定，三日后成礼，昭告悠然河南北，相邀各世家观礼。"

懿沧群豁然抬头，虎目怒视着巍鸣。

秋雨淅沥，像是暗合着当事人此刻的心境，天气渐渐转凉。含露领了众位侍女前来为苏穆添换入冬的被褥，推门入殿，却险些被散落一地的酒瓶绊倒，抬头望去，黑黢黢的殿内独坐着苏穆一人，对樽痛饮。含露叹了一声，转身接过侍女手中的被褥，让她们退下。

苏穆闻声抬头，目中乍现的亮光在见到是含露的那瞬间灭了下去。

"是你？"他索然问道。

"冷酒伤身，苏穆君别饮了。"

"呵呵。"他一笑，转了转手中的酒杯，忽然道，"当日，刺杀巍鸣的人，究竟是谁？"

含露悚然一惊，当即跪下："含露有心，那毒箭却并非含露所为。"

一切了然。我不杀伯仁，伯仁却因我而亡。

苏穆摇头："你既是不肯说，那就算了。出去吧。"

含露殷殷道："君上，这么多年了，您卧薪尝胆，志向高远，怎可一时身陷于儿女私情当中？"

苏穆痛饮一杯，黯然苦笑："就是你口中的大志，断送了我和阑儿的情意。"

"可是君上，"含露双目含泪，膝行到他足前，仰首道，"我们这一路吃了多少苦才走到如今这一步，您，都忘了吗？"

心陡然一痛，苏穆冷冷低头，只说了两个字："出去。"

含露欲再争，触及此刻他冰冷的目光，一切终都归为无言，她低头领命："是。"

待她走后，苏穆一杯接一杯继续痛饮，最终酩酊大醉。

唯有醉生梦死，方敢追忆。人这种奇怪的动物，到了某个时刻，只剩下无休无止的失去，最怕追忆。

与她一处的日子，喝酒、射箭、逃命、梳头……历历闪过，苏穆黯然发现，这些竟是他前半生为数不多的快乐。在浩瀚的苦海里，回旋着，不愿遁去。

他像是要渐渐地老了。

壮志凌云，难敌相思意。

苏穆愤而站起，借着醉意，为自己，为她，困兽犹斗。

带着醉意，他冲入了此刻潇潇秋雨当中。

且饮且行，竟也一路顺利地来到了叶阑殿外。他仰头灌下一口烈酒，望向那禁闭的闺门，一声声叫着叶阑的名字，却久久等不到她的人。叶阑的侍女持伞推门而出，走到苏穆面前，将一个锦盒递到他手上："苏穆君，这是郡主要奴婢交给您的。"

苏穆愣怔，接过来打开，只见一个风哨安静地躺在里面，旁边还有一张锦帕，苏穆立即展开细看："挥手自辞去，我断不思量，来日隔山河，世事两茫茫。"

他心颤了颤，右手跟着一抖，那锦帕便和着秋风飘落，被雨打透。此刻，苏穆的心一片死寂，他断断续续地开口，像是问她，也像是在质问自己："你与我，怎可落到茫然两不知的地步？"

他抬头望向她可能存在的位置，薄薄的窗棂上依稀映出一抹纤细的身影，似乎也凝望着他所在的方向。

侍女劝他："苏穆君，您醉了，郡主不见客，请您回去。"

沐着风雨，苏穆痛声向内道："阑儿，你连我都不愿见吗？"

叶阑伏在门上，任由自己困在没有晨暮的小屋中。

她绷紧要决绝的爱之弦，难以呼吸，命悬一线。她不敢瞥向门外的人，怕自己幡然悔悟，又怕自己执迷不悟。

"苏穆君何苦如此？阑儿不想见你。"她泪如雨下，生死相托的人，亦是要将她赶尽杀绝的人。跌宕辗转的命数要将她的所爱夺去。

终究，斗不过。只得孑然一身，前路茫茫。

"我错了。"他哀求。

他被绝望围堵，前后都是深不可测的深谷。他只有这一点点卑微的希望，是他一壁坚决求生。

"是我错了，什么家国情怀，什么世家使命，都比不上阑儿的一颦一笑。我不要你再佯装郡主，我只要你做回我荆南苏穆的阑儿，我一个人的阑儿。"

他轻轻以手抚门，仿佛这样就能触到屋内叶阑的身影，那轻飘飘又黑乎乎的影子，是他唯一所得。

"阑儿，你我离开此处，像过去那般骑射饮酒，双宿双栖，过本应属于我们俩的人生。当初若不是情势所逼，我定不会送你至此牢笼，虚情假意地去与巍鸣相伴。"

久久都未听见屋内人有任何声音，而苏穆选择固执地立在那里。

等待、等待……

万丈深渊，跳下去，只等别有洞天。

可最终等到的是孤立无援的境地。

一道闪电划过长空，伴随着一声雷鸣，一支白玉雕成的杜若玉钗滑下，落在谁的脚边，水花飞溅。

巍鸣站在远处的雨中，打伞的手缓缓垂下，任由雨水浇灌。望着雨中这对依依诀别的恋人，他喃喃苦笑道："原来，一切都是骗局……阑儿倾心的竟然是荆南苏穆……阑儿……"他转身踉跄着离开这里。

误解丛生

房内的叶阑听着苏穆一声声叫着她的名字，心肺俱裂。

灵魂的最深处，她期待着自欺，希望他好生辩驳，骗她也罢，欺她也罢，只要还有他。

她悬着最后的希望，半分决然，半分询问。

"苏穆君，自悠然河畔，我与巍鸣被杀手追击，你我的情意便断了……"

苏穆欲言又止："那日的杀手……"

万籁俱寂。

他承认了，心死。

忆及昔日种种，叶阑背靠着门，闭上了眼："叶阑自小游侠性情，爱憎分明，志不同，不相为谋，今日与君诀别，他日再见，两不相知。"

"两不相知……"苏穆神色一震，以为自己听错了，默了半晌，忽地仰头狂笑，举起手中酒壶接连痛饮，像是宁可醉死在此地。

叶阑听着屋外那放浪形骸的笑声，百感交集，倏然泪落。

一切落了幕，她的爱，死在爱人手中。

当夜，叶阑的房门被人敲响，她起身开门，见巍鸣浑身湿透立在那里，形容憔悴，双目如盲人般失焦，只是定定地看着前方。叶阑一惊，下意识地问："出了什么事？你怎么了？"

巍鸣眼中竟泛着些许水光，含泪看着她，迟疑道："鸣儿是想问你……"

叶阑温声问他："你想问什么？"

巍鸣咬紧牙关，不忍心道破真相，开口却是没头没脑的一句："被我弄坏了。"

叶阑不解："什么坏了？"

他只是朝她摊开手掌，一支折断了的杜若玉钗静静地躺在掌心，他的手被割破，渗出血来。

叶阑一惊，忙抽出自己的帕子为巍鸣包扎，连声道："不过是个物件，怎么还弄伤了自己呢？"

巍鸣动也不动，就定定地看着她，没来由地，忽然叫了声"阑儿"。

叶阑抬头："怎么了？"

巍鸣上前一把抱住了她，将脸埋在她的肩头，那滴悬而未落的泪水便渗入她的衣服中。他喃喃地说："只要阑儿在我身边就好，只要……阑儿在我身边就好。"

利刃般的真相，由它将自己千刀万剐，只要她在怀中，他肯受苦。

叶阑茫然不解，却能清楚感觉到他的悲伤，他这样伤心，从叶阑认识巍鸣开始，这还是第一次。叶阑犹豫了片刻，伸出手臂，在他背后轻轻拍了拍。

虽已入秋，而逍遥堂钱庄内因通了地龙，却温暖如春，四季都有不败的青葱树木。傅昊都从外走进，撩开纱幕，屋内无灯，几案上摆有酒肉，香炉之上烟气袅袅。

他立在屋中，暂时未动。须臾，他勾唇一笑，像是已经预料到接下来会发生的事。

他听见脚步声，他再熟悉不过的脚步声。

荆南依赤足从帷幔后跳舞步出，轻纱舞衣，清丽出尘。傅昊都浅笑不语，摇开折扇，怡然望向这绝色女子。

荆南依长袖翩跹，和着足踝间清脆的铃声，一路舞到傅昊都面前，时而近身，时而避开，只是不让他碰到自己衣裙一角。傅昊都不动不言，以微笑来应和她的舞步。

一舞方罢，荆南依摘下面纱，巧笑倩兮："公子可喜欢？"

傅昊都微笑："无事献殷勤，姑娘何所求，不妨直说。"

"坞主果然聪明绝顶，未卜先知呢。依依我确有一事相求，望坞主怜香惜玉，鼎力相助。"

傅昊郗颔首："请讲。"

荆南依定定地看着他，神色不复之前的嬉笑活泼，郑重道："我要你助我夺回鸾凤之女的身份！"

傅昊郗脸色一变，收了扇子，摇头："千桩万桩，傅某都愿相助，唯有此事，恕我不能。"

"千桩万桩，都非我所愿，唯有此事，是我心中所想。"

傅昊郗沉默不语。荆南依侧目看他，见他久无回应，不由得恼怒道："飞尘，给我收拾细软，我要离开这个充满铜臭味道的鬼地方。"

飞尘愣怔："啊？"

傅昊郗神色一沉，转身一把捏住了荆南依的手腕，她吃痛："放手，你弄疼我了……"

他神色奇异地软了下来，柔声道："别离开，算傅某求你了……"

他觉察出自己可怜的卑微，仍旧不舍。

荆南依拼死甩开傅昊郗的手，冲着门口跑去。傅昊郗冷声命令待在一旁的飞尘，飞尘上前挡住荆南依的去路，将其擒住。飞尘笑嘻嘻道："对不住了，小姐姐。"

荆南依恼怒地回首，愤恨道："傅昊郗！大坏蛋！你要做什么？是要重蹈覆辙，如同杀我梦姑姑一般，把我也杀了吗？"

傅昊郗脸一沉，看向飞尘。飞尘吓得腿一软，跪地求饶："坞主，不是我，不是小奴说的……"

"不是他，"荆南依面露鄙夷之色，像是不屑飞尘所为，"何须他多言？你的羽霓裳与穆哥哥口中杀死姑姑之人的装扮类同，如此稀世珍宝，依你傅家的做派，定纳为己有。"

知当年事自己脱不了干系，傅昊郗略有迟疑："当年之事，不管你信还是不信，不是傅某所为……"

荆南依冷笑："他们若不是穿着你的羽霓裳，怎么可能轻易功成？假你之手，难辞其咎，你是杀我梦姑姑的帮凶！你这等人，怙恶不悛，知冤不报，对我荆南世家连下毒手，还能在我面前谈笑风生，小人恶徒也……"

在她一连串咄咄逼人的质问下,傅昊郗无言以对,只有闭目叹息:"放开她。"

他终究败了。

傅昊郗转头看向荆南依,脸上毫无表情:"三日后,便是皇甫巍鸣大婚之日,你若是想夺回鸾凤之女的身份,那一日最好不过。至于你,"傅昊郗转头看了飞尘一眼,意有所指道,"该拿出的本事别惜着了。"

飞尘笑嘻嘻地领命。是夜,飞尘手持一盏孤灯翻山越岭,独自走入郊外的乱葬岗。时至深夜,连头顶明月都被阴云遮蔽,一座座坟堆在烛火的映照下更显阴森恐怖,黄色符纸散落四处。

飞尘走到一处坟堆前,对着无碑的墓地念念有词,忽然间像是被鬼神附身,开始浑身抽搐。

他整个人剧烈一震,猛然仰头,朝天大喝一声,就见一双双枯槁的手从坟堆中探出,一把抓住棺材边缘,尸体破土而出。飞尘扬手一挥,一块白布临空飘落,罩在坐着尸体之上。每一具尸体胸口都已被划开,空空如也。

三日之后,皇甫巍鸣大婚,逍遥堂大殿之外红毯铺陈,礼乐齐鸣,皇甫臣子和各大观礼世家人员分列两侧,荆南依身披黑袍混在观礼人群之内,傅昊郗和飞尘紧跟其后。

那日的叶阑身着新娘华服,在司礼的引导下,一步步踏上红毯,霎时间钟鼓齐鸣,弦乐合奏。

大殿的台阶之上,巍鸣翘首等待,除了喜色以外,他的脸上多了一层别人不能轻易察觉的哀伤。

叶阑一步步走近,巍鸣伸手相迎,四目相接。

苏穆怅然望着这一对,目中有酸楚之意。

他的异样也落了巍鸣眼里。真是爱恨两难,心头就好像压着一块巨石,如何也喘不过气,看着叶阑笑靥如花,巍鸣黯然地想,无论你的心归向何处,只要在我身边就好。

"皇天后土,神明祖宗为证,皇甫巍鸣迎娶荆南叶阑,凤凰共鸣,琴瑟相和。"

"且慢！"

一件黑色长袍从空中落下，落在叶阑的前方，众人哗然。

话音传来处，一群混迹在观礼人群中的木偶"无心人"抖动身体，身上所着礼服齐齐腾空升起，露出白色素衣，与大婚的喜庆形成鲜明对比。

而说话那人正被这群"无心人"抬举着，横亘在道路中间，赫然正是荆南依。荆南依赤足立起，抬手指向皇甫巍鸣，俏皮道："我说过，我会回来找你。"

苏穆闻声望去，失声叫道："依依！"

面向惊呆了的众人，荆南依笑得轻巧，声音却冷漠，务必让场内所有人听清："我才是拥有桃花印的鸾凤之女！鸾倾城真正的郡主，而这人，"她纤手一指，众人顺着她所指望去，视线尽头正是沉默不语的叶阑，荆南依冷笑，"偷龙转凤，匿名假替鸾凤女子，其心当诛！"

众人哗然，齐齐望向那据说匿名假替的女子，脸上神色不一，有惊有疑。

懿沧群先是愣怔，继而仰头大笑，拍案大声道："老夫唯恐寻不出个罪状昭告天下，不承想，荆南世家的人竟送上门来了！"他很快挺身出列，怒斥苏穆，"大胆荆南，欺君罔上，以假郡主骗取皇甫联姻，忤逆之心昭然若揭。来人，把荆南世家的一干人等，统统拿下。"

晟睿抬手命道："关城门！"

武士们齐声答应，引弓向天空射箭，回声响彻云霄。

霎时间，巍鸣的脸上失去血色。

　　守城的懿沧武士看到天上的信号箭，正欲从两侧拉上城门，一支红缨长矛从远处激射而来，插入即将关上的两扇城门之间。武士们闻声回头，烟尘滚滚处，烟芜和辰星二人策马而来。辰星勒马走近，亮出袖中的皇甫信符，冷声命道："奉堂主之命，不得关闭城门。"

　　烟芜顺势接话："有疏世家，前来护卫皇甫君上。"

　　懿沧武士面面相觑，却不为所动，仍然听从上级的命令关闭城门。辰星和烟芜彼此交换了眼神，不约而同地挥戟而上，一人斩杀一人，带领身后的有疏武士杀入逍遥堂中。

　　同时，收到皇甫信符的扶泽和陆廉两大世家也攻克了西门，带领各自的武士攻入城中。一时之间城内山呼海啸，喊杀声不绝。

　　城内早已乱成一团，懿沧武士们与飞尘所造的那些"无心人"缠斗起来，懿沧群趁着众人分神，拔出腰间弯刀架在叶阑的脖子上。

　　巍鸣色变："别伤她！"

　　晟睿见状飞身而出，冲破那些"无心人"落到荆南依身边，将其轻松擒住。荆南依哪里肯依，恼羞成怒，向着他拳打脚踢："放开我，你们疯了，我是鸾凤之女，该处决的是那冒名女贼，抓我做什么？"

　　苏穆斩落最后一名武士，冲出重围，却晚了一步，只能望向被擒住的荆南依和叶阑，难以靠近。

　　懿沧群向着巍鸣诡谲一笑："此女接近小君另有所图，老夫心怀小君安危，秉公执法，护卫君上。"而后俯身在叶阑的耳边悄声道，"看看你效忠的主人，生死关头，是否保得了你这枚废棋。"他直起身，指着叶阑和荆南依问苏穆，"此二女，到底谁是你妹妹？别忘了，假冒郡主可是死罪！"

荆南依急切道："穆哥哥、穆哥哥，是依依啊，快告诉他们我是你亲妹妹，救我，救我啊！"

苏穆看着两人，脸上现出痛苦的神色，似乎难以抉择。

巍鸣急了，吼他："你在犹豫什么？阑儿才是你妹妹！"

叶阑含泪动容地看了巍鸣一眼，又将目光投向苏穆。他面色惨白，双唇不住地颤抖，唤着她的小名："阑儿……"

她也在这一声中寻到所有答案，闭目，忍住那些即将决堤的泪，向他道："苏穆君一生为世家而活，苏穆君所选，必定为荆南着想……阑儿可以成全苏穆君的凌云壮志……"

苏穆痛苦难耐，垂在身侧的双手握紧成拳，喃喃道："阑儿，对不起，你且先行一步，苏穆片刻后便去寻你。"

他缓缓抬手，目中悲恸欲绝，最终还是选择了荆南依："此乃舍妹。"

巍鸣因他的选择怒极攻心，大声吼道："荆南苏穆！"

听到这个回答，最快意的非懿沧群莫属，他仰天大笑，指着叶阑："冒名郡主，欺君罔上，杀无赦……"

听到"杀无赦"这三字，巍鸣肝胆俱裂，跌跌撞撞地从台阶上奔了下来，跪在懿沧群和叶阑之间："本君知晓、本君知晓。她不是荆南郡主。"巍鸣拽着懿沧群袍子的下摆哀求道，"她不是荆南郡主，无妨，无妨，本君也愿娶她，无论她是大逆不道的臣子，还是居心叵测的逆贼，本君都愿意。舅父，求你了，莫伤她……"

叶阑低头，望向巍鸣，眼中有掩不住的伤感。

身份、地位、体面，一切的一切都被巍鸣抛在脑后，他像个未经人事的孩子，苦苦哀求懿沧群放过叶阑一命。

叶阑望向巍鸣，轻声问："既然知晓我不是荆南郡主，为何还要迎娶阑儿？"

巍鸣冲着叶阑笑了笑："悠然河畔，誓犹在耳。鸣儿说过，我与阑儿，得成比目何辞死，愿作鸳鸯不羡仙。"

叶阑心生感动，对着巍鸣微微一笑。

千言万语，不言而喻。

懿沧群冷面以对，对他的苦苦哀求不为所动："纲纪不可废弛，国法不容私情！"说罢提刀就向叶阑颈侧砍去。巍鸣见苦劝无果，暗暗运力在拳，在懿沧群的刀即将碰到叶阑之时，他用尽全力，使出一招逍遥流云掌，震得懿沧群后退数步，手上的刀刃也折断了。

懿沧群愣怔地望着那断了的刀刃，先是一惊，继而大喜："《逍遥流云》！逍遥流云掌！我寻了十八年，竟然在咫尺之境的小儿身上。哈哈哈，今日，舅父就向你讨要这么多年的教诲之恩吧。"

晟睿见状更是喜不自禁，也不管那荆南依，飞身跃回懿沧群身边。

苏穆抽出佩剑，与巍鸣背对而立，环视面前众人，冷声道："匡扶正道，家仇私恨，正好，今日，便一并了了。"

"哈哈，好一个舍生取义的荆南子孙，为了所谓的太平正道，竟然与世仇并肩，辅佐杀亲仇人。老夫一生最恨道貌岸然，欺世盗名之徒，统统诛杀便是。"懿沧群话音刚落，晟睿便提刀杀向巍鸣。四人缠斗得难解难分之际，傅昊郁护着荆南依退后一些，命令飞尘："保护姑娘，若她出了一点事，我唯你是问。"

飞尘乖觉应下，扬袖一挥，"无心人"便掉转方向，转而向懿沧武士们发起进攻，本是死物，更不惧刀剑无眼，顷刻间逍遥堂内横尸遍地，宛如罗刹鬼蜮。

苏穆一剑直取晟睿腋下，他躲闪不及，反被苏穆划破手臂，踉跄数步之后跌坐在地。苏穆得空之后回身去助巍鸣与懿沧群作战，二人联手，竟都不敌懿沧群一人，被他雄劲的剑气所慑，连连后退，直至退无可退。叶阑见状也急得不行，反手摘下凤冠，丢在一旁，捡起地上被人遗落的一柄长剑，飞身上前相助。三人合力，懿沧群渐被压制。三人联手一击，懿沧群趁叶阑不备，瞅准空当横刀刺向她的胸口。叶阑勉力躲开，却仍被他的内力所伤，呕出一口鲜血。

巍鸣声嘶力竭，大叫了一声："阑儿！"

苏穆心头一颤，看了一眼巍鸣，简单丢下一句："护着她。"而后便飞奔迎向懿沧群。三人已不是他的对手，更何况苏穆一人，很快苏穆便力不可支，拼着最后一口气勉强应敌。巍鸣收了宝剑奔到叶阑身边，将她扶起，急切相求："快，阑儿将逍遥最后一式给我。"

叶阑摇头："老堂主曾言，最后一招十分凶险，会要了鸣儿性命。"

巍鸣坚定道："阑儿，给我，否则我们都会死，逍遥城的百姓也难逃劫难。等此事了结，"他声音放低，黯然道，"你就可以回家了。"

回家？叶阑恍然大悟，他亦是知己。

"我哪儿都不去……"叶阑气若游丝，却仍旧固执，"我为你穿了嫁衣，从此便是你的结发妻子了。"

二人说话间，苏穆的胸膛被懿沧群一掌击中，跌倒在地，嘴角流下一丝血。懿沧群得空掉头攻向巍鸣，去势甚猛，直取他的后背，苏穆见状不由得高声叫道："小心。"

巍鸣闻声转头，被迫生生接下懿沧群一掌。二人凌空而退，巍鸣被懿沧群一路逼到了祭拜的铜鼎之上。巍鸣起身，摘了近旁树上一朵花，以掌风打给叶阑。

"阑儿！"

叶阑拭泪，收敛全副心神，运功灵羽，将《逍遥》最后一招印在花朵上，打回给巍鸣。

巍鸣起身跃起，将花瓣纳入手心，掌心随之现出一行小字。巍鸣口中默默诵念，昔日练武的一招一式闪现于眼前，待巍鸣重新睁眼时，眼中多了一丝平日罕见的利光。

"舅父，可愿放下屠刀？"他声音清越，朗声质问。

懿沧群通身是血，神情已近狂乱，闻言仰头大笑："老夫要成魔，不是佛！"而后挥掌相向。巍鸣运功在手，屏息凝神用尽全力，向懿沧群使出《逍遥》最后一招。那招宛如千重雪浪，所经之地万物尽毁，懿沧群难以招架，被那内力撞出数米之外，吐血倒地，一身武功尽废，匍匐许久都难以站起。

想到大计无望，他仰天哀号："小浩，是爹爹对不起你，没有将害死你的人手刃，祭奠你的在天之灵。"

巍鸣也遭内力反噬，气血狂涌，一连退了数步才勉强撑剑站住。

弥留之际的懿沧群大睁双目，眼中有两行血泪缓缓流下，甚为可怖。他看着巍鸣一字一句道："我诅咒你，皇甫巍鸣，你是害死骨肉至亲的禽兽。"

巍鸣惶惶摇头："我没有……"

懿沧群痛得满脸虚汗，拼命喘过一口气，断断续续地说："没有……你爹你娘是怎么死的……老夫的小浩是如何夭折的……都是你……都是你害死的，是你……"

从前尘封于光阴中的记忆因他的话而全面苏醒，巍鸣头痛欲裂，不住痛吟："我没有、我没有……"

亲眼看见他的痛苦，懿沧群在临近死亡的前一刻竟然品味到了快意，只可惜，他不能亲手杀了皇甫巍鸣替他的儿子报仇："你忘了，可是我不能忘，我的小浩……他……"

疼痛越来越甚，有破碎的画面在脑中闪现：两个年纪相仿的孩子一同在池边嬉戏玩耍，巍鸣挥剑跑在前后，后面的孩子且追且跑，笑道："巍鸣哥哥，你等等我，你等等小浩……"

画面一转，就见那孩子跌落水中，双手无助地挥舞，却发不出一点声音，片刻之后便无声无息地沉了下去。巍鸣吓傻在那里，直到父亲出现将他抱走，遮住了他的眼……

悲愤交加的懿沧群举剑相向，誓要为儿子报仇，父亲望向小浩的尸首，回头又看了一眼浑身发抖的巍鸣，跪地向懿沧群哀求："小儿之错，为父承担。"

在年幼的巍鸣眼中，父亲拿起长剑，毅然决然地刺入自己的胸口，懿沧群脸色刹那一变，显然父亲的死也不是他所能预料的。巍鸣的母亲闻讯赶来，可惜已经迟了，见到的是他的父亲早已冷透的尸首。

她含泪摸了摸巍鸣的头，温柔叮嘱道："鸣儿，好好活下去，母亲不能让你父亲一人孤独而行。"语罢从身后紧紧抱住巍鸣的父亲，长剑当胸穿过，她伏在父亲的背上，慢慢闭上了眼。

他忘了……

他全忘了！

他太痛苦，所以才逼着自己把这些痛苦的回忆统统忘掉。

懿沧群命不久矣，却止不住嘴边的讥笑："皇甫世家所流之血，所剜之肉，皆因你这个不祥之子，弑父弑母，天理当诛，你会遭天谴的，我诅咒你，戕害至亲，一生孤苦！留在你身边的人，一个个都会因你而亡！

生生世世,孤苦无依！哈哈哈,哈哈……"他突然双目暴突,死死盯着苍穹,像是看见了什么人或者事物,他的脸上浮起突兀的笑,一滴泪顺着眼角滑落:"小浩……爹爹来见你了……"

巍鸣双手抱头,试图驱逐耳畔那些嘈杂的声音,喃喃道:"我没有……没有……"

"鸣儿……鸣儿。"叶阑见他神色迷乱,双眼通红,心疼地从后抱住他,将他揽在自己怀中,连声劝慰他道,"没事了,鸣儿,都过去了……"

巍鸣靠在她的肩上,表情呆滞,茫然地望向天空:"我累了,阑儿,我好累……"

叶阑急得眼泪都下来了,不住地摇着他的肩,一声声道:"不要睡,求求你,不要睡……鸣儿,你还记得那支杜若玉钗吗？你说过要给阑儿修好的,替阑儿戴上……好吗？"

巍鸣虚弱一笑,勉力伸手去拭她面上的泪痕:"对不起了,阑儿,我恐怕要失信于你……"

叶阑紧紧抱住巍鸣,像是害怕他会突然从面前消失。

"别哭了。"巍鸣低声道,"阑儿知道吗？我……我是真心爱你……嗟余只影系人间,如何同生不同死……"

一口鲜血呕出,巍鸣的手软软垂下。

叶阑先是愣怔,而后颤声道:"鸣儿……不要,鸣儿,不要啊……"

他闭眼躺着,脱离了痛苦回忆的他神色安详。身后残阳如血,在他柔和的脸上镀上了一层金。

她一声声呼唤着巍鸣的名字,在这逍遥堂大殿之上寂寂回荡,而他再无回应。

秋风卷落叶,残阳立枝头,大战方歇的逍遥堂内外弥漫着寂寥凄清,刑场之上,用刑方毕,瘪猴和瘦猴满身是血,气绝而亡。在他们尸首的不远处就是已死的华奴,狱卒指挥着几名皇甫侍卫将其抬走。

侍卫们聚在一处将那些尸体翻来倒去地看,其中一人掂起一块石头,敲掉了瘪猴口中的金牙,喜气洋洋地将其揣进自己袋中。其余侍卫非常嫉妒,蜂拥而上去扒瘦猴的嘴,发现他除了一口烂牙之外再无其他,不由得懊恼道："真够倒霉的，一口烂牙。死鬼比我还穷。"说罢走到华奴面前，在她身上四处翻找，可惜一无所获，只翻到了一个针线包，随手将那沾血的针线包丢在了一旁，啐了一口浓痰，愤愤道："穷老婆子。"待那些侍卫将三具尸首抬上小推车推走之后，一个穿着黑色斗篷，头戴斗笠的人从暗处走出，俯身捡起遗落在地的针线包，放入袖中，然后在众人注意到他之前，悄然走开。

五十四

尘埃落定

自逍遥堂一役之后，皇甫世家元气大伤，而皇甫巍鸣身受重创，昏迷不醒。为了安顿局势，稳定民心，苏穆暂时留于堂中，防各大世家再起异心。自巍鸣昏迷之日起，叶阑便没日没夜地守在他床边，衣不解带地照顾着他，一遍遍地呼唤着他，想要他醒来："阑儿在身边守护着你，阑儿知道鸣儿伤痛难耐，可是，你答应过阑儿，愿作鸳鸯不羡仙，怎么能言而无信，一个人懒睡不起？"任由她哀求，巍鸣却始终沉睡不醒。叶阑束手无策，只能眼睁睁地看着他一日日消瘦，心如刀绞。那日她呆坐在巍鸣床畔，辰星前来拜访，带来一样东西，呈给她过目。

"辰星替皇甫世家查抄懿沧群府邸，在他的地盘，发现了这个。"他将一瓶标有"寒蛛血"的药瓶放在桌上，叶阑疑惑地拿起："这是？"

辰星从旁解释："这是当日巍鸣小君所中的箭毒。"

叶阑大惊："难道……"

辰星点头："以毒箭射杀巍鸣君的是懿沧群，根本不是我君上。"

叶阑顿时一惊，险些跌倒，想到昔日以剑刺向苏穆的一幕，她便心痛难当，喃喃自语道："原来是我错怪了他……"

想到这里，觉得多待一刻也是折磨，她下定决心，推开辰星，奔出门去，当即跑去寻苏穆。她找到他时，他正独自一人在房内饮酒。苏穆没料到她会突然出现，四目相接的瞬间，彼此都只剩无言。

物是人非，心境早已两重。

"阑儿……"

"苏穆君……"

异口同声，脱口而出，又不约而同地沉默，二人看向彼此，在对方的眼中看见相似的感慨。

叶阑眼中带泪，殷殷地看向苏穆："叶阑此行前来，是向苏穆君负荆请罪的……当日，鸣儿被毒箭所伤，错怪了苏穆君。让你受委屈了。"

叶阑跪地行礼。

苏穆赶忙走到堂前，温柔地将她扶起，苦笑道："不怪你，阑儿也是为他，情急心切，怪就怪我无能，没有保护好你二人。阑儿不必将此事放在心上。"

叶阑却因为这些事久久不敢看他："叶阑本是游侠，最是崇尚信义二字，没想到，却辜负了最为爱我之人，阑儿追悔莫及。"

苏穆含笑宽解她："既是游侠，阑儿便应视恩仇如浮云，你我生死至交，何来嫌隙？"

叶阑心中愧疚难当，低首道："多谢苏穆君。"

罕有的顺从姿态，恰是这一低头有说不出的动人，一束秀发滑下她的额头。苏穆心一动，情不自禁地伸手，想要将那秀发捋到耳后，叶阑却侧首避开了。

苏穆心一痛，攥紧拳头背在身后，抬头望向别处，轻声道："看来，苏穆是寻不回我的阑儿了。"

浮生唯一的牵挂，弃他而去。

叶阑喃喃倾诉："当日，巍鸣为我险些搭上性命，阑儿欠他的，不能不还。"

苏穆苦笑而赞："知恩得报，是阑儿的性情。"

叶阑抬头望向苏穆，神情坚定："从今往后，阑儿视苏穆君如兄长，请苏穆君也待我如依那郡主一般，依着阑儿的性情，由我去吧。"

苏穆转身，怒目而视："他若不醒呢？阑儿便在此守候一生吗？"

叶阑释然一笑："他连性命都舍得，阑儿一生岂能偿还？"

叶阑行了一礼，礼节周到，神色却疏离："阑儿这就告辞……"

他又唤了她一声"阑儿"。

她转身："兄长留步。"

他心下一惊，眼见她消失在门庭之中。

兄长……她怎知他也可为她付出性命？

傍晚，苏穆前往巍鸣处探望，见叶阑悉心守护在侧，忍不住嘘寒问暖。说话间，有争执声从门口传来，苏穆和叶阑循声望去，就听见一声惨叫。随即，一侍卫飞扑而来，撞开大门，被人打入殿中，整个人扑在苏穆脚边，七窍流血，奄奄一息。大门洞开处，荆南依带着傅昊都和飞尘走了进来，边走边向着苏穆抱怨："穆哥哥，皇甫侍卫真是没规矩，竟然连我都不认识……"

　　见到久别重逢的小妹，苏穆脸上却无半点喜色。待她欢天喜地走到苏穆跟前，他扬手便狠狠扇了她一个耳光。众人皆是一惊，傅昊都更是不喜，脚步微移，身形一闪，挡在荆南依身前，蹙眉看他，以一种无声的警告打量着他。

　　荆南依也被打蒙了，她手抚侧脸，难以置信地看向苏穆："你竟然打我？"

　　苏穆逼着自己硬下心肠，侧头不去看她此刻模糊的泪眼，拿出兄长的威严，冷声斥道："这一掌，是为兄替已故的父亲母亲教训你，离家出走，以身犯险，实为大不孝。也是为兄替荆南百姓惩戒你，阻碍大婚，陷荆南世家于忤逆危难之中，实为大不忠。"

　　荆南依流泪抚着脸，委屈地告知兄长："穆哥哥只思量父母大孝，世家大忠，可曾想过依依被人劫走关在金丝笼中所受之苦，可曾顾及依依被人冒名顶替的苦楚滋味？"

　　见她梨花带雨，哭得如此伤心，傅昊都心亦有不忍，劝道："那些时日郡主流浪在外，颠沛流离，也确实吃了不少苦头。"

　　作为兄长，焉有不心疼妹妹之理？从看到依依的眼泪开始，苏穆的怒气就已消弭于无形，更何况，她还是父母留给他的最后一点血亲，她受的任何一点苦都足以令他痛彻心扉。他心疼道："长兄打你，也是斥责你，流落在外，为何不告知我？你知道我有多担忧吗？"

　　兄妹之间的不快最后都注定以苏穆低头告终，荆南依获得了他一贯的宽容，顿时破涕为笑，抱住他的胳膊撒娇："穆哥哥义正词严，千言万语，生生将我说成个不忠不孝的浪荡子，原来是五内俱焚，忧心依依的安危啊。依依知错了，再也不胡闹了，穆哥哥莫生气……"

　　苏穆没好气，心却已经软了："别跟我来这一套，也不看看此乃何处，这里不同鸾倾城，容不得你任意妄为，一点规矩都没有。"他复又抬头，望向荆南依身后的傅昊郗，见他容止端雅，气质不俗，与妹妹的关系似乎颇为亲密，顿时奇道，"这位是？"

荆南依转悲为喜，一牵傅昊郗的手将他拉到哥哥面前，撒娇道："依依此行前来是办正事的。他，"她纤手一指，正对傅昊郗，"他是我请来救皇甫巍鸣的，无常坞坞主。"

"我听含露曾言，无常坞偏安一隅，不与世人争。坞主乃隐士高人，不愿跪拜在朝堂之上，只愿潇洒于江湖之远，富可敌国，却隐逸江湖，今日得见，实为幸事。只是事关皇甫新主的性命……"苏穆略有迟疑，并不十分敢把皇甫巍鸣的性命轻易交于面前这只有一面之缘的年轻人的手上。

对他那些赞美之言，傅昊郗脸上毫无自矜之色，只以淡淡一笑应之。

荆南依劝道："兄长请放心，依依亲眼见过他的老奴有妙手回春之术，况且，皇甫巍鸣与我曾共饮一江水，共穿一双履呢。他是我的夫君，我岂会害了自己的夫君？"

傅昊郗朝他欠身："小可略通医术，可为小君参诊一二，至于如何用药，如何治疗，公子可再行定夺。"

见他如此说，苏穆也认为放手让他一试并无不可，便颔首示意，道："烦请先生了。"

飞尘机灵地将一个脉枕枕在巍鸣手腕之下，又在其上覆了一层白绢，请傅昊郗坐下为巍鸣号脉。一炷香过后，傅昊郗起身，叶阑急切地问："坞主，如何？"

荆南依觉得此话甚为刺耳，白了她一眼，阴阳怪气地刺她一句："多管闲事！"

叶阑仿若未闻，只是不理，却是苏穆厉声斥道："依依！"

荆南依嘟了嘟嘴，有些不忿。

傅昊郗净过了手，向着苏穆一欠身，如实道："医官说的是实情。巍鸣小君伤及脏腑，病入膏肓。"

叶阑面色一白，撑住了桌面才勉强不使自己倒下。苏穆叹了口气："当日，我也曾与懿沧群交手，不料，懿沧群的功力竟如此深厚，将他伤至此。"

荆南依急了，上去牵住傅昊郗的衣袖，急切道："可有救治之法？我和他还未完婚呢，他要是气绝了，本郡主不就生生成了寡妇？"

苏穆不悦，蹙眉阻止她道："依依，不要干扰先生。"

荆南依却是不理，只管盯紧了苏穆，问道："你不是号称识得江湖上众多奇人异士吗？拨弄拨弄，找一个出来救他啊？"

苏穆走近傅昊郗，向他深深作揖，低声道："坞主，倘若您当真有计可施，请鼎力相助。"

叶阑眼睛顿时一亮："坞主是世外高人，叶阑恳求坞主救救小君。叶阑感激不尽，愿衔草结环报答坞主。"说罢作势要向他跪下。

傅昊郗连忙以双手相扶，再三说不必，冥思苦想了一番，道："我有一老奴苦海，曾与悠然河尽头的族人厮混了几年，虽然他们的手段略显旁门，但是也不乏起死回生的妙方，也许可以一试。"

"巫蛊族？先生说的，可是善于占卜和下蛊的巫蛊族？"苏穆惊奇道。

傅昊郗点头。

"巫蛊族一向为异族所用，我儿时就听姑姑说过，当年，皇甫世家带领各家族保卫悠然河南北，阻挡异族翻越燕之山，战事胶着，争斗惨烈，像玄古这样的大世家都难逃灭顶之灾。"

听苏穆说起玄古，叶阑心念忽然一动：二姐也曾提及，父亲的至交似在其中。

一旁的荆南依倒是瞠目结舌："异族人竟然如此善战？"

苏穆温柔地看了她一眼，温言道："与其说他们善战，不如说他们兽性未除。历朝历代，多少文明礼乐皆毁于荒蛮的侵略。异族人茹毛饮血，暴虐无度，以狩猎为生，与我们这里的礼乐国邦截然不同，他们一心想霸占物产丰饶的悠然河畔，奴役百姓。"

"不错，"傅昊郗点头接他的话，继续往下说，"小可也略有耳闻。我的老奴不过是曾经犯了事，为了避祸而逃至悠然河尽头。见到他的人，苏穆君便知晓了，与异族那类人高马大、虎背熊腰的模样全然不同，定不会是异族人。请苏穆君放心。"

荆南依见苏穆仍旧迟疑，不由得撇嘴道："穆哥哥怕什么？最多，等那老头救了巍鸣,我一刀宰了他,倘若真是异族人,也是个异族的死人,不必畏惧。"

苏穆蹙眉,有些不快:"依依,既然老丈救了巍鸣,怎可杀他,以怨报德?"

荆南依小嘴一嘟:"我只是替穆哥哥分忧,你倒反过来责怪我。不识好人心。"

叶阑却从他话语中猜到他心里所想,劝道:"阑儿知道苏穆君的顾虑,是害怕异族人死灰复燃,扰我江山。只是,现在鸣儿危在旦夕,只要能救小君,阑儿都想尽力一试。如果当真有何异动,苏穆君和坞主皆在此,定能及时化解。"

傅昊郗承诺他:"小可可以以名誉担保。"

叶阑哀切地望向苏穆,被她用这种目光注视着,无疑是折磨人的,苏穆低头避过:"那就烦请坞主了。"

傅昊郗转头命飞尘:"去无常坞,把苦海找来。"

这边前脚送走傅昊郗等人,后脚辰星便匆匆赶来这里,附在苏穆耳畔说了些什么,苏穆当即色变,起身别了众人,随他出去。走到一处偏僻小径,辰星才略显犹豫吞吞吐吐地开口:"当日俘虏的懿沧武士全部按您吩咐,交予皇甫世家处置。"

苏穆负手往前,闻声这才看了他一眼:"有何不妥吗?"

辰星踌躇了片刻,方才这样解释:"我等将士,皆听命于各自效忠的君上,虽与懿沧武士为敌,但不论立场,辰星敬佩其勇力与忠心,可是,关在地牢中的懿沧俘虏,被皇甫家的人百般凌辱,死者十中有九,令人唏嘘。"

苏穆脸色登时往下一沉:"有此等事?"

五十五

———— 再现离樱 ————

　　二人直奔地牢，值守的侍卫认得二人，因此也未多加询问，便放了他们进来。皇甫的地牢他还是第一次来，因位处地下，光线匮乏，四周蔓延着一股腐烂潮湿的气息，四壁长满了湿滑的青苔，让人观之作呕。一路走来，到处都是犯人的痛苦呻吟，闻之令人不寒而栗。可就在这些毛骨悚然的痛吟声中，掺杂着一道娇弱的女声。

　　"给我打！"

　　苏穆抬手止住身后的辰星，二人停在晟睿牢狱之前的拐角处，凝神细听，辨出了说话那人正是皇甫世家的长郡主——皇甫芳娉。

　　晟睿两手双足都被铁链牢牢锁在木桩之上，衣衫褴褛，血迹斑斑，乱发覆面，却遮不住他天生狼一般血性阴狠的双眼，哪怕已沦为阶下囚，他的脸上也好像永远挂着那嚣张跋扈、漫不经心的笑。他向着牢房一隅温婉的芳娉道："倒是我小瞧自家的女人了，在外人面前是个大家闺秀，没承想竟然是个狠如豺狼的货色。"

　　芳娉还未开腔，一旁的侍女先她一步狠狠地骂了回去："你竟敢辱骂长郡主，不想活了？"

　　晟睿呵呵一笑，神色甚是嚣张："打是亲，骂是爱！睡都睡过了，还在乎这些繁文缛节吗？"

　　芳娉并未动怒，而是闲散地抬手掠了一掠鬓边的乱发，仍是云淡风轻的语气："这么多年了，你们懿沧世家囚我祖父，夺巍鸣权柄，鱼肉我逍遥堂的百姓，汝等犯下的罪孽，罄竹难书。我的作为，跟你们相比，当真望尘莫及，相去甚远。"

　　如若不是双手被缚，晟睿几乎想为她这番话鼓掌，他赞叹道："说得好啊，我的长郡主，你也别忘了，你的母亲也是懿花涧的人，说到底，你骨子里也有我们野兽般的性子，纵然你华服在身，胭脂涂面，终究掩盖不住皮囊之下那蠢蠢欲动的欲望与阴毒。"

芳娉妩媚一笑："我自然不懂什么权谋大义，但也知道有句话是这么说的，胜者为王，败者为寇。与其在这里跟我逗口舌之快，不如想想那些与你同袍同战的兄弟，会有什么后果。"

晟睿微微色变："你要干什么？"

芳娉凑上前来，在他耳畔轻声道："我要你亲眼看见那些与你同袍同战的武士，怎样因你而亡。"

晟睿大怒，整个人挣扎着向前扑，奈何双手被锁，铁链被他拉得铮铮作响。芳娉吃了一惊，一连后退了数步，拿帕子掸了掸鼻尖，像是不习惯他身上扑面而来的恶臭，厌恶道："不过你放心，将军，一日夫妻百日恩，将军莫怕，我不杀你，我要留你在逍遥堂，好好享受。"

"郡主请留步。"苏穆携辰星大步流星地走进牢内，向她先行一礼，道，"长郡主，悠然河南北古有礼法，投诚之士卒不杀不辱，请郡主手下留情。"

芳娉倨傲地俯视着他："怎么？我堂堂皇甫世家的长郡主还杀不了几个懿沧的走狗？容你来命令我？"

苏穆自始至终都低着头，态度恭敬却不卑微："苏穆不敢，只是杀伐行刑皆须依照法令，否则惹得世家非议，岂不有辱巍鸣君声名……"

芳娉暂未说话，以打量的姿势判断着他的居心，最后她终于一笑，眼中冰凌尽融："苏穆君教训得是，不过，本郡主也提醒你，莫忘了身份。这逍遥堂终归是姓皇甫的，小君如今身体不适，本郡主当仁不让，为其分忧操劳。此次惩讨叛贼，苏穆君的确立下汗马功劳，但如此心急，欲插手我皇甫内政，你就不怕天下人非议，也治一个心怀不轨，别有他谋的罪状吗？"

苏穆一凛，立即否认："苏穆绝无干政之念，此心昭然可见。"

"嗯，"她淡淡地笑着，随口应了一声，"我知道。"侧头命令侍卫时却换了另一种神情，残酷、冷血，混杂着杀戮的麻木。

"愣着干什么，还不将那些懿沧武士就地正法？"

苏穆要再劝，转念想到眼下自己此刻的位置，终于还是作罢，眼睁睁地看着侍卫们手拿长矛，用力刺进那些束手就擒的懿沧武士胸口，刹那间鲜血飞溅。

芳娉的侍女将一把白伞遮蔽在主人面前，霎时间，白伞上见血。

晟睿双眼怒睁，额前颈间青筋毕露，亲眼看见兄弟们濒死一幕，痛极攻心，仰头大吼道："小儿们，莫怕，几载春秋后，汝等还在懿花涧中，养狼猎熊，喝酒吃肉。壮士赴死如归乡。"

芳娉冷冷看了他最后一眼，转身翩然离去，身后只余晟睿悲怆的歌声，在地牢之内凄厉地缭绕："仰天长啸兮，胡不归？壮士赴死兮，胡不归？……"

地上白伞化红伞。一将功成万骨枯。

苏穆若有所思地望向晟睿，神色间颇为动容。辰星看着眼前血流成河的一幕，暗自咋舌，压低音量道："君上，那长郡主如此残暴，竟与往日里那个大家闺秀判若两人啊！"

苏穆垂头看了看溅上脚边的血迹，淡淡道："画虎难画骨，知人难断心。"

密室之内摆放着一口巨大的药缸，热气腾腾，一女子沐发湿衣，闭目坐在其中。苦海推开暗道的门走入这间密室，将手上的药钵放在一边桌上，走近询问："丫头，感觉如何？你筋骨尽断，容颜已毁，是老头子我在山下救了你，用药汤续命，你已经在此昏睡数日了。"

女子睁着雾蒙蒙的双眼定定地看向苦海，缺失的记忆随着疼痛一起渐渐苏醒，她伸手抚了抚自己遍布伤痕的脸，只是流泪，并不说话，像是深陷于痛苦记忆中难以自拔。

苦海神色似乎有异，信手将一把草药撒入她的木桶中，随口问："姑娘你姓甚名谁？可记起什么往事吗？"

那淌着血的过往历历闪现，女子垂眸，久久不语，忽地仰头狂笑，笑声凄厉如野鬼，令人闻之悚然。她道："本是同根生，相煎何太急。长姐，你好毒的心啊。我本就没有与你相争，你却如此赶尽杀绝。从今以后，你我水火不容，我必要你血债血偿。"

苦海静静地看着她，她的诡异眼神，变得凌厉而陌生。

"皇甫芳娉，你一向迷恋金石之物，恨不得将天下珍宝收入囊中，却不知，皇甫世家真正的瑰宝，早已不在你贪恋不舍的逍遥堂中了。"

苦海静候她大笑方歇，脸色始终淡然，静静地看着她。

那女子转脸向着苦海，敛去了脸上多余的哀愁，正色请求："老丈医术高明，小女容颜尽毁，老丈可有良方，让小女重新做人？"

"有倒是有。"苦海状甚踌躇，像是不知该如何开口，"我这有方良药，名为'梦碎荷'，能侵入骨髓，接骨连筋，改换人的容貌，却也是以毒攻毒的狠药，如同万箭穿心，毒虫嗜血，纵是男儿身，也不见得忍得了这痛楚，丫头你……"

女子手指无意识地狠狠抓住药缸边缘，竭力忍受那钻心一般的疼痛，侧首冷淡道："哀大莫过于心死。小女已然是个无心之人了，这些皮肉之苦怎能与焚心之痛相比？'梦碎荷'伤的是身，那些曾经，离樱情深之人，杀伐我心，啃噬我魂，将我置于万劫不复之境地，此等苦楚，必十倍奉还！"

苦海见她戾气十足，断不可能回心转意，不由得叹了口气："你既有此心，老头子竭力帮你便是。"

女子若有似无地笑了笑，抬头看向他，换了一副感激神色："感谢老丈之恩，还不曾请教老丈姓名……"

"苦海。"他怅然地长叹出声，"这红尘中啊，人如蝼蚁，不过是飘到哪儿算哪儿，被欺凌，被侮辱，无从解脱，所以是苦海无涯啊。你年纪尚小，不要让这嗔念毁了自己。"

女子此刻面容俱毁，唯有一双手仍是莹白纤细的，可见曾经着养尊处优的日子。她探手入药水之中，撩起自己湿透的长发，又环顾着身上这大大小小的伤疤，戾气横生："如今这身皮囊，人不人，鬼不鬼，还有何依恋？小女如若不紧抓心中的嗔念，还有何等勇气活在世上？这嗔念便是小女的救命稻草，腔子里的最后一口气。老丈，小女愿改头换面。"

苦海凝眸看她许久，静等她反悔。而她目光定定地回视着他，决心已定，心如磐石，再难更改。苦海这才确信，从怀中取出一只小盒子放到女子面前，看着她问："丫头可知吸血的水蛭？"

女子看向盒中，苦海从旁解释："蜗牛般大小，身如蚯蚓，能吸附于牲口和人的肌肤之上，虽无齿，却能吮血。在燕之山外的巫蛊族，曾养一类体格极大的水蛭，这毒物能将人的皮肉吸干，改变面容轮廓，身体内的毒液，又可催生新肉长出。"

女子闻言一凛："老丈手上的莫非便是……"

苦海颔首，着意看她脸色，意味深长道："只是，这水蛭毒性极大，女儿身若是沾染了，一辈子都不可行男女之事，也无法怀胎生子。"

女子伸手抚了抚自己的脸，眼泪潸潸落下，当她再度睁眼时，眼中已无一丝半点犹豫的光，转而劝慰苦海："老丈宽心，我早已断情绝爱，将悲悯之心寄予神佛，待心愿了结，青灯古佛伴残生。若心愿未遂，再世轮回不改此心，小女心坚如磐石，愿意一试。"

苦海叹了口气："唉，好，老头子我就帮帮你。"他小心打开手中盒子，几只硕大的水蛭在其中蠕动，通体透明，令人望之悚然。苦海将一只只水蛭放在女子的脸上，任它们吮吸，女子闭上眼，双手握紧，表情因痛苦而扭曲。

五十六

离樱回城

几日过后，傅昊郗所说的名医苦海也如期抵达了逍遥城。穿过森严禁卫，他来到巍鸣所居寝殿之外，见到了等候已久的苏穆和叶阑等人。几人相互见礼，傅昊郗见他此番并非独行，竟还带了一名陌生少女，惊奇道："这是你在信中和我说的新收的小徒，对吗？"

"回主人，正是，"苦海侧身，"清婉，见过坞主。"

那名为清婉的少女名如其人，眉宇秀气，温婉清丽，依言向傅昊郗行礼，除此之外便一句话都不肯多说。因有外人在场，苏穆是以分外小心，冷眼看着苦海的一举一动。清婉取出脉枕，走到巍鸣床边，看清躺在床上那人，神色似乎愣怔，倒是她身后的苦海不轻不重地咳嗽了一声，她才回过神，放下脉枕之后，又恢复了她之前低眉顺眼的神情。

苏穆不由得多看了她一眼，有打量的意味。而她眼帘低垂，清淡如莲，静默地扮演着苦海影子的角色。

待苦海号脉结束，傅昊郗率先询问："怎么样？"

苦海叹了口气："伤入基底，不过坞主放心，老奴有一个方子可以一试。"

叶阑和苏穆相视一笑，神情颇欣喜。苏穆拱手道："多谢先生了，若是有什么吩咐，要什么人，尽管开口。"

"多谢苏穆君，人就不必了，我这徒儿虽天资愚笨，但是做事心细，有她一人为我伺候煎药足矣。"

叶阑闻言十分感激，上前一步握住清婉的双手："有劳姑娘了。"

清婉冷淡地将手抽出，神色疏离："不必。"

清婉望向躺在床上的巍鸣，神色微微异动。

亲故再见，却相见不相识。

苦海见状解释道："我这个徒儿向来如此，姑娘不要介怀。"

叶阑摇头说"怎会"，清婉漠然走开，再无一言。

苦海配药一向不喜生人在旁，因此煮药的重任全部落在清婉一人身上。火炉之上烟气袅袅，清婉守在一旁仔细看着。苦海故意提点清婉道："这熬药讲究的是火候和时辰，多一时、少一刻皆成不了事。想药到病除，煎的不是药，是人心。"

清婉垂首不语，像在思索他话中深意。苦海走到她身边，掀开了药盖检视汤药熬煮程度，用仿佛指点她医术的口吻，悠悠道："开方配药呢，不能面面俱到，要抓住关键，寻到那病人最要命的痛处，切中要害。"

"要害？"她恍然有所悟，自来了逍遥堂之后，她竟是被仇恨和愤怒蒙蔽了双眼，受困于嗔念，这才难以破了眼前这番困局。

苦海叹了一声，合上药罐，温言道："药好了，给小君端去吧。"

清婉亲手将汤药送至巍鸣处，递到叶阑手上，等叶阑接过，她并未立即退下，而是望着床上的巍鸣出神，眼中似蕴有无限感情。叶阑察觉，叫了她一声："清婉姑娘？"

清婉愣怔，回过神来，转身离开。

叶阑将药一点点吹凉，用小勺喂入巍鸣嘴中，可是褐色的药汁很快便顺着他的嘴角流出，如此几次三番，叶阑急得不行，低声哄他："鸣儿，把药吃了。"举勺又喂了一口，巍鸣再次将药吐出。叶阑无奈之下，未再思量，将汤药含入嘴中，而后低头寻着巍鸣的唇，将药哺入他口中。她抽出丝巾仔细拭净他面上残留的药渍，深情地凝望着他闭目沉睡的容颜，拿起他的手贴在自己的脸侧，含泪道："鸣儿，你可记得，我与你初次见面？那时候，鸣儿也身陷险境，小叫花似的被人追杀，阑儿救了你。"

他合眼睡着，仍旧无动于衷。

叶阑轻抚他的头发，食指点着他苍白的唇，喃喃低语："你的命就是阑儿的，我不允许你随便抛之弃之，否则，阑儿绝不饶你，叶子爷的厉害你是知道的！在悠然河畔，鸣儿曾承诺于我，愿作鸳鸯不羡仙。如今，阑儿愿与你成那鸳鸯,成双成对,可鸣儿,你怎么说话不作数?躺在此处,不言不语,不理会阑儿,让我一个人孤孤单单……"叶阑枕着他的手臂,含泪道,"叶阑一生未曾服软求人,但这一次,阑儿求你了,醒一醒,鸣儿,鸣儿……"

她一声声呼唤,而他闭目睡着,始终不见醒来。终于,她累极,含泪睡去。站在门口的苏穆望着眼前这一幕,走上前来,解下外袍披在她的身上,凝眸看了她最后一眼,然后转身离开。

斗转星移,月落日升,第一缕曦光射进巍鸣的床前。他在一个冗长的梦过后睁开眼,朦胧的意识随着那微光一道苏醒,第一眼就看见了趴在自己胸前的叶阑。她瘦了一些,憔悴了许多,他心疼难抑,怜惜地用手抚摸着她的发丝。叶阑感觉到他的触碰,睁开眼睛,惊喜不已:"鸣儿,你醒了,你终于醒了,谢天谢地。"

巍鸣伸手抚去她脸上犹存的泪痕,虚弱地笑道:"我才睡了几日,叶子爷就变成哭哭啼啼的小娘子了?"

叶阑破涕为笑,自己也挺不好意思地反手拭干眼泪,扶他起身靠坐在床头,佯装气恼道:"鸣儿的梦中是藏了千钟粟还是颜如玉?你迟迟舍不得醒来,让阑儿好生担心。"

"我的梦……"虽是笑,他的脸上却添了一重伤感,"我的梦里,都是血淋淋的杀伐戾气。"

叶阑满怀歉意,以为是自己的话勾起了他的伤心回忆。巍鸣看着她时,眼中多了一层温柔的意味:"不过,只要梦见你,就不会有杀戮。阑儿,你是我在这世间唯一想时时见到的人。阑儿,我向你发誓,从今往后,我再也不会让你为我落一滴眼泪。别哭别哭,看,本君不是好好的吗?鸣儿醒过来,就是要看佳人的花容月貌,你这一哭,樱桃口也歪了,水杏眼也斜了,难道要丑煞夫君吗?"

叶阑破涕为笑,伸出拳头作势要打巍鸣:"你说谁丑?"

巍鸣牵住叶阑的手,二人四目相对,情意暗涌,巍鸣情真意切地说:"答应我,阑儿,从此往后,我们白首不相离,谁都不能先走。"

叶阑望着他:"鸣儿不气我隐瞒身份之事?"

他似有迟疑,但终究还是选择沉默,将他所知的一切、所疑的一切深缄于心，笑道："当然生气……"

叶阑内心一痛，低首不语。巍鸣抬起她的下颔，动情地凝视着她的眼眸，目中有柔光漾动："所以，我要罚你，一生一世与我长相厮守。"

叶阑一展愁容，被他逗笑，认真道："好，我答应你，但是你也要答应我，在找到《流云》之前，切不可再使用逍遥流云掌了。"

巍鸣颔首，郑重应下她的请求："为守护我阑儿，巍鸣万死不辞。"

叶阑一听到"死"字顿时又恼了："不许胡说，答应我。"

巍鸣笑了笑，拿下她的手。

巍鸣苏醒的消息不过一炷香的时间便传遍了逍遥堂上下，芳娉得知后立即赶来看他，抚着他的脸将他仔细端详，话还未开口，眼睛先红了："鸣儿没事，姐姐就放心了。你就好好养病，不必为逍遥堂杂事劳神，一切有姐姐在。"

巍鸣笑着点头，也让芳娉注意身体，不要太过操。姐弟二人闲言稍许，芳娉转头望向一旁侍立着的叶阑，牵着她的手拉她到自己身边，含笑道："这些天辛苦叶姑娘了，鸣儿既习惯了你的照拂，以后也就麻烦你了。"

叶阑生性豁达开阔，倒是没有在意她话中夹枪带棒的暗示，只是点了点头："叶阑定不负长郡主所托。"

她妩媚一笑。

就在这时候，有侍女前来通传，说是荆南世家的苏穆听说巍鸣小君苏醒，特意前来拜见。巍鸣自是应允，叶阑低头无言，因此也无人注意此刻芳娉微微变色的脸。她优雅地站起身，天生的尊贵在这一动作间毕露无遗。她淡淡地笑道："既荆南苏穆也来了，姐姐就先回去吧……"

巍鸣不便亲送，就遣亲信侍女送她至殿门口。在走廊，她与迎面而来的苏穆擦肩而过。苏穆停住脚步，低首行礼，无可指摘地恭敬。芳娉并不理会，只有裙裾在他视线范围之内一旋，带着她与生俱来的傲慢，径直离开。

在她终于走出视线范围之外时，身后随行的辰星不忿低语："君上为他们皇甫世家鞠躬尽瘁，换来的竟是如此待遇，真是岂有此理！"

苏穆并不随他的下属一起抱怨这长郡主的傲慢和无礼，迈步走进巍鸣寝殿。待他再度抬首时，他意外地在另一个人的脸上看见了和长郡主一样的神情，冰冷、不悦甚至愠怒。

那是从未在巍鸣脸上出现过的表情。

而一切都不必深究，因为原因清晰地写在彼此心底。

此刻苏穆最为担心的，其实是叶阑的处境。在询问巍鸣身体状况之前，他抬头先看了叶阑一眼。这一眼自然也没逃过巍鸣的视线，怒火几乎只用一瞬就盈满了他的胸间。他怒道："这是荆南世家见逍遥堂堂主该有的礼数吗？"

叶阑和苏穆俱是一惊。苏穆躬身行礼，巍鸣漠然看着，迟迟不语，只在他行礼完毕之后才冷淡道："本君身体抱恙，你回去吧。"

苏穆就怕他寻叶阑的难处，见他如此说，应了一声"是"后，转身离去。叶阑只当巍鸣因自己隐瞒身份而迁怒于苏穆，她不安地扫了他一眼，小心解释："鸣儿说了不恼叶阑，却在生苏穆君的气？当日，苏穆君以阑儿假替郡主，是为保住荆南城池，并非苏穆君有意欺瞒。"

巍鸣一把拉住叶阑，话到嘴边却无论如何都说不出，黯然地想：我又该如何告诉你我的嫉妒？情急之下，他开始大声呛咳。叶阑心软，连忙扶他躺下："是我的错，惹得鸣儿想那些烦心之事，伤了神。你快快躺下。"

巍鸣顺着她的搀扶小心睡下，看着她，想说些什么，最后却只是握了握她的手，只剩无言。

姐妹相逢

那日秋高气爽，芳娉离开巍鸣的居处，一脸的春风得意，不由得生了游园的兴致，一路分花约柳，在园子的门口遇见送药归来的清婉。

狭路相逢。

清婉没想到她会在此地出现，陡然与她见面，吃了一惊，纤手一抖，药碗跌落在地，引来众人目光，清婉忙俯身收拾。芳娉看着她慌乱的动作，一笑："小丫头，当心点。"

清婉心头刺痛，捏着瓷片的手指慢慢收紧，努力压抑自己的情绪。

芳娉打量她，觉得她面生，问道："你就是那名医苦海的徒弟吧？"

清婉隐忍地点了点头，心中翻江倒海，苦海茫茫。

杀她、剐她、伤她、害她的人，竟相看不相识了。

二人之间，冥冥之中，有种微妙的异样。芳娉也觉察了，但说不清是什么。

芳娉走了两步，又回头对清婉道："正巧本郡主身上也有些顽疾，烦请你与你的师父也给我瞧瞧吧。"

清婉低头看着自己的足尖，几乎动用了自己全部力气才应下她的请求："是，长郡主。"

是夜，清婉和苦海在侍女的引领下走入后花园，芳娉早已恭候许久，二人先后行礼。苦海环顾四周："此地人来人往，若要号脉，还请长郡主寻一安静之处吧。"

芳娉摆首："本郡主请神医来，并非为了自己，而是为了别人。"说着她信步走至一布盖住的兽笼前，广袖一挥，将其一把揭开，兽笼中关着五花大绑的晟睿。像是不习惯这突兀而刺目的阳光，他双眼一眯，望向站在笼外的苦海等人。

"这是？"苦海望向一旁意态闲适的芳娉，询问道。

芳娉悠悠道："这是本郡主不争气的夫君，麻烦二位使个什么法子，卸了他一股子蛮力。"

苦海多少耳闻逍遥堂的秘事，这长郡主之婿正是造反被杀的懿沧群内侄，现如今多少龃龉，怕是他这外人不能妄加置喙的，因此一板一眼道："老奴可设法将银针布在驸马的大穴之中，封住他的内力。"

"如此，便依神医所言。"

清婉走近笼前，打开药箱，从一排针灸银针中，翻转着挑出一根银针，奉于苦海。笼中的晟睿因整个人被制，怒焰正炽，冷眼望着清婉，无意间看清她手腕上的一颗痣，不由得愣住。

侍女小心翼翼地打开兽笼，引他们进去。芳娉远远道："他已被金丝绳索困住，这绳索是锻造万刃宝座时所留，坚韧无比，他挣脱不开，你们别怕。"

苦海命清婉："去，把他的衣服撩开。"

清婉依言上前，揭开他胸前的衣襟。晟睿蹙眉望着清婉，细细打量，忽然问："我们从前是不是见过？"

清婉疑被认出，兀自一惊，转念想到师父就在近旁，心便稍稍定了定："小女易清婉，无常坞医者，阁下怕是认错人了吧。"

晟睿仿若未闻，一双鹰眼紧紧盯着面前的女子，抓住清婉的手，自顾自地问："我们在哪里见过？逍遥堂还是懿花涧？你可去过懿花涧？"

清婉一晃神，面前浮现了大片冰川荒原，不过转瞬之间便消失了。芳娉听到二人只言片语的对话，惊讶地看了过来，清婉垂眸躲避，一言不发。苦海将银针捏在指尖，趁机发功刺入晟睿的手臂，晟睿吃痛，这才松了之前捏住清婉的那只手。

苦海侧首，命一旁正在发愣的清婉："封穴。"

清婉回神，慌乱地避开晟睿紧盯不舍的目光，与师父合力一道将几枚银针逼入晟睿的穴位当中。

晟睿虽天生蛮力，却也不敌这穴位被封的剧痛，在银针入体的瞬间痛晕了过去。

回程的路上，清婉忍不住好奇，问苦海："师父，这些天清婉眼前总闪现些影像，可是'梦碎荷'的药效所致？"

苦海脸色微变："你当日跌落万丈悬崖，伤了头颅，烙下的病根，与'梦碎荷'无关。"

"可是师父……"

苦海似乎不想与她谈及此事，干脆打断了清婉："记住，在这深墙大院之中，有些事，有些人，见了就当不见，不见权当见了。你可明白？"

清婉迟疑，心里却很清楚，师父所言不差，对目前的自己来说，报仇是第一紧要的事情。只是想起适才那人看向自己的眼神，她心头还是禁不住涌上一种奇异的感觉，这感觉无比熟悉，仿佛从前真的跟那名男子在哪里见过一样。清婉怅然地想，从前于她而言，已是前尘往事，不可再追，不能再忆，从此封缄于心，不必再提。

她长叹了口气："清婉明白，今夜之事，定会守口如瓶。"

含露自听说巍鸣苏醒之事后，建议苏穆立刻促成皇甫巍鸣与荆南依的婚事。苏穆心头郁郁，想起叶阑，想起依依，想起那日巍鸣看他的眼神，道："我并未打算让依依完成婚约。当日，此令本就是懿沧群的调虎离山之计，今非昔比，依依单纯任性，根本不适合留在暗潮汹涌的宫闱之内。我梦姑已因争权而亡，但求依依平安一生。"

含露娘子殷殷再劝："苏穆君，唯有郡主嫁入逍遥堂，君上才可名正言顺地入驻逍遥堂，为我荆南世家图谋大业，万万不可错失良机……"

二人商议间，辰星恰好从外走进，将手上的宴请函递给苏穆："陆廉世家送来的宴请函，邀您去驿馆一叙。"

苏穆蹙眉："逍遥堂已定，陆廉世家那些人还没有走吗？"

"不止陆廉世家一家，"辰星如实回禀，"自从讨逆懿沧群后，几个前来支援的世家都在逍遥城中盘踞，未离开。"

苏穆按下信函，忧心忡忡地说："但愿他们只是为了等待巍鸣新君觐见。"

"君上在担忧什么？"

苏穆叹息："当日，以皇甫信符借调各世家兵卒，皆因皇甫规之威望，众人并不知皇甫规已轰然仙逝，如今，换了少主，焉知无反叛之徒？"

含露看着苏穆，意味深长道："君上，乱象待定，对我们而言，何尝不是一件好事？"

苏穆垂眸思索，未置可否："含露，辰星，你们先去准备一番，我倒是想去看看这些人究竟准备了一场怎样的酒宴。"

"是。"二人齐声领命。

亥时三刻，三人准时来到驿站赴约。因逍遥堂一战，此刻的驿站车水马龙，人来人往，混居着各大世家无数的武士、谋客，个个整装待发，日夜操练。从门口一路走来，穿过走廊，苏穆不动声色地观察着四周，庭院到处都是那些舞刀弄剑的武士，他们一样剑拔弩张地望向这一行三人的萧索队伍。

陆廉世家首领作为东道主，比扶泽、烟芜、荆南等世家首领早了半刻到座。苏穆因最晚收到信函，是以最后一个才入席。几人相互道完了仰慕之意，场面几番来回之后，陆廉世家首领才道出了此宴的真正目的："此番平逆贼，扶少主，各个世家皆有大功，故而，我与扶泽世家首领设此宴席，犒劳各位功臣。"

苏穆听完他一席话，并未当即动怒，搁下半空的酒杯，闲闲道："陆廉世家首领此言差矣，犒赏三军，封官册侯，应是新君巍鸣所为，我等附属臣子，怎可逾矩，说这样的话？"

荆南世家虽在此次清君侧的政变中表现出众，但与各大世家相比，荆南苏穆年纪最轻，辈分又浅，本是晚辈。被晚辈这样不留情面地当众指责，陆廉世家首领脸色一沉，却也没有直接发作："苏穆君说得对，老朽老糊涂了，这次宴请不过是老朋友之间聚聚罢了。"

扶泽世家首领鲁莽地瞥了一眼陆廉世家首领，见他有退缩之意，便设法激他一激："没错，大家既然都是老朋友了，我也不藏着掖着，咱们关起门来说话。我倒觉得，巍鸣君病病歪歪，也难当大任，需要咱们各世家留守好好辅佐才是……"

苏穆一笑："如此听来，扶泽世家首领是想留在逍遥堂了，不过从古至今，便没有藩王陪都的说法，我等是否能留于逍遥堂，皆应听巍鸣君号令。君主之意岂是臣下可揣度的？"

自己的话再三被打断，扶泽世家首领不由得恼羞成怒，将那酒杯重重往席上一掷，冷笑道："荆南苏穆，好大的口气啊，还没将自己的妹子嫁入逍遥堂，就跟我们摆起国舅爷的威风了，怎么，以为凭你就能近水楼台先得月了？"

苏穆毫不示弱，针锋相对道："苏穆斗胆问一句，您想近水楼台得的，究竟是哪个月亮？"

扶泽世家首领正要开口说"这不就是你我心知肚明的事情吗"，陆廉世家首领赶紧使个眼色给他，暗暗摇头。烟芜也在席中，耳闻了婚约之事，想到还滞留城中的叶阑，脸色不由得一变。

苏穆心知这场政治角力当中，众人必定在暗中将他作为筹码，若是传到逍遥堂耳中，怕是会多生事端，便当即起身离席："苏穆先行告辞，只是劝诫各位，莫要浪费了这席间的美酒佳肴，还是彼此互道衷肠，感念旧恩为好，切不可做出些损毁祖宗声望之事。"

说罢他就转身离开，只余扶泽、陆廉等世家首领愤然相望。

五十八
群龙无首

回程的马车上，含露悄然建议："君上何不趁此群龙无首之际，站出来统领大局呢？"

苏穆靠在车内软垫上，似乎有点疲倦的样子，蹙眉道："当日我因皇甫规'大同'二字，削了他的发，杀姑姑之仇权当得报。巍鸣曾经允诺，撤销我鸾倾城的'禁武令'与'奴选令'，世家之苦，已然解除。今时今日，我荆南苏穆绝不会步那懿沧群的后尘，做那二臣贼子。荆南之志，在匡扶朝堂。"含露不便言语，苏穆抬起头来，望向马车疾驶而去的方向，坚定道，"掉头。"

为他们驭马的辰星惊讶道："君上，咱们不回鸾倾城了吗？"

苏穆简单道："有更重要的事等我们去办。"

此时此刻，大病初愈的巍鸣领着叶阑走入花园，停在一片杜若花丛前。四周明灯如海，花气极香，花瓣妖娆旖旎，衬得满墙胜新雪，叶阑惊叹不已："好美啊……此种杜若多生长在潮热多雨的南方，这样大一片竟能在此处生长，实难见到。"

巍鸣含笑望着叶阑，但觉人面与花色交映，美不胜收："阑儿不是说喜欢杜若吗？我就命人从千里之外寻了这类品种来，每日将火盆放置四处，悉心照料。"

叶阑感动不已，巍鸣走到她身边，抬手摘下一朵杜若簪在她的鬓边，端详着她动人的容颜，说："听说杜若的香气要在晚上才会显得醉人。我心想着，若有机会定要与阑儿秉烛夜游，一同赏花。还有，"他从袖中掏出一支杜若玉钗，递到叶阑眼下，断裂处以纯金焊接，修复成了金玉镶嵌的款式，"世人都说破镜难圆，巍鸣却觉得，有了破裂的嫌隙，才能更懂得拥有时的不易。所以，我没有给阑儿重新打玉钗，而是叫金匠将它修好。但愿也像你我，纵使偶有别离，也还会殊途同归。荆棘难分三生情。"

叶阑动容无比，想到他们之前种种欢聚别离，品味了人生种种辛酸苦辣，方才有了今天这完美结局，再看他时比从前多了几分珍惜的意味，任巍鸣将玉钗给她插上。二人相视而笑，巍鸣揽她入怀，下颌轻轻蹭着她的额角，舒心似的长叹了口气。

这时侍卫前来通传，说是苏穆君求见。

巍鸣妒意暗生，干脆地回绝："不见！"

叶阑小心劝他道："苏穆君深夜求见，必有要事。"

巍鸣脸一沉，冷声道："让他去逍遥堂大殿等着，我回去更衣。"

苏穆得到通传走入逍遥堂大殿，抬头就看见穿着朝服的巍鸣端坐于万刃宝座之上。玄色重裳，配那威严的神情，让苏穆忽然愣怔，流年偷转，不知何时开始，那懦弱的少年已成了眼下君临天下的霸主，时间不动声色地在他们之间刻下一道天堑。

苏穆心里百味杂陈，感慨良多，终于还是按下一切异样的情绪，毕恭毕敬地向其作揖行礼："苏穆拜见巍鸣君。"

巍鸣俯视他："何事？"

苏穆略感疑惑，抬头望向巍鸣："不知小君为何与臣置气？"

巍鸣强压怒火，厉声再问："本君问你，何事？"

苏穆一拱手，禀道："苏穆有事奏表。其一，恳请巍鸣君信守承诺，收回我鸾倾城的'禁武令'与'奴选令'。"

巍鸣点头："当初本君答应过你，本君就会做到。"

苏穆微微一笑，却也转瞬即逝，望向巍鸣，说出他此行最后一个目的："其二，各大世家，皆领兵盘踞逍遥城中，恐生变化，望巍鸣君早做对策。"

巍鸣除临君位，对政事、局势大多不清，而懿沧群一死，留给他的是一个错综复杂的格局，牵一发而动全身，各大世家逡巡不去，只怕随时都能让他想起懿沧带给他的恐惧。苏穆自然没有忽略他此刻脸上的慌乱，对新君来说，肃清旧部一直都是难题。

"本君……心里有数……"巍鸣胸中无计可施，只能硬撑推诿。

"小君有何应对之策，苏穆愿闻其详。"

巍鸣恼怒道："你是在质问本君？"

苏穆反倒心平气和："苏穆以为，此时大局初定……"

巍鸣豁然站起，扬袖怒指着他说："本君逍遥堂堂主，不用你荆南苏穆出谋划策！"

苏穆被他这样不留情面的斥责，有些难堪，因此沉默。

巍鸣喘着粗气，压抑着此刻胸腔里翻涌的怒火，沉声道："你以为这里是你的鸾倾城吗？岂容你指手画脚？"

此话一出，两厢都沉默。寂静的大殿内只听得见廊下铁马因清风吹动而相击的声音。

苏穆深吸了一口气，屏去了脑中多余的顾虑，正色道："君王须纳谏以正身。你刚愎自用，不听谏言，此番何故？"

巍鸣冷冷一笑："你还以为我们仍是当初车旅读书，帐内饮酒的故人吗？我还容你管制吗？"

"到底为何？"苏穆蹙眉望向巍鸣，渐渐冷静，"你在怨我偷梁换柱，因为你想要的是真正的鸾凤之女，对吗？"

巍鸣闻言当即暴怒："我不要什么鸾凤之女，我要的是叶阑！亏我当初唤你一声穆哥哥。从小到大，我一直想着，倘若能有个长兄与我一同仗剑天涯，与我一同把酒言欢，是多么惬意之事。那时候，我以为你就是这个人，没想到……没想到……"巍鸣声音渐低，神色寥落，"那一夜，就在我和阑儿大婚的前一夜，我已经亲眼见过，一个是我所爱之人，一个是我敬重之兄，他们联手给我制造了一个弥天大谎……到那天我才知道，荆南苏穆，你夺人所爱，"他愤怒地逼视着阶下那人，"我真是恨不得一刀杀了你！"

"夺人所爱？"苏穆痛声道，"真正夺人所爱的，是你！是你，皇甫巍鸣！我与阑儿相知于鸾倾城，如若不是你，不是你们皇甫世家那道趺宸的婚约，我早已与阑儿相依相伴了。"

巍鸣气得浑身发抖："你好大的胆子！枉我称你一声穆哥哥！"

苏穆笑得轻蔑："从头到尾，我都没有应过你一声。"

巍鸣但觉浑身血液一齐往大脑涌，当下勃然大怒，转身抽出万刃宝座之内的宝剑，挺剑向苏穆刺去："原来我才是一厢情愿的痴傻小儿。"

苏穆岿然站着，并不躲闪。

剑锋即将刺破他胸前衣物时，巍鸣横转长剑，削向一侧，那锋利的剑气滑过他的侧脸，斩断他耳后一寸长发。巍鸣收剑，冷声道："你为何不躲？"

苏穆只一句话："君要臣死，臣不得不死。"

他一句君臣，便已向巍鸣清楚地表明，他和他身后的世家将永世臣服于逍遥堂，向他无条件地献上他们的忠心。

满腔的怒火不敌羞愧。苏穆的一身浩然正气，令他退缩。

苏穆拜了一拜，正色道："苏穆所做的一切，不过是希望巍鸣君能以大局为重，儿女情长，英雄气短，不该是在这朝堂上的当议之事。除此之外，苏穆还有一事。"

巍鸣撑剑缓缓坐下，却不肯再看他："说吧。"

"恳请巍鸣君解除荆南与皇甫的婚约，放苏穆归去。"

迎着清晨第一抹曦光，苏穆走出逍遥堂大殿，遇到了依然等候在阶下的含露。她快步走上前来，神色焦虑地问："取消婚约之事，苏穆君已经奏请了？"

苏穆点头，神色略显倦怠："依依之事，我意已决。"

"君上……"含露脱口而出。

苏穆摆了摆手，示意她不用再说。她停住脚步，回首望向大殿，依稀见一颀长人影扶栏而立，望着苏穆远去的背影。

四目相接，彼此都无言。

含露蹙眉望向他渐行渐远的背影，暗叹了一声："君上糊涂。既然君上最挂碍依郡主的安危，就让含露将计就计，成全这桩联姻吧。"

荆南依提着裙摆，拎着绣花鞋，趁着服侍的奴婢不注意，蹑手蹑脚地进了巍鸣的寝殿，伏在他床边，痴迷地看着入睡的他发呆，轻轻地用手指描摹着他的轮廓。巍鸣无意识地睁眼，一见荆南依趴在自己胸前，吓得他抱住被褥翻身坐起："从哪里冒出来的？吓死本君了。"

荆南依也被他吓了一跳，险些惊叫起来，拍着胸口道："吓破胆了，还道逍遥堂的堂主呢，胆子跟豆子一般大小。"她转而娇俏一笑，逼近巍鸣，以手指在他胸口画圈，娇滴滴地开口，"你知道吗？说起来，本郡主寻来了苦海，也算作你的救命恩人了，你要早些知恩图报、以身相许才是！"

巍鸣怯怯地推开她的手："郡主莫说笑了。"

荆南依恼了，不依不饶地扯着他的衣袖，固执道："我们可是有婚约的。我才是真正的鸾凤之女，得桃花印女子，方可成帝王之势。逍遥堂若要一统天下，定要娶我啊。"

巍鸣顿时变了脸色，略显严肃，断然否决："不可能！"

荆南依略带顽皮，又像是撒娇，一把揪住了巍鸣的耳朵，在他耳畔嘀咕："你想抵赖啊？大丈夫一言九鼎，如今悠然河南北，哪一个不知皇甫世家要与荆南世家联姻？"

巍鸣用一根手指将她推开，从她的束缚中挣脱了出来，像是害怕她一样："依郡主别闹了，本君当真不会娶你。"

荆南依双手捧着他的脸，非逼着他转头看自己的绝世容颜："为何？难道你不喜欢我吗？我不美吗？"

巍鸣敷衍似的扫了她一眼，随口恭维："依郡主倾国倾城。只是……"

"只是什么？"荆南依不甘心，不依不饶地继续追问。

"只是，我只娶阑儿。"

"阑儿？"荆南依不肯承认自己满心满眼都是妒意，故作不在意似的冷哼了一声，面有不屑，"那个假冒我的臭丫头？她有什么好？粗声大气，丑死了。"

听到她如此诋毁自己心爱的女子，巍鸣顿时有些不悦，只是碍着她也是姑娘家，遂淡淡地催促她："别这样说阑儿，回去吧。"

荆南依难以置信，指着自己的鼻子尖道："你要赶我走？你为了一个野丫头要赶我走？我告诉你，皇甫巍鸣，她就是丑，是个丑八怪。"她孩子气地反驳他。

巍鸣终于怒了，沉下脸来，也孩子气地驳回去："你休得胡言。在我心中，阑儿是天底下一等一的绝世女子。"

荆南依气得直瞪他，眼圈微红，泫然欲泣，但是终究没有当着巍鸣的面落泪，而是头一扭，噔噔噔地跑出了他的寝殿。

傅昊郗一走进荆南依的房间，就听到她在房内摔东西的动静，不住地骂着"大笨蛋"。飞尘抱着羽霓裳灰头土脸地从里屋出来，傅昊郗叫住他："又怎么了？"

飞尘摇了摇头，害怕惹祸上身似的，飞快地溜了。

傅昊郗走入内间，刚好一个瓷器砸在他脚边，碎片满屋飞溅。他斜倚门框，摇开手上的折扇，但笑不语。

荆南依在砸东西的百忙之中还抽空瞥了他一眼，瞥见他嘴角的笑，顿觉无比刺目，恼怒道："你笑什么笑？"

傅昊郗悠悠笑语："美人娇嗔，更是别有风情。"他找了她对面的一张凳子，一撩长袍怡然坐下，如欣赏一幅精美卷轴，欣赏着面前嗔怒的女子。

荆南依哼了一声，背身而坐，不去看他："我把你的这些宝贝都砸了，看你还有没有闲情逸致取笑本郡主！"

傅昊郗摆首："这些俗物，能帮佳人消消气，也算是物尽其用。"

荆南依赌气，走到距离自己最近的架子前，左挑右选，挑了一件最值钱的，当着傅昊郗的面摔在他脚边。他非但不恼，甚至主动为她鼓掌，赞道："能供美人这一砸，是这东西的福气。"

荆南依见他如此无赖，像是拳头砸在棉花上，扑哧一声笑："不砸了，砸得手酸。"说罢甩手就在凳子上坐下。

傅昊郗收了折扇，起身走到她身边，纡尊降贵，主动替她按摩着手臂："看来姑娘是消了气，究竟是谁这么大胆，敢惹你这个难缠的郡主？"

不提还好，他这一提，荆南依真是气不打一处来，重重一拍桌子，扬袖指着外面嚷嚷："还不是他！大笨蛋！"

傅昊郗手上不停，按摩着她的手臂，顺着她的话问下去："谁？"

"皇甫巍鸣这个臭小子！"

"我听说苦海治好了他的病，怎么？他大病初愈就来寻你麻烦了？"傅昊郗蹙眉问她。

荆南依的脸顿时一垮，整个人跟丧了气似的："不是……我倒是盼着他能来寻我点晦气……可是他，他根本连看都不肯看我一眼，他还说叶阑在他眼中是最美的……我就不信了，我可是天下第一美人啊，那个叶阑还能美过我去？"

"她没有你美。"傅昊郗不轻不重地插了这么一句，全是自己的心声，语气波澜不惊，"他眼瞎。"

荆南依一听有人替她帮腔，气焰一涨："我就说嘛！傅昊郗，你帮我想想办法呗，让他也能喜欢上我。"

她揪住身边那人的衣袖，眨巴着大眼睛，可怜兮兮地仰头看他，让人能一览无余她美色的同时，也不会漏过她目中的无辜水汽。

"你就那么想成为逍遥堂的女主人？他不喜欢你，自然有喜欢你的人。"傅昊郗抚着她额上的乱发，温柔地说，"何必揪着他一人不放？"

"我也不知道……傅昊郗，我也不知道为什么……我怎么就会这么喜欢他……"荆南依托腮努力地想，却仍旧只有迷茫，"可能就是那一天，那一刻，我遇到的人是他……"

"若那一天，你遇到的人是我呢？"傅昊郗紧盯着她的眼，执着地要她一个暗示。

荆南依吃惊极了："你，可你是傅昊郗啊，你是无常坞坞主，你是天底下最潇洒最有钱的人，你有金山银山，有瓷器古董，你不是他……

你不一样的。"

傅昊郗一把抓住她的手："哪怕金山银山，也有看厌的那天。我并不把你当成一样物件，而是想要真心相待的女子。对你，我欲罢不能，恨不得天天可以和你在一起。"

荆南依笑了，活泼地抽回自己的手，欢快地从他身边跑开，跑到门口的时候才回头，笑着对他说："你都说那些是俗物，那些俗物怎么能跟本郡主相提并论？"

傅昊郗看着她，因她的笑颜而目眩神迷。

"你怎么如此愚笨？你我都是一样的人，贪婪得紧，喜欢的、想要的，一定要到手，方肯罢休。"荆南依以手为扇，闲闲地扇了扇风，又道，"是谁常言，人生在世须尽欢，真心不若良辰美酒，要做个潇洒之人，此刻，倒学那些痴汉，跟我谈什么真心相待？笑死人了。"

注意到他凝视自己那异于寻常的炙热目光，像是发现了什么好笑的事情，荆南依咯咯地笑出了声，连名带姓地叫他："喂，傅昊郗，你是不是喜欢我啊？真好玩儿，我喜欢的人不喜欢我，你喜欢的人不喜欢你。不过，总有一天，他会喜欢我的。"

听到她以如此单纯无辜的语气说出这样伤人的话，纵然是铜墙铁壁，金刚不坏之心，亦觉得疼痛难禁，傅昊郗的脸色迅速黯淡了下去，以一种灰心丧气的目光看向荆南依。

她依旧笑着，毫无城府，毫无心机，她的所有反应都由心，所有想法都清楚地写在脸上，爱就是爱，不爱就是不爱，没有任何回旋的余地。

或许也正是如此的荆南依，才让以潇洒自居的傅昊郗一次又一次地沉沦。

月下饮酒

　　荆南依跑出房间，从飞尘晾晒她衣物的院中经过，望见一清秀女子正以手轻抚她那件白色羽霓裳，她眼睛一转，发现庭中并无飞尘的踪影，也不知道溜去哪里偷懒去了。

　　荆南依扬声道："喂，别摸我的衣服，弄脏了，你担待不起！"

　　清婉转身行礼："拜见郡主。"

　　荆南依认出清婉："是你啊，你怎么在这儿？"

　　清婉颔首："奴婢刚刚路过此地，还以为院中落了一只白色的大鸟，走近一看才发现竟是郡主的华裳。奴婢见这衣服如此华美，想着这件衣服的主人该是如何国色天香，情不自禁才伸手摸了摸，还望郡主海涵。"

　　荆南依生性单纯，得她恭维不由得一喜，又见她目光流连在那美衣之上，得意道："你猜得没错，这件衣服还真是鸟羽织成的，普天之下，也就两件，这一件叫作白鹭，还有一件黑色的，唤作乌鸦。"

　　"乌鸦？"

　　荆南依一脸不想多说的神情："听傅昊都说，那件衣服可邪门了，可以杀人！"

　　清婉脸色唰地一变。

　　荆南依连连吐舌："别提了，太晦气。对了，你叫清婉是吧……清婉，我跟你打听个事情。"

　　清婉勉强收拾好情绪，低头道："郡主请讲。"

　　"这些天你不是在给巍鸣小君煎药吗？想必他也见过你，我想问问你……"

　　"郡主想问什么？"

归根到底还是个姑娘家，荆南依话未出口，脸却悄然转红，自顾自地捻着衣带，却怎么都不肯往下说。

　　清婉一见她如此小女儿情态，顿时了然，微笑着提点："敢问郡主的事，是否和巍鸣小君有关？"

　　荆南依吃惊极了，仰头看着她，脱口就问："呀，你怎么知道的啊？"

　　"奴婢其实并不清楚，不过奴婢知道一件事，"清婉安抚似的对她笑笑，轻言细语道，"巍鸣小君最喜欢的酒，叫玉阑珊，小君最爱的，是在星夜之下，泛舟湖上，一边饮酒一边观星……"

　　荆南依细心记下，忽地才想起问她："你不是跟苦海才到逍遥堂吗？怎么巍鸣小君的事你会这样清楚？"

　　清婉笑得温婉无害，望向荆南依的双眼丝毫不显慌乱，她平静道："郡主，奴婢生来便是伺候人的，最应了解的，便是主子的爱好和脾性。"

　　自苏穆走后，巍鸣一连数日辗转反侧，难以入眠，想到苏穆之言，想到各大世家领兵盘踞逍遥城中，心中郁郁，索性披衣而起。他屏退了侍从，随意地走着，竟一路走到了荷花池边。望着接天莲叶的碧色，想着此刻岌岌可危的局势，巍鸣只觉逍遥堂的明天跟这沉沉的天色一样，再也看不到天亮的那一刻。

　　就在他长吁短叹之时，有人在他后肩轻轻拍了一下，他转身，见无人，便再转身，就看见荆南依满眼欢喜地站在他面前。

　　巍鸣淡淡道："怎么又是你？不是跟你说过了吗？你别来找我了。"

　　荆南依笑眯眯地举起酒瓶，在他鼻端晃了晃："不想见我，那总想见它吧。"

　　巍鸣深爱此酒，一嗅便知，眼睛顿时亮了一亮："玉阑珊。"

　　荆南依得意扬扬道："本郡主宽宏大量，给你送酒来了。"

　　巍鸣想到从前，不由得感慨："从前我跟姐姐和小妹秉烛夜话，喝的便是此酒。"

　　荆南依拔开酒盖，自己先仰首喝了一大口，又大大咧咧地递去给他："这酒好辣。"

　　她被酒辣得直吐舌头，又是哈气又是眨眼，逗得巍鸣展颜一笑。想到她此刻年纪，正跟妹妹离樱一般大小，巍鸣顿觉从前冷面相对其实有些残忍，便换了语气，温和道："知道在哪里喝玉阑珊最痛快吗？"

荆南依自然不知，摇了摇头。

"跟我来。"

他领着荆南依跨上池边泊着的一叶小舟，为防她摔倒，主动伸手紧紧握住她的手臂，两人一齐跳到了舟上。船身摇晃，巍鸣和她也跟着左摇右晃，惊叫连连，险些跌落水中。两人对视了一眼，均忍不住哈哈大笑起来。

巍鸣拿起竹竿撑船，荆南依便跃跃欲试："我来试试。"巍鸣将竹竿递到她手上，指导她如何划水，怎样撑船，语气温和可亲，没有一点不耐烦的意思，纯然对妹妹一样。荆南依听着他指导自己的那些话，感觉回到了鸾倾城在哥哥身边撒娇的日子，心头不禁掠过一股暖流，抬头悄悄看他。月光之下的巍鸣容貌俊美，端雅入骨，天生的贵胄气度非商人铜臭之气可以比拟，她顿时双颊发热，脸红心跳。

小舟推开轻波，朝池中心驶去，停在莲叶遮挡的深处。巍鸣脱了脚上的鞋子，双足探入水中，双手枕在脑后仰躺在舟上。荆南依也学他，欢喜地放脚入水中。池水清亮，水下有鱼儿啄吻着她的脚丫，她咯咯地笑出了声："真好玩儿。"

"抬头看。"巍鸣轻声提醒她。

荆南依躺在船上，透过遮天蔽日的莲叶仰头望去，但见星河漫天，流光倾泻，仿若置身梦中。

巍鸣饮了一口酒，满腔的愁绪和烦恼都好似被酒意冲淡，将一切俗事都暂时抛诸脑后，好像又回到了从前那无忧无虑的日子。他出声吟道："醉后不知天在水，满船清梦压星河。"

荆南依侧首看他，双目脉脉含情。

巍鸣全然不察，笑着问："妹妹，逍遥堂四季之内有两时最佳，荷叶田田之此时，大雪纷纷之彼时。"

"是吗？"她双眼一亮，大概是想到了什么，眸光又黯淡了下去，"我们鸾倾城四季如春，所以我从未见过雪景……"

巍鸣温和道："等到了腊月，我带你去逍遥山顶，一览万里雪飘。"

她睁大眼睛，高兴地说："说话算话。"

　　巍鸣点头："君子一言，驷马难追。若是你不嫌弃，大可以认我为兄长……我……我原本有个妹妹，只是不知所终，有时候看到了你，就像看到我今生或许再无机会见面的妹妹一样。其实，你我气味相投，定能成为交心的好酒友。从今往后，我会像对妹妹一样对你，这逍遥堂有许多好玩的地方，我也会带你一一玩耍。"

　　荆南依脸色一沉，像是覆了一层冰霜，赌气道："我姓荆南，你姓皇甫，我们算哪门子的兄妹！"随后便冷着脸嚷嚷起来，"走了走了，我要走！"

　　巍鸣不知她为何突然变了脸色，想了想，长叹了口气道："也罢，回去吧，本君也该回去喝药了。"

　　回程的小舟停在原处，荆南依也像是真的动了怒，下了船扭头就走。巍鸣摇头一叹，只把她当成发脾气的小孩子，自顾自地转身回了寝殿，意外遇见在殿门外等他回来的叶阑。他心头一暖，快步上前，喜悦道："你来了……"

　　叶阑微笑："你怎么才回来，药都凉了。"

　　巍鸣小心扶着她，语气温柔："外面冷，走，我们进去说。"

　　叶阑从侍女手中接过药碗，递给他。巍鸣端着药碗，语气好无辜："手好痛，拿不动，阑儿，你喂我嘛……"

　　侍女们纷纷捂嘴窃笑。叶阑因外人在侧，正尴尬得有些不知所措，巍鸣正了正色，命令道："你们退下吧，这里不用你们服侍了。"

　　等侍女们走后，他才又笑嘻嘻地凑到叶阑面前，觍着脸说："这下可以喂我了吧？"

　　"你长手是为了干什么啊？"叶阑斜着眼瞅他。

　　"为了好看。"他理所当然地回答。

　　叶阑被他逗笑，只得一勺勺喂给他。明明奇苦无比，巍鸣却喝得满心欢喜，眼睛一眨也不眨地盯着面前的女子，嘴角笑意不歇。叶阑忍不住朝他翻了个小白眼，嫌弃道："真像小狗啊……"

　　他不甘示弱地朝她"汪"了一声，张口轻轻咬住她拿汤勺的手指。适才他还把那荆南依当成孩子，如今来到叶阑面前，他竟比一个孩子还不如了。叶阑真是又好笑又好气，用空着的另一只手捏住他的鼻子，迫得他喘不过气，不得不张嘴呼吸。

"敢不敢，还敢不敢了？"

巍鸣忙举手求饶："不敢了不敢了。"

叶阑见他双眉轻蹙，知是良药苦口，只是他碍着小君的面子不想声张。她遂从盘中取了一粒杏子塞入巍鸣口中："给给给，知道你吃不得苦，特备下甜杏子给小君。"巍鸣顺势握住叶阑的手，将她揽在自己身边。叶阑一时难以挣脱，正要着恼，巍鸣将杏子一分为二，自己吞下一半，将另一半以亲吻的方式喂入她口中。叶阑的脸登时红透，他却笑盈盈地开口："此杏如洞房之合卺酒，阑儿一半，鸣儿一半，三生终相伴。"

叶阑含羞吃下，巍鸣笑着说道："有阑儿悉心照料，病着也是一件乐事。"

叶阑攥紧拳头，轻轻地捶了他一下："天底下，也唯有你乐意当这大病猫。"

"如果有阑儿在，小君我宁可天天病着……"

"怪话连篇，还诅咒自己病着，喝你的药，不许说这些不吉利的。"

巍鸣只是微笑，将杏核放在桌上，用玉玺砸开，道："一半一半，和而生子……"

叶阑听得满脸绯红，嗔他道："小君胡说什么！"

"想什么呢？本君说的是这子……"这样说着的同时，巍鸣将杏核中的杏仁挑了出来，放在手心，望向叶阑，见她脸红，故意逗她，"阑儿心中，想的是哪一子啊？"

叶阑有些着恼："再疯言疯语，叶阑便告辞了。"说要走，她也并未立即动身，任由巍鸣牵着她的手将她揽到了自己怀中。他带笑求饶："鸣儿不敢了、鸣儿不敢了，阑儿留下陪着本君。"

叶阑便继续喂他喝药，而他仍旧目不转睛地看着叶阑的一举一动。叶阑瞪了他一眼："看什么呢？"

巍鸣笑道："我在想呢，等咱俩成婚以后，阑儿你就哪里都不用去了，就住在本君的寝殿，一直陪着我。"

"可是……"提到他那实质存在的婚约，叶阑有些迟疑，"你和那荆南郡主的婚事……我听逍遥堂的老臣们说，自古天象预言，娶了依郡主真的能成就帝王之业，况且如今各大世家虎视眈眈，我怕……"

巍鸣怫然色变："我不会娶她。世家逼宫，难道要靠迎娶一女子来化解吗？可笑至极。"

"可是现如今逍遥堂内外都在传言，'得鸾凤之女者，方成帝王之势'，就算鸣儿不这么想，有的是人这样想，到时候怕是又会引起纷争……"

巍鸣不语，起身向外走去。叶阑在身后问："你要去哪儿？"

"我去寻个对策。"声音远远地传来，人却不见了影踪。

六十一

御臣之术

巍鸣别无去处，直奔书院，推开门，就见苏穆拿着书册从屋里出来，庭院四处摆满了尚未整理的书简，二人一个在廊下，一个在门口，四目交接，一时都无言。

最后还是巍鸣率先打破了沉默，面有愧色地行了个礼，开口说："巍鸣求教。"

苏穆脸色渐缓："跟我进来吧。"

二人走进房内，四周书架林立，挨挨挤挤摆满了书籍。苏穆走到书案前，一拉悬线，一幅悠然河南北的地图从梁上款款滑下，打开在巍鸣面前。

苏穆指点着那幅地图，看向巍鸣："悠然河南北，世家星罗，西有陆廉、扶泽，东有林源、有疏，南边的有荆南、壶央等。此番，各大世家皆拥兵于逍遥城，便是以这几个世家为首领，呈追随观望之态。如今，若要令其回到各自领地，须分而治之。"

"分而治之？"

苏穆点头："不错，水无常形，兵无常势。根据不同事态，各个击破。比如，"他伸手一点，落在地图上林源世家的位置，"贪财者，诱之。以富贵收买爱财的林源，并以重金征用其兵士，为皇甫所用。"

"穆哥哥，"巍鸣悉心记下，认真道，"我明白了。"

他的这一声"穆哥哥"刚出口，苏穆便愣住了，久违的亲密重回二人心底，苏穆眼波微动，看他时更添了一重柔和之意。

"懦弱者，逼之。比如，"苏穆的手指下滑，落在林源附近的壶央之上，"以威武恫吓贪生怕死的壶央，令其狼狈而逃，搅乱那跟风世家之军心。"

"我记住了。"

"好色者，令其沉迷美色而无心仕途。

"有难者，为其解烦忧而令之忠心不二。"

苏穆走到砚台前，以一支大毛笔沾染墨汁，眼神凌厉，甩甩手中之笔。一滴墨汁飞向地图，打在地图上众世家的位置上，晕染开来。随着苏穆分而治之，很快，地图上除了陆廉、扶泽、有疏三大世家之外，再无余下未经整治的世家，局势也随着苏穆的指点变得豁然开朗。

苏穆负手，与巍鸣一同望向最后的地图，沉声道："而后，兴甲兵，振军威，磨砺虎狼之师。"

巍鸣被他的话感染，两人对视了一眼，同时从对方的眼中看到了相同的光亮。

巍鸣这一病愈，调理身体的重任便落在了叶阑身上。含露听说之后便投其所需，寻了些稀有药材，借苏穆君的名义奉上给她。叶阑自然感激不尽，二女说话间，传信的侍女拿了一封密函进来通传，说是有疏世家的信使送来的，必须亲自交到叶姑娘手上。

听到"有疏世家"几字时，叶阑略显局促，目光一扫一旁的含露，简单道："知道了。"

含露何等冰雪聪明，察言观色便已猜出其中端倪，仿若随意地提醒她说："既是重要信函，叶姑娘不打开看看吗？"

叶阑不善伪装，更何况在这玲珑心的含露跟前。她强撑着镇定地将那封密函塞进箱盒之中，说："此事不急。"

含露若有所思，瞥了一眼她藏密函的箱盒，而后才告辞离开。

刚出门，就见荆南依的贴身侍女在门外东张西望。一见含露从叶阑处出来，这侍女顿时眼睛一亮，匆匆忙忙地跑上前来，一边跑一边道："不好了，含露娘子，不好了，郡主和君上吵起来了。"

听到这两位祖宗的名字一道被提及，含露顿觉一个脑袋有两个大，连忙几步迎上她，焦急地问："发生什么事了？"

侍女急得满头大汗："郡主原在房中筹备嫁妆，不巧被苏穆君撞了个正着，说不会让郡主嫁给巍鸣君，还说要带郡主回鸾倾城，郡主顶了君上几句，君上大为恼火，说了几句重话，将郡主训哭了。哎呀，说也说不清，还是您亲自过去一趟看看吧。"

含露听闻此事，脸上淡淡地笼上一层喜色，倘若能遂了荆南依的意，自己替苏穆筹谋的大计也算近了一步。她正了正衣衫，快步往荆南依的居处赶去。

房门开着，一踏进房间就先看见了满地的绫罗绸缎，凤冠霞帔也被随意地丢掷在地上，两兄妹一坐一立，站着的那人脸色阴沉地望向窗外，做着深呼吸，坐着的那人伏案嘤嘤啜泣，双脚蹬得地面咚咚直响。含露迅速扫过，眼皮登时一跳，她意外发现了存在于这房间里的第三个人——一脸失魂落魄的傅昊郗，失神的双目紧锁在荆南依一人身上。

含露不过一个转念，就分清了事态的轻重缓急，先向傅昊郗施了一礼，客气道："坞主，这里人多事杂，不便接待贵客，望坞主海涵，择日含露必亲自登门谢罪。"

傅昊郗知她逐客之意，方才荆南依吵着嚷着要他筹备嫁妆，肥马轻裘，鲜衣怒马，他拥有的一切恨不得都给了荆南依。想想，他又气恼，却是为旁人做嫁衣裳。二人正起争执，恰巧被苏穆撞见。苏穆岂是寻常眼力，早已了然傅昊郗的心思。作为长兄，他岂能容傅昊郗觊觎荆南依？正要赶走傅昊郗，单纯的荆南依却护着不肯。

傅昊郗看了荆南依最后一眼，黯然起身离开。

待他一走，含露便把房门从内关上，走到苏穆身旁，也顾不得君臣之仪了，直接问："君上，究竟怎么了？"

"怎么了？"苏穆犹在怒中，瞪了荆南依一眼，"你问她，好端端的，怎么学起了那成算在心的妇人？还任由那傅昊郗摆布？"

荆南依闻言抬头，反手胡乱抹了一把脸上的泪痕，大声冲苏穆嚷嚷："穆哥哥竟说我精于算计，怎么了？你不来帮我遂意，自然有愿意来帮我的人，你不心疼我，自然有心疼我的人！"

这几句话戳到了苏穆的软肋，心底最软的一块地方似被一只小手轻轻挠了一下，他叹了口气，放缓了语气和神情，略显无奈地在她对面坐下，道："长兄什么时候不疼你了？"

荆南依还在哽咽，断断续续地指责苏穆："你……你就是不心疼我了！就是不心疼依依了！"

一张俏脸哭得鼻头都红红的，眼睛微肿，整个人还一抽一抽地，越发像个小孩子。苏穆纵然是有漫天怒火，在妹妹眼泪的攻势下也全线崩溃，抽出干净的衣袖，擦干她面上的泪痕，故作嫌弃地说："别哭了，好丑呀，还跟小时候一样，哭起来一张嘴张得这么大，整张脸就看见你这一张嘴巴了……哎呀，依依，你的牙齿跑哪儿去了？"

一听苏穆说自己丑，荆南依连忙将嘴巴紧紧闭上，恶狠狠地瞪他，从紧咬着的牙缝里碾出话来："你才丑呢，穆哥哥最丑了……"荆南依眼中的光暗了下来，伤感道，"为什么不让我嫁给皇甫巍鸣……"

苏穆伸手抚着她额上的发，温柔地安慰这个伤心的小姑娘："你可知那巍鸣君心有所属？这暗波汹涌的宫闱又岂是你的性情能掌控的？行差踏错，有可能连命都要搭进去，为何要落在这如枷锁般的婚姻之中？你天真烂漫，本就不属于此处！"

荆南依嘴巴一撇，不情不愿道："哥哥说的可是那叶阑？我就不信我堂堂天下第一美人，鸾凤之女，连一个乡野出身的臭丫头都比不过！"

"郡主说得并非毫无道理，"之前一直保持沉默的含露这才开口，望着苏穆劝道，"君上是否知晓悠然河南北早有传闻，鸾凤之女宜室宜家，亦可祸乱天下？"

含露轻轻细数着自己的策略，要一步步逼着苏穆就范。

她知道他最疼爱荆南依，拿着荆南依的性命来做威胁，不容苏穆不答应。

"若是郡主不嫁给巍鸣君，便不受其庇护，出了这逍遥堂，那些虎视眈眈的世家，哪一个肯轻易饶过郡主和我们鸾倾城？再者，那些得不到郡主的人，最害怕的就是鸾凤之女落入他人手上，这种时候他们必起杀念，现在送郡主回去，不就是要了郡主的命吗？"

苏穆怒道："竟有如此传言？"

荆南依听闻，如受惊的小鸟。

苏穆略微沉吟："倘若如此，只等逍遥堂解除婚事，便让人传出鸾凤之女暴毙的消息，为依依换个身份重新生活，也总好过她一生都在权力的旋涡之中挣扎起落。"

"君上！"

苏穆摇头："含露，不必多说，只要记住一件事，那就是我绝不允许依依嫁入逍遥堂，还有，"他侧首扫了一眼含露，意味深长道，"我也很厌恶那些越俎代庖之人。"

含露知他所指，忽地一凛，垂头避开他的目光，沉默不语。

因有要事在身，苏穆安抚了荆南依几句，便匆匆离去。望着他远去的背影，含露暗暗发誓：苏穆君，不管你愿还是不愿，这天下，含露都帮你要定了！

待离了荆南依的居处，含露立即叫来一亲信"盾牌"，殷殷叮嘱道："你去，放消息到坊间，就说鸾凤之女宜室宜家，亦可祸乱天下，迎娶不得，就应当诛杀。"

"是！"

"等等。"那名"盾牌"回头，含露走上前来，"还有，前去通传皇甫长郡主，就说含露有要事相商。"

六十二

苏穆顶罪

逍遥堂大殿，巍鸣端坐于万刃宝座之上，冷面听着堂下一皇甫老臣滔滔不绝道："请巍鸣君顺应天意，迎娶鸾凤之女，阴阳调和，乾坤相依，方可兴家旺族，国泰民安。"

巍鸣将手上那本奏折随意地往桌上一抛，看向那咄咄逼人的老臣，目中掩不住厌烦之意："本君想，这才是你们今日上朝的唯一目的吧。"

群臣彼此对视，面面相觑。

还是那大臣双手持笏，冒死上前一步，朗声道："臣斗胆，坊间有言，得鸾凤之女，方可成就帝王之势。如不顺势迎娶了依郡主，必定落人口实。如今，各世家虽有撤兵而出者，但我逍遥堂大局初定，根基未稳，须休养生息，滋养黎民。"

巍鸣"扑哧"一笑，状甚不屑："难道我皇甫巍鸣就要靠这一句谶语，才能坐稳这逍遥堂吗？"

"巍鸣君您一人身系逍遥堂乃至悠然河南北的安危，绝不可任意妄为，否则，恐将铸成大错，殃及百姓。"

群臣齐声附和："请巍鸣君顺应天意，迎娶鸾凤之女。"

巍鸣勃然大怒，扬袖一指堂下，怒声斥道："你们是在威胁我吗？本君的婚事，我自有主张，不用你们挂心。"

"你不想娶荆南郡主，那你想娶谁？"

声音冷冷地从殿外传来，众人闻声看去，芳娉携几名侍女立在殿外，脸上毫无表情，身上带着与生俱来的长郡主的威严。

巍鸣素来敬重长姐，起身相迎。芳娉走近，先向他行了一礼，而后一顾身后自己的贴身侍女，示意她将手中的盒子呈给巍鸣。

巍鸣接了盒子在手中，还未打开，好奇道："长姐，这是什么？"

芳娉一笑，那笑如流水在她面上稍纵即逝："打开看看不就知道了？"

巍鸣怀着好奇打开盒子，见其中是封信，一目十行扫过，及至看到了落款才终于变色。他豁然抬头，紧盯着芳娉："这是……"

芳娉颔首证实他的怀疑："此乃有疏烟芜写给叶阑的信函。"

巍鸣目中之色渐深，心头骇浪翻滚，手指无意识地捏紧，那封信也在他的指间一点点变形。

芳娉仪态万千地转身，向堂下那些还弄不清楚状况的大臣解释道："此信中言，叶阑乃有疏世家之女，自小安排在鸢倾城中抚养长大，皆为扮成桃花印之女，佯装无辜少年与小君相逢于微时，骗取小君信任，博得小君倾心，处心积虑，设计此弥天骗局，一心想利用小君，骗取联姻，夺得逍遥堂君妻之位，再夺取逍遥堂权柄，以报当年异族之战，我祖父封地之辱。"

巍鸣闭眼，再睁开时，双目微微泛红，眼中水珠滚动，转头望向苏穆，悲愤道："苏穆君，有疏世家下得好大一盘棋啊。"

苏穆脸色一变，正要解释，芳娉出声打断他："请烟芜将军和叶阑姑娘过堂一叙。"

很快侍卫便领着叶阑和烟芜走入大殿。一进来，二人就觉出了这殿中异于寻常的气氛，堂上巍鸣面色悲恸，苏穆表情沉郁，芳娉的脸上则带着一层意味深长的笑。

"有疏尊主，请坐。"

烟芜拱手行礼，略有警戒之意："不敢，敢问长郡主所为何事？"

芳娉浅笑："倒不是什么大不了的事，只是觉得这日天气不错，就想请您过来叙叙旧，顺便见见您这位失散多年的亲妹妹。是吧，叶阑姑娘？"

叶阑脸色变白，第一反应却是抬头去看巍鸣。他失魂落魄地坐着，原本投在叶阑身上的目光也在她回望的那一刻转开，望向其他方向。

烟芜强颜欢笑道："此乃有疏家事，不劳长郡主费心。"

"家事？"芳娉冷笑，扬手打翻那个装信的箱盒，摔在烟芜足前，"这还是有疏家事吗？你们好计谋，设计令妹接近巍鸣君，以色为诱，欲骗取逍遥堂君妻之位，为汝有疏世家图谋大计。"

烟芜垂目扫见滚落的那封书信，脸色灰败下来，却还不忘替叶阑争取一线生机："此事与叶阑无关，她并不知情。"

叶阑双唇轻颤，望向巍鸣，喃喃道："不是的……不是这样的……"

"无不无关，并不是你说了算。"芳娉冷下语气，命令侍卫，"有疏世家大逆不道，意图谋反，来人，将这二人给我拿下！"

巍鸣一惊，本能地站起了身："长姐……"

芳娉根本不给他求情的机会，躬身先行了一礼，情真意切地请求："巍鸣君，请以社稷为重，以法度为纲，秉公执法。"

巍鸣无法，被逼亲眼看着皇甫侍卫将叶阑和烟芜二人拿下。就在这时，苏穆上前一步，挡在了烟芜和那侍卫中间，高声道："禀巍鸣君，此书信，是苏穆仿造有疏尊主笔记的伪作。"

叶阑愣怔，抬头看向苏穆，张了张嘴要说些什么，却在暗中被烟芜拦下，她不动声色地朝她摇了摇头。

苏穆走到堂下，向巍鸣行礼，朗声道："禀巍鸣君，这一切都是苏穆所为。"

芳娉眼神凌厉，直刺他而去："荆南苏穆，你又是为了什么要代人领罪？况且方才朝堂之上，此书内容本郡主已然公布，岂不是何人都可轻言此书是他人所写？"

苏穆低头恳切道："长郡主说笑，苏穆负荆请罪。巍鸣君可着大臣验字。"

芳娉冷眼看他："好，来人，笔墨伺候。"

几名侍卫将摆放着笔墨的案几抬到苏穆面前，苏穆拿笔饱蘸了浓墨，挥毫写下"有疏烟芜"四字。侍卫拿了纸呈给一旁的礼部尚书，尚书将信函与苏穆所写的内容仔细对比，回禀芳娉："两笔迹气韵笔法类同，十有八九出自同一人之手。"

叶阑抬头看向苏穆，眼中已隐隐见泪，巍鸣瞥见时，心内五味杂陈，暗中捏紧了拳头。

芳娉倒也不惊讶，冷笑了一声，道："素闻荆南苏穆文武双全，芳娉今日倒是开眼了。不光能带兵如雷霆，这模仿笔迹的功夫也是了得。"

苏穆低头避过她含藏锋芒的眼神，苦笑："长郡主不必替苏穆开脱。

铁证在前，苏穆只得认罪伏法。苏穆此举深谋远虑，因苏穆觊觎皇甫权贵，一心想将家妹嫁予巍鸣君，方可以国舅身份加官进爵，然而，我发现巍鸣君对叶阑姑娘情深意切，故而，当苏穆得知烟芜将军与叶阑姑娘的关系时，便生此计，陷害有疏世家，令其无法联姻，为家妹谋取道路。"

巍鸣望向苏穆，脸上并无多余表情，只是冷冷地看着他。

芳娉岂会轻易相信，依旧冷淡地问："既然如此，方才的形势，苏穆君口中的计策将成，为何又反悔招供？"

苏穆拱手再作揖，一副伏法的姿态："苏穆侧立大殿之外，耳闻巍鸣君与群臣争辩，心如磐石，不肯迎娶家妹，苏穆细想，依依自小孤苦，如若因荆南世家而嫁给一个根本不会爱她的男人，实在可怜。苏穆动了恻隐之心，恐泉下已故双亲责怪，因此，放下了联姻之念，前来澄清。况且，"他抬起头，望向高位之上的巍鸣，目光满含深意，他一字一句地开口，务必每字都落入他耳里，"苏穆以为，爱一个人，就该为其谋划，护其周全……爱之，信之……"

巍鸣意会他所指，心中微动，不由自主地掉头看向一侧的叶阑，而她泫然欲泣，抬眸撞见他的目光，两人都愣怔。

苏穆掀袍在他面前干脆地跪下："苏穆令小君错爱，辜负了巍鸣君的信任，愿受责罚。"

巍鸣略有动摇。芳娉怫然色变，高声道："鸣儿，不要听信苏穆一派胡言！"

苏穆亦不再多争："我，荆南苏穆，愿受责罚！"

巍鸣还是迟疑，知他为护叶阑，当着群臣，不得不为，起身道："荆南苏穆无视法度，陷害忠良，打入地牢，军杖五十。"

苏穆面不改色，俯首再拜："谢君上。"而后转身，阔步向外走去。直至他的背影终于消失在他们的视线范围，芳娉这才回首，嘴角一勾，呈给堂下跪着的叶阑锋利的冷笑。

"有疏叶阑，我信守我的承诺，不会对你如何，但是你也要记得，好自为之。"

是夜有滂沱大雨，浇灌得逍遥城内外有如失去根基，亭台楼榭都在这暴雨中模糊了轮廓。叶阑在那一声高过一声的惊雷中辗转反侧，直到她的房门被人叩开，打开一看，站在门口的竟是满身湿透的清婉，雪似的容颜附着淋漓的水珠。在叶阑惊讶的注视下，她神情依旧冷清疏离，只简单告知她自己此行的目的："巍鸣……小君在荷花池畔……"

她一惊，也不问清婉为何出现、如何得知，随手撑起一把伞就冲进了雨中。事实上，她并没有在荷花池边找到巍鸣，却在杜若花丛之下寻到了一个烂醉的男人。他抱着一坛酒又是哭又是笑，喃喃地说着只有他和叶阑才懂的过去："当日，我与阑儿在那水边相识，我被无心的怪物追杀，是阑儿出现，英姿飒爽，扮成个男孩子……那一刻，鸣儿觉得是上天的安排，是鸣儿生命中最最闪光的一段，鸣儿将它视为珍宝……没想到，这一切一切都是有意为之……阑儿你当真好演技，骗得鸣儿好苦……"

叶阑走到他身后，撑伞为他遮雨，他浑然不觉，仰头和着雨水灌下一口烈酒，放声大笑，却笑出了满脸的泪："你也不怕我会伤心吗？阑儿，在你眼中，我竟是个没心的人吗？"

叶阑心痛难当，强忍着才不让泪落下，柔声道："找了这么多地方，原来你在这儿。"

巍鸣动作停滞，却也不回头，背对着叶阑一口一口地饮酒。

叶阑按住他拿酒的那只手，感觉到他异于寻常的冰凉体温，心陡然一沉："你若怪我，责骂我便是，何苦作践你自己的身子？"

巍鸣身体一僵，却也不回头。

谈及往事，叶阑伤感道："当年，阑儿与娘亲孤苦无依，并不知自己是有疏之女。遇到鸣儿的时候，二姐也是以师父之名，留在阑儿身边……"

"别说了，有疏姑娘，"巍鸣喃喃苦笑，"我累了，请回吧。"

叶阑愣怔，回味着他口中那四个字，更觉悲伤难抑，叹了口气，道："可能是小君累了吧，我等明日再来……"

叶阑怅然转身，走开没有几步，就听见背后巍鸣的声音。他近乎喃喃自语一般道："或许，你该去看看苏穆，他本就冤枉……"她回首，与他四目相触，目中寓意万千，幽光一闪而现，而他先移开了视线。

她眼中蓄了许久的泪，这才轰然落下。

翌日雨过天晴，得了巍鸣允许，叶阑和烟芜才破例被允许前来探视正关押在地牢之内的苏穆。甫一入地牢，牢内腐朽潮湿的气息扑面而来，苏穆伏在冰冷的地上，面无血色，双唇皲裂。一见他如此，叶阑的泪就止不住往下落，快步上前扶他起身。苏穆觉出有人靠近，睁眼见是叶阑，勉力冲她一笑："阑儿，是你……"

叶阑哭得双眼微红，愧疚道："都是阑儿的错，让苏穆君蒙冤吃苦了……"

苏穆看她如此，不忍她伤心，故意逗她："阑儿当真是女诸葛，连我都不知道原来你竟是有疏世家的人……"

知他并非责怪自己，叶阑却还是忍不住心中的委屈之意，嘤嘤啜泣了起来。

苏穆伸手替她拭了面上的泪痕，温和道："别哭别哭，苏穆此言并未有怪罪之意。若问天底下谁最能感同身受，体会家族重责不容推卸，我荆南苏穆当是头一个，怎会不知阑儿为承担家族使命的艰辛？"

被他这样一劝，叶阑更加受不住，哭得泣不成声。烟芜被她的哭声感染，心中动容，欲言又止道："小妹……"

苏穆这才注意到烟芜的存在，强撑着起身。叶阑见状，忙以双手相扶。苏穆双手抱拳，行了一个朝堂之外的礼。

烟芜愧不敢当，连忙阻止他："苏穆君替有疏世家顶罪，本是我等的恩人，怎反倒行此礼，让烟芜我无地自容？苏穆君有何事，烟芜能效力的，必定竭尽所能。"

"苏穆斗胆，恳请将军听我一席话。"

苏穆神情郑重，烟芜和叶阑同时疑惑地望向他。

"苏穆的嫡亲姑姑也曾为家族婚配六大世家，却乱箭穿心，死在悠然河中。那一年，苏穆九岁，从那一刻起，苏穆便肩负家族使命，终日惶惶，不敢倦怠，十六年后，皇甫规已死。算起来，我荆南大仇得报，家族使命得成，可是，荆南世家当真荣光万丈了吗？烟芜将军看看，我被困囹圄，家妹成悠然河南北争夺的一样玩物，荣光安在？苏穆敢问将军，可想让阑儿也为了这家族使命重蹈我荆南覆辙？"

烟芜摆首，却不敢苟同："有疏世家身上这根傲骨，怎可因前路之困所折？"

苏穆因话说得太急，连咳了好几声才缓过气来，叶阑忙用手抚着他的背为他顺气。苏穆摆了摆手，表示无妨，才继续说下去："苏穆对有疏世家早有耳闻。将军的长姐因不想成为家族尊主，与爱人私奔，最终落了个生离死别，令姐也性情大变，以死殉情。将军也曾因家族之命，远嫁他乡，却落了个退婚的下场。后来，将军终得一真心相待之人，这人却也在为将军家族夺权中，客死他乡。这失爱之痛，将军为何还要加之于阑儿身上？将军已无至亲，怎可忍心让唯一的亲妹妹，卷入在这权力之争的血雨腥风之中？"

烟芜眼圈微红，显然苏穆刚刚那番话也戳中了她的肺腑。她辩解道："苏穆君，你以为我是什么人，铁石心肠的蛇蝎毒妇吗？这么多年，烟芜都是遵照父亲的遗嘱而为。看着小妹流落街头，受尽苦楚，烟芜的心也痛如刀割，她是我唯一的亲人了……"

听她所言，叶阑亦动容，抬头叫了一声二姐。

"有疏世家巾帼不让须眉，怎会为当年的宠辱失了节气，做起那阴谋构陷之事？将军试想，若是苏穆不解今日之困局，有疏世家谋反之罪已有铁证，将军岂不是将有疏世家陷入万劫不复之地，此等作为，当真值当？"苏穆抬头望她，"为何不放她一条生路，将你错失的一切都还给她？苏穆恳求，将军放弃权斗，也放了阑儿。"

烟芜顿时恍然大悟，倘若此事败露，当真是灭族亡亲的罪责。想起这些年步步惊心，竟是行差踏错便是深渊，她朝苏穆深作揖，恳切致谢："多谢苏穆君点醒烟芜，救我有疏世家于一念之间。从今往后，有疏烟芜再不会踏入权力争斗，我愿偏安一隅，小国寡民，鸡犬相闻。"随后转身正对叶阑，抚摸着她消瘦的脸庞，语气满是怜爱，"小妹，是二姐的错，以后的人生，二姐便还你吧。"

叶阑按住脸上她的手，不解道："二姐，你今后有什么打算吗？"

"今后……"烟芜只一笑，"我要回去，回到牛我养我的土地，从此之后，便生在那里，死在那里，我的残生不能再误在仇恨当中。小妹，你也是，去爱你所爱之人，恨你所恨之人，痛快地度过余生。"

叶阑感激道："谢二姐成全。"

姐妹二人诉完衷肠，烟芜方才回首向着苏穆再拜，疑惑道："苏穆君，我有一事至今不解，我与小妹传信甚是隐秘，那信函又如何会落到皇甫芳娉手里？"

苏穆蹙眉思索片刻，抬头看向她说："我会查明此事，给你一个交代。"

得知烟芜全身而退，离了逍遥堂往有疏领地而去后，芳娉发了好大一通脾气，将屋里能摔的能扔的砸了满地。侍女见状悄悄上前，遣人收拾，悄然劝道："长郡主息怒。"

她如何能咽得下这口气，愤恨道："好一个荆南苏穆，苦肉计都舍得用在自己身上。想带着鸾凤之女全身而退，休想！为保万刃宝座是我皇甫世家所有，必定要鸣儿迎娶这鸾凤之女，顺应'鸾凤之女，成帝王之势'的预言，否则，那些世家，狼子野心的，不知又要生出多少事来，这一次，势在必行，我绝不能容有半点闪失。"

侍女顺势道："奴婢有一计，或许可行。"

芳娉余怒未平，坐在凳上斜眼看她："你说。"

侍女隐约一笑，附耳上来在她耳边密语几句。顷刻间，芳娉脸上云散雾霁，笑意自嘴角衍生开去，她起身命道："去，将那看病的丫头找来。"

侍女检衽行礼，应声而去。不过一盏茶的时间，侍女便带着清婉来到芳娉面前。清婉低头请安，不见表情。芳娉端坐着，也不说些什么免礼的废话，直接将一包金子抛到她面前。清婉淡扫一眼，不卑不亢道："无功不受禄，不知长郡主有何吩咐？"

芳娉一笑，颇有些赞许的意思："你倒是聪明。"侧首，以目光示意身后的侍女，侍女心领神会，上前一步代为解释："我们郡主想要一味能催生情欲的方子，力道要狠辣！记住，这事绝不可声张。"

清婉内心一惊，想到了芳娌往昔的行事作风。

又要害了谁的性命？

清婉将狐疑隐于心底，低头道："清婉明白，清婉这就去准备。"

从芳娌处告退，出了院子便是庭院，经过时就见炎炎烈日之下，晟睿被金丝绳反锁绑在石柱之上，整个人在暴晒之下几乎虚脱，嘴唇干裂脱皮，双目微含，仿佛失去了知觉。清婉动了恻隐之心，用手绢沾了一旁莲花池内的水，走到他面前，挤出绢子里的水供他饮。晟睿渐渐苏醒，睁开眼，似笑非笑地望着面前的女子。

清婉倒是不惧，正要收回手，绢子的一角却被他用齿咬住，他一副浪荡的姿态。

"你……"清婉蹙眉，"是懿沧群的侄儿？"

"逍遥堂中，忌讳提及懿沧二字，你不知吗？"

清婉垂眸避过他的诘问，淡淡道："清婉怎知宫闱之事？"

晟睿炯炯双目紧盯着她，却问："你少年时去过懿花涧吗？"

清婉不语，掉头离去，没走两句，便听见身后传来低低的一声："皇甫离樱。"她的心猛地一缩，像是听到了什么夺命的咒符，她大惊失色，回头望向晟睿。

晟睿旋即大笑，知他的试探并没有错："终于找到你了，我少年时，曾在冰原上遇到一个与狼搏斗的少女，当时不知她姓甚名谁，便留下一簇狼毛作为日后相见之物，你……还带在身上吧？"

清婉头痛欲裂，随着他的描述，眼前有幻影闪现——有冰原，有荒漠，有滚滚的汤药，有浓苦的味道，穿过那层薄薄的雾气，她看见自己浑身是血地躺在床上，腰间一簇狼毛异常显目。像是无法承受回忆所带来的剧烈疼痛，清婉忽觉天旋地转，晕在晟睿肩头，在他连声呼唤下才渐渐清醒。睁开眼第一眼就见晟睿一脸焦虑地望着自己，清婉迅速站直退后一些，与他保持了一段安全的距离，漠然道："你认错人了。"

晟睿显然不信，只悠悠带笑望着她，像是连自己的生死都浑然不顾，笑得清婉落荒而逃。她仓皇奔回药庐，将门反锁，背靠着房门大口喘气，忆及刚才那一幕仍觉心有余悸，暗想：那懿沧晟睿又是从何得知我的身份？或者真如他所说，我们幼年相识？可是我根本不记得有此事。

为使自己尽快冷静下来，她来回在药庐之内踱步，原先浮躁的念头沉淀下来，逐渐有了头绪，她仔细琢磨：长姐与那懿沧晟睿如同仇敌，定不会用此药……那究竟是谁……

一个名字忽然划过她的心底，令她灵光乍现，很快便想明了其中关键，不由得咬牙道："皇甫芳娉，你果然阴毒，竟不顾皇甫名誉，干出此等伤天害理之事……我必要设法阻止她才行……"

她枯坐良久，心生一计，取了案头上的笔，挥毫写下一封信，以漆封缄，召来信鸽，将其绑在腿上。那信鸽原是她在逍遥堂时豢养的，最通人性，放飞之后于天空绕了一圈，准确地落在一处院落。

傅昊郗从一卷书画上抬起头，看见面前窗架上落了一只白鸽。

他搁下手中之笔，取下细看，脸色忽地大变，掷下这个纸团阔步出门，正遇见徘徊在门外的清婉。傅昊郗疑惑地望向她，以一句"苦海不在这里"就要打发她。清婉轻施了一礼，正眼看向他，道："清婉正是那送信之人，有事来找坞主。"

傅昊郗神色一凝："请讲。"

"有人想要谋害依郡主，据清婉所知，坞主对依郡主呵护有加，坞主定会保她周全。"

傅昊郗表情沉重，蹙眉望着她，听她继续道："清婉选择让坞主来营救依郡主还有个私心。"

"姑娘有何条件，请明言。金银钱财、古董字画，傅某只要有的，都愿意倾囊相赠。就算是要傅某的一条性命，也单凭姑娘一言，便可拿去。"

清婉一笑，摇头："坞主果然对依郡主情深义重。清婉不惜那些，只要一个名字。"

"名字？"傅昊郗看着她，眼中疑惑渐起。

清婉望向院中晾晒的羽霓裳，不动声色地点了点头。

"清婉听闻，这世上仅有两件以神鸟羽翼所制的羽霓裳，当年，皆被坞主重金取得。"傅昊郗顺她所指看去，"这一件白鹭，如今为依郡主所有，清婉只想知道，另一件黑羽乌鸦，十六年前，在何人手中。"

听她提及罕有人知的无常坞旧闻，傅昊郗脸色微微一变，侧首细细地打量着她，试图从她眉眼中看到一丝半点的蛛丝马迹："你到底是什么人？"

　　清婉垂下眼睫，一派脉脉的温顺姿态："坞主，你我各取所需，得到自己想知晓的信息，又何必纠缠清婉的来去呢？"

　　傅昊郗像是认同她这番话，略加思索后回答她："世人都以为那两样东西是我重金买得，其实，是我们傅家祖传之物。羽霓裳一雌一雄，一阴一阳，这件白鹭轻盈如雪，是雌鸟之羽，着此霓裳跳舞，如羽化升仙。乌鸦则漆黑如夜，是雄鸟之翼，轻功了得的高手穿着它，飞檐走壁，如履平地，而且，乌鸦中藏有金骨，可为利器。家父曾教授我轻功，可惜，傅某无心武学，荒废了，因而乌鸦也便成了件无用之物。有一年，家父得罪了江湖中人，遭人追杀，被一个独眼人所救，等父亲再寻他的时候，已不知所终。过了三年，这个人重新找到家父，要这件羽霓裳来偿还当年的救命之恩，我父便相赠于他。"

　　清婉蹙眉不解："坞主富可敌国，为何此人只要这一件羽霓裳？"

　　"家父也问过，独眼人说，他要去交换一本叫作《青门引》的风水古书。"

　　"风水古书？"清婉抬头望向他，"那独眼人姓甚名谁，坞主请明示。"

　　"桃花岭，上官明。"傅昊郗沉声道。

鸾凤失身

　　当夜含露步入药庐，吩咐当值的医官："含露为我君上配一些去瘀止痛药膏，有几味中药烦请医官赐予。"

　　医官见是荆南世家的人，知他们大势已去，并不怎么将他们放在眼里，冷冷地一抬首，下颌一偏，指着里面道："药材都在里面，自己拿吧。"说罢自己甩了甩袖子，径直走了出去。含露也不跟他争，自顾自地走到药柜前，翻找所需的那几味中药，不经意从一个半开的抽斗中看见一个精致的小瓶子。此时就听门口一阵脚步声响起，含露放下瓶子，转身隐于柜后，只见清婉独自一人步履匆匆地从外走进，拿了瓶子离开。含露翘首以望，若有所思地看着她渐行渐远的背影。

　　清婉走到芳娉处，将手中的药瓶亲手奉上给芳娉的侍女，侍女纳入袖中，转身离去。清婉穿过庭院，以余光望向左右，便见三四个或长或短的黑影紧跟其后。她心中一惊，知以芳娉的性子，定不会轻易放过自己，便加快脚程，那黑影也加紧追击。清婉惊慌失措，经过花园时被地上突起的石块绊了一下，眼见那黑影就要追上自己，一条绳索忽然迎面挥来，抽倒了其中一人。清婉伏在地上抬头望去，绳索的另一头牢牢握在晟睿的手腕上。望见她惊讶的目光，晟睿一笑："快走吧，你以为你几根银针就能困住我吗？迟早有一天我还会逮到你的。"

　　清婉手脚并用，从地上爬起，也来不及质问晟睿，朝药庐的方向仓皇逃去。另一个黑影正要追去，晟睿大力挥手，用绳索紧紧勒住那人脖子，直至他断气为止。

　　再抬头时，依稀只见清婉融于暗夜中的背影。

　　清婉奔回药庐，赶紧收拾东西。苦海从外走进，见她如此慌张，便已了然："你要走了？"

清婉点头。苦海从袖中掏出一支玉箫，递给清婉："我老头子与丫头你有缘，便送佛送到西吧。如今你既已得到你想要的，师父便送你一样傍身之物。这个拿着。"清婉道谢接过，苦海又递给她一只锦囊，这样解释，"我有一故友，这锦囊中有他的名字，你若是有难，便可报我的名字寻他去，必会帮你。"

清婉感激不尽，苦海叹了一声："走吧，走了便是了。"

几日之后，荆南苏穆刑期即满，皇甫芳娉无论对他施以何种酷刑，都不能从他嘴里得到任何有用的信息，哪怕恨得牙痒痒，也不得不碍于众位世家首领的面，将他如期释放。

苏穆跌跌撞撞地走出牢房，充沛的阳光铺天盖地地照下，刺得他眼睛一阵酸痛，几乎要流下泪来。翘首守在门口的荆南依甫一见哥哥出现，当即扑上前去，心疼地搂住他的手臂，连声唤着他的名字："穆哥哥，可吓死依依了。"

苏穆被她这个举动牵动伤口，忍痛笑对她，安慰道："哥哥这不是好好的吗？"

荆南依哭得梨花带雨，好不伤心："依依都听闻了，穆哥哥为了依依竟然伪作了有疏世家的信函，事情败露，穆哥哥才受了这苦。"

苏穆脸色微变，抬眸不动声色地看了含露一眼，含露低头，无可指摘地恭敬。

"是依依错怪了穆哥哥。"她含着哭腔向她误解多时的哥哥道歉。

苏穆摸了摸她的头发，柔声道："长兄不碍事的。"

荆南依依偎在他臂间，动情而言："依依是真心想嫁给巍鸣君，为了嫁他，舍了天底下的一切，依依都愿意，唯有我穆哥哥……谁都不能替代。倘若要依依选择，依依为了穆哥哥……可以放下。"

苏穆心生感慨，小心为她拭泪："依依别怕，长兄会一直留在依依身边，守护着我的依依。"苏穆因有伤在身，再加上一时情急，牵动了伤口，遂又爆发出了一阵咳嗽声。含露见状立刻上前扶住苏穆："苏穆君伤势未愈，先回房休息吧。含露为苏穆君配了些药膏。"

苏穆看了她一眼，脸上看不出一点表情，只是点了点头。

因苏穆一事过后，巍鸣心有嫌隙，纵然叶阑几次三番求见，均被他回绝。前来复命的侍女也愁容满面，向叶阑解释道："也不知最近小君怎么了，以前总是让我们欢欢喜喜地迎着姑娘，现如今……"

叶阑苦笑，止住了她，递给她一个食盒："麻烦您将这呈给巍鸣君。"侍女打开一看，见是一碗粥，入内转交于巍鸣。他本来不想接，听到侍女说是叶姑娘亲手所熬时，他才拿起勺子尝了一口，便愣在那里。

跟那日在茅草屋她为他煮的一模一样的味道。

他眼中含着泪。

人生无常，皆是戏弄。她原也是在利用他？上一遭，为苏穆，这一次，为世家荣辱。全部事不关己。

他只觉疲乏，仿佛一下子长大了。方知，世事难料，一颗痴心，也不会永远无惧。

那软糯的食物含在口中，他不舍得吞咽。

侍女见状便道："叶姑娘还在门口，要请她进来吗？"

他迟疑地望向门口，仿佛目光能够穿透那薄薄的一层门板，窥见她的形容。终于，他还是低下了头，说："不……不用了，告诉她，我很累，想一个人静一静……"

他只替自己委屈，一时一刻也罢。

叶阑走后没多久，就见一个面生的侍从慌慌张张地前来禀告巍鸣："不好了，叶姑娘受伤了！"

巍鸣大惊失色，连忙问："她怎么了？伤在哪儿？"

侍从微低着头，答道："叶姑娘在竹苑摔伤了，刚刚被抬进香榭。"

巍鸣一跃而起，奔出门去。

悲苦愁绪，统统忘却，只知痴痴傻傻要爱她。

与此同时，苏穆也从牢中出来。荆南依见长兄伤痛未愈，万般愧疚，在他怀中哭得梨花带雨。苏穆自然心疼不已，更加坚定了要带依依回鸾倾城的决心。荆南依一面为巍鸣心乱，一面又为苏穆担忧，一连数日愁容不散。傅昊都看在眼里，便找了好些有趣的小玩意儿来讨她欢心，其中包括一个通体碧玉的九连环，摆在荆南依的面前，含笑道："好东西，我特意让人找来给你的。你试试看，可解得开？"

她看都懒得看一眼，随手就丢在一边，不耐烦道："我不要。"

傅昊郗虽爱极了荆南依，却也不是天生好性子的，强压下怒火，冷冷地撇开了头："看来，是我多事了。"这时，一侍女匆匆忙忙地跑了进来，道："郡主，巍鸣君邀您到竹苑欣赏夜光杯。"

荆南依即刻来了兴致，正要答应，就听背后有人大喝一声："别去！"

她回头，正是一脸焦灼的傅昊郗。那侍女鬼鬼祟祟地瞥了一眼他，像是心虚，很快就溜了。荆南依不疑有他，快活地翻开妆奁装扮自己，浑然不顾傅昊郗的请求——"不要去，依依，别去……"

荆南依自顾自地涂脂抹粉，望着镜中的自己，喃喃自语："……还是不要涂胭脂了，清丽脱俗似乎更雅致些……裙子呢……该穿什么颜色的裙子……"

傅昊郗倚着桌案，整个人似乎摇摇欲坠，因她的无视而歇斯底里地吼道："不要去！"

她惊诧地回头："你说什么？"

傅昊郗几乎是在低声下气地哀求："就一个时辰，留下来，不要去，否则……否则……"

"否则怎么了？"荆南依有点好笑地看着他，"你不会不知道我有多盼望这个机会，况且日暮黄昏，自然是要去见喜欢的人，留在这里看你有什么意思？"

傅昊郗表情痛苦，一把拽住了荆南依的手臂。荆南依冷面斥道："我自然会回来，你等着就是！"

傅昊郗怒吼："我等够了！"

荆南依对他连敷衍都懒得敷衍了，挣脱手臂，斥道："放手，别耽误了我的时辰。"

"依依，就当我求你了，在你心里，我的请求连他的一个召唤都比不上吗？"

荆南依懒得与他废话，见他怎么都不肯松，狠狠地一跺脚，重重踩在他足尖，但他岂会在乎这点小小疼痛？

"当然比不上，他是我未来夫君，是昆山之玉，你是我的家臣狗奴，孰重孰轻，你自己掂量。"

昆山之玉，家臣狗奴？

他在她眼中，不过是条狗。

傅昊郗失神。绝望与嫉恨将他重重围住，斩断了他所有的成全美意。

他黯然放手，眼看着她如只快活的小鸟一样翩然而去，他心头难以遏制地浮起一层惘然的疼痛，沉默片刻，他脸上露出一种难言的狠辣之色。

他拥有世人艳羡的人生，珠环翠抱，金玉满堂，全部唾手可得。

金钱这东西又能买来人心。

唯有她、唯有她，是他生命中最险恶的变数。

他本是逍遥自由的人，却生生被她牵绊捆绑，有去无回，没办法活着做回自己了。

他恨她将他变成了野心勃勃的人。

他要定了她。

他脸上浮起笑意，悄然出了门。

巍鸣听闻叶阑受伤，马不停蹄地奔向无人的竹苑。那水榭设于密林之中的水上，被层层轻纱和帷幔遮挡，有幽光隐隐透出，月夜之下，璀璨如一颗明珠。巍鸣心急如焚，三步并作两步直奔香榭，撩开帷幔时，有一片竹叶翩然落下，擦过他的脖颈，他蹙眉，伸手一抹，并不甚在意，只是暗暗向天祈祷："阑儿千万不可有事……"

隐于远处竹林之后的含露见他如约前来，双手合十默默祝祷："如此，含露便推波助澜，帮着苏穆君成全了这段姻缘，也断了他回鸾倾城的心。"而后转身，朝叶阑所在的别院走去。

巍鸣一面唤着叶阑的名字，一面提步继续往水榭的深处走去。忽然，一道黑影从天而降，一个手刀砍在他的颈后，陷入眩晕前的最后一眼，看到的是一双他似曾相识的眼。

随后，荆南依兴冲冲地走入香榭，揭开一层层帷幔。忽然，像是有什么东西从头顶落下，粘在她的脖子上，她伸手取下，见是一片竹叶，也不甚在意，随手扔在一边。

那叶子上沾染着淡淡的药香。

她抬头先看见了桌上的夜光杯，惊奇道："夜光杯在此，邀我赏杯子的人呢？"她四下张望，想找到巍鸣在哪儿，就见一人立于阴影处，时刻拂动的薄纱遮住了他的脸。

荆南依试探着问道："巍鸣君……"忽然，一阵天旋地转，她感到头晕，脚下一软，在即将跌倒的前一刻，那人急切地伸手揽住她的腰，拽着的轻纱顺势飘下遮住了她的眼。二人齐齐后退时不小心撞到桌上，夜光杯碎在地上，榭内就这样暗了下来。

那人隔着一层纱弯下腰，吻在她颈边，她觉得痒，咯咯地笑出声来。眼前的轻纱如一道薄薄的烟雾，让她宛如置身梦境之中，她看不清面前这人的脸，只见到他胳膊上一颗耀眼的红痣。

她笑着，喃喃地说："我这是怎么了……"

她只觉软骨酥身，一阵燥热，眼前也迷迷蒙蒙，眩晕难辨。

"依依，你困了，睡一觉，一切都会不一样的……"

那男人温柔地在她耳边这样说。

他终于遂了心意，得到了她。

傅昊郗穿着巍鸣的衣衫，五官似乎都被自己的泪水淹没了。

六十五

嫌隙丛生

在一阵混乱的剧痛中醒来，巍鸣跌跌撞撞地站起身，定睛望向轻纱之内，里面躺着昏睡中的荆南依，海棠春睡，香肩半露，一派旖旎香艳的景象。巍鸣一惊，上前扶她起来，轻拍着她的脸道："醒醒，依郡主，你怎么了？"

荆南依悠悠醒来，见巍鸣抱着自己，想起刚才发生的事，也不知是羞是气，抬手就给了巍鸣一巴掌："无礼……"

巍鸣觉出她语气的异样，再观她装扮，心里便咯噔了一下，立刻说："郡主这是何意？"

荆南依脸色羞红，背过身不肯看他，声音低低地说："登徒子……说好了赏夜光杯，却对我……对我……"她双颊艳红如血，如何也说不出那些露骨的字眼。

巍鸣豁然色变，知她误解，正要解释，却听见外面脚步声纷沓而来。荆南依害羞，本能地扭身钻入他怀里，将脸紧紧地埋在他胸口，身体还微微地颤抖着。巍鸣抬头，只见叶阑撩开帷幔站在那里，正一脸煞白地看着他俩，胸口不可自控地起伏。

巍鸣心急如焚，叫了声阑儿，而她头也不回，转身就走。情急之下，巍鸣一把推开怀中的荆南依，起身追了出去，不料却在水榭之外与赶来此地的皇甫芳娉撞了个满怀。

"站住！"

巍鸣回头，芳娉严妆高发，携三四侍女，威严喝止他："穿成这样跑出去，还嫌脸丢得不够大吗？"巍鸣在长姐的呵斥下这才茫然停住脚步，一脸惶惶地环顾左右，只见皇甫侍卫正鱼贯出入，点亮了四角的灯，

113

不用想也能猜到，此地的消息势必将会以惊人的速度传扬出去。他颓然跌坐在地上，喃喃道："不是这样的……不是你看到的这样的……"

芳娉举目望向被层层帷幔掩映的水榭中央，不动声色地敛取了唇际的笑意，侧首命令侍女："愣着干什么？还不快去给巍鸣小君整理好衣服，衣衫不整的，成何体统？"而后也不管巍鸣是何反应，径直转身离开。随行的侍女上前搀扶，压低了音量道："折腾这一晚上，终于大功告成了，不枉长郡主费心了。"

她只是一笑："这下荆南依可遂了心愿。那味迷药当真有奇效。"

"那还不是长郡主在背后暗中扶持？"

芳娉懒洋洋地望了望自己纤细的五指，像是赞同，又像是感慨："看看我这双手，什么都不能做，也什么都做不了，故而总是将希望寄托在旁人身上，到了今天我才明白，只有将自己变成大数，隐蔽自保，才来得踏实。"

侍女随着她款款而行，轻巧地笑道："郡主女中诸葛也。"

"想一想，倒是要感谢懿沧世家，让我死而复生，才悟出了些许活着的道理。"想起了什么，她转身问道，"奴才们可都将消息放出去了？"

侍女掩唇笑道："明日天明时，此事必将传遍整个逍遥城……"

"明日天明……"芳娉仰头望向薄云缭绕的天际，轻笑道，"那离悠然河南北也不远了吧……"

"你去哪儿了，怎么现在才回来？"

含露向自己的住处走来，边想边走，听到面前有人突然发问，她悚然抬头，就见苏穆负手立在门口树下，蹙眉看着自己。她不动声色地将一只信鸽纳入袖中，可惜这一举动却未逃过苏穆的眼。他问道："什么东西？"

含露迟疑了片刻，方才正色道："含露飞鸽传书给一人。"

"谁？"

"叶阑姑娘。"

"找她做什么？"

"含露想找她，"她抬头定定地看向苏穆，毫不避让，再无退却，"将巍鸣君让给依郡主。含露以为，待依郡主完婚，荆南世家便能名正言顺地成为悠然河畔的第二大家族。"

苏穆怫然色变："这件事我说过很多次，不想再提，依依的终身大事，怎可作为荆南扶摇而上的筹码？巍鸣心中绝无她，她嫁予一个根本不爱自己的男人，何来幸福？依依虽然任性顽劣些，但心思单纯，倘若受到伤害，恐情伤难愈。"

含露正要开口劝他，就见辰星慌慌张张地闯了进来。苏穆转脸向他，问道："怎么了？"

辰星扫了一眼他旁边的含露，欲言又止，不知从何说起。

苏穆不顾旧伤在身，抽出佩剑，疾行在昏暗无光的甬道之上，碰巧遇到了从水榭出来，相向而行的叶阑。她双目失焦，只是一步一步茫然地向前，如失了魂魄一般。苏穆见她如此，内心惊痛如狂，停住了脚步，在她跟他擦肩而过的那瞬间低声道："负卿者，杀之。"

叶阑恍若未闻，只是双睫一垂，有泪滑下。

苏穆飞身冲入竹苑，就听守在外面的侍卫们议论纷纷，说的都是那不堪入耳之事，言辞粗鄙至极。

"巍鸣君就在那水榭中与依郡主云雨。"

"依郡主不是迟早要嫁予巍鸣君吗？怎么如此心急？"

"天下第一美人啊，能不心急火燎吗？"

苏穆怒火中烧，揪住最近一人的衣领，冷声道："他们在哪儿？"

侍卫神色惊慌，伸手指向水榭。

苏穆跃身而起，挥出一剑将那水榭的顶棚从外劈开，亲眼见到其内衣衫不整的荆南依和巍鸣。苏穆恨意勃发，持剑直取巍鸣命门，口内喝道："拿命来！"

荆南依挺身挡在巍鸣面前，失声惊叫："穆哥哥……"

苏穆来不及收势，硬生生地横转了手腕，带着雷霆万钧的剑气，深深扎进亭中木柱之中。苏穆收回长剑，指向被荆南依护在身后的巍鸣，冷冷道："依依让开，这个坏你名节的败类，我定要将他千刀万剐。待为兄杀了这个登徒子，再剜了这里所有人的眼，割了他们的舌头。"

荆南依怎么都不肯，护着巍鸣哀求道："穆哥哥，你要是杀了他，我也不活了。"

苏穆怒不可遏，握剑的手甚至还在微微颤抖，冷声重复道："让开！"

荆南依眼泪滚滚而下，哭得几乎哽咽，断断续续地哀求："是依依……是依依心甘情愿的……依依如今是他的人了，穆哥哥若杀了他，依依就死在你的面前。"

"你！"苏穆气结，怒而望向巍鸣。巍鸣脸色苍白，僵立在原地，像是魂魄已然脱离肉体。苏穆见妹妹一意孤行，悲愤不已，丢下手中长剑，转身离去。

苏穆一走，荆南依这才松了口气，抬手擦了把眼泪，抓着巍鸣的手哽咽道："好了好了，穆哥哥不会对你如何，我们终于可以在一起了……"

他浑浑噩噩地转过头看她，开口便说："阑儿呢？我要见她。"

积在荆南依目中的眼泪顷刻之间重又冲下。

叶阑一夜未眠，双手抱膝枯坐在窗前看着蟹青色的天一寸寸亮起。巍鸣痴痴地立在窗外，她看了有多久，他就立了有多久，一步也不曾挪动。最后，他终于伸手，可是没等碰到叶阑的衣角，就犹犹豫豫地缩了回去，吸了吸鼻子，低声道："阑儿，你信我，昨晚我和她，真的什么都没有发生过……"

叶阑沉默一阵，对着巍鸣满怀期待的目光平静开口："巍鸣君尽快跟依郡主完婚吧。"

巍鸣转到叶阑面前，双手不管不顾地搂住叶阑的肩，急切道："不，此生我只与阑儿饮那合卺酒，只与阑儿共燃那龙凤烛。杜若花前，我与阑儿相约，举案齐眉，恩爱白首。难道阑儿都忘了吗？"

"誓言犹在耳畔，只是此时一切皆惘然，奈何物是人非了。"叶阑起身拿开他的手，低声道，"你我缘分尽了，放过叶阑吧……"

"不，我不。"巍鸣绝望到了极点，弯腰寻着她的眼，执着地让她再看自己一眼，奈何她双目疏离，望向了别处。

"阑儿怎么能这么轻易地就说缘分已尽？巍鸣将一颗心、一条命都压在了上面，你怎么能这么轻易地说缘分已尽？"

叶阑闭目流泪："我虽自小以游侠之身长大，不曾受名门闺秀的熏染，却也有廉耻之心。明日，叶阑便离开逍遥堂，回有疏城去。"

巍鸣强硬地一把将她拥入怀中，急切道："我不准你走。"

叶阑双眼微红："小君又何必强求呢？昨日之事，逍遥堂尽人皆知，皇甫与荆南的这门婚事已然板上钉钉，请小君给阑儿留些女儿家的颜面吧。"她再也不去看巍鸣一眼，毅然决然地将手抽回。

巍鸣痛苦不已，却毫无办法，眼睁睁地看着她离去，一拳砸在墙上，整个人忽地一颤，心绪难平，一口鲜血喷涌而出。

叶阑忍泪回绝巍鸣，独自在房中收拾行李。苏穆听说了她要离开的消息，跑来见她，立在门外却不知道从何开口，事情最终变成眼下这局面，只觉世事难料，天意弄人。

叶阑还是察觉到了他的出现，简单向他交代日后行踪："我要走了，回鸾倾城接我娘亲，带她回有疏世家的封地去，认祖归宗。"

苏穆望着她，只是欲言又止。叶阑叹了一声："叶阑还有一事想要托付兄长。"

"只要苏穆能够做到，定会尽力为之。"

叶阑垂下了头，低声道："当日，巍鸣身受重伤，并非被懿沧群所伤，而是被他自身的武功所反噬。在没有找到另一阕秘籍前，巍鸣一旦错用，便会加重伤势……"她抬头这才看了苏穆一眼，"如今各大世家都觊觎逍遥堂，巍鸣又是新主，倘若真的有武力之争，请苏穆君替我照顾他。我会尽快想法子，帮他找到化解之法。"

苏穆苦笑，伸手抚了抚她的肩，心疼她，也嫉妒他，她将自己逼成这副毫无退路的模样，只是因为爱他太深罢了。

"阑儿对巍鸣果真情切，如此境地，还为他考虑，真是令人羡慕。我答应你，"他说，"倘若谁想对巍鸣不利，苏穆必定以命相抗。"

他的命，从来都是最先舍弃的。

"谢谢，"她抬头看了苏穆最后一眼，"也请兄长保重。"

六十六

落花流水

从叶阑处出来以后，苏穆便去探望荆南依，从她的侍女口中得知这一天来她闭门不出，将自己反锁在屋内，谁也不见。心知荆南依的女儿心思，他也就体贴地选择不去打扰她，在她居处的院子中站了站，就转身离开。正好含露从外面走了进来，看见苏穆来而复去，轻声道："苏穆君身上还有伤，请勿要再劳神了。君上，不进去见郡主吗？"

苏穆黯然摇头："大局已定，我不忍见依依，她竟以此狼狈之态，断了终身之事。倒是她，心心念念之事遂了心意，无奈，由她去吧。"

含露心下略松，知暗中助芳嫆的一臂之力并没有白费，望向苏穆，恳切道："听说叶阑姑娘要离开逍遥堂了，既然苏穆君对她倾心难忘，为何不重温旧情？"

"旧情？"苏穆将所有的苦楚化为嘴角一抹涩笑，"哪还有什么旧情可言？我最清楚阑儿，人如其名，是清朗的女君子，她心中，一时唯有一人。我与她的那一时，皆留在了过去的鸾倾城中，我们二人算是错过了。"

人生全是错会与错过。

含露长叹出声，亦真亦假地替他们感叹道："恨君相逢未许时，落花流水皆有变。"

此刻的侍从监内一片狼藉，皇甫带刀侍卫奉了巍鸣的命令，四处捉拿可疑的侍从，将其推搡着跪地，一时之间脚步纷沓，喊冤求饶声不绝于耳。侍从们一溜跪了一地，仰着脸，等待巍鸣检查。巍鸣逐一细看，同时命令左右亲信："给我擦亮眼睛，把那日传消息脸生的家伙找出来。"

"遵命，属下这就过来认认看。"

就在侍从监人仰马翻之际，芳娉带着侍女从外走了进来，环视了一圈屋内情形，不悦道："鸣儿，你在做什么？"

巍鸣气呼呼地抬头看去，大声道："长姐，事有蹊跷，我要找出陷害本君的真凶。"

芳娉目光状似随意地一扫，在某处角落稍做停留，又若无其事地转开了视线，望向巍鸣，斥他道："鸣儿，你快停下吧。"

巍鸣拨弄着一个侍从的脸，揪着他耳的朵仔细辨认，头也不回地问："长姐也不信鸣儿吗？"

芳娉情急之下一把挡在了巍鸣面前，一声高过一声，试图要他回心转意："你醒醒吧。无论当晚你和依郡主的事是实是虚，如今逍遥城，乃至悠然河南北尽人皆知，你与郡主三更独处。你若悔婚，让荆南世家如何自处？让依郡主有何颜面存活于世？倘若各大世家以此为由，谣传逍遥堂新主是无信无义之人，师出有名，伺机造反，鸣儿如何对得起皇甫祖宗？"

巍鸣无言以对，低下头去。芳娉见他面有愧色，也放缓了语气，动之以情道："长姐知道你心仪阑姑娘，可是，她去意已决，心如止水，你就算找出了你口中的真相，你觉得你们还能破镜重圆，重修旧好吗？"

"心如止水"四字点中了巍鸣的死穴，他心灰意冷，也不要人跟，独自一人走出了侍从监。芳娉见他离去，这才长舒了一口气，指着角落那个两股战战的侍从道："赶快把他处理了。险些将我推入深渊。"

侍女也一脸紧张，连声应道："是，郡主。"

几日之后，巍鸣大婚，清晨，叶阑独自一人策马离开逍遥堂，不曾惊动任何人。当马蹄踏上城外第一寸土地时，她却勒马回首，悠悠目光投向被金色朝阳笼罩着的巍峨城邦，一如她第一次所见时般富丽堂皇，那是她对权力所有的想象。

那一次，她的手被一个男人紧紧地握着，像是握着此生仅有一次的幸福。而此刻，她的身边再无那人的踪影。

她微微移目，这才发现，原本空无一人的城墙之上此时映着一个顾长的人影，青色衣衫，略显单薄，像是一道随时都会在太阳光下淡去的水迹。

她略微迟疑，举目看去。城门从中缓缓开启稍许，一人一马缓步而出，正是苏穆。

叶阑愣怔，又一笑："兄长。"

"阑儿既要回苏穆的鸾倾城接令堂，不如就让苏穆送你一程。有我陪行，到了鸾倾城诸事皆方便些。"

叶阑也不是扭捏作态的人，痛快应道："好。"

二人同时翻身上马，并辔而行。叶阑望着山际喷薄而出的朝阳，感喟道："阑儿让兄长挂碍了。千里相送，也不及君意。"

苏穆一笑而过，甚是豪迈："出了逍遥堂，阑儿便应做回当年叱咤爽利的叶子爷，何必拘这些礼？"

叶阑回过神来，又大笑开来，随着这一声大笑，心中的郁结之气也被涤荡得一干二净："当真是在樊笼中拘久了，游侠气度都磨没了，让兄长笑话了。不如，策马追回吧。"

苏穆望向她，心疼着她，努力扮演着她要他做的兄长。

叶阑离开逍遥堂的消息也被守卫的武士一层层向上呈报，禀给了正枯坐房中准备大婚的巍鸣。听得叶阑、苏穆二人同时离去后，巍鸣嘴角一牵，苦笑凝于心间，并未形之于色。他随后起身展臂，向着左右等候许久、急得满头大汗的婢女们道："更衣吧。"

洞房花烛夜，一对红烛燃了大半，却迟迟不见新郎出现。荆南依独自一人百无聊赖地坐在婚床上，偷偷地从袖子里掏出果子来吃，又偷偷地将果壳压在被褥之下，不让伺候的侍女们发现。

等得累了，她自己揭下盖头，连鞋子也脱了，光着脚在婚房之内跑来跑去，一会儿动动这个，一会儿又动动那个，满心欢喜，心里只疑惑一件事：巍鸣怎么还没回来呀？

这时，门口忽然有脚步声传来，荆南依听到声音，喜不自禁，三步并作两步跑回床上，用盖头将脸盖上。

巍鸣走进婚房。

荆南依坐得久了，也不见他有下一步动作，忍不住撩起盖头的一角，悄悄偷看他，见他堂堂男儿，却拘谨地站在门口发愣，不由得扑哧一声乐了："你怎么了啊？"

巍鸣不语，只是呆呆地走进来，找了一张凳子坐下。

荆南依有些不耐烦，一把将盖头掀开，奔到巍鸣身边挨着他坐下，巍鸣慌张地往一边挪了挪。她好奇道："你不高兴吗？"

巍鸣看了她一眼，只见她一脸天真无邪地望着自己，一双大眼睛内尽是单纯的光，像个过家家酒的孩子，任性也无辜，浑然不知这桩婚姻导致她和他的生活有翻天覆地的改变。巍鸣苦笑了一下，端来了酒壶说："我们喝酒。"

荆南依双手一拍，喜笑颜开道："正好，我们也该喝合卺酒了。你给我倒一杯。"

巍鸣倒了一杯给她，自己一杯复一杯痛饮。荆南依再傻也能看出来他在借酒消愁，脸上笑容渐渐隐去。她放下酒杯，看着仰头痛饮的巍鸣，忍不住赌气道："娶我就让你这么不高兴吗？"

巍鸣避开了荆南依的逼视，痛苦不堪，不去回想那一夜发生的所有事情。

荆南依又羞又恼："既然如此，那夜何必……你何必……这样轻薄我……"

"轻薄？"巍鸣愤慨地抬起头，一脸隐忍的怒色，望向眼前的荆南依，"我轻薄你？你我心知肚明！我一直以为你不过是任性些，不承想竟是个蛇蝎女子！"

荆南依气得双颊嫣红："你什么意思，你是说我用名节骗婚不成？"

巍鸣不再理会她的质问，只是径自喝他的酒。

荆南依被他气得喘不过气，任性地拿起酒杯狠狠向他砸去。巍鸣心灰意冷，也懒得再躲。那酒杯咚的一声砸在他的额角，碎片划过他的脸，血沿着伤口缓缓淌下。荆南依心疼不已，忙不迭用手去揩，想要问他疼不疼，却被他冷淡地一把挥开。

荆南依因势被挥倒在地，终于忍不住哭了起来："你为什么要这样待我？我是桃花印女子，天底下第一美人，你为何不倾慕？你的眼盲了，你的心也盲了吗？"

巍鸣不知所措，提了酒壶漠然地走出房门，头也不回地走进外面的瓢泼大雨中。荆南依一跺脚，追了出去，赤足跑到巍鸣面前，以她一贯的娇纵口吻命令巍鸣："你跟我回去！回去！"

巍鸣绕开荆南依，径直向前。她不忿，夺过他手中的酒壶砸在地上，水花飞溅。她歇斯底里地咆哮："听见没有？你是我的夫君，是我的人！没有我允许，你哪儿都不许去。"

巍鸣置若罔闻，漠然前行。

郎心似铁，荆南又软了下来，委屈地牵住他的衣角，哀哀泣求："夫君、夫君，你别走，你别生气，是依依不好，砸了你的酒壶，划伤了你的脸，好好的兴致，都让依依给毁了。"

巍鸣拂开她的手，令她不慎跌坐在积水当中。她脸上早已分不清是泪还是雨，她泣不成声道："旁人都说我是天底下最美的女子，可得天下男儿的心，可是又如何？依依最想得到的，不过是夫君一人之心。"

巍鸣也爱过人，自然清楚爱而不得是何种痛苦。他略有迟疑，便停下了脚步，回头看那跌坐在雨中的少女。荆南依哭得连鼻尖都红了，鼻涕都流出来了，可怜无比，见他回头，便飞快地用袖子擦去，像是害怕他看自己笑话一样，膝行到他足前，两只手紧紧地揪着他衣袍的下摆，又是哭又是笑："依依就是这样笨的，从小到大，依依一个人在鸾倾殿中，没有多娘，穆哥哥又不在身边，依依就好气恼，也只能自己和自己玩，时间长了，依依就不太懂这世间的人情世故……依依不懂夫君为何讨厌我，依依也不懂怎么讨夫君的欢心。依依越是用力，夫君越发讨厌依依了，我该怎么办？依依该怎么办，才能让夫君不恼我，才能让夫君施舍一点点爱意给依依？"

巍鸣心中一疼，怜惜这如同自己一般痴傻的少女，伸手要扶她站起，低声道："对不起，我的心已经给了阑儿，不能再给你。"她不依，只是紧紧攥着他的衣服不松手。巍鸣无奈，只得一点点从她的手中抽回自己的衣服。荆南依哭得肝肠寸断，几乎绝倒，哀声道："夫君别走。依依不贪心，依依再也不贪心了。依依知道夫君心里有她，没关系的，真的没关系的。依依只要夫君在我身边就好，只要夫君肯看看依依就好……

其他的，依依不要了，依依再也不要了……依依求你了，求你了……"

巍鸣这次再无犹豫，转身就走。荆南依连忙起身去追，不小心被裙摆绊了一下，扑倒在地上，巍鸣转而扶住她。荆南依破涕为笑，如同抓住救命稻草一般，赶忙死死抓住巍鸣的衣领，羞怯地垂下头米，娇羞道："夫君……"

巍鸣扫了一眼她划伤的脚踝，心生怜悯之情，俯身一把将其打横抱起，淡淡道："回去吧。"荆南依乖巧地偎在他怀里，伸臂揽住他的脖子，点了点头，手中揪着的衣衫却迟迟不肯松开。

巍鸣抱着荆南依回到原本属于他们的洞房，将她放在床上。荆南依怜惜地用手指轻轻抚了抚巍鸣脸上被她划伤的伤口，心疼道："疼吗？"

巍鸣木然转过头，躲开了她的触碰："不疼。你躺下吧。"

荆南依破涕为笑："还痛吗？你看看，我与夫君的大婚多喜庆，新郎、新娘皆挂红了。"

巍鸣直身看了她一眼，说："我让医官进来。"

"不，我要你陪着我。"荆南依重又冷下脸，目光中透露着绝望。

巍鸣拿下脸上她的手，再未多说些什么，转身离开。荆南依无助地望着巍鸣的背影，忍不住放声大哭。

雨不知何时已经停了，积了水的地面折射出莹莹月光，雨后的空气清新异常。巍鸣信步走着，不知不觉间竟走到了杜若花丛当中，抬头望向明月，也不知这月光是否一样能够照到叶阑身上。巍鸣苦笑着，黯然心想：阑儿，这个逍遥堂没有你，我当真无处可去了。

背倚着花架，他疲惫到了极点，颓然坐下，像个未识礼数的孩童一样，喃喃道："你知道吗？我竟些许怀念当年舅父追杀我的日子。如果那时，你我可以逃走，未尝不是一种幸福。我的心，便不会如此疼了。"

六十七
策马回城

沐浴着同一片月光，叶阑与苏穆二人策马进入鸾倾城，直奔大杂院，却见大杂院荒草丛生，已成废墟。叶阑翻身下马跑进院中，朝内大吼："猴崽子们，都给我出来，叶子爷回来了……"

屋中无人应声，倒是一个叫大力士的杂耍小哥抱着柴火从外走进，望着女装打扮的叶阑，惊得下巴都快掉下来，结结巴巴道："叶……叶子爷？"

叶阑惊喜不已："大力士！"

大力士摸了把自己的下巴："叶子爷，你……你是女娃娃？"

叶阑恍然大悟，低头望了眼自己此刻的装束，有些不好意思地笑道："无论男女，我都是你们的叶子爷。对了，大力士，我娘亲呢？其他人呢？"

大力士伤感道："自上次收到叶子爷避风头的消息，杂耍班的伙伴们就都散了。我回来的时候，大杂院已经是这副破败模样，大娘还有瘟猴、瘦猴也不知踪影。我就想守在这儿死等……终于把叶子爷你等回来了。"

叶阑心一沉："我娘她……"

苏穆见状劝道："阑儿莫慌，本君会遣人全城寻找令堂的。也是苏穆大意了，当年离开得太匆忙，未能照顾周全。"

叶阑强颜欢笑："叶阑先谢过兄长。"

见叶阑日夜兼程，形容憔悴，此刻形单影只，更显可怜，苏穆伸手解下披风披在叶阑身上，二人迎风而立，望向这萧索庭院。苏穆忍不住叹了一声："当年，我与阑儿初识，在这巷道之间，见一鬼祟之徒穿行其中。世事无常，没承想正是这鬼祟之徒，改变了本君乃至整个鸾倾城的命数。"

叶阑转头望他，眼神柔波荡漾："兄长从未变过。无论是一城、一池还是一逍遥堂，兄长记挂的都是这炊烟人家，黎民生计。"

苏穆笑了笑，眼神莫名地低回，又问她："阑儿知我。日后你有何打算？"

叶阑举目望天，暗暗握拳，神色异常坚定："我要替巍鸣找到《逍遥流云》，这条命曾是巍鸣救的，定要还了此情。再者，能助皇甫世家震慑南北，平荡纷争，还百姓一个太平日子。"

"阑儿果然女中丈夫，苏穆惭愧。可有对策？"

叶阑简单说了二字："父亲。"

苏穆疑道："有疏世家的老尊主？"

叶阑点头："没错。听二姐说，当年父亲受高人指点，将我作为棋子，留在巍鸣君身边，之后的每件事，都如此高人预料，步步为营，不差半招。阑儿窃以为那高人必定知晓当年事实原委，方能如此缜密，滴水不漏。"

"阑儿是想从令姐处探听些消息？"

"正是。"

知她要回有疏城，苏穆也松了口气，起码她的安全能够得到保证。这样想着，他再度颔首，道："如此也好，苏穆本该回逍遥堂了。扶泽、陆廉几个世家仍旧盘踞逍遥城，我担忧巍鸣无法应对。"

听到巍鸣的名字，叶阑脸色略变，苏穆觉察，望向叶阑的目光微含复杂之意，问她道："可要我带什么话给他？"

叶阑避开他的目光，不自然地低下头去："不必了，交深缘浅，当断时，必舍离，对我，对他，对依郡主，都是一种成全。"

来时苏穆相陪，去时二人仍旧同行，在弯倾城门口相互别过，互道珍重。叶阑朝他一拱手，道："兄长，阑儿就此别过了。"

苏穆眼中波光漾动，甚为感慨："今日一别，不知何时再见。"

"兄长……保重！"

"我会的。"他点头，语气颇为随意，神色却是那样郑重其事，"好好照顾自己，答应我。"

"嗯……"她目光游移，不敢看他的眼。

苏穆伸手按住她的肩，俯身寻到她的眼，殷殷叮嘱她道："再说一遍，好好照顾自己……"

叶阑垂目点头，策马转身离去。苏穆目送叶阑而去，随即策马向另一个方向行去。

叶阑一路兼程，片刻不敢稍息，于次日黄昏之前抵达有疏城。烟芜早听闻消息，命有疏武士列队夹道而立，自己亲自出城相迎，回城的第一件事便是领她去祠堂，向案上陈列着的祖先灵位焚香跪拜。烟芜深深揖首，道："有疏先祖在上，不肖子孙有疏烟芜，奉先父之托，今令有疏子嗣叶阑认祖归宗。"

叶阑向灵位恭敬地三叩首，烟芜面有欣慰之色："爹若是知道你回来，泉下有知，便可瞑目了。"说罢双手扶她起来，又道，"阑儿既已回来，便同二姐留在有疏城中，不要再涉足悠然河权斗之事，你我姐妹二人相伴，自由自在。"

叶阑略有迟疑："二姐，此行阑儿恐不能久留，还有一事要办。"

"何事？"

叶阑低头，不敢与烟芜对视："阑儿要替巍鸣君寻到一样东西。"

烟芜叹气，望向她的目光满满都是怜惜："那皇甫巍鸣已然迎娶了荆南郡主，阑儿何苦如此？痴缠儿女情长，并非我有疏女子的性情。"

叶阑却不这样看："正是因为阑儿是有疏女子，才知知恩图报的道理。当年，巍鸣因我而受了重伤，落下顽疾，阑儿便是要寻得医治他的方法，还了这人情。"

烟芜了然于胸，笑："女儿家最是口是心非，说的是江湖义气，知恩图报，心里可当真没有别的情意？可是阑儿你也要记住，没有结果的儿女情长，最终不会有善果的。"

"阑儿知道二姐担心我再受情伤，权当是了结小妹最后的心愿吧。"

烟芜知她心性如此，便也只得随了她去："好，阑儿也是真性情，二姐知你决定的事，定不会回头。二姐相助便是。"

叶阑屈膝行礼，感激不尽："多谢二姐。一旦此事了结，阑儿便会回到有疏城中，与二姐相伴，那时我与他……也便两不相欠了……"

烟芜点头："好，小妹可要记下你的承诺，不要口是心非才好。"

叶阑赧然垂首，深深点头。

烟芜也不将话点破，追问她说："此事二姐要如何助你？"

叶阑娓娓道来："十六年前，皇甫规将皇甫世家的一样物件交给了穿着黑色羽衣的人，作为交换平定荆南梦谋反的条件。当年之物便能救巍鸣性命。"叶阑目光深深地望向烟芜，急切道，"二姐见多识广，可知那诡谲的黑羽人到底是谁？"

烟芜陷入回忆当中，细细回想："说起来，二姐在御风世家的时候确有耳闻。那时候，有个巫蛊族的人也为御风的堂上客，我曾听他言及，那些黑羽人是个杀手组织。"

叶阑顿时一惊："杀手组织？"

烟芜颔首："嗯。据说他们不问是非，不问情仇，只交换一样欲得之物，或金钱，或城池，或秘密……即可替雇主杀死天底下任何一人。他们神出鬼没，纪律严明，号称'青门引'。"她深看叶阑一眼，认真道，"阑儿若想得到皇甫规之物，必先要寻得青门引之人。"

叶阑沉吟片刻，方才道："青门引？阑儿在大杂院的时候也有所耳闻，竟将青门引误认为是一本风水古书。他们当真聪明绝顶。"叶阑意味深长地一笑，"既然青门引善取人性命，不如就拿自己性命邀一邀。"

烟芜合掌一拍，这才想起一件事来："父亲的那位玄古阁挚友，当真留下过一个秘密，应足够在青门引买小妹的命了，我即刻派人把消息放出去。二姐必全力护你周全。"

"多谢二姐鼎力相助。"

六十八

清婉奇遇

就在叶阑启程寻找青门引之人时，先她一步离开的清婉日夜兼程，已到了一处名为桃花岭的地界。此处虽地势荒凉偏僻，却是麻雀虽小，五脏俱全，酒肆、妓院、茶寮，样样齐全。清婉向路过的一名村民打听："这位大叔，桃花岭可有一位上官明？"

村民一摆手，表示不知。清婉仍旧不肯放弃，继续追问："他是个独眼之人。"

村民恍然大悟："独眼？哦，你说的是他啊。"

清婉眼睛顿时一亮，问："您认识？"

"全桃花岭都认得独眼鬼。你去醉月轩看看吧。"

清婉经人指引，停在一座名为醉月轩的青楼前，但见门口数位袒胸露臂的女子迎来送往，打情骂俏，拉扯着门口路过的男客："大爷进来坐坐。"

见清婉略显为难地站在门前，一女子不由得掩唇笑道："哎呀，小姐，这儿是大男人来消遣的地，你一个闺女，怎么也往里面闯啊？"

又有人打趣她说："要是来捉夫君的，那就请回吧。"

清婉从包裹中掏出一锭银子："有钱不可以吗？"

青楼女们对视了一眼，又哈哈大笑起来："怎么不可？里边请，让我们姐妹也开开荤，头次招待富家小姐。"

清婉提步迈进楼中，随意找了一张桌子坐下，坐姿优雅，与周围狐媚的女子截然不同，也跟这青楼热闹的氛围格格不入。

这时，二层某间包厢的窗户大开，金银珠宝从内飞出，伴随着一声轻佻的男声："姑娘们，上官大爷打赏了。"

青楼女们蜂拥而上，嬉笑着抢那些金银珠宝，道："谢上官大爷赏。"

清婉听见"上官"二字，豁然抬头，雪似的目光直刺那间包厢而去。

二层楼梯扶栏处，走出一名戴黑色眼罩，两鬓苍白的老翁，毫不吝啬地将布袋中的宝物撒向一楼，口内道："拿去，统统拿去……"清婉身边一名男客十分不满上官明的作风，嘀咕道："这个上官明还真是爱出风头，这都小半个月了，每日如此散财，招摇给谁看啊？"

很快，这位名叫上官明的老翁也注意到了堂下紧盯着他的清婉。见她容貌清丽，目光锐利，不像是此间女子，他便向着左拥右抱的青楼女道："这是谁？你们新来的姐姐？"

"爷，那也是个客，你说稀奇不稀奇？看起来规矩人家清清淡淡的小姐，也来我们这里吃花酒。"

上官明饶有兴趣地望向清婉，清婉并不回避他的打量，只是定定地回望他。

他颇有兴味地一笑，朗声道："走吧，美人们，我们回房继续逍遥。"

上官明收回目光，揽着二女的细腰转身回房，懒懒倒向床铺，任由周围几名女子为他递酒、喂食、捶腿。只有一女低着头，但笑不语。上官明奇道："你笑什么？"

她说："我笑爷真是古怪，每日在我们这儿花钱如流水，却不碰任何一个姑娘。可是我们不合爷的心意？"

上官明探身轻轻掐了一把那女子的脸颊，戏谑道："有的人喜欢的是女儿身，我却喜欢女儿心，与美人们聊天、弹曲才赛神仙啊。"说罢又舒舒服服地偎入床铺当中，把腿架在桌上，吊儿郎当地说，"心肝们，我倦了，你们先出去吧。"

青楼女子纷纷离去，留他一人在房内。他意懒地用手捋了捋脸上粘着的假胡子，活动活动了腮帮，不爽道："装这个龟孙子还真是费事。"这时就听房门吱呀一声，又从外被推开，上官明似乎有些恼怒，冷声道，"不是说了让你们出去吗？"

半晌都没听见关门的声音。

他下意识地抬头，眉头微蹙，站在那里的并非别人，而是适才他关注过的那名女子——清婉。

他饶有兴趣地打量她。

清婉的镇定显然出乎了他的预料："上官先生？"

他双臂枕于脑后，笑着看面前女子如欣赏一幅山水卷轴："这位姑娘，你好像不是醉月轩的花牌，随便往嫖客的房间里闯，不害怕吗？"

清婉挑战般迎视着他的目光，淡然道："来这儿的男人要的是逢迎的笑脸，清婉没有，便没了他们想要的，又有什么好害怕的？"

上官明愣怔，忽地放声大笑："说得好。"

清婉这才屈膝行礼："小女子找您有一事想问。"

上官明盯着她，意味深长道："是谁让你来找我的？"

清婉愣怔，却也如实解释："傅昊郗。"

"无常坞坞主？"

"正是无常坞坞主告诉小女子，这世上仅有两件以神鸟羽翼织成的羽霓裳，一件白鹭，一件乌鸦。那件乌鸦漆黑如夜，是雄鸟之翼，轻功了得的高手穿着它，飞檐走壁，如履平地，而且，乌鸦中藏有金骨，可为利器，几经转手，从无常坞坞主的手中落到了阁下上官明手里。据坞主说，阁下是要拿了这乌鸦去交换一本名为《青门引》的风水古书，对吗？"

上官明笑了笑，拉长了声调，悠然道："原是为了青门引，不过……"他坐在椅上跷起双腿，俨然一副大爷的做派，"来这里都是要做生意的，我花钱，姑娘们赔笑，你这样清冷如冰霜，刚才也说了不会逢迎赔笑，那有什么能许给我？"

清婉垂眸想了想，神情略显局促。上官明有意色眯眯地望着清婉，挑逗她往那不堪的方面想去："看你这通身的气派，也别有一番滋味。除了脸蛋冷些，大爷我也可将就一试。不如，"他起身挨近清婉，在她耳畔轻轻吹气，撩拨着她的意志，"你陪大爷快活一场，想要什么，大爷自然会满足。"

清婉一张欺霜赛雪的脸上并无任何神情，缓缓抬头，转身，并无多少犹豫，关上了房门。而后在上官明复杂目光的注视下，她抽开衣带，开始脱衣。随着她的衣服一件件落下，上官明的笑意也一点点隐去。他站起身，拿起床边的剑鞘按住她将要解开贴身小衣的手，冷淡道："不必了。我不认识什么青门引，你所托之事，必定伤人伤己，我也不会答应的。"

清婉脸色一变，雪似的目光直刺向他。

他重又躺回床上，浑身好像缺了根骨头一样，指着门口简单命令她："出去。"

清婉也不争，抱着衣服转身离去。上官明望着此女纤细的背影，心内五味杂陈。

六十九

纠缠不清

　　一觉睡醒，上官明伸着懒腰推门出去，停在栏杆处随意地往下望了一圈，四下酒客皆醉倒，一片狼藉，唯有清婉一人端坐在桌前，望向自己。二人不经意间四目相接，上官明心一惊，只道"好冷的眼睛"，沉吟稍许，依旧转头进屋，将房门密密关拢。夜晚时分，楼外有人在江畔放烟火，众人都跑出去看热闹，上官明搂着两名青楼女也在二楼观望。人去楼空，只清婉一人固执地坐在桌边，目光定定地望向他。一青楼女也注意到她，掩唇惊呼："呀，这女的怎么还在这儿啊？"

　　上官明移目望去，就见一名醉酒的嫖客摇摇晃晃地从外面进来，一头栽倒在清婉脚边。望见雪白的足踝，他色眯眯地伸手去握，嘴上还不干不净道："谁的莲花足？"清婉一时气急，想抽回脚，奈何力有不逮，挣得双颊通红。就在这时，一道刀光闪过，嫖客的手腕上现出一条细细的血痕，顷刻间血如泉涌，吓得那人尖叫着捂住手腕，痛得直打滚。上官明冷眼望着，低声喝道："滚！"

　　嫖客连滚带爬，落荒而逃。

　　清婉的目光投向上官明，其中蕴着的渴求之意不言而喻。他却依旧还是那句话："我帮不了你。"

　　清婉冷静道："帮不帮是你的事，等不等是我的事。"

　　上官明伸手在栏上一垫，翻身飞下二楼，几步走到她面前。她不躲不闪不惧，端然坐着。上官明与她擦肩而过，走出几步，却又折回，从清婉的发间取下一枚珠花。

　　清婉讶异地抬起头看他。

　　他拈了那枚珠花，于鼻尖一嗅，笑得轻佻："以此为凭，两不相欠。"

清婉以意志硬生生压下脸上的红晕,问得平静:"那我可以说了吗?"

上官明神情略显复杂:"说吧,要我上官明做何事?"

"你拿乌鸦换了青门引,小女只想知晓十六年前,八月月圆之夜,这件羽衣的主人是谁。是否……就是青门引的主人?"

上官明正要开口,窗外有人影一闪而过。他抽刀的同时一把将清婉拉到自己身后,低声道:"别动。"清婉顿时一凛,随他视线望去,只见一黑衣男子缓缓从窗后闪出,竟然也是独眼。清婉困惑地回头,望了望同样蒙了一只眼的上官明,他不动声色地朝她眨了眨眼。

那人亮出长剑,凛然喝道:"我一生最重名节,从不嫖妓。你到底是何人,要污了我上官明的名声?"

清婉大惊,回头,怒视他:"你不是上官明?"

"上官明"摘了眼罩,又将胡须拿去,露出一张英俊的脸庞:"我是庚子辈的。"

上官明脸色一变:"躲了这么多年,竟然还是不肯放过我。"

庚子捷淡淡道:"入青门,无归途。按照青门引中的辈分,我该叫您一声师叔。"

上官明见生逃无门,索性放手一搏,挥刀向庚子捷头顶劈去,庚子捷不躲不闪,只用三招制敌。只见三道利光闪过,上官明僵立在原地。片刻之后,鲜血沿着他的面颊正中缓缓流下。庚子捷利落收刀,拱手道:"承让。"

上官明面无表情,只说了一句"好快的刀",便直直朝后栽到地上。清婉快步走到上官明身边探他鼻息,而后恨恨回首,怒向庚子捷道:"我千辛万苦寻他,你竟将他杀了!"庚子捷蹙眉,正要开口告诉她一样能帮她时,两名少年从楼下追了进来。一眼望见躺在地上的上官明的尸首,二人齐呼一声"爹",同时拔刀要与凶手庚子捷拼命。庚子捷见他们年岁较小,便道:"我不想伤你们的性命。"而后也不多说什么,伸手一拉清婉,从窗口一跃而下。

庚子捷就这样拉着清婉的手一路在月下疾行,最后头也不回地逃进一片桃花林中。再也听不见身后的脚步声,庚子捷这才放开清婉的手。岂料她一得自由,竟翻脸不认人,扭头就走。庚子捷一个闪身便挡住了她的去路，目光悠悠地周旋在她身上，轻佻地问："你要去哪儿？"

"回去。"她简单道，"寻上官家的那两位公子。"

庚子捷"呵呵"干笑了一声，掂了掂手中的那柄刀，说："我方才杀了他们的父亲，现如今，这刀还热着。"

清婉漠然扫他一眼："人是你杀的，与我何干？"

庚子捷负手在她背后悠然道："如若人人皆能讲理，便不会有刀剑之争了。你最好别回去，否则，我连他们都杀了了事。"

清婉回首，神情冷淡："你杀你的人，我讨我的债，大家本是井水不犯河水，为何要坏我的事？"

庚子捷用一指轻轻拂去剑上急速滚下的几滴血珠，拿到自己眼下细细端详，感叹道："要怪只怪我的刀太快，没有给你留片刻讨债。"他眼神忽然转为凌厉，像是看见了什么，伸手一把握住清婉的手腕，将她拽到自己身后。顺着他的目光望去，清婉这才看见气喘吁吁追上来的上官二子。

庚子捷似笑非笑地睨了清婉一眼："他俩倒是来得巧，省得你再折腾了。"

上官长子因父亲惨死，正是怒火中烧之时，举剑对准庚子捷，口内喝道："贼人，还我父亲性命！"

庚子捷闻言一笑："我身无长物，手上也只一把残刀，怕是还不了令尊的性命，不过……"庚子捷一把将清婉拉到自己臂弯中，抬起她秀逸的下颔，向着那二子轻佻道，"还有一个冷美人，也不知道够不够抵你们父亲的命。"

清婉瞥了一眼庚子捷，不怒不忿，淡然地抽回自己的手。

上官二子对看了一眼："别跟他废话，杀。"

庚子捷掸了掸衣袖，慢条斯理地说："我不跟你们废话，有得是人想跟你们废话。小爷先歇歇，你们叙叙旧。"他转身提刀，将刀嵌入桃树树干中，自己则抱臂倚在桃树上，一副看热闹的模样。

二人疑心有诈，从怀中掏出九节鞭，背靠着彼此迎敌。清婉见状便温言解释："二位公子，小女与令尊的死并无瓜葛。"话音刚落就听见庚子捷那厢传来"哧"的一声笑，像是笑话她不自量力，与虎谋皮。

上官二子冷下神情,肃然道:"杀父之仇不共戴天,妖女,莫要狡辩了,今日就用你与那淫贼的血祭奠亡父。"

清婉见苦劝无果,只得叹了口气,从怀中取出一支短箫,置于唇边吹奏。箫声凄切悠长,令上官二子头晕目眩——眼前像是起了一场大雾,雾中隐约还能嗅到那甜腻的香气,似有无数触手缠绕着他们。上官长子以内力勉强护住自己的心神,低声喝道:"果然是个妖女!小弟,凝住心神,别被这女子的箫声迷惑了。"上官幼子却已听不见任何声音,浑浑噩噩地走上前去,对着桃树树干连打带砍,如同看到了鬼魅一般。

桃花纷纷扬扬地飘下,落在吹箫的清婉肩上,积得多了,衬得她仿佛是桃花所铸。庚子捷漫不经心地看着眼前的女子,目光却再也难以从她身上移开。他低声一笑,仿佛自言自语一般:"红粉嫩,娇如醉。小爷今日是赚了。"

见弟弟宛如得了失心疯一样,上官长子狠狠望向清婉,咬牙切齿道:"看你如何应对我二人!"说罢擎刀一跃而起,直刺清婉而去。

清婉不会武,眼见利器迎面而来,却已来不及躲避。庚子捷折下头顶一簇桃花枝,以此为暗器,掷出去挡住上官长子的攻击,冷笑道:"焚琴煮鹤的俗物,打扰了好曲儿。"庚子捷回头望了一眼清婉,问她:"你讨的债,可讨完了?"

清婉轻轻抚摸着师父所赠竹箫,淡然道:"对牛弹琴罢了。"

庚子捷潇洒一笑:"那就让我这个庖丁来解牛吧。"

但见两道寒光闪过,一股鲜血溅上桃叶,上官二子应声倒地,再无呼吸,庚子捷刀身却是纤痕不染,不见一丝血迹。

清婉目不斜视,跨过上官明儿子们的尸体,独自前行,并不顾忌身后的庚子捷。他主动追上她的脚步,与她并列而行,悠然自得道:"我取了你的珠花,定帮你实现所愿。"

清婉头也不回,视他为空气:"不必了,你虚实难辨,言不必当真,我不信你。"

庚子捷也不解释,只一笑,从怀中掏出一根黑色的羽毛,在指尖把玩片刻之后信手发出,黑羽穿过桃林,直直插入清婉面前的一株桃树树干当中。

"你之所求，近在咫尺。"

清婉惊诧地转过脸，望向庚子捷："你到底是谁？"

他欠身微笑，难得风度翩翩："我与那上官明，皆是你要找的青门引。"

七十

同床异梦

苏穆和叶阑鸾倾城外分道扬镳。叶阑一路西行，寻着青门引之人。苏穆则纵马往东，不日便回了逍遥堂中，不过短短数日光景，不曾惊动府中任何人等，回府的第一件事就直奔书院而去，将经年的书简整理成册，放在太阳下暴晒。等巍鸣走到此地时，见到的便是这样的情形。巍鸣浑身酒气，提着酒壶，大有酩酊之态。

苏穆察觉到有人走近，并不回头，举袖拭了拭额角的汗，口吻平淡："巍鸣君应当派几个侍从管理此处，修整书简，通风晾晒，以防生了蠹虫。"

巍鸣却答非所问，只阴阳怪气道："苏穆君为何回来？故人相伴好归家，不应当重修旧好吗？"

苏穆仿若未闻，指了指一旁自己整理好的那堆书简，自顾自地解释："这是当初整理的史集部，那一边，诗词部……"

被他这样公然忽视，巍鸣有些愠怒，扬声道："本君在问你话！何故不答？"

苏穆一脸怒容，语调冰冷："不知你以什么身份问话？是坐拥天下的逍遥堂堂主，还是沉浸在失爱之痛里的可怜人？"

巍鸣吼道："此二者有何区别？都不是本君想成为之人。"

苏穆针锋相对地回敬他："当然有别。叶阑离别之时，托付我辅佐的，绝不是颓废不堪的懦弱之徒。"

听到那魂牵梦萦的名字，巍鸣怔在那里，怒气渐散，一时之间竟还有些茫然："阑儿……"

酒壶落地，骨碌碌地滚远了。

"爱别离，求不得，未娶得心仪佳人，你便痛彻心扉，终日浑浑噩噩，

137

无能的懦夫！"说到这里，苏穆的情绪渐渐激动，指着铺了一地的书简痛心疾首道，"你睁大眼睛给我看看这一地的书简，写的是什么？是世世代代血流成河的故事，比起你此刻的撕心裂肺，要重千金，痛万倍。"

巍鸣随他所指望向那一地的书简，陷入了沉默中。

"我九岁那年，骑着马追着梦姑姑，到了悠然河畔，漫天的乌鸦和箭羽，姑姑把侍女推上岸，抱住我。箭从侍女的脑后射入，从口中而出，就在我眼皮子底下。她紧抓着我，手心还有细细的汗。我连眼泪都流不出来。你们皇甫侍卫押我上马的时候，我才号啕大哭。"因回忆所致，苏穆的话音渐低，牵出了其中酸楚之意，"从那以后，我才懂了，姑姑为了什么，那个无亲无故却以死相护的侍女又为了什么。她们的血溅出来，也有钻心蚀骨之痛，但她们坚信，护着我，便能免去她们的族人和鸾倾城百姓的痛苦。他们将希望寄托在我的身上。从此，这皮囊不属于荆南苏穆，属于那些曾希冀过、期许过、信过的亡灵。"

巍鸣仰头看他，目中隐隐有光。苏穆回头，郑重其事地继续道："当初，阑儿助你坐上逍遥堂的宝座，愿以身相许，凭她的刚烈性情，是因为她也相信你是能为悠然河南北的百姓讨得太平的人。"

巍鸣犹豫："我……我不知该如何。"

苏穆举目望向天际，像是想起了什么，嘴角微露笑意，道："不沉浸于分别之伤中，不自弃于声色犬马之中。你要成为苍穹之下，最无所谓畏惧之人，顶天立地之人，庇护天下，造福百姓，那才是阑儿心中的期许。"他看了一眼巍鸣，神情复杂，"有朝一日，汝等再见……才不负相知之情。"

巍鸣在苏穆的那席话带来的震撼中静默。

这时就听门外传来一声娇俏笑音，二人同时回头，看见歪着头站在书院门口的荆南依，冲他们一吐舌头。她笑眯眯地说："你们俩啊像极了小书童，天光云影共徘徊。"

苏穆和巍鸣对视了一眼，目中有尴尬之意。

荆南依像是浑然不闻"叶阑"二字，只管巧笑倩兮地望向苏穆，说："听闻穆哥哥归来，不来看望依依，却拐走了人家的夫君，该当何罪？"

苏穆素来疼爱这个妹妹，闻言竟真的欠身道："任凭依依发落。"

荆南依笑了笑，由飞尘搀扶着，一瘸一拐走到二人面前。苏穆脸色一变，扫她足下一眼，率先发问："你这是怎么了？"巍鸣心中有愧，闻言局促地低头，不知该如何就此事同他解释。

荆南依若有似无地瞥了一眼巍鸣，故作气恼道："还不是那些笨奴才，把碟碗都快摆到本郡主鼻子上了，害得我摔倒，划伤了。"说罢信手一指巍鸣的脸，语气中满是心疼怜惜，"穆哥哥你看，我夫君的脸也跟着遭殃了。"趁巍鸣不安地望向别处时，荆南依踮起脚，飞快地在巍鸣的脸上亲了一口，俏皮地笑道，"我为夫君施药。"

巍鸣双眉本能地一皱，侧头避开。苏穆知荆南依心性单纯，并无恶意，但她这样堂而皇之，也令他尴尬不已。

荆南依觉出这二人的不自在，一时也有些讪讪，偷偷看了一眼巍鸣，小声地说："夫君既是跟我长兄在一块，那依依……依依就先回去等你了……"

踌躇片刻也不见巍鸣有任何挽留的意思，荆南依心头一灰，只是自尊心作祟，不肯让人看出端倪来，强颜欢笑着转身离开。

苏穆望向荆南依形单影只的背影，叹了口气："她也是可怜！家父家母过世得早，依依孤苦无依，唯有我这个不能时时相伴的长兄。稀世珍宝，贵冠华服，能寻来的宝贝，我都给她，然而，我深知这冷冰冰的物件，岂能补偿依依无人疼惜的缺憾？她吵嚷也好，哭闹也罢，要的无非是旁人的一点温存。"转头深看巍鸣一眼，苏穆恳切道，"你虽不爱她，也请不要太冷了她的心。她真心所求，这辈子怕是遂不了意。"

巍鸣不置可否："等她想通了，我就放她走，让你带她回鸾倾城去，做那个无法无天的郡主！"

苏穆摇头，黯然道："只怕依依是个铜核桃，忘了回头的路。"

飞尘扶着荆南依小心翼翼地回到住处，扶她到桌边坐下。这时有侍女前来送药，飞尘取来正打算为她换脚上的伤药，她恼怒地缩回脚，愤愤道："都去掉、去掉，这个模样，仿佛被绑了手脚的大闸蟹，如何示人？谁还相信巍鸣君娶了天下第一美人？舌头长的，还不知怎么说。"

飞尘被她踹得一屁股跌坐在地上，苦口婆心地劝她："我的小姐姐啊，都伤着了，就好好上药，别再出门了。"

荆南依说什么都不依，挣扎着要下地："民间传闻，新婚燕尔的首月，要与夫君日日相守，方能情系三生。这几日，才见夫君寥寥几面……我要补上才好。"

这时，傅昊都从外走进来，二人闻声回头，同时行礼："坞主。"

荆南依这才注意到他的出现，目光短暂地在他身上一绕，就又迅速收回，殊不知这一眼却使得傅昊都心猿意马，神态刹那温柔。

那一夜，历历在目。

荆南依却语气始终冷淡，如对陌生人一般："你去哪儿了？抛下我不管不顾，不怕本郡主一道诏令，赶你出逍遥堂去，让你终老于无常坞的烂草棚里吗？"

傅昊都一笑，只觉她嗔痴怒骂，无一不可爱动人："当了逍遥堂的女主人，便要割袍断义，不理旧友了？"说话间，傅昊都这才注意到她受伤的脚，顿时恼怒不已，转头怒视飞尘："你是不想活了，怎么护她的？"

飞尘吓了一跳，磕磕绊绊地解释："坞主、坞主，不关我的事，是……是……"边说还边偷偷望了望荆南依，触到她冷冰冰的目光，当下噤声，不敢往下说。傅昊都心知肚明，所有的不甘都化作此刻无奈的叹息。他俯身弯腰，夺过飞尘手中的鞋子，小心翼翼地托起她纤细的双足，打算帮她穿上，不小心碰到了她的痛处，就听她"哎哟"叫了一声。

荆南依伏在傅昊都的肩膀上，傅昊都心怦然一动，捏住荆南依的小手竟然有些放不开，牵她到眼前，柔声道："他若待你不好，不如跟我回无常坞去，我造一座金山金城，留你住在顶尖上，过逍遥的日子。"

荆南依漠然掉头，望向另一侧，镜中的自己容颜如花，举世罕见，理当匹配当时枭雄，岂是一个小小坞主胆敢肖想的？

她丽容一沉，冷漠道："胡说什么？你是以荆南家臣的身份留在此处，逍遥堂的庙小，若你还要念些歪经，便也容不下你这尊大佛。"说罢一把拂开傅昊都伸来的手，按在飞尘的肩上起身，倨傲道，"你走吧。"

傅昊都黯然心痛，深看她最后一眼，竟真的起身走了。飞尘在一旁看着，大气也不敢出一口，生怕惹来无端的怒焰，察言观色后小心翼翼地问："小姐姐，到饭点了，吃点什么吧？"

荆南依气走了傅昊郁，也不见得怎么高兴，怏怏的，重又坐下，低落道："随便吧。"

天渐渐暗了下来，血色夕阳将庭院映照得分外凄艳，倦鸟归巢，而故人却渺无踪影。侍女们鱼贯出入摆放食物，荆南依坐在桌前等待魏鸣回来，直等到食物热度渐失也不见他出现。她坐在黑暗中，神情也随着西沉的落日一点点黯淡下来。飞尘悄声上前，为她点灯，只听见黑暗中她疲倦的声音："不用了，别掌灯了。反正就我一个人，坐一会儿，眼睛就亮了，什么都看得到。"

飞尘替她十分惋惜："小姐姐的眼睛哪里还亮得起来？那时候刚见到你，两只眼珠子像是白玉盘子里的墨点，活泼得紧，现如今，墨也淡了，玉盘子也污了。"

荆南依托着腮帮，怅然地望向窗外如弓的残月，喃喃地说："依依今日方知，女为悦己者容，这世上，修饰容貌易，得悦己者难。"

飞尘无言地望着她，目中也有心疼之意。忽然，荆南依从凳上一跃而起，就要冲了出去。飞尘一惊，起身冲到门口拦住了她，哀求道："小姐姐，你这是要去哪儿？"

荆南依努力拨开他的手，就是要往外走："我要把他找回来！"

"找回来？"飞尘哭笑不得，"您别去了，男人的腿都长在心上，他若心中肯来，自然会来的，您还是等等吧。"

荆南依心有不甘，紧握拳头，一咬下唇，愤愤道："他的心，我要剜了出来看看到底它往哪里跑。"

"听飞尘一句吧，小姐姐哟，咱们就服个软，别心跟天比高，等等、等等。"

"还要怎么服软？"荆南依带着哭腔蹲到了地上，抱着膝盖嘤嘤地哭了起来，"我从来都没有如此服过软。"

就在荆南依失声痛哭的同时，傅昊郁并未走开，而是执着地守在房外，目光望向荆南依可能存在的方向，神色异常隐忍。

幽暗的墓室之内，久不见天日，时有蝙蝠掀着黑羽掠阵飞过，几个穿着白衣服的蒙面人点着火把走了进来，跃动的火光映亮了地砖上天干地支的图样。

白衣人归位，翘首望去的方向，一个身披斗篷的老人提着一个篮子，脚步蹒跚地来到众人面前站定。他从篮子里选出了几个不同颜色的锦囊，道："来吧，选选孩子。"说罢他信手将这些锦囊抛向空中，刹那间黑羽齐发，纷纷射向这些锦囊。辛子凌也在其中，运功将属于自己的黑羽收回，拆开锦囊，发现里面是一张名单。

老人从旁解释："怎么个死法，由着你们自个儿的性子，只是一点，别坏了青门引的规矩。"

青门引杀手们齐声应"是"。

辛子凌打开自己锦囊中的字条，上面写着一行字：有疏世家，叶阑。

七十一

—————— 刺杀叶阑 ——————

　　得到刺杀任务之后，辛子凌草草收拾了一下，连夜出发，次日深夜便到了有疏城外的竹林内。那日叶阑因记挂着逍遥堂内巍鸣的处境，担心着苏穆的安危，心绪郁结，便独自一人来此竹林散步。刚走到林中，就见几片竹叶从头顶飘落，辛子凌从叶阑头顶旋转而下，一副双刀明晃晃地刺向她，叶阑翻身一躲，衣衫却被划破。她低头看了一眼，一笑而过，利索地伸手一撕，薄衣随风而去。叶阑仰首向着上方笑道："青门引的客人，恭候多时了。"

　　辛子凌脸戴面具，从面具下发出的声音如在闷罐中，不辨雌雄："你知道我们？"

　　叶阑笑道："在下请的佛，怎可不知向哪边拜？"

　　辛子凌神色凌厉："那就渡你去西天吧。"说罢挥刀相向，砍断竹节，竹节纷纷倒向叶阑。叶阑侧身避开，运功在手，满天的竹叶因势抖动，汇聚成一股巨流，冲向辛子凌，将其击倒。辛子凌脸上所戴的黑白面具从中破裂，露出一张女儿脸。

　　叶阑看清了她，不由得感慨道："没想到如此狠辣的刀法，竟出自温婉女儿身。"

　　辛子凌恼羞成怒："你不也是女子！休得羞辱我！不过一死。"言罢她拾起掉落身边的短刀，就欲自裁。叶阑一惊，从袖中发出飞刀，将辛子凌手中的短刀击落，旋即叹了一声，甚为惋惜："这是何苦？我不想要你的命，只求青门引的一样东西。"

　　辛子凌厉声喝道："别白日做梦了，只听说过青门引拿旁人的东西，没听说过青门引往外吐东西的。你还是杀了我吧，否则，追你去天涯海角，杀汝方休。"

叶阑淡淡道:"你走吧。"

辛子凌也不多说什么,捡起短刀,转身趔趄着走远。

烟芜从树后走出,来到叶阑身旁,望着辛子凌远去的方向,问她:"为何放她走?"

叶阑看了看手上的刀,轻描淡写道:"是块硬骨头,就算杀了她,也不会吐出半个字。"

烟芜点头,以二指拈去她发间的碎叶,微笑道:"不急,人食五谷杂粮,皆有七情六欲,会有弱点的。"

江南三月,青青柳色。

一条游舫徐徐驶近,造型小巧精致,内中摆放一张竹色茶几,上置清酒小菜。庚子捷和清婉面对面坐着,畅快饮酒,十分惬意。

清婉像是忍了许久,见他浑然自得,俨然非常享受此间氛围,终于忍不住开口质问:"跟着你数日,不是游山玩水,便是喝酒逛青楼,你到底何时带我去见乌鸦的主人?"

庚子捷给自己倒了杯酒,又转而替清婉斟酒一杯,闲闲道:"送我一曲,助兴。"

清婉自觉羞辱,恼怒地望向别处。

庚子捷一笑:"你这般忍辱负重,定是胸内有难平之怨。人这口气,有时轻若游丝,有时堵在心头久了,也能凝结成一块顽石,置人于死地。有些怨念,放与不放只是一念之间,你一柔弱女子,势单力薄,不如,算了吧。"

清婉生硬地回他:"我这口气早已化作万斤磐石,挡在眼前是座山,绕不得道,掉不了头,只可效仿愚公,将它铲了,或许有一日,还能再见你眼中的青山绿水,美酒佳人。"

庚子捷吃惊于她的语气,若有所思地看着她。

清婉近乎赌气一般,将面前的酒一饮而尽,发誓说:"下辈子我也做个杀手,不问因,未有果,杀人,与己无关,不过是把握在旁人手中的刀,做不得主的人生,少了落子无悔的况味,反倒自在。"

庚子捷提壶为她斟酒，不无赞赏道："没想到我的知己竟然是个萍水相逢的女儿家。"

清婉心有所感，取出怀中短箫，为他吹奏一曲，箫音凄清悠长，如银瓶炸裂，水浆迸溅，在这水面荡漾。庚子捷靠在矮几上，双目微闭，依然望向清婉，如欣赏一幅优美的山水画卷。

就在这时，一女子掠水而来，足尖轻点水面，惊鸿一般落在船上。来人正是庚子捷的师妹，辛子凌。

辛子凌冷扫了一眼对面的清婉，径直坐在庚子捷身侧，端起他面前未饮的酒喝得一干二净。庚子捷非但不恼，还伸手一把将辛子凌搂入怀中，神色颇为亲昵，脸上带笑道："臭丫头，只会偷我的酒！"

辛子凌哼了一声，拍手打掉庚子捷的手臂，神色似有不悦，说话时目光还若有似无地瞥向清婉，夹枪带棒地说："师兄见我，还要带着歌姬，不如不见。"

被她明讽为歌姬，清婉并不恼怒，只是面无表情地侧过脸，望向湖面。

庚子捷看了清婉一眼，脸上带着戏谑的笑，揶揄辛子凌道："要是你能陪我喝酒听曲，耳鬓厮磨，我倒省了银子。毛手毛脚地，哪里像个女孩子？"

被他这样揶揄，辛子凌脸上微红，强辩道："喝酒无妨。"随手将半个面具按在桌上，提起酒壶干脆地痛饮。

庚子捷拿起那半个面具细细打量，收起了脸上玩世不恭的笑，面色顿时严肃起来："主人要你杀的是什么人，搞得这样狼狈？"

听他提起这事，辛子凌一半恼怒一半尴尬，开口之前戒备似的先看了一眼对面的清婉。庚子捷察觉她的顾虑，轻描淡写道："但说无妨，她最恨旁人管她的事，自然也不愿理会别人的事。"

辛子凌这才恼怒地说出那人的名字："有疏世家，叶阑。"

清婉一惊，暗想：叶阑？不是早就该跟二哥成婚了吗？为何会在有疏城？

她并未将所有困惑表现在脸上，神情仍旧淡淡的，像是从未听说这个名字。

辛子凌当着庚子捷的面，才愤愤说出昨晚的遭遇。她奉巫蛊老人之命去取有疏叶阑的性命，未经得手，自己的女儿身反被她看穿了，以为自己必死无疑，却未料到在最后关头反被她放了一条生路，这样的仁慈对杀手来说更甚于羞辱。那时她便发誓，此后即便穷尽山水，也要取了叶阑的性命。

"我被她擒了，后来，她又放我走了。"

庚子捷似有疑惑："天下还有留刺客活口的？如此古怪，定有他求。"

辛子凌颔首："师兄猜得没错，她说要我们的一样东西。"

清婉抬眸，心念微动：难道她也是来寻《逍遥流云》的？

庚子捷一拍桌案，一锤定音："我同你一道前往，看她这葫芦里卖的是美酒还是毒药。你呢？"他下颌一抬，示意对面的清婉，"要不要跟我们一道过去看看？"

一听他竟征询那名歌姬的意见，辛子凌满心不忿，只是不便表露，强压下了所有醋意，淡淡道："既是师兄与我一道，带上她做什么？"

庚子捷只一笑，并不解释，目光只望着清婉一人。

清婉想了想，便颔首答应。

三人等游舫靠岸之后，便雇了一辆马车赶去有疏世家的领地，日暮时分找了一家客栈暂且住下。三人进了客栈一问才知只剩两间客房，庚子捷回首望了望清婉和辛子凌二女，面带揶揄的笑意："只有委屈二位美人同住喽。"

清婉淡然无语，辛子凌闻言没好气地瞪了她一眼。

两间客房相对而设，清婉坐下抬眸，却见辛子凌抱剑坐得远远的，一脸戒备地打量着她。清婉一笑："姑娘有什么可忌讳的？就算我真的是个歌姬，也是讨好银钱和男人，与姑娘无碍。"

辛子凌冷冷地说："美色乱人心智，我是为师兄警觉着。"

清婉自上而下打量着她，从她的妆容一路看至她的着装打扮，不由得为她解疑："你既喜欢他，就应该投其所好，女为悦己者容。"

辛子凌却两眼朝天，道："美貌能示人多久？我不屑以此讨好。"

清婉摇头："说讨好的，时时觉得自己配不上，要百般用力才能得到，反倒弄巧成拙，失了风仪。"

辛子凌恼羞成怒："不用你一个歌姬替我指点。"

这时庚子捷刚好推门进来，见这二人之间气氛古怪，似有嫌隙，便转头交代清婉："我与师妹有事相商，还请姑娘先去我的房间坐坐吧。"

辛子凌对她的愤怒彻底爆发，不悦地冲着庚子捷大声道："一个歌姬，对她这么客气做什么？"

清婉并不言语，起身翩然离去，还顺手替他们二人关了房门。庚子捷无奈地回头，冲师妹摇了摇头。

辛子凌正色问他："师兄找我是为了什么事吗？"

"我已找到叶阑住处，我们今晚动手。"

七十二

开解叶阑

房外的清婉尚未走远，听得二人只言片语，内心一惊，握紧了怀中苦海所赠的胭脂，心想：我得替二哥帮帮叶阑。心意已定，她便转身进了庚子捷的房间，四下一看，立刻寻到了他时刻佩着的残刀，打开胭脂涂在刀身。待她做完这件事后，庚子捷刚巧从外走入，冲她点了点头，简单交代说："我出去办点事，你早点歇着吧。"

清婉急于知道他此行的目的，脱口而出："你何时回来？"

她从未主动表露过她的关心，这也是破天荒的头一次，自然令庚子捷惊喜不已。他不由得微笑，反问她道："这是你在表示关心吗？"

清婉面色泛红，侧身在桌边坐下，不再理他。她这样罕见的小女儿娇态，让他看得怦然心动。庚子捷仰头大笑，志得意满地提刀出门，浑然不知身后清婉望过来的冷淡眼神。

是夜，庚子捷和辛子凌换上夜行衣，以高超的轻功避开了有疏城内侍卫的耳目，在屋顶梁上如履平地般疾走，轻巧地落在叶阑所居的院内高树上。叶阑早已听见梁上的脚步声，收起杜若玉钗，抬腿踹开房门，高声喝道："来者为客，何必做见不得人的梁上君子？"

庚、辛二人从树上双双跃下，落在地面前的空地上。庚子捷抬手摘下脸上黑白对半的面具，冷冷道："既然你见了我师妹的真容，就留不得你活口。我的命，也赌给你。"

叶阑负手看向辛子凌，也认出了那日竹林之内要取她性命的女刺客，微微笑道："怎么？寻到帮手了？"

辛子凌果然气恼，扭过头去，暗中捏紧了拳头。

叶阑又是一笑，举目再看庚子捷："长夜漫漫，叶阑有得是耐心。

看看你们青门引有多少人，有多少面具罩住这悠然河南北多少见不得光的东西。"

辛子凌不屑道："好大的口气！"话音未落便挥掌向她击去。叶阑轻巧转身，以剑挑起窗台上的一排盆景，盆景上的叶子拧成一团，连成一气，射向辛子凌。辛子凌来不及躲避，庚子捷挺身闯入，只用刀鞘就将那些盆景一气挡下，回身顺手扶住险些被叶阑剑气所伤的辛子凌，掐下一枝花，插在了辛子凌的发髻之上，含笑道："小师妹应该谢谢这送花之礼。"

辛子凌知他这样说，必定是有十分胜算，内心稍安。庚子捷放开辛子凌，提刀转身，以凌厉的刀风攻向叶阑，叶阑转身避开。二人以飞檐走壁之姿在庭中四壁追逐，叶阑奔到梁上钩住横梁，回身发出灵羽，周身萦着的叶子飞旋而出，在空中化成无数的飞刀，形成了一股强烈的攻势。

辛子凌心内焦虑，大声提醒庚子捷："师兄，拔刀。"

庚子捷抽出残刀，随着这一动作，刀鞘内喷出一层烟雾，烟雾散入庚子捷眼中，庚子捷吃痛惊叫，摔倒在地，口内大喊："眼睛，我的眼睛……"

辛子凌大惊失色，飞身上前扶他起来，仰头恨恨地望了一眼叶阑，咬牙切齿道："有疏叶阑，你好卑鄙，竟用如此阴毒的招数。"

叶阑蹙眉望向倒地痛呼的庚子捷，眼中的疑惑不似作伪。

这时烟芜听到动静，领着无数有疏武士也赶到这里，旋即命令左右手下："把这里围起来。"

武士们将这二人团团围住，辛子凌提起手里的刀护住庚子捷，戒备地望着所有人。武士们忌惮着她手上的兵器，一时也不敢靠近。烟芜起身跃到辛子凌另一侧，将刀架在痛呼的庚子捷脖子上，挑眉望向对方，状似威胁："嗯？还不快放下兵刃。"

庚子捷双目紧闭，难以辨物，大喝道："子凌，快走！"

烟芜的刀便往前送了一送，顷刻间庚子捷的脖子上就现出一道血痕，辛子凌心疼不已，失声惊叫："你别动他。"

烟芜不耐烦地催促："还不束手就擒？"

辛子凌的双刀顿时坠地。

自庚子捷和辛子凌二人走后，清婉便一直等在客栈当中，不知不觉间已是月上中天。清婉抬头望着月色，见他们迟迟不归，便知叶阑已得手，心想此时正是好时机，差不多该去会一会故友，随后换了便衣，推门走出客栈。

　　有疏城此刻因两名刺客的造访，正喧嚣不已，灯火通明，无须等待多久，清婉经人通传引路，很快就见到了叶阑。叶阑一眼就认出了眼前这名不速之客："清婉姑娘。"

　　清婉屈膝行礼："清婉见过叶阑郡主。"

　　叶阑忙以双手扶她站起，笑着摆首："这里不比逍遥堂，没那么多拘礼的规矩，叫我叶阑就好，快快请坐。"

　　两人先后入座，叶阑望着她奇道："清婉姑娘当日不辞而别，怎么会辗转于有疏的城邦之中？"

　　清婉避而不答，转而却问她："清婉也诧异，在此相遇，本以为阑姑娘已然是逍遥堂的君妻了。"

　　叶阑听得此语，勾动了心内潜藏的隐痛，收了笑容，起身走到窗边，低声道："世事无常。"

　　清婉也起身跟随，试探道："阑姑娘虽不是柔情似水的佳人，却也是个心有七窍的妙人。不论姑娘是否承认，在清婉眼中，阑姑娘待巍鸣君之心，并不亚于他待你之心。人世间，最难得也不过两情相悦了。"

　　叶阑探手在月下，收集着那凄清寥落的光，语气也随之变得伤感起来："我的心，我自己都搞不懂。"

　　清婉多少猜到发生在逍遥堂的事情，也明白叶阑何以如此伤心，适当地提点她："阑姑娘，可听闻巫蛊族的一种迷药？"

　　"迷药？"

　　清婉点点头："当日清婉在逍遥堂，曾听侍女谈及一味狠辣的迷药。"

　　叶阑的神色随之变得严肃起来，任清婉继续往下讲："男女之事，本浑然天成，这药却能混淆智识，令人做出一些违背本意的事。"

　　"不知姑娘讲的这些，跟叶阑有何瓜葛？"

　　清婉清楚明白地告诉她："这药是给巍鸣君准备的。"

叶阑恍然大悟："你是说，那天在竹苑……"

看到清婉点头时，叶阑的心猛然一沉，如大刀从天上砍下来。

想起那日她闯入香榭之内，见到二人衣衫不整，自己何等伤心难过，连巍鸣的解释都未曾入耳。现在想来竟是她一冉地误会他，一意孤行给他判了刑。

叶阑一下跌坐在椅子上，心神俱伤："鸣儿是被冤枉的。我竟未信他，从未信他。"

他定是肝肠寸断，伤心难耐。

清婉叹了口气，亦为二人未尽的缘分感到痛心："清婉把消息放给了依郡主的仆从，怕引火烧身，便离开了逍遥堂，不承想到还是未能阻止此阴毒之事。"

叶阑捏紧拳头，异常愤慨："到底是谁如此狠辣，以此阴招来对付鸣儿？"

清婉垂目，视线落于自己裙边，心想：倘若现在把长姐的事告知叶阑，传到二哥耳中，二哥一向懦弱多情，定会对长姐心慈手软，先瞒下吧。

再抬首时，她表情中不见任何异样，只是恳切道："清婉不知。当日清婉在药房，碰巧听到两个侍女谈及此事。"

叶阑牵住她的双手，神色间满满都是感动："无论如何，叶阑也要谢谢姑娘，姑娘曾试图帮助鸣儿，如今又将真相告知于我。"

清婉淡淡收下她的感激，又郑重其事地相求："阑姑娘，清婉还有一事相求。"

"姑娘请讲。"

清婉抬头望她，眼中锐光一闪而过，她说："请阑姑娘将那两个青门引的杀手交于清婉。"

"你知道青门引？"叶阑定定地望着清婉，心生疑窦，目中隐约含着戒备，"你是如何知道那两名杀手的事？"

"无论阑姑娘信还是不信，清婉是与那两名刺客结伴来到此地，不光知道青门引，还武断推测，阑姑娘是为寻皇甫世家的《逍遥流云》而来。"

叶阑神色凝重起来："你到底是谁？"

若是她继续隐瞒，叶阑是绝不会将这两名刺客交到她手上的。清婉

151

双目一垂，眼中泛泪，少有地动情："我是巍鸣的小妹——皇甫离樱。"

叶阑震惊得无以复加，看着她只觉难以置信，脱口而出就问她："离樱！可你曾出入于逍遥堂，也曾见过鸣儿和长郡主，他们怎会视而不见，相见不相识呢？"

清婉脸色一黯，伸手抚着自己的脸伤感道："二哥认不出，是因这面孔已经不是当年离樱的面孔了。"

叶阑狐疑："此话怎讲？"

清婉因是当着叶阑的面，内心卸下诸多防备，故将原委尽数道出："当年，二哥前往鸾倾城迎娶鸾凤女子，我被懿沧群的武士追杀，坠落悬崖，筋骨尽断，面容也毁了。为了活下去，只得用一种毒虫吸附脸上的烂肉脓水，重生了新肌，便有了这副面容。"

叶阑唏嘘轻叹："妹妹竟吃了这样多的苦，着实让人心痛。"

清婉恻然一笑，将眼中泪意尽数泯去："我的心早死了。至今所求，不过是完成祖父的遗愿。"

叶阑抬头，以目光示意她继续说下去。

"当年，祖父将皇甫信符托我交给迎亲的二哥，也曾命离樱寻找半阕《流云》。我便推测出阑姑娘追那二人的目的，故而在同行之时在那杀手的刀上动了手脚。"

叶阑恍然惊觉："原来如此。"

"阑姑娘应最知我二哥本性，多情如病难自医。如今，他受了这么大的委屈，姐姐若不回去解开芥蒂，他定会自苦自伤，姐姐于心何忍？"

与巍鸣离别这数日，叶阑无时无刻不念着巍鸣。听她说起，叶阑越发感慨伤心，笃定道："我这就赶回逍遥堂去，为鸣儿平复心伤。那青门引的杀手，就依妹妹所言，交于你了。"

清婉郑重点头，应下她所托："离樱定会竭力寻回《流云》。"

叶阑也不忘叮嘱她："此次虽以我为饵，却假手于我二姐，我并不想将她牵涉其中。如今，妹妹亲力亲为，我安心些。只是，一切都要小心。"

"下月十五，我们在悠然河南岸的御风城外相见。"

叶阑点头："好，一言为定。叶阑即刻启程。"

"清婉还有一事相求，请阑姐姐守口如瓶，不要将我的事告知二哥。"

叶阑不解："这是为什么？小妹失而复得，鸣儿一定欣喜。"

清婉一笑，神色却难以道清："离樱自有苦衷，望姐姐成全。"

"叶阑答应便是，想必妹妹也有难言之隐。"

清婉语气似乎也有些怅然："总有一日，我会与二哥相认的。"

子捷被擒

　　庚子捷和辛子凌被擒之后即刻收监关入有疏大牢。见庚子捷五花大绑，沦为阶下之囚，竟是前所未有的狼狈，辛子凌不由得泪下："师兄，你还好吗？都是我害了你。"

　　庚子捷虽说被绑，身上倒也没有什么严重的伤，摇了摇头："丫头别胡说了，跟你没关系。"

　　辛子凌忧心忡忡："那你的眼睛……"

　　"不碍事。"

　　辛子凌握拳，咬牙切齿道："我定要杀了叶阑那毒妇。"

　　说话间烟芜和叶阑二人率众进入牢内。一见叶阑，辛子凌两眼几乎要喷火，恨恨唾她一口，咬牙道："卑鄙之徒！"

　　烟芜并不搭理，只回首命令有疏武士："将他们带走，送他上马车。"

　　辛子凌怫然色变，拼命挣扎，厉声喝道："你们要送我师兄去哪儿？我们死也要死在一处。师兄、师兄……"

　　烟芜站在她面前，挡住了她看向庚子捷的视线，冷淡道："若想再见你师兄，就回青门引去，将属于别人的东西完璧归赵。"

　　辛子凌目光凛冽，看着烟芜道："你们到底要什么？"

　　"十六年前，逍遥堂老堂主的一样物件。"叶阑恳切道，"姑娘，叶阑也是被逼无奈，若能得到我所求之物，我绝不会伤你师兄毫发。"随后便命侍卫替辛子凌松了绑，烟芜将一个锦囊抛给辛子凌，叶阑继续道，"这是与青门引杀我阑儿交换的条件，现在便给了你，这笔买卖，也算做成了，并无损失。"

　　辛子凌接了锦囊，却余怒未平，仰首不甘示弱道："救出了师兄，我定要再取你的性命。青门引的人，绝不白占这便宜。"

叶阑欠身平静道："叶阑恭候。"

辛子凌原本怒气冲冲，被她这样淡然的态度一激，更是怒火盈腔："你的命，先寄在你处，我定会来取。"

"好，"叶阑爽快道，"下月十五，御风城外的林间茅屋，不见不散。"

再看她最后一眼，辛子凌翻墙飞身而出。叶阑这才转身对着烟芜道："这些见不得光的事，二姐就不要插手了，毕竟你是有疏世家的掌权人，要顾全世家的颜面。"

烟芜想了想，点头道："小妹谨慎而为，倘若真需二姐出面，二姐也绝不避讳，二姐绝不许阑儿有何闪失。"

叶阑感动，面有愧色："多谢二姐。"

庚子捷被有疏武士一路推着上了城外巷口的一辆马车，车帘从内被掀开，露出了端坐其中的清婉的脸，月光之下显得分外冷清。庚子捷愣在车前，眼神微凝："你究竟是谁？"清婉不言不语，起身扶他上车坐定，而后吩咐赶车的人："走吧。"

庚子捷的目光直勾勾地落在她的脸上，而她漠然不应，马车疾行而去，与前方夜色渐渐相融。

自叶阑走后，巍鸣最常去的地方除了书院，就是叶阑曾经的住处。他什么都不做，什么都不去想，往往只是看着落日西沉，也能待一整天之久。院中一草一木仍是叶阑所在时植下，现如今物是人非，也不知道她现在身在何处，过得如何。

巍鸣推门进去，跟之前每一天一样，空荡荡的房间内，唯有夕阳穿堂入室，为屋内的家具镀上一层金色的漆。今日的景象却与往常相异，影影绰绰的薄纱之后有一女子的身影。巍鸣先是愣怔，用手揉眼，确定并非自己眼花以后，顿时大喜过望，快步上前，一把抱住背对着他坐在床边的女子，哽咽道："阑儿，你终于回来了！巍鸣相思甚苦。"

那女子默然不动，只是背对他而坐，从袖中抽出一块丝绢，轻巧地拂过巍鸣的鼻尖。丝绢中蕴着强烈异样的香气，令巍鸣一阵眩晕，昏倒在地。这时，飞尘从屏风之后掌灯走出，点亮了四壁的蜡烛，望着地上的巍鸣问荆南依："小姐姐，这人如何处置？"

"抬回去。"

"好。"

"至于这里，"荆南依环视着叶阑曾经所住的房间，眼中有掩不住的厌恶之情，"这个地方，既住过妖魔鬼怪，就当好好去去煞气，烧的烧，丢的丢吧。"

飞尘背起巍鸣，领命退下。

"阑儿？"

被同一片暗夜苍穹笼罩的宫殿之内，巍鸣似有所感，突然睁开眼，发现自己仰躺着被绑在婚床上，上身衣物不知所终。巍鸣疾声大呼："怎么回事？来人、来人！"

帷幔一动，探进一只纤纤玉手，掀开薄纱，荆南依款款现身。

她神色淡然，脸上笼罩着一股哀婉之气。

巍鸣投目望去，疑道："依依？"

荆南依利落地跨进上床，坐在他身上，从袖中抽出一把匕首，拿在手上把玩，苦笑着问他："夫君，你都好久没有来看依依了，这样见到依依是不是格外惊喜？"

巍鸣原本在叶阑的住处，哪能想到一觉醒来竟会被荆南依绑到此地。知道自己并无生命危险后，他只觉得哭笑不得："依依，别闹。"

荆南依强作欢颜，浑然不觉这匕首带来的危险意味，拎着那把匕首在他眼前晃来晃去，自顾自地絮絮念念，似有痴傻之态："听说挑断了手筋和脚筋，人啊，就仿若一摊烂泥一般，站也站不得，坐也坐不得，只能乖乖地躺在床上。"

她一抬头，泪眼涟涟地望向巍鸣。

巍鸣试图挣扎，没想到绳索竟越来越紧："依依，不要胡闹了，放我回去。"

荆南依牵着他的头发，抚着他的衣襟，将一颗小脑袋靠在巍鸣的胸口，眼神茫然地望向远处，任是谁看了都会心生怜爱。她哀怨道："依依思量，夫君总是躲啊藏啊，都跑到那边的旧屋去了……不如也挑断了手筋和脚筋。如此，你便日夜躺在我的寝宫中，你我二人朝朝暮暮，相濡以沫，做一对情深意切的小鸳鸯，可好？"

巍鸣惊慌失措，挣扎着起身，大声朝外喊道："来人啊，快来人，快放开我！"

荆南依作势揪了一下他的嘴巴，示意他别说话："别喊了，我都吩咐过了，说小君与我正在独享闺阁之乐，你啊，就算喊破喉咙都不会有人进来的。"

而后她一个翻身跳下了床，跌跌撞撞地走到桌前，拿起一瓶酒在他面前晃了几晃，狠狠用力，粲然笑道："夫君啊，你瞧，我还为你特意备下了玉阑珊，你还记得吗？你答应过我的，一同荡舟莲池，一同登峰赏雪。今日，我们便一一兑现了吧。"她提壶给自己斟酒一杯，又倒了一杯端到巍鸣面前，搂着他坐起，欲灌酒给他饮。巍鸣左躲右闪，举止异常狼狈，酒没喝进去几口，倒是胸口被浇得湿淋淋的。

荆南依一边洒一边咯咯地笑，似有疯态："喝得好、喝得好，咱们喝过了酒，就来谈谈知心话吧。"

荆南依跳回床上，伏在巍鸣的胸口，脸贴着他心脏的位置。巍鸣想要躲避，只可惜双手被缚，连动弹都不能够。荆南依拿起匕首，徐徐滑过他的胸口。巍鸣惊恐不已："依依！"

"嘘。"荆南依竖了一根手指在唇边，陶醉地闭上眼，"别说话，我要听听你心里的声音。"

她爱他，从未如此爱过一个人。原来，爱也会令人痛苦。

巍鸣被她这样绑着，动弹不得。荆南依用食指轻点着他的胸口，在上面画圈，如梦呓般喃喃道："夫君的心里藏着好些秘密，如晨钟暮鼓，又如燕语莺声。"

巍鸣见她痴痴疯疯，只觉悲凉，原先的防备也卸了大半。气氛渐渐缓和下来，他望向荆南依的目光也多了些许温和的光芒，像哥哥在看因爱痴狂的妹妹，知她不过是一时迷失了心智，只等黑夜过去天亮了，那些沉睡的理智也会渐渐苏醒。

不经意撞见巍鸣这样看着自己，荆南依怆然泪下，猛然察觉，那永远不是男子看他深爱女子的目光，她永远也成不了他心爱的女人。伏在巍鸣的胸口，荆南依的泪再也止不住，肩膀微微抽动，她越哭越伤心，宛如一个伤心的孩子。

巍鸣叹了口气："依依，别这样。"

他与她都是求而不得。命运辗转，推他们走向绝路。

荆南依含着哭腔大声问："君子胸怀四海，广阔得很，可夫君的心里，为何没有依依？为什么容不下依依？"

"依依，对不起，"对她，他只是亏欠，可愧疚与爱情毕竟隔了太远的距离，他既已有了叶阑，便无法再将他的心送给别人，"是巍鸣辜负了你一片赤诚。我的心已放不下旁人了。"

荆南依小脸一沉，不依不饶地凑到巍鸣眼前，指着自己的脸，恨恨道："你看看我，国色天香，在你面前知冷知热。你看看我……除了依依，这里谁也没有？你心心所念之人，已然是个捉不住的影子，是再也不会回来的鬼。"说到这里，她神色越发癫狂，一声高过一声，一指巍鸣的胸口，厉声问道，"她为何还要霸占我夫君的心？"

巍鸣却不愠不怒，看着荆南依的眼中甚至还多了些怜悯，平静道："她若一日不回，我便等她一日，她若一生不回，我便等她一生。"

荆南依忽地一笑，抬手拭干面上的泪痕，收起了眼中痴迷的光芒，眼神变得锐利："好，依依就替夫君把她从心里剜出来。"

说罢她双手握住匕首，高高举起。这时，苏穆破门而入，见状大惊失色，扬声喝止她："依依，你疯了！"

荆南依跨坐在巍鸣的身上，听得兄长的声音便回头，一张小脸哭得梨花带雨，鼻尖微红，真是说不出的可怜。她含泪哭诉："穆哥哥，依依要替夫君疗愈心病……"

苏穆飞身跃起，夺下荆南依手中的匕首，擒住她的手腕，旋身将她抱入怀中。荆南依伏在苏穆的胸口，泣不成声。

苏穆一边轻拍着她的肩安慰她，一边示意跟来的辰星为巍鸣松绑。苏穆拱手诚恳地向巍鸣请罪："苏穆替家妹请罪，望小君不要惊动了旁人，人言可畏，我恐依依遭非议。"

巍鸣岂会为难一个女孩子，一边活动着被捆绑了许久的双臂，一边向着苏穆点点头，体贴地建议道："穆哥哥，你快些带依依回去吧。"

荆南依揉眼望向巍鸣，忽地愣怔，只见他麦色的双臂光洁无痕，并无任何印迹。可是竹苑香榭那夜，她清楚地记得那人胳膊上有颗红痣。

这发现不啻于五雷轰顶，荆南依猛地挣开兄长苏穆的手臂，跌跌撞撞地冲到巍鸣身边。苏穆抓她不及，紧张道："依依，你又想干什么？"

荆南依仿若未闻，情绪接近失控，胡乱地拨弄着巍鸣的手臂，试图在上面寻找那颗记忆中的红痣，喃喃着说："是你，肯定是你，为何没有？怎会没有？"

巍鸣蹙眉躲避，神色间甚至有了惶恐的痕迹。苏穆见他如此，不由得惊心，如今荆南依在逍遥城的地位已十分尴尬，若是再失了巍鸣最后一点好意，只怕她以后的日子举步维艰。他立刻前去箍住荆南依的身体，不让她再乱动乱摸，侧首吩咐辰星："你看着郡主一些，别让她胡闹了。"

辰星点头说是，然后前来扶荆南依。此刻的荆南依一脸恍惚，失魂落魄地滑坐在地，抱着腿愣怔地看着前方的巍鸣，嘴唇轻颤，听不清楚她在说些什么，却有两行清泪沿着她的面颊缓缓滑下。

七十四
鸾凤有妊

　　逍遥城内，叶阑的房间内却是异常热闹。飞尘奉了荆南依的命，连夜搬空叶阑房内所有东西，一边干苦力一边抱怨："黑灯瞎火的，小姐姐好狠心，自己洞房花烛，留我飞尘在这儿干体力活，也不安排几个小兔崽子帮帮忙，想累死我啊？"他灵机一动，从口袋里掏出一沓小纸人，咬破手指将血珠点在那些白色纸人上，口念咒语，纸人如获生命般跳了起来，按照飞尘的指示，纷纷奔向那些家居物事，搬起来。飞尘跷着二郎腿得意扬扬地坐在凳子上，荒腔走板地唱起了小曲儿。

　　刚好苏穆和辰星送完荆南依回来，路过此地，撞见远处的飞尘在指挥人搬东西。辰星眼尖，一眼就认出了他来："苏穆君，是依郡主的仆人。"

　　苏穆顺着辰星所指望去，辰星疑惑道："好像搬的都是叶阑姑娘的东西。"

　　苏穆摆手，让他别声张："看看再说。"

　　二人伏在暗处，亲眼见到他指挥纸人那一幕，辰星吃了一惊，压低声音问："这家伙捣什么鬼？"

　　苏穆一眼将其识破："巫蛊之术，依依大闹大婚当日，我便觉得此人非常诡异。"

　　"君上，我们该如何？"

　　"探一探他的虚实。"

　　苏穆拔剑指向飞尘，大喝一声："旁门左道，出于何处？"

　　飞尘震惊回首，这才注意到逼近的苏穆，大惊之下挥动袖子，顷刻间，那些还在活动着的纸人便熊熊燃烧了起来，瞬间化为灰烬。

　　苏穆望向被销毁的证据，冷笑道："好一个狡黠的家伙，毁尸灭迹！"

飞尘一个转身，在他掌下飞窜逃出，如同一件衣服一般在家具四周游走。苏穆心头火起，用剑一把劈开家具，正好将刀架在飞尘脖子上。飞尘双膝一软，扑通一声跪到了地上，不住叩首求饶："苏穆君饶命，小奴只是为主子办事。"

苏穆手上用力，冷嗤："顾左右而言其他，内中定有诈！"

飞尘呼天喊地，大喊冤枉："小奴什么都不知啊。小奴按依郡主吩咐，烧了东西，定是那些火光惹得苏穆君花了眼，才见了些不该见的。"

苏穆一把揪住飞尘的衣襟，将他提到自己眼皮底下，喝道："还敢妄言？"

飞尘急得大叫："啊啊，苏穆君，当真是郡主吩咐的。郡主，救我，郡主救我……"

不等荆南依赶来见他，辰星一把捂住他的嘴，抬头看向苏穆："君上，这人该如何处置？"

苏穆扫了一眼苦苦求饶的飞尘，道："先将他关起来。"

回到含露娘子处，含露见二人神色异样，忙问怎么了，辰星便将路上遇到的飞尘的种种怪状说与她听："来的路上遇到了飞尘，见那家伙将血点染在纸人之上，口中振振有词，纸人便如活物，动了起来……苏穆君说这是巫蛊之术。"

含露看了一眼面色不怪的苏穆，点头道："苏穆君的判断八九不离十，此类确为蛊术。"

苏穆方才开口："当日，寻苦海为巍鸣君治病，傅昊郗曾言，他与巫蛊族有瓜葛，此时，依依身边的这个飞尘，又会蛊术，着实太过巧合了。"

含露问："苏穆君是担心巫蛊族别有预谋？"

"这倒没有，"苏穆摇头，"巫蛊族一向居无定所，大多是为雇主出谋划策，卖命的角色，我担心的是巫蛊族被其他阴谋家所用。"

辰星出声相询："会不会就是那个傅昊郗？看看他们无常坞的人，都怪模怪样的。"

含露想了想，道："无常坞经常收容奇人异士，很多世家曾经的犯事者也会求其收留，这早是悠然河南北尽人皆知的事了。"

苏穆有些担心："凡事要未雨绸缪，还是要提早防范。烦请娘子打听一下巫蛊族这些年的动向，千万不能重蹈覆辙，再次重现世家混战，生灵涂炭的旧事。"

含露即刻起身："含露这就去办。不过……"听到她口中"不过"二字，苏穆抬头看去，她说，"那个飞尘，可否让妾见一见？"

苏穆疑道："见他为何？"

"也许此人可为苏穆君所用。"

苏穆秉性高洁，不屑此等旁门左道，简单道："君子有所为而有所不为。"

含露微微一笑："含露知苏穆君不欲与鸡鸣狗盗之徒为伍，含露是青楼女子，见见也无妨。"

苏穆想了想，终于还是点头应下，让辰星领着含露去柴房。房门从外被推开，一束月光射进屋内，含露踏着那抹月色悄然步入，走到飞尘面前取下他口中塞着的白布。飞尘一得自由便开始大喊大叫："喂，你们快放了我，我是无常坞坞主的人。"

含露轻蔑一笑："无论你是谁的家臣走狗，如今，你的命握在小女子的手中。"

飞尘目露惊恐，眼看着她从袖中掏出一个纸人，又捡起地上的一把匕首，他惊叫道："你想干吗？别乱来！救命……"

含露掂量着那把匕首，慢条斯理道："你的巫蛊之术，我很欣赏，或许可以帮苏穆君谋得一支勇猛之师。"

飞尘拼命挣扎，摇头哀求："求求你，别别……停手啊……你想要什么，我统统可以给你！"

含露高举匕首，冲飞尘一笑："你要性命，我要心法，这样看来，我们只是各求所需罢了。"

飞尘睁大双眼，在他锐声尖叫之下，含露将匕首狠狠刺入他的手臂，鲜血成股淌下，沾湿了那些她带来的纸人。

"郡主怎么了？"瑟瑟寒风中，傅昊郗一面疾步向着荆南依的宫殿走去，一面厉声问身后亦步亦趋的侍女，语气似乎比空气更加阴冷，让人听之胆寒。

侍女也一脸慌乱，仓皇道："昨夜苏穆君送郡主回来时还是好端端的，没想到郡主一觉醒来偏要沐浴，衣服也未解去，就跳进水里，这都洗了两个时辰了，还不肯出来，还吩咐我们去寻鲜花来。"

傅昊郗听到这里，更觉忧心如焚，便加快脚步，直奔荆南依居处。待他赶到时，侍女刚好扶着浑身湿透的荆南依从浴盆里出来，正如侍女形容的那样，衣服未脱，形容狼狈，却还固执地命令侍女前去取她沐浴用的鲜花。

侍女苦口婆心地劝道："郡主，您别洗了，别着凉了。"

荆南依非但不依，还坚持不准告诉任何人这件事。傅昊郗看到这里，终于看不下去，走上前去解下身上的披风，不由分说地强加在她身上，冷淡道："别闹了，回房去！"

荆南依整个人浑浑噩噩，任他扶着，嘴里还喃喃地说："一定是夫君、一定是夫君……"她终于无力，虚弱地晕在傅昊郗怀里。傅昊郗双眸一沉，打横将她一把抱起，厉声朝外喝道："来人！去医馆把苦海找来。"

不过一盏茶的时间，苦海提着药箱匆匆赶到这里，正要向傅昊郗行礼，他粗暴地打断："你来看看郡主，看她究竟怎么了。"

苦海走上前去为她诊脉，傅昊郗焦急地守在一旁，等他一放下荆南依的手腕便立刻出声询问："她怎么了？"

"回坞主，依郡主她有喜了。"

"有喜？"傅昊郗愕然一惊，以为是自己听错了。

苦海不容置疑地强调："是，已有一个多月了。"

傅昊郗垂眸思索，忽地一惊，抬头再望向床上昏睡的荆南依时，眼中满是悲喜交加的泪水。

孩子。

她终于有了属于他们的孩子……

荆南依自一个冗长的噩梦中惊醒，所有的记忆随意识一起开始复苏，而床边傅昊郗的存在却真实地暗示，一切并非只是噩梦而已。

"好些了吗？"傅昊郗扶她坐起，语气出奇地温柔，转首命苦海端药上来。

荆南依扫了一眼面前热气腾腾的药碗，恹恹地问："这是什么？"

傅昊郗正要解释，没料到苦海嘴快抢先答她："小姐姐放心，这安胎药是我看着下人煎的。"

"安胎药？"荆南依脸色大变，抬手将药碗打翻在地，不住摇头，自言自语地说，"不可能……不可能……"

傅昊郗心疼地握住她的双手："小心烫到。"

荆南依顺势拉住他的衣袖，哀哀哭求："不能让人知道，求求你了，我不想让旁人知道。"

傅昊郗愣怔，心疼她之外更是为她感觉心酸。他扶着她重新躺下，温柔地将她面上的乱发拨到耳后，安慰她道："你别急、别急，我答应你，你先好好休息……"

荆南依既惊又恐，像只不知所措的小动物，紧紧地揪着胸前的衣襟，整个人都缩进了被褥中去，只露出一双漆黑惊恐的大眼睛，借此动作保护自己。傅昊郗一直守在她身边，寸步不敢离，直到她累极含着眼泪重又睡去他才起身离开，苦海跟在身后送他出去。傅昊郗神色恍惚，脚步虚浮，下台阶时险些被绊倒，苦海立刻伸手相扶："小心，坞主。"

他回首，才想起什么，问道："飞尘呢？这几日怎么不见他在郡主身边伺候？"

苦海摇头："老奴也不知，怕是在什么地方胡闹吧。"

"这几天，郡主就劳你多加照顾。"

"老奴知道。"

"还有，这件事不要告诉郡主。"他意态悲喜不定，却还记得叮嘱苦海。

"坞主，这可瞒不了多久啊。"苦海若有所思地看了他一眼，似有深意道。

傅昊郗暂时不语，只是摇了摇头，而后魂不舍守地走下台阶，抬头望了望此刻半明半暗的天，只觉此刻的心情就如这天色一样，再也不会有亮起来的那天。

苦海在檐下目送他离去，脸上浮动着一层从未见过的诡笑。

七十五

嫌隙尽释

　　叶阑自在有疏城别了清婉之后，一日不敢稍息，为见巍鸣日夜兼程，翻山越岭回到逍遥城。那时正值黄昏，夕阳西下，倦鸟归巢，她立在逍遥城外，记忆中温柔的画面如潮水般涌来，统统都与巍鸣有关。抬首望向那巍峨高大的城邦，想着里面住着的是她心心念念之人，她整个人也变得柔软起来。她翻身下马，那马也像是识得旧途，一路领着她往杜若花丛走去。那雪白花朵圣洁如昔，异香扑鼻，叶阑且走且看，不经意在花丛的深处撞见巍鸣，他正独自一人举杯饮酒，背影哀伤至极。叶阑缓步靠近，就听得他此刻吟的诗："落花飘零人独立，残阳晚照燕双归。入骨悠悠相思苦，此恨切切何时休？"

　　叶阑愣怔，觉出他蕴于诗中的相思之意，知他们二人心意相通，从未改变，不由得感慨万千，轻声唤道："鸣儿，我回来了……"

　　巍鸣以为是自己听错了，迟疑地转身，双眼在看见叶阑的那一瞬变得异常明亮，他难耐激动之情，惊喜地叫出了声："阑儿。"

　　叶阑含泪走近，尚有踌躇，巍鸣却快步上前，干脆地将她揽于怀中。夕阳洒下余晖，映出地上两条相依相偎的身影，久久不愿松开。一时之间谁都不曾开口说话，唯恐打破了此间静谧。

　　叶阑在他怀中仰首，看清他消瘦的下颌和清减的眉目，立在寒风中的他穿着十分单薄，她心疼不已，轻声问："这个时辰，鸣儿不必回逍遥堂吗？"

　　巍鸣伸手轻抚她的脸颊，像是在向自己证实她的真实存在，柔声道："此处是我与阑儿的桃花源，可以逃避世间的一切烦扰。巍鸣真想穷尽一生，与阑儿相伴在此。"

听他提及那些纷扰，叶阑心中有愧："是阑儿之错，当日，竟不信你。鸣儿可知那夜你与依郡主被人下了迷药？"

巍鸣吃了一惊，瞠目回忆那夜的遭遇，一切他觉得异样的地方至此终于有了合理的解释。

他细细思索，将一切疑惑和盘托出："进入香榭之时，似有清凉之物滴在我的身上，顷刻，我便心绪烦乱，而后被什么人打昏了。"

叶阑双目一沉，捏紧了拳头："果然有险恶之人陷害鸣儿。"

巍鸣将事情从头到尾细想了一遍，这件事唯一有嫌疑的就是荆南依，他迟疑道："荆南依也是女儿家，如何会不顾及自己的名节……"

叶阑也正有此猜想，如今也只有一叹："若是依郡主所为，也因她情深所致，细想来，她也是可怜之人，孩子似的，哪里想得那么些？她是不知这世间人言可畏。倘若不是依郡主，她便更令人怜惜了，自己的名节，成了幕后之人假借的凶器……"

巍鸣咬牙切齿道："如若真有这阴毒之人，其心当诛！"

叶阑细想了一番，道："此事还须暗中查访，免得污了依郡主的名节，就是苏穆君，也先瞒过吧。"

巍鸣点头，又笑着去挽叶阑的手，凝视她的眼神是那样温柔："谢谢阑儿……"

叶阑忍不住笑道："谢我做什么？"

"谢你……"他赧然垂首，像是一个犯了错的孩子，小声道，"没有同他归去……你们的事，鸣儿已经知晓……"

叶阑有些困惑："何事？"

巍鸣吞吞吐吐道："你与苏穆……在鸾倾城之时……"

叶阑吃了一惊，双颊霎时红透，吞吞吐吐道："我……"

巍鸣摆首一笑，释然道："无妨，阑儿如今在我怀中。"

叶阑抬首看他，神情那样郑重："阑儿今日之后，亦会在此。"

巍鸣愣怔，继而微笑，柔声道："来，把手给我，我带你回去。"

就在二人你侬我侬之际，殊不知逍遥城内为了寻巍鸣已乱成一团。辰星遍寻不着他的踪影，迫不得已来书院禀报苏穆，疑心巍鸣因见留在逍遥城内的世家剑拔弩张，蠢蠢欲动，所以难承重压，临阵脱逃了。苏穆摆首否决了他的猜想，坚信巍鸣已然不是当年鸾倾城中那个贪生怕死之辈了。任重而道远，他虽肩膀孱弱，但不至于一走了之。

二人立即前去寻人，在宫墙之外的甬道上巧遇了巍鸣和叶阑携手策马而来。苏穆愣怔，目光似惊似喜，但在看见二人交握着的手时，目光还是黯淡了下去，扫过巍鸣，而后隐忍地望向叶阑，努力将自己所有的情绪起伏压于心底。

叶阑看向苏穆，也是百感交集。

巍鸣故意轻声咳嗽，打断了二人的对望。叶阑这才回神，下马向苏穆见礼："兄长，叶阑回来了。"

这一声"兄长"叫得他怅然若失，内心酸痛，半晌无语。他黯然想起，如今存在于他们二人之间的，也只剩这有名无实的兄妹之情了。

巍鸣见状，有心让二人叙旧，便主动提出："我先行一步，去阑儿住处打点。你兄妹二人随后而来吧。"

苏穆牵唇苦笑："巍鸣君放心将阑儿一人留下？"

巍鸣摆首正色道："苏穆乃正人君子，又是阑儿的兄长，有何不可？你二人皆是本君的至亲至信，君子坦荡荡。"而后也不多说什么，一勒缰绳，策马而去。

苏穆抬头看了眼叶阑，发现她正收回追随巍鸣而去的目光，心下顿时了然，一切尘埃落定，她的心里不再有他的位置。

他终于开口，才发现自己的声音竟这样干涩："一切可好？"

叶阑沉吟许久，转首看他，不经意二人四目相接，对视的刹那无言胜过千语，她万分感慨："很好。多谢兄长替我守着巍鸣。"

苏穆垂首轻笑，不知是伤感更多，还是欣喜更多："他天资过人，遥想皇甫世家能称霸逍遥堂，平息八方势力，也定有这血脉缘由。"

叶阑立即补充他未敢道出的后半句话："只是太过性情，毫无城府，对吗？"

苏穆摇头，像是并不赞同："难道要将天下托付于九曲心肠、机关算尽的阴谋小人吗？"

叶阑闻言颇感惊讶，这不该是他对巍鸣一贯的印象？她抬首打量着他，目中惑色毕露，问他道："兄长似乎对巍鸣颇有改观？"

苏穆状甚感慨："当年，我未手刃皇甫规，他一席话，点醒了我这个梦中人。如今，我不过是帮他的嫡孙走当走之路。说来讽刺，世仇子嗣，竟成了我相守之人。"

叶阑颔首："殊途同归，大道同矣。"

苏穆双眉一蹙，转首望向并肩而行的叶阑，尤为痛心："阑儿复得返自然，为何还要再回逍遥堂这樊笼之中？若是他再伤你，我无力护你。"

叶阑心头一暖，仰首看去，见他目光深情地凝望着自己，她不由自主地低头避过，低声道："阑儿也是，走当走之路，守护想守护的人。"

不出半日，叶阑回城的消息便已传遍逍遥城内外。那日傅昊都坐在荆南依床边亲自给她喂饭，勺至唇边，荆南依侧首躲过，冷淡道："拿走，我不想吃。"

傅昊都叹道："听苦海说这几天你什么东西都没吃，就算你不饿，也要顾及你肚子里的孩子啊。"

听到"孩子"二字，荆南依大怒，挥手一把将傅昊都手中的碗打翻，热粥泼了傅昊都一头一脸，她撒泼似的大声道："我说了，不许提，不许你提……"

傅昊都也不恼，徐徐伸手拭去脸上的粥水，还努力向着她微笑："你若不想在此处，我带你回无常坞去。在那儿，你可以把他生下来，抚养他长大，让他成为天底下最幸福的人。"

荆南依抱膝而坐，长发披散于肩，说不出地虚弱可怜。她低头望向自己尚未显怀的腹部，喃喃地说："何来幸福？鳏寡孤独，我是弃妇，他是孤儿。没有爹娘疼爱，一个人孤孤单单的感受，我是最了解的……我吃尽的苦，何苦让他再尝呢？"

傅昊都心痛难忍，不忍再听，冲动地握住她的手，殷切道："别伤神了，全部依你，想在哪处，我便陪你在哪处。"

荆南依神态恍惚，笑得凄楚。

苦海自外走入，朝傅昊都行了个礼："坞主。"

傅昊都扫了他一眼："怎么了？"

苦海意似踌躇，不安地看了看荆南依，却欲言又止。荆南依心领神会，起身坐正，望向他的双目隐隐发亮："找到夫君了？"

苦海点头："找到了，可是……"

傅昊郗不耐烦，催促道："找到就是找到，支支吾吾做什么？"

苦海一咬牙，心一横，这才往下讲："巍鸣君还带回了……那个叶阑……"

荆南依愣怔，神态有些恍惚，像是不知身在何处，喃喃地问："叶阑……她回来做什么？明明已经走了，她回来做什么？"她忽地一凛，抬首惊恐道，"她是回来抢走夫君的，她一定会抢走夫君的……"

傅昊郗扶着荆南依的肩膀，将她揽入怀中，轻拍她的肩膀，柔声安慰道："别怕，有我在、有我在……"

荆南依处于崩溃的边缘，无措地拉着傅昊郗的手，苦苦泣求："杀了她，我要你杀了她，我的不幸都是拜她所赐，夺夫之恨，夺爱之辱，还有……"她伸手摸向自己的小腹，目中恨意滔天，"我定要她死！"

傅昊郗心痛，失声道："依依！"

她推开他，恢复了难得的冷静，捏紧拳头，说："我要见她。"而后便扬声向外唤道，"来人，快来人，我要更衣。"

七十六
鸾凤失宠

  叶阑、苏穆和巍鸣三人叙旧过后，巍鸣领着叶阑回她曾住过的居处。步入其中，叶阑见屋内已被腾挪大半，先是一惊，继而无奈地望向巍鸣。巍鸣略显局促，低头不语。苏穆主动为他解围："不关他的事，都是依依任性所为。"

  叶阑心底一黯。巍鸣怕她多心，立刻表态："阑儿，我会命人重新为你布置，一定将这里变成逍遥堂最金碧辉煌的地方。"

  叶阑的目光转过这空荡荡的房间，想起曾在这里生活的点滴，所幸东西没了，记忆却不曾改变，深爱她的和她所爱的，依旧还在身边。叶阑摇了摇头，笑得明朗："巍鸣君莫忘了阑儿曾是江湖儿女，尺寸之地，便可安身，不想要那些，但求美酒佳看相伴，三五好友常随。"

  巍鸣展颜道："这有何难？我和穆哥哥每日带着美酒过来与阑儿开怀畅饮，岂不快哉？"

  "穆哥哥"三字，勾起了这三人共同的回忆，三人心有所念，相视一笑。

  这时但听门外脚步声纷沓，侍女来不及通传，就见荆南依快步从外走来，逆光立在门边。三人同时转头看去。因来得匆忙，荆南依外衣之外只匆匆罩了一件披风，宽大衣衫更衬得她身形纤弱，她瘦了许多，也憔悴了许多，不变的是她咄咄逼人的美色和她一贯傲慢的神色。她冷冷地看着叶阑和巍鸣。

  巍鸣被她目光烧灼，竟有些心惊肉跳的感觉，不自在地避开了她的视线。

  苏穆也被惊到，忧心忡忡道："依依，怎么了？你的脸色怎么这么难看？"

  荆南依勉强冲着哥哥一笑："兄长，我没事。"

苏穆依旧挂心，上前欲扶她到一边的椅子上坐下，她却不语不动，魂魄如同离体了一般，只知道直勾勾地盯着叶阑。

叶阑心中滋味难辨，躬身向她行礼："叶阑见过依郡主。"

荆南依虽在笑，眼中却毫无笑意，盯着她，眼中醋意翻涌："你应该叫我一声君夫人吧？毕竟，我现在是巍鸣君明媒正娶的妻子。"

叶阑心下微涩，垂首无言。

苏穆眉头一皱，扬声道："依依。"

荆南依回首，脸上带着稀薄恍惚的笑意，反问苏穆："穆哥哥，怎么了？我说错了吗？我不是巍鸣君明媒正娶的妻子？穆哥哥，亲疏远近，你也得分清楚，我才是你的亲妹妹，她呢？"她扬袖一指正一脸错愕的叶阑，勾唇冷冷地笑，"又是谁？"

叶阑不欲与她多争，低下头，恭谨道："叶阑见过君夫人。"

荆南依迟迟不作声，任她屈膝行礼，不让她起身。巍鸣看不下去，一把揪住叶阑的手臂扶她站起，硬邦邦道："阑儿不必拘礼。"

荆南依冷扫他一眼，难以抑制话中的酸涩之意："只让叶阑弯了弯腰，行个礼，夫君就心疼了？夫君果真寡情于我，依依病成这样，也不见夫君来瞧一眼。"这些话原本亦真亦假，却勾动了她伤心的回忆，她不自觉地哽咽了起来，抬手拭泪。苏穆见状心亦难忍，走上前来温言道："兄长送你回去吧。"

"我不走，要回去……"荆南依抬首望向巍鸣，脸上依旧带泪，勉强逼自己笑了出来，深情款款地说，"也是我夫君同我一道，夫唱妇随，形影不离。不劳烦穆哥哥。"见巍鸣始终无动于衷的模样，荆南依痛彻心扉，也管不得什么尊严体面，放下矜持，伸手主动前去挽他的手臂，笑盈盈道，"走吧，夫君，我们回去。"

巍鸣垂目扫了她的手一眼，淡淡地将自己的手抽回，干脆回绝了她："依郡主请回吧，我要留下来陪着阑儿。"

荆南依心中一凛，只觉这两字刺耳非常，咬唇不忿道："阑儿阑儿，叫得真亲切，我却是你口中硬生生又冷冰冰的'依郡主'。"

巍鸣脸色涨红，竟被她的话堵在当场，不知该说些什么才好。

叶阑侧首望了一眼巍鸣，目光温和如暖阳："情之所至不可止，叶阑也知道倾心于一个人的感觉。不过，"她转头看向荆南依，肃容正色道，"请郡主放心，我绝对不会逾矩失了体面，叶阑只会以臣下身份伴在巍鸣君左右。"

巍鸣意外于她口中所说的"臣下"二字，失声道："阑儿！"

荆南依一声冷笑："少说这些冠冕堂皇的话！臣下身份？就算你是个孤魂野鬼，只要你在一日，他便鬼迷了心窍，眼里心里满是你。"

巍鸣被她说破心事，赧然望向叶阑，岂料她也正好抬头看他，二人四目相触，同时有些不自在，移开目光。

荆南依将二人私下里这些互动尽收眼底，怒意勃发，恨不得就在此地手刃了叶阑，好解心头之恨。她强压怒火，快步上前走到巍鸣身边，牵住他的手，撒娇道："夫君，我们回去。"

巍鸣一动不动，拂开荆南依的手，反倒是一旁的苏穆看得心不忍，依依执意如此，苏穆也无计可施。

荆南依小心翼翼地观察着巍鸣的神色，想要伸手拉他，却又不敢，瑟缩之间反现出了她罕见的可怜："夫君……求你了……"

苏穆终于看不下去，想到自己娇宠的妹妹被这样对待，就觉异常心痛，他走上前来，一牵荆南依的手，干脆道："走，兄长带你走。"荆南依被迫跟着他往前走了两步，忽然站住回首，双唇微抿，神色异样地倔强，伸手轻轻抚了抚自己的小腹，绝美的脸上绽出近乎妖艳的笑，像一株开到盛时的黑色海棠。

她开口清楚道："你必须跟我回去。"

巍鸣蹙眉向隅，并不搭理。

她流泪，微笑着说："因为，我怀了你的孩子。"

三人震惊地望向荆南依，苏穆率先回过神来，停步回首，面色一喜："当真？兄长要做舅父了？"

荆南依点了点头，走回巍鸣身边，仰首看他，眼中闪着星星点点依恋似的光芒，喃喃道："夫君……高兴吗？你要当父亲了……"

巍鸣怒极攻心，一把甩开荆南依的手，不屑道："可笑至极！"

荆南依不妨他如此，站立不稳，险些跌倒。她身旁的苏穆眼明手快，抢步扶住她，转向巍鸣，竭力压住心头的怒火,冷声道："大丈夫不欺女流，你怎可如此粗莽？况且，依依有了身孕。"

"身孕？"像是听到了什么荒唐的事，巍鸣嘴角露出一点讥讽的笑意，"怀了身孕，你怎可怀了身孕？"他掉头向着叶阑，怒极反笑道，"阑儿，我们还寻什么幕后之人？远在天边，近在眼前！空有一副好皮囊，却处心积虑，无所不用其极……那夜在香樗中，如今在此亦然，皆是子虚乌有之事……"

他因气到极点，才口不择言。叶阑脸色微变，暗暗摇头，示意他不要再说下去。

苏穆却听出端倪，看了一眼叶阑，又掉头去看巍鸣，神色变得异常严肃："巍鸣君，你这是何意？"

因答应过叶阑，就此事不再多提，以保荆南依名誉，在苏穆的逼问下，他压抑心底的一切愤懑之情，侧首不语。

苏穆以为他心虚，怒气渐盛："竹苑香樗中，她二人皆被你所伤，你还有颜面提及当夜之事？"

巍鸣欲要说，只是话到嘴边又强忍了下去。

苏穆见他吞吞吐吐，更觉愤怒："你方才言子虚乌有？你当依依何人？她也是我鸢倾城的堂堂郡主，荆南世家的掌上明珠，岂容你污蔑诋毁？"

巍鸣忍无可忍，拍案而起："荒唐！我倒成了污蔑诋毁之人，你当好好看看你口中的妹妹是何许人也。"

苏穆亦不甘示弱，掷地有声道："她是你的妻，我不管你对叶阑如何用情，但也决不允你轻薄依依。"

巍鸣微微气喘，怒目看他，针锋相对道："谈何轻薄？我要休了她！当日香樗之夜，便是她用迷药勾引本君，如今，一计不成，又施出身孕之说，此毒妇，怎可不休？"

苏穆大怒，抢步逼到他面前："你胆敢玷污依依的名节！"

叶阑蹙眉牵住巍鸣的衣袖，摇头道："鸣儿，此事未曾证实……不可轻言……"

巍鸣气愤难平，纵身朝着一旁泪流满面的荆南依大吼："你为何不言语？俯首默认了？"

荆南依泪流不止，被夫君弃，被亲人疑，她已想不出人生还有什么比这更加绝望的困境。她伸手抚着小腹，喃喃道："我……我……不能说，不能说……"她疲惫交加，终于难以承受，眼前一黑，晕倒在苏穆怀中。

苏穆弯腰将她一把抱起，怒目望向巍鸣："皇甫巍鸣，倘若你敢休了依依，我便拆了你逍遥堂，焚了你逍遥城。"

巍鸣冷声道："荆南苏穆，你想造反吗？"

苏穆闻言转头，满眼怒火，并不言语，径直离去。

巍鸣欲追，却被叶阑拉住，她摇头道："鸣儿，待苏穆君冷静后再辩驳也不迟。"

苏穆抱着荆南依疾步回到住处，小心将她放于床上。荆南依半寐半醒，睡得并不安稳，一直喃喃说着梦话："夫君要休了依依，夫君不能休了依依……"苏穆抽出衣袖轻点她额际的冷汗，仔细为她盖上被褥，怜惜地安抚她："不会的，依依，兄长绝不容他欺负你……"

荆南依听到声音，渐渐醒来，睁眼看见苏穆的刹那，目中一暗，为她心底可怜的希冀感到可笑，现如今她什么都没有了，只有穆哥哥，只有穆哥哥站在她这一边，只有穆哥哥会帮她。她一把牵住苏穆的衣袖，泫然欲泣，道："穆哥哥，你帮帮我。你说，我若去求夫君，好好求他，他可会回心转意？"

苏穆心痛难忍，将荆南依搂入怀中，轻拍着她的后背，如对小孩一般。或许在苏穆的心里，荆南依永远都是那个哭哭啼啼要娘亲的小女孩，他想不明白，纵然巍鸣不爱依依，又何以对她这么残忍？依依已经这样可怜，况且她从头至尾都没有想过伤害谁。

他拨开她额前的乱发，柔声安慰她："依依是荆南郡主，是鸾凤之女，是穆哥哥最珍视之人，依依不必摇尾乞怜、委曲求全……"

荆南依泪流满面，哽咽道："可是，夫君不要依依……"

苏穆抚着荆南依的肩，抬头，与从门外走进来的含露四目相触。含露不由得愣怔，觉得此刻的他目光锐利逼人，杀气毕露，显得有些陌生。他握紧拳头，笃定地开口："依依莫怕，就算将这逍遥堂倾覆，兄长也绝不许皇甫巍鸣辱你的名节！"

七十七

越俎代庖

等哄了荆南依睡下之后已是月上中天，星光万点。苏穆走出荆南依的寝殿，迎面就看见等在夜色之中的叶阑。因是等了颇久，此刻她的外衣已有被露水打湿的痕迹，而她坚持静候，等待着他的出现。

苏穆努力逼着自己将目光从她身上移开，转到不相干的一棵高大槐木之上。

她开口道："苏穆君，阑儿替巍鸣君请罪……"

他心下苦笑，她此行的目的果然未超出他的预料。苏穆摆首淡淡道："你不必替巍鸣君来做这一遭的说客，我不想听。你想说的，我也不必听。"

叶阑着急解释："此事虽未证实，但阑儿也确有耳闻……"

苏穆蹙眉，勉强压下心底的不快，拔高音量反问道："难道阑儿也相信是依依以女儿名节，恬不知耻，骗取联姻？"

"阑儿不是此意。"叶阑急急否认。

"那就不要多说什么了。"苏穆干脆地打断她的话，"我梦姑姑香消玉殒，尸骨未寒，苏穆可以放下，因苏穆知晓，是懿沧群权斗所致；我荆南百姓，十六年受制裁之苦，民不聊生，苏穆也可以放下，因苏穆相信，巍鸣宅心仁厚，必为仁君。"

叶阑心念一动，颔首表示欣赏："苏穆君深明大义，携大夫情怀。"

"可是，"苏穆语意坚定，不容变更，"玷污依依名节，毁谤依依声誉，苏穆绝不做寸步之让。我的至亲梦姑姑已然千夫所指，苏穆无力抗争，如今，倘若让依依重蹈姑姑覆辙，苏穆难以面对泉下双亲，不若自绝于荆南世家！"

叶阑欲再劝："兄长，事情尚未至此，万不可铸成大错啊……"

苏穆苦笑摆手，示意她不必再往下多说："为儿女情长，我是错，为世家荣辱，我也是错。如今，为血缘胞妹，我还是错。但这一错，苏穆肝脑涂地，决不更改。"

"兄长……苏穆转身背对着叶阑，不想和她再争什么："你回去告知他吧，这是我能为荆南世家唯一所争了。"

叶阑一叹，知他主意已定，心如磐石不可转，只能掉头离开。

在她离去之后，含露从树后阴影处走出，望着二人分道扬镳的背影，若有所思。

别了叶阑之后，发现安然熟睡已是难事，苏穆索性直奔书院，打发天色亮起之前那些漫长的时光。抬头望着架上满满书简，那些记载历朝历代的古籍难解他满腔愤懑之情，他抽出腰间所戴佩剑，以游龙之姿在房间内起舞，刀光剑影，身影无章，满架书简在剑下散落，书写着舞剑之人此刻纷乱的心境。

静候已久的含露这时从外走入。苏穆拄剑在地，微微气喘，环视着满地凌乱的书简，黯然道："书卷多情似故人，世事相违每如此。真是满纸荒唐言，满目狼藉事。"

含露这才出声："乱象心生，看来苏穆君尚在犹豫。"

苏穆回头见是她，便反手收起长剑，反复观着剑上寒光，暂未言语。

"苏穆君可记得初心？"含露缓步走近，语调依旧轻柔，却诱着他往记忆之初回溯，"苏穆君九岁，便目睹家破亲亡，不得不忍辱负重，肩负兴家旺族之责，每日天光未亮便晨起读书，至月明星稀尚在偷偷习武。十六年来，风雨无阻，从未懈怠，心中从未有过自己，只有荆南复兴。"

苏穆神色复杂："娘子此话如利剑，直戳我心。没错，这世间只有荆南世家，而无荆南苏穆。"

"所以，"含露迫视着他的眼，步步紧逼，不肯退让须臾，"天将降大任，必定给您一条断情绝爱之路，君临天下，才是您的真正宿命。"

苏穆脸色一凝，褪去一切异样，再无悲喜："如今，苏穆只想做兄长之事，已无争权之心。"

含露并没有因此放弃劝说他的大计，殷殷劝道："无论初心为何，但凡发兵，我荆南皆被天下视为谋反，不如重拾当年志向，筹谋而为。"

苏穆摆手止住她："苏穆不介怀世人评判，只问是非对错。守护依依，苏穆当为，其他的，苏穆不为。娘子不必多言，退下吧。"

含露还要再说，却见他眉间多了些不耐烦和厌恶之色，暗自心惊，忽然意识到如今的苏穆已非她从前认识的那个苏穆，他少了野心，却多了济世为民的抱负，这抱负对于政客而言，无疑是多余的。

含露隐忍作揖，告辞离去，走到庭院之内回望房内还在练剑的苏穆最后一眼，刹那间百般心事忽地齐齐涌上心头，他们甘苦与共的从前怎能轻易就被抹杀？他的雄心壮志怎可如此轻易就被搁下？

含露回首望去，嘴角浮起稀薄笑意，心内道：含露追随苏穆君十六个春秋了，青春芳华，有多少个十六载？可含露不悔，含露生而为人，就是为了助苏穆君一统悠然河南北，为天下百姓谋得一位盛世明主。宏愿大志，誓死不改。

含露看起来像是疲惫到了极点，神色却一点点变得笃定：苏穆君只是在这纷争中倦了，累了。含露不畏，就让含露替苏穆君蹚过这血海尸山。若要千夫所指，就冲着含露来吧。

主意已定，其余不过是时间和手段的问题。含露站于原地沉思片刻，忽地抬头，转身朝另一个方向走去，穿过深幽曲径和蜿蜒长廊，最终停在一间柴房门口，垂眸扫视四周，确定无人跟随后才推门进去。

屋内黢黑，并无他人，只有一个被绑在石柱上的飞尘而已。此刻的他受刑方毕，衣衫褴褛，身上伤口遍布，血迹斑斑，一旁的桌上摆放着十数个大大小小的瓶子，瓶身外壁沾满了血迹。瓶子旁边，是一个个布偶。

飞尘虚弱地抬起头，望向含露，双唇因失血而皲裂惨白："什么时候……什么时候……能放我走……"

含露一笑："恐怕要耽搁一些日子了。"

飞尘一向玩世不恭的脸上，现出了惊恐的表情。

处理完飞尘之后，含露匆匆赶往自己的居处，在门口遇到了一脸行色匆匆的辰星。他见到她现身才松了一口气："含露娘子，麻烦您去看看郡主吧，郡主像是病了……"

含露神色一紧，将带血的瓶子藏入袖中，二话不说便随着他一道赶去荆南依的寝殿。苏穆先他们一步赶到这里，正守在荆南依的床边，紧盯着为她诊脉的大夫，连声道："依依如何？"

"禀苏穆君，郡主乃是心绪混乱，时而神志不清。是因忧怒伤腑脏，郡主又急火攻心，难于疏导。"大夫恭声回道。

辰星忧心忡忡地建议："郡主……要不要让那苦海来看一看？"

苏穆断然否决："不能再让那些人靠近依依半步！"

因为实在担心眼下荆南依的身体状况，也顾不上什么男女大防，苏穆起身阔步走到屏风之后，一把掀开那重重叠叠的帷幔，举目望去，床上的荆南依披头散发，神色恍惚，仰首对着进来的他粲然一笑，痴呆如稚子孩童一般。她笑嘻嘻地说："穆哥哥来啦。"

苏穆内心一痛，想不到从前珍之惜之的胞妹会变成眼下这副模样，话未出口先颤声叫了声依依。

荆南依神神秘秘地揪住苏穆，朝他身后张望，见他身后没人，才悄声道："嘘，穆哥哥，悄悄地，给你看样好东西。"

苏穆勉力一笑，抚着她的头发柔声道："什么？"

荆南依从枕下翻出一个布偶，递到他眼下，喜笑颜开道："兄长看，这是有疏叶阑。"

苏穆垂眸扫过，眼皮顿时一跳，只见那玩偶小小，却形容俱全，衣衫打扮，俨然一个小小的叶阑。

荆南依爱怜地抚着那玩偶，低声道："夫君不是喜欢她吗？我就做了个小可爱，放在床上，你说，夫君会不会很欣喜？兄长，你瞧瞧，多好玩，你说可爱吗？"

"依依……"

荆南依脸色突变，指甲狠狠掐住那玩偶，玩偶的脸在她掌中一点点变形，她咬着牙齿恶狠狠道："她可爱，难道比我还可爱？我才是天下第一美人！"

苏穆心痛难忍，展臂将神思恍惚的荆南依拥入怀中，仿佛想借此替荆南依挡去外面的一切危险，如此良久，直到荆南依哭声渐熄，昏昏沉沉地睡去。他侧首，向着身后跟来的含露叮嘱道："你们守好她，别让她伤了自己。"

含露点头称是。

苏穆放下荆南依，见她蹙眉沉睡，眉间依稀有不可抹平的褶皱，脸上还有未干的泪痕，像是梦中也在经历什么伤心事，便一叹："人们都说红颜薄命，我们荆南世家的女子，何止是薄命？"

含露观他神色，小心地问："苏穆君可是想起了当年梦郡主之事？"

苏穆眸中一片黯淡："那一幕，苏穆永远忘不掉，梦姑姑浑身是血，后背上插着长而锋利的箭羽，纵身一跃，投河而沉。她对着悠然河畔的男人们怒吼……痛斥他们这些俗物不配目睹我们荆南世家桃花印女子的明眸皓齿……原来，那时候梦姑姑就懂得，女儿心，一旦赋予旁人，一生就被困住了。"

"好好照顾依依。"苏穆心疼地看了荆南依一眼，难以压抑的是心底一声叹息，他负手离去。

目送着他渐行渐远的背影，辰星握拳，也替荆南依愤愤不平："巍鸣如此待依郡主，我们荆南世家绝对不能忍气吞声。当年的血债，也一并替君上讨回来。"

含露抚着袖中藏下的那带血的瓶子，若有所思道："有些事情，苏穆君不忍，我们这些做臣子奴才的，要身先士卒，替主子做。"

七十八
斩草除根

奉傅昊郗的命，苦海端了一碗煎好的汤药来到傅昊郗面前，鞠躬行礼，请他查看："坞主，您吩咐的安胎药给小姐姐煎好了。是老奴端过去，还是您亲自过去看看？"

傅昊郗起身欲接，像是想起了什么，颓然坐回椅子上，精疲力竭似的摆了摆手，黯然道："我见不得她那样，你去吧。好好看着她服下，有什么事来回我。"

"是，坞主。"苦海忽地想起什么来，转身又问，"坞主，这些日子飞尘这家伙不知所终，要不要我去寻他一寻？"

傅昊郗蹙眉："他一向是个没定心性的东西，爱去哪儿去哪儿，我没心思管他。"

苦海点了点头，也觉得坞主说得在理："飞尘上次偷了您的羽霓裳，跑了个干净，这次又不知他闯下什么祸事，让他自生自灭也罢。"

苦海领命而去，端着汤药穿过回廊，来到荆南侬的房间。因她命令不准点灯，因此房内漆黑一片，视物也模糊，气氛因此显得诡异逼仄。

床上的荆南侬听到有人走进来，朝外惊慌大喊："出去、出去，我不要见人，侬侬丑死了，夫君都不愿看我一眼……"

苦海置若罔闻，脚步不停，嘴上道："是老奴，老奴是给小姐姐来送药的。"

荆南侬大怒，隔着帷幔将手中玩偶朝他扔去："出去，我说了，我不要见任何人！"

玩偶一路滚到苦海脚边，他俯身拾起，却并不因此停住脚步，继续朝前走去，走到她床边，将其递给荆南侬。荆南侬透过晃动的薄纱，愣怔地望着他手上的玩偶出神，忽地开口问他："你说，她是不是比我美？否则，夫君心里眼里怎么都是她？"

苦海掸了掸玩偶上面的灰，放到荆南依手上："见面三分情，倘若见不到了，再美的人，也会从心里消失的。"

"消失？"荆南依疑惑地抬头，面容憔悴，可一双眼睛灵动如昔，藏着这世间最大的野心。

苦海一笑，压低声音，语调近乎诱哄："小姐姐，您不知这世间最狠毒的利器不是刀枪剑戟，而是人言吗？"

"人言？"荆南依疑惑地仰起脸，问，"人言就能让她消失吗？"

苦海语调转冷，眸中浮现出罕见的狠辣之色："小姐姐不是那些无能之人，您的言语就是金玉良言，就是天机不可泄露，有时候，一句恰到好处的言语，就能化成利刃，杀人于无形。"

"杀人于无形？我吗？"她用手指指向自己，抬头看向苦海。

苦海恢复了他一贯的温文无害，脸上甚至还带着些许笑意，向荆南依点了点头。

荆南依望向玩偶，蹙眉思索。

有疏叶阑回来的消息传到芳娉处时，她正在案前摆弄花木，听到侍女来禀，不由得微微一笑："怪不得昨夜闹哄哄的，不得安宁。"

侍女捂唇，也觉得好笑："长郡主不知，还有更有趣的，依郡主怒气冲冲地前去问罪，反倒哭哭啼啼地被荆南苏穆抱回了寝宫。不过，听小侍从说，他们谈及了竹苑香榭之事。"

一枝枝斜佚丽的梅花断在她的指尖，她的心忽地一沉，豁然抬眸，问："可有结果？"

侍女摇头："不过些捕风捉影的猜测罢了。"

芳娉还是觉得不放心："万事未有空穴来风的。那个小侍从呢？"

"上次按您吩咐，将他派到花房做工。"

芳娉脸一沉："以防万一，还是斩草除根来得好！"

"奴婢明白。"

叶阑自别了苏穆之后深知倘若想要劝服他，必要寻到那真正的幕后主使。她枯想了两日，趁着那日天黑，换了夜行衣潜入侍从监翻看侍从出勤记录，试图寻出竹苑香榭出事那日执勤的侍从。

当日共安排了四人布置香榭，这四人中定有布设机关之人。叶阑一页页翻过，找到那日出勤记录，赫然发现其上一人的名字用红笔划去，写着"调去花房"。叶阑心生疑窦，暗暗记下那个名字。翌日等天一亮，她便换了一身侍女的服饰前去花圃寻那日当值的侍从。此地位于逍遥堂西北角，地处偏僻，一向罕有人至，叶阑找了一圈，才找到一名侍弄花草的花农。她走上前去，客气地询问："请问老伯，你们此处，可有个从侍从监调过来的小魏子？"

花农并不言语，只是信手往前一指。叶阑顺着他所指的方位走去，越往里更是偏僻崎岖，枯枝败叶，显出了一种诡异的死亡气息。叶阑走得步步小心，至一绝处，前方有黑影一闪而过。叶阑内心一惊，飞身追上前去，只是转了个弯却不见踪影，泥泞小路上赫然出现一只男鞋。叶阑警觉四望，周围狼藉一片，显然刚刚经过一番打斗。

叶阑悚然吃了一惊，更是不敢掉以轻心，以最快的速度冲进院中，只见两名黑衣人正拖拽着一名侍从往外走去，见叶阑追来，反手便是一掌，叶阑轻松闪过，抽刀直击他们心口。黑衣人分身不暇，索性一刀刺过那侍从的胸口，拔刀而逃。叶阑本欲追击，转念一想，还是选择奔回奄奄一息的侍从面前，扶他坐起，逼问他："说，是谁指使你给巍鸣君下的迷药？"

侍从口吐血沫，喃喃地说："郡主……郡主……"

叶阑一惊，暗想：难不成真的是依郡主？

正欲再问，侍从双目一闭，死了。

叶阑抬头望向此刻晦暗不明的天，内心滚过一阵焦灼：时间，已经不多了。

自巍鸣夺权之后，逍遥城内驻扎留守的各大世家虎视眈眈，野心不灭，虽然部分已被巍鸣以雷霆或怀柔手段收拾了个干净，但也有并未甘心的，比如扶泽、陆廉两大世家，滞留城内迟迟不去，野心昭然若揭。

扶泽世家首领向来以长辈身份自居，对巍鸣小儿的不满已非一日两日，认为天下若是论枭雄，必定非他莫属。现如今见那些世家慑于皇甫权势，走的走，逃的逃，他更是愤懑不平，几杯黄汤下肚，也就忘了还有隔墙有耳这回事，向着同席的陆廉世家首领愤愤不平道："这帮贪生怕死的鼠辈！被那黄口小儿几招手段，便吓得夹着尾巴逃回老巢去了！老子真想两板斧，削掉这小儿的头！"

陆廉世家首领转着酒杯，闲闲道："少安毋躁，那些叛逃之辈，皆是些小族寡民，不足为虑。成大事者，还需你我。"

扶泽世家首领一拍大腿，猛点头："在理！更何况，有疏烟芜那小娘们也不在此妨碍了，老子反倒觉得干起来手脚畅快！"

陆廉世家首领继续分析："论兵力，你我世家的武士加起来，远超过皇甫巍鸣新征的兵卒，倘若真要沙场对阵，我等无须畏惧。唯一忌惮的，却是巍鸣君身上的功夫——逍遥流云掌。"

扶泽世家首领摸着下巴，想了想，道："说起来，当初那小儿杀了叱咤风云的懿沧群，用的就是逍遥流云掌吧。"

"当年我是见过老堂主皇甫规与异族征战的，那掌法取形于鲲鹏之态，练成之人能乘天地之正，御六气之辩，刚中带柔，狠辣霸道中透着一股子邪气，甚是厉害！可是，巍鸣君的架势似乎有些偏差。"

扶泽世家首领点头："我也有所察觉。按我说，在鸾倾城见皇甫巍鸣的时候，那小子还是个没功夫的，这才几日，就能练成了独步天下的武功！肯定是学了些虚招出来唬人的，杀个懿沧群，他不也差点丢了性命？"

陆廉世家首领拊掌大喜："嗯，如此推测，《逍遥流云》定在他的手上，只是火候未到。"

扶世家首领泽摔杯在地，如盟重誓："大好，咱们就夺了他的秘籍，再抢他的天下！"

二人对视了一眼，同时大笑出声。

屋顶上的密探听闻这一席话，暗暗记下，无声离开。

回到逍遥堂之后，密探将所闻一切详尽地禀报给巍鸣："禀告巍鸣君，盘踞在逍遥城中的世家武士，近日盘桓在我逍遥堂门外，乔装伺机探听消息。"

巍鸣面露鄙夷之色："皆是些蝇营狗苟，鸡鸣狗盗之术，不如堂堂正正地斗一场。传我巍鸣君之令，三日后宴请各大世家。他们想看看我皇甫巍鸣的逍遥堂，便给他们开开眼界。"

他豁然站起，朗声向着堂下道："皇甫武士们！"

众武士以长矛触地，齐声应他："在！"

巍鸣一挥广袖，霸气道："我皇甫世家百年基业，皆因骁勇善战，征战而得，明日，就让我等重拾皇甫威风，将这些不知天高地厚的叛臣贼子赶出我逍遥堂去！重振我皇甫荣光！"

武士们士气大振，高呼："誓死追随巍鸣君！重振皇甫荣光！"

巍鸣微微笑，举目望向高墙之外，双眼变得异常明亮。

七十九

天下大同

天一点点亮起，初升的太阳从逍遥堂屋檐上显露痕迹。逍遥堂长长宫墙之下，各大世家的人正毕恭毕敬地前行，其中就有奉诏而来的陆廉和扶泽两位世家掌权人。陆廉世家首领走于队列之首，脚踏这沾金带水的宝地，想着日后自己若是入主此地，该是何等意气风发。想到这里，他竟如何也抑制不住浮上嘴角的笑意，忍不住回头望了望身后不远处的扶泽世家首领。只见他也抬头，颇有深意地望向逍遥堂那缓缓开启的朱红色大门，一条通往逍遥堂的大路赫然呈现在众人面前。

恭候已久的皇甫侍卫们领着各大世家的人鱼贯而入，陆廉世家首领故意落后几步，等到扶泽世家首领，二人一路同行，窃窃私语着。陆廉世家首领手指那大殿，笑得轻蔑："瞧这逍遥堂，金碧辉煌，琼楼玉宇，又如何？它也是双目可及的金屋子，倘若真的塌下来，自然也是残垣断壁，砂石瓦砾，你我何所惧？"

扶泽世家首领轻笑，目中藏不住贪婪觊觎之意："纵有百年铁门坎，终有一日，也成千堆土馒头。就让我们二人为这皇甫世家撒把土吧。"

二人交换了一个心知肚明的眼神，阔步走入逍遥堂。

侍卫前来告知巍鸣，说各大世家的人已聚齐，正在堂前恭候巍鸣君。巍鸣扬声朝内唤道："阑儿，好了吗？"

叶阑银甲束发，一身女将装扮，从屏风后走出。低头打量自己身上，她忐忑道："你看我这样穿好吗？"

久未听见巍鸣说话，她不由自主地抬头望去，只见他目不转睛地望着自己，不像是看人，倒像是看一幅名画。

叶阑俏脸一红，低头不语。

巍鸣笑道："旁人皆爱女孩子的香脂水粉，那是因其未见过我阑儿的英气武装。"

叶阑抬首郑重道："以后，我也为巍鸣君攻城略地，保家护国，做他个骠骑大将军；史书里没有女儿名字，叶阑便要他一个响当当的名号，可好？"

巍鸣心中柔情似水，含笑看她，温柔道："这样想想，这逍遥堂中，最大的野心家竟然是阑儿啊。看你小小的一只，其实深藏虎狼之心啊。"说罢一伸手，便从后将她抱住，但觉温香软玉，无一不美好，他在她耳边轻轻呼气，玩笑道，"让本君降妖除魔，收了你……"

叶阑试图挣脱，却怎么都挣不开他的怀抱。巍鸣一时坏心起，挠她腋下，她笑得软在他怀里："别这样啊，堂堂君上，欺负一个小女子。"

两人笑成一团，笑过之后，叶阑正色道："今日堂上，鸣儿定要记得，无论如何都不准使用逍遥流云掌。"

巍鸣亦收敛了刚刚嬉笑的表情，郑重点头，应下她的恳求。

"今日一役，请君多珍重。"

"与伊人并肩而战，虽死无憾。"

巍鸣看着叶阑的目光越发温柔，情之所至，他俯身欲吻她的唇。叶阑害羞，忙用手挡在自己唇边。巍鸣非但不退，还坏笑着，作势靠近要亲她的手背。叶阑忍不住一个巴掌扣在他脸上，推开了他，抚着他的脸认真叮嘱道："阑儿先行，鸣儿切记，今日之宴不可提休妻之事。我定会寻出事情原委，说服苏穆君，与鸣儿一起御敌。"

巍鸣摇头："他的心已然动摇，反与不反，在他，不在你我。"

"是吗？"叶阑低头沉吟，再未言语。

逍遥堂动荡，关隘也不安稳。辰星从外走入苏穆房中，见他正对棋局而坐，拈子下棋。辰星出声打破屋内的寂静，禀告道："君上，几个世家的武士暗度陈仓，向逍遥堂外关隘挺近了。"

苏穆随手将手中棋子撒在棋盘之上，命令辰星："命'盾牌营'誓死守护逍遥堂。"

辰星意态踌躇，似有些不解："君上，依郡主之辱未报，为何还要帮逍遥堂？"

苏穆不欲就此事多说些什么，摆手道："依依之辱，苏穆必定奉还，但此事不关朝堂安危，不可因荆南之事，陷逍遥堂乃至悠然河南北于动荡之中。"

辰星还要开口，苏穆却道："去传令吧。"

各大世家的掌权人入席，坐于大殿中庭两侧，前设小几，摆放酒水和各色瓜果，庭中还有舞女伴舞助兴。众人静等巍鸣现身，不时侧首小声交谈。所有人都竭力忽视殿内一隅芳娉的存在，可是那些人的目光总是若有似无地飘向芳娉所在的方向，并非贪图她的美色，而是为她身后的懿沧晟睿。从前堂堂懿沧群的内侄，谁人不识，如今却跟阶下之犬一样，被一条铁链锁在红漆柱旁，他一贯桀骜不驯的脸上不见一点落魄，反倒照常喝酒吃肉，只觉这手上的铁链分外碍事而已。

陆廉世家首领哼了一声，压低声音凑到扶泽世家首领耳边嘀咕："瞧瞧，主人家已经把丧家之犬牵了出来，给我们敲警钟呢。"

晟睿自然不会忽略堂下群臣或鄙夷或同情或避之不及的扫视，但他不以为意，拿起酒壶畅饮，反而揶揄起一旁的芳娉来："拿我杀鸡儆猴，是徒劳了。利欲熏心之时，他们都是红了眼的兽，谁能顾念沦为阶下囚的痛处？"

芳娉端坐着，冷面以对："劝你为了懿花涧的孤儿寡母们少言慎行吧。"

晟睿哈哈大笑："看看满堂臣子，狼子野心，只怕此朝是你们皇甫孤女寡儿的难日，你们还有空去我们懿花涧大开杀戒？"

芳娉剜了他一眼，咬唇道："唇亡齿寒，我若是失了势，你以为你还能苟活？"

晟睿丢下酒壶，看向芳娉，忽地开口："无论如何，你上了我的床，按我们懿花涧的规矩，就是我的人，倘若真的要血洗逍遥堂，我也会护着你的。"

芳娉这一路走来，不是算计别人，便是防着别人算计自己，从来不敢肖想谁的庇护，听完晟睿这番承诺，不是不感动，但碍于长郡主的身份，依然冷下脸来，不忘她此刻的威严："我逍遥堂长郡主，还不需你护着。

倒是你的命，现在攥在我手中。"

晟睿扑哧一笑，反手拍了两根银针在桌上："你以为区区几根银针，就困得住我懿沧晟睿？"

芳娉大惊，惊恐地往后缩去，下意识地松了手上的链子，甚为不安。晟睿灌下一口酒，弯腰捡起那铁链，竟主动递给芳娉，懒洋洋道："我从不杀女人。何况那个位置，"他一指万刃宝座，漫不经心地继续说，"懿沧群有心，你有心，老子我却不稀罕。怎么比得上在我懿花涧逍遥自在？"

芳娉并不肯信，冷笑着问他："那你为何不离开？"

晟睿目光笃定："只寻一人？"

芳娉问："谁？"

晟睿不再回答，恢复了他懒散的姿态，自顾自地饮酒。这时，芳娉的侍女从外进来，走到芳娉身旁，手一指，引她往另一侧看，压低声音道："长郡主，您看。"

芳娉顺她所指看去，只见荆南依独自一人坐于万刃宝座旁，低首垂泪，双眼红肿。芳娉本来就有些看不惯此女，淡淡道："这又是怎么了？"

侍女低声解释："巍鸣君迟迟未入席，这是跟巍鸣君闹别扭呢。"

芳娉微一蹙眉，起身望向殿外，像是看见了什么，眼中融进了得意与骄傲交织的光："这不是来了吗？"

巍鸣身着玄色冕服，逆光阔步走来，神情姿态宛若东君，殿内因他的出现霎时安静，议论声消去无音，众人起身行礼："恭迎巍鸣君。"

荆南依豁然抬首，一双含泪妙目追他而去，隐隐含着希冀，岂料巍鸣目不斜视，连她所在的方向都没看过一眼，径直穿过群臣，在万刃宝座上坐下，一挥广袖，扫视堂下，威严道："免礼。"

众人各怀鬼胎，归位坐下，扶泽世家首领暗中使了一个眼色给陆廉世家首领，陆廉世家首领但笑不语。

苏穆蹙眉扫过殿内，将一干人等的脸色变化尽收眼底，视线最后落在自己的胞妹荆南依身上。见她痴痴的目光仍锲而不舍地追着巍鸣，苏穆眼中顿时一暗。

巍鸣举杯站起，向四座示意："皇甫巍鸣，诚谢各个世家扶持相助。从今往后，我逍遥堂必定恩泽南北，礼待八方，庇护尔等兴族望门，百业昌盛。"

世家众人再度起身，以杯中清酒回敬巍鸣："谨遵巍鸣君教诲，我等必定追随效忠。"

巍鸣微微一笑，目光环视殿内，落在一隅的苏穆身上，而苏穆也正举杯望着他，暂未随着其他世家一道饮下这逍遥堂堂主所敬的杯中酒。巍鸣不露声色，再次向苏穆举杯，苏穆会意，只得隐忍，二人相视而饮，空气中有根弦隐隐绷紧。

巍鸣饮毕，一亮空杯，道："各位，请。"

丝竹声适时响起，几名打扮清凉的舞姬翩然入殿献舞。美酒在前，佳人在侧，众人脸上现出了陶醉的微醺表情，怡然看着，不时交头评点一番，在这笑声与丝竹声渐满的逍遥大殿内，气氛渐渐松弛融洽。

巍鸣看着众人，选择恰当的时机开口："如今，我逍遥堂大局已定，各位皆可回到各自的领地去了，本君定会封赏良田，为各位加官进爵。"

陆廉世家首领使了一个眼色给扶泽世家首领，其意不言而喻：飞鸟尽，良弓藏，是古来一切"功臣"不可避免的命运。

扶泽世家首领本就鲁莽，被陆廉世家首领一激，端着酒杯站起来，向着巍鸣大大咧咧道："巍鸣君，提到封赏，老汉我塞在嗓子里的话，不知可吐不可吐？"

巍鸣心下了然，却故作不知，爽快道："当年，我在鸢倾城遭难，又在逍遥堂诛杀叛贼懿沧群，扶泽世家都鼎力相助，您有何要求，但说无妨。"

扶泽世家首领放声大笑，将酒杯一掷，高声道："我扶泽世家地大物博，不缺什么良田，现在，我好歹也是个首领，这爵位也已经混到了一等一的位置。至于讨赏的话……"扶泽挠了挠了肚皮，嘿嘿一笑。

巍鸣强压心头火，佯装恭敬地问他："那您想要什么呢？"

扶泽世家首领以不怀好意的目光打量着巍鸣："听闻皇甫世家的《逍遥流云》世间无敌。当日，小君灭了懿沧群那个老贼，定是用了此武功。不妨，小君将秘籍拿了出来，让我们这些人也开开眼，品评一番。"

巍鸣微微色变。

芳娉豁然站起来，当面斥他道："《逍遥流云》是我们皇甫家的东西，怎容得你们评头论足？"

"长郡主，您这话跟小君说去。"扶泽世家首领压根没把芳娉放在眼里，"我们几个世家世代效忠皇甫，剿灭懿沧群一战，我扶泽的武士伤亡惨重，就连老头子我也险些丢了性命。小君恩典，给我们打赏，别说看看了，按照我等的功绩，就是拿了去，也是天经地义。"

芳娉气得浑身发抖，大喝道："大胆！"

"这是朝堂，我等议事，你个女娃娃少掺和。"扶泽世家首领态度极为嚣张，看也不看芳娉，抬头紧盯着巍鸣，咄咄逼人道，"既是君上，便不可食言。"

此时陆廉世家首领也站起来，附和着扶泽世家首领，再三催请，步步紧逼："恳请巍鸣君交出秘籍，让我等赏鉴一番。"在这皇甫大殿之上，这二人竟反客为主，跟随二人的众位武士也亮出兵器，渐渐逼近，俨然有擒王之势。

巍鸣脸色一沉，正要开口怒叱，就见一身男装的叶阑从外走进。她高声插入这混局之内："二位何必心急。"

众人闻声望去，见是一位眉目异常清秀的少年郎，不曾见过，一时都摸不清他的来路。

叶阑负手微笑："我也是有疏世家的子弟，与两位前辈同心，想要一览《逍遥流云》的风采。不过，那些写在书上的文字有何乐趣？倒不如，让巍鸣君亮出几招来，专打忤逆贼子。"说罢她抬头看向高位上的巍鸣，正撞见他也用温和的目光注视着自己。

巍鸣一笑，眉目渐渐舒展，眸中融合了他一贯自信的笑，他扬眉道："有何不可？本君正好舒展舒展筋骨。"

苏穆一惊，抬头望向二人，亲眼得见他们之间的默契，对他们所设计策了然一二。

叶阑退后一些，向诸位含笑道："各位掌权人，世家子弟退避些，免得被巍鸣君的掌风所伤。没了颜面不说，倘若丢了性命，这让小君情何以堪？"

扶泽世家首领本就鲁莽，被她一激当下恼羞成怒，正欲挥拳上前，却被陆廉世家首领从身后拉住。陆廉世家首领暗暗朝他摇头，示意他不可冲动。扶泽世家首领忍气吞声,愤愤退后,且看这皇甫巍鸣有何伎俩。

巍鸣吸气,运功在手,大喝一声,拍向面前桌案,桌上的菜肴碟碗腾空而起。巍鸣起身,足尖轻点那些碗碟,顺势一跃而起,在半空中发动掌风,殿内梁上悬着的宫灯无风而动,轰然一声坠在大殿正中。宫灯上燃着的数支蜡烛飞速旋转,以弧形散下,击在陆廉和扶泽武士们的身上。很快,那火便迅速烧了起来,武士们拍打着身上的火苗,惊恐地四下逃窜。

此招过后,不光是扶泽世家首领和陆廉世家首领,连一旁的苏穆都惊讶地望向巍鸣,斗转星移间,不知他何时修得这样高深的功力。

巍鸣扫过堂下,将一干人等既惊且惑的神情尽收眼底,却故作云淡风轻,欲行逐客之事:"饮了此宴,便请各位各归其位。恕本君不留之罪。"

他挥掌向前,掌风吹过大堂,将此刻紧闭的大殿正门从内推开,那门为玄铁所铸,重逾千斤,平日里不要说被风吹开,便是人力,也需集数人之力才能推动。众人旋即哗然,陆廉世家首领见状也不禁色变,暗想:《逍遥流云》果真名不虚传。

扶泽世家首领并不服气,不理身后陆廉世家首领的劝阻,抄起板斧阔步上前,粗声道:"巍鸣君果然神勇,老头子请教。"

叶阑大惊:"鸣儿小心!"

巍鸣惊觉身后袭来的掌风,闪身躲过,却终究不及,衣袖被板斧划破,他蹙眉回首望向扶泽世家首领。

扶泽世家首领一抱拳,动作敷衍,态度极为嚣张:"小君,出手吧。"

巍鸣冷眼看他,而他不躲不闪,不退不让,显然打定主意要与巍鸣在这里决一高下。

巍鸣心一沉。之前种种不过是他和叶阑一起设计的机关而已,暂时唬住众位世家或许可行,可若是真论到拳脚功夫,他毫无胜算。可是眼下扶泽世家首领咄咄逼人,他不能逃避,唯有一战才有一线赢的生机。此念一定,巍鸣蓄势,欲要使出那记逍遥流云掌,却被一旁的叶阑窥破动机,她当下色变——他的身体已无法承受逍遥流云掌再一次的反噬。叶阑情急之下脱口道:"不可!"

扶泽世家首领回首,阴阳怪气地问:"为何不可?"

叶阑冷笑:"巍鸣君身为逍遥堂一堂之主,岂可纡尊降贵与世家族人比武？身为有疏世家子弟，就让我来领教一下扶泽世家的刀法。"

她眼神忽地转为凌厉，长袖微微浮动，发出灵羽击向扶泽世家首领。扶泽世家首领一个不察，竟被她击得一连后退了数步，勉强持斧站住。他定睛望向叶阑，笑得有些阴阳怪气："好俊的功夫，也接我一招。"扶泽世家首领稳住身形，再次运功，以万钧之力劈向叶阑，震得她连连后退倒在巍鸣怀中。巍鸣抢步上前扶住她，失声道："阑儿。"

坐于下首的荆南依望见二人亲昵的举动，恨得牙根紧咬，手上无意纠缠着的一块丝帕几乎被她撕碎，双眼若是能喷出火焰，想必叶阑早已灰飞烟灭。

巍鸣松手扶叶阑起身，望向扶泽世家首领，诚恳道："家贫思贤妻，国乱思良相。我恳求尔等，莫仿懿沧群，而为姜子牙，做我逍遥堂的贤臣良相。悠然河南北，燕之山东西，天下贤德，皆可往来。不分族群，更无贵贱，我等勤力共勉，天下大同。"

"说得好！"

八十

含露背义

话音刚落，堂下唯有一人扬声附和，众人闻声望去，是此前一直未开腔的苏穆。他起身站起来，手中杯子稳稳地落在桌上。堂下格局因他的出声彻底分明，一边是扶泽世家首领和陆廉世家首领，一边是巍鸣和叶阑。苏穆踱步走到两派之间，款款道："圣人言，民贵君轻，仁者爱人，掌权者应视天下百姓如同血缘至亲，不知巍鸣君是推己及人的明主，还是始乱终弃的昏君？"

巍鸣蹙眉看他，他温情脉脉的目光停在荆南依身上片刻，又回头看巍鸣，目中暗含谴责之意。

扶泽世家首领呵呵干笑，近乎挑衅地望了一眼苏穆："苏穆君一通长篇大论，到底站在哪一方？"

苏穆转身面对扶泽世家首领，冷静道："公理一方。"

陆廉世家首领冷笑，神色颇为不屑："何为公理？我等世家多年来追随皇甫，鞠躬尽瘁，忠心耿耿，如今，论功寻赏，看他一看《逍遥流云》，有何不可？"

扶泽世家首领冷眼打量苏穆，附和着陆廉世家首领，替他帮腔："苏穆君是想近水楼台先得月吧？他已然是巍鸣君的外戚，搞不好，《逍遥流云》早就不姓皇甫，改姓荆南了。"

荆南依闻言忽地一笑，对着日光欣赏自己剔透的十指，懒懒道："那秘籍怎么会姓我们荆南，明明是姓有疏呀。"

当年，皇甫规将《逍遥》传给巍鸣，秘籍附在叶阑背上，全部被荆南依的布偶所见。

众人闻声看去，神情有些疑惑。

叶阑脸色一变，霍地抬头看向荆南依。她微微笑着，在众人惊讶的目光下怡然站起来，纤纤玉指指向叶阑："本郡主亲眼所见，是有疏叶阑将秘籍藏在了自己肌肤上。你们若想看，扒光她的衣服看就是了，何必为难我夫君和我穆哥哥？"

苏穆色变，厉声喝止她："依依！不得胡言！"

巍鸣闻之勃然大怒，一按腰间佩剑，怒声道："你再说，我杀了你。"

荆南依恍若未闻，咯咯地笑着，笑得前仰后合，瘫软坐在地，眼中见泪，指着叶阑，怂恿众人道："你们这些想要秘籍的人，快去杀了她，撕下她的皮啊，全天下的人，都应该扒了她的皮……"

众人神色一震，齐齐望向叶阑，眼中掩不住贪婪觊觎之色。

巍鸣大怒："果然是蛇蝎之女，如今害到我阑儿头上了。"他飞身跃到荆南依面前，正要拔剑结果了她，护妹心切的苏穆挺身挡在荆南依面前，格下他来势汹汹的剑锋，面对着他的滔天怒焰却也无言以对。

巍鸣持剑紧盯着苏穆的脸，忽地冷笑了两声，状甚轻蔑，转头望向叶阑，问道："真相如何，阑儿查访是何结果？当真是荆南依以迷药逼我就范，以夺逍遥堂君妻之位？"

众人旋即哗然，荆南依神色恍惚，双唇霎时褪尽血色，整个人摇摇欲坠。

苏穆勃然色变，愤怒道："皇甫巍鸣，闭嘴！"

巍鸣以剑指他，针锋相对道："荆南苏穆，你要反！"

堂中的氛围因两人的对峙开始变得剑拔弩张，所有人蠢蠢欲动，或望着叶阑，或盯住苏穆，连一旁置身事外的懿沧晟睿都一脸看好戏的表情，怡然看着这螳螂捕蝉——黄雀在后的情景。

芳娉瞥他一眼，冷冷道："你看起来倒像是很高兴？"

晟睿自斟自酌，含笑回她："得观如此好戏，怎不让人满心喜悦？"

就在这时，一众"无心人"如雪片般从大堂的横梁上坠下，一落地就弹跳而起。众人悚然一惊，从未见过此等异术，纷纷后退。含露带着一众"盾牌"兵将大殿四周团团围住，低声吩咐左右："护住苏穆君和依郡主。"

含露望向殿内中央的苏穆，目光笃定："自古称雄称霸皆有不择手段之事，今日，含露便替苏穆君挣得这一片天下！"

大殿之内，皇甫武士与那些突然出现的"无心人"鏖战正酣，一旁的扶泽世家首领见众人躲避逃窜，伺机而动，舞着板斧命他身后的武士："扶泽武士们，给老子杀！"他也在那些武士的掩护下冲向叶阑。巍鸣飞身护她，将她挡在自己身后，冷眼看着堂下居心叵测的扶泽世家首领，安抚她："你别怕，他们谁也别想动你。"

扶泽世家首领侧首，怂恿其他世家的人："你们还等什么？"

众人觊觎《逍遥流云》，蠢蠢欲动，起身上前，逼近巍鸣。陆廉家首领不动声色地扫视周围，非但没有随着扶泽世家首领一道前进，反倒后退了几步。那些散落的"无心人"浑然不惧任何刀剑攻击，连一旁闲观的芳娉都受牵连，她左右躲闪，神色惊恐，惊叫连连。冷眼看着的晟睿一牵腕上的铁链，链条荡出，击倒一片"无心人"，救芳娉于水火。芳娉压根没有料到他会主动伸以援手，略显惊讶地抬头看他。

他嘴角一牵，笑得冷冷，很快收回了手。

混战到末时，殿内众武士死的死，伤的伤，存者泰半。含露这才现身，从袖中取出数个"无心人"抛向人群中，口念咒语，"无心人"一跃而起，向存者继续发起攻击。扶泽世家首领见状大惊："巫蛊之术？"

芳娉见状拍案而起，怒指苏穆，喝道："荆南苏穆，你竟伙同异族之人！"

苏穆愣在那里，眼看着含露的所作所为，一脸的难以置信。这时，"无心人"已将剩下的皇甫侍卫尽数击毙，正要向万刃宝座上的巍鸣发起攻击，却被苏穆一剑击退。含露见状甚是气恼："妇人之仁，糊涂！"

苏穆回首喝止她："含露，住手！"

含露仿若未闻，自顾自地从袖中取出瓷瓶，里面满装着从飞尘处取来之血，她拔开塞子，向满地的"无心人"洒去，口念咒语。那些"无心人"触血之后如获新生，从地上一跃而起，齐齐攻向巍鸣。苏穆随手捡起一支银筷子抛出，射中含露手中几个"无心人"的胸口，"无心人"被击中要害，纷纷倒地。

扶泽世家首领慑于他的武功，一时也不敢靠近，只敢先行观望之势。

含露眼见她的大计功亏一篑，不由得愤愤望向苏穆。

苏穆并不理会,剑指众人,高声询问:"巍鸣君要的良相,可在其中?"

此前一直藏在柱后的陆廉世家首领眼珠微微转动,心生一计,听苏穆这样问便连忙快步走出,俯身跪在堂下,忙不迭道:"陆廉世家永世效忠。"

扶泽世家首领咬牙切齿,朝他啐了一口:"早该知道你个老狐狸要来这么一出!"话毕仰头看苏穆,并不甘心就此放弃,手持板斧要继续往前冲,被苏穆挺身一剑刺中胸口,当场殒命。

见到扶泽世家首领的下场,其他世家的人都被镇住,一时之间也不敢轻举妄动。

苏穆引剑细看,一滴血珠急速滚过,剑刃上一道冰冷寒光划过他的眼:"谁敢妄动,请先问过我荆南苏穆的剑。"他徐徐扫视堂下世家众人,目光凌厉威胁。

此时,苏穆立于堂上,虽距离宝座上的巍鸣有不小一段距离,而他不怒自威的气势、杀人不见血的武功,比巍鸣更符合一名君王的特质。他昂首站在那里,责上斥下,俨然才是逍遥堂之主。这发现让芳娉的脸色一点点沉了下来,晟睿嘲弄似的望着芳娉,悠悠道:"看来,这逍遥堂当真要易主了。"

芳娉瞪了他一眼,目光忽地一转,落在堂下的含露身上。

她太了解她的主人,或许她已经想到了他的决定,或许她也曾设想过最后她的命运,此刻她的表情中遗憾多过愤怒,失望大于绝望。在酣战的末尾,含露抬起头,以一种异常冷静的态度看向苏穆。

他神色凝重,也在看她。

在这遍布杀戮的修罗场上,他们四目交接,于瞬间洞悉了彼此的心。

她没有退路。

他不会再为她留下退路。

终于,他开口,宣布的是对她的处置:"来人,将含露拿下。"

含露凄然一笑,不再挣扎,俯身跪下。

苏穆凝眸看她,像看一个认识了许多年却忽然倍感陌生的故人,眼中有难解的况味:"当日在悠然河偷袭巍鸣,试图弑君的,可是娘子?"

"是。"

"将不得鸾凤之女便诛杀之的消息放于坊间，推波助澜，让荆南、皇甫联姻的，可是娘子？"

"是。"

"以巫蛊之术，召集不义之军，意图谋反的，可是娘子？"

"是。"

苏穆侧首闭目，以此遏制心底悄然蔓延的疼痛，最后问："你，可知罪，可有悔意？"

含露直身望向苏穆，目中隐约有泪，却异常坚定："苏穆君为仁义止步，含露却不悔为苏穆君一意孤行。"

苏穆摇头叹息："然后呢，替我杀了巍鸣，再更狠辣地来除了本君？"

含露双目雪亮："历史更迭，嗜血者胜。这是千古不变的道理。"

苏穆举目望向这雕栏玉砌的殿堂，语气中有无限的憾意："如此庙堂，岂不成了山林禽兽的角斗场？不要也罢。"

含露并未因此被说服："乱世之道，不进则退，苏穆君难道不察吗？今日，荆南没有夺了皇甫的位置，将来，必有旁的要来抢荆南的领地。"

"以德服民者，心悦而诚服也，民必拥之；以力服民者，心惧而诚惶也，民必反之。窃国之贼，安能稳坐？"

含露苦笑："乱世之中，何来仁政？历代多少王朝开世之元勋，创世之先祖，皆是兵戈铁马中来，血海白骨中行，哪一个王者手不沾血，口不含冤？只有如此，才能站在那万众敬仰之地，手握威震四野之刃，而后才能盼到苏穆君向往的礼乐之邦，太平盛世。未有能号令天下的权柄，安有能广施仁政的疆土？"

"你又错了。"苏穆直接挑明，"如此暴虐得天下者，胸中唯有私利，何以再施仁政？不过是道貌岸然，粉饰太平罢了。苏穆求的太平是天下人的太平，而非我荆南苏穆一人执掌的太平。只要有仁者为之，苏穆愿肝脑涂地，追随效忠，不图如此声名。天下不是我荆南的天下，是百姓的天下。"

"含露不甘！"她含泪高声道，"含露唯愿那荡平天下之人就是苏穆君，也只能是苏穆君！"

苏穆再次叹息："娘子一世聪慧，怎在此时如此荒唐？"

含露掩面痛哭，这一幕连巍鸣都看得动容，或许她不会是一个安分守己的臣子，可是对苏穆而言，她绝对是足够忠心的谋臣，她的一生只为一个目的奔走，那就是苏穆的君王之路，除此之外，她的人生再无其他意义。

可这世间最可悲的是一厢情愿。

含露举袖拭泪，双眼微红："含露没有苏穆君的海阔胸襟，让贤让德，舍得这天下权柄。因在含露心中，苏穆君便是那盛世王者，是君临天下的创世明主。含露虽为青楼女子，却读书追古，一心想效仿先贤名相，辅佐一方明君，经天纬地，开万世太平。跟随苏穆君十六年了，十六个春秋，含露未有儿女情长，未有轻歌曼舞，只有此心愿，唯有此心愿……如今，苏穆君却要放弃了，含露何去何从？荆南十六年的卧薪尝胆，忍辱负重，又负于何处？含露生而为人，只为荆南复兴，十六载年华，从未有一丝懈怠，今时今日，君上却将含露毕生之心愿弃之若履！含露这些年的心血，付诸东流！荆南舍我，我之何从！"

苏穆闭眼，朝含露挥袖。他无法承受她的野心，也不忍目睹她的眼泪，背对着她说："娘子的一片忠心，苏穆怕是承担不起了，本君不杀你，你走吧。"

含露不再多争，含泪领命，俯身三拜，一拜一言："含露拜别。一愿君上安康，二愿荆南昌盛，三愿……三愿君心得偿，仁德满天下……"最后她略有停顿，似期待着他的稍许回应，而他背身对她，再未言语，直至她离开之前，他都没有回头看她最后一眼。

八十一

之子于归

关于含露最后离开逍遥堂的情形，苏穆并未亲眼看见，一切均有送她出城的辰星转述，据说她离开之时身无长物，一无所取，神色坦然，只是反复吟唱着一支小曲。苏穆抬眸，不由得追问："什么小曲？"

"习习谷风，以阴以雨。之子于归，远送于野。何彼苍天，不得其所。逍遥九州，无所定处。世人暗蔽，不知贤者。年纪逝迈，一身将老。"辰星如实道，"含露娘子走时一遍遍吟诵着这支小曲，而后，一夜白头。"

良久都不见苏穆有什么反应，辰星斗胆抬头看去，见苏穆站在窗口，负手望向窗外初升的朝阳，眉眼间异常寥落。他低声反复诵念着那支小曲，像是品味着那时含露的心境，忽然侧首问辰星："含露走之前，可还曾说过什么？"

辰星点头："君上，含露走之时，希望最后为君上尽些绵薄之力，她已将无心之军布置在皇甫各关隘处，替巍鸣君守住逍遥堂。含露嘱咐说，如今已在逍遥堂刀刃相见，悠然河南北必定谣言四起，野心之徒定会顺势而起，君上若要辅佐巍鸣君，须得重振皇甫声威，震慑各大世家。"

"含露一贯心思缜密，思量周全。你带着'盾牌营'去监军吧。"

"是。"辰星再问，"不过君上，扶泽世家首领虽已死，那陆廉世家首领又该如何处置？"

"放他走。"苏穆冷冷一笑，"识趣的狗会知道怎样才对自己有利，我想，陆廉世家首领最应该懂这个道理。"

辰星领命而去，放陆廉世家首领离城。陆廉世家首领惊魂未定，扶着宫墙跌跌撞撞地走出逍遥堂。等候已久的陆廉武士连忙上前去扶他，看了看他身边，见无人跟着，便压低声音问："首领，我们要回领地吗？"

毫无疑问，那日大殿之内发生的一切将会成为陆廉世家首领毕生的噩梦，他想了想，目光忽然变得狠辣："逍遥堂已成困兽之笼，悠然河南北多少双眼睛直勾勾地盯着呢，还有那《逍遥流云》，既然已经找到，岂有放过之理？将今日之事传出去，他逍遥堂能杀一个扶泽，还能杀十个？百个？"

　　"是。"

　　陆廉世家首领回头看了逍遥堂最后一眼，意味深长地一笑："荆南苏穆，月满则亏，水满则溢，如此出头上位，我看你是不想活了。我们来日方长。"

　　众世家陆续出城的消息传到芳娉处，侍女禀道："长郡主，各大世家的人出了逍遥堂，城门也落下了。只是，那荆南苏穆的士卒纷纷把守我皇甫防御关隘。"

　　芳娉的脸上不见一丝半点喜色，却是忧心忡忡，坐在桌边喃喃自语："礼崩乐坏，祸起萧墙。"

　　侍女不知她所言何意，疑惑地唤她："长郡主？"

　　倒是一旁的晟睿见她如此失魂落魄，发出了一声嘲弄的笑，闲闲道："似曾相识吧，真是诡谲，同样是外戚专权，同样是臣壮主弱……"

　　听到这里，芳娉如被针扎，豁然站起，高声否决："谁也别想成为当年的懿沧群！"芳娉转头看那唯恐天下不乱的晟睿，心里说不出是烦还是厌，或是其他什么，只觉他在这里竟是这样扎眼，蹙眉问他，"我既无法拘制于你，为何不走？"

　　晟睿收了戏谑的表情，正色望向她："我只为一事。"

　　这次轮到芳娉换上了那嘲弄的笑意："到底是何事让你如此犯险留在此处？"

　　"我要见你们小郡主的画像。"他简单道。

　　芳娉先是一惊，继而一笑，打量着他："看不出你竟还如此痴情，为了小妹的一幅画像纠缠这些时日。给，不是不可以……只是……"她眸色一转，变得狠毒锐利，直勾勾地盯着晟睿的眼，怂恿道，"不如我们做一笔交易。若你帮我拿下苏穆，我就把当初偷换了的小妹画像给你。"

晟睿笑得轻蔑："我素来不与心狠手辣的女人做交易，当初是你动了手脚，一幅画像换苏穆的命？不值当吧？"

芳娉吃准了晟睿要见离樱的决心，以掌作扇，装腔作势地扇了几下，闲闲道："当初你我大婚，见了婚帖上写着我的名字，你都未有反应，可见你根本不知道心上人叫什么，推测起来，应当是与她有过几面之缘，便情深难忘。你见了我小妹背影的画像，便武断认为是你心上人，就不想看看她的真容吗？而且，"芳娉抛出她认为有利的条件，"我会解开你的锁链。"

晟睿呵呵一声笑："你不怕我杀了你？"

芳娉瞥他一眼，神态悠然："你不怕等错了人？"

晟睿脸色渐沉，盯她良久，像是权衡利弊，终于，他点头。

芳娉满意微笑，双手一击，道："进来。"

话毕，芳娉和晟睿便前往苏穆处。

"苏穆君，皇甫长郡主在外求见。"

苏穆从书册之间抬起头，蹙眉问："还有谁？"

侍卫禀道："只有一个侍女和那叛臣懿沧晟睿。"

"请郡主进来。"

侍卫前去通传，引他们三人进来，苏穆起身见礼，甚为恭敬。芳娉一笑，伸手虚扶，笑盈盈道："苏穆君免礼，不必如此见外。"

她话虽如此，苏穆却不敢轻易怠慢，坚持等她坐下之后才敢落座，抬头望向一直站在她身后的懿沧晟睿，只见他双手仍被链条紧锁。他转过脸正色问芳娉："不知道长郡主到访，所为何事？"

芳娉一顾身后的侍女，侍女奉上美酒，芳娉含笑解释："此番大劫，甚为凶险，多亏苏穆君护着我鸣儿，芳娉特备下美酒，谢过苏穆君。"说罢也不假侍女之手，亲自为苏穆斟酒一杯端给他。

苏穆伸手接过，垂目看那杯中的无色液体，近嗅似有一种异常的香气，他略有迟疑。芳娉若有似无地瞥他一眼，微微一笑："怎么了？苏穆君，这酒不合你心意？"语罢举杯就唇，自己干脆地一饮而尽。

苏穆接过酒杯，也跟着饮毕。

芳娉见状，脸上浮起淡淡的笑意，放下酒杯，状甚感慨道："来到这逍遥堂的，没一个干干净净、清清爽爽的，熙熙攘攘，皆为利往，当真让人唏嘘。"

苏穆会意："长郡主放心，待苏穆替巍鸣君坐稳了这逍遥堂，必定解甲还乡。"

芳娉妙目在他身上周旋，意味深长地笑道："苏穆君好言辞，不过皆为巧言令色。当年，你鸾倾城受我皇甫制裁，至亲又沉尸悠然河底，你心中当真无怨恨？令妹担着鸾凤女子的身份，我动不得，无妨，不过你这个拥兵自重的兄长，就留不下了。"

苏穆心一沉："长郡主要铲除异端，护卫权柄，苏穆佩服，不过，苏穆也想提醒长郡主，如今，各大世家蠢蠢欲动，对逍遥堂虎视眈眈，为何不等利用完了我荆南苏穆再动手？"

"利用完？"芳娉声音转为尖厉，面目突然变得狰狞，"就怕芳娉等不到那一刻了。攘外必先安内，我可不想腹背受敌，大不了，我关了逍遥城门，死守三年，也不要在旦夕之间，让你们这些蛀虫，从芯子里啃噬糟蹋。"

苏穆警觉站起，酒意涌上心头，他浑身无力，瘫软坐在椅子上，失神地望向那空杯，喃喃道："这酒……"

芳娉冷冷道："此酒要不了你的命！"

苏穆挣扎着站起来，撞开芳娉朝门口逃去。芳娉被撞得一个趔趄，勉强站直，望向一边的晟睿，恼怒地命令他："雪耻的机会，别错过了。画像就在我宫中！"

晟睿神色一震，收紧链条，以此作为武器向苏穆攻去。苏穆手无寸铁，只得徒手相抵。晟睿一身蛮力，大喝一声，拉紧链条将他逼到墙角。

二人对视，目中皆有杀意。苏穆盯着他的眼低声道："你们懿沧世家本都是性情男儿，爽利豪迈，你却要效仿你叔叔懿沧群，当那助纣为虐的走狗？"

晟睿被戳中痛处，大喝一声："住嘴。"晟睿抬腿一脚踏在苏穆的胸口，将他踹出大门，怒视倒地的他，"死到临头，还有工夫说教那些虚伪的君子道理，省省吧。"

芳娉在侍女的搀扶下款款走出，脸色微冷，扬声道："来人，将谋逆叛臣拿下。"

之前安插在四周的皇甫侍卫从黑夜中冲了出来，晟睿联合众侍卫以链条将其制服。苏穆精疲力竭，又因药物所致，难以发挥武功，被缚双手绑至芳娉脚下。他不住挣扎，向上高呼："长郡主，苏穆守卫逍遥堂，重责在身，如此，岂非将逍遥堂置于险境？苏穆求见巍鸣君！"

芳娉拂袖肃然道："不必了。鸣儿优柔寡断，当断不断，以后这逍遥堂就由我皇甫芳娉说了算！"

苏穆色变："他是你至亲！此时此境，你竟同室操戈，要夺他的权！"

"夺权算不上，我也姓皇甫，谈何同室操戈？只是做姐姐的，为他谋长远之策罢了。"她一指苏穆，命令左右，"带走，直到让他吐出我要的东西为止！"

皇甫侍卫领命上前，押解着苏穆离开此地。这捉拿的一幕恰被来寻他的叶阑撞见，她本是来试探他的目的，若是他真有反意，她已决定以死劝谏,必不能让巍鸣陷于困境当中，可她不承想到会见到这样一副情形。在芳娉等人察觉以前，她一个闪身，藏于柱后，暗暗惊心：难道鸣儿的长姐也……

苏穆被拖拽着渐行渐远，侍女躬身请她："郡主，我们回去吧。"

那声郡主像鬼魅一样，悄然潜入叶阑心底。她忽地一凛，这才想起那天那名侍从临死之前说的"郡主"二字，冷汗涔涔而下，她竟然误会了！身为他族世家，自然会称呼芳娉为长郡主，当时叶阑因此便排除了是芳娉的可能性。可是逍遥堂现今只有一名郡主，皇甫的侍从更习惯舍了长字，称其为郡主。

会不会是她?

八十二

抵死相守

叶阑不敢深想，如今自己势单力薄，难敌芳娉之手，只得悄无声息地转身离开，去寻巍鸣。找到巍鸣时，叶阑才知他刚服了药睡下，便守在床边看他。见他面容憔悴，叶阑不觉陷入了重重担忧之中。

现如今巍鸣危在旦夕，而唯一能依仗的人又身陷困境，眼下局势竟一点也不比当初懿沧群把持朝政时好过多少。叶阑这样想着，不由得牵出了一声叹息。

该不该告诉他芳娉之事呢？

巍鸣从睡梦中苏醒，睁眼第一眼看见她，便微笑着温柔唤她："阑儿。"

叶阑恍然回神，对他一笑："你醒了。"接着从旁边矮几上端来一碗药呈给他，"这是调理伤势的方子，鸣儿喝了吧。"

巍鸣低头看那黝黑的汁药，愁色顿现："还是不要喝这些苦哈哈的东西了。痛就痛吧……"

叶阑仿若未闻，垂眸不语。巍鸣误以为是因他不肯喝药，怕她难过，一把接过药碗，连声道："是鸣儿说错了，鸣儿不痛，良药苦口，鸣儿喝了便是，阑儿莫恼。"一边说着，一边端起碗仰头一口喝完。

叶阑勉力一笑，取来一块洁净的白布为他擦拭肩头苏穆所刺的伤口，怜惜地看着。想起那些他为自己所受的伤，她忽然落下眼泪来。感觉到皮肤上滴落的冰冷液体，巍鸣心随之一颤，轻声道："明日，我便竭力送阑儿离开。"

叶阑立刻摇头："我不走。"

想起当日殿上的情形，巍鸣只觉后怕，握住她的手拉她回到自己面前，如实地说出他的担忧："苏穆手下，竟以巫蛊之术相伤。苏穆此举，是反，亦是未反？鸣儿不知……"

叶阑有些犹豫："苏穆君当不会……"

"他虽未要我性命，可长剑已入我骨肉……可见人心叵测……"

叶阑望着手中沾血的帕子，无言以对。

巍鸣长叹了口气："他日，我真与他生死相搏，阑儿如何自处？我死了，他虽不会为难你，但阑儿身藏秘籍，必会成众矢之的，不如离去……"

说到死字，叶阑终于再也无法承受，伸手捂住巍鸣的嘴，不让他说，自己却反倒泪如雨下："此时此刻，你还在为阑儿思量……我绝不离开你。鸣儿若死了，我也绝不原谅你。"

巍鸣仍是笑着，伸手为她拭去腮边的眼泪，逗她道："阑儿怎么成了爱哭鬼，倒像是鸣儿欺负了你。"

叶阑眼睛红红地看着他："阑儿只是看不得你受苦。"

巍鸣展臂拥她入怀，承诺她："你我相守一日，便要如同神仙眷侣一般，珍惜春风桃李，忘却江湖夜雨。"

叶阑破涕而笑，道："鸣儿过去像个孩子，如今倒懂得了人生的许多道理。"

巍鸣见她巧笑情兮，说不出地可爱娇俏，忍不住伸手一刮她的鼻尖，取笑她说："说我像个孩子，我看你更像个孩子，一会儿哭一会儿笑的。"

二人相视而笑，明明都是笑着的，却有无可消解的伤感浸透在这空气里。

这时有侍女前来通传，说是长郡主求见，叶阑慌忙起身站在一侧。芳娉一身华服，春风得意地从外走进，叶阑屈膝行礼："长郡主。"

她视而不见，径直走到巍鸣面前坐下，牵着他的手嘘寒问暖，状甚亲热，俨然一副体贴长姐的模样。

叶阑冷眼看着她的一举一动。

巍鸣极少见她如此妆容，更惊讶于她脸上少见的喜悦神色，自她下嫁那懿沧晟睿之后，就没见她这样过。巍鸣心有同感，也替她高兴："鸣儿多年未见长姐华服盛装了。"

芳娉低头看遍周身，止不住脸上喜滋滋的笑："怎么样，漂亮吧？长姐最近制的新衣。"

巍鸣点头，老老实实地说："漂亮。"

芳娉理了理袖子，原本神色甚喜悦，不知突然想起了什么，忽地长长叹了口气："想你我儿时，本就过着珠玑昭明月，锦罗焕烟霞的生活，只是这些年，周遭多舛，竟都忘了……"

巍鸣想起旧时那些富贵日子，如今物是人非，不觉忧思如焚，禁不住开始呛咳。

芳娉在他床边坐下，轻轻拍着他的背，安慰道："鸣儿安心调息身子，逍遥堂的杂务，长姐会替鸣儿打点。"

叶阑愣怔，品出她话中异样，下意识地向她看去。

"劳长姐费心了，只是，逍遥堂如今有累卵之危……"

不等他说完，芳娉便直接打断了他的话："无妨。长姐已劝说荆南苏穆离去，并命人下了城门，如今，我逍遥堂固若金汤，鸣儿大可高枕无忧了。"

巍鸣愣住，本能地先看了叶阑一眼，这才回头问长姐："苏穆走了？"

芳娉不自然地避开巍鸣的目光，点了点头。

巍鸣蹙眉，不可否认，苏穆是他心里潜在的劲敌之一，无论是感情还是政治。可是对于他的突然离去，巍鸣不是不困惑，在他眼里，苏穆并不是那种会不告而别的人。

"此事甚为蹊跷，长姐如何达成？"

芳娉像是懒得再说，摆手制止了他："好了好了，都病着，莫管这些劳心伤神之事了，好好将养着便是，一切有长姐在。这些事，日后再议。长姐就不扰鸣儿休息了。"她起身要走，巍鸣心切，忍不住又咳了起来，断断续续地挽留："长……长姐……"

芳娉停顿了一下脚步，却并不回头，径直离去，经过叶阑身边时才若有似无地瞥了她一眼。如果是从前，这个女人尚且值得她提防，现如今连苏穆都在她掌中，她又有何好惧？芳娉只一笑，意味深长地收回目光，翩然离开。

很快门口传来了她的侍女交代侍卫的声音："汝等守卫于此，好好护卫巍鸣君。"

巍鸣和叶阑对视了一眼，目中有雷同的隐忧："长姐她……"

叶阑此行本来是想告诉他苏穆的事，可是现如今芳娉俨然有清君侧后取而代之的嫌疑，若是她直言不讳，不过徒增他的烦恼，对他的病情也有碍。面对巍鸣望来的惊惑目光，她最终选择了绝口不提。

芳娉从巍鸣处回到自己寝宫，发现晟睿早已恭候许久，见到她的第一句就是："你要的，我已经给你了，你答应我的呢？"

想要的业已成功到手，芳娉心情甚好，一笑，转顾身后的侍女，侍女回里屋取来一个锦盒，还有当年晟睿所穿的衣衫弯刀。晟睿急不可耐，一把夺过锦盒，打开锦盒，取出画像，画中正是离樱的正面像。晟睿脸上一喜，放声大笑起来："果然是她，能与恶狼缠斗的少女，怎可能是平凡人家的女儿？"

芳娉冷眼看着，不得不承认，她所嫁的这位夫君冷酷无情，杀人不眨眼，但是当他提及离樱时，脸上有罕见的温情。

他一边欣赏，一边向着那画中少女诉衷肠："年少时，你我在懿花涧的冰雪里一会，我便立誓，定要你成为我的女人。没想到，老天爱玩笑，竟让你我本有夫妻之缘，却未遂人意。我定会寻你回来，管他的世仇，我要定了你。"

明明是怨他的，明明是厌他的，可是望见晟睿如此动情，芳娉却不能不承认自己是嫉妒的。同为女人，她也希望自己被人爱，被人珍惜，像全天下被保护得很好的女孩儿一样，可命运不让她如意，赐予她的只有机关算尽。

芳娉忽然冷冷开口，打破他的旖旎幻想："可惜，她已经死了。"

"死了？"晟睿非但不伤心，反倒又是一声大笑，"你太不了解你小妹了，她虽生性冷疏，骨子里却是烈性如酒的，她如果真的死了，就是化成厉鬼也会来寻你的，你难道从未感觉到吗？"

芳娉脸色变白，被他的那席话吓到了，又惊又疑地看着他。

"当初，你伤她之事，我本应百般偿还。只是……"晟睿沉下了声音，望向她的眼中再无一点感情，"一日夫妻百日恩，我饶你性命。今日别过，你我恩断义绝。"话毕，他抽出自己的弯刀，向锁链砍去，一时之间火花四溅，锁链应声而裂，示意二人恩断义绝，吓得芳娉后退数步。

晟睿一脚踹开房门，在芳娉怨怼的目光中扬长而去。待他走后，侍女才小心翼翼地问她："长郡主，为何要放他走？"

芳娉抬眸望着他渐行渐远的背影，黯然不语。

听闻了那日在殿上发生的事情之后，苦海等人便十分纳罕："说来甚是古怪，飞尘的蛊术竟落到了那小娘子手里。飞尘这个家伙，为了女人，真是舍得啊！"

傅昊郗摇着折扇，若有所思，只听门外声音嘈杂。苦海推门望去，不知何处冒出来的一列皇甫侍卫正将荆南依的住处团团围住，如铜墙铁壁一般不让人出入。苦海关了门，回身禀给傅昊郗："坞主，皇甫的人将小姐姐的院落围住了。"

傅昊郗收了折扇，冷笑道："长郡主放了狗，要露出獠牙了。"

苦海摇头，甚为苦恼："这个逍遥堂哪里逍遥，倒像是一座监牢。今日一拨，明日一群，全部是自投罗网。"

"说得好，的确是监牢，锁人也锁心。"傅昊郗冷淡道。

苦海观他神色，小心翼翼地建议道："坞主，我们还是回无常坞去？"

傅昊郗却突然不言语，苦海像是猜到了他心中所想，试探道："您舍不下小姐姐？不如，连她一同绑了回去。"

可是世间事哪有这样容易，傅昊郗黯然一叹："我承诺过她，绝不勉强她，就算是刀山火海，她要留下，我便留下。"

苦海脚一跺，手一拍，似乎也替傅昊郗不值："哎，小姐姐真是被蒙了心，好好的坞主摆在眼前不要，偏要那个痴痴傻傻的巍鸣君，如今还怀了那家伙的孩子，和尚我估摸着，这辈子也离不开逍遥堂了。可怜那孩子，一出生就要被关在这牢笼之中。"

傅昊郗被戳中隐痛，脸色一变，背过身去。

那是他的血脉，人世间的牵挂。

可苦海偏偏好像察觉不到他的不怿，反倒还要再插上一刀，他慢悠悠地开口："算起来，那孩子本就是逍遥堂正经的主子，何有离开之理？主子，您说是吧？"

傅昊郗愣怔，他能给这小小的生命——万世富贵，千秋权柄，比他自己拥有得还要多……他从未如此贪心过——要将人世间的一切都剥夺，统统留给这个还未露面的小人儿。

傅昊郗凝眸看着苦海，他却仿佛一无所知，表情淡然地望着坞主。沉吟良久，傅昊郗终于开口，却问起不相干的人来："那叶阑，是否还在堂中？"

苦海忙不迭点头："是。"

"请她过来一趟，就说……"

"什么？"

傅昊郗意味深长道："就说，我有法子能救那巍鸣君一命……"

八十三

—— 因情而动 ——

苦海找到叶阑的时候，她正独自一人守在药庐，盯着那将沸不沸的汤药出神：如今，鸣儿形同被软禁，如何寻到《流云》为鸣儿医治？苏穆君又生死未卜……

苦海悄然走近，见那药将要溢出，便在旁出声提醒："姑娘小心。"

叶阑这才惊觉，慌忙将那汤药从火炉之上取下，回头见是苦海，立刻起身道谢。苦海忙不迭摆手："姑娘折煞我了，这次是我们坞主吩咐我，想在药房见姑娘一面。"

叶阑面有疑惑："无常坞坞主？"

苦海点头，在她同意后，便引她去药房，自己退到门口把守，防止有人接近。

傅昊都见她出现，也不遮掩，开门见山道："小可是生意人，想与姑娘做一笔买卖，不知姑娘是否愿意？"

叶阑问："什么生意？"

傅昊都从怀中掏出一张密函，亮给叶阑看："只要阑姑娘借巍鸣君的堂主金印一用，在这密函上拓印，小可必定有法子救苏穆君。"

叶阑接过细看，抬头向他求证："坞主想要巍鸣君下诏书，保全依郡主腹中之子成为逍遥堂的继承人？"

傅昊都点头。

叶阑不由得大感讶异："无常坞一贯不问朝堂之事，不知坞主为何此时染指？"

"不瞒叶阑姑娘，当年荆南世家梦郡主一女嫁多夫，兵逼悠然河，被乱羽射死，与小可有关。"

叶阑顿时吃了一惊，多年前的旧事，竟从一个看似毫不相干的人的嘴中道出。

"那召唤漫天乌鸦的杀手，穿的便是小可家传的黑羽衣。我不杀伯仁，伯仁却因我而死。这是我们欠荆南世家的。"他的语气中分明含着痛意。

叶阑颔首："原来如此。"

傅昊郗低首，笑得赧然，继续道："况且，小可与郡主相识于微时，便倾心爱慕，虽不能成姻缘之美，小可却必舍命相守，保她周全。"

叶阑颇觉意外，再看傅昊郗时目中也多了一层同情的光，想来人生也非事事顺遂，连看起来如此无欲无求的无常坞坞主竟也有动情的时候。

"没料想，看破红尘的无常坞坞主，竟因情而动。"

傅昊郗笑笑，望向叶阑，认真道："人生当真无常，阅千人，历万事，又如何？世间的大道理，终归抵不过一个情字。叶阑姑娘不是也因情而动吗？"

叶阑浅笑，盯着那张密函良久，并未立即接过，而是抬头再次跟傅昊郗确认："你当真可以救巍鸣君一命？"

"我可以助你们逃出逍遥堂。"他自负道。

叶阑暗暗想：如今鸣儿形同被软禁，苏穆君又生死未卜，现下只有仰仗傅昊郗。如若想要救巍鸣，必须离开此地，前往御风城，方能得到《流云》。

终于，她下定决心，伸手接过那密函。

傅昊郗略微欠身，风度翩翩地请求："那就有劳姑娘了。"

巍鸣的住处，如今也只有叶阑可自由出入。叶阑关上房门，走到昏睡的巍鸣床边，无言注视他片刻，心里默默道：抱歉。然后她俯身靠近，轻抚巍鸣的衣衫，顺着衣衫的纹路寻到了金印的位置，弯腰从他脖上摘下，就着昏黄的灯光盖在那密函之上。

按照计划，苦海端着食盒往巍鸣住处走去，果不其然，被守在门口的皇甫侍卫拦下。侍卫斥道："干什么的？"

苦海赔笑："给巍鸣君送药的。"

侍卫指着那盒子，简单命令他："打开。"

苦海依言照做，打开食盒第一层，皇甫侍卫探头去看，那汤药腾起的热气扑在他的脸上，他眼前一花，神色渐渐迷离，喃喃道："哦……进……进去吧……"

苦海一笑，盖上食盒，推门走入房中。

叶阑起身相迎，苦海呈上食盒，躬身道："巍鸣君的药煎好了，阑姑娘寻的药引子可备好了？"

叶阑回头望了一眼仍在昏睡的巍鸣，将袖中的密函递给他，他要接，叶阑的手却忽然往回一缩。苦海抬头，以目光询问。

"药引早已备下，只是这药效，可是坞主当初承诺的那般有奇效？"

苦海承诺她："姑娘放心，保证药到病除。"接过密函之后，他转身离开。

叶阑打开食盒，端出汤药，再打开食盒夹层，在夹层之内发现了一件白色羽衣，抖开一看，才知是荆南依的羽霓裳。

其下附有一张字条，写着：若要离开，可凭此衣。待叶阑阅完其上的字，那字条无端自燃，顷刻之间化为灰烬。

荆南苏穆被关入地牢之后，日夜饱受鞭刑之苦，逼他承认谋反之罪。他虽身受酷刑，却只是笑笑，并不言语，几日过后身上已是血迹斑斑，再无一块好肉。某天深夜行刑过后，苏穆被吊绑在地牢之中，满面憔悴，门口侍卫瘫软坐在椅上昏睡。这时，牢内地下的某块转头微微一动，苏穆睁眼，双目精光毕现，四下查找，地上角落一处砖头被顶开，钻出来一个身量未足的孩子来，那孩子七八岁，梳着双髻，脸上两团红晕，像是年画里的娃娃，分外可爱。他探头探脑，朝苏穆做了一个悄声的动作，小心翼翼地走到苏穆身边，替他解开身上的绳索。

苏穆很快醒悟过来："你是无常坞的人。"

那小孩儿天生笑眯眯的，一团和气："小的松语，我受叶阑姑娘之托，救你出去。"

苏穆闻言一惊，这自称松语之人虽是孩儿面，话一出口却是老人的声音。

苏穆惊讶地问："阑儿？"

松语奉上他的长剑："她让我送你去城外的小树林。你若信我，就跟我走。"

苏穆连犹豫也无，干脆地应下："好。"

那松语看他良久，忽然一笑，像是惊奇，也像是早有预料。

苏穆疑道："你笑什么？"

松语打量他片刻，又是一笑："来之前我问叶阑姑娘这牢中人是否愿意跟我走，叶姑娘说你会的，只要听到她的名字。没想到果真如此。"

苏穆愣怔，回过神之后难以遏制的是如潮水般涌来的酸涩，千帆过尽，虽然没了男女之情，而他们之间的相互信任和默契却永不会褪色。

松语引着苏穆跳入地洞，自己随后也钻了进去。里面行动的空间只容一人，苏穆走了一段距离才到出口。出口处乱草掩映，松语先行匍匐而出，再转身扶着受伤的苏穆爬了出来，指着密林深处道："往林子中去，有一处小屋，你去吧。"

苏穆接过长剑，道："多谢。"

"我是听吩咐办事，要谢就谢那个雇主吧。"说罢松语重新跳入土坑之中，地洞在瞬间被腾挪，不见一点痕迹。

苏穆抬头看了看天色，开始他未定的旅途。

八十四

——— 月下仙子 ———

确定苏穆被平安送走之后，叶阑也开始收拾行李。巍鸣醒来见到叶阑，不由得俏皮心起，起身走近，从背后拥住叶阑，在她耳边轻声道："敢问美娇娥，为何深夜到访？可是月中仙子？"

叶阑抬首，自镜中看见巍鸣，不由得着怯一笑，转身行了一个女儿礼，眉目盈盈地看着他："城阙不是君居处，寻来时路，不如归去。"

巍鸣愣怔，抬头越过她看见桌上她正待收拾的衣物，以及一件白色羽霓裳。

叶阑问："鸣儿，你愿意跟我走吗？"

"这真是个傻问题，"巍鸣温柔地看着她，"天涯海角，我都愿意。"

叶阑抖开那件羽霓裳，披在她和巍鸣身上，二人对视了一眼，冲着对方微笑。

"准备好了吗？"

巍鸣伸手揽住她的纤腰作为回应。

叶阑运力，迎风而起，二人相携相拥，穿过大开的窗户朝明月飞去，惊飞树间一群雀鸟。叶阑和巍鸣共披羽霓裳，宛若惊鸿，划过夜空，一同飞出了逍遥堂。朔月当空，泻下清辉万里，巍鸣感受着扑面清风，笑着向叶阑道："阑儿，我们当真是比翼双飞了。"

叶阑望向身后的逍遥堂，感慨万千："久在樊笼中，复得返自然。"

二人越过城墙，顺势往山下林间飞去，脚下是纵横连绵的青山，随地势俯仰而下，山顶隐约可见积雪，山下却是风和日丽，草木臻盛，一年四季风光随着山势起伏而各异。

巍鸣转头望向叶阑："若寻不回《流云》，我愿与阑儿浪迹山野，流连不返。山野村妇，你可愿当？"叶阑扭身要躲，故意逗他："不当！"

巍鸣挽住叶阑，拉她到自己怀中，故意道："不当，可是要受罚的。"

"什么惩罚？"

叶阑睁大眼，无辜地看着他，眼中尽是天真无邪的光。巍鸣心里直痒痒，凑近来要亲她。叶阑故作大惊，退后要躲，一不小心失了平衡，两人惊叫着直直坠下。羽霓裳因风鼓胀，将二人裹在其中，一同跌进茂密的枝叶之中。混乱之中，巍鸣还是本能地护住了叶阑的头，二人同时跌落在地。叶阑的脸就枕在巍鸣胸口，她面红耳赤地抬起头，只见巍鸣含情脉脉地望着她，像是漫天的星光都倒映在他眼中，惊人地明亮。他目不转睛，端详着她娇羞的容颜，终于情不自禁，俯身下来吻住她的双唇，跟想象中一样的触觉，带着少女天生的香气。

这一次叶阑没有躲，她闭上眼，羞怯地回应着他的吻。

有风掠过，头顶枝叶沙沙作响，察觉到她在怀中轻轻地颤抖，巍鸣以为是她冷了，便松开她，低头看她。此刻的叶阑双颊微红，连带着眉骨一带都是娇艳的粉色。四目相接，彼此之间都有些不好意思，下意识地避开了彼此的目光，又不知想起什么，忍不住各自微笑。

这时巍鸣才抬头打量四周的景物，见密树环绕，放眼望去层林尽染，置身其中根本看不到尽头，不由得心生感慨，叹道："没想到，我两次出逍遥堂，都是如此狼狈，第一次，被舅父追杀，如今被众世家逼宫，生生要逃出自己的城池。"

叶阑扶他站起，替他择去发上衣间的树叶，安慰他说："大丈夫能屈能伸，鸣儿不必介怀，等我们寻了那《流云》，再荣归故里也不迟。这些世间纷扰，今日便统统忘却，鸣儿权当是趁此机缘，陪着阑儿游玩一番。"

巍鸣一笑，把手伸向叶阑，不必开口，她也意会，笑着交出自己的手，二人携手同行，朝着密林深处走去。

苏穆一人先到了那小屋中，端来清水忍痛处理完身上伤口，换了一件干净衣服，静坐等候。月上中天，周围静得落针可闻，听见门口传来的脚步声，苏穆神色一紧，起身拿起长剑朝门口走去。推门一看，见叶阑站在门口，苏穆的脸上泛出久违的笑意。

叶阑看着他也是百感交集："兄长可好？"

苏穆道："还好。"

叶阑释然一笑，转身招呼落后一些的巍鸣："鸣儿。"

巍鸣从阴影中缓步走出，出现在苏穆面前，表情阴晴不定，一字一句地叫出他的名字："荆南苏穆……"

苏穆负手立着，云淡风轻地迎视着他的目光，从容道："离开逍遥堂之前，我已命人守在逍遥城各个关隘……"

巍鸣打断他的话，逼视着他："当真为我皇甫而守，抑或是，为你荆南铺道？"

苏穆愣怔，轻笑，转身望向月下林间："我自小苦读，以史为鉴，以圣人言为修身之戒，自认为深居简出，却知天下。直到在逍遥大殿，受你祖父点拨，我方醍醐灌顶，知己粗鄙。"

巍鸣有些惊讶，脱口而出道："祖父？"

苏穆颔首："当日，我放下私仇，皆因老堂主递给我两个字。"

"哪两个字？"

苏穆回身，看着他的眼，清楚地说出那两个字："大同。"停顿稍许，苏穆继续道，"你的祖父告诉我，天下大同，方可免去世家纷争，不令战火荼毒百姓。何人坐拥逍遥堂，并不紧要，关键在于，他是否能一统天下，内圣外王，令百姓安居乐业。"

巍鸣将信将疑："祖父当真这么说？"

"或许，他的这一番话，本是想说给你听的。大丈夫，为天地立心，为生民立命，为万世开太平。"

巍鸣细忖他话中内容，陷入了沉思。苏穆看着他继续道："你问我为谁而守城，我想借用老堂主之言，为生民。"话毕也不看他，转过身去，心知以他的聪慧，必会理解老堂主的苦心。

看着苏穆的背影，巍鸣百感交集，想不到祖父最后的嘱托，竟会假苏穆的口道出。

这时叶阑从屋里出来，看了看苏穆，又看了看巍鸣，只见两人背对而立，竟如同一对闹了别扭的情侣一般，不看对方，也不跟对方说话。

叶阑心里又好笑又好气，伸手向内做了一个"请"的手势："两位爷，房间收拾好了，请进吧。"

二人同时回头，苏穆先进房间，巍鸣随后跟上，在桌边相对而坐。叶阑端起桌上的茶壶，斟了一杯茶，说："先喝点水吧。"

苏穆和巍鸣都以为叶阑是在跟自己说话，下意识地全部抬手想要接杯，岂料叶阑自行端起杯子，慢条斯理地饮着。

苏穆和巍鸣望向叶阑，又望向彼此，有些反应不过来。

叶阑见他们两个愕然相对，都一脸傻乎乎像被欺骗的样子，忍不住低头一笑，道："好了，今日就让小女子替你们端茶倒水。"说罢正要提壶倒水，却被苏穆自然地接过，他说："我来。"

苏穆倒了一杯水，却不是为自己，先将水杯推到巍鸣面前，而后提壶要为自己斟。巍鸣起身接过茶壶，苏穆讶异地抬头看他，只听魏鸣淡淡道："我来。"

苏穆想了想，也不争，松手任他接过，他效仿苏穆斟茶，将茶杯推到苏穆面前。

叶阑看着二人的举动，先是有些惊讶，而后便淡淡微笑，目光温和，像看两个闹了别扭最终又重归于好的孩子。

清水淡茶，蕴于其中的情谊却非比寻常，二人同时举杯，看着对方，一饮而尽，从前所有的嫌隙不快也随着那茶水一起饮下。

叶阑见他们顺利和解之后，舒心一笑，问起当日苏穆被擒之事，说："鸣儿，长郡主捉拿苏穆君之时，阑儿也在场；还有……阑儿巡查迷药之事，似乎长郡主也有嫌疑。"

此话一出，色变的并非巍鸣一人，因事关逍遥堂的声誉，苏穆沉声问："可有确凿的证据？"

叶阑还未开口，巍鸣先矢口否认："绝不可能。长姐贤良淑德，待我至诚，如此龌龊阴险之事，莫说做了，就是让长姐听闻，都要把她吓出个好歹！阑儿定是搞错了。"

叶阑仔细思索："当日，那名侍从临死前，口中留下'郡主'二字，阑儿本以为是依郡主，后来推测，也可能是长郡主。"

巍鸣急了，摇头道："仅凭这些死无对证的言辞，怎可随意论断？"

"可是……"

苏穆见他二人为此事争执不下，便出声阻止道："当务之急，是寻到《流云》，回到逍遥堂中，此事终会水落石出。"

叶阑自然清楚芳婷在巍鸣心目中的形象和位置，就算是真的，让他接受也不是容易的事，叶阑想了想，便也作罢："苏穆君说得对。我看天色也不早了，早点休息吧。明日我们便启程，去寻《流云》。"

话音刚落，叶阑才意识过来，三人略显尴尬地望向屋内唯一一张床。

叶阑踌躇："只有一张床，鸣儿还受着伤……"

苏穆了然，立刻起身朝外走去："我去外间……散步……"

叶阑有些愧疚，也想跟着他一块儿出去，却被巍鸣牵住了手。她回头，只见他可怜兮兮地看着她。他道："阑儿，我们歇息吧。"叶阑因苏穆在旁，本就有些尴尬，挣脱他的手催促道："你快睡吧。"也不管巍鸣是何反应，跟着苏穆快步走出。

外面也不过两张简陋的床铺，叶阑抱着铺盖整理，无意间窥见角落里被苏穆塞成一团的血衣，捡起一看，脸色大变。她放下血衣推门出去，四下找寻，找到正在林间散步的苏穆，关切地审视他，担忧道："兄长，你也受伤了，是不是？"

苏穆静静地看着她，并不说话。

叶阑情急，拉住苏穆的手就往屋里走："你快进屋去，我帮你看看。"

垂头扫过被她握着的手，他另一只手紧握成拳，抵在唇边轻轻咳了咳："无妨。"

叶阑急得不行，盯着他严肃道："我看见你换下来的血衣了。伤成这样怎会无妨？进屋去休息吧。"

苏穆得她这样安慰，心下一暖，又想到眼下的她只是将他当兄长对待，心头便止不住发涩，又不忍看她失望的目光，便点了点头。他随她进里屋休息，只是到了门口却又踌躇，想到门内是将与他共度一晚的巍鸣，怎么想都尴尬。最后还是叶阑硬将他推进去，她下颌朝内一偏，用嘴型无声地催促他："进去啊……"

他苦笑，站在内屋，望向正背对着他在床上休息的巍鸣。

巍鸣以为是叶阑，怕她害羞，只静静地等待着她主动向自己靠近。

苏穆朝内走两步，恨不得倒退三步，一路磨蹭到床边，好不容易才勉强挨床躺下。床上的巍鸣一个转身，抱住苏穆，笑道："阑儿美人……"

四目相触，他的笑僵在嘴角。

门外的叶阑抖开薄被正要躺下，就听见内屋传来巍鸣的一声惨叫："耍流氓啊你！"她窃笑，舒舒服服地盖好被子，大声朝着里面的人喊话："安静点儿，我要睡了！"

八十五

二男同眠

巍鸣手拿棉被，警惕地遮住自己胸口的位置，惊恐的表情活像遭到了非礼："你想干什么？"

苏穆也是一脸嫌弃："你以为我想吗？阑儿硬让我进来睡的。"

"就睡觉，不干别的？"

苏穆额上青筋一跳，他强忍怒火，勉强道："就睡觉，没兴趣干别的。"

"好，一言为定。"

苏穆闭眼强忍："一言为定。"

二人约法三章之后，各取了一床薄被直挺挺地躺下，虽说是同床共枕，中间却隔着一大块空地，彼此之间都显得很局促。

巍鸣清了清嗓子："苏穆君，本君要就寝了，话说，你没有什么怪毛病吧？"

苏穆一本正经，如临朝堂："巍鸣君请明示。"

"本君听说有的人入梦后胡言乱语，还有起身游走的。本君从未跟男子同床……"巍鸣再三强调，显然非常注重睡眠的质量，"哎哎，你要注意君臣之礼。"

苏穆自幼饱受诗书之训，向来注重礼仪，点头道："苏穆明白。"

"那好，"巍鸣打了个哈气，闭上眼睛说，"本君要睡了。"

一夜醒转，清晨的光线透过窗户射进屋内，二人同时睁眼，发现对方的脸近在眼前，四目相对，嘴唇都快要贴在一处。

外屋的叶阑正在收拾床铺，只听屋内一声气拔盖世的尖叫："无礼啊！"话音刚落，房门"砰"的一声从里面被推开，走出一脸怒气冲冲的苏穆。撞见叶阑惊呆了的表情，他略有些尴尬地说："我去散会儿步。"

说罢头也不回地落荒而逃。

叶阑探头往屋内望去，只见巍鸣忙不迭地穿衣，忍不住笑，伸手朝自己脸上一划，羞他。

巍鸣回头看到叶阑，表情委屈得不得了："阑儿……"

叶阑何曾见过他这样委屈的小模样，忍不住捂嘴偷笑。

巍鸣一见她笑，更是止不住，干脆撒起了娇："阑儿，我不要和苏穆一起睡了……"

"鸣儿，别闹了，快点起床吧，我与那能帮鸣儿夺回《流云》的妙人相约，要在月圆之前赶到御风城外。"

巍鸣奇道："阑儿口中的妙人，到底是谁？为何要相助于我？"

叶阑想到之前清婉所托，只得强忍："我与她有约在先，不便表明身份，等你见到她了，自然知晓。说起来，她是鸣儿的一位故交。"

"故交？"巍鸣想了又想，喃喃自语，"谁啊？"

叶阑点头，催他："等见到了不就知道了吗？"

三人草草收拾一番，便开始继续赶路，日夜兼程。一日途经某江南小镇，正是三月花开的季节，三人误入一片梨花林。枝上挨挨挤挤开满了白色的花，密密匝匝，层层叠叠，宛如新雪。叶阑既惊又喜，奔进花林之内，大笑道："好美的一片林子。"

巍鸣和苏穆负手走进，微笑着一齐看向林中那精灵般的女子。

梨花纷纷落下，如初雪，叶阑伸手接住那些精致的白色花儿，跑来递给他们看："美吗？"

二人看的花并非此朵梨花，却齐声道："美。"

叶阑深深一嗅，粲然微笑："遥知未有雪，悠然暗香来。"她施展灵羽，掌心的梨花无风浮起，轻盈地飘于空中。她在花雨内旋转曼舞，人面与梨花相映，美不胜收，说不出是人面更艳，还是梨花更娇。

苏穆心弦一动，抽出佩剑当空劈去，剑气震动枝上的花叶纷纷落下，举头看着那漫天飞花，他随后吟道："淡白春已半，飞时花满城。"

巍鸣见状起身跃起，立在梨花枝头。树枝因他的动作轻轻颤动，梨花落下。巍鸣念道："朝夕倚朔风，花落两相知。"

叶阑以灵羽之力将叶阑和巍鸣送来的梨花打向天空。在三人无间的配合之下，满园梨花飞舞，叶阑在这花雨之内自由旋转，烦恼痛苦不安统统忘却，抛诸脑后。

巍鸣立于高处，将周围景物尽收眼底。他见时间不早，指着梨园外的草棚，向苏穆和叶阑道："你们看，那边有一处小店。"

叶阑眼睛一亮："正好我们也走累了，不如去歇歇脚，讨碗水喝吧。"

巍鸣摇头："阑儿，讨水喝有什么趣？山色空蒙，梨花纷飞，如果再有美酒相伴，岂不快哉？"

叶阑拍手道："没错，斩断愁思，讨一碗美酒畅饮。"

苏穆生性稳重，听他二人要喝酒就有些迟疑。叶阑拽起巍鸣，转身又牵住苏穆的手，将他们一同拉走。

三人走近才知那小店原是一家酒庐，依山傍水而设，前面就是那片开得正盛的梨花园，背后一条小溪缓缓流过，清澈见底。卖酒老翁拿酒上来，依次摆在他们面前。叶阑道过谢之后，主动为二人杯中斟满酒，先行举杯祝酒："今日无君无臣，无过往瓜葛，我们三人在此忘却凡尘。"未等二人言语，她仰头将那酒一干而尽，亮出空杯道，"好久没有如此爽快了。"

苏穆望向叶阑，也干了一杯。两人心领神会，相视一笑，无声的默契就在那一笑之间流转。巍鸣吃味，也端起酒杯，痛快地饮尽，挑衅地将那空杯倒扣在桌上，望着苏穆和叶阑道："浮生若梦，我们重新来过。"

酒过三巡之后，叶阑喝得满面绯红，巍鸣东倒西歪，苏穆此刻也是眼神恍惚。叶阑勉力举杯，醉态可掬地向着在座的两位道："再来……酒逢知己千杯少……我们还差着无数杯呢……良辰美景，良人至交，这世上最珍贵的东西，阑儿都有了，阑儿甚是欢喜。管他明朝何处，管他家仇国恨，阑儿今日要恣意人生。"说罢举杯再饮，如是三杯。

苏穆击节赞道："明日无论生死，无论归宿，都只记今朝吧，你我三人曾天涯共此时，便也了然无憾了。"

巍鸣拊掌："君心似我心，不负肝胆意。"

二人不约而同地望向叶阑，心中肝胆之情尽在那杯酒中。叶阑又饮一杯，已临近了大醉的边缘："我三人志同道合，永不分离……阑儿绝不反悔……"

苏穆见叶阑摇摇欲坠，连忙起身去扶，转头瞥见巍鸣同样伸出手，想到眼下自己的身份，最终还是选择黯然收手，将叶阑推向了巍鸣。

巍鸣扶着醉酒的叶阑，让她小心地靠在自己的肩头，抬头望向苏穆，压低声音道："当初大婚前夜，苏穆君本想带着阑儿远走高飞，可不知什么原因，阑儿还是红妆出现在我的逍遥堂中，等着嫁我。现在想想，倒不如跟着你去了，阑儿也不会因为我皇甫世家的《逍遥流云》而身陷险境。"

苏穆怜惜地看着合眼睡着的叶阑，满是心疼之意："此时，你还没有了然叶阑的心吗？当年，她舍了我，为的是你。"

巍鸣惊喜地抬头："真的吗？"

苏穆涩然一笑，避开了他的目光："依阑儿烈火性情，就算是刀山火海，阎罗大殿，为了心中所想，也勇闯无憾，怎会害怕身陷凶险？"

巍鸣望着他，不想漏过他面部上任何一点变化，意味深长道："那苏穆君呢？还是待阑儿如当初？"

苏穆愣怔，他本可以顺势撇清和叶阑的关系，但是面对这个问题，面对巍鸣，他还是选择听从自己的心："无论阑儿心归何处，当初，在竹林中，我已承诺，荆南苏穆心中只住她一人。我绝不会任由其他世家为了得到秘籍伤害到阑儿。我必守她，护她。"

巍鸣望着靠在肩上的叶阑："有苏穆君此言，巍鸣就心安了。就算我死了，这世上唯一能照顾阑儿的，也就是你。"

苏穆提壶替他斟酒，摇头道："你的命，是逍遥城百姓的，是悠然河南北世家的，哪里是说死就可以死的？"

巍鸣饮酒叹气："我一直不懂为何悠然河的宝座上插满了刀剑利刃，祖父、君父，我的祖宗先人们坐在其上，不觉得阴森吗？如今我才了悟，当王者，便要用一腔子的热血将这刀剑焐热了，压在身下，旁的人才不敢妄动，身边的爱人，天下的百姓才不会被这些铁家伙所伤。"

苏穆点头赞同："参天大树，才可荫蔽子嗣。"

巍鸣状甚感慨："鸣儿本是个无用的，小时候就想着能逃出了逍遥堂，做一个游山玩水的自由人，现在怕是不能够了。"

苏穆涩涩一笑，举目望向山外："辽阔大地，其实只有一条为你的路，逃到哪里去？那宝座，等着的是一个能殉道的人，一个能守护天下大道而甘愿舍生的人。"

巍鸣循着他的目光看去，看缥缈流云越过山顶，像是下了决心，笃定道："鸣儿虽做不到你说的无私为公，为天下，至少为了阑儿，为了逍遥城不被其他世家屠戮，我也会回去的。"

苏穆朝他欠身，真诚地致谢："苏穆替这些人谢过巍鸣君。"

二人无声对视，苏穆先行举杯敬巍鸣，巍鸣与他碰杯饮过。苏穆看着他说："天命所归，气数使然。"

巍鸣付诸一笑："命运如此，泰然处之。"

得他如此态度，苏穆松了一口气，再度举杯望向他。巍鸣会意，二人如同盟誓一般，一饮而尽杯中酒。

狱卒一觉睡醒发现苏穆不翼而飞之后，连滚带爬地跑去禀报芳娉。芳娉闻言大怒，一掌拍在桌上："究竟怎么回事？"

狱卒叩头如捣蒜，疯狂求饶："长郡主饶命，那荆南苏穆真的是凭空消失了！昨个还好好关在牢房里，谁知今早就不见了……"

芳娉十指渐渐捏紧，满脸怒色道："此等废物，留着何用，拖下去，砍了。"

侍卫拖拽着哀号的狱卒没走多远，有人匆匆跑来禀报，说是守卫在君妻寝宫的侍卫们都让人绑了。

芳娉忍无可忍，豁然站起："我倒要看看谁这么大胆子！"

八十六

──────── 同袍而食 ────────

一盏茶的工夫之后，芳娉带着一群侍卫快步赶到荆南依居处。果不其然，那些原本守卫在门口的侍卫此刻全被绑在柱子上，苦海牵着绳索，得意扬扬地在朱红石柱间飞跃，身形矫健，促使被绑的那些侍卫频频互相撞击，个个脸上身上出现瘀青红肿，狼狈不堪。

傅昊郗端坐在远处树下，慢条斯理地以水点茶，手法纯熟繁复，却格外悠然自得，浑然不见几步之远的打斗，以及正一脸怒气走近的芳娉。

芳娉怒由心生，只是碍着长郡主的仪态强忍不发，缓步走到他面前，垂目一扫他桌上各色器具，冷淡道："荆南世家的家奴好志气，是哪个皇甫侍卫触怒了君妻，让各位拿着他们撒气啊？"

傅昊郗摇着扇子缓缓站起，开口之前将手中的折扇一收："参见长郡主。小可奉巍鸣君之令，全权守卫逍遥堂君妻依郡主。"

他口中的敬语并不能让芳娉感受到一点服从和被尊重的意思，相反，她只觉得面前这人气焰嚣张，胜于第一次见他时对他的印象。芳娉睥睨着傅昊郗，并未多加掩饰自己此刻的冷笑："奉鸣儿之命？我这个长姐怎么不知晓？你可知假传君令是杖毙之刑？"

傅昊郗呵呵一笑："早有耳闻！人人皆言长郡主秀外慧中，大家闺秀，没想到却是个毒丈夫。"

芳娉未如何，她的侍女却先怒了，高声斥他："大胆奴才，哪容得你对长郡主评头论足！"

芳娉坐下，自顾自地理了理衣袖，也不去看他："看来得给依郡主换些有眼色、知轻重的奴才了。"

"奴才？"傅昊郗闻言脸上竟是一喜，真的朝她作长揖，"小可还想谋个一官半职，好辅佐未来的堂主呢。"

芳娉听出他话中不同寻常之意，侧目以余光观察他的一举一动。只见傅昊郗慢条斯理地打开桌上一个锦盒，从中取出一张薄纸，抖开之后也不看，径自送到芳娉面前："长郡主，我这有一函，是巍鸣君的密令，保君妻与未出生的小主子周全，倘若有人以下犯上，格杀勿论。"

芳娉变色，使了个眼色给身边的侍女。侍女走上前去正要接，还未碰到傅昊郗的手，他先往后一缩，对着侍女的困惑目光摆首，怡然道："如此金贵的文书，看看可以，若想拿走，恐小可不能从命。"

侍女也不争，细细扫过，又快步走回芳娉身边，压低声音在她耳边道："是堂主的金印。"

芳娉一张脸彻底垮了下来，心里叫苦不迭：我的好弟弟，这是捆长姐的脸呀。她深知眼下自己的权力还未大到干涉巍鸣的决定，荆南依有这张密令在，无异于有金刚护体，若寻不来巍鸣当面对质，自己也不好拿她如何。芳娉捏拳半晌，恨恨看了傅昊郗最后一眼，命令左右："走！"

很快，芳娉带着一群人浩浩荡荡地离去。苦海等她走远，才提步走到傅昊郗身旁，问他："坞主，人家毕竟是血亲姐弟，坞主就不怕巍鸣君反悔？"

傅昊郗手拿折扇一下一下地敲着掌心，望着芳娉离去的方向意味深长道："巍鸣这尊佛送走了，就没打算请回来！"

芳娉离了荆南依的住处，先来寻巍鸣，侍卫本是她安排的人，无须通传，她便长驱直入，只是屋内并无人影，连服侍的侍女也不见一个。芳娉一边叫着巍鸣的名字，一边大步绕到屏风之后，只见床上一人蒙头睡着，被褥中间拱起的地方微微发抖。芳娉在他床沿坐下，柔声道："鸣儿为何发抖？难道是病入膏肓？"

"巍鸣"不吱声，反倒抖得更加厉害。芳娉脸色忽地一变，一把扯开被子。一个打扮成巍鸣的侍从从内滚下，一路滚到地上，翻身跪倒，不住求饶，战战兢兢道："长郡主饶命，是巍鸣君让我假扮他的，长郡主饶命。"

芳娉指着他厉声逼问："鸣儿呢？鸣儿去哪儿了？"

侍从吓得话也说不利索了，断断续续地答："阑……阑姑娘带着巍鸣君走了。"

芳娉大怒，一巴掌扇在侍从的脸上，自己反倒跟没了力气似的，瘫软坐在床边，扇人的那只手不住地哆嗦，吓得侍女赶紧扑过来扶她。芳娉精疲力竭地伏在床上，满脸的疲惫："鸣儿不见的事，万万不可走漏了风声。倘若让其他世家的人知晓了，就是死，我们也是死无葬身之地啊。"

侍女也是一脸惊恐，答道："是！"

芳娉抬手抚脸，竟摸到了满手的眼泪，她暗道：鸣儿啊，你可害惨了长姐。

陆廉世家首领回到他所封的世家领地之后的第一件事，就是让武士将荆南苏穆忤逆叛主，拥兵占了逍遥城的消息放了出去，并且告知天下人，皇甫世家的《逍遥流云》藏在有疏叶阑身上。自古始作俑者，必有野心之徒效仿追随，以他为石子，必激起千层浪，悠然河南北一家独掌大权的局面是要告罄了，四分五裂之势，为时不远。到时鹬蚌相争，渔翁得利。

事情与他所料不差，自消息传遍悠然河南北之后，各大世家蠢蠢欲动，纷纷派兵前往逍遥堂，假借清君侧之名，先行探测之事，所经之地烧抢掳掠，无恶不作。

叶阑、苏穆和巍鸣在去往御风城的路上随处可见那些逃亡的贫民，或老或少，衣衫褴褛，形容落魄。三人边走边看，心情沉重万分。一老汉因饥饿已久，头晕目眩，险些跌倒，被经过的苏穆一把扶住，那老汉忙不迭道谢。苏穆蹙眉打量着这些人，问："你们从何处来？为何如此狼狈？"

"我们是逍遥城附近的平民。"老汉长叹了口气，这样答道。

叶阑和巍鸣二人走近，听见此语不由得一惊："逍遥城怎么了？为何要出走？"

老汉摇头叹道："也不知为何，四方的世家都集结了兵马，浩浩荡荡地往逍遥堂去呢。"一旁的难民中有人附和道："哎，这种乱世，求财的求财，谋权的谋权，苦的还不是咱们这些平头百姓？我们便逃了出来，寻个活路。"

"说得是啊。老头子年轻的时候，也曾经有过这么一遭，当年各大家族混战异族的时候，十个村子九个空，自己的孩儿都拿来充饥了，惨啊……"

听完这一席话，巍鸣的心瞬间沉到了谷底，苏穆远望山的另一头，忧心忡忡道："看来，阑儿你身上的秘密已经不胫而走了，各大世家都倾巢而出了。"

巍鸣闻言心头一紧，望向叶阑的目光隐含担忧："阑儿现在岂不是很危险？"

苏穆长叹："危险的不止她一人，逍遥城也岌岌可危。我们要尽快找到《逍遥流云》，在事情发展到不可控制的境地之前送巍鸣君回去，震慑各大家族。"

清婉带着庚子捷离开有疏城后，两人一路西行，踏过悠然河，朝着既定的目的地疾驰而去。因天色渐晚，旅途又才过半，清婉便在林中停下休憩，牵着蒙眼的庚子捷走下马车，领他来到林中小屋，在桌边椅子上坐下。庚子捷不语不动，像是浑然不关心自己身处何地。清婉煮了些清粥，端到庚子捷面前。他嗅到香气，侧过头，并不领情："就算我瞎了，你也不必装哑巴。我知是你在我刀上动了手脚。"

清婉倒不意外，被他窥破不过是早晚的问题，她更好奇的是一件事："你既已知道，那为何还要抽刀？"

庚子捷循声望向她所在的位置，只有两个字："为你。"

清婉毫不动容，面无表情道："看你断不是个合格的杀手，竟为了个女子折了本事，说不定还要舍了性命。"

庚子捷笑笑，态度潇洒至极，又恢复了他一贯的漫不经心："我庚子捷就是恣意惯了，石榴裙下死，做鬼也风流。"

清婉冷笑了一声，冰冷地回敬他："我穿着并非石榴裙，是件尼姑庵里的斋衣，你这性命算是枉费了。"

庚子捷一叹："我既拿了你的珠花，必定达成你的承诺，为何不信我，偏偏要自己假手？"

"你我情谊到哪般？要我信你？更何况这信字，一人一言，是人嘴里最靠不住的浑话，有何分量？我为何要将我的命放在此上？"

庚子捷被她的话惊到，细想了一番，没想到一个国色天香的小姑娘，心竟比磐石还要冷硬。他不禁问道："在下好奇，你到底受了怎样的境遇，竟心冷至此？"

清婉被他说中心事，脸色微变，转头望向别处，冷淡道："至亲背叛，剜心挫骨之痛。"

她语意苍凉，细究话中含义，竟像是个活过了几生几生的人，了无生趣。庚子捷摇头："我看瞎的人是你，苍茫大地，朗朗乾坤你不看，偏偏要盯着过去的暗处，何苦为之？"

清婉刺他一句："你为了我这个无情的女子，瞎了眼，何苦为之？"

庚子捷干笑了两声，被她说得有些无言以对，遂换了个问题："你绑我到此地，是想要从我身上获得什么东西吗？"

清婉断然否认，打消了他的疑虑："不是你。"

"谁？"

"你的师妹。"

庚子捷蹙眉，冷淡道："她不会回来赴约的。"

"那可未必。"清婉意味深长地一笑，"你师妹待你情深义重，不会见死不救，定会拿青门引之物来换你性命。"

"青门引中人，皆是孤儿，自小便知人间疾苦，懂得生存之道。小时候，我们会几人成群，被师父一同关在地宫之下。那地宫内，根本没有食物，到下一个月圆日，最后活下来的，才有资格进入青门引……"

清婉听得毛骨悚然："你是说……同袍而食？普天之下竟还有这种人间炼狱？"

庚子捷凄楚一笑："从那一刻开始，我们就是无命的鬼。同为无良人，安有情与义？我当日追杀的上官明，曾是青门引之人，因其向拥有羽霓裳的傅家透露了姓名，青门引便下令追杀了他十六年……你认为如此组织，会救我这个不守门规、盲了眼的废物吗？"

"你既已是弃子，又如何帮我？"

八十七

青门玄机

庚子捷正色向她承诺："我承诺了你，纵然陷入万劫不复之地，也必守此信。倘你不肯，我此刻就自断经脉，了结了我这条命，否则青门引追杀至此，你我皆要被折辱而死。"说罢就要作势运功，却被清婉阻止。

"且慢，我便信你一次，只是……"清婉心怀歉意道，"你的眼睛如此，可还能成事？"

庚子捷微微一笑，甚为自信："我言既出，事必成！再说，你的样子，我已铭记于心，看得到，看不到，对我而言，都无所谓了。"

清婉心弦一动，不自然地挪开眼神，不再看他。

翌日一早，清婉便和庚子捷一道启程出发。庚子捷因眼伤未愈，视物困难，拄着木棍走得也不快，落后她数步。清婉见状走回庚子捷身边，将自己衣襟上的一截绸缎递给庚子捷手中，命他道："牵着。"

庚子捷怎会错过这种机会，凭空摸到那缎子，脸上不由得露出得意的微笑道："若旁人看见，还以为你要为我宽衣解带呢。"

清婉瞥了他一眼："少说浑话，我是不在意的。"

庚子捷闻言微笑："独闯青楼的女子，当然不在乎那些世俗偏见。我现在才愈加觉得，你我甚是般配。"

清婉扑哧一声冷笑："这话不知你说给了多少女子听过，只可惜，枉你一身武功，却都浪费在了这儿女情长之上……"

清婉的语气颇有些伤仲永的遗憾，庚子捷却浑不在意，揪住清婉给的缎带用力一拉，将清婉带入自己怀中，轻松化解她在自己怀内的挣扎，箍住她，挑逗似的在她耳边诱哄道："世上的家仇国恨，功名利禄，哪里比得上女儿情、女儿痴？早晚有一日，你也会为我体悟一寸相思万头绪的苦楚和幸福。"

清婉在他怀中侧过脸，脸色依旧清冷，倔强道："我看你是妄想了。"

"是吗？"他松开她，微微一笑。

随着庚子捷的指点，二人穿过密林，来到一处水潭边，水面上常年萦着白色雾气，水潭深不见底。二人暂时停下休息，清婉随手扯了头顶一束枝叶在手中揉捏，忧心忡忡地看向庚子捷："你说带我去青门引，可是那青门引到底有多少人啊？你一目盲之人，岂能对付？"

庚子捷笑盈盈地问："你是在担心我吗？"

清婉双眉一蹙，冷冷地说："我是在忧虑你的能耐！"

庚子捷收了笑，正色道："在青楼遇到你的那一刻，我就犯了杀手的大忌，我舍不得死了。所以，你放心吧。我不会轻易丢了性命的。"

清婉侧头，不习惯他时不时的亲密，脸终究还是红了一红，却依然倔强道："你的性命与我无干，只是，你到底有几成胜算？能否拿到我要的物件？"

庚子捷浅笑："你可见过我的刀？"

清婉细想了一想，有些不屑："拦腰而断，刃不沾血，并非什么上等的兵器。"

庚子捷摆首："大音希声，大象无形，真正厉害的，皆如此。刀即是人，锋芒毕露者，易折，残刀断刃，才是天下第一刀。"

清婉细想他话中内容，发觉从前一直不屑的浪荡公子竟有这样深沉的内心，回首打量着他："我真没想到你还是个善藏之人。"

庚子捷凑近前来，又换作他从前那浑不正经的笑："佳人可仰慕之啊？"

清婉蹙眉躲开，并不理会，牵着他继续往前走，直到山穷水尽，走到青山崖边，底下就是万丈深渊，深不见底，踢一粒石子下去，许久都听不到一点回音。

清婉不安道："前面无路可走了。"

庚子捷以风声辨别方位，微微一笑，一只手猛然搂住清婉的腰，一只手抓住树藤，附耳向清婉悄声道："你不知绝地逢生的道理吗？必要置之死地，方可重生。"然后再一用力，把住那根藤蔓在云雾之内滑行。

四周烟云环绕，看不清前路，也看不清脚底，清婉再无依傍之物，能抓紧的只有身边这个男人。

庚子捷感觉到她渐渐拥紧的手，知道她在害怕，便故意逗她："怎么样？觉得我俊朗潇洒了吧？"

清婉无言，继续沉默。庚子捷轻轻咳了一声，揽着清婉落到一处平地，指着一处山洞说："此处便是青门引的入口，走吧。"

那山洞藏于藤蔓之后，乍一看并不起眼，等到步入其中才知别有洞天。其虽为山洞，实为密室，设有十二个洞口，清婉一一看过去，惊叹道："果然是妙处。哪一个是入口？"

庚子捷解释："青门引中的奇门遁甲是按天干地支分布的，每个人都要依照自己的辈分进入。"

清婉看他一眼："你是何辈分？"

庚子捷不正经地一笑，故意引她往其他地方想："现在你是在关心我吗？"

清婉没好气道："不想说就不用说。"

庚子捷却没一点脾气，笑着继续逗她："我什么辈分，就要看你是否留心过我的名字。"

清婉蹙眉思索：名字？庚子捷……庚在天干中排第七，子在地支中排第一……"她抬头望向各个洞口，心里默念着"天圆地方……"她抬手一指，指向门洞上有圆弧和台阶上有方形装饰的洞口，笃定道："是此门，天干第七道，地支第一道。"

庚子捷胸有成竹，却故作感慨："我如今是个瞎子，成败与否，全由着你了，错入了，必定会被机关害死，我们可就要成一对亡命鸳鸯了。"

清婉懒得理会，率先走入门内。

庚子捷摇头一笑，也提步随她进去。走入洞口之后，庚子捷一把拉住清婉的手，清婉用力挣扎，却始终不敌他的力气，不快道："松开！"

庚子捷牵着她只管前行："机关暗藏，错走一步，你都会丢了性命，你最好还是乖乖听我的。"

清婉见挣脱不了，也就随了他去。二人拐了几拐，走入一间密室之内，密室内假山流水花木一应俱全，若是不知道的进来一看，只会以为是谁家的园林移到此处。可是到了这里的庚子捷变得异常严肃，打横一把抱起清婉，她大惊失色："你想干什么？"

庚子捷难得郑重其事："别说话，好好记住我的步子，倘若我死了，你也好逃出去。"

清婉听出他语气中的不同寻常，立即安静下来，抬手勾住他的脖子。庚子捷抱紧她迈步向里，每走一步，同时念出穿过密室的口诀。

"一丈青门荫碧溪。"

此语出口，他朝假山流水处先走一步，再念："六道轮回无返路。"接着便右行，朝绿树一侧走了六步。

"人生七苦利刃解。"他方向一转，朝他右侧走了七步。

"绝路常憎五更天。"他抱着清婉腾空而起，足尖一点假山，朝前飞去五丈距离，落在一石壁前站定。

清婉正在默记适才的口诀，来不及反应。庚子捷看着怀中紧搂自己颈部的清婉，故意逗她："舍不得下来了？"

清婉回过神来，忙挣扎着从他怀中跳下，因他事先提醒过，也不敢走得太远，只在一旁看着他。庚子捷在墙上摸了几下，找到一块石头扭了几扭，地面忽地开始震动。清婉一惊，只见前面的石壁缓缓升起，露出后方一处密室，密室内别无他物，只中间一高台，宛如祭坛。庚子捷道："这便是我们平时接受任务的地方。"

话音刚落，密室入口处射进一道火光，每个洞口中都走出一名穿着黑斗篷戴着黑白两色面具的青门引杀手。杀手们步步逼近，从四面将二人围住，为首的辛子凌摘掉了斗篷和面具，望向庚子捷，语气中含着似乎早有预料的欣喜："师兄，你回来了。"

清婉色变，望向庚子捷，淡淡一笑："悲哉，枉我断了前半生，竟还是痴傻，错信人言。"

庚子捷也不争，只是摇了摇头："那你终究不信我。"

清婉再不看他，而是望向辛子凌，淡淡道："我命如草芥，只是宏愿未了，枉费了佛前一炷香。"

辛子凌因师兄的关系，早已将此女视为眼中钉、肉中刺，恨不得除之而后快，冷冷道："带走。"

清婉被青门引杀手压上祭坛，周围架满了柴火，欲将她生焚的架势。准备就绪，一名提着篮子的长老慢吞吞地从石门后步出。清婉移目看去，那人须发全白，老态龙钟，像是连走路都成难事，可一见到他出现，杀手们纷纷单膝跪地，鞠躬行礼，神情分外恭谨。

清婉一惊。

老人先看了一眼站在杀手前面没有戴面具的庚子捷和辛子凌二人，又回头看了一眼清婉，没好气道："露了脸给个手无寸铁的小丫头看，我还是有气的，丢人！"

二人闻言大惊，立即诚惶诚恐地跪下。

老人扫了一眼庚子捷蒙布的眼，叹道："眼睛瞎了，无妨，青门引的老规矩破不得。地面上的人，不可入此地，不可知门中事。至于此女，祭了吧，免得我动手。"

老人转身要走，其他青门引杀手正要领命动手，就见庚子捷缓缓站起，挡在了清婉面前。辛子凌旋即色变，脱口道："师兄！"

老人察觉到庚子捷的意念，停住脚步，回头看去："怎么？为个孩子，要生生世世留在这黑暗中，跟我老头一样，做个穴中人？"

庚子捷再度跪下，动容地恳求："此女救过庚子捷，请长老成全。"

辛子凌失声惊叫："师兄，你疯了！决不可！"

老人缓缓转身，走到庚子捷面前，心平气和的语气，谈及生死也仿佛谈论天气一样平静："青门引渡人的规矩，是为我们这些杀手报恩所设，讲究一命换一命，她替你活，你就要留在这地下，永生不得见天日！"

庚子捷颔首，简单道："庚子捷明白。"

老人捋须，混浊的目光审视般落在庚子捷身上，像是等他反悔，而他的态度始终冷静。终于，老人像是信了，点了点头："好，那就要看她有没有这个造化了。走吧。"随着老人一声令下，余下的青门引杀手皆毕恭毕敬地随老人离去。辛子凌走之前愤然望向庚子捷："师兄，你休想！"

庚子捷知她只是全然维护自己，向她投以感激似的一笑，并不多说什么。

密室之内终于只剩清婉和他两人。庚子捷走到清婉面前，亲自动手取下积在她周围的木柴，要扶她下来。清婉并不领情，侧身一躲，俯视着他："那老丈之言，何意？"

庚子捷开口："只有让你成为青门引中人，才能帮你拿回你的东西。以后，我就是你的肉身，替你在此做苦主，你便可以替我而活。"

清婉愣了一下，旋即发出一声轻叹，不知是感慨他的决定，还是为他的命运动容。

庚子捷付之一笑："这轻叹，可是心声撩动？"

"这种时候了，你还有心开这样的玩笑。"

"玩笑吗？"他摇头，却也不解释，"我虽干杀人取命的勾当，却言出必果，不知是否能还你个可信的余地？不过……"

"不过什么？"

庚子捷抬头，望向她此刻所在的方位，清楚道："不过，替我而活，你便要入青门引，是否过得了此劫，要看你自己了。"

"那么，"她伸手给他，连犹豫的时间都不留给自己，"带我去。"

　　庚子捷愣怔，也不再多说些什么，牵着她走入密室另一道门中，踏入一条长长甬道。此地机关重重，夹道站满了青门引的杀手，个个脸戴面具，身披黑色斗篷。甬道尽头，老人端坐在椅中，辛子凌侍立一侧，目光愤愤地瞪着清婉。

　　老人一顾左右，命令道："开始吧。"

　　清婉除去鞋袜，目不斜视，赤足踏上铺满热炭火的道路，那疼痛必定超出她能忍受的范围，而她只是蹙眉强忍。

　　两边的杀手们取出黑羽，引箭齐齐射向清婉。清婉面不改色，也不躲闪。庚子捷闻声跃起，以残刀替清婉挡下那些致命的黑羽，但仍有部分残箭划破她的肌肤，却不能阻止她的脚步，她一步步逼近老人。辛子凌冷眼望着，抽出自己腰间的黑羽，朝她射去，同时大喝道："我绝不许师兄的后半生被你锁在穴中。"

　　黑羽疾射而来，清婉避无可避。庚子捷根据声音辨别来时的方位，一跃而起，将黑羽抓在手里。辛子凌没有料到庚子捷会有此举，一惊之下叫了声师兄。庚子捷满掌握着黑羽，眼见鲜血从指缝间留下，他像是不知痛，牵住清婉的手一步步走到老人面前站定。老人注视庚子捷许久，忽地一叹，颇为动容："决定了吗？"

　　庚子捷点头，笑了笑。

　　老人拿出黑羽，在清婉的掌中划了一痕，又将她的手交还给庚子捷："渡人渡己，肉身魂飞。你如今是她的替罪肉身，青门引的东西，就不能留在身上了，那我就散了你这身功夫吧。"

　　庚子捷再度颔首，坦然闭眼，示意他动手。

老人运功在手，以全力朝他胸口击了一掌。庚子捷连连后退了数步，一声闷哼，吐出一口鲜血，跌坐在地，一身武功尽废。这对一个杀手而言不啻毁灭性的打击，而庚子捷却始终若无其事。

为他悲愤的另有其人，辛子凌飞奔上前扶起他，眼泪潸潸而落，痛声道："师兄，你这是何苦？"

清婉想不到庚子捷竟能为自己做到此等地步，不是不惊讶，看向他的目光复杂又愧疚。

老人见不得此种生死离别的伤感氛围，干脆打断他们："你们该去赴约了。"

辛子凌无奈放下庚子捷，依依不舍道："师兄……等着子凌回来……"为逼自己狠下心来，她话音才落便带了一群青门引杀手阔步走出，再不回头。老人走后，清婉扶着受伤的右臂走到庚子捷身边，将他扶起，也替他觉得可惜："为了一枚珠花，可值得？"

庚子捷抬起手背，徐徐拭掉唇际的鲜血，淡笑道："若为佳人故，性命亦可抛。"

清婉脸色一凝，却也没像从前那样即刻否认，只是转过身，轻轻叹了口气。

那边苏穆、巍鸣和叶阑三人得知各大世家已经逼近逍遥堂之后，为解逍遥堂之困，便马不停蹄地赶到御风城。那城或因年久失修，残垣断壁，城墙之上爬满了青苔。他们到时已近黄昏，城门意外大开，阵阵狂风吹起萧瑟落叶，城外无人经过，如鬼城一般寂静。

三人踩着瑟瑟枯叶走进城内，边走边看，只见街道颓废，阴风阵阵，街上看不到一个人影。苏穆感慨道："我曾听姑姑说，御风城的尊君曾是一代枭雄，战功赫赫，掌管此处逍游十八城，曾盛极一时，是能与逍遥堂抗衡之主，如今，此地竟残垣断壁，如此萧条？"

巍鸣前后张望，提醒他们："这偌大的城池，竟无一人，甚为蹊跷，大家须当心。"

说话间，前方有人影一闪而过，几个少年窜入巷中，因动作太快，瞬间消失在众人面前，只听见一串诡异的铃铛声响，以及他们口中诵念的咒语。

伴随着嬉笑声，那些少年身形如游龙，几次与他们三人擦肩而过，却捉不到也碰不着。巍鸣和苏穆警觉起来，二人背对而立，默契地将叶阑护在中间，望向四周，却始终辨不出那些人的武功路数："好诡异的功夫。"

"小心！"

四面八方无数铃铛朝他们撒来，如同暗器砸向三人。苏穆抽剑挡去大半，却仍有部分砸中他们，叶阑本能地抬手遮脸。就在这时，一张缀有铃铛的网从天而降，罩向三人。苏穆正要抽回长剑，反被红线丝网缚住四肢，无计可施。巍鸣暗道不妙，正要施展逍遥掌以解决眼前困境，却被叶阑一把按住。她摇头道："鸣儿不可……"

穷途末路之际，一名头戴斗笠的壮汉手拿火把突然冲了出来，挥舞着火把烧毁了那铜铃网，向着被困的三人大喝道："跟我来。"三人奋力挣脱之后便随着那名壮汉狂奔，拐入巷口，壮汉跳入一口水井之中。

巍鸣略有犹豫，在井边观望。壮汉急了，催他们："来不及了，快点进来。"叶阑牙一咬，眼一闭，拉着巍鸣一跃而下，进去才发现井下竟然别有洞天。井中另藏了一间密室，密室之内挨挨挤挤睡满了御风城的老百姓。

巍鸣和叶阑对视了一眼，眼中有相同的疑惑，不是灾荒之年，这些人何以在此隐居？

苏穆先行道谢，壮汉摆手，望向三人装扮，了然道："三位贵人是外头来的吧？"

苏穆点头称是："敢问义士何故在此？"

"唉，我是御风城的百姓，也是无奈躲在井底避难。"

巍鸣看着地上横七竖八睡着的百姓，惊奇道："这些都是御风城的百姓吗？"

壮汉苦笑，点头默认。

苏穆接着问道："方才袭击我等，如同鬼魅的少年是谁？这堂堂御风城怎会颓败至此？"

壮汉压低了声音，像是唯恐周围有人听到，语气中都透着害怕："他们啊，是当年御风尊君的小鬼，来索要人血的。"

叶阑一惊："人血？"

壮汉长叹出声："当年，我们御风城啊，也算一方丰饶之地。后来，尊君被妻子有疏氏与玄古阁旧部设计害死了。"

听见"有疏"二字，叶阑脸色微变，听着那人继续往下说："当年御风城传权柄给二公子，没料到二公子的挚友古夕便是玄古阁的细作，死在了二公子剑下。二公子被好友害得家破人亡，没几年就死了，御风城就成了如今的模样。那些鬼魅啊，都是冤魂，是尊君招来的小鬼，是替他找人血的。所以，我们都躲在此处，只敢白天出去。你们就在此休息吧，明早啊，赶快离开吧。"

苏穆再三道谢。等那壮汉起身离去之后，巍鸣才问叶阑："阑儿，方才那人说的有疏氏，阑儿可知是你哪位亲故？"

叶阑叹了口气："我只听二姐谈及一二，是我姑母，因姑父另有新欢，姑母不堪受辱，才愤然报复，阑儿并不相识。倒是……玄古阁……"

苏穆听到玄古阁三字，眼神一厉。

"二姐说，当年我被父亲送往鸾倾城，就是受到一位玄古阁的老友指点。"

苏穆蹙眉："玄古阁早已被异族所灭……难道他们的余部尚在？"

"如若真的是玄古阁有意为之，搅动皇甫与荆南的联姻，难道又牵扯上《逍遥流云》？"巍鸣不免有些忧心忡忡。

叶阑环顾井中四周："可此地是那位妙人所选，她绝对不会与玄古阁勾结，加害鸣儿的。"

想到之前那突然出现的几名少年，苏穆心有余悸，立刻道："此事诸多凶险，我们明日便离开，再细细查明。"

次日天色一亮，一行三人便从井内离开。出了御风城继续前行，终于来到与清婉早已约好的林中小屋。叶阑一指那屋顶的红绸："相约之地就在那里，屋顶有红绸招展为记。"

三人快步走入小屋，屋中并无一人，只一张桌、一把椅，椅子上还放着一条解开的绳索，叶阑拿起一看，暗暗心惊："难道出事了？"

苏穆已经绕了屋子一圈从外面回来，周围也并无人影，他问叶阑："你们约的是何时？"

"本月，月圆之夜。"叶阑有些懊恼，"是我太大意了，不该留她一个人应对青门引。"她转向巍鸣，这才道出实情，"鸣儿，那个女子，其实，是你的小妹。"

巍鸣大惊失色："什么？阑儿是说本君的小妹离樱？"

叶阑点头，语气不是不痛惜她如今的际遇："你还记得在逍遥堂中给你医过病的老仆有个女徒弟名唤清婉吗？她就是离樱。"

巍鸣细细回忆，终于想起之前在逍遥堂时为他医治的那名寡言少女，第一眼见到就让他觉得异常亲切，如今想来，他才知缘由，心下一暖，又问："可是，小妹的面容怎么会如此大变，跟她从前完全判若两人？"

"她似有难言之隐，并没有告诉我，我推测，害她之人，似乎也在逍遥堂中。"

小屋外，风吹草动，苏穆忽然一凛，示意他们噤声。

"叶阑望向苏穆，以眼神询问所为何事。

他肃然朝房梁上望去。

"不好！"

辛子凌拔出双刀，劈开草屋屋顶，带着青门引杀手们从四面八方杀入小屋，朝叶阑高喝："有疏叶阑，纳命来。"

巍鸣眼疾手快，拉住叶阑躲开。苏穆抽出佩剑，格下辛子凌的双刀，震得她连连后退。退到门口，她却还不放弃，目光狠辣地望向叶阑："我说过要你的命，青门引从不食言。"

巍鸣挺身挡住叶阑，问她道："我小妹在哪里？"

辛子凌先是愣怔，而后才反应过来，意味深长道："原来那个女人是你妹妹。"她新仇牵动旧恨，放下叶阑，只攻巍鸣，被早有预料的苏穆持剑拦下，短短几招便被苏穆逼出屋外。叶阑和巍鸣互看了一眼，也快步跟了出去。

他们这才看见屋外空地上，将小屋团团包围着的青门引杀手们，月色洒在他们拔出的刀刃之上，泛着冷冽的寒光。那些光折射到杀手眼中，化成了凛冽的杀意。

苏穆侧首交代叶阑："你护着巍鸣君，我来解决他们。"

叶阑步形微动，摆出应敌的姿势，殷殷叮嘱巍鸣："有我和苏穆君，鸣儿切不可用逍遥流云掌。"

巍鸣点头，又加了一句："那你也要小心。"

苏穆起身跃起，率先向从树上落下的三人发起攻击。叶阑飞身相助，巍鸣见状也跟着一跃而起，跳到树梢之上，以掌风震动树叶，树叶纷纷落下。叶阑顺势发功灵羽，改变树叶的方向，将它们化成利器，向青门引杀手们射去。她漫笑道："让他们见识见识我叶子爷当年的风貌。"

那些落叶来势如狂，迫得杀手们连连后退，渐渐不敌。辛子凌见状心内一凛，两指并于唇边用力一吹："布阵！"

青门引杀手们闻令纷纷在三人周围快速旋转，脚步迅速，不辨人影，依稀只能看见四周一堵人形墙。苏穆身形一滞，仰头望向树上的巍鸣，扬声唤他名字："巍鸣。"

巍鸣一跃而下，并肩站在苏穆身旁，脸色渐沉，望向那些杀手。那环形怪圈腾空而起，引得林中的乌鸦纷纷飞向怪圈，黑羽成阵，宛如乌云，遮天蔽日，忽地齐齐向下攻去。苏穆脸色大变，引剑刺向那些乌鸦，尸体纷纷落于他的脚边。苏穆垂目看着，冷淡道："当年，我姑姑就是死在黑羽之下，虽然是皇甫规假青门引之手为之，但那些箭羽上的确沾着梦姑姑的血。苏穆不孝，皇甫世家的债，苏穆不讨了。"

巍鸣内心一动，望向苏穆，知他是因为自己才肯放弃。

苏穆剑指头顶那些"乌鸦"，冷言道："但你们这舔血的催命鬼，本君要杀他几个，祭奠姑姑的亡灵。"

他一跃而起，直奔那青门引杀手们组成的怪圈，快得叶阑只来得及喊了他一声，他便只身闯入那怪圈之内，擒杀数人。青门引杀手们阵脚大乱，此阵一破，他们便纷纷坠地，弃敌而逃。苏穆并不愿收手，不依不饶，直追入林中。叶阑大惊，匆匆回头交代巍鸣："鸣儿，你在此处等候，阑儿去去就来。"

巍鸣正要阻止她，却只拽住了她衣袖的一角，便眼睁睁地看着她消失在月下林中，心急如焚。

苏穆遇险

庚子捷醒来时，清婉正一声不响地守在他床边。她始终未作声，他却已感觉到她的存在，抬起头，向着她应该存在的方向轻声地问："为何不走？"

清婉细看他蒙布的眼，有过一瞬的迟疑，但还是从怀中掏出解药递到他手中："吃了吧，是医治眼睛的药。"

庚子捷全无怀疑，连问都不问她如何取来，便含笑服下："你我两清了，你不必介怀。"

清婉不解他话中何意，既惊且疑地看着他。庚子捷揭开被子起身，道："你跟我来。"

他带着清婉避开巡逻中的青门引杀手们，悄然潜入山洞之下的藏宝阁内。藏宝阁守卫森严，庚子捷拉着她避到柱后，压低声音道："我已武功尽失，这一次，轮到你的玉箫来护着我了。"

清婉会意，从怀中取出玉箫款款奏起，箫声冷冷，却带着一股摄人魂魄的媚意。清婉冷淡地走出，那些杀手正欲攻击，才一举刀，眼前忽然幻觉丛生，一个一个头晕目眩。庚子捷悄无声息地绕到他们身后，迅速出手将其打晕在地。收拾完那些守门的杀手后，庚子捷便带着清婉走入藏宝阁中。说是藏宝阁，金银钱财倒是其次，房中当中的位置摆放着一个巨大的柜子，如药箱般，每个抽屉外贴着各大世家首领的名字。清婉举目望去，在其中寻找写有皇甫规名字的柜子，找到之后便走近打开，从柜中取出一个锦盒，打开一看，盒中并无其他，只一个盘香罢了。

虽不解此物何意，清婉还是小心将它藏于怀中。

"好了吗？"庚子捷站在稍远处等她，笑了笑，问她。

清婉点头："好了。"

庚子捷遂走上前来,一牵清婉的手,带她走出密室。原本那些倒地的青门引杀手中有人苏醒,伏在地上望向二人将要离去的背影,暗暗掏出怀中的黑色羽毛,一用力,射向墙壁上的机关。一时之间,狭窄的密室内万箭齐发,统统射向他们。

眼见一支箭将要射中清婉,庚子捷转身抱住清婉,几个旋身过后,以背为盾,替她挡下那些箭雨,自己的右腿因此不慎中箭,血流了一地,触目惊心。清婉连忙扶住他,急切道:"能走吗?"

庚子捷忍痛点头,不愿让她见出任何异状,轻声道:"快走。"

回头望了眼地上那些快要苏醒的杀手,清婉一咬牙,狠下心来,扶着庚子捷深一脚浅一脚地快步离开了密室,走到山洞门口,抓着来时的那条藤蔓又荡回山崖边。落地后,清婉扶着庚子捷走到树下坐下休息,仔细观察他腿部的箭伤,伸手想要将其拔下,还未碰到便听到他吃痛似的哼了一声。清婉收手,不安地看了他一眼。

"很疼吗?"她问,语气中流露出不自知的忐忑。

他一笑,不想在她面前露怯,自己干脆地将箭拔出,鲜血随之激涌,清婉倒吸一口冷气,连忙撕下裙摆一角为其包扎。庚子捷见她如此,心下微暖,故意逗她:"知道吗?我庚子捷也算是青门引的传奇了,当真是第一个逃出来的穴中人!多少穴中人,到死都想出来重见天日,旁人可要羡煞我了!"

清婉自顾自地做着手中的事,并不理会他的玩笑之语,只是低头淡淡地问道:"他们为何不逃?"

庚子捷呵呵一笑,云淡风轻地解释,略过了那些生死白骨的秘史:"死士之盟,金石难断。有进无出,有来无归。"说到这里,他一把抓住清婉的柔荑,似感喟又似玩笑,"你我相识一场,听过曲,谈过情,挽过腰肢,临走了,也不依依惜别一番,我会心伤难耐的。"

依旧那样荒诞不经的语气,清婉却意外地从中听出了伤感之意,向来驾轻就熟的拒绝到了眼下竟成了难事。清婉侧过脸,不忍多看他此刻的表情一眼,狠下心来道别:"清婉……别过……"

庚子捷任她将手抽回,苦笑了两声:"看来,我还是未焐热你这冷美人的心，一路保重。"

清婉神色微变，若是如此轻易就放手，那这便不是她所认识的庚子捷，可是等了片刻也不见他做任何挽留，清婉终于还是站起身，掉头离开。

望着她离去的背影，庚子捷的眼中忽然闪过一道奇异的幽光。

叶阑疾奔入林，四下寻找苏穆的踪影。忽然，一支着火的箭羽从某处射来，叶阑惊觉，偏头一躲，那箭羽末梢便结结实实地扎入她身边的树上。箭上羽毛为青门引惯用的黑色，叶阑拔下细看，暗暗心惊：苏穆君！

她掉头向着黑羽射来的方向跑去，途经之地，躺着两个被苏穆杀死的青门引杀手，放眼望去，火光燎燎，不见前路。她心急如焚，飞身上树，寻到此刻苏穆身处之地，落到他身边，与他并肩作战。苏穆不用回头也知是她："阑儿来了。"

叶阑抬头望向四周，青门引杀手们手举铁钩，铁钩上燃着烈火，在二人四周布局窜行，身疾如影。辛子凌从众人背后走出，望向叶阑，咬牙切齿道："来得正好，你伤了我师兄的眼睛，今日我要剜了你的双目。"

一声令下，青门引杀手们便齐齐向叶阑发起攻击，火球在夜空中窜行，一些落到地上，他们四周的野草沾上火星，很快便开始熊熊燃烧了起来。火势以摧枯拉朽之姿逼近他们，二人渐渐不敌，苏穆牵住叶阑的手，道："走。"

叶阑和苏穆开始狂奔，青门引杀手们紧追不舍。辛子凌拿出黑羽，引弓瞄准叶阑，利箭破空而去，急速旋转射向前方的叶阑。苏穆察觉到身后劲风来袭，内心一凛，一把推开叶阑。箭尾与她擦身而过，却划破苏穆的胳膊，二人一同滚落山坡。

辛子凌带着杀手们紧追不舍，纷纷跟着跳下山坡。苏穆滚到坡底，拉起叶阑躲在陡坡之下，拉来藤蔓枯木掩蔽，透过缝隙清楚可见那些杀手正手持火把，在山坡上仔细看。二人屏息静气，紧挨彼此。辛子凌苦寻不着，却也不甘心就此放弃，指着坡下命令道："继续找。"

叶阑这才发现身后竟是一个山洞，牵了牵苏穆的衣袖，小声道："他们应该还在附近查找，我们先在此避避吧。"

苏穆点头，叶阑正要扶他起身，却听见他吃痛地低吟了一声。叶阑忧心万分，看遍他周身，敏锐地注意到他肩头正在渗血的地方，"呀"

地叫了一声："兄长受伤了，快把衣服脱了。"苏穆略有些踌躇，只是争不过她坚决的态度，被她脱下外袍，露出手臂上的箭伤和肩上还未痊愈的鞭伤。叶阑心中愧疚无限，怜惜地用手指抚过，喃喃道："兄长受苦了。"

苏穆只当她说的是箭伤，摇头淡淡道："无妨。"

叶阑心更是一酸，站起身，坚定道："我去找些草药。"

"不用，别去，"苏穆牵住她的手，柔声阻止她，"免生事端，真的无妨。"

叶阑凝神细听洞外，那些杀手的脚步声并未走远，想了想觉得他说得在理，便选择坐回了他身边。苏穆温和地看她，见她抱膝坐着，乱发拂面，显得年纪很小的样子。此情此景不禁让他回想起了当初，他脸上现出了淡淡笑意："可记得当初你我坠下山崖，也是如此情境？"

叶阑遥想当初事，远得竟好像是前世。她微微一笑，心下却是酸楚异常，这短短数月所经历的人和事，对她而言真像是活了几辈子。

苏穆看出了她表情中的无奈，笑着宽慰她："这番遭遇对苏穆而言，倒是幸事一件。"

叶阑得他安慰不由得微微一笑，那发自内心的笑意令苏穆看得愣住，却不得不黯然移开了眼。叶阑不知他内心纠葛酸楚，豪爽地拍了拍自己的肩膀，大方道："兄长可以借阑儿肩头一靠，休息片刻吧。"

苏穆知她内心坦荡，故有此语，便也不推脱，靠在她的肩上闭上眼睛，内心平静安宁。

辛子凌和杀手们继续在林中搜寻苏穆与叶阑的踪迹，忽见头顶一支信号箭一闪而过，发出凄厉的哨子声响，最后如烟花般在天空散开，一瞬的强光映亮了天地。辛子凌仰头望去，顿时大惊失色："追杀令！师兄他……"

她转念一想，并不意外，师兄为了那个女人坏了青门引的规矩不过是迟早的事，遭到青门引追杀也不过是时间的问题，可是，师兄竟如此糊涂，他怎会不知青门引的规矩？死士之盟，金石难断。有进无出，有来无归。辛子凌绝望不已，颓然跌坐在地。而那些杀手见到此令之后也不再受她命令，纷纷以铁钩抓树，跃起离去。

辛子凌仰首望天，无声悲鸣。

幻术成真

自叶阑为寻苏穆走后，巍鸣便焦急等在小屋外，来回走动，忽见远处一女子身影款款走近。巍鸣以为是叶阑，惊喜地迎上前去："阑儿。"

走近方知那人竟是清婉，巍鸣一惊，但仍有些不确定，迟疑地唤她："清婉……不，你是离樱？"

清婉听见昔日的兄长如此唤她，心下一酸，亦缓缓叫他："二哥。"

这一声二哥叫得巍鸣恍如隔世，激动不已，悲喜交加。他展臂搂住清婉的肩，泣声道："当真是小妹，是离樱？二哥还以为再也见不到你了。"

清婉枕在他肩头，哭得伤心，抬手轻轻拭去眼角的一滴泪，恻然道："若不是二哥唤我，大概要忘了自己叫作离樱了。"

巍鸣松开怀抱，仔细端详面前的清婉，伸手将散落她面颊上的发丝挽到她耳后："小妹的容颜怎会如此？"

清婉闻言抚摸着自己的面容，神色黯然："是师父为我挫骨销肉，才有了这张连我自己都认不得的面孔。"

"你师父？"巍鸣苦思，恍然惊悟，"是苦海？"

清婉点头承认，转身望向头顶明月，继续道："师父如小妹再造父母，救我性命，授我防身之术，又指引我来此处，与阑姑娘相会。"

巍鸣扶着她的肩让她回头看自己的眼，殷殷追问："在逍遥堂中，离樱为何不与二哥相认？你可知二哥每每念及小妹，五内俱焚？"

清婉闭目，脸上因回忆泛起痛苦之色，她侧首向内，隐忍道："因为害我如此之人，就在逍遥堂中。"

巍鸣一惊，咬牙切齿道："是谁？伤我小妹一分，我必要他百倍偿还。"

清婉抬头看他，如水的眼眸如两簇跃动的冰冷火焰，探不到一丝暖意："多日未见，二哥竟转了性情，多了几分男儿血性。不过，小妹的仇人，说出来，二哥不止五内俱焚了……"

巍鸣被她神色之中的恨意惊到，略显讶异地望向她。

她一字一句说出仇人的名字："当年，将离樱逼下悬崖，置于死地的就是我们的长姐，皇甫芳娉。"

巍鸣大惊失色，险些跌倒："长姐？长姐？怎么可能？"

"怎么不可能？"清婉侧首，一滴泪沿着面颊徐徐滑落，她凄凉一笑，"是离樱亲身所历，切肤之痛仍身临其境，千真万确。"

巍鸣因过于震惊，喃喃自语道："为什么？为什么？长姐为何要害离樱？"

清婉冷笑："她要嫁给悠然河南北未来的掌权人，保住她一人之下万人之上的尊贵地位。至于二哥，"她移目看他，神色复杂，像是羞于说出之后的内容，断断续续地透露她所知的真相，"二哥……被迷药所害，与依郡主云雨之事，亦是长姐所为。"

一席话将巍鸣彻底击溃，他难以置信却也不得不信，浑身好似脱力一般，后退数步倚在树干上站定，痛苦地闭上了眼睛。

清婉字字诛心："妹视姊如腹心，姊待妹如草芥。若是小妹求二哥为我复仇，二哥愿否？"

巍鸣一惊，下意识地问："小妹想如何？"

她紧盯着巍鸣的眼，清楚道："以彼之手段，还施彼身。"

那便无异于彻底割裂他们之间的手足之情，巍鸣悲哀地看向清婉，眼中有无计可消除的哀伤。想到从前垂髫之年，同庭嬉戏，他们三人头插鲜花围在陶瓷缸边玩耍，那时候他们是这样和睦，何曾想过若干年后会有这样剑拔弩张的一幕，自己又会变成眼下这副模样？

巍鸣怆然道："当年庭院同嬉戏，岂料同根难相容。天上先人亦洒泪，世间骨肉不相逢……长姐、小妹，皆是鸣儿至亲至信……为什么会这样，为什么会这样？"

清婉却无动于衷，情爱仇恨早随当年悬崖那一跳便彻底割裂，现如今还有什么她抛不掉的？她清冷一笑："二哥果然还是当年的那位多情公子，离樱早就料到你不会对长姐下手。不过，"她骤然色变，变得冷峻，敛袖向他施礼，全无刚才相见时的亲密，"我已拿到《逍遥流云》的下半阕了，不如，我与二哥做笔交易，倘若你杀了长姐，我就将《流云》奉给逍遥堂堂主。"

巍鸣黯然长叹，只有一记苦笑："你说什么？小妹，你在跟我——你的兄长，做交易？"

"骨肉不仁，至亲寡情，我还能如何？只有握着那些实实在在的东西，方能一雪前耻。"

巍鸣痛心难当，泪流满面，为她也为自己："你们将我置于何处？当真可悲，可怜，可恨！"他伸手欲拉她，却被她毫不留情地躲过，巍鸣声声泣血，字字含泪，只想以他的暖意融化清婉坚不可摧的内心，"小妹……今后二哥会好好守护你……"

清婉倔强地侧首，并不因此而罢休："我不要守护，我只要皇甫芳娉的性命。你答应还是不答应？"

巍鸣但觉耳中轰鸣，脚下一个趔趄，黯然望向清婉的眼睛。

清婉呵呵冷笑："早知二哥薄情，就莫怪离樱寡义了，我会拿着《流云》向御风世家借讨兵马。长姐不配用我皇甫的姓氏，我要将她从宗谱中去除，免辱门楣。"

巍鸣大惊，脱口道："小妹，你切不可妄动。"

清婉取出玉箫，紧握于手中，目光坚毅地望向巍鸣："谁也别想阻止离樱，你也不行！"

巍鸣上前正要阻拦，清婉横箫于唇边，徐徐吹奏。巍鸣顿时头晕目眩，力不能支，只得倚在树干上稍事休息。清婉走上前来，巍鸣误以为她要搀扶自己，却见她取下了自己腰间佩着的皇甫信符，端详了片刻，道："当年给二哥的，离樱要收回了。"

"别……"

临走之前瞥了巍鸣最后一眼，她状甚感慨，摇头一叹："二哥之性情，本就不该坐在那宝座之上。天地不仁，以万物为刍狗。那才是帝王该有的气象。"

巍鸣抬手欲留她："小妹……"而她决然离去，不思回顾。

在她走后不久，一队人马影影绰绰地出现在丛林中，这是巍鸣陷入昏迷之前最后一眼看到的，他喃喃道："有疏尊主？"

自辛子凌离开之后，叶阑扶着苏穆走回林间小屋，却不见了巍鸣的踪影。她里外找遍，也不见有任何打斗的痕迹，内心一时着急，望向苏穆："鸣儿不见了，兄长可有发现？"

苏穆扫过周围，摇头。

叶阑情急之下连忙追问："鸣儿可是出事了？"

苏穆脸色一沉，手握剑鞘，暂未言语。

此时风吹草动，茅屋之外的丛林之间闪过几个异族少年，风声猎猎，铃铛作响，笑声间或。苏穆闻言侧首，神色一紧："是御风城中的那几个诡异少年。"

叶阑心下讶异："难道鸣儿被他们捉了去？"

"追！"

二人深入密林，追赶那些少年，只见月影幢幢，风吹草动，很快便无人影声息。

那些少年行动极快，苏穆和叶阑一路紧追至御风城外，那些少年一个闪身，躲入一处残垣断壁之处，叶阑极目望去，已不见那些人踪影。

苏穆环视此刻身处之地，虽已惨败颓塌，但从细节处依稀可见盛时的华美精致。苏穆转头四顾，感慨道："见这残垣断壁的风貌，以前应是贵胄繁华之地。"

二人跨过杂草遍生的台阶，走进正厅，厅内桌椅俱全，却已毁坏，桌上满满都是灰尘，梁上结满了蛛网。门前楹上的匾额倒了一侧，苏穆走上前去，细读上面的字句："镜花水月轩？此处，便是那日义士所言的二公子当年的府邸。"

叶阑奇道："既然那二公子已然是御风城的掌权人，怎么会住在如此破败之地？"

苏穆提步入内："人心难料，一探便知。"

叶阑跟在他身后，二人穿过前厅，来到后院废墟之地，只见一条石子小路直通黑色山洞，洞旁的水洼边开着一簇簇颜色极为艳丽的花朵，探头望去，几只蝙蝠扑棱飞出洞口，二人吓了一跳。苏穆和叶阑对视了一眼，点了点头，朝洞口走去。叶阑一个不察，踩到那朵花的花茎，花瓣轻轻颤动，有黑色烟雾从花蕊之中散出，苏穆见状一把拉住叶阑："小心。"

叶阑止步回首，苏穆俯身捡起一枚石子投入其中，石子在烟雾之中如同纸片，燃烧成了灰烬。二人大惊，苏穆眼疾手快，拽着叶阑向山洞另一侧狂奔。烟雾弥散在他们身后，直到遇见洞外空气才渐渐退却。苏穆松开手，紧张地回头问："没事吧？"

叶阑摇头，仍旧心有余悸。

"此处机关重重，看来引我们来此是早有预谋。"他回头看了叶阑一眼，特意叮嘱她，"你留在这儿，我前往探探虚实。"他转身要走，反被叶阑一把拉住手臂，她担忧道："不可让兄长独自涉险。"

苏穆微笑着轻轻拿下她的手："若能与阑儿同生共死，苏穆便此生无憾了。"

二人对视了一眼，目中有无言的默契，同时提步走入这镜花水月轩的厅堂内。大殿各个角落都立着铁铠甲人像，冷风瑟瑟，吹起地上一层枯叶，叶阑侧耳细听，一凛道："琴声。"

琴音渐重，悠扬而来，四角的铁甲人像关节处咯咯作响，随着琴声动了起来，笨拙地朝前踏出一步，地面便跟着一阵颤动。铁甲人像在琴音的操控下，如同活物般向叶阑和苏穆发起攻击。

苏穆抽剑应敌，此时琴音忽地一转，变得缠绵悱恻，苏穆眼中僵硬的铁甲人像仿佛一下子有了肉身，重塑容貌，变成了荆南依。苏穆大惊，将要刺出去的剑硬生生地收回："依依！"

叶阑的声音遥远地传来，如在雾中："是幻术！"

苏穆一凛，这才回过神来，挥剑砍向面前荆南依的塑像，石像散落成废铁。叶阑正欲后退，忽然听见附近巍鸣的呼喊声，忙循声望去，看见巍鸣伏在角落中，向着她招手。他唤她："阑儿，我在这儿，我在这儿……"

叶阑喜极而泣，匆忙上前扶起巍鸣，紧紧相拥："阑儿终于找到你了。"

巍鸣紧搂叶阑，越搂越紧，叶阑在他怀中挣扎："鸣儿，我……我……喘不过气了。"巍鸣恍若未闻，迟迟不放手，直至叶阑晕在他怀中。

苏穆击退石像"荆南依",转身正要寻找叶阑,却望见了荆南梦,还是他记忆中的模样,脸上永远都带着亲切的笑意。她向他伸出手去,柔声道:"小苏穆。"

苏穆恍惚,神色怔忡:"梦姑姑……"

荆南梦含笑道:"我的小苏穆,可思念姑姑?"

苏穆放下手中长剑,百感交集地走近荆南梦,神色颇为动容:"姑姑,你还好吗?苏穆时刻都念着姑姑。"

荆南梦一笑,展开双臂:"来,到姑姑这边来。"

苏穆如梦游般,一步步走近,跟受冻的孩子似的依偎在她怀中。荆南梦以手轻抚他的头发,声调忽地一变,阴沉质问道:"为何不为姑姑报仇?怎可舍我枉死在冰冷的悠然河中……"

苏穆一惊,惶然抬首,惊慌解释:"苏穆不孝,对不起、对不起。梦姑姑……只是……巍鸣心有大善,必定会是个好君王,苏穆以为,家仇私恨抵不过天下太平,四海归一,所以……姑姑,请赎罪……"

荆南梦收回手,冷声道:"不肖子孙!"

苏穆闻言不甚惶恐,放下长剑俯身跪下请罪。荆南梦冷笑了两声,捡起那剑,毫不留情地刺向苏穆。

九十一

叶阑割皮

"当年，将离樱逼下悬崖，置于死地的就是我们的长姐，皇甫芳娉。"

"以彼之手段，还施彼身。"

"我不要守护，我只要皇甫芳娉的性命……"

"皇甫世家所流之血，所剜之肉，皆因你这个不祥之子，弑父弑母，天理当诛，你会遭天谴的，我诅咒你，戕害至亲，一生孤苦！留在你身边的人，一个个都会因你而亡！生生世世，孤苦无依！"

"骨肉不仁，至亲寡情……"

那些声音交织在一处，使得睡梦中的巍鸣头痛欲裂，他辗转反侧，额上细汗密布，显然睡梦中也忍受着这些折磨。终于，巍鸣疲惫地睁开眼，一线曦光自窗棂外射入，原来已是清晨。他抬首四望，一时之间也不知自己身在何处，直到烟芜从外走入房内，向他一拜："有疏烟芜拜见巍鸣君。"

巍鸣整衣坐起，望向烟芜，恢复了一个君王该有的姿态："烟芜将军？我怎么会在此处？"

"烟芜前往与小妹叶阑的约定地点，便见君上昏厥在林间。"

巍鸣道谢："多谢烟芜将军相救。"

烟芜察言观色，试探般询问："烟芜斗胆，敢问巍鸣君，可得了《逍遥流云》，身体大好了？"

巍鸣闻言一惊，顿时警觉起来："将军此言何意？你怎知此事？"

烟芜一笑："君上不必惊觉，烟芜早已无心争权夺利之事，更不关怀《流云》。烟芜虽偏安一隅，也耳闻我小妹以身犯险，竟因你皇甫的秘籍成了众矢之的，此事，烟芜不得不管。况且，"她意味深长地看了巍鸣一眼，"当日，我答应小妹让她报答巍鸣君的救命之恩，如今，却令小妹陷入危难，烟芜只想尽快让小妹了了心愿，随我回家。"

巍鸣一惊，下意识地向她确认："将军的意思是……阑儿是为了救命之恩，才与本君一处寻找《流云》？"

烟芜点头："没错，阑儿曾言，巍鸣君虽与她缘尽，却因她受了重伤，此情，不得不还，因此才回到逍遥堂中。她答应我，助巍鸣君寻到了秘籍，便回有疏城去。"

巍鸣的心悄然一痛，然后便开始无限制地往下沉，他喃喃苦笑着，终于回过了神："这一切，只是为了报恩……我不要她还什么恩情，我不要她可怜我！我要的是阑儿的心啊……"

这样想着，巍鸣恍惚站起，朝着门口走了几步，像是才意识过来，回首向着身后略感困惑的烟芜道："我再问将军一句，请将军如实相告，当年，将军与阑儿私通信函，当真是为了有疏夺权吗？"

烟芜的脸上褪去了一切血色，变得异样惨白，巍鸣从她脸色中得到她不愿说的答案，平静地点头，自言自语道："巍鸣知道了……"

"巍鸣君……"

巍鸣踉跄着前行，也不顾自己脚下的路，只想着速速逃离这里："没想到自始至终，阑儿留在本君身边都不是因为我，起初，是为苏穆，后来又为母家，如今，却是那救命之恩……皇甫巍鸣当真如此不堪，从未在阑儿心中占据一席之地吗？"

烟芜正要挽留，细品他话中内容，暗暗心惊，望着他离去的背影果断道："不行，我要去逍遥堂将小妹寻回来。"

离了有疏城之后，倾盆大雨落下，巍鸣也不知道躲，只是茫然地走在路上，衣衫俱湿。巍鸣跌倒在地，仰天长笑："众人熙熙因利往，同室操戈为恩仇，佳偶无情催人老，孑然孤家一寡人。"

苏穆醒来，这才发现他们身处阴暗的地牢之内，自己被绑在石柱上，叶阑双手被缚，悬在地牢中央。苏穆即刻坐起，连声唤她："阑儿……阑儿……"

叶阑渐渐苏醒，见到苏穆也是一惊，二人环视牢房，明白是中了别人的圈套，心里顿时一沉。

不知该如何是好之间，就见一美貌少年坐在轮椅之上，被两名异族少年推着走入地牢。他看着被困的二人轻笑，摇头，状似感慨道："情关难过，何须舞刀弄枪？"而后他转头，吩咐身后的侍从，"告诉父亲，他吩咐的事，古夕已办妥了。"

侍从领命而去。冷子夕这才面带微笑，悠悠打量起二人来。

叶阑一样也在看他，此人妖颜俊容，中原罕见，尤其是那一对瞳仁，竟是碧绿色的，让人多看一眼便会深陷其中，不能自拔。

苏穆沉声道："你是谁？意欲何求？"

而叶阑更想知道的则是巍鸣的去向："可是你捉了巍鸣君？他现在在哪儿？"

冷子夕跷了小指抚眉，妖媚一笑："姑娘你自身难保了，还有工夫思念情郎啊。当真是情真意切，羡煞旁人。"

叶阑握拳咬牙切齿道："你若敢伤他，我定百倍奉还。"

冷子夕"哎哟"叫了一声，似真似假地说："我可是无辜得紧，根本不曾见过巍鸣君。"

苏穆冷声再问："你到底是何人？为何住在御风城中，装神弄鬼，肆意妄为？"

冷子夕摇头纠正他："在下冷子夕，本就是个已死的人，谈何装神弄鬼？"

苏穆细细思索，想起那日御风城壮汉之言，他说现在御风城的尊主是二公子追游，他的挚友古夕便是玄古阁的细作，死在了二公子的剑下。苏穆锐眼扫过他，一眼就识破了他的身份："冷子夕……古夕，你是玄古阁的人，原来你没有死！"

冷子夕轻笑，拍了拍自己的双腿："我这副皮囊，生与死又有何异？"

"苏穆听闻是御风世家恩怨所致，冤债有主，你不去寻那仇家，为何与我等为敌？"

"与你？"冷子夕似有些不屑，"我们玄古阁的冤屈与仇恨，岂是一个御风世家能了的？当年，我玄古阁英勇武士，我古夕至亲族人，一夜之间，统统枉死，客死他乡。这笔血债，你，还有你！"冷子夕身体前倾，指向苏穆，又指向叶阑，神情渐渐激愤，"还有悠然河南北的负义之徒，统统有份，我当一一手刃！你们自然会看到那一天。今日，叶阑姑娘，先把《逍遥》交出来吧。"

苏穆和叶阑对视了一眼，目中有些警惕和不安。

冷子夕也不留情，直接命令左右："阑姑娘既然不愿动手，那你们就帮帮她。"

身后一名异族少年领命上前，轻松制住她的双臂，干脆地扯下她后背的衣衫，露出雪白的肌肤。苏穆恼怒，挣扎着向前，一张脸变得血红："住手，男子汉大丈夫，何以为难一个女子？"

冷子夕淡淡道："可惜，我并不稀罕大丈夫这样的虚名。放她下来。"他推着轮椅走到叶阑身边，用手指轻抚着叶阑后背的肌肤。

苏穆厉声大喝："无耻之徒，不许你碰她。"

叶阑无力阻止，也不忍自己的挣扎浪费在这无用之事上，侧过脸去，不忍目睹。冷子夕小心翼翼地抚着她背后文着的秋水仙图样，水仙花瓣上镌刻着文字。冷子夕大为感叹："果然在肌肤之内，妙哉。"他正要细看，叶阑暗暗运功，迫使肌肤上的树叶慢慢卷了起来。

冷子夕不快道："阑姑娘如此执拗，你与那皇甫世家非亲非故，算起来，还有几分世仇，何苦替他们卖命？"

叶阑闭上眼，一脸不愿多谈的表情，冷淡道："不必费口舌之力，我就是死，也不会交给你的。"

冷子夕见她油盐不进，便沉下脸来："拿老阁主的水蛭来。"

那异族少年很快去而复返，手里捧着一只盒子，冷子夕接在手里打开一看，其中是一条条蠕动的水蛭。冷子夕满意一笑，微微点头，异族少年取了这毒水蛭放在叶阑背后，叶阑即刻疼得大叫出声。

苏穆色变："阑儿！"

那剧烈疼痛持续着，远超她想象，而她一声不吭，只是伏在地上默默忍受。眼见叶阑受刑，苏穆目眦欲裂，拼命挣扎，要他住手，但是双手被缚，只能痛声疾呼，眼睁睁地看着叶阑饱受此等酷刑。

终于，异族少年将水蛭从将近昏厥的叶阑背上取下，放在盘中呈到冷子夕眼皮底下。那水蛭吸饱了鲜血，撑得滚胀，接近透明。冷子夕见叶阑还不服软，耐心终于告罄，愤然一把将水蛭捏爆，血浆溅了他一手一脸。他慢条斯理地从袖中取出丝巾一点点揩去，将那带血的丝巾也一并丢在脚边，望向虚弱的叶阑，笑得阴阳怪气："阑姑娘果然是一身傲骨烈性，用内力运功抵挡我取出秘籍。"

叶阑伏在地上，侧首慢慢地喘匀呼吸，并不搭理他。

"阑姑娘对巍鸣君这番情深义重，可值得？可笑世事无常，你可认得此物？"

冷子夕从怀中掏出苦海给的包裹，一层层打开，拈起一物示意她看。叶阑闻声望去，赫然见他手中所拿正是华奴的针线包。她大惊，朝他扑去，却因失血过多又虚弱地跌回地上，抬头怒视冷子夕，双目猩红，有如泣血，挣扎着咒骂道："你把我娘亲怎么了？倘若你敢动她一根汗毛，我决不饶你！"

冷子夕嘴角一扯，反复端详着手中那物："阑姑娘的娘亲，早在你与巍鸣君成婚当日，就已经死了。"

叶阑浑身发颤，睁眼怒视着他，目中若是能射出火焰，眼前这人恐怕早已飞灰湮灭。她难以置信道："娘亲怎么会死呢？你胡言！"

"怎么不会？"冷子夕故意道，"当时，下令处死谋逆刁民的，就是你一心护卫的皇甫巍鸣。"

叶阑怔在原地，双唇不住颤抖，喃喃道："不可能……怎么可能……是鸣儿？"

冷子夕意味深长地指着一隅的苏穆，引她来问："阑姑娘不信我，你可以问问苏穆君，大婚前日，巍鸣君是否下了这道令。"

叶阑果然望向苏穆，一声高过一声，像求证，也像是要他否认："兄长，你告诉阑儿……告诉阑儿……"

苏穆为她此刻的神情心碎，低头思索，那日巍鸣确实下令刺死追杀他的悍民，可是叶阑的母亲又怎会在其中？他蹙眉细想，一道白光忽然划过心底，他悚然抬头看向叶阑。

懿沧群！

叶阑在他眼中看到了她欲知的答案，蓄在目中许久的泪终于轰然落下。叶阑转身伏在地上，面朝昔日鸾倾城的方向失声痛哭："不、不，娘亲——女儿不孝，让娘亲枉死。"她情绪几乎崩溃，回首质问苏穆，形容凄厉，"鸣儿，为何要下令？为何要？"

苏穆见叶阑因失控内力尽泄，内心顿时一沉，嘶声大吼："阑儿，当时当日，巍鸣也是情不得已！别泄了内力，让这些奸贼利用！"

冷子夕双眼紧盯着叶阑后背，因她内力泄尽，藏在文身图案中的秘籍从她肌肤处飘散开来，成了一个个金色的小字，密布在她的后背。冷子夕大喜，拊掌道："为时已晚。去，剥了她背后的皮。"他抬手命令身后的异族少年。那少年领命上前，拿起弯刀，毫不留情地刺向叶阑后背，只见一道血光闪过，叶阑痛呼一声，晕倒在地。

苏穆痛彻心扉，整个人朝她扑去，高声道："阑儿。"

冷子夕厌烦地皱眉："吵死了。"抬手，以内力将远处的古琴抓入怀中，横拿在手，信手一拨，一阵强音过后，苏穆也跟着昏厥过去。

少年将叶阑后背的皮整个剥下，呈给冷子夕。冷子夕大喜过望，再三览阅，将其小心地放入怀中，转身要走。少年在身后问冷子夕这一男一女该如何处置，冷子夕厌恶地扫过这地上的一片血迹，和卧在血迹当中伤痕累累的二人，抬手抚了抚鼻尖，冷淡道："我闻不惯血腥，也看不得如此惨状，那……就扔了吧。"

那少年领命而去。冷子夕刚走出地牢，迎面就有一少年小跑着前来通传，有一女子求见，说是认识冷先生的一名故人。

冷子夕本不欲理睬，听了这句话才停住脚步，回头问："故人？哪位故人？"

"苦海先生。"

故人子夕

冷子夕在水榭之内候着那人前来，跟随自己许久的古琴静置于案前，他信手弹奏，心不在焉，目光落在通往水榭的长桥之上那踏着雾气款款走来的女子身上。

清婉经小童领路，走至冷子夕面前先行一礼，取出袖中的玉箫亮给他看："师父苦海指点清婉，御风城的冷子夕可相助于我。"

冷子夕侧首，冷淡地否认："我不是御风城的人，说起来，倒是他们的仇敌。"

清婉旋即了然，抬头望他，轻描淡写地挑明："当年，背叛御风二世子，害他至亲失散的人，是你？"

冷子夕并不否认，只以一笑代之，拍了拍轮椅之上自己的双腿："我不是也付出了代价吗？他扬袖指向御风城，脸色渐沉，"也葬在这令人作呕的土地之上。那御风二世子还以为我是他高山流水的至交，如今，我哪儿都不去了，岂不是遂了他的意？"话锋忽然一转，他转头望向清婉，问道，"苦海先生让你带给我的东西，拿到了吗？"

清婉眼神一凛，从袖中取出一物，直直递给冷子夕，冷子夕连忙接过，打开一看，里面竟是一只盘香，他困惑地抬头目视清婉："难道这……这就是《流云》？"

清婉点头："此物既已交到您手上，那您承诺清婉之事呢？"

冷子夕干脆应承："我必速速召集沙场军士，为你所用。"

得他如此承诺，清婉取下从巍鸣腰间解下的皇甫信符递给他："拿此信符，横跨各大世家的领地，无人有权阻拦。"

冷子夕双眼顿时一亮，略显兴奋地握住信符，望向清婉时多了一层不同寻常的精光："姑娘可先行，约定之日，冷子夕必定兵临逍遥城下。"

"那么，"清婉淡淡一笑，"小女子静候佳音。"

由一名异族少年领路，她转身离去，独留冷子夕一人在水榭抚摸着那信符。他目中波光冷冷，神情异常鬼魅，喃喃自语道："多少个春秋了，终于可以送亡灵回家了。"

"来人！"他扬声朝外唤道，两名异族少年走上前来，冷子夕自负一笑，拔高了音量，"翻过燕之山，回你们老巢去报个信，是时候直捣逍遥堂了。"

两名少年对视了一眼，反手一把将身上这件中原衣衫如戏法般撕掉，转眼间，一阵烟雾飘过，两人披头散发，身着异族服饰出现在冷子夕面前，脸上满是彩色图腾，相视一笑间，露出恐怖的如同被削尖的野兽的牙齿。

"去吧。"

两名异族少年领命而去，转瞬消失。

冷子夕这才取出清婉的锦盒，蹙眉望向那只盘香，仔细端详，发现盘香之上镌刻着一行篆体小字，他一字一字念出："流云如烟，涅槃得逍遥。"冷子夕思索片刻，无从得知其中深意，只得原封不动地将其装好。

等苏穆终于醒来发现自己已被松绑时，那些看管他们的异族少年已不见踪影。不远处的叶阑浑身是血，伏在地上。他内心一紧，跌跌撞撞地奔到她身旁，连忙解下外衣披在她身上，伸手要扶她起来，岂料手才碰到她的肩，就听她低低一声痛吟。苏穆颤声道："你别怕，有我在。"

叶阑脸色苍白，双颊毫无血色，双目无神地睁着，望向虚空一处，像是连魂魄都已握不住。她闻言淡淡一笑，这一笑却让苏穆肝胆俱裂，痛入骨髓。他不必也不再忌讳男女有别这些虚礼，干脆地俯身抱起叶阑，阔步走出这镜花水月轩的幻境。

她在他怀中始终一动也不动，宛如已经死去多时。这时天上开始落雪，飘扬的雪花仿佛没有一点重量，飘飘洒洒，从天而降。苏穆无数次地低头看她，仿佛恐惧她的性命会像这雪花一样随时消失，而她始终漠然不应，连生死都已置之度外。

苏穆喃喃唤她："阑儿……"

她在他臂间微微一动，侧过脸，将一滴即将滑下的眼泪隐于发间。

苏穆带她回来后的第一件事便是为她寻来城中最好的大夫。大夫替她处理完后背的外伤，把完脉才站起身上。苏穆立刻起身迎了上去，望向床上的叶阑，目光中饱含怜惜之意，焦急地追问："她怎样？"

大夫欠身，语气中也有怜悯和同情："这位姑娘后背的外伤惨不忍睹，那水蛭的毒汁已然伤及脏腑。看这姑娘是习武之人，恐怕以后是不能了。"

苏穆心痛难忍，正要追问他可有其他办法时，却听见床上有轻微的响动。叶阑在床幔背后轻轻地咳嗽，一只素手探出帘外，她虚弱道："兄长……"

苏穆连忙走到叶阑床边，握住她的手，坚定道："阑儿，别怕，我会遍访名医，把你医好的。"

叶阑恻然一笑，状甚凄楚："还有这个必要吗？"

苏穆颔首，坚定道："有，对我而言，也为了……"他顿了一下，对上叶阑忽然闪避的目光，清楚地说，"巍鸣君。"

叶阑双睫轻轻一颤，又垂下，像两只静静栖息的黑色的蝶，她沉默了很久才开口："兄长，带我回小屋。"

苏穆愣怔，稍后才明白过来，强颜欢笑道："如今你的身体不宜远行，不如等你身体调养好，我再带你……"

"兄长，"她出声打断他，语气依旧轻柔，却带着一股不可更改的执拗，"我想与他做个了断。"

苏穆心疼难忍，如何能再拒绝她："好，我带你去见他。"

两人草草收拾一番，苏穆抱着叶阑重新回到这破败的小屋前。此时天色向晚，一轮血红的夕阳缀在山间，寒风瑟瑟刮过，卷起一层萧索的枯叶。苏穆提步正要入内，却听吱呀一声。房门从内推开，巍鸣独自一人从小屋出来。望见苏穆抱着叶阑这一幕，他脚步一滞，便停在了原地。

二人相对无言。苏穆转顾叶阑，最终还是选择放下她，转身离开，以留时间和空间让他们处理那些心结。

叶阑勉强站稳，巍鸣察觉到她行动之间的异色，一惊之下快步上前，紧张道："阑儿你怎么了？"

叶阑转身避过，努力不让痛苦形之于色，侧首，语调平静地说："我要跟苏穆君回鸢倾城了。"

巍鸣捏紧拳头，勉强抑住内心悲恸，反复地求问："阑儿为何如此？始乱之，终弃之？……对阑儿而言，巍鸣就如此微不足道吗？可以说舍弃便舍弃吗？"

叶阑仰头，却止不住冲出眼底的泪。

巍鸣嘶声大吼，执意要她一个回答："为什么？到底为什么？是巍鸣没有利用的价值了？啊？不能替你保护苏穆，保护鸢倾城？不能替你为母家争权？连可笑的救命之恩，也无所谓了吗？"

叶阑逼着自己残忍，冷面以对："那些都不重要了。"

巍鸣双目狂乱，喃喃道："巍鸣不信这些诳语！……巍鸣只信你……"他俯身寻着她的眼，手扶她肩，迫她与自己对视，"阑儿到底要怎样才肯赤诚相待，才肯完完全全地把心给巍鸣？阑儿告诉我，告诉我……只要巍鸣有的，拿去便是。阑儿知我，就是想要鸣儿的性命，我也会拱手让你……"

叶阑低头垂目，像是始终无动于衷，巍鸣渐渐迷乱，不能自已，展臂拥住叶阑。

冰冷的东西由胸口悄然嵌入，心就这样突兀地凉了一下。

巍鸣低头，看见握在她手上的匕首，刀锋很冷，却冷不过她的手。

叶阑茫然地看向巍鸣，与天光云影一起徘徊在他眼底的，并非疼痛和绝望，而是难以消解的忧伤。

他就这样忧伤地看着她，柔软脆弱地接纳她给的所有伤。

叶阑双唇不住地颤，眼泪纷繁而落，她说："你杀了我娘亲……"

巍鸣的语气仍旧很轻，仿佛担心吓坏了她，哪怕她是想杀他："阑儿，你在胡说些什么？"

叶阑抬头，含泪的双目异常雪亮，她一字一句清晰地说："你我大婚当日，你下令处死平民……"

巍鸣摇摇欲坠，不敢相信："我处死的都是……都是懿沧群的人……你娘亲怎么会在其中……"他内心一凛，想到某种可能性后，抬头望向叶阑，见她目中满满恨意，不见一丝半点的情意，他惊痛如狂，脚下踉跄数步，不由自主地松开了握着她的手。

叶阑断断续续地说："我本该……本该要了……你的性命！"

巍鸣低头望向自己仍在淌血的伤口，又看向叶阑，笑得凄楚，他问："是你真心所求？"

叶阑几乎失魂落魄，沉默不语。

巍鸣高声喊道，一声高过一声："告诉我，是你真心所求？"巍鸣双目血红，人如癫狂，上前一把握住叶阑拿着飞刀不住颤抖的手，狠狠刺向自己身体的深处。

叶阑一惊，仰头看他。

巍鸣低吼："那就杀了我！杀了我便是！"

叶阑内心一颤，下意识地要收回手，却被他紧紧握住，按向心口，二人四目相对。巍鸣几乎哽咽："巍鸣待你之心，日月可鉴，说了许久，连我自己都觉得可怜得紧，如同乞丐一般……可恨。阑儿之心，是风中烛火，永远都明暗难辨，一瞬间，就不见了……"

听闻此语，叶阑内心岂能好受？可是当断若是不断，以后只怕拖累得他更苦。她态度决绝，忍下那些即将冲出眼眶的泪，侧首坚定道："孽缘当断！我要回去了。"

巍鸣苦笑着问："孽缘……当断？"话音刚落就有一滴泪落在他指尖。

叶阑闭目，点头。

他轻笑，苦笑，继而仰头哈哈大笑，笑得泪流满面，脚步跟跄，险些跌倒在地。叶阑倚着树干而立，指间用力掐进树干之内，以此来逼自己硬下心肠，不去看他。

巍鸣望了叶阑最后一眼，看见的只有她的冷漠和绝情，转头又望见不远处正朝这里望来的苏穆，他心灰意冷，跌跌撞撞地转身离去。

叶阑心一痛，本能地伸手想要挽留，可是想到自己的身份和处境，她逼着自己收回了手，望着他渐行渐远的背影，身体一软，倚着树干软软滑坐到地上。苏穆见状暗道不妙，飞奔上前扶起她。她无力地伏在他的臂间，气息渐微，双颊惨白，勉力一笑，低低请求他："带我走。"

苏穆心肺俱裂，此情此景，哪怕让他去死，他也会欣然同意。他俯身抱起叶阑，干脆地应道："好。"

巍鸣狂奔入林，跟跄而行，倾盆大雨和着泪水冲刷眼帘，恍惚间仿佛看见有人站在林间树下。巍鸣木然地一步步上前，懿沧群浑身是血的模样渐渐变得清晰，仍是他记忆中那凶神恶煞的面孔。懿沧群恶狠狠地阴笑着看着巍鸣："我诅咒你，皇甫巍鸣，戕害至亲，一生孤苦！"

巍鸣惊恐地捂住耳朵，大叫着逃开，迎面却撞上了更多的幻影：溺毙的小浩浑身湿淋淋地站在林间，还是小时候的模样；枉死的双亲胸口插剑，并不说话，只是含泪凝望着他；祖父捂住胸口，不绝的鲜血汩汩地从他指间流下，他高声疾呼，想将自己未尽的理想和志向传给他最爱的孙儿："孙儿，我的孙儿——要令皇甫世家称霸天下……"巍鸣泪流满面，向着祖父的残影缓缓跪下，抬头看去时，出现了清婉满脸是血的模样，清婉伸着五指走向某处，凄切道："二哥，我是小妹离樱啊，以彼之手段，还施彼身。我要将皇甫芳娉千刀万剐。"

巍鸣随她所指看去，芳娉站在对面，手捧金银珠宝，笑得阴险。巍鸣惊得往后一仰，跌坐在地上。

举头再看，那些身影业已逼近面前，他无处可躲，叶阑就在那里，手里举着苏穆的长剑，脸上神情漠然，如同已不认识他了一般，冷漠道："孽缘当断……我本该要你的性命……"

所有的声音——斥责、质疑和诘问环绕着他，魔音入耳，终于逼得他崩溃，他双手捂耳，仰天长啸："别逼我、别逼我，别再逼我了！"

他大吼一声，挥掌使出逍遥流云掌，击向距离自己最近的树，那树有合抱之粗，剧烈一震，竟连根倒下。一掌过后，巍鸣力竭，连连后退，倒在地上，一丝鲜血顺着嘴角缓缓流下，他抬手拭去，看到手背那抹嫣红，忽地狂笑起来，笑着笑着两行眼泪蜿蜒而下。

九十三

生死诀别

自清婉别后，庚子捷独自一人拄着拐杖，循着当日的记忆回到那间茅草屋。推门入内，一切如旧，连当日曾绑着他坐过的那把椅子也好端端地放在远处，只是物是人非，只剩他一人而已。

环顾屋内景象，庚子捷自嘲似的一笑，扶着桌子缓缓坐下："没想到，我这风流刺客，竟要在无酒无曲无美人的破茅屋善终了。"

风卷帘动，引得他微微咳嗽。觉察出外面异样的响动，他侧首向着窗外，高声道："不知庚子捷是要死在哪位师兄弟的手中？"

但听一阵嘈杂打斗声响过后许久，也不见有人应答。一盏茶的时间之后，辛子凌提着双刀出现在门口，刀锋鲜血犹存，身后躺着三四名杀手的尸体。庚子捷回眸去看辛子凌，她含笑道："师兄别来无恙？可曾备了好酒？"

庚子捷目光落在她带血双刀之上，脸色一僵，颓然长叹："丫头胡闹！我已是必死之人，何来陪葬！"

辛子凌浑不在意，反倒异常惊喜："师兄，你的眼睛好了。"

庚子捷摇头："好了也不过是个废人。"

辛子凌快步走到他面前，握住他的双手，执拗道："我不管，青门引下了追杀令，我就杀遍青门引之人，谁也别想动你！"

庚子捷抽回自己的手，冷面相对："就凭你？别枉送了性命！还不回去认错受罚！"

辛子凌一跺脚，在师兄面前不自觉就露出了少女姿态来："我绝不离你寸步。"

庚子捷本有些气恼，可是一想到她本意，只有长长叹息："这一次，让师兄如何救你？"

辛子凌目光皎皎，笃定地看着他，如发重誓："与子同袍，生死不离。"

庚子捷再叹一口气，闭眼起身，像抱兄弟一样干脆地一把将她搂入怀中，无言地拍了拍她的肩，感激之情不必言说，他知道她一定懂得。

随后他走到青门引杀手身边，取出化尸粉倒在尸体上，顷刻间，那些尸体腐烂成水。

他大伤初愈，脚下不稳，走回的路上险些跌倒。辛子凌一直在身后关注着他的身体状况，见状即刻上前扶住他，令其倚在自己身上，忧心忡忡地望向他的伤腿："师兄……"

庚子捷正要遮掩，辛子凌先他一步蹲下，不由分说地揭开了他包扎着的伤口，只见伤口早已化脓，淌出黑色的血，辛子凌以指尖轻点，目光一沉，问他道："师兄是被密室中的箭羽所伤？"

庚子捷淡淡拿掉她的手，简单承认："青门引的毒，无药可医。"

辛子凌愤然望向他的双腿，抽出手中双刀泄愤般朝树上砍去。庚子捷像是已经认命，平静地看着她发泄。辛子凌抬手抹了把眼泪，看着庚子捷坚定道："师兄放心，那个女人我一定给你带到！"

庚子捷正要阻止，她转身已跑出老远，声音遥远地传过来："师兄，等着我。"

庚子捷望着她飞奔而去的背影，摇头苦笑。

清婉见过冷子夕，交代完所托之事之后，立刻赶往悠然河南岸，向守卫在此的皇甫侍卫出示她所持信函，自称是逍遥堂的医官之后，便被准许上船。

悠然河上，终年被雾气缭绕，那一日，江面只有她所乘一叶小舟，放眼望去，青山渺远，立于云下，而她独立于雾中，水天一体，天地一色。船夫撑杆，缓缓划动船只，船至江心停下。清婉疑惑地看去，船夫摘下斗笠，清婉眉一挑，已认出了她来："是你。"

辛子凌神情复杂，望向清婉的眼中也不知是恨还是嫉妒："我师兄在那里边，他中了毒……想见你一面。"

清婉顺她所指，望向那挂着帷幔的船篷。想到那人与自己只有一帘之隔，清婉脸色微微一变，侧首向着幽深江心，冷淡道："我与他，见与不见，并无分别。"

辛子凌一捶船篷，恼怒道："师兄如此，都是拜你所赐，你竟然如此冷血！你欠他的，这辈子也还不清！"

清婉依旧轻描淡写道："他拿了我的珠花，替我办事消灾，我们二人两清了。"

辛子凌气急质问："你有没有心啊？"

清婉置若罔闻，连表情都未有一丝动摇："当杀手的，本就不该有心，我跟他，本就是无心对无心的交易。是他违背了这规则，怪不得我。"她转头向着静静垂下的帷幔背后那人，淡淡道，"人生相逢，如水中浮萍，不过随波逐流，今日彼此相依，明日也要分道扬镳，又怎能贪得无厌，想要时时相守呢？"

庚子捷静默地坐着，始终无言，江中云影静静地映入他眼中，仿佛一滴眼泪。

听得齿冷，都说杀手无情，可如今听完清婉这一席话，辛子凌竟觉得自愧不如，这女人非但没有心，只怕她的血都是冷的。

清婉转侧顾她，见她为她师兄愤懑不平的模样，忽地一笑，仿佛将世事都已看破："人们都说世事无常，有了心，就会为这无常伤心，懂了这些，不如做个无心的，这是我们这些凡尘俗子，对命运唯一的抵抗了。"

这些话非但辛子凌听得愣住，连一帘之后的庚子捷亦是沉默不语，低头细品话中内容，心便这样凉了。

对一个心死了的人而言，肉体的存亡早已被她置之度外，既已如此，又如何能对这红尘有所牵挂呢？

辛子凌恨恨打断她，目光依旧倔强："少说你的歪理，看似言之凿凿，实则皆是怯懦的借口，不敢为之，不敢爱之，白活这一场！"

"够了。"一记虚弱的阻止自篷内传出，辛子凌愤愤回头，庚子捷揭开帷幔，探身出来，抬头向清婉望去，正好清婉低头看他，二人四目相触，均有些异样。

清婉转头避开，只是一瞥之间就已看清今日他的状况：脸色惨白，形容憔悴，而神色间却依稀存着从前飞扬跋扈的痕迹。

庚子捷欠身朝她道:"我本风流,甘愿还了女儿心意,为她,我不悔。"

见她脸色未变,便知她复仇之心坚若磐石。

庚子捷意味深长地望向清婉,叹息道:"你我之间,就是曲儿里唱的,落红尢情似有情,流水幸得与同行,也不枉来世间一遭。我庚子捷最喜看女儿巧笑顾盼,等了许久,你却还是一张清冷的脸。好没兴致!不见了,也罢。"

他这一番话说得亦真亦假,清婉侧目看他,暂未说话。反倒辛子凌将他真心看得一清二楚,心中更是酸涩异常,见师兄如此,心急外加气恼,不由得高声道:"师兄!"

庚子捷扫了辛子凌一眼,解下腰间佩刀抛给她:"子凌,带着我的刀,回青门引复命。"

辛子凌大惊失色,瞠目看他,而他的目光自始至终只落在清婉一人身上,带着些许说不清道不明的情愫:"我知你复仇之念,如急火焚心,也不必浪费你时间,让这船儿回返,愿你心如此舟,决绝无挂碍。我送你最后一程。"

随后庚子捷转身跃入水中,无片刻停留。辛子凌脸色骤变,大喊了一声师兄,毫不犹豫地跟着他一起跳入江中。

清婉色变,奔向船尾,举目望向江水,江面无波无浪,不见一丝涟漪。她静立许久,抬手轻轻拂去面上的泪痕,抬头,只见鱼龙隐去,烟雾深锁的那岸,逍遥堂巍峨的宫城隐约可见轮廓。

逍遥堂内。

荆南依屏退了服侍的众位侍女,独自一人拿着壶酒,走入曾与巍鸣一道来过的竹苑深处。她踏着足下瑟瑟枯叶,抚着肚子跟腹中的孩子说话:"你瞧,这是夫君最爱之酒,当年,他带着我泛舟荷花潭,我俩啊,把脚丫伸进水里,哎呀,冰冰凉的,沁入心脾,甚是惬意。"因这回忆,她的脸上浮起甜蜜的幸福表情,自言自语道,"那时候,我们喝的就是此酒。我躺于船中,荷叶田田,月光曦曦,透过荷叶,映照在他的脸上,真是俊美男儿郎……只是,"她失神地望向竹苑香榭,笑容从脸上一点点隐去,"从这里开始,一切都变糟了。"

她回过神来，又低头看向小腹，轻声道："你死前，我寻思着，也该让你尝尝这世上的好。"说罢她决绝地仰头，一饮而尽杯中之酒，而后摔杯在地，神色变得凌厉。荆南依转身走向香榭边的大树，仰头望去，参天巨木遮天蔽日。荆南依颤巍巍地立在树下，苦笑着自言自语："从这里跳下去的话，你就不在我腹中了吧。"

　　荆南依一咬下唇，手足并用爬上树梢，立在树上望向远方，极目远望，却不知她的夫君如今身在何处。

　　跳下去，一切都会变好。她这样想着，嘴角浮起一点稀薄的笑意，而后闭眼，干脆地从树上一跃而下。而这一幕也被隐于树后的苦海尽收眼底，他早已觉察到荆南依反常，悄然跟在她身后想看她要做什么，惊见她有此举，不及犹豫便扑上前去将她救下。

　　荆南依睁眼望见拦住自己的苦海，奋力挣扎，不甘道："放开我！我要杀了这个孽种。"

　　苦海劝她不过，一扬袖子，用袖中迷药将她迷晕，荆南依软软伏在他臂间。苦海低首望她，嘴角衔着意义莫名的诡笑："我的局，从你这里开始，也将从你这里结束。你可知，当年飞尘能找上你，也是经我授意？"他意味深长道，"这么多年的彻骨之痛，马上就要得见天日了。至于眼下，就是要找到飞尘。"

九十四

芳娉殒命

当晚松语带着傅昊郗、苦海等人走入苏穆所居别院的柴房，发现拴在石柱上已奄奄一息的飞尘，身上大大小小的伤口无数，有些已经结疤，有些却还在淌血，在他身边的桌子上摆满了盛放血液的小瓷瓶。松语随后解释："是清扫这里的奴仆发现飞尘，我才得知他竟被人囚禁在此处。"

傅昊郗联想到当日逍遥堂上发生之事，一望便知，摇头叹道："飞尘这登徒子，终究废在女子手上。这样看，一身的功夫是完了。"

"那这飞尘该如何处置？"

"带回去，"傅昊郗扫了一眼飞尘，语气听起来有些残酷，"他的心法还要为我所用呢，眼下还有急需拜会的人。"

苦海和松语相顾一眼，见他翘首望去，神色莫名诡谲，目光正对着逍遥堂议事大殿的方向。

大殿之外，齐聚着数名朝中大臣，因还未到视朝时间，几名大臣凑在一块儿窃窃私语，其中一名年纪最轻的望着两手空空的老臣，讶异道："赵公，您怎么空着手就来了？"

姓赵的老臣正气凛然，一甩袖子，正色道："臣是来议事的，不是来阿谀奉承的！"

年轻臣子摇头，颇为不赞同："您还是太耿直，揣度不出咱们新主子的圣意。"

老臣神色一变，显得异样激愤："逍遥堂的掌权人是巍鸣君，她一个女子，搅扰得庙堂乌烟瘴气，纸醉金迷，哼，今日，无论如何，我要见到巍鸣小君，好好棒喝一番。"

说话间侍从正好前来通传，引那名老臣进内。

老臣略整了整仪容，拿出臣子的威严，迈步走入大殿之内。殿内不见巍鸣君，只芳娉一人斜倚在软榻之上，对老臣的出现视而不见，自顾自地摆弄着朝臣上供的一个金盆，对身旁举扇的侍女道："将我那两只巴掌大的乌龟，放在这里，可好？"

侍女自然百般奉承她："定是有趣的，长郡主。"

芳娉展颜一笑，取来乌龟放于金盆中。老臣不耐烦她的种种奢靡举动，在堂下轻轻咳嗽了一声。芳娉像是才注意到他的出现，懒洋洋地抬眸望去，见其双手空空，脸色微微一变。

老臣不卑不亢地行拱手礼："老臣拜见长郡主。"

芳娉并不令其站起，而是伸出纤纤十指反复端详，慢条斯理道："我耳不聋，倒是赵公老糊涂了，不懂规矩。"

老臣不理会芳娉话中讥讽之意，正色道："家不可一朝无主，国不可一日无君，朝堂之事，须君臣同议，拨乱反正，扭转乱象，归于正道，老臣请见巍鸣君。"

芳娉眼神一冷，直直朝他射去，如两柄出鞘的宝剑："赵公的话，芳娉不懂，您说谁是正道，谁是乱象？"

老臣略显激动，上前一步逼近芳娉，舞着袖子大声道："巍鸣君是逍遥堂堂主。如今，逍遥城内忧外患，正是危难之时，长郡主虽为皇甫血脉，但终究不是掌权之人，不可干涉朝政，扰乱宗法。"

芳娉冷笑道："赵公怎变成了昏聩老儿？这逍遥堂本就是我皇甫世家的，您饱读诗书，不知君要臣死，臣不得不死的警世之言吗？来人！"

拱卫于殿内的皇甫侍卫应声而出，芳娉衔着阴笑，一指老臣，命道："将这不知天高地厚的老东西拖出去杖毙。"

侍卫领命上前，将那老臣拖出殿。老臣挥舞双袖，挣扎着高呼："歹毒女子，扰乱朝堂，国将不国，身为皇甫儿女，你对得起皇甫的列祖列宗吗？"

芳娉心念一动，抬手道："且慢。"

侍卫以为芳娉回心转意，停下了动作，而老臣气喘吁吁，回首望她，以为是她良心尚存，回心转意。岂料芳娉亲自走下堂来，笑盈盈地来到那名老臣面前，指着他的眼，命令侍卫："把他的眼珠子给本郡主挖出来，喂我的金盆乌龟，让它尝尝鲜。"

老臣大怒，双目怒睁，歇斯底里地说着些咒骂的话，却也难以改变他被侍卫拖走的命运。

芳娉抬头望向他被拖离的背影，脸上的笑随之一点点隐去，多了些与权力相关的冷酷意味："让众臣子擦擦眼睛，抬头看看，如今逍遥堂屋檐上的那片天，是我皇甫芳娉！"

很快侍卫处刑完毕，但听殿外一声惨叫，其声凄厉，响彻云霄，闻者无不动容回避。而芳娉独立于殿上，冷眼望着那两眼空洞流血的老臣被侍卫拖拽着穿过两排群臣之间的夹道。臣子们纷纷奔走躲闪，神色甚为惊恐。而芳娉淡淡看着，不见一点异样，最后在一干臣子异常且惊慌的目光下，翩然转身离去。

芳娉经过花园时，不巧遇见也来此地赏花的傅昊郁，领着苦海和松语等人。芳娉对他们这些异族人士本无好感，见他们在此便冷淡道："你们怎么在本郡主的后花园？"

苦海躬身行礼，态度甚为殷勤："有些东西想请长郡主见见。"

"什么？"芳娉蹙眉问道。

苦海在前引路，松语跟在其后，见她的侍女也想跟主子前去，便不悦阻止道："这东西很重要，闲杂人等不要跟过来。"

侍女不安地望了一眼芳娉，芳娉吩咐她："你去吧，好好喂养我的那些乌龟。"自己则翩然转身，随苦海他们前去。

侍女立在原地，困惑地望向芳娉渐行渐远的背影，直到再也看不见。

晚间时分，侍女取来小盒欲要喂养那些养于金盆之内的乌龟，一打开盖子，看到盆中景象，她便惊得连连后退数步，跌坐在地。金盆之内，两只乌龟正聚在一处啃食一颗人心，那心刚离体未过多久，甚至还在微微跳动。

侍女翻身作呕，飞快爬起，朝芳娉所在的寝宫飞奔而去。得知芳娉正在沐浴后，她快步绕过屏风，走入浴室，袅袅水气之间，正背对着她坐于浴盆之内。侍女焦急地走上前来，禀道："长郡主，那乌龟盆中，有颗人心……"

芳娉仿若未闻，一动不动。

侍女内心一紧，缓步走到芳娉面前，更加清楚地看见芳娉双眼紧闭，湿发敷面，脸色惨白，双唇不见一点血色，两只手耷拉着置于桶外。这景象诡谲奇异，令侍女不寒而栗。她轻声唤着长郡主，颤抖着伸出一指引于她鼻下，感受不到一丝半点呼吸的气息。

她捂住嘴巴，浑身发抖，另一只手小心翼翼地撩开浮在水面的花瓣，想扶芳娉起身，却见到了令她更加惊恐的一幕。

这端坐浴桶之中的帝国郡主，心口空洞，心脏不翼而飞。

侍女正要放声尖叫，松语从柱后闪出，挥刀刺向她，干脆地结果了她的性命。松语抬头望向另一侧，苦海从屏风后走出，手里拿着带血的瓷瓶，嘴角终于露出了久违的笑意。

“我们该去向坞主复命。”他开口道。

傅昊郗站在荆南依床边，以手指恋恋地描摹着熟睡中她的轮廓，望向她业已明显隆起的腹部，目中满是柔情，脸上显出父亲才有的欣喜神色。他贪恋地将耳朵贴上她的小腹，轻声低语：“为父许你一个似锦前程，做这悠然河南北富可敌国，权倾南北，最尊贵之人。”

这时，苦海和松语等人前来复命，说是事情已经办妥。

傅昊郗微微一笑，起身道：“明天，召集群臣，就说长郡主有要事宣布。”

翌日，群臣集聚大殿之内，芳娉坐于主位，少了往日面对臣子时的跋扈，异常沉默，实属罕见。群臣跪下行礼，久久不见她说请起，一些胆大的按捺不住，便三三两两朝上看去，交头接耳，窃窃私语，议论着她今日的反常。

这时，一群由“无心人”组成的侍卫冲入大殿，分布在殿中四周。群臣面面相觑，惶惶不安。就见傅昊郗从中走出，闲闲立于芳娉身侧，取出袖中当日叶阑帮他拓有金印的诏书，冷静双目扫过堂下表情各异的臣子们，朗声念道：“巍鸣君恶疾缠身，需静心修养，与长郡主商议，特下令，将传位于君妻腹中之子，令其成为逍遥堂的下一位堂主。小堂主诞生之前，逍遥堂一切事宜，由君妻决断。”

群臣议论纷纷，望向芳娉，而她不语不动，跟失了魂似的呆坐在那里。

傅昊郗侧首示意一旁的苦海。

苦海隐于殿内柱后，以飞尘的心法拨动手中的玩偶，控制着的那些"无心人"随之而动，握紧长矛掷地，发出震耳的响动。群臣一惊，惶惶相顾，俯跪在地山呼道："谨遵长郡主之令，我等必定忠心效忠君妻。"

离樱索命

清婉回到逍遥城后，以医官身份轻松混入逍遥堂药房之内，听说了近日逍遥堂之内发生的种种事情，只是苦于没有合适的机会接近芳娉，终日只能做些煎药熬药之类的杂役。那日她从外取药归来，无意中听见药房之内两名侍女一边熬制阿胶一边议论，一人道："日日熬如此多的阿胶，长郡主吃得完啊？"

另一名侍女附和道："说是补血，也不是这个吃法啊！当真古怪。"

侍女见四周无人，遂压低了音量，附耳悄声说："我听说御膳房也备了怪东西。"

"何物啊？"

"我同屋的丫头去长郡主宫中送膳，不小心打翻了食盒，一碗血倒出来，殷红殷红，还是热乎的呢。"

"别说了别说了，吓死了！"

清婉脚步一滞，止步在房外，凝神细听，面有惑色。

当晚清婉小心避开守卫的皇甫侍卫们，悄无声息地走入芳娉的寝殿。殿内不曾点灯，连服侍的侍女也不见一个，漆黑一片中只有一抹从窗外射入的月色，充当着此间唯一的光源。清婉悄步入内，步步小心，见地上散落无数珍珠宝石，便顺着这些珠宝散落的途径寻去，纱幔一层层被揭开，只见一盏孤灯前，一女子披头散发，低头摆弄着梳妆台上的物件。

清婉将玉箫攥在手中，以防不时之需，放轻脚步绕到那女子面前一探究竟。

待看清她的脸，那声惊呼便再也压抑不下了。

是皇甫芳娉，确切地讲，是已近疯癫的皇甫芳娉。她毫不理会清婉的出现，自顾自地将首饰一件件戴在身上，戴得满身琳琅，珠光宝气。

清婉走近，问道："皇甫芳娉，你可认得我？"

芳娉闻声抬头，复又低下，痴痴地继续将珠玉绕在脖子上，仿佛不认识了她一样。清婉疑心义是她故弄玄虚，伸了五指在她面前一旋，冷淡道："你不必在我面前装疯卖傻。"

芳娉毫不理会，清婉不耐烦，一把握住芳娉的手，扯下她脖间的挂珠，珠子顿时散落一地。芳娉大惊，也不知从何而来的一股蛮力，一把推开清婉，咿咿呀呀地扑倒在地上。

清婉一时不防，被她推得一起跌坐在地。察觉到芳娉的异样，清婉有些愣怔，轻轻伸手放到芳娉的鼻下，竟没有一丝生气。

清婉的心顿时往下一沉，后退了几步，手中玉箫跌落在地，摔得粉碎。

清婉定了定神，细细看向芳娉的衣衫，见她衣上胸襟之处似有血迹。她颤抖着双手撩开芳娉的衣衫，震慑于眼前所见，她愣在那里，许久才寻回自己略显酸涩的声音，她问："你的心被谁剜去了？"

芳娉的心既已被剜去，又如何能回答她这个问题？清婉心中一时空落落的，抬手想摸一摸芳娉的脸，伸出的手却因迟疑僵在半空。

"天道循环，因果相依，真是报应不爽。你可曾想过会有今日，我的长姐？"

大仇终于得报，明明该笑，两行泪却突兀地滑下清婉的面颊。

芳娉丝毫不懂清婉此刻复杂的心情，只管伏在地上一粒粒捡起那些散珠，小心翼翼地藏于自己怀中，神情举动宛如孩童。

清婉抬手擦掉面上的泪痕，似有无限感慨："想你一生享尽荣华，将这些亮晶晶、冷冰冰的东西当成一生的追求，为了一己贪念，不惜残害至亲手足，到了此时此刻，还是心心念念，不得忘怀……甚是可怜！"

芳娉不理不睬，让本欲前来向她索命的清婉横生一股怒意出来。清婉愤怒地用手抬起芳娉的脸，逼她注视着自己的眼，一字一句道："你可还认得我？我是被你害死的小妹离樱啊，我是回来索你命的。"

芳娉的魂魄早已离体，如今不过行尸走肉而已，任由清婉如何摆弄，也没有一丝半点的回应。清婉歇斯底里地摇晃着她，要她清醒过来再看自己一眼："你为何不等着我？为何不等我？你知道我为了此仇受了多少苦吗？那彻骨般的绝望，仿若茫茫荒漠，唯有你一人，无处可去，无路可退，孤魂野鬼一般……你可知？"

芳娉不理不睬，清婉像是疯了一样，形如癫狂，拼了命逼她回答："我要当着你的面，毁了你誓死守护的荣华富贵，毁了你拿我换取的一切，让你机关算尽一场空。"

可是再多的怨怼，再多的怨语，对芳娉而言已是前尘往事，她再非凡间之人，尘世间的仇恨与她再无关系。

在死亡面前，一切报复都将失去意义。

清婉终于意识到这一点，颓然松手跌坐在地，神色茫然，从前仇恨支撑着她活下去，那么今后呢？她又该靠什么走过余生？

"你果然够狠辣，"清婉开口，低语道，"杀了我身，如今又来诛我心，没了腔子里的这口恶气，要离樱如何苟活？"

佛前宏愿，断情绝爱，夫复何求？依稀想起从前自己在佛前立下的誓言，可是不知怎么的，她的眼前却偏偏闪过庚子捷恣意的笑容，那句"落红无情似有情，流水幸得与同行"如回音般在耳畔响起。她神色一阵恍惚，凄凉一笑："长姐，你可知，我为了你……连他都舍了？"

想到这里，清婉勉强拾起一点气力，走到芳娉面前，摘下自己腕间当年芳娉所赠的金镯子，戴回芳娉手上，看了她最后一眼，然后起身，拽下身侧一条帷幔，扬上横梁。

她踩上小凳，流着眼泪探入帷幔打成的结内，想起一个画面，年幼时，兄妹三人把臂同游荷花池……后来，就是庚子捷带着她荡舟水上，如今想来，这些竟是她人生中为数不多的最快乐的时光。

清婉缓缓闭眼，脚下一蹬，静候死亡来临。耳畔响过一记急劲的风声，帷幔应声而裂，将要坠下时，有人从窗外一跃而进，接住了她。

清婉睁眼，见到的是晟睿的眼，惊讶道："是你？"

晟睿脚下不停，挟着清婉窜出窗外："等你多时了，我的女人，我不准你死。"

清婉要挣扎，却被他轻松箍于怀中。她又恼怒又疑惑："你在胡说什么？"

晟睿望了一眼在他怀中仍不忘逃离的小女子，展颜一笑，道："跟我走。"

　　苏穆朝夕不休地仔细照顾着叶阑。待得自己伤势终于痊愈，叶阑便主动提出要回鸾倾城。苏穆知她唯一割舍不下的就是亡母，也不多问，默默租了马车与她一道回去。漫长旅途之中，二人相对无言，任由时光随着马蹄声一道辘辘划过。

　　华奴尸首难寻，叶阑便以昔日亡母所用的针线包做了一个衣冠冢，填上土，上书"先妣华氏之灵位"。叶阑身着白色孝服，长跪于墓前，以眼泪祭奠母亲的在天之灵。苏穆不忍她如此伤心，安慰她道："往者已矣。阑儿别太伤心了。"

　　叶阑抬手将纸钱撒向空中。

　　就这样一直守到日薄西山，天色向晚，叶阑才起身离开。二人一前一后回到昔日的大杂院，一路皆无言。

　　望着暮色之中渐显灰暗惨败的庭院，心境也益发沉重，苏穆侧首看她，终于开口打破沉默："我知你心里还有巍鸣。"

　　叶阑的悲伤里除却丧母，与巍鸣不无关系，叶阑被苏穆点破心事，面露愧色。

　　苏穆凝神看她，语气温和："人生之中，乌飞兔走，世事变迁，很多事情，无法挽回。"举目再看天际将要隐去的最后一道曦光，他眼中光影随之明灭，"失意的人常自欺欺人，言若两情相悦，便不必在乎朝朝暮暮。不是因为不想相守，只是那弥足珍贵的，往往转瞬即逝。有些约定不由人心，有些人心不由己。"他深情地望向叶阑，继续道，"我曾拥有过，便知足了。"

　　"多谢兄长宽慰。"叶阑淡淡一笑，道，"人生在世不过数十载，阑儿遇到了兄长，遇到了巍鸣，一个巍巍如高山，一个熠熠若温泉，足够阑儿一生追忆了。"

　　说到这里，二人不约而同地看了对方一眼，发现彼此明明都是微微笑着的，眼中却有难以消解的哀伤。叶阑嘴唇动了动，想说些什么，但终究还是归于沉默。

　　苏穆一语点破她未道出的心里话："没想到你我辗转艰辛，竟又回到了这里。既来之，则安之，君子陷于困境，安之若命，"他转顾她，那笑中含着的暖意越发明显，"不如兄长陪着阑儿，云淡风轻，躲在鸾倾城中，坐看云卷云舒。"

九十六

虚与委蛇

巍鸣一路西行，风餐露宿，不辨朝夕，直到精疲力竭才找一地随意躺下，等天色亮起便继续下一次旅行。这样没有目的没有方向地走着，路过一户农家时因为饥饿和疲倦，他一头栽倒在门口，蒙老农施舍一口薄粥才苏醒过来。他醒来才发现自己躺在农舍的草垛之上，四壁皆空，只有一年迈老翁守着这片破败农舍。巍鸣与他攀谈起来，问及他的家人，老翁摇头叹道："早逃难去了，老汉走不动路，只得留在此地等死。后生，这逍遥堂又换了主子，各大世家也纷纷前来，留在这儿，我们这些百姓只有死路一条，快讨活路去吧。"

巍鸣蹙眉思索，心中悲凉异常，如今世道乱离，人不如丧家犬。他举头望向窗外，内心暗想：是该回去，用这副空皮囊，为天下讨个活路了。

他起身谢过老翁，阔步朝外走去，门外阳光万丈，仿佛统统照在他一人身上。他沐着这朝阳踏上既定的归途，依稀还能听见身后老翁沙哑幽远的歌声："世家沙场碎铁衣，农舍十室九室空，抛妻弃子逃难路，黄泉茫茫两相忘，乃知兵者是凶器，仁心圣君何时现？"

伴随着歌声，巍鸣踉跄提步，朝逍遥堂的方向走去。

这一路他经历饥饿、杀戮和人间种种险恶，来到逍遥城下，却见他曾经的故土门扉紧闭，无论他如何呼叫都不为他开启。守城的侍卫一听来人是巍鸣君，当下惊疑不定，堂主好端端地在城内养病，又如何能出现另一名巍鸣堂主？但他也不敢怠慢了事，便遣人送信，通知此时坐镇于城内的皇甫芳婗。这信函自然没能送到芳婗手上。苦海将信函呈给傅昊郗，傅昊郗扫过一眼，冷笑着弃在一边。苦海觑他脸色，推心置腹道："坞主不可放虎归山。既然要扶持依郡主腹中的孩儿，国无二主，前仆，方可后继。"

傅昊郗摇开扇子，轻蔑道："丧家之犬罢了，就算他能回来，也休想活着入这逍遥堂！"

松语和苦海对视了一眼，异口同声道："属下明白。"

"至于郡主那里，"他瞥向苦海，"你该知道要怎么做吧？"

苦海乖觉地点头。傅昊郗便略过不提，打算亲自过去看看荆南依，才走到院中，刚好撞见荆南依独自一人从庭前走过，行色匆匆，异常慌张。傅昊郗扬声唤她："依依。"

荆南依有一瞬的迟疑，但脚步不停，很快消失在庭院的尽处。

当夜傅昊郗正欲就寝，门扉被人意外敲响，他随意披了一件外衣走去开门，一打开就见荆南依笑盈盈地站在门外。

傅昊郗先是一惊，待看清是她后，便微微地笑了。

这几日见荆南依，总是流泪多于微笑，憔悴神伤大于容光焕发，今日的荆南依换了一身别致的新衫，鲜艳的粉色异常衬她的肤色，难得见她如此打扮自己。

不过令他最为疑惑的，是她手上拿着的那壶酒。

"依依你这是……"

荆南依歪头一笑，俏皮地吐了吐舌尖，故意问他道："怎么？不欢迎我？"

"没有……"傅昊郗仓促地笑道，"只是……只是……"

他未曾想到自己也有如此拙于言辞的时候。

不等他再说，荆南依灵活地从他身侧溜过，走到房内，将酒搁在桌上，回身笑对他："听闻你将本君妻推上了宝座，在情在理，都该犒劳犒劳你。"

她的表情和她的笑意无一不是她正接纳自己的证据，傅昊郗以为多日的守候和陪伴终于有了回报，不免欣喜，自然少了些防备，转而掩上门，来到桌边在她对面坐下，主动要为她斟酒。不料荆南依轻轻叫了一声，快快伸手，覆住了他提壶的那只手。温暖的触感令他心神微漾，他禁不住抬眸看她，触到她脉脉凝视自己的目光，便纵有天大的疑惑也随那柔情蜜意一道消失无影踪。

她抿嘴笑着："慢着……我们先说说话。"

傅昊都再也控制不住自己唇边的笑意，为她这一声"我们"。他果然收回手，点了点头："小姐姐想说什么？"

　　"你一向看不上权名，是个人生在世只尽欢的人，如今，为何要我坐上那个铁板凳，要夺这些你不稀罕之物？"

　　傅昊都的目光若有似无地掠过她隆起的小腹，淡淡一笑："岁月不居，人事皆变。况且，这些不是你所欲吗？"

　　荆南依闻言神色一黯，略显伤感："你明知我想要的，是他的心。"

　　这一句话让傅昊都和荆南依同时沉默下来，空气中静得好像只有彼此的呼吸。这时荆南依强颜欢笑着抬起头看他，眼神中似乎多了些类似商榷的意味，她突兀地开口："我们回无常坞吧。"

　　傅昊都一惊，本能地向她确认："什么？你要跟我走？"

　　荆南依歪着头笑看他："你说过，回去了，为本郡主造一座城，金屋藏娇，可还作数？"

　　傅昊都连忙点头，生怕迟了一刻她会反悔："当然作数，天下人皆可负，唯不负你。"

　　荆南依双目雪亮，一动不动地逼视着傅昊都："好，我们即刻便走。"

　　傅昊都没想到这样迅速，一听之下就有些犹豫："要等等……"

　　荆南依忽地任性了起来，蛮横道："等不得，我就给你一次机会！"

　　他望向她小腹，几乎称得上恳求："那等孩子出生以后……"

　　荆南依面有薄怒，愤愤道："你既不肯……"

　　傅昊都心头一紧，不安地看向荆南依，只等预料中的怒气来临。荆南依却展颜一笑，俏皮道："那我先陪你喝酒吧。"

　　若她真像她所表现出来的那样乖巧，就不是他记忆中所熟知的荆南依。傅昊都暂且压下心底的疑惑，不动声色地观察她的举动。她为他斟酒，提壶的手微不可察地颤动。傅昊都佯装不知，从她手中接过酒杯时轻轻一闪，震出几滴在地，但见浓烟起，酒有剧毒。

　　傅昊都豁然抬头直视着她的眼："你要杀我？"

　　荆南依被他戳破也不慌张，毫无惧色地看向他，说出的每一个字都浸着凛然恨意："加害夫君者，死。"

　　无法遏制的一股萧索凉意侵上心头，傅昊都整个人顿时如置寒潭之中，抵守着最后一点希冀，近乎哀求似的问："方才要回无常坞，全是在骗我？"

既已撕破脸皮，荆南侬也不屑掩饰她的冷笑："谁稀罕你的金山银山？本想骗你回无常坞去，找人结果了你，你不肯，偏偏逼着本郡主亲自动手……"

傅昊都瞳孔猛地一缩，他伸出手，不管不顾地一把抓住了荆南侬的衣袖，拖她到自己眼皮底下，盯着她的眼一字一句道："你为了他，竟然如此！"

荆南侬一步不退，针锋相对地回视着他："他是我的夫君。"

他额间青筋忽然一跳，脸色狰狞得吓人，每一个字都像是从齿间碾出，带着不死不休的恨意："你要他的心，怎不见我之心？！"

荆南侬带着哭腔，不留情面，直接道："我夫君是荆山之玉，岂是你可比的？放开我。"

怒气渐起，以燎原的姿态一寸寸攻陷了他的心，理智渐渐弃他而去，手下因为用力失了章法，荆南侬在他掌间不住挣扎，他浑然不觉，愤怒如火焰灼烧着他的心，那一瞬间，他甚至想过杀了面前这女子。

爱得要杀了她！这念头熊熊而起，他就再也难以松手。

荆南侬力有不逮，恨意丛生，在生死一线之间，她扑上前去，用嘴狠狠咬住傅昊都的手臂。傅昊都双眼赤红，像是入了魔，哪怕血流满衣也不放手，衣袖因她的拉扯渐渐下滑，荆南侬不经意间瞥了一眼，目光触到他裸露的手臂时，她有刹那的愣怔。

察觉到她的反常，傅昊都下意识地顺着她的目光望去。

此刻她看的是他手臂上的一颗胭脂痣。

傅昊都有些不解，只见荆南侬缓缓抬头，脸上的表情似绝望又似崩溃，两行眼泪蜿蜒而下。她喃喃道："竟然是你，原来是你……"

承受不住这发现带给自己的巨大打击，她晕了，软在他怀里。傅昊都大惊失色，打横一把将她抱起，拨开那些闻声进来的侍女，直奔自己的寝殿，将她小心放于床上，而后回头向外高声吼道："大夫，还不快请大夫过来！"

一阵慌乱之后，大夫赶到此地。确定荆南侬只是气急攻心才致昏厥，并无大碍之后，傅昊郗仍不放心，寸步不离她的床边。他握着她的一只手，目光更是舍不得从她脸上移开片刻，大有在她床边守到天荒地老的架势。这时，苦海悄然走入，屏退了那些服侍的侍女后，在他耳边密语了几句。傅昊郗脸色一沉，转顾他，冷冷地问："真的吗？"

苦海暗暗点头。

傅昊郗沉吟片刻，交代侍女好好照顾荆南依后，转身阔步走出房间。

原本一直陷于昏睡中的荆南依在他的脚步声彻底消失之后，悄无声息地睁开了眼，目中敛去了一切多余的情绪，只有一道幽幽冷光滑过。

她掀开被子起身，先打发掉房中的侍女，而后走到镜子前，打开案上的妆奁，对镜描眉，精心装扮起来。

她抬头望向窗外，在这困城中久居，却不知道春在何时已悄然降临，华枝新发，一枝艳色海棠颤巍巍地探进窗内。

她神思恍惚，一笑，伸手将花折下，指腹轻轻抚着那柔嫩的花瓣，喃喃道："梳妆低怨思，夜雨香不在。"

可是这寂静空室，无人回应她的声音。她抬手将海棠花簪入发间，冲着镜中的自己悲切一笑，神色甚迷离，她低语："荆南的女子，当真倾国倾城。"

她起身出门，侍女本欲跟她前来，被她眼风一扫便顿时止步，她侧首冷淡道："我想出去走走，你们不必跟来。"

侍女们面面相觑，讷讷不敢上前，只能眼睁睁地看着她渐行渐远。

以命相逼

　　傅昊郗穿过守城的侍卫，快步登上城墙，松语和苦海紧随其后，分别领着两队侍卫在城墙之上架起弓弩。见准备就绪，傅昊郗神色稍缓，微露笑意，扶墙向下望去，见巍鸣就站在城墙下。巍鸣高声怒斥："大胆，本君是逍遥堂堂主，尔等是反了吗？让长郡主开门……"

　　傅昊郗悠然一笑，指着城下的巍鸣，神色忽然转厉，冷冷道："长郡主有令，巍鸣君身患恶疾，在堂中养病，城墙下小儿是冒名的狂徒，将其乱箭射死者，赏金五百！"

　　众侍卫齐声道："得令！"随后引弓瞄准巍鸣。巍鸣冷冷道："我看谁敢？"

　　傅昊郗面不改色，见侍卫面露犹豫之色，便高声命令："长郡主之令，架弩。"

　　侍卫闻令再无犹豫，纷纷将二人弩推上前去，架在城墙之上。巍鸣这才知道芳娉杀他之心竟是如此坚定，闭目隐忍地叫了一声："长姐。"

　　转瞬之间万箭齐发，乱羽横飞，巍鸣闪身躲避，仓皇招架，手臂仍不幸受伤。

　　烟尘归息，散去烟雾的城墙之上依稀出现一女子曼妙的身影。她手牵薄纱，裙裾迎风飘舞，宛如九天仙女，散发出难以描绘的魅力。

　　巍鸣仰头看去，与傅昊郗一齐发出惊呼："依依！"

　　荆南依摇摇欲坠地立在城垛之上，像是一阵风就能将她吹散了。傅昊郗目眦欲裂，只觉一颗心都被她攥在了手里，厉声高呼："你在做什么？快下来！"

　　荆南依妙目只在他身上冷冷一转，冷清地开口："不许射。"

傅昊郗忙不迭道："好好，停！停！"

原本那些还在犹豫的侍卫在他厉声大喝下都收了手。傅昊郗回首继续向着荆南依哀求，双手无助地向上伸着，一副低三下四的姿态："皆依了你，快下来，好不好？"

荆南依却视若无睹，恍若未闻，目光转向城下的巍鸣，嘴角绽出绝美的笑靥："夫君，依依来迎你了。"

"不！"傅昊郗撕心裂肺地大叫。

巍鸣仰头看她，目光一样焦灼，厉声劝她："依依，危险，快下来。"

荆南依衔着笑意展开双臂，那来自青山之巅的清风拂过她的面颊，清冷的触感让她遥想曾经的故国，那里风物繁盛，风景优美，远非逍遥堂可比，那么她为什么还会留在这里？荆南依疑惑地眨了眨眼，听见巍鸣的声音，她终于想起她之所以留在这里是为了这个人。

她为了他，变成了如今连她自己都陌生的模样。

她亲启朱唇，曼声唱念道："翘首兮顾盼良人归，站在此处，能望五津，能迎夫君，甚好，依依不怕。"她笑得明媚，一改从前憔悴神伤，"你答应我的，山崖望雪，等得依依尘满面了，心都熬干了，夫君怎么才舍得回来？"

巍鸣急得心都快跳出胸膛，想起冤枉荆南依的迷药之事，愧疚难耐，连声道："是巍鸣的错，是我错怪了依依，是我……"

荆南依笑了，两行清泪顺着面颊缓缓流下，她终于等来了他的道歉，可是这距离爱情还差得太远。"我终于了悟一件事，夫君不喜欢我，那也无妨，依依仍旧爱慕夫君，比以前还要倾心所向。这辈子，依依把自己所有的容忍和怜爱都给夫君，谁也夺不走。"

"依依！"

傅昊郗使了一个眼色给一侧的鸿夕，鸿夕心领神会，从后绕到城垛下方，缓缓靠近荆南依，却被荆南依察觉。她作势向前，半只脚踩在半空，衣袖随风猎猎作响，飘摇似仙："别过来。"她冷静地威胁，"把城门打开。"

鸿夕一时不敢妄动，回首征询傅昊郗的意见。

傅昊郗面露迟疑："打开了就要了我的命。"

荆南依近乎蛮横道："那就把命给我！怎么，不舍得了？"

傅昊郗踉跄苦笑，神色悲喜不定："为了你，可以，为了他，不行。"

她亦决绝，大有拼死为君的胆魄心性："那是你对我的情意还不够，依依愿舍了这条命，给他。"也不给傅昊郗犹豫的时间，她毅然纵身，从城墙之上一跃而下。傅昊郗肝胆俱裂，扑向城墙厉声道："荆南依！"

鸿夕见状飞身而起，拽下城墙之上挂在匾额上的绸缎，扬袖向荆南依抛出，缠在她腰上，硬生生阻了她下落的趋势，她被悬在城墙半空。傅昊郗拽住绸缎，望向荆南依，见她没有落下，旋即长舒了一口气。

荆南依却并不想让他就此轻易得逞，从怀中取出匕首，其上的寒光映亮了她的眼，她的神色却安详如初，生命早已丧失诱惑，死亡才是她唯一的归宿。

傅昊郗心头一紧，撕心裂肺道："你要做什么？求你，求求你……开门……我开门。"生怕荆南依不信，他火速命令手下，几乎是吼着让他们遵命，"快开城门！"

侍卫们小跑着前去，城门随之大开。

傅昊郗挤出点可怜的笑意，向着荆南依卑躬屈膝道："城门开了，都听你的，我的命你也拿去……别做傻事，求你了。"

荆南依闻言一笑，却也谈不上多么欣喜，抬首望向伏在城墙之上的傅昊郗，眼中有鄙夷闪过，她将她的所有热爱毫无保留地赠给了巍鸣，却将所有的不屑都给了傅昊郗，她蔑视这个爱她而她不爱的男子。

"桃花印女子，只会为爱人结婚生子。你对我做的，我要还了你，杀了你的孩儿。"她单手抚上小腹，另一只手举起匕首，在傅昊的痛呼声中划断绸缎，整个人像是断了翅膀的鸟儿，从半空疾速跌落。

巍鸣惊呼，冲上前去却为时已晚，只能眼睁睁地看着她跌落城下，那难以承受的裂骨之痛逼她呕出数口鲜血。巍鸣踉踉跄跄地冲上去前，抱起软卧在地的荆南依，眼泪瞬时冲下，泪流满面，连声唤她："依依、依依？"

荆南依勉力笑了笑，问他道："小乞丐，我美吗？"

眼泪模糊了他的视线，他几乎泣不成声，如孩子般伤心："美，依依是天下第一美人，芳容丽质，百媚玉颜。"

荆南依笑了，一缕鲜血从嘴角缓缓淌下："你不诓我？"

巍鸣不住点头："绝不欺你。当初，第一次在林间偶遇，便为依依的倾世容颜折服，那时候，我想，如此绝色佳人，顾盼俏姿，唯有天上有，定是仙子下凡。"

荆南依双目微合，她抬手拂去巍鸣脸上的泪痕，无限温柔毕露无遗："下辈子，巍鸣哥哥再救我，依依绝不抛下你独自逃脱，一辈子只为夫君貌美……"

巍鸣连连点头，伸手握住她渐趋冰冷的手，感觉她的生命在他怀中迅速流逝，而他无力阻止。

"依依，不，依依！"

她的手从他脸上缓缓垂下，她侧首，慢慢闭上了眼。

巍鸣抱着她跪在地上，埋首于她的发间，久久都未站起。终于，他听见一道沉重的脚步声靠近，抬头冷冷地看去，就见傅昊郗脚步踉跄，从城门走出，脸色灰败，一派死气。

巍鸣放下荆南依，二话未说挥掌向傅昊郗击去。傅昊郗像是心灰欲死，不躲不闪，被他这一掌击倒在地，朝地咳出一口鲜血，他抬手缓缓拭去，双眼只管盯着荆南依。

跟在傅昊郗身后的鸿夕旋即变色，代傅昊郗向巍鸣发起攻击。刚刚历经死亡的巍鸣濒临失控，双手握拳，以一招逍遥流云掌将鸿夕击出数丈之外。鸿夕手撑地面勉强抬起身，目光惊异地望向巍鸣，暗暗心惊，默念一声"逍遥流云掌"，便一命呜呼。

这一掌也令巍鸣旧疾再发，他喉间一腥，吐出一口血。现如今他连性命都置之度外，并不在意自己的伤势，回首望向荆南依，却见被击在地的傅昊郗正一点点朝她爬去，强撑着抱起她，将她已无血色的脸小心翼翼地贴在自己的脸颊上。他如恋人般喃喃轻语："小姐姐，我带你去看雪。然后，我们回无常坞去，给你造金屋……"

他弯腰抱起荆南依，趔趄而行，朝前走去。

巍鸣怒不可遏，双目嗜血，俯身弯腰，捡起一柄散落在地上的长剑，一步步朝着城门走去。

守城的侍卫为他气势所慑，竟不自觉地纷纷后退，为他让出一条通往城内的道路。巍鸣倒拖长剑，刀尖在地上一路划过，火星四溅。他一路疾行，目不斜视，内心的苦痛像是潮水漫涨，几乎要将他吞噬。

他恨恨道："小妹坠崖，依依已死，皇甫失权，今日，巍鸣便向你统统讨回来——懿沧群死前所言，皇甫世家所流之血，所剜之肉，皆因我是个不祥之子，他诅咒我，他说我戕害至亲，一生孤苦！今日，我就是遂了仇人之愿，纵使落得个死无葬身之地，也要为他们讨回公道！"

痛意翻涌，不可遏制，巍鸣整个人一震，一口鲜血从嘴内喷出。巍鸣低头看到衣襟上斑斑点点，忽地仰头狂笑："巍鸣就以我皇甫的逍遥流云掌，手刃我至亲至爱的长姐，拿我一命，赔你一命！皇甫芳娉……"

阻他道路的或成他刀下之魂魄，或四散逃窜，没了拦他的人，他大步向芳娉的寝宫走去。芳娉的侍女见巍鸣浴血而来，状若野鬼，手中之剑甚至还在滴血，便惊呼一声，四下跑开。巍鸣一记掌风震碎了芳娉寝宫反锁的大门，一步一步走进大殿，环视这寂静的空室。他手握长剑高声道："皇甫芳娉，你给我出来！"

无人回应，四周静得似乎能听见他的呼吸声。

巍鸣绕过屏风，发现芳娉背对着自己坐在梳妆台前，单手支颐，恍若未闻的模样。巍鸣勉强压住心底的怒意，抛下手中的长剑，但听铿锵一声巨响，也未能激起她丝毫回应。巍鸣快步上前，一手按住她肩头迫她转身，正要唤长姐，她却像是失了气力般软倒在他臂间。巍鸣大惊，扶起她，却发觉她面色惨白，双唇毫无血色，脸上眉间长满了尸斑。他震惊不已，一根手指引至她鼻端，心也彻底沉了下来——她已没有呼吸。

巍鸣双膝一软，缓缓跪倒在她面前，压抑了许久的情绪至此终于决堤，他伏在她膝间放声大哭："长姐……"

他的哭声萦绕于整个大殿，殿外屋檐之上，残阳如血，正凄厉地映照着地上的悲欢离合。

九十八

群臣异动

荆南依坠城暴毙的消息很快传至鸢倾城，辰星闻讯之后含泪来禀，苏穆豁然起身，厉声逼问："是真是假？"

辰星跪在地上，愤然道："属下也是在关隘得了消息，据说依郡主为巍鸣君进城门，舍身跃下城墙……"

叶阑随之色变："事情怎会变成这样？"

苏穆捏紧拳头，一脸惊痛："逍遥堂中到底发生了何事？一个是堂主，竟被阻城外，一个是君妻，竟枉死城下！"

辰星含愧低首："属下无能，并不知晓。"

苏穆抬头望向逍遥堂所在的方向，神色渐渐变得凝重，他简单下令："备马……"

"君上……"

"兄长节哀！"叶阑上前一步到他身旁，恳切道，"兄长，阑儿与你同往！"

苏穆本想着此去生死未卜，不想拖她陷入这泥淖当中，可是见她去意已定，便随即一叹，点头道："好。"

在他们出发的同日，另有一列人马也于逍遥堂启程，来到一处野郊荒漠。重重黑影下，一团篝火毕剥作响，篝火正前方设有石形高台，一群异族人士围绕在高台左右，为首的女祭司脸戴古怪面具，拿着藤制手掌登上祭台，异族少年们簇拥着女祭司手足并用地舞蹈，状若小兽，脸上身上绘满了图腾，脚踝上系着的铃铛叮当作响。

女祭司忽然停下，少年们纷纷停下，默契地退往两侧。异族首领穿过众人走上祭台，单膝朝月跪下。其他异族人随他动作，女祭司仰头望天，口念咒语，整个人如被鬼怪附身，浑身颤抖，扭动不止，随后取下口中叼着的匕首，划破手掌，虔诚地上前，如仰视君神般小心翼翼地将血抹在首领的额头。

血沿着他的面庞徐徐滑下，让这原本就绘满了图腾的脸更显狰狞诡谲。首领缓缓起身，转身展开双臂面对异族子民，迎来了他们山呼一般的叫喊声。

首领高声道："小儿们，我族人终年在这燕之山外，狩猎放牧，颠沛流离，明日，太阳升起之时，我等就翻过燕之山去，抢土地，夺女人！"

异族人兴奋异常，仰天号叫，声音响彻云霄，惊起了树上一群鸦雀。

这时，冷子夕推着轮椅，从众人背后缓缓现身，冷静地望着眼前这一幕，嘴角浮起一缕意义莫名的微笑，异族首领见状快步走到冷子夕身边。冷子夕从怀内取出皇甫信符，递给首领："大王只需扮成皇甫士卒，便可以此信符，在悠然河南北畅通无阻。"

首领既惊且喜："天助我也！敢问冷先生，我该何时出发？"

冷子夕意味深长道："不急，那般草莽世家皆带领精锐部队，前往逍遥堂，其领地后方空虚，大王便可将他们的城池一举拿下。"他望了一眼首领，悠悠继续道，"陆廉、扶泽、有疏……"

他料得没错，距离逍遥城最远的陆廉却是第一个动兵出发。陆廉世家首领集结了城内精锐士卒往逍遥堂进发，行军途中接到前方探子来报："其他的几个世家皆传信，不日将逼近逍遥堂下。"

陆廉世家首领坐于马上捋须一笑，得意道："想那黄口小儿正如履薄冰，在逍遥堂下布防重兵。"转念一想，巍鸣若设下重防，逍遥堂必定易守难攻，拿下它虽说是早晚之事，其中必要折损他些许兵力，倒不如声东击西，暗度陈仓，他眼珠一转，即刻命令手下，"告知其他几个首领，可选悠然河沿岸皇甫薄弱之地，强攻之。"

武士称是，快马而去。

陆廉世家首领极目望向逍遥堂所在的方向，冷冷一笑，自言自语道："这沾金带水之地，姓了这么多年的皇甫，也该改改姓氏了。"

各大世家逼近逍遥堂的消息传到巍鸣处时，他正独自一人在花园里中踱步。时值秋末，万物萧条，池内一片残荷枯叶，尽显颓废之气。巍鸣负手站在池边久久不动，眼前尽是垂髫之年与姊妹一道嬉戏的景象，那些陪着他或哭或笑走过这些年的手足，终于在时间的长河中被冲散，只余他一人品这冷星残月，赏那天阶幽凉。他颓然一叹，神情甚是萧索："斯人已去，莲花竟也枯槁了。"

巍鸣长叹了一口气，转身走向祠堂，站在门口须臾，深吸了一口气，推门走进。幽暗少光的冷寂空室弥漫着一股浓郁的沉香，记忆中，他的祖父身上也终年带着那香，时间久了，他竟分不清究竟是祖父身上沾染了那安息香，还是祖父的气息充满了这阴冷的祠堂……这熟悉的气味扑面而来，意外勾动了他深埋心底的隐痛。他抬头，目光一一扫过案上那些被岁月尘封已久的灵位：皇甫的祖宗，他的祖父，他的父亲，最后也是最新的那个，写着他的长姐皇甫芳娉的名字。

它们就这样立在思念和日光都不能触及的角落，带着往生者的沧桑，见证着生存者的悲凉。

巍鸣掩上房门，随着吱呀一声，最后一线日光被彻底阻在门外。在这只剩他一人的祠堂，他双手合掌，虔诚地跪在灵位之前，郑重许愿道："皇甫列祖列宗在上，请佑子孙皇甫巍鸣重整家风，匡正社稷，平息世家纷争，护佑百姓安居乐业，永享太平。"

拜别列祖列宗，巍鸣走出祠堂。侍卫见他出现，立刻迎上来："禀巍鸣君，有军报。"

巍鸣肃然道："快说！"

"陆廉等世家突袭我皇甫关隘。"

巍鸣心一紧，他没有料到战事竟一触即发，远比他料想中的还猝不及防，他问："战果如何？"

侍卫如实回禀："已被击退，防御的士卒是……"说到这里，他抬头看了巍鸣一眼，踌躇了片刻才继续道，"是荆南当初留下的人。"

巍鸣愣怔："苏穆……"

晃神片刻，他收回多余情绪，正色命令侍卫："告知皇甫士卒，严阵以待，必定保我逍遥城固若金汤。"

回望身后屹立在夕光之中的皇甫祠堂最后一眼，巍鸣心中复杂难言，此次安然渡过难关，本以为是冥冥之中列位祖先庇护逍遥堂的结果，可是他如何能想到竟是苏穆助他一臂之力……

当初，孜孜教导，历历在目。

苏穆从未食言，匡扶社稷，荡平天下，替巍鸣讨一个清朗的天下，他一一兑现了。

巍鸣方知他是个真正的大丈夫，一诺千金，为天下。

他细问此战事宜，侍卫便一一道来："陆廉世家行军至我逍遥堂关隘处，正欲强攻，不知何处突然闯出一列人马，形容打扮均似荆南人，趁着黑夜冲向陆廉武士，与他们展开拼死肉搏，致陆廉武士伤亡惨重……"

巍鸣颇为动容，也像是亲眼见到了战场厮杀血流成河的一幕，负于背后的手不自觉地捏紧成拳，他的语气却始终从容不惊："君者心如磐石，不可转也。"

侍卫蹙眉不解望向他，他却不再言语，转身离去，回到书院中的书房才卸下一切防备，背倚房门，深呼吸，表情却一点点变得凝重。

举目望去，房内灯火通明。他凝眸看着，那跃动的烛火忽地一晃，逍遥流云掌带来的伤痛再次发作，强烈的剧痛如惊雷当空劈过，嗡嗡巨响充斥着他耳内。他痛吟了一声，捂住双耳缓缓滑坐到地上，再抬头时，面前已不是他书房的陈设，无边暗色中，懿沧群站在其中。

巍鸣仓皇地向左躲闪，抬头却发现皇甫规浑身是血地凝视着自己。

他颓然跌地，又看到扶泽世家首领胸口插剑，踉跄着靠近。

他手足并用，惊恐地向右爬去，抬头就撞见自己的父母脸色惨白，如孤魂野鬼一般立在那里。

他几乎崩溃，如走火入魔般在房间中来回奔走，双袖狂舞，宛若癫狂，气血倒行逆施般在体内狂涌，如千万根针齐齐扎入体内。他仰头发出一声咆哮，衣物发丝无风自动，涌动的气浪将逍遥堂的大门和窗户都震碎了。他的身体难以承受这突如其来的重创，胸口剧烈一颤，他直直朝外喷出一口鲜血，随后便软软地晕倒在地。

叶阑心头突然一跳，莫名有些心慌气短。走在前方的苏穆察觉到她的异样，停住脚步快步走回她身边，以为是她昔日旧伤复发，凝视着她的脸色，忧心忡忡地问："你怎样了？"

她强颜欢笑着摇头："没事，我们继续走吧。"

"已经到了，"苏穆指着林外某处，上前拨开其上覆着的杂木枯草，露出了地道入口，他指着这入口向叶阑解释，"这是当日我从逍遥堂逃生之路，没想到竟在今日派上了用场。"

叶阑望着那入口，愣怔出神。

苏穆多少也猜到了这一路叶阑心神不定的原因。作为一名真正称得上有担当的男子，任何时候他都会放手给她自由的权利。他强忍心底一切异样，向她温柔一笑，温言道："阑儿，此番必定故人重逢，勾起伤心事，可愿往？"

叶阑神色渐渐黯淡下来，须臾又抬头望向苏穆，郑重其事地表明她的心迹："阑儿明白。我与巍鸣，缘尽矣。阑儿虽做不到以德报怨，却能泯恩仇，存大义。"

苏穆颔首，看向她的目中多了一些欣赏的意味："阑儿女中丈夫也！疾风知劲草，板荡识诚臣。"

叶阑淡淡一笑："阑儿虽已失去灵羽的功夫，仍愿与苏穆君同往，匡扶正道，尽绵薄之力。"说罢她越过苏穆，率先提步进入地道，苏穆快步跟上。二人一行顺着地道潜到逍遥堂地牢之内，打晕了数名看守的狱卒，换了他们身上的衣物。苏穆拿长剑劈开了地牢的锁头，二人趁着夜色混入了逍遥堂内。

苏穆和叶阑轻松避开一路巡视的逍遥堂侍卫，经过药庐时，苏穆发现其内灯火通明，不类其他宫室早已闭门歇下。苏穆使了个眼色给叶阑，她会意，与苏穆悄然上前伏在窗下，戳破蒙窗的白纸，不动声色地朝内望去，房内并无他人，只苦海一人，一边哼着小曲一边摆弄着手中的药材："金鳌上钩，似太公一钓，享国千秋……"

苏穆听出曲中大为不敬之意，凝神细看，只见苦海将药材点火，与一些毒虫一道放入瓷罐当中，晃了几下，而后取来一张白纸，用毛笔饱蘸了鸡血，在其上绘符，将它撕成一片片蝴蝶的模样，一起点燃后投进瓷罐当中，口中念念有词。很快，罐中便传来扑棱棱的动静，苏穆不解其意，蹙眉望向叶阑，叶阑与他对视一眼，眼中有相同的疑惑。

这时候夜风吹动窗门，发出一声突兀的异响，苦海豁然抬头，凛然问道："谁？"

苏穆和叶阑交换了眼神，悄然跃起，以足尖轻点地，跃上屋顶。

苦海丢下瓷罐，起身快步向外走去，推开门，一片月华映照下的院中空无一人，没有闭拢的木窗在晚风中格格作响。苦海松了口气，走去关上木窗，浑然不知头顶苏穆和叶阑二人的存在。

他望着起风的庭院喃喃自语道："天冷了，也该动手了。"

九十九
巍鸣中计

巍鸣从眩晕中苏醒，强撑着从地上坐起，一时不辨时空地点，只是怔怔地看着面前的烛火出神。这时两只白色的蛾子从外飞进，循着光线扑向巍鸣，他倦怠地挥手，将其赶走。蛾子径直朝他面前的烛火飞去，顷刻间就化为灰烬，生成蓝色的迷烟。

巍鸣眼前一花，重又现出了懿沧群等人的模样，他们并列一排站在大殿之中，个个鲜血淋漓，口中喊杀声不绝于耳。

巍鸣仓皇躲避，摆手招架，惊恐地连声道："走开、走开！"正值他精神涣散，濒临崩溃之际，苏穆和叶阑二人刚好赶到这里。叶阑见他如此，即刻上前扶他站起，紧张道："鸣儿，你怎么了？"

苏穆扫他一眼就已猜到七八："像被心魔所控，失了心智。得将他叫醒。"说罢他快步向前，揪住巍鸣，迫他抬头看着自己的眼。可在巍鸣的眼中，苏穆已不再是苏穆，而是满身带血一脸横肉的懿沧群正恶狠狠地瞪着自己。巍鸣大惊，一把甩开苏穆，没头没脑地向苏穆拳打脚踢，毫无章法却招招致命。苏穆蹙眉躲闪，唯恐伤到巍鸣，自己却险些被他所伤。

叶阑上前，也被巍鸣推得一个踉跄，跌坐在书桌旁，抬头见绕着烛火飞舞的两只白色飞蛾，想到适才在苦海处所见的一幕，心中顿时一个咯噔，喃喃道："这蛾子恐有古怪。"叶阑取出靴中匕首，朝飞蛾砍去，砍碎一只，另一只则直直向火苗扑去，瞬间自燃，化成蓝色的火焰扑向巍鸣，不巧撞在他眼中。

巍鸣吃痛狂叫，如着了魔一般，疯狂地朝叶阑挥去一掌。叶阑躲闪不及，眼看就要受他一掌，苏穆抢步上前，挡在叶阑身前，硬生生地吃下这一掌，连连后退，栽倒在地。巍鸣发狂似的扑上前去，夺过苏穆手中的长剑，双手握紧刀柄，不由分说向苏穆刺去。

苏穆侧首一避，等了许久也未等到疼痛来袭，他抬头，才看见挡在面前的叶阑用双手握住剑刃，雪似的目光直直望向巍鸣，浑然不顾鲜血顺着她的指缝淌下。

"鸣儿……"她轻声唤他。

巍鸣身体一震，在这个声音带给他的悸动里，慢慢缓了神情，略显疑惑地望向叶阑，仔细辨认。

叶阑放缓语气，试图唤醒他的回忆，柔声道："鸣儿，是我啊，叶阑，叶子爷，你不记得了吗？他是你的穆哥哥啊。我们三人，曾在青山盟誓，梨园饮酒。"

巍鸣意态恍惚，双手抱头，似隐隐作痛。

叶阑心里一急，扶着他肩，要他看自己一眼："鸣儿，你睁开眼，看看你的至友良师，看看你的江山故国，看看我……你的……阑儿……"

巍鸣发狂大叫一声，一把挣开叶阑的手，持剑对准叶阑，声嘶力竭道："别过来……"叶阑被推得一个趔趄，苏穆连忙扶她站直。叶阑固执地推开他，望向巍鸣，动情道："你我杜若之约……可还记得？"

巍鸣闻言愣怔，在这句话引发的回忆中陷入沉默。终于，他抬头看向叶阑的目光像是被涤荡干净的湖水，一点点恢复了清明和理智。他轻轻唤她："阑儿，是你……"他丢下手中长剑，紧紧抱住叶阑，一瞬之间就回到了曾经懦弱无助的时候。

叶阑亦流泪，抬手想要抱一抱巍鸣，最后还是选择放下。

这时，一旁的苏穆忽然色变，大喊一声小心。叶阑抬头，就见几条大红绸带从逍遥堂外飞入，四散花瓣下，几名异族少年脚踏红绸落入堂内，腰上挂着的铃铛叮当作响。

苏穆护着叶阑和巍鸣二人避到一边，警惕地望向这群不速之客。少年落地，收起红绸，一顶饰有鲜花和彩羽的轿子顺着红绸落下。叶阑不安地扫视着这群人，低声问："他们是谁？"

冷子夕乘着轮椅走出花轿，他甫一现身，叶阑便认出了与她有剥皮之恨的仇人，咬牙道："玄古阁！"

冷子夕恍若未闻，目光直直望向他们身后，扬声道："父上，他们都是将死之人了，还怕谁污了您的眼？"

苏穆等人齐齐色变，顺着他的目光回身望去，一人从黑暗中走出，形容样貌一点点变得清晰，竟然是苦海。

苏穆沉声道："你竟然就是玄古阁阁主。"

面对众人惊惑的目光，苦海淡淡一笑："多少年了，少有人提及我玄古阁的名号了。"

苏穆不自觉地握紧了手中长剑，问："你为何设置这重重迷局，将各世家搅入其中？依依的死，可与尔等有关？"

苦海闻言又一笑，似真似假地赞道："苏穆君果然见微知著，明察秋毫。当初，设计飞尘这个登徒子挟持荆南依，确是老夫所为；推动有疏叶阑作为棋子，接近巍鸣的，也是老夫；搅乱逍遥堂，令众世家生了二臣贼子之心的，亦是老夫。"

巍鸣恨从心起，鄙夷道："居心叵测，怙恶不悛！"

苦海置若罔闻，抬首望向天际，笑得古怪："还有最后一步棋，即刻便落子了。"

苏穆和巍鸣对视了一眼，心下疑惑。

漆黑夜色，扶泽城外，纠集于城下的异族人士均做皇甫世家之人打扮，在首领的引领下候在城外。守城的侍卫扶墙向下望，扬声质问："来者何人？"

首领勒马，从怀中掏出皇甫信符，亮给守城的侍卫看："我们是皇甫武士，要在扶泽世家借宿，这是皇甫信符，见信符如同见堂主，快开门。"

扶泽侍卫深信不疑，城门开启，容异族人从外进城。然而城门一开，异族人便原形毕露，抽出腰间弯刀，见人就砍，开始了他们血腥的杀戮。

之后接连几大世家都遭此浩劫，各大世家掌权人闻讯后，纷纷集结队伍在悠然河南岸，各家信使随后赶到。烟芜见他们神色仓皇，已心生不妙："出了何事？"

有疏信使翻身下马跪倒在烟芜马前，痛声道："我们的有疏城池，被异族占领了。"

烟芜陡然色变，厉声质问："什么？异族！你们为何要开城门？为何不等我回去？"

信使死里逃生，浑身带血，听到这话便涕泪横下："他们拿着皇甫世家的信符，臣下不敢阻挡……"

烟芜震惊："皇甫信符？他们手上竟然会有皇甫信符！"

与此同时，各大世家纷纷接到所属城邦被异族攻陷的消息。壶央信使从马上摔下，扑到壶央世家首领脚边，哭道："首领，您带走了精锐部队，我世家城池被异族人攻下了。"

壶央世家首领当即色变："皇甫世家怎会引异族踏入燕之山内陆？"

陆廉世家首领闻言色变，环视在场所有惶惶不安的世家首领，冷笑着开口："如今逍遥堂各个关隘，皆以巫蛊族诡异之卒守卫！难道皇甫与异族勾结相通，要构陷我等？"

世家首领面面相觑，陆廉世家首领念头一转，双掌一拍，这才顿悟过来："我们中了皇甫小儿调虎离山之计！皇甫世家竟不顾悠然河南北百姓之生死，联合异族绞杀我等！"

烟芜心中疑云顿起，登时沉下脸色："异族残暴无良，必荼毒生灵！悠然河南北危矣。"

逍遥堂内，辰星带着荆南"盾牌"冲入逍遥堂内，拜倒在苏穆面前，连声禀告："苏穆君，异族趁着各大家族前往逍遥堂的空虚之势，翻过燕之山，攻城略地，屠杀百姓。他们佯装中原人士，持有逍遥堂的通行信符。"

巍鸣脸色惊变，顿时醒悟，喃喃道："离樱……是小妹……是她……"他豁然抬头，逼视着苦海，厉声质问，"小妹在哪儿？你把她如何了？"

苦海漫笑道："是小郡主心甘情愿与老夫做了这笔无偿买卖。一块信符，换老夫千军万马，讨仇人的一颗心。只可惜……"他不怀好意地觑了一眼巍鸣，满怀恶意地继续道，"可惜，小郡主回来之时，长郡主已无心可偿这骨肉之仇。"

巍鸣握拳，怒目而视，恨不得生噬面前这等恶人："长姐之死，也是尔等所为？"

苦海也不遮掩，笑着点了点头。

巍鸣目中怒焰滔天："小妹被嗔念蒙蔽，中了你这卑鄙之徒的诡计。"

旁观这一幕的苏穆不解多过困惑，望着苦海问："苏穆不懂，老阁主如此煞费苦心，要将悠然河南北陷入水深火热的境地，到底意欲何求？当年，灭你 人，杀你武士的，不就是燕之山外的异族人吗？你为何要助纣为虐，帮扶自己的仇人，陷害本是同根生的世家于危难？"

苦海尚未开口，倒是冷子夕先冷笑了两声，阴阳怪气地反驳道："同根生？谁与你们这些卑劣的世家同根同源……"他扬袖指向苏穆等人，"尔等……这些道貌岸然、满嘴仁义的小人，才是我们玄古阁的仇人！"他语气愤恨，像是与苏穆有不共戴天之仇，"当年，异族大举进犯，父上一心驱除异类，忠君为国，舍下年幼的姐姐和我，带着玄古阁的武士们，跟随皇甫规一同抵抗异族……谁料，玄古阁在追击异族最后的余部时，中了埋伏，被困山谷，父上接二连三地报信给各大世家，可是，等来的不是援兵，而是一杯毒酒……"他神情渐渐激愤，说话间双手不住颤动，难以抑制心底的悲恸之情，"世家首领们因我父亲战功卓绝而嫉恨他，害怕封赏之时他与他们争名夺利，非但不相助，反而跟随御风尊君在皇甫规面前构陷我父亲通敌。"

"御风……"苏穆这才了然为何御风城会凋敝至此，原来都是出于玄古阁的一场报复。

"皇甫规昏聩，竟下令刺死我父……"冷子夕语带哽咽，这几日苏穆见到的冷子夕向来残酷冷漠，从未见他如此动容，心中微讶，凝眸看他，他勉强抑住悲声，继续道，"玄古阁的武士，如同畜生一般，被那群野兽折磨致死……那些玄古阁士兵的头颅，就这样悬挂在异族人的长矛之上。"

忆及往事，苦海满脸都是痛苦之色："我玄古世家，亡矣——两军对峙，死伤难免，胜负，在天意，老夫毫无怨怼，然而，我们的族人是死在曾歃血为盟，同生共死的自己人手里，天理何在？幸好老天开眼，留了老夫一口气。十六年了，老夫要悠然河世家战火纷争，让你们领地的百姓，终受异族的奴役，民不聊生；让你们武士的头颅，吊在异族人的长矛之上，不得全尸；让你们这些伪君子般的掌权者，臭名昭著，遗臭万年——以此来告慰我玄古阁哭泣的亡灵们。"

冷子夕冷眼看着苏穆等人,上前扶住悲愤不已的苦海:"父上,何必多言,取了他们的性命,以雪前耻。"

说罢他一拍轮椅,松语灵活地从地下某处钻出,以待命的姿态恭敬地立在冷子夕面前。冷子夕闲适地一扫视他,捋了捋自己的头发:"正好,也让古夕寻到这《逍遥流云》的正经主子,看看是谁更胜一筹。"话音刚落,他锐利的目光便直刺巍鸣而去,苦海和松语对视了一眼,联合直取苏穆的命门,苏穆闪身一躲。

原本站于外围的异族少年则于这时嘻嘻哈哈地绕着众人快速旋转,快如重影。巍鸣旋即色变,紧紧握住叶阑的手,挡在她面前。叶阑心弦一动,抬头望向身前巍鸣坚毅的侧脸,心中悄然漫上一股暖流。

松语不知从何处变出剪刀一把,直取苏穆的下盘,苦海夹击,松语时而遁地,时而现身,在最出其不意之际给苏穆一击。正在双方缠打得难解难分之际,辰星带着"盾牌"们匆匆赶来,直直杀入那些异族少年组成的包围圈内,硬是杀出一条血路。

冷子夕一见苦海等人的攻击陷入颓势,伸手一挽红绸,以此为武器,向巍鸣和叶阑发起进攻。红绸铺天盖地袭来,巍鸣一眼瞥见,拉住叶阑的手从红绸的旋转中心一跃而出,足尖轻点光滑的绸缎,小心将叶阑远远放在一边,随后飞身而起,脚踏红绸直奔冷子夕,勾住他的轮椅,将其举至半空。巍鸣双掌合力击出,冷子夕以双手对掌,二人齐齐往后退去。

苏穆见二人胶着不下,心下焦灼,以剑触地,借那一剑之力向松语刺去,一股鲜血溅上红柱,松语缓缓倒在他剑下。

阴谋暴露

苏穆回头，只见巍鸣和冷子夕各自踩着红绸的一端，悬在半空中，四掌相对，所用心法、招式均雷同。巍鸣猛吸一口气，气沉丹田而去，运力向冷子夕一击，威力甚大，二人均受反噬，向后摔倒。巍鸣因常受此等伤害，早就习以为常，抬手随意抹掉嘴边鲜血。可是逍遥流云掌的威力却大大超过冷子夕的预期，他飞身而出摔在地上，五内受创，捂住胸口生生呕出一口鲜血。

苦海本从腰间抽出两条铁鞭想要向苏穆发起攻击，见状也顾不上他，大惊失色地奔回冷子夕身边，将其从地上扶起，连声道："夕儿，怎会如此？"

冷子夕虚弱地倚着他手臂，断断续续地说："父上，这功夫伤身。"

苦海急得不行："你不是得到了下半阕《流云》吗？必是化解之法！"

冷子夕心中一亮，勉力一笑："古夕愚钝……"借着苦海的力，他勉强从怀中掏出一个盒子，打开亮给苦海看。

叶阑眼尖，一眼看出那其中蹊跷，失声惊叫："是《流云》！兄长！"

苏穆和巍鸣同时听见叶阑的呼叫，也是大惊，一齐奔向冷子夕，争夺他手中的盒子。一番缠斗之后，装着《流云》的盒子被苏穆用剑柄打向叶阑，叶阑伸手欲接，被苦海一记铁鞭卷走，盒中的盘香从半空掉落在地，顷刻之间碎成了两半。

叶阑眼睁睁地看着最后的希望被毁，心头剧痛，歇斯底里地大吼："不要啊！"

苦海却仰天长笑，笑过之后望向地上奄奄一息的冷子夕，神情苦涩至极，不复适才的狂妄："夕儿，父上教你最后一招，玉石俱焚，死得其所。"

冷子夕隐隐有所悟，泪流满面地望向苦海："父上保重，我先行一步，去见姐姐了。"在众人惊诧的目光之下，冷子夕拼着喉间最后一口力气从地上一跃而起，运力使出最后一招，向巍鸣击去。

巍鸣被迫起身相迎，接下他这一掌。冷子夕因此坠地，吐血身亡，巍鸣就势跌落一旁。叶阑惊呼一声，冲到巍鸣身旁扶起他，紧张地察看他身上："鸣儿……你怎样？"

巍鸣还未回答，口中便直直喷出一口鲜血。

苦海望之仰头大笑，而他那枉死的孩儿卧在距离他不足一丈远处。他虽狂笑不止，笑声却极其凄厉，透着万事转头皆空的悲凉："皇甫世家的人要死绝了——如今，悠然河南北群龙无首，必定如散沙之盘一般，溃不成军。哈哈哈，让异族的铁蹄踏破山河，让苍茫大地洒尽你们的鲜血吧……哈哈哈……"他望了自己的孩儿最后一眼，语调奇异地转低，像是安慰儿子的亡灵，"要不了多久，我们玄古阁的大仇就得报了。"

苏穆摇头，看着面前这嗔于仇恨的老人，道："为了一念私仇，便将旁人的性命，置于刀刃之下，简直荒谬至极！试问，从未参与你亡族之事的我们有何罪过？那些从未与你谋面的百姓有何过错？"他一指冷子夕的尸首，神情渐渐激愤，"报了仇又如何？真正将玄古阁置于亡族地步的，难道不是你自己吗？连亲生骨肉都当成死士来用，百年之后，玄古阁才是真正绝后了！"

苦海被他戳中心中隐痛，终于不得不直面比大仇未报更残忍百倍的事情，那就是他的亲生骨肉枉死，这世间再也不会有他的血脉留存，不远的将来，玄古阁将彻底泯灭于人世。他恍恍惚惚，心神俱裂，整个人不住战栗，伸手点着苏穆等人，断断续续道："不……不……是你们，不是我……"

苏穆眼神一变，眼见苦海渐渐癫狂，找准时机挺臂刺去，正中苦海胸口。苦海不躲不闪，任那刀锋当胸穿过，一口鲜血从口中喷出，他的语气却依旧狂妄："老夫不能死，我还要看着你们血流成河呢。"话音刚落，那柄剑被他徒手掰断，他转身飞跃，破窗而出。苏穆正要追赶，想到身后巍鸣、叶阑还在，急忙止步。叶阑捧着碎成两半的盘香，正径自落泪，哭得伤心。她将碎香捧着给巍鸣过目："鸣儿，快看，这《流云》如何使得？"

巍鸣虚弱一笑，摇了摇头。

叶阑急得眼泪成串跌落，拉着巍鸣的手反复追问："这是鸣儿祖传之物，鸣儿怎么不知道其中的蹊跷？鸣儿你想想，鸣儿快想想！《流云》在这儿，一定可以救你的，一定可以。"

巍鸣不忍打破她最后一点希冀，只是不语。叶阑小心将那碎成两半的盘香归拢在一起，近乎哀求地望向巍鸣："你是皇甫的嫡子嫡孙，一定知道这秘籍怎么用，是不是？"

巍鸣落在她脸上的目光温柔如水，爱人重聚，却要生死两茫茫。她与他的命数，辗转错落。

巍鸣伸手拂去她面上的泪珠，语气依旧轻柔："傻瓜，我是嫡子嫡孙，可是我也不是什么都知道啊。"

眼见最后一点希望破灭，叶阑跟个孩子似的哭出了声音："你怎会不知？你这个不学无术的笨蛋，为何不知？"

巍鸣嘴角含笑，语气始终平静："我要死了，阑儿。"他抬手一点点抚过叶阑的脸庞——她的眼、鼻、唇，他深爱的所有，"无论阑儿爱不爱我，鸣儿都爱你。"

叶阑内心一痛，她想告诉他，她也爱他，她对他的感情并不少于他，可是刚一张口，眼泪便于心声之前轰然坠下，她止不住声音中的哽咽，像是在安慰他也像是在安慰自己，连声道："肯定还有办法的，我会救你的，我不会让你死的。"

巍鸣笑笑，喃喃道："我真舍不得阑儿，舍不得……"

叶阑再也抑住不住心底的悲恸之情，抱着巍鸣失声痛哭。巍鸣的力气一点点流逝，微微合眼，进入了弥留之际。叶阑拼命摇晃着他，试图阻止他陷入昏睡。苏穆一脸焦急，俯身捡起叶阑散落在地的盘香，拼在一处，望向其上显出的小字，念道："流云如烟，涅槃得逍遥。"

苏穆略微沉吟，随手打翻身旁的宫灯，烛火倾在红绸上，顿时熊熊烧了起来。苏穆将那盘香掷入火中，叶阑惊恐不已，扑上前来正要从火中将其取出，被苏穆拦下。

"兄长做什么？那是鸣儿的《流云》，你要他死吗？"叶阑震惊地看向苏穆。

苏穆转而扶起巍鸣，要他倚着墙壁坐正，冷静清楚地在他耳边道："皇甫巍鸣，你振作一点，给我睁开眼睛。"

巍鸣在他连声呼唤下勉力睁开眼，只见盘香化成烟雾，一丝一缕悬在半空，形成一行行蝇头小字，叶阑惊讶之下仔细辨认，顿时惊喜道："是内功心法，鸣儿，你快看！是心法。"

巍鸣循声望去，只见一个个金字接连不断地从火焰中冉冉升起。叶阑扶他坐直，念出心法供他练习。巍鸣按照心法修习，脸上的汗大滴渗出，面色渐渐好转，不复刚才惨白之色。叶阑激动不已，抱住巍鸣又是哭又是笑，喃喃反复道："没事了，一切都过去了。"

见他平安无恙，苏穆却没有松口气，脸上依旧萦满愁云，看了看这劫后余生的二人，他转身往逍遥堂外走去。

叶阑亲自照看巍鸣，直到他安然睡下，才屏退了左右服侍的宫人，正要出门去寻苏穆以示感谢，不料一开门，就见苏穆独自一人立在门外月下。四目相接的刹那，种种情绪涌上心头，一时都无言。

叶阑轻声唤他："兄长……"

苏穆颔首回她一笑："阑妹妹……"

叶阑先是愣怔，在这个称呼带给她的意外中，听见苏穆温和道："今夜来找阑儿不是为议政事，苏穆有一心愿，请妹妹成全。"

时至今日，他方当她是妹妹？

叶阑听出他话中异样，问："兄长，你怎么了？"

苏穆一笑："没什么，我只是想起当初视阑儿为男子，后来见你以女儿身示人，甚是欢喜，今日思来，恍如隔世。"

叶阑随着他的话渐渐想起往事，笑了笑，还有些羞涩："阑儿自小以男儿身打扮，说起来，那倒是阑儿示人的第一支舞，也是阑儿唯一以女子凤仪跳的舞了。"

苏穆语气始终温和，看她的那一眼也全无取笑揶揄之意，纯然发自内心地夸她："我倒是有眼福。不知……"他定定地看着叶阑，含笑道，"不知可否再一睹芳华？"

叶阑也不推诿，干脆地应下他的请求，回视着他的眼郑重道："待到兄长凯旋之时，叶阑必定好好为兄长舞一曲，以作庆贺，如何？"

苏穆伸手，叶阑会意，默契地与他击掌为盟，笑得明朗。

苏穆点头说了句甚好，趁着她笑的空当，将当年赠她的风哨悄然搁在桌上古琴旁，贪恋地看了她最后一眼，转身就要告辞："兄长要走了……"

叶阑听出他话中异于寻常的不舍之意，心中顿生不祥预感，叫住了他，踌躇道："兄长你怎么了……能否告知阑儿？"

苏穆冲着她安抚似的一笑："等一切都过去，云淡风轻之时，每年，记得回鸾倾城去，看看我们的竹林。"

"阑儿必定遵守约定，年年竹青时，与君相约。"

苏穆点点头，也不再多说什么，越过她往里走去："巍鸣君如何了？我去看看他，商议一下御敌的对策。"

叶阑听见"御敌"二字，心头顿时一紧，肃然抬头问道："战事已到了这种地步吗？"

苏穆面色一样沉重："敌困城下，千钧一发。"

一百零一

舍身取义

　　悠然河南岸的情形确如苏穆描述的那样，各大世家武士们集聚于河畔，情绪激动，擎着手中兵器向逍遥堂所在的方向兴师问罪："皇甫勾结异族，毁我城池，杀杀！"

　　世家首领们也已知晓自己城内发生之事，聚在一处议论纷纷。陆廉世家首领站在中间，俨然将自己视为他们之首："想当年，荆南苏穆曾经以无心之军保护巍鸣，杀了扶泽世家首领。今日逍遥堂各大关隘除了巫蛊的无心之军，还有荆南的'盾牌营'，我看，从荆南和皇甫联姻之时，他们就已经将我们算计在阴谋之中，要灭了我们这些人。"

　　当中唯一的女子有疏烟芜则摇头，并不认同他的观点："荆南苏穆大丈夫也，绝对不可能干出此等勾结异族之事。"

　　陆廉世家首领阴阳怪气地呵呵一笑，捋了捋自己胡须，摇头晃脑道："烟芜将军，如今铁证如山，你有意偏袒，是不是也与他们有牵连？"

　　壶央世家首领在其中年纪最小，一向唯陆廉世家首领马首是瞻，私下早已奉他为这悠然河南北两岸的首领，听了他的话立刻附和道："是啊，有疏将军的小妹，不是与巍鸣、苏穆交好？难道你也参与其中？"

　　其余诸位世家首领听闻此言，顿时议论纷纷，悄声嘀咕。

　　烟芜听此诛心之言，摇头叹道："异族在外，我等世家已经互相诟病，如何抵抗强敌？"

　　壶央世家首领骂骂咧咧地打断了烟芜的话："管不了那么多了，皇甫巍鸣勾结了异族是我等有目共睹的，这笔债，必要向他皇甫巍鸣讨回！"

　　书院之中，孤灯点点。

"巍鸣君。"

苏穆推开房门，走了进去，古籍书柜深深，巍鸣守着一盏孤灯，一脸愁容地坐在一堆书简旁。他抬头，望见从暗处走来的苏穆，二人对视一眼，却不言语。

苏穆自行找了一张凳，在巍鸣对面坐下，如当初二人授课时的模样。

苏穆望着面前那一盏孤灯，也望向他，脸上有种淡淡的欣慰之态，轻声道："当初传道授业的情景，历历在目。"

巍鸣抬头看向苏穆，昏黄灯光映着苏穆憔悴的面颊，虽因劳累而困乏，脸上却有种悲戚的荣光。

"兄长教诲，每每令鸣儿振聋发聩，醍醐灌顶。"

苏穆淡淡一笑："好，你我今日，便评一评这天下大势。"

巍鸣抬头看他。

苏穆眼中有道光亮了一亮，指点天下，畅所欲言。

"如今，各大世家猜忌异族前来，与你逍遥堂相关，彼此又各怀私心，无法信任结盟，正是中了苦海离间之计。军心不定，群龙无首，不假时日，悠然河南北必将被异族所灭。"

巍鸣不自然地侧脸避开了他的目光，心知肚明："本君知道。"

苏穆款款再道："此时，皇甫世家需先洗涤自身清白，自证与异族无关，而后，以历代功勋威严震慑各世家，以仁德团结人心，共同抗敌。"

巍鸣闻言愣怔："本君亦知晓。"

二人心知肚明，不言自喻。

苏穆大义凛然道："大丈夫心怀天下，不应为儿女情长所困，宜顾全大局，舍车保帅，断腕而为。"

巍鸣顿时一凛，抬头望向苏穆，知其话中深意，他的脸上也渐渐浮起悲恸之色，想起那即将来临的注定悲壮的抉择。

他豁然站起，脱口而出："鸣儿不舍兄长，绝不可成全！"

苏穆目光扫过他的表情，何尝会不知他心中所想："看来，鸣儿能出师了，苏穆当真可以离去了。"

苏穆抬头看向巍鸣，一股暖流缓缓袭遍他的心房。苏穆似动情，凝望了巍鸣半晌，无言静默之中，只有烛火的光寂寂流转，为这苦寒的斗室提供唯一一点暖意。

二人注视着彼此的眼，目中历历闪过彼此甘苦与共的曾经。

世仇相向，今日却同仇敌忾。

他终于要完成毕生的夙愿。

匡扶社稷，荡平天下，为了眼前的巍鸣，为了鸾倾城，更为天下。

苏穆将煮好的一杯清茶推向巍鸣，语气和缓下去，娓娓道："你还记得我讲过干将莫邪之子为父报仇，诛杀周宣王的典故吗？"

巍鸣一惊之下抬头看他，眼中萦着薄薄一层雾气。

他侧首，泯去眼中水意，哽咽着回答："干将莫邪铸造雌雄二剑，却被宣王所杀，他们的儿子苦于无法以正当名义靠近周宣王……偶遇义士宴之敖……"

泣不成声……

苏穆提壶点茶，淡然道："他们二人志同道合，一心想为天下人除去暴虐的周宣王，干将之子便一手拿剑，一手提住自己的发辫，自刎，将头颅递给宴之敖，助他一臂之力。宴之敖拿干将之子头颅见周宣王，杀之。"

杀字一落，巍鸣下意识地抬头看去。苏穆假意不见他目中的眼泪，仿若无事地奉上新茶与他。

巍鸣心头颤了一下，苏穆手中的一盏茶，他不肯接下，苏穆所言之事，他也不肯接下，只怔怔地唤苏穆一声："穆哥哥……"

在这个许久未闻的称呼带给他的触动中，苏穆心如磐石，一字一句朗声道："我荆南苏穆，也愿为天下，为你，效仿宴之敖。"他举杯向巍鸣，一饮而尽，以示他心，"你可拿着我的性命，告知天下世家，是我和依依意图篡位，在逍遥堂内，夺长郡主之权，以巫蛊之术防御逍遥堂各关隘，在逍遥城外，盗取信符勾结异族，意图挑起世家纷争。"

巍鸣双手轻颤，那杯中之茶如何也饮不下，他凝眸看去，那碧绿一潭岂是茶水，分明就是苏穆的血泪。

苏穆却已把生死置之度外，淡淡一笑，提壶为他斟茶，举杯请他再饮，正视着他的眼，清楚道："此后，皇甫巍鸣大义灭亲，赐死君妻荆南依，剿灭外戚荆南苏穆残部，谨遵法度，公正严明。一来解除此时危难，二来确立君威，让世家们不得不唯你马首是瞻，以你为君，方可团结一致，共抗强敌。"

他看不到的凯旋，清朗太平，全部留予巍鸣。

巍鸣悚然摇头，面露惧色："万万不可，如此一来，荆南世家百年名誉将毁于一旦，苏穆君也将成为千夫所指的罪人。"

苏穆释然一笑，淡淡道："朝闻道，夕可死，更何况是为保全天下之正道。苏穆死不足惜，只是牵连了我鸾倾城的子民，要世代受到史官诟病了。"

二人沉默，看着彼此。万籁俱静的刹那，却能分明感觉彼此心底的滔天骇浪。

这一刻，志同道合，同袍而战。

天下的出路，是苏穆的死路。他知，巍鸣亦知。

苏穆徐徐饮下手中那杯茶，以空杯来敬巍鸣："我命托付于你，望君不负，做一代贤明之君，庇护百姓安居乐业。"

巍鸣起身整衣，离开座位，后退数步，四肢触地，向苏穆行以大礼，久久不起，良久，才有压抑的抽泣声传出。

苏穆恻然，笑着徐徐起身，走出书院，走进那幽幽的昏暗之中。

巍鸣久久未起身，悲泣良久。

第二日，叶阑早起晨练，走到院中无意间发现古琴边放着苏穆送给自己的风哨。叶阑不解它为何在此出现，拿起细看，忽然，一道白光闪过她的心底，她猛然一凛，幡然领悟。

叶阑心一沉，掉头奔向苏穆即将出征的甬道。

风哨在手中渐趋温热，心却像这萧索的秋季一样，渐渐冷了下来。

"苏穆君……"她抬手拭去面上滚落的泪水，向着远处喃喃道，"你求的最后一舞，阑儿竟然都没能遂了你的愿……我们三人，怎会到了如今……"

长长的甬道，长长的苦难，跑也跑不完。

苏穆早已出征而去。

叶阑跌倒在地，号啕大哭……往事如在昨日，故人生离死别。

惊鸿剑舞，策马射箭……杜若定情，饮酒梨园……

在这世间，他们三人终归逃不出命运左右。

她翘首望向天际，神色渐渐肃穆。

群心所向

悠然河上烟波浩渺，雾气层层堆叠，又在清风推动下徐徐散开，各大世家的兵马林立在江边。警觉地望去，只见一人一仆立在船上，猛然间，数卷卷轴从窗上抛下，被几大世家首领接住。打开之前，他们先看了彼此一眼，眼中有着相似的惊觉警惕，暗暗心想，小心有诈。

陆廉世家首领抑住不住好奇，率先打开了卷轴，细览其上文字，大吃了一惊，惊呼道："《逍遥流云》秘籍！"

众人哗然，抬头看向那小船，这才看清立于船上的竟是皇甫巍鸣，他身后只带了奴仆一人，竟然敢孤身应敌。陆廉世家首领眼神一变，振臂高呼："皇甫世家勾结异族，夺我城池，杀我族人，我们与其势不两立！"

先是陆廉世家的武士齐声高呼，其余世家的武士被他们感染，也跟着他们一起高呼："拿下皇甫巍鸣，灭了皇甫世家……"

巍鸣目光一冷，徐徐扫过对岸那些武士，一字一句道："我看谁敢！"

众人慑于他身上不怒自威的气势，齐齐噤声，再不敢妄动。巍鸣低首望向手中木盒，凝眸注目片刻，勾唇惨淡一笑，想：你为干将之子，那我必不毁与你之约。

他缓缓高举木盒，向着在场众人冷声道："勾结异族，盗取皇甫信符，擅用巫蛊之术，离间世家的逆贼荆南苏穆的人头在此。本君已然将其正法，尔等谁想与他同一个下场，便提刀上前！"

各世家首领无不知荆南与皇甫的关系，荆南苏穆的胞妹即是皇甫巍鸣的君妻，现如今他竟对自己妻子的兄长痛下杀手，大义灭亲，众人瞠目对视，均难以置信。

在这浩荡烟波之上，只闻巍鸣的声音，他向众人号令："悠然河的武士们，你们背井离乡、风餐露宿、赴汤蹈火，来此为何？难道真的仅仅是为夺得我皇甫一本小小的《逍遥流云》吗？"

武士们似有所动，均停下躁动，举目望向河中船上的巍鸣。

"你们为的是兴邦旺族，为的是建功立业。你们想以得来的无上荣光荫蔽家人，给他们最好的生活。昔日，各大世家壮志凌云，开垦蛮荒之地，修整礼乐之邦，悠然河南北百姓皆安居乐业，一片繁荣盛世。那时候，你们是悠然河、燕之山的荣光，是四海景仰的楷模。当年异族来犯，各世家众志成城，合力抗敌，令异族闻风丧胆，不敢再犯。可如今，区区异族余部，便可轻易取得你们的城池，占领你们的家园，这是为什么？"他神情渐渐激昂，挥动手臂，说话的声音一声高过一声，"当年的虎狼之师，今日安在？当年的骁勇之士，今日何去？当异族兵临城下之时，你们不去浴血奋战，却在此处争名夺利，身陷权斗，不可自拔。你们也是异族践踏我领土、杀戮我百姓的帮凶！颜面何存？良心何安？"

武士们心中隐隐有所触动，交头接耳，议论纷纷。

巍鸣继续高声说着，他说的每一个字都像是一记重拳，打在武士们心底，令他们震动难安："武士们，我皇甫巍鸣，逍遥堂堂主，今将祖宗秘籍《逍遥流云》传于你们。你们的忠心，你们的骁勇，远胜过《逍遥流云》的价值，因为这忠心和骁勇是最伟大的力量，能带着我们浴血奋战，保家卫国，荫蔽子嗣，重振我悠然河盛世太平。

"今日，异族侵我领土，杀我百姓，略我城池，将士们，你们可敢拿起手中利刃，浴血奋战，万死不辞？"

众武士群心激荡，备受振奋，他们挥舞着手中兵器连声大呼："敢！敢！"

巍鸣声嘶力竭，其音响彻云霄，再问："你们可能同仇敌忾，共同御敌？"

"能！能！"

巍鸣微微笑起，抬起双臂朗声道："武士们，就让我们一同驱逐异族，荡平天下，还我悠然河南北太平安康。"

众武士挥舞着手中兵械，气焰高涨过天，齐声道："追随皇甫，驱逐异族，荡平天下！"

叶阑循着声音一直追到逍遥城外，城门大开，不知巍鸣去向。叶阑一步步走近，立在门下，仰首望向悠然河南岸，听见那震荡人心的呼喊声，感受着那众志成城的氛围，不觉间已泪流满面，下意识地攥紧了手中的风哨，仰首向着模糊天际含泪低语："兄长，你可听见……"

历经数月，巍鸣率领众武士抵御外敌，与异族浴血奋战，几经生死。而那些异族难敌攻势，纷纷败退，逃出掳获的池城，皇甫武士终获全胜。而等巍鸣凯旋之际，城中已无叶阑踪影。巍鸣盔甲都未卸，满脸胡须地奔向他们曾相遇的山崖，放眼望去，却不知她身在何处，又去了何方。他怅然若失，忽地低头索然一笑。

"穆哥哥，阑儿回家了。"

巍鸣望向鸾倾城的方向，满目疮痍。

鸾倾城外，叶阑回到了曾与苏穆策马扬鞭的竹林间。月摇影落，漫步其间，却是物是人非。她环视这周遭景物，手轻抚胸口，那里系着苏穆所赠的风哨，她低语："兄长，我来赴约了。"

"你曾说要看我舞剑，那时候，阑儿说等你们二人凯旋，如今，鸣儿凯旋，兄长……可宽心了。今日我便为兄长舞一曲。"

她拔出苏穆留下的长剑，在这林间翩然起舞。

轻风依旧摇翠竹，故人不知何处去。

巍鸣离了山崖，回到逍遥堂，才走进大殿，赫然见堂中出现一具棺材。巍鸣警觉四望，打开一看，随即色变，棺中竟是离樱。

巍鸣惊呼一声小妹，这才注意到一旁放着的信函。他颤抖着双手捡起信函，其上如此写道：巍鸣君，当年，你小妹离樱坠崖后不省人事。那位改头换面的清婉假冒离樱身份，将异族引入悠然河境地。其中原委，必有阴谋。

落款是他并不熟悉的名字——辛子凌。

巍鸣悚然一惊，再望向棺中的离樱，心中难辨悲喜，一切的不安和疑虑终于有了恰如其分的解释，那不是他的亲妹妹。

多年前，千里之外的湖心亭畔，苦海与一戴着斗笠的老人在湖边钓鱼。天上有雨，落在湖中溅起了细小的涟漪。老人的鱼竿轻微颤动，他回头向着苦海一笑："渔翁之利，尽在此女。"

苦海颔首："苦海明白。"

一切由此开始。